该项目系首都师范大学"211"规划项目
本著作得到首都师范大学文学院"211"工程项目出版资助
本著作后期得到武汉大学文学院"211工程"三期项目资助

首都师范大学文艺学博士文库

第一辑

"现代汉诗"的发生：晚清至五四

荣光启◎著

Genesis of Modern Chinese Poetry:
From Late Qing Dynasty to the May 4th Movement of 1919

中国社会科学出版社

图书在版编目(CIP)数据

"现代汉诗"的发生：晚清至五四/荣光启著.—北京：中国社会科学出版社，2015.5
ISBN 978-7-5161-5813-5

Ⅰ.①现… Ⅱ.①荣… Ⅲ.①新诗—诗歌史—中国—近代 Ⅳ.①I207.209

中国版本图书馆 CIP 数据核字（2015）第 063714 号

出 版 人	赵剑英
责任编辑	史慕鸿
责任校对	王俊超
责任印制	戴 宽

出　　版	中国社会科学出版社
社　　址	北京鼓楼西大街甲 158 号
邮　　编	100720
网　　址	http://www.csspw.cn
发 行 部	010-84083685
门 市 部	010-84029450
经　　销	新华书店及其他书店
印　　刷	北京市大兴区新魏印刷厂
装　　订	廊坊市广阳区广增装订厂
版　　次	2015 年 5 月第 1 版
印　　次	2015 年 5 月第 1 次印刷
开　　本	650×960　1/16
印　　张	27.5
插　　页	2
字　　数	371 千字
定　　价	78.00 元

凡购买中国社会科学出版社图书，如有质量问题请与本社联系调换
电话：010-84083683
版权所有　侵权必究

"诗界革命"与新诗发生期研究的突破性思考
——序荣光启《"现代汉诗"的发生:晚清至五四》

孙玉石

晚清"诗界革命"与五四前后诞生的白话新诗,是中国新诗发生发展的肇始与源头①。在几近百年的中国新诗发生发展历史研究叙述中,它们始终是一个无法绕过而又必须言说的重要话题。许多部新文学发生发展历史研究成果、新诗历史衍变专题研究的学术专著、晚清至五四近代诗歌史的研究论说,以及更多与之相关联专题研究的学术论文,包括胡适等人在内这些新诗开山者们的无数篇回忆自述和理论阐发文字,对此段从旧体诗的内部变革到中国新诗最初诞生的历史脉络与理论问题,多有异见纷繁各具特色的探讨言说,也获得了一些后来文学史家历史叙述和新诗专门研究者某种程度上的共识或认同,理解或存疑。包括一些新近出版的近现代中国文学历史研究著述,也大多无法回避对它们的言说。

由于承担任务各异与理论准备不同,他们对于中国新诗发生期及其历史变革源头,即包括晚清"诗界革命"这一重要历史前奏到五四初期白话新诗发生这段历史蜕变期中的诗歌现象,从理论主张到创作成果所呈现的复杂内涵与得失利弊,先驱开拓性

---

① 这里我仍用"中国新诗"或"新诗"的概念进行叙述。

质与言说内在矛盾，都还没有侧重从文学内部和语言学理论视角，以颇有分量的专著的形式，作出更为专门，更为潜深，也更为富于言说理论性，而又可能将人们引向学理新颖、视野开阔、富有深度的思考和探论。因此，我以为可以这样说：荣光启的这部由博士论文修改而完成的专著《"现代汉诗"的发生：晚清至五四》，有意识承担了在这一方面深入思考与拓展探寻的理论责任，并具有了在一定程度上获得富有突破性学术开掘与进展的可能。我喜欢这篇博士论文，能于先睹为快之后，乐意为之撰序，原因也在这里。

读过本书之后，我确实感觉到，这是一部关于从古典诗歌晚期自身变革，到新诗萌生崛起阶段摆脱传统而自辟新路，这样一个时段里面诗体文学历史变革问题进行严肃思考和深入探讨的有特色的理论专著。作者在《导言》里，这样阐释自己全书的写作意图：本书愿以"现代汉诗"的概念代替"新诗"，来面对20世纪中国诗歌变革的问题，力求进行关于中国现代诗歌的"发生"理路的辨析，并努力抓住"现代"（现代经验）、"汉语"（现代语言）、"诗歌"（现代人的情感与形式）这三个要素，着重对于诗歌本体特征的自觉意识和理论探寻。他并且这样说明自己这种命名选择和现代性言说的意图：将从晚清至今的中国诗歌称为"现代汉诗"，是"针对传统诗歌史的一种新的书写格局"，力图改变将晚清诗歌研究与五四初期诗歌研究"一刀切"似的分开，避免由于各自进行的孤立性质的研究，而忽略了它们在诗歌变革之内在理路上的联系。由此本书便努力从这样一个角度，更为关注晚清文人在更新汉语言说方式这一侧面付出的努力和思考，与五四一代人之间的变革意识和白话新诗实践之间，存在的差异性和连续性，从而探索思考晚清诗歌创作中变革的意图、困难、矛盾及其对于五四一代人进行白话新诗尝试实践的经验与启示的可能性。也就是，作者想向读者更清晰地说明，中国新诗的发生，至少应当从晚清开始寻找到语言和形式探索及发展的内在关联与文学脉络。基于这样的学术意图，本书用上"上篇"、"下篇"两个部分，各篇里又分别用三章的篇幅，相对平衡的结构，进行步步为营、递进深化的分析论述。本书中从1900 年《清议报》上青木森《题星洲寓公风月琴尊图》一诗中"别造清凉新世界，遥伤破碎旧河山……"的慨叹，1915 年著名记者黄远庸在《甲寅》上致函章士钊发出"愚见以为居今论政，实不知从何处说起"这样的慨叹询问，书中所举的类似许多现象，实质上均如胡适先生所说的：早在中国新诗诞生之前，诗界"已经发出了文学革命的预言"；这种新诗的变革意识，不仅仅是简单地将文言变为白话，格律诗变为自由诗，更重要的应该是：通过诗中语言的变革，如何改变了诗歌作者的"汉语文化的思维方式"。从这样论述肇始的思考脉络，可以清楚地看到本书是想这样告诉读者：从"言文一致"追求下手，寻求汉语诗言说方式的变革，乃是晚清以来中国知识分子在现代性境遇中的内在要求。晚清诗歌出现的"诗界革命"的意义，除了它自身创作成果和理论言说之外，如何给予后来主张新文学革命的变革者们这样一种启示："诗歌的革命必须从语言'形式'和言说的艺术规范入手。"胡适于中国白话诗最初"尝试"的功绩也就在于：由他开始了以白话为诗以及诗意生成机制的一场更新的、更彻底的"诗界革命"。他的以"说话"的方式作诗，为中国文学构建了新诗的语言系统和言说方式。现代白话诗在表面上看是在实现"诗体大解放"，其内在实施的，则是中国汉语诗歌的句法之大"转换"。本书《导论》中阐述的从晚清"诗界革命"到五四前夕白话新诗诞生的这些理念与思路，为他全书研究的整体理论关注和突破意图，作了清晰的描绘和说明。

　　本书作者在论述中清晰意识到：语言问题可能是探讨"新文学"、"新诗"之发生的重要路径。倡导"言文一致"，既是白话文运动，也是白话诗运动的出发点。文学革命的倡导者们，由此找到了革新中国文学、中国诗歌的突破口。为此，作者进一步提出这样的追问：晚清时候的先驱者们，早已经提出了这一革命性口号，并进行了文学革新的积极实践，但是，在诗的言说方式上，诗歌体式和诗的语言中，为什么却没有催生出"新诗"这样一种"尝试"成果乃至形成一种全新的"诗歌"革新运动呢？

为了弄清这个属于文学深层变革的问题，作者首先深入辨析和探讨了晚清文人"言文一致"和胡适一代人所倡导的"言文一致"在具体内涵上的差异性质。他从西方语言学理论对于"言文一致"认识存在全然不同的层面，其中所包含的谬误与局限，找到这样一种研究和认知的思路：胡适怎样从个中受到"刺激和启发"，自关注语言外部差异转向为对汉语内部的追求。胡适由此不再是在书面的"文言"与口语的"白话"之间作什么样的局部改革，而是大胆提出了一个更具有突破性的"全变"的设想：实行"以白话为中国文学之正宗"的汉语书面语实验，并进行彻底在文学书写中"生成"新的语言的整体性改革。论述者认为，只有这样，才能彻底打通语言表意的通道，真正让汉语接通了现代性的思想言说诉求，从而使晚清以降中国知识分子的"言文一致"的寻求，得到了一定程度的实现。为弄清这个问题的本质，本书引述黄遵宪《日本国志》之《学术志》里思考汉语"言文不相合"的原因，从中原迁入的嘉应客家人吟诗著述言文一致的实例，证明了这样一个结论："岂非语言与文字合，易于通文之明效大验乎？"晚清诗人由此出发提出的"我手写我口"这一主张，虽然未能贯彻始终，但这种主张的实践对于晚清诗歌的语言意象符号化和形式秩序僵化的冲击，却是巨大的。本书同时也指出，这一主张的弊病，是因为这一思想远没有达到在整体上冲击既有诗歌言说方式的效果，结果就只能是更多"回到传统当中寻求弥合的资源"，更不要说这是真正要提倡"白话"诗了。在论述中，作者对于自己所论对象的肯定认知，及其在历史中可能存在的意义，能够坚持一种从历史实际出发的冷静与客观，并不为了说明一种理念而无限夸大，引申，用自取所需的眼光,将其包蕴的思考内涵及现代性意义,作出不适当的评骘。如对于黄遵宪在《日本国志》卷三十三《学术志二》中所提出的"言文相合","文学始盛"的主张,作者在肯定其革新意义的同时,也指出了其理论内涵的历史局限。作者指出这样的客观事实:以通俗流畅、活泼生动的靠近口语的浅显文言来写诗作文,其实并不是黄遵宪终生要坚持的文学目标。今人甚至以为,以"我手写我口"的提法来理解黄遵宪一生的诗歌作风,甚至是肤浅的。如钱仲联在《人境庐诗草笺注发凡》中就这样说:"黄先生自许其诗,谓自群经三史逮于周秦诸子之书,许郑诸家之注,凡事名、物名切于今者,无不采取而假借之。故其诗奥衍精赡,几可谓无一字无来历。今悉为拈出,知先生《杂感》诗所谓我手写我口者,实不过少年兴到之语。时流论先生诗,喜标此语,以为先生一生宗旨所在,浅矣!""黄遵宪晚年在编辑《人境庐诗草》之时,甚至将自己年轻时所作大量的近乎口语的作品删除……可见其在晚年对以流俗语为诗的作风看法已有所改变。"本书作者还努力从更深层面思考和论述了黄遵宪所倡导"言文一致"、"我手写我口"之维持语言"旧风格"存在的本质性弱点,和其与胡适等人提倡以"白话"写诗理论主张之间的根本性差异。论者认为:"和黄遵宪努力在'古人之风格'中写出'新意境'的诗歌作风相一致,黄遵宪虽然倡导'我手写我口',好以流俗语为诗,但这不是他对语言本体层面的关注,他关注的实际上是这一种语言在'内容'的层面上对晚清诗歌的语言意象符号化和形式秩序僵化的冲击。黄遵宪一方面渴求在诗歌中能够写出'今日'之'新意境',另一方面却挣扎在对旧风格的努力调整和新的语言、形式的试验中,在'新语句'和'旧风格'之间,他努力以'风格'的调整来化解诗歌语言更新对旧形式的压力,这是他诗歌写作始终很矛盾的地方。他的流俗语入诗只是暂时性的、策略性的、'内容'层面的语言认识,尚不足以达到冲击既有诗歌言说方式的效果,更不是要提倡'白话'。"他的缓解"手"与"口"相矛盾、言文不合的焦虑的办法，"更多是回到传统当中寻求弥合的资源"。在语言文字方面，"他甚至有为求'语言与文字合'而建议人们多寻求'古意'、'古音'的意思；在诗歌革新方面，他关注的是如何在'旧风格'当中创出'新意境'"。为证实自己的见解，本书作者还援引周作人在1934年出版的《中国新文学的源流》中，已经指出了晚清文人在作白话文时的这种"二元态度"："那时候的白话，是出自政治方面的需求，只是戊戌政变的余波之一，和后来的白话文可说是没有多大关系的。"引述之后本书作者又进一步辨析说明："说五四的白话文和晚清的白话文'没有多大关系'，这样的判断值得商榷，但晚清文人在做白话时的'二元'态度却是事实。"

由此可以看出，本书作者的论述中，既能注意了晚清白话文运动与五四白话文学倡导之间存在的"不可缺少的背景关系"，同时也指出了两者对于语言的认知上和目的上存在的差异："晚清的白话文运动是讲求语言的实用性，是与政治意识形态的'启蒙'、'宣传'密切相关的。"而胡适的"白话"追求，"并不是语言的短期行为和速成效果，他是将语言改革看成是一个民族传统的言说方式在现代境遇内必须的革命"，即最终实现"以白话代替古文"的"文学的国语"的"宏大目标"。晚清文人们追求的"言文一致"只能说是在提倡和使用"白话"时候的"言文一致"，而不是追求整体上的汉语符号系统之于"新世界"的言说诉求"一致"。胡适的"白话"彻底改变了"白话"与"文言"的语言分治状态造成的"文言"与"白话"相安无事，长期共存的两难，并由此指向进入"汉语理想书面语的理想形态"。而此前提倡"言文一致"从未脱离语言文字分工的"二元态度"：以白话文达到现代性实践的实用目的，以文言文来保存国学精粹。本书回顾晚清以来的对于汉语"言文相离"的焦虑和对"言文一致"的寻求，直至废除汉字采用"万国新语"论争的复杂历史背景，指出了他们在"言文一致"倡导中的这种"二元态度"的弱点，即如胡适进一步指出的那样：晚清文人们的提倡白话文，"最大的缺点是把社会分作两个部分"，"一边是应该用白话的'他们'，一边是应该作古文古诗的'我们'"。可以说他们是"有意的主张白话"，但不可以说他们是"有意的主张白话文学"。这样审慎严谨而具体细致的辨析论述，显示了本书作者本书探索思考中对于自身论述的科学性与坚实性一种努力追求的特色。

理论视野的开阔和吸收新知的敏锐，为此书诗学之历史与理论性结合的研究，带来了言说的新颖和思考的深度。本书作者注意吸收索绪尔、德里达、罗兰·巴尔特、诺姆·乔姆斯基等一些现代西方语言学家关于诗歌语言的理论成果，努力吸收中外著名汉学家和诗歌理论研究者赵元任、王力、高友工、梅祖麟、叶维廉等关于中国古典诗词语言运用特色的精到论述，用以加深和拓进自己关于中国新诗语言变革，传统诗语言艺术特点，以及新旧体诗与词类语言"变性"特点之间的契合和变异关系的理论思考，并用来探讨白话诗句法转换、意象蜕变与古典诗歌特点之间的一些更为深层次的问题。本书以美国人范尼洛萨以及受他影响的意象派诗人庞德，对于中国汉语诗的魅力与汉语单音字词特殊搭配处理造成特殊艺术效果之间的关系的看法，来加深强化自己对于新诗语言、句法等的论证。国内外一些学者关于中国古典诗歌语法、句法深化分析的意见，在近年现代诗研究中，颇为中国研究者所认同、接收和赞赏。本书作者借鉴这些可贵的理论见解，进行更为深入细致的理论探讨，对于这种传统诗歌与汉语言文字关系的科学认知和某种"误读"，进行了富有科学性的理论辨析，于努力多向吸收中能注意有自己的选择和辨析。

例如，论及汉语诗歌词汇关系、诗的意象之灵活、独立、虚词省略等一些吻合于传统诗话的理论判断，既肯定他们的诗歌美学的真知灼见，也分析了某些带有普遍性概括见解的不足之处。

论者认为这些研究者，"忽略了使字词产生如此效果的真正原因，也就是说，这种关注是表面化的诗歌特征归纳，忽略了诗歌句法的内在结构与功能：不是词法的变化产生了具体的诗歌美学，而是汉语诗歌独特的句法特征使字词能具备上述功能，并且，特定句法产生的美学效果有时必须要求汉语诗歌在语言上追求'动词的卓越运用'等特性"。从而提出这样的观念："在汉语诗歌研究里，还是应该将目光从'词法'转移到'句法'上来。"又如他们在谈及汉语古典诗歌往往忽略虚词，词与词之间关系十分自由，使得近体诗的句法常常呈现一种"独立句法"的形态。它区别于英语语言连接中那种细密精确的语法关系所形成的"罗列与连接句法"的形态。本书通过对杜甫《江汉》、《秋兴》等全诗或个别诗句的句法特征具体分析，深入论述了自己这一观点。

又如，书里运用罗兰·巴尔特《符号学原理——结构主义文学理论文选》中关于现代诗，特别是关注如何往往从"隐喻轴"着手，进入诗的言说方式更新的思考论述，本书中特别注意捕捉被忽略的一些作品在现代白话诗发生中所蕴涵的重要意义，并努力作出别具新意的具体而深入的分析。对胡适《尝试集》里一首自己创作的《应该》和另一首《关不住了》的译诗，以较多篇幅的文字，一一具体分析了它们如何蕴涵着胡适自己"尝试"建构现代白话诗歌"新质的理想"，其中包含了诗人自己有意努力拒绝古典诗的言说方式，试图通过"具体"呈现"曲折的心理情境"的抒情方式，将旧体诗无法表达出来的一些复杂"意思神情"曲折细腻地传达出来，因而使这两首诗怎样具有了"一点现代诗'抒情自我'的雏形"。可以看出，诸多类似这样一些论述，服从于全书新诗由古典向现代转变的总体理路，体现了论者具有一种严肃学术探论中求新意识的艺术敏感，力求将理论思考达到某种"探底"程度的自觉追求。这样的认知、感受和追求，是我阅读本书过程中，获得的一种很深启益。

本书依据汉学家高友工、梅祖麟等人对于中国古典诗歌抒情美学特质研究成果的诸多论述，深化说明由于"面对整个听众的普遍言说"，使诗里面"个人化的声音失去了个体经验的细致与深刻性"，这样特定艺术方式面临的一种困难，到了白话诗的"尝试"，乃是"要改变这种艺术形式，'诗体大解放'正是从句法着手。无论《应该》多么没有诗味，但它'说'个人的'话'的意图应该说还是达到了"。《应该》、《关不住了》（此首译诗胡适谓为"'新诗'成立的纪元"）这些诗，读起来"确实缺少'余香与回味'，但胡适之所以对这些诗的写成按捺不住兴奋之情，恐怕还是因为在这些诗的写作中蕴涵了他的文学理想，他是在尝试他要看到的'白话的文学可能性'。"作者由此认为，胡适在译诗《关不住了》中"尝试"的实质是：怎样"以'白话'来传达一种现代情感经验"，怎样以"白话"写出"现代'自我'在现代性的境遇下，已经是旧体诗的形式所'关不住'了"的新的时代精神。这样在吸收运用中外前人研究成果基础上，作者一些通过对于具体作品进行分析的思考和阐释，就将初期白话诗在从古典诗向新诗转换过程中带有文学变革性的意义，论述得更加富有说服力和理论深度。

本书中接着分析了郭沫若《女神》之《笔立山头展望》、《凤凰涅槃》、《立在地球边上放号》等作品，如何更进一步"以'自我'对世界的想象和宣告，改变着传统诗歌的说话方式"，诗歌抒情"主体意志强行投射外物，不再是物我合一、神与物游，而是主体占据着世界的中心"。由这样一些分析也可以见出，本书作者如何从宏观理论探究与具体个案分析的结合，展开自己的论述，显示出作者以逻辑严密和分析细腻而见长的论说特色来。与此相同，作者借鉴诺姆·乔姆斯基《句法结构》、《句法理论若干问题》中转换生成理论，以及高友工、梅祖麟等其他一些关于中国古典、现代诗歌语法结构研究的成果，对于五四初期新诗中句法结构极为"奇特"的《天狗》等诗与中国古典诗歌"语法结构"之间巨大差异现象的分析，较为深入地涉猎了作为汉语诗歌的新体式的"白话诗"，无论有多少局限，也不能"忽略其作为一种新的诗体的诗意生成机制所蕴涵的丰富的可能性"。类似这些观点与论析，体现了作者前面所述的这样一种理论研究的追求与特色。

阅读这部论诗专著，给我的另一个感觉和印象，是作者的许多理论分析，努力超越浮泛常规思考而力求做到细腻求深的探究。对于人们论述过的许多诗歌理论现象，往往能借用新锐的理论或采取新颖的视角，说出自己的见地，使得研究者熟悉的学术问题得到因超越一般性思考而获得的更为透底的论述。以第四章对于梁启超的论述为例，作者对梁启超的诗歌变革主张由"政治革命"立场而转为"政治改良"立场，放弃了"诗界革命"表现新思想、新精神的批评，作了客观叙述之后，又从新的视野和眼光出发，进行了更切近历史实际的辨析性的论析。书中论述梁启超怎样坚持诗歌的历史作用赖以存在的自身文类秩序、语言特性和文体功能，不那么轻易为外力所左右的稳定性质。强调梁启超对于诗歌认识程度与其在晚清诗歌革新运动的积极态度和行为价值。作者运用结构主义诗学观点，讨论了梁启超提倡诗歌的"新精神思想"与"旧风格"之间如何实现协调的"保守"性问题，认为梁启超是想重视诗歌"程式"的"归化"力量，他看到了在"新名词"与"古风格"之间的龃龉，想办法让前者进入后者程式中，尽量减少新名词对于诗本体的破坏力。但是却让强大的诗歌优势掩盖了语言符号更新的潜能，保持诗歌风格本体的韵味优势。他主张并实践的新名词被汉语书面语——"文言"所吸纳，甚至成为新的文言词。这样结果对旧形式不是破坏，而是被"归化"而"融为一体"了。结果出现的根本不是诗歌美学上的"新意境"，只是诗的社会性层面的"真思想"而已。在实践中"新语句与古风格，常相背驰"，诗歌本体仍处于旧的状态，这种诗本体方面的固守，很难带来诗歌内容彻底的革新。作者又进一步从梁启超的认识发展与转变，阐明了梁看到了晚清诗歌在语言符号系统的革新和中国古典诗歌的"风格"间的矛盾，对于"新语句"的标准，有了更新的也就是如何融合"协调"得臻至"天衣无缝"般的认识和理解，进而追求新的诗歌如何体现"能熔铸新理想入旧风格"，达到诗能够具有传达"欧洲之真精神真思想"之"新意境"。作者认为，梁启超这里提出的所谓"新意境"，是关乎诗如何表现新的时代精神，而并非是通常理解的审美内涵之要素与"意象"密切相关的"境界"。梁启超取代"新意境"的恰是诗的"理想"，而非王国维所讲的艺术境界意义上的"意境"。它侧重的是诗歌的社会意义，而非审美功能。这种只是时代精神之新的"新意境"，仍只是诗歌社会内容层面的追求，"根本就没有真正触动中国古典诗歌的形式秩序"。它与诗歌美学上的"意境"，实际上是相差甚远的。作者也更深入地提出探讨梁如何忽略了对于"旧风格"合理性如何"重新省思"问题的认识。本书对于因放弃"新名词"要求而对黄遵宪诗评价越来越高的观点，作了驳论性的辨析，同时也分析了这里有梁启超个人对诗歌本体特性的不够敏感，重视诗的社会功能而忽略语言符号的意义。作者并且进一步揭示了其更深层的原因：极度成熟的古典诗歌在语言系统、形式秩序上的审美"程式"及其对新的语言符号、文本形式具有的"归化"力量。"虽然他的试验并不能说多么成功，但正是这种试验有力地冲击着中国诗歌符号化的语言模式和僵化的形式秩序，使晚清诗歌写作的'困难'不得不醒目地暴露出来。"这些大体切近历史实际和认识维度的论析，表现了作者理论思维的一个特点：对于学术研究中为人论述较多的熟悉课题，努力获有一种能够"再度重认识"，进行更沉潜更富新意的理论思考。

阅读这部论诗专著，给我的另一个重要的感觉和印象，是作者对于人们论述过的许多诗歌理论现象，往往能借用新锐的理论或采取新颖的视角，作出自己的分析，使得熟悉的问题得到因超越一般性思考而获得的更为透彻的论述。如第二章里，从现代汉语即"国语"生成的肯定，到汉语文学、诗歌初步形态的发生，深入讨论了"国语文学"生成之间的互动关系和形态体现。第三章里，进一步讨论了"汉语"言说方式的更新与文学写作之间的关系，讨论"诗"的"汉语"形态应当靠什么体现，讨论"新文学"之发生的原因对于诗歌这一独特文体是否具有普遍的适用性等等。第三章里，作者又通过细读胡适留美时期《胡适日记》，具体考察了胡适"文学革命"、"作诗如作文"思想萌生具体过程。作者先是论及胡适主张的"言文一致"和晚清知识分子提出的"言文一致"之间的区别。黄遵宪、梁启超在文体的变化中寻求对于语言的困厄的反抗，将语言当作个人创作的产物。胡适的语言观不仅是语言的问题，而是看到在语言与历史、文化之间那晦暗不清的牵连，从汉语的特点和西方语言的启示入手，"以意义的明晰为目标，将长久以来人们对言说方式的更新的寻求从汉语本身或外部转移到汉语内部、从'文字问题'"转移到'文学问题'"。在引述了胡适 1916 年 4 月 5 日一则正式谈论"吾国历史上的文学革命"的日记之后，作者这样论述说：胡适的"言文一致"是在"文学革命"的历史背景下提出来的。胡适的"言文一致"已经不是语言符号领域里的，而是文学领域的，是通过文学的方式在具体情境的写作中来"生成"新的语言。看起来胡适是以迂回的方式来革新汉语言说方式。一种语言符号能否有"言文一致"的言说效果，这不单是符号系统的问题，更是这种符号系统的言说机制问题。语言符号必须在具体的言说语境中才能真正检验出其表意的功能，才能接纳、生成新的发展质素，得到真正的更新。这应是胡适的"言文一致"和晚清知识分子的"言文一致"的最大区别。这样就从晚清以来中国知识分子言说方式上的努力寻求角度，肯定了胡适正式通过白话文运动、白话诗的尝试，初步达到了这一从语言上着手进行文学变革的目标。作者在书中第六章《破坏中的期待——白话诗的诗意生成机制》里，从必要的"形式"策略角度，就胡适提出的"须讲求文法"、"不用典"、"隐喻"、"务去烂调套语"、新诗"具体的做法"、"新体诗的音节"等一些新诗创作问题，分别进行了具体的分析讨论，由于采用了新的理论和视角，可以让人们看到胡适尝试汉语诗歌新变革，除实验主义精神、"历史的选择"等幸运因素外，更多一些看到了胡适对传统文化和汉语特性的深刻理解以及对它们在历史中的境遇的同情和敏感。本书作者这些对于新诗创作诸多理性思考，能够突破这方面已有研究的论述，给人以许多新的说法和启示。

　　本书作者能够关注学术研究既有的或最新的成果，从中吸收那些对于自己论述富有启益的见解，同时，对于见解不甚相同的严肃的学术声音，即使是出于为自己景仰尊敬的前辈提出的理论见解，倘有不同意之处，也能出于学者公心和学术良知，作出自己经过理性思考的回答和辨析。如本书谈到，郑敏先生在自己所著《结构－解构视角：语言·文化·评论》一书中提出了这样的见解：从民族文化的角度，陈独秀、胡适的白话文运动是割裂文化传统，不仅是可笑的，也是不可能成功的。基于这样的理由，郑敏先生得出这样的结论："这种从零度开始用汉字白话文写诗的论调，为白话文的发展带来了很大的障碍。使它虽是一次成功的政治运动，在文化上却因拒绝古典文学传统，使白话与古典文学相对抗而自我饥饿，自我贫乏。"本书作者，在探索五四前后白话文倡导和"言文一致"革新实践的科学性与合法性质，对一个世纪以来对于"白话诗"合法性的诸多质疑声音，特别是郑敏先生近期提出的对于陈独秀、胡适倡导的母语变革带有从根本上否定性的评述，作出了坚持历史观念和学理性的辩护驳析。作者于前面论述中已经提出："胡适并不是从文字本身来判断其能否进入文学，而是从语言在现代情境中的适应性来判断其表现事物的真实程度。"针对郑敏先生的如上质疑，作者一方面肯定说郑敏先生对新诗的批评"是对新诗的发展非常独特和宝贵的意见。郑敏先生谈论问题的两个立足点'汉语'和中国古典诗词的'传统',也是我们所必须面对的"。这些见解"给了我们许多启发"。但作者用更多篇幅,从历史和学理上,从语言学理论的认识上,提出这样的批评意见:郑敏先生忽视了无论是汉语还是传统中国诗歌,"都同样处在现代性的境遇中,本身也是一个不断接纳新的经验意识、生成新质的过程。如果只以传统的汉语和诗歌为凝定的'标准',看不到或不以为它们也是处在历史的变动之中,只看到至今尚在'建设'甚至某些方面仍在'尝试'之中的新诗在起步之初的稚嫩和百年之间的缺陷,很容易出现批评的错位现象"。作者在书中将论证焦点引向"白话能不能作诗"的核心问题,认为"我们从语言和它的使用关系来看,胡适并没有改变汉语的符号系统和它'本质'的东西,他的改革只是以文学的方式在汉语内部寻找一条通向现代性的通道。他的语言改革与同时代人或更换汉语符号系统或实行'文言'和'白话'二元分工的态度相比,差别甚大。汉语经过白话文运动、欧风美雨的洗礼之后,尽管面临着许多亟待解决的问题,但汉语已经是一种面向'新世界'、现代经验、意识敞开的状态,既在吸纳新的现实经验,也在与传统对话、接纳传统"。从这个意义上来看,郑敏先生的"'五四'运动的走向是对汉语的母语本质进行绝对的否定"这一说法,"既是对'母语'认识的'绝对',也是对五四运动文化走向认识的'绝对','从零度开始'的批评对于'胡、陈'也不大合适"。"而胡适在中国近现代文学史上,所做的贡献最大的事情,恰恰就是将中国文学的语言形式当作语言形式本身而不是仅仅作为意义、内容的次属物来变革,其谨慎的在文学场域中'实地试验'出新的言说方式的态度、'国语的文学,文学的国语'的主张恰恰具备一种'书写'语言学的特征。从这个意义上说,怎么能仅仅将胡适的语言、文学革新理论理解为使汉语'口语中心'或'语音中心'化的'政治运动'呢?"本书还从符号学的视角,对于任叔永、胡先骕以及其他南社诗人的创作存在的弊病,作了这样的批评:他们"都落入了语言的'神话'模式,其最大弊病是以符号化的语言、意象阻隔了现实经验的传达,这种诗歌写作方式,既拦阻了汉语成为接通西方思想的现代性通道,也阻隔了现代个体情感经验的真切言说"。作者这些驳论的看法,是否准确与科学而有获得认同的可能,尚可进一步讨论。作为一种批评性的学术见解提出来,这样努力求真的学术态度,我以为还是应该肯定的。他在本书论述中坚持了一个年青学人的基本品格:从历史实际出发看待诗歌语言变革如何符合新文学生成的内在合理性。

我以为,这部专著,在前面这些论述中,如果能够在更充分理解郑敏先生批评陈、胡的诗歌语言改革与传统文化之间存在的断裂的看法,更多理解这些批评有其关注现代诗歌命运深层次问题的积极思考之外,可以对郑敏先生严肃讨论陈、胡的初期白话新诗理论主张的意义有更深的认识。比如:陈、胡的初期白话新诗理论主张和创作实践本身,与传统诗歌及其文化背景存在怎样不可避免的差异和距离;又怎样保持了或深或浅显在的或隐在的内在联系;它存在的问题又如何能得到理解也得到发展转化、走向正常艺术形态的空间,使得中国新诗在最初诞生与后来发展的过程中,能够在"新"语言传输系统中更多保持与中国传统文化内蕴、传统诗歌艺术精魂的连接;在逐渐走向独立和成熟过程中,形成一种深层而多样的精神和艺术承传发展的机制和可能性。此论著中针对郑敏先生虽然有些偏颇但却包含有很多合理性批评的意见,不是采取如"胡适是'口语中心论者'吗?"这样驳论口吻的质疑,而是对于新诗发展中这一带有"永恒性"质疑而至今仍被不断讨论的问题,作出更多充满理性的论述回答。这是我期望于一位严肃充满希望的年青学者应有的优良品格。如其他正在沉着坚韧向前拓进的青年学者一样,论著中其他可能存在的一些瑕疵,尚在其次。

属于历史性质的理论研究,如何做到既注意理论历史论述的宏观概括性，也要注意典型例证分析言说的具体性，是本书作者追求的一种阐释论述的艺术。书中论述梁启超、陈伯严（三立）等对黄遵宪的《今别离》一诗之极力推许高度评价，就是一个突出的例子。梁启超推举《今别离》一诗为"生出一个诗歌理想王国"的"典范"，陈伯严盛赞此诗为"千年杰作"。本书作者对相近题目作品和诸家的评述，进行个案具体分析之后，指出除了一般论者都认为"此诗确实不同凡响"之外，还从这里窥见到这样一个令人回味的信息："这里也有可能只是二人在诗中看到了与自身的诗歌理想契合的东西，他们的推许并不能表明这首诗的真正价值和意义在哪里，更不能表明诗歌就真的多么杰出，完美无缺。"对于此诗评价出现很大差别这一现象，作者进行了深入的分析探讨。他认为黄遵宪的诗不以"新语句"取胜，从这个"实际上是一次刻意试验的写作"的实践成果，可以窥见出"诗人是在考验诗歌接纳新事物，不徒见'新名词'而重在创造'新意境'的能力。诗歌的情感动力虽是思念亲人，但其写作目标并不就是一次通常的情感交流的文字释放，而是要有意试验出一种新的诗歌文本"。"作者就是蓄意要在传统的意义序列中来陈述出新的意义。"诗人实际上是"为了与古典诗歌的形式秩序进行对话，蓄意要在'古风格'中生出'新意境'"。接着在与孟郊《车遥遥》、沈佺期《拟古别离》等作品的比较中，作者又指出黄遵宪的《今别离》也是"蓄意要与《古别离》对话，试验古典诗歌的形式秩序接纳新事物、创造'新意境'的可能性"。"正是在当下性的'时间'而具有独立的经验、意识的个体'我'上，黄遵宪的《今别离》和'古别离'形成了明显的差异。"作者又举王闿运的《今别离》一词，进行比较，如胡适说的，完全摆脱了王闿运那种从头到尾模拟古人，"寻不出一些真正可以纪念这个惨痛时代的诗"的痕迹，也更可以看出黄遵宪的诗如何自觉地"突出现实历史的当下性和个体经验的独特性"。作者用了很长的篇幅，分析论述了黄遵宪《今别离》与诸多《古别离》诗作的差异性，及其在"诗界革命"新派诗中的"有意试验的文本"与读者接收关系中的重要价值和意义。并这样认为：《今别离》代表了为梁启超所忽视了的黄遵宪在"'风格'的试验上'胜过'了'新名词'，使之能化为真正'新'的言说个体现代经验的审美'意境'"。诸如这种诗人及作品个案的集中比较分析论述，与宏观理论阐释言说的结合，几乎成为本书一个闪光的特色。

　　本书面对一个必须回答这样一个长期存在的问题：对自古典诗歌语法结构向现代诗语法结构语言形态严的巨大转变，以及由此转变所带来的汉语诗歌中存在的许多问题，实质上也即是新诗发展中对于古典诗歌"破坏"以及在这"破坏"中孕育着怎样的生成机制的重建？本书第六章《破坏中的期待：白话诗的诗意生成机制》，就是对于这个问题的深层次的理论探讨。作者进一步思考的问题是："从晚清以来，诗歌中的这个'所指'就在面临着变换与难以变换的矛盾，而白话诗，更换了汉语诗歌的语言系统（'用白话替代古文'），能指层面的更新只是诗歌'内涵'生成的初步，而在诗歌写作的'修辞学'与汉语言说方式更新的'意识形态'之间，白话诗面临着汉语诗歌转型期的困难，也孕育着新的诗意生成的期待。"

　　作者参考乔姆斯基关于汉语"句法"在调解"语法"、"语义解释"、"语音解释"中的作用的理论，由此选择了汉语"句法"来探求古典诗歌到白话诗之间诗歌"说话方式"的诸多变化特征，其核心点，乃是注意新诗讲求"文法"的写作策略。本书尝试以新诗语言转变深层问题视角，从倡导白话文先驱者们关注和倡导汉语的说话方式一定要注意"文法"，来透视如何在服从于现代性思想意义诉求的急切语境下，参照西方语言注重理性、逻辑、细节说明的"说话方式"，将其植入现代汉语诗歌。这样便使得汉语诗歌的"句法"转换成为白话诗"须讲求文法"的写作策略的一部分。如此的讨论，就将胡适提出的诗歌从古典向现代蜕变中"须讲求文法"这一问题,在新诗"说话方式"变革与诞生中的重要意义,突显了出来,并着意从理论到实践方面,进行了深入专门的探讨。这样做的目的,是纠正汉语书面语的"言之无物"、"文胜质"的弊病,使新诗达到"寻求汉语言说意义的确定性和对现实经验的真正触及",它破坏了传统诗的"以隐喻、典故、语音等基本的'对等'模式"形成的"诗意生成方式",增进了我们对于白话诗"在特定历史时期所诞生的必要性的理解"。从这一观点的原则理解出发,书中对于胡适提出的文学革命的"八事"文学革命策略中几个核心性的重要主张,都一一作了深入的论说辨析,专门讨论了古典诗歌"对等原则"机制的运用方法和传达意义,胡适反对"用典"的"古典主义"诗学积习等。指出倡导白话新诗的前驱者们的偏激态度中,包含着怎样内在的诗歌美学机制变革的合理性追求。通过分析胡适与梅觐庄、任叔永的辩论,阐释了摧毁旧诗"程式化"的"诗歌伦理学"观念,达到体现"作诗如作文"精神的"更换诗歌语言系统",以彻底改变全然不顾个体经验的当下性与个体性的陈词烂调。对于胡适主张白话诗"具体性"的深入讨论辨析,指出其相对于抽象表达,又隐含着模糊和矛盾。讨论"'精密'的幻觉"问题,提出"一味追求'文法'能否达到汉语表意'严密'的目标"的质疑时,作者认为,"'诗的具体性'只有在意象、意境的营造中才能发生。白话诗也只有在这个意义上才能真正在经验、语言和形式三者互动的向度上建设出自己的美学,真正走向诗歌感觉和想象世界的具体性"。书中也借鉴国内外已有重要研究成果,审视诗界革命的的历史局限,详细具体论述了古典诗歌的语法生成和意象呈现方式所带来独特美学效果和无法避免的弊病,在现代境遇下难以接纳流动、变化的经验现实之间的困难与矛盾。这些情况,即为晚清诗歌努力在既成不变"旧风格"(传统句法、格律)框架的规约下,对于纷繁复杂的新的"现实性"容纳的局限,所出现的晚清诗歌革新的艺术困境。书中也详细论述五四一代人对此困境的克服：如何像胡适那样从句法的转换入手；如何从追求对仗和用典等隐喻效果的诗，变成不讲对仗、用典"自由"贴近口语的诗；企图通过新的"词"的组织方式来触及现代境遇中的纷繁复杂的"物"，从而让诗歌能够直接把握现代性的"现实"。很显然，这些研讨都为加深我们对于五四初期胡适关于白话诗建设的理论认知，提供了新的理解视角和可能性。

　　记得是于去年岁末，在首都师大附近的一个宾馆里，参加一次关于当代散文诗问题的学术研讨会。一起与会的荣光启副教授是我的友人王光明教授指导的博士毕业生。本书就是在光明指导的博士学位论文基础上修改而成的。会议期间，我听了荣光启关于一本散文诗集新作的发言，他清晰的学理思维和求深的新异见解，引起了我的关注。会议快结束的时候，荣光启向我谈及他博士学位论文的主要内容，即将由中国社会科学出版社付梓刊行，并要求我能为之写一篇序。我当时没有太多犹豫，即答应了。他回到自己任教的武汉大学不久，寄来了出版社已经排版装订成册的厚厚一本清样。我于是年12月21日的回复邮件中，如是写道："所寄博士论文大作清样，及其他书籍，均于前几日，平安收悉，写此函特告，望释念。因一直忙于其他杂事，今天才开始阅读你的大作。明日要外出一趟，五日后归来。待阅读后，写序文，可能要拖延至明年了。真对不起，望谅！"接此短函后，他当日即于回复的电子邮件里说："序文一事，您根据自己时间精力吧，不要紧的，您先忙。那日我试着与您一说，您能欣然答应，我很感动，更是战兢，怕给您的生活带来搅扰。很感谢！"从短短文字中，我感到年青人对于我这位耄耄老人一种理解宽容的温馨。但我自己也没有预料到，自己在新的一年里，因各种大小学术会议和活动，应付各项须要完成的"急活儿"，诸多无法推却的外出杂事，加上身患疾病带来的限囿，这份"欣然答应"的序文，竟一直拖延了下来。这样一拖，就是八九个月了……于斯，我常常怀有一种惭愧不安的心境。

　　前时，经一番挣扎思考之后，忽然发誓立即实践：放下手中一切急待完成的"文债"，会议论文写作，将此部书稿很快读完，并边读边学边录书稿文字和读后一些随想，又连续几天于匆匆中一声声"敲"出这些思索杂乱的文字来。我想以此完成的无甚学术价值，类似"论文摘抄"、"导游说明"式的文字，聊以弥补自己"欠债"的遗憾，并传达迄望作者谅解的一点心意。所幸我与本书作者，虽年纪差异甚远，然为新诗研究同路人的心境是一致的。我们自知走的是一条非常寂寞的路。边阅读这部几十万言的厚重大作，边想象我们一代代知识人已经走过或将要走过的漫漫长路，我总是忘不了这部书稿里引用过的大诗人李白《长相思》里那句凝聚生命心血的千古慨叹："天长路远魂飞苦，梦魂不到关山难。"今引录于此，作为书序的结尾，谨以此语，期冀和祝愿作者在"天长路远"的学术跋涉中不断收获更多更丰硕的果实，并以此在寂寞的探索路上相互慰勉也。

2012 年 9 月 18 日深夜于京郊蓝旗营

目　录

导言　探寻"发生"的理路 …………………………………（1）
　一　"现代汉诗"的诗学理念 ……………………………（1）
　二　现代性的言说诉求 ……………………………………（8）
　三　"新诗"与"新文学" ………………………………（11）
　四　诗歌本体的谈论 ………………………………………（14）

上篇　寻求新的言说方式

第一章　"言文一致"的想象 ……………………………（23）
　一　言文相"离"的焦虑 …………………………………（24）
　　（一）必要的分辨 …………………………………………（24）
　　（二）汉语言文"不相合" ………………………………（29）
　　（三）"传世之文"与"觉世之文" ……………………（34）
　二　"言文一致"的寻求 …………………………………（38）
　　（一）与"文言"对立的"白话" ………………………（38）
　　（二）"白话"对"现实"的分担 ………………………（42）
　　（三）"二元"态度的问题 ………………………………（43）
　　（四）"言文一致"的提法 ………………………………（49）
　　（五）激进的拼音化方案 …………………………………（53）
　三　语言变迁的自身特性 …………………………………（55）

第二章　汉语内部的通道 ……………………………………（60）
一　从"文字问题"到"文学问题" …………………………（61）
　　（一）"汉文问题之中心" ……………………………………（61）
　　（二）"文学"的解决思路 ……………………………………（68）
二　"工具"革命与"形式"追求 ……………………………（81）
　　（一）"白话"："文学工具的革命" …………………………（81）
　　（二）"文法"：语言内在结构的"疏通" ……………………（86）
三　"有意的主张"：现代性的文学必需 …………………（93）

第三章　"国语"的"文学生成" …………………………（99）
一　"国语"：现代性的语言目标 …………………………（101）
　　（一）"国语"概念的来源 ……………………………………（101）
　　（二）"标准"："选定"还是"建设"？ ………………………（111）
二　"文学"的生成方式 ……………………………………（124）
　　（一）对"白话诗"合法性的质疑 …………………………（124）
　　（二）"政治运动"还是"文学革命"？ ………………………（130）
　　（三）"说话"与"书写"的相互生成 …………………………（136）
三　"汉语"与"诗"的问题 …………………………………（146）
　　（一）"母语"、"传统"与汉字 ………………………………（146）
　　（二）"历史连续性"的必要体认 ……………………………（155）
　　（三）对"新诗"的态度 ………………………………………（162）

下篇　诗歌作为特殊的言说

第四章　经验、语言与形式（上）：晚清诗的内在矛盾 ……（167）
一　语言符号的更新 …………………………………………（169）
　　（一）"新名词"的意义 ………………………………………（169）
　　（二）政治性的革命方案 ……………………………………（175）

二 形式秩序的力量 …………………………………… (188)
  （一）"新语句"与"古风格" ………………………… (188)
  （二）古典诗的"程式"与"归化" …………………… (194)
三 彰显矛盾的写作 ………………………………… (200)
  （一）有意试验的文本 ……………………………… (200)
  （二）形式上的挣扎与牺牲 ………………………… (217)
  （三）汉语言说方式的"维新" ……………………… (227)

第五章 经验、语言与形式（下）：白话诗的句法转换 …… (233)
一 古典诗的美学机制 ……………………………… (236)
  （一）汉语诗的"词法" ……………………………… (236)
  （二）近体诗的句法与意象 ………………………… (240)
  （三）形式与经验的矛盾 …………………………… (244)
二 白话诗的"说话"方式 …………………………… (254)
  （一）"刷洗过的旧诗" ……………………………… (254)
  （二）寻求诗体的"解放" …………………………… (258)
  （三）经验对形式的冲决 …………………………… (267)
三 句法转换与语义生成 …………………………… (283)
  （一）白话诗的句法结构 …………………………… (283)
  （二）汉语的"严密化" ……………………………… (294)

第六章 破坏中的期待：白话诗的诗意生成机制 ………… (304)
一 必要的"形式"策略 ……………………………… (306)
  （一）"须讲求文法" ………………………………… (306)
  （二）"文法"与"八事" ……………………………… (311)
二 新的意义"对等原则" …………………………… (316)
  （一）"隐喻"与"用典"问题 ………………………… (316)
  （二）"限度"与新的可能 …………………………… (321)
三 诗歌语言的"符号学" …………………………… (325)

（一）"务去烂调套语" …………………………………（325）
　　（二）反"神话"语言 ………………………………………（330）
　　（三）大于"内容"的诗歌"修辞学" …………………………（333）
　四　新诗"具体的做法" ……………………………………（345）
　　（一）哪一种"具体性"？ ……………………………………（345）
　　（二）"'精密'的幻觉" ………………………………………（353）
　　（三）感觉与想象的"具体性" ……………………………（357）
　　（四）"新体诗的音节" ………………………………………（365）

余　论　关于一种现代诗歌文类的确立 ……………………（373）

附　录　"标准"与"尺度"：如何谈论"现代汉诗"？ ………（377）
　一　辨析："标准"与"尺度" …………………………………（377）
　二　当代诗歌：本体认识无"标准" …………………………（379）
　三　"现代汉诗"：对新诗的一种谈论方式 …………………（382）
　四　深度个体言说：经验的尺度 ……………………………（384）
　五　对"现代汉语"的自觉：语言的尺度 ……………………（386）
　六　诗之本体的意识：形式的尺度 …………………………（389）

主要参考文献 …………………………………………………（394）

后　记 ……………………………………………………………（413）

导　言

探寻"发生"的理路

　　我们要看看我们启蒙期诗人努力的痕迹。他们怎样从旧镣铐里解放出来，怎样学习新语言，怎样寻找新世界。

——朱自清

　　到目前为止人们所做的只是文学意指的分析，也就是说非文学的分析。但是这样一些问题所指向的是文学形式本身的整个历史，以及它们身上一切确实地注定要给这种对意符的蔑视提供借口的东西。

——［法］雅克·德里达

　　诗歌不是对自然的单纯摹仿；历史不是对僵死事实或事件的叙述。历史学和诗歌乃是我们认识自我的一种研究方法，是建筑我们人类世界的一个必不可少的工具。

——［德］恩斯特·卡西尔

一　"现代汉诗"的诗学理念

　　作为一种以"白话"为语言、以相对"自由"的诗形为体式的现代诗歌文类——"新诗"（其初期形态为"白话诗"），到底是如何"发生"的？这一重要的文学史事实，其内在状态和过程至今并未得到充分的言说：作为现代文学的开端，似乎随着伟大的"五四运动"、"1919"，"新诗"就跟着焕然一新；作为近代文学的末尾，"新派诗"的出现、"诗界革命"的发生，表明古典诗歌确实受到了"资产阶级改良派"的"改良"，但究竟"改良"了什么、这种"改良"与"新诗的发生"有什么关系？长期以来，人们一边嘲笑胡适的"两个黄蝴蝶"的幼稚，一边漠然"长短不一"、不避"俗语俗字"的白话诗何以从此就演变为现代的自由诗。"新诗的发生"，一方面，似乎是一件"自然而然"的事情，另一方面，似乎又是文学史最晦暗不明的一段时光和诗歌本体话语最复杂的奥妙所在。

自初唐以来诗歌形式规范极为成熟的汉语近体诗（格律诗）何以到了五四前后就变成了白话诗、自由诗？这是本书所要讨论的话题。在晚清至五四这一新旧交替的历史时期，诗歌在语言和体式方面到底经历了怎样一个"过渡"的历史？决定诗歌变化的外在原因和内在机制是什么？对于这一段历史时期的文学，学界至今似乎仍关注不足，一位学者在描述"清末、民初"这一时期在文学史上的地位时说：

> 这是中国近代历史和中国近代文学史上一个没有名目的时期：1912—1919 年。对于这几年的时间，人们用过"民初"的说法，但究竟哪一年还算"初"，并没有确切界定。当 1912—1919 这一时期在时间的流逝中凝定为"历史"，它的作家作品进入文学史视野的时候，它已经被"五四"那条粗重的历史分界划入了"近代"的范畴。而"近代文学史"迅速形成了相对固定的描述系统，这一时期便被视为不值得多费笔墨的一个尾巴。至今我们所见到的近代文学发展阶段的划分方式中，"民初"通常是缀连于"清末"之后而稍带过去的。①

---

① 刘纳：《1912—1919：终结与开端》，《中国现代文学研究丛刊》1998 年第 1 期。

事实上，在"古代—近代"和"现代"之间，现代诗歌的发生也常常被作为前者的末尾和后者的起始，既作为新时代来临之前的"末流"一带而过，又作为"新"的文学史的"开端"，不言自明。

本书的工作就是在一般近代文学史的"末流"（晚清、民初）和现代文学史的"开端"（五四）之间来寻求旧诗形式解体和新诗基本体式建立的大致理路。当然，文学有多种谈论方式，本书所选择的角度主要是一种文学的本体话语，倾向于探讨在历史中语言符号的更新和文类自身形式规则的变化对一种文类形成新的型态的影响。

"诗歌"是一种特殊的"言说方式"（"说话方式"），在一切文类中，它的形式感是最突出的，它对语言、意象的要求是最严格的。诗歌言说"现实"经验、思想、意义，但它并不直接满足人的意义诉求，更不直接等同于"现实"，而是在具体的"语言"形态和特定的"形式"机制中间接呈现"经验"的现实。这样的话，当我们谈论诗歌的发生，有三个因素是不可避免的，即现实经验、语言符号和艺术形式。从"新诗"所在的历史时间看，与此相关的分别是：个体的现代性的现实境遇，汉语所必须面临的现代转换和诗歌传统形式与现代经验的冲突，由此我们将涉猎"新诗"的"现代"语境、"汉语"方式及"诗"的本体特征。

事实上，这是一种以诗之本体为核心的谈论方式，强调的是诗之为诗的东西。从这个角度，本书虽然也认同"新诗"与古典诗歌的差别，但还是认为以这一概念并不能较好地谈论晚清以来中国诗歌的问题的复杂性。"新诗"是与"旧诗"相对的，这一命名无法指涉诗歌的本质和价值；在诗歌的写作实践中，"新"和"旧"的因素、现代和传统的东西，并不是意识形态中的对立关系，而是转化、交换关系；"新"的诗不见得是"好"

的诗，"旧"诗的方法未见得就不能在"新"诗里使用。从语言角度，"新诗"的语言——"白话"也在传统和西方"文法"的多方"对话"中发展成为较为成熟的现代汉语。从形式角度，"新诗"的体式"自由诗"也不能被绝对化，不加分辨地崇尚"新诗应该是自由诗"①，无视诗歌所必须的情感的内在节奏、声音美学，而是应该在经验和语言、诗行之间寻找节奏的美妙平衡，建设真正"现代"的"诗形"。若是从经验、语言和形式三方互动的角度来看待现代诗歌，我们应该能触及晚清以来中国诗歌的许多重要问题，就不至于偏执于其中一方而把诗歌的问题简单化。故此，本书愿以"现代汉语诗歌"（简称"现代汉诗"）的概念②代替"新诗"来面对20世纪中国诗歌的问题，力求关于诗歌"发生"的辨析，紧紧抓住"现代"（现代经验）、"汉语"（现代语言）、"诗歌"（现代人的情感与形式）三个要素，强调对诗歌本体特征的自觉的意识。

以"现代汉诗"概念来与20世纪中国诗歌"本体"特征做全面"对话"的文本资料，据本书有限的了解，目前学界已有民间诗刊《现代汉诗》③；学术著作有美国加州大学戴维斯分校教授奚密的《从边缘出发——现代汉诗的另类传统》④和国内诗歌研究专家王光明先生的《现代汉诗的百年演变》⑤以及王光明

---

① 废名（冯文炳）：《新诗应该是自由诗》，废名（冯文炳）：《谈新诗》，人民文学出版社1984年版。

② 这一概念的提出与具体论证详见王光明《中国新诗的本体反思》（《中国社会科学》1998年第4期）及王光明《现代汉诗的百年演变》（河北人民出版社2003年版）的"导言"部分。

③ 大型诗刊《现代汉诗》是20世纪90年代中国诗坛一份颇有影响的民刊，1991年1月创刊，创刊号在北京印行，至1995年年底，共出9册。由芒克、唐晓渡等人发起，各地诗人参与。在此发表过作品的诗人有欧阳江河、于坚、西川、王家新、翟永明、张曙光、朱朱、小海、肖开愚等一批中国当代最优秀的诗人。

④ ［美］奚密（Michelle Yeh）：《从边缘出发——现代汉诗的另类传统》，广东人民出版社2000年版。

⑤ 王光明：《现代汉诗的百年演变》。

主编的一部论文集①。而从"新诗的发生"角度来考察现代诗歌作为一种文类到底是如何确定的，目前尚只有一部优秀的博士论文——年轻的诗人和批评家姜涛所著的《"新诗集"与新诗的发生研究》②。

不过，民间诗刊《现代汉诗》主要是诗歌创作文本，是诗歌写作的具体探索，至于对"现代汉诗"这一概念的完整认识和自觉意识似乎还较缺乏。而奚密教授在著述中有"现代汉诗"的提法，但从她的行文可以看出，其"现代汉诗"一词也可以用"20世纪中国诗歌"、"中国现当代诗歌"等概念来代替，没有体现使用这一概念时所必需的对"诗歌和现代性话语及情境、现代语言相互缠杂状态"的自觉意识。并且，此书的价值不在于其谈论了"现代汉诗"，而在于谈论了现代中国诗歌的一个重要特征——"边缘"性③。北京大学中国现当代文学专业博士、诗人姜涛的论文，从社会学、接受美学的角度，来谈论社会阅读空间和读者的某种诗歌"阅读程式"的形成与"新诗"作为一种新的诗歌文类确立之关系，论文挖掘了大量民初至五四时期的诗歌文本、论争方面的资料，也吸纳了较新的西方文艺理论（如［美］乔纳森·卡勒的《结构主义诗学》等），确实深入地探讨了20世纪中国诗歌的早期形态——"新诗"的发生，给当前学界的现当代文学研究，也给本书带来许多宝贵的启示。不过，初衷虽一致，但本书与这部学术论文还是颇有区别：与它的

---

① 现代汉诗百年演变课题组编：《现代汉诗：反思与求索》，作家出版社1998年版。

② 北京大学2002届博士学位论文，温儒敏教授指导。为2004年"全国优秀博士学位论文"。后由北京大学出版社2005年出版。

③ 这部著作"采用'边缘'作为一诠释批判性观念，来探讨现代汉诗发展的脉络，触及诗史上几个重要的运动和争议，同时提供一理论架构来分析现代汉诗的现代本质，包括美学和哲学特征。'边缘'的意义指向是双重的：它既意味着诗歌传统中心地位的丧失，暗示潜在的认同危机，同时也象征新的空间的获得，使诗得以与主话语展开批判性的对话"。奚密（Michelle Yeh）：《从边缘出发——现代汉诗的另类传统》，第1页。

偏重挖掘历史资料、细致描述"新诗"发生的历史情状和对作者—读者之间关系的注重不同，本书主要是关注诗歌本体内部的语言、形式与现代性语境中的个体经验的纠结、互动对"新诗"①发生的影响；在论述方式上，尤其是本书的"下篇"，注重的是对诗歌文本和语言形态、艺术形式的理论分析；本书的目的是试图在晚清至五四这一中国现代知识分子追求现代性的语境下，通过对语言目标的追求和具体诗歌创作情况来考察"现代汉诗"的内在脉络和学理依据。

真正将"现代汉诗"视为一种特定的诗歌形态、作为一种对诗歌"本体"的自觉意识来谈论20世纪中国诗歌，且论及其"发生"的，是国内的诗歌研究专家王光明先生。在其代表性的著作《现代汉诗的百年演变》中，王光明以"现代汉诗"诗学理念为出发点，谈论了大致从1898—1998年这一百年的诗歌演变历程。他将从晚清的"诗界革命"（1898年前后）到五四时期（1923年左右）这一时期称为新诗的"破坏时期"；从20年代开始，延续到40年代的诗歌在"诗形"和"诗质"方面双向的寻求的时期，被称为"建设时期"；而从50年代到80年代，"现代汉诗"在中国大陆、台湾、香港得到了不同程度的发展，这一时期可以称为"分化期或多元探索的时期"。尤其是他对"晚清"的论述对笔者深有启发，使笔者对"现代汉诗"的"发生"的思虑延伸到晚清、1898年以前。

在人们的印象中，晚清诗歌似乎缺乏诗歌的审美性，只是一种过渡时期的产物而已。但王光明在此追究：为什么"必须过渡"？具体怎样"过渡"？留意晚清诗歌的人都会注意到，"诗界革命"的同仁们从一开始就没有人提出要反对那与"新语句"和"新意境"极不相称的"旧风格"（或"古人之风格"）。"以旧风

---

① 本书的谈论只到"新诗"的初期形态——"白话诗"为止，时间下限约为1919年、1920年。

格含新意境"。唯"新"的"诗界革命"话语似乎在此显出极大的矛盾：为什么其他都可以"新"，唯有"风格"不可以？为什么诗人们从不怀疑：诗歌的"新"，难道与作为诗歌整体特征的"风格"无关？为什么就没有人想触动这一最明显的矛盾物抑或撼动不了？这个症结主要在于王光明所说的中国诗歌"古典形式符号的物化"。"晚清诗歌最大的特点是以内容和语言的物质性打破了古典诗歌内容与形式的封闭性，是一种物质性的反叛。"[①]"它醒目地彰显了古典诗歌体制与现代语言经验的矛盾与紧张。"[②]晚清诗歌与现代性经验的表达、与现代语言的紧张关系表明了中国古典诗歌里的"权势的结构"及其束缚力量。虽然晚清诗人没有真正在诗歌内部找到解决的方案。但接下来胡适一代人正是从他们那里受到启发，胡适、陈独秀们就是以突破这"权势的结构"为起点，从语言、形式入手，以那不符合"结构"的、根本不能入诗的白话文（白话文事实上是一种说话方式，不求炼字、用典、韵律等）入诗，以自由诗的形式，在几经"尝试"与批评责难之后终于获得初步成功。在对晚清诗歌的述说中，我们看到了王光明对待诗歌历史的开放性（不"锁定"历史、轻易忽略它、评判它）和对诗歌"本体"的关注（着力于谈论诗歌文类的自身特征）。

  王光明紧紧抓住现代经验（现代性语境、个体生存经验），诗歌文类特征（诗歌的情感、想象方式、形式问题），现代汉语（现代语言）三个方面的问题，考察这些问题与具体的诗歌写作的碰撞，揭示现代性、诗歌、语言三者历时和共时的"权力"交叉与"利益"交换。他极力避免将开放的问题历史化、将亟待阐释的文本经典化、将"流动"的主体予以定性，而是力求开放探求的过程。在重新述说中国现代诗歌的百年历程、在辨析

[①] 王光明：《现代汉诗的百年演变》，第24页。
[②] 同上书，第33页。

"现代经验"、"现代汉语"、"诗歌本体要求"三者互动关系的诗性言说之中，王光明尝试一种可以称为"现代汉诗"的诗歌本体话语的建构。这种在"三方互动"中谈论诗歌的话语建构的方式虽不能给予诗歌本质的确立，但确实给我们显示出如何切近诗歌本体的一条有效路径。这一话语在诗歌研究和诗歌创作中的实践，对于培养识辨现代诗歌的纯正艺术直觉，培养现代诗歌写作在语言、形式、经验转换的自觉意识，具有非常实际的指导作用。毫不讳言，本书的写作受这一诗学理念影响至深。

二　现代性的言说诉求

将从晚清至今的中国诗歌称为"现代汉诗"是一种针对传统诗歌史的新的书写格局。1917年或1919年以来的中国诗歌，一般被称为"新诗"，与"古典"的"旧诗"相对。而对于1917年以前至鸦片战争的中国诗歌，许多文学史往往以"近代诗歌"一刀切。对于晚清诗歌的研究和对于五四初期诗歌的研究，要么是被分开的，一个是近代文学，一个是现代文学；要么是孤立的，忽略它们在诗歌变革内在理路上的联系。这些干脆的划分与其说带来了诗歌发展史的明晰，不如说隐含了其中的问题："新诗"这一名词并不是五四时期才出现，对于诗歌实验的冲动，梁启超等人也并非不比五四的诗人们激越，为什么"新诗"史就不能从晚清，非得从五四开端？即使"新诗"运动从五四开始，若没有一个前期的由量变到质变的"蓄势"过程，没有晚清诸诗人尤其是"诗界革命"诸干将在理论和创作上的准备，当胡适发起"白话诗"运动时，从受启到发动再到应者云集，也许是另一番局面。从本书的角度，笔者更关注晚清文人的更新汉语言说方式的努力与五四一代人之间的差别和连续性，晚清诗歌创作中的困难、矛盾对五四一代人的经验与启示。也就是说，"现代汉诗"的发生，至少应当从晚清开始寻找语言和形式的脉络。汉语书面语在几千年的发展之后，面对晚清现实世界的剧变和个体经验的变化，成为一种"言"、"文"相离的难以真实传达现实经验的言说机制。晚清文人也由此开始了"言文一致"的寻求。"现代汉诗"的发生无疑脱离不了这一寻求新的汉语言说方式的背景，因为诗歌是传统文化的主要形式，对于改革者说，则是最大的"壁垒"，改革了诗歌的作法，就等于攻克了传统言说方式的坚固城堡。

费正清先生曾将 1890 年视为西方对华侵略（改造、影响）的关键阶段的开始，19 世纪 90 年代也是中国几千年思想文化"风云激荡过程"的开始，"预示了一个社会文化变化的新时代的到来"，随着西方的扩张，"在那些和外部世界市场有密切关系的城市的经济中产生了程度不同的'现代'部分。和这种经济发展有关的是，社会发生了变化，产生了诸如买办、工资劳动者和城市无产阶级这样一些新的集团。而且，由于西方制度的'示范影响'以及和外部世界交往的增长，社会变动的过程必然在本地居民中发生，它逐渐破坏了他们传统的态度和信仰，同时提出了新的价值观、新的希望和新的行动方式"①。这是一个新旧交替的时代，"新的价值观、新的希望和新的行动方式"在起着"示范影响"，但还绝不能这么快被接受。这个时代，"现代"的文化因子已在萌生发芽，但本土的政治、文化专制还异常严重，中国固有的文化传统仍然具有巨大的吸引力，在本土专制和外部侵略、文化传统和初生的"现代"景观的多重逼迫下，知识分子似乎面临着难以自由言说的民族危机感、文化上的心理焦虑和语言上的言说困境。

"别造清凉新世界，遥伤破碎旧山河……"这是一位中国诗人 1900 年在《清议报》上的对日本的新文明的惊羡和对旧中华

---

① ［美］费正清、刘广京编：《剑桥中国晚清史（1800—1911 年）》（下卷），中国社会科学出版社 1985 年版，第 322—323 页。

的感伤①。许多对于世界和文化非常敏感的诗人，痛感汉语几千年的言说方式与时代的不适，以至有人长叹曰："周秦以后无新语。"② 1915年，著名记者黄远庸在致《甲寅》编者章士钊的信中还有这样的感叹："愚见以为居今论政，实不知从何处说起……"对于当下的世界，"不知从何处说起"，这不仅是晚清文人思想上的困惑，也是言说方式上的困惑，不然黄远庸就不会认为其根本的解困策略还是文学和语言的更新，"……选事立词，当与寻常批评家专就现象为言者有别。至根本救济，远意当从提倡新文学入手。综之，当使吾辈思潮如何能与现代思潮相接触，而促其猛省；而其要义，须与一般之人生出交涉，法须以浅近文艺普遍四周……"③ 黄远庸这种文学"须与一般之人，生出交涉"的看法，在胡适看来，是"中国文学革命的预言"④。1916年7月13日，胡适在《留学日记》中也提出："吾以为文学在今日不当为少数文人之私产，而当以能普及最大多数之国人为一大能事。"⑤ 黄远庸的"不知从何处说起"、如何"说"的感叹与寻思，恐怕是自19世纪90年代这个剧变的时代以来很多中国知识分子都有的。以胡适来说，作为白话文运动的先驱，其终极之意并不在"新"诗、"新"文学，而是通过具体的文学实践来切近他心目中的"国语"目标——更新传统的汉语言说方式。这一言说方式的意义并不仅仅在于文言变成了白话，格律诗变成了自由诗……其重要的意义还在于通过语言规范的变化也改变了汉语文化的思维方式，从而使汉语成为了汉语文化与西方思想、文化之间的现代性通道，使汉语作为一种语言，能够适应历

---

① 青木森：《题星洲寓公风月琴尊图》，《清议报》第43册，1900年4月1日。
② 星洲寓公：《寄怀梁任公》，《清议报》第33册，1899年11月21日。
③ 《甲寅》第1卷第10号"通讯"，黄远庸来信，1915年10月。
④ 胡适：《五十年来之中国文学》，《胡适文存二集》卷二，上海亚东图书馆1924年版，第164—165页。
⑤ 《胡适留学日记》（下），安徽教育出版社1999年版，第355页。

史需要，言说流动、变化的现实经验，或者说，汉语才开始渐渐显得能将流动、变化的现实经验"言说"出来。

作为变革汉语言说方式的重要先驱——胡适，其文学主张、文化主张，都透露着变革汉语言说方式的策略和信心。1917年，年仅26岁的胡适在北京大学讲授《中国哲学史》，面对很多国学功底可能并不比自己差的学生，一上来就抛弃了三皇五帝，从周宣王讲起，"骇得一堂中挢舌不能下"，有人不以为然，有人听了几堂课就豁然开朗：原来胡先生是在"整理国故"，对汉语文化作重新阐述，以至于心悦诚服："胡先生讲得的确不差，他有眼光，有胆量，有断制，确是一个有能力的历史家，他的议论处处合于我的理性，都是我想说而不知道怎样说才好的。"① 胡适的学术事实上也可以被视为汉语（文化）言说方式的变化，正是这种言说方式的变化使在传统言说方式中难以呈现的现实经验被呈现出来，才使许多青年似乎得到了一种如何言说过去那种"想说而不知道怎样说才好"的现实经验的启示。可以说，面对现实世界的变化和个体经验的内在变化，从晚清以来，中国知识分子更新思想方式和言说方式不得不成为首要的事情。从"言文一致"下手，寻求汉语言说方式的变革是晚清以来中国知识分子在现代性境遇中的内在要求。谈论"现代汉诗的发生"离不开这一现代性语境。

三 "新诗"与"新文学"

不过，这种"内在要求"在摆脱民族危机和渴望与西方现代性思想、文化对接的急切心理当中，一开始并没有很好地在汉语具体的文学和文化中"内在化"地实现。胡适的文学革命的

---

① 顾颉刚：《古史辨·自序》，《古史辨》第1册，北京朴社1926年版，第36页。

重要背景就是晚清的汉语拼音化运动与白话文运动。拼音化运动对汉语的要求，事实上是在欧美拼音文字或日本文字的"优越性"的参照下对汉语的言文分离状况的急切期求。用胡适的话说，就是："当时也有一班有远见的人，眼见国家危亡，必须唤起那最大多数的民众来共同担负这个救国的责任。他们知道民众不能不教育，而中国的古文古字是不配做教育民众的利器的。这时候，基督教的传教士早已在各地造出各种方言字母来拼读各地的土话，并且用土话字母来翻译《新约》来传播教义了。日本的骤然强盛，也使中国士大夫注意到日本的小学教育，因此也有人注意到那五十假名的教育功用。西方和东方的两种音标文字的影响，就使中国维新志士渐渐觉悟字母的需要。"[①] 而晚清的以文言保存国粹、白话开启民智的白话文运动，也是不顾及语言和文学的本质特征的应急措施。这两个背景，从汉语的特质和语言、文学的特质角度，都面临着许多问题。

而胡适的独到之处，是看到了汉语作为中国文化的基础，它不可能轻易地被西方语言全盘"格式化"。在胡适看来，我们要做的不是"废灭汉文"，而是寻找使汉文"易于教授"的方法。胡适在这里把"文字的问题"变成了"文学的问题"，把言说工具的替换变成了言说方式的改进，从汉语内部寻找合适的通道来适应汉语的言说方式的现代要求。

胡适的方法一方面是更新汉语的书面语形态，以不太"雅"的"白话"、口语作文作诗，做文学的"实地试验"，尝试建立新的诗歌文类，以实现汉语语言符号系统和言说方式的变换。另一方面，面对汉语在普遍交流意义上的困难，胡适、赵元任等借鉴西方语言的"文法"，来疏通汉语被过于讲求形式的文言所阻塞的意义结构，使汉语朝意义"确定"、"明白晓畅"的方向上

[①] 胡适：《导言》，《中国新文学大系（1917—1927）》第一集《理论建设集》，上海良友图书公司1935年版，第6页。

发展。这种语言符号和形式策略的变化，对中国诗歌的影响是巨大的。

但正如胡适自己所说，就是"白话作诗"，也"不过是我所主张'新文学'的一部分"①，他的目标是解决中国传统的语言形式与现代经验相脱节的问题，寻找适应"现代"的汉语言说方式，文学不过是他的"实地试验"的最佳场域，"白话诗"则是检验"试验"到底能取得多大成功的重要尺度。事实上，"白话"只是胡适的文学革命的工具，是他个人"从中国文学演变的历史上"寻得的"中国文学问题的解决方案"，是文学形式的革新的基点，唯有通过文学形式的革新才能使中国语言文学能够接通现代性的思想、经验，"白话"不是胡适倡导文学革命的最终目标，其最终目标乃是通过白话文运动来实现一种合理的民族共同语——"国语"的发生。"我们所提倡的文学革命，只是要替中国创造一种国语的文学。有了国语的文学，方才可有文学的国语。有了文学的国语，我们的国语才可算得真正国语。国语没有文学，便没有生命，便没有价值，便不能成立，便不能发达。"②

值得注意的是，胡适追求"国语"这一宏大的现代性目标的方式与众不同，他是要在"文学"的书写实践中来"生成"出"国语"，他的"国语"和"文学"是互动的关系，新的语言和新的文学是相互生成的，不是先有了新的语言标准就有了新

---

① 胡适:《文学革命八条件》,《胡适留学日记》, 上海商务印书馆1947年版, 第1002页。胡适十七卷《留学日记》, 原来题作《藏晖室劄记》, 民国二十八年（1937年）上海亚东图书馆排印发行, 有民国二十五年胡适写的自序。1947年, 这十七卷日记由商务印书馆重印发行。胡适在《重印自序》里说:"我向来反对中国文人用某某堂, 某某室, 某某斋做书名的习惯, 所以我自己的文集就叫做《胡适文存》《胡适论学近著》。这个法子可以节省别人的脑力, 也可以免除后人考订'室名''斋名'的麻烦。'藏晖室'本是我四十年前戒约自己的一个室名。"在日记第十一卷开始, 胡适曾说:"此册以后, 吾劄记皆名《胡适劄记》, 不复仍旧名矣。"1947年重印时, 胡适决定改用《胡适留学日记》的标题。

② 胡适:《建设的文学革命论》,《新青年》第4卷第4号, 1918年4月。

的文学书写，而是先"有了国语的文学，自然有国语"，所以有"国语的文学，文学的国语"的主张。胡适的目标是"国语"，但他强调的是其"文学"的生成方式。现代汉语诗歌的初期形态也是在这一语言和文学的互动的过程中发生。这种"汉语"、"文学"、"诗"等因素相互指涉的过程也显现出许多值得关注的问题，譬如："汉语"言说方式的更新与文学写作到底有什么关系？这一西方解构主义思想家德里达也认同的语言的"文学生成"[①] 的方式在汉语里有没有合法性？"诗"的"汉语"形态应当主要靠什么体现？"白话"能否作诗？"新文学"之所以发生的因由对于诗歌这一独特文类是否也普遍适用？

四　诗歌本体的谈论

在晚清以来知识分子寻求新的言说方式的背景中看"现代汉诗"的"发生"的现代性和语言学因由，是将"现代汉诗的发生"作为晚清以来中国知识分子寻求新的言说方式的一种实践，突出的是"现代汉诗"作为"国语"这一现代性宏伟目标和"新文学"实践的一部分。不过，虽然诗歌是一种现实所需要的言说方式，但诗歌言说现实自有其独特的方式，这样我们谈论诗歌的发生就不得不进入诗歌的内部——经验、语言和形式三者的纠结，这种谈论关乎诗之本体，倾向于诗歌的诸多内在因素。

晚清诗歌中有许多丰富的图景："新名词"入诗，"新语句"与"旧风格"之间的龃龉，梁启超政治性的诗歌方案，黄遵宪

---

① "人们是否在一边说话一边写作或一边写作一边说话，人们是否在一边写作一边阅读或一边阅读一边写作……"关于"说话"和"书写"的相互"生成"问题，解构主义理论家［法］雅克·德里达《论文字学》（上海译文出版社1999年版）和《书写与差异》（生活·读书·新知三联书店2001年版）均有论及，本书第三章将有涉猎。

对诗歌"革命"的谨慎,"旧风格"对"新语句"的胜利,语言和形式为创造"新意境"所做出的挣扎与牺牲……晚清诗歌虽然也有不少佳作,但其最大意义在本书看来还是那些如《今别离》①一样时人和后人均评价差别甚大的作品,这反映了诗歌的审美认识的分裂和创作方法的革新。由于古典诗歌形式秩序强大的规约力量,晚清即使像黄遵宪这样优秀的诗人,其诗歌写作虽然多方试验,但并未取得多大的"成功",诗作也多为时人、后人诟病。人们对黄遵宪诗的批评和不适应,其实反映的不是这位诗人的才力如何,而是古典诗歌阅读"程式"对读者的影响和人们对古典诗的语言、形式的习惯性反应。黄遵宪诗歌写作的意义也正在这里,正是他在具体诗歌写作实践中的挣扎和牺牲,凸显出古典诗歌体制与现代语言、经验之间的重重矛盾,使人意识到古典诗歌成为一种艺术"成规"之于现代经验言说诉求的难能、使人意识到作为一种相当成熟的阅读与欣赏的"程式"的古典诗歌观念之于新的现代经验的言说的阻隔。但是,正如一位理论家所言,"文学效果取决于这些阅读程式,而文学革命也正是从新的阅读程式取代旧的阅读程式开始的"②。于是,寻求一种对待诗歌的新的阅读"程式",更换新的语言与形式、寻求一种新的诗歌言说方式成为汉语诗歌在特定历史语境下的内在要求。可以说,晚清诗人的文本试验乃是后来者探寻汉语诗歌写作如何"现代"的不可忽视的起点。

晚清诗歌的意义不在于"诗界革命"同仁在文化层面上多大程度地为中国输入了"欧洲之真精神真思想",也不在于《清议报》、《新民丛报》等报刊上的诗作是否成功地"以旧风格含新意境",更不在于南社的干将们将古典诗艺发挥至多么娴熟的

---

① 黄遵宪著,钱仲联笺注:《人境庐诗草笺注》,上海古籍出版社1981年版,第516—521页。
② [美]乔纳森·卡勒:《结构主义诗学》,盛宁译,中国社会科学出版社1991年版,第195页。

境界，而在于类似于那种在"旧风格"和"新意境"之间彰显各种内在矛盾的诗歌写作对后来的文学变革者的启示：诗歌的革命必须从语言"形式"和言说的艺术规范入手。晚清诗歌面对的是诗人之于新现实的言说诉求，但是在旧有语言符号系统和形式秩序的规约下，这种言说诉求的实现显得极为困难。这是晚清诗歌最大的矛盾，它表现在具体的写作中是"新意境"（现代经验、意识）与"旧风格"（传统诗歌体式）的冲突，是"有新事物"与"无新理致"的不协调，是以流俗语、口语为诗和"以文为诗"与古典诗的阅读"程式"、句法、章法之间的矛盾。而五四前后的胡适新一代知识分子，正是站在晚清诗歌的矛盾性的起点上，认定了"用白话替代古文"的语言革命目标，认定必须真正地更换诗歌的语言符号系统，由此甚至不惜偏激地将文言定为"死文字"（以胡适等人对于文言文的认识，这当然只是策略性的革命主张）。

但是，更新诗歌的语言符号系统，这在晚清时期诗人们也曾努力过，用流俗语、口语、"白话"不一定就能写出"新"的诗，因为制约晚清诗歌写作的还有一个内在的古典诗歌艺术成规。这个成规既使梅光迪、任叔永等人坚守什么是诗、什么不是诗的古典诗歌审美"程式"，也使胡适看到了更新汉语诗歌言说方式的突破口：那就是胡适从白话诗词中确立了新的诗歌阅读"程式"，并立志以"作文"的方式"作诗"，以讲求"文法"、"诗体大解放"等手段从诗歌内部真正更新汉语诗歌的传统规则。由此我们可以说，晚清诗歌由于受到自身审美"程式"和形式成规的制约，虽在局部上接纳了许多新事物、新名词，但只是部分地更新了诗的语言符号系统，没有触及诗歌整体的言说方式；而胡适的以白话为诗、以"作文"的方式为诗，却是触动了汉语诗传统的语法结构、诗意生成机制。胡适力求以"说话"的方式作诗，虽使汉语诗歌的传统韵味大大丧失，负面意义不可避免，但却建构了一种新的诗歌语言体系和言说方式。白话诗在表面上是"诗体大解放",其内在则是句法的"转换"。而独特的句法则是古典诗歌诗意生成的重要特征。白话诗的"自由"体式命中了古典诗的要害。

在胡适的论敌看来,"白话文学在小说词曲演说"等方面没有问题,唯独"白话是否可以作诗"尚需试验。诗歌是一种"说话"方式,但不就是"说话",更不是力求接近口语的说话。白话作诗肯定面临着许多问题。以白话"征服这个诗国",不是一件容易的事。古典诗(特别是在形式规范上高度成熟的、以律诗为代表的"近体诗")在向现代诗的转换过程当中,最直观的变化是句法结构的变化。句法变化的内在原因既是诗人说话——书写方式的变化,也是主体"观物—传释"方式的变化。句法转换与新的语境有关,既影响着诗歌语义的变动,也使诗的韵律面临新的问题,可以说,一种语言形式在语法上的变化、语义的解释、语音的变化都与句法息息相关,"转换—生成"语言学家乔姆斯基还认为,"语法"、"语义解释"和"语音解释"三者之间:"这一关系通过该语法的句法部分加以调节,句法构成了语法唯一的'创造性'部分。"① 在汉语诗歌中,句法是如何决定语义生成的?由形式规整的格律句法到长短不一的自由句法,白话诗的内在机制是什么?这一机制是否具有历史的和诗的合法性?新的句法是如何生成新的言说方式和意义内涵?句法的变化如何影响诗歌的语音?"新诗"应该如何处理这一问题?白话诗在从古典诗词的句法向"新诗"的体式的转换过程当中,呈现出许多问题,值得我们探讨。

由规整的旧诗形式到白话诗诗体的长短不一,既可以被视为"句法转换",也可以视为古典诗的句法、诗法在现代的被"破坏"。为了让汉语的言说能真正触及现实经验,实现"言之有

---

① [美]诺姆·乔姆斯基:《句法理论的若干问题》,黄长著等译,中国社会科学出版社1986年版,第134页。

物"的预想，胡适一连喊出六个"不……"和一个"务去……"，这些全是否定性的文学主张①，既是笼统的革命预期，也是从内部颠覆古典诗歌诗意生成机制实际策略，实在是发挥了白话诗作为"新诗"的初期样式在汉语诗歌从古典时期向现代形态转换过程中的"破坏"功能。不过，白话诗对旧的诗歌美学原则的"破坏"虽功不可没，但也呈现出许多"诗"的问题，新的感觉、想象方式还亟待"建设"。

现代汉语诗歌作为一种特殊的言说，若将之视为一个"能指"的话，其"所指"是指向汉语言说方式的理想状态——"国语"的目标。从罗兰·巴尔特的符号学角度，在语言的"内涵"层面，其"能指"是一种复杂的"修辞学"，其"所指"则是更复杂的"意识形态"②。"现代汉诗"的"所指"不可能只是单向的现代性的西方思想价值体系，而是多个的、多向度的。既然是诗，它就要指涉诗的本体形式；既是汉语写的，就要指涉汉语的自身特征；更重要的是，"现代汉诗"既诞生在"现代"境遇下（甚至可以说是被迫的、必须的），"民族—国家"的因素的影响就不可避免。这些"与文化、知识、历史密切交融"的"所指"，"正是通过它们，世界才进入符号系统"③，汉语诗歌才能接纳更丰富的现实经验。从晚清以来，诗歌中的这个"所指"就在面临着变换与难以变换的矛盾，而白话诗，更换了汉语诗歌的语言系统（"用白话替代古文"），能指层面的更新只是诗歌"内涵"生成的初步，而在诗歌写作的"修辞学"与汉语言说方式更新的"意识形态"之间，白话诗面临着汉语诗歌转型期的困难，当然，这种"困难"确实使它看上去不"美"、缺乏"余香和回味"，但我们不能说它不在期待和孕育着新的诗

---

① 胡适：《文学改良刍议》，《新青年》第2卷第5号，1917年1月。
② [法]罗兰·巴尔特：《符号学原理》，王东亮等译，生活·读书·新知三联书店1999年版，第87页。
③ 同上书，第86页。

意生成机制。

  本书是在对白话文运动、白话诗产生的肯定立场来论述"现代汉诗"初期的"发生"状况的。本书的论述范畴为晚清"诗界革命"前后至五四之后（1919年）这一历史时段中诗歌这一特殊文类的演进状况，认为这一时段乃中国古典诗歌体制被破坏的阶段，同时也是中国诗歌在语言和形式上的解放、初步建设阶段。在这一时段，中国诗歌在与现代性经验的冲撞、融合中，在现代语言的变革中，在诗歌文类特征的初步建设中，孕育了现代汉语诗歌（简称"现代汉诗"）的基本体式。但是本书不是对"史"的描述，而是对"史"中一些问题的探索，力求探察一定的诗歌体式的形成过程中"现代经验"（意识形态）、"现代汉语"（语言、符号）、"诗歌文类"（诗性修辞）三者之间的互动关系，考察它们在特定的历史情境中相互之间交换了什么、排斥了什么、建构了什么、带来了什么问题、启发了什么样的思考和期待。所谓的"发生"，也不是"发生"的起源性的追索。作为"在场的形而上学"的人类语言、文化、诗歌的"起源"，在现代语境下似乎已经迷失。它似乎不是一个确定的"存在"在什么地方等待人们去寻求，而是一个动态的过程，是无边的空缺和增补。本书关注的是"现代汉诗"这一特定的诗歌形态与古典诗歌的断裂与延续，其新的语言、形式的"发生"的过程、状况。所以本书目前所做的工作实际上是——"现代汉诗"的"发生"期诸问题分析。

上 篇

寻求新的言说方式

第一章

"言文一致"的想象

周秦以后无新语。

——丘炜爱

愚见以为居今论政,实不知从何处说起……

——黄远庸

他(胡适)的议论处处合于我的理性,都是我想说而不知道怎样说才好的……

——顾颉刚

语言与文字合,则通文者多,语言与文字离,则通文者少。

——黄遵宪

文言兴而后实学废,白话行而后实学兴。

——裘廷梁

世界各国之文字,皆本国人人通晓,因其文言一致。

——王　照

语言说。
人说,是因为人应合于语言。

——[德] 马丁·海德格尔

现代中国诗歌的革命是从语言和形式的革新下手而得以成功的。新文学的先驱们（如胡适）基本上是从这两个方面着手，来实践中国诗歌的现代变革：他们一方面竭力"尝试"以"白话"来作诗；另一方面，也汲取中国"以文为诗"的诗歌传统和借鉴西方"自由诗"的形式。

语言问题可能是探讨"新文学"、"新诗"的发生的重要路径。应该说，新文学的诞生是从倡导"言文一致"（有时也被称为"文言一致"、"言文合一"等）的白话文运动为出发点的，先驱们也由此找到了革新中国文学、中国诗歌的突破口。但事实上，白话文运动早在晚清的时候就已经开始了，"言文一致"的口号也不是五四知识分子最先提出的，为什么五四一代人在对此语言状态的追求中基本上收获了一种新的思想和言说方式，并由此催生出新的汉语诗歌——"新诗"（早期"新诗"又称"白话诗"，我们这里称为"现代汉语诗歌"，简称"现代汉诗"），而清末民初的文人在言说方式的更新上则显得变化不大，而诗歌在传统的语言和体式中更是难以挣脱？

我们似乎首先有必要来辨析一下晚清文人所追求的"言文一致"和胡适一代人所倡导的"言文一致"在具体内涵上是否有差异？他们各自的出发点、倡导的语境、追求的目标是否一致？毕竟，包括诗歌革新在内的中国文学的革新，首先是一场自晚清开始的中国现代知识分子寻求一种新的思想和言说方式的现代性运动，人们寻求新的言说方式的具体策略和实践影响着文学、诗歌形式的革新。

一　言文相"离"的焦虑

（一）必要的分辨

从现代语言学的角度，如果将"言文一致"中的"言"和

"文"分别理解为思想言语和用来表达思想言语的符号系统的话，那"言文一致"只能是一种**想象中**的语言状态，因为**事实上**"言"与"文"不可能"一致"。在索绪尔的语言学中，后者（表达思想言语的符号系统）被称为"能指"，前者——被表示者（思想言语）被称为"所指"。但必须澄清的是，索绪尔的"所指"并不就是事物本身、实物性的存在，而只是事物、存在的"概念"。也就是说，"能指"（"音响形象"）和"所指"（"概念"）构成的符号系统，并不直接对应"现实"。索绪尔的语言学告诉我们：我们必须通过语言才能接触到"现实"，"现实"绝不是"现成的、先于词而存在的"，"现实"只能在语言的水平上得到理解。"语言符号是一种两面的心理实体"①，也就是说，作为实在的思想言说的"言"，和用来表达它的符号系统的"文"，从抵达"真实"的存在状态的角度，两者要达到"一致"，只能是一种"心理"状态，不可能是实际的状态。

但是，看似"普遍"的西方语言学原理在中国语境中似乎还有需要分辨的地方。在索绪尔的语言学中，表意的符号系统——"能指"由"音响"和"形象"构成，在他这里，语言的声音和声音的书写（"文字"）是完全结合的，在表意的过程中两者基本是合一的。文字是从属于声音的。索绪尔甚至说，"语言和文字是两种不同的符号系统，后者唯一的存在理由是在于表现前者。语言学的对象不是书写的词和口说的词的结合，而是由后者单独构成"②。这主要因为索绪尔的语言学的立足点是西方的以拼音文字为表意系统的语言，这种语言其文字是根据声音来拼写的，文字是记录声音的，文字的"形象"和声音的"音响"比，就不大重要了。因为"意义"是由"声音"直接

---

① ［瑞士］费尔迪南·德·索绪尔：《普通语言学教程》，商务印书馆1980年版，第101页。

② 同上书，第47—48页。

表明出来，所以在索绪尔的表意符号"能指"中，语言的"音响"和"形象"的结合是没有问题的。有问题的是符号系统与"现实"之间并不是合一的，在这中间有一个关乎"所指"（"概念"）的语言地带。语言学在此给符号学开辟了一片有意味的空间。

索绪尔的"语音中心主义"语言学在半个多世纪之后遭到了解构主义理论大家德里达的反动。德里达认为索绪尔将"说话"与"书写"处在对立的位置、后者从属于前者的语言学是值得怀疑的，因为能指—所指、"声音—概念"、语词—现成事物之间的意义指向并非是一致的、对应的，而是分裂的、任意的。德里达强调的是"语音"与"文字"、"说话"与"书写"的平等性，而不是语音或声音的绝对性。索绪尔与德里达之间的分歧是结构主义语言学与解构主义语言学之间的分歧，意义重大，也深有意味，在此我们暂不深究[①]。值得注意的是，德里达用来反对索绪尔"语音中心主义"的一个例证就是象形文字（包括日语、汉语）。他认为汉语并不是"语音中心"，汉字的"意义"并不完全依赖"声音"，汉字的"形"也可直接表现"意义"，由此他认为汉语、日语是一种有"书写"特征的语言文字，是与西方拼音文字系统不同的语言系统。

德里达在此把汉语的一个问题提了出来，和拼音文字不同，汉语的能指中的"音响"（说话的言语）和"形象"（书写的文字）并不是可以合并为西方拼音文字的"能指"这种符号系统——也就是说，在拼音文字中，"能指"中的"音响"（言）和"形象"（文）是一致的，是同一的关系。而在汉语中，这两者并不一致，汉语的"能指"系统中的"音响"（言）和"形象"（文）不是同一的关系，汉字的"形"有时自有意义，不借

---

① 参阅［法］雅克·德里达《论文字学》。本书第三章《"说话"与"书写"》部分就此问题有较详细论述。

助声音，意义也可被传达出来。在拼音文字中，"能指"中的"音响"（言）和"形象"（文）一般是一起变化的，随着字母拼写的不同意思也产生变化，而汉语通常的情况是："言"（口语）在不断变化，而"文"（文字）却是相对固定的，并由此形成了口语与书面语的极大差异。如果说索绪尔语言学所表明的思想言语和用来表达思想言语的符号系统之"言"、"文"难以"一致"是所有语言的共性的话，那么汉语作为一种特殊的符号系统，它还有一个符号系统内部的"言"、"文"难以"一致"的问题。

由此我们看到，"言文一致"这个提法本身已包含着不同的层面。而在现代中国和汉语自身的特殊语境内，从晚清到五四，人们追求"言文一致"，我们有必要分清他们是在追求哪个层面上的"一致"：是说话声音（说话的语音之"言"）与书写文字（书写的文字符号之"文"）这种符号系统内部的"一致"？还是现代性意义上的"言说"（"言"）与这一语言符号系统本身（"文"）之间的"一致"？这两种不同的"言文一致"期求所反映出的分别是人们对汉语的不同认识。

晚清以来的切音字运动的倡导者及欲废汉字为"万国新语"（世界语）的人，在西方文明的比照下，将文明的发达、落后的判断转移为拼音文字、汉字的孰优孰劣，从而或效法拼音文字的习性，或干脆鼓动"废除汉文"，他们坚持的实际上只是语言的符号系统内部的改革。在他们看来，汉语的拼音化与否与文明的进程息息相关。而晚清至民初，倡导"白话"的人们，无论是维新派还是古文大家，其倡导"白话"，以一种接近口语的书面语来接纳变动的"部分"现实，其实是汉语的符号系统与人的思想言说之间的"言文一致"，语言的期求已经超出符号系统。这种让"白话"负责承担一部分具有现代性特征的现实、让"文言"存留中国文化传统的语言"分工"，使汉语的问题显露在具体的情境中，也启发了后来者能孕育出新的合理的"言文一致"追求。

　　这些不同的"言文一致"的追求，其谬误与局限也刺激和启发了后来的胡适。胡适在谈论自己所倡导的"白话文运动"时，一直认为这两种语言变革是其不可忽视的背景。从民初（至少在1915年）开始，胡适就思虑汉语言说方式的变革问题，不同的是，胡适既尊重汉语的符号系统的特质、极为愤慨"废除汉文"的呼声，也不认为文言就无药可救，更不能接受"文言"是"我们"（上等人、士大夫）的言语、"白话"是"他们"（下等人、老百姓）的语言分类和"分工"。胡适的"言文一致"的追求是在汉语内部进行的，他从"白话"入手（"白话"是汉语口语的书面形式，可以一定程度地缓解汉语书面语与口语之间的相"离"状况），不是"白话"做什么、"文言"做什么的局部改革，而是开始"以白话为中国文学之正宗"的汉语书面语实验、欲在实际的文学写作中"生成"新的语言的整体改革。胡适倡导"白话"作文作诗，以讲求语言内在的"文法"结构和追求语言运用效果的"明白晓畅"来打通汉语与新的现实之间被阻塞的表意通道，从而让汉语真正接通了现代性的思想言说诉求，使晚清以来中国知识分子的新的汉语言说方式的寻求获得了一定程度的实现。

　　胡适的"言文一致"的追求，是"汉语"作为一种语言符号体系与新的历史情境中现代性的思想言说诉求之间的一致。当然，这种"一致"不可能是实体性的，而只能是"心理实体"。这种"言文一致"的理想状态就是"标准"的"国语"。"国语"之于胡适，是汉语的理想，它只能在具体的文学写作实践中"生成"，是一种在"过程"之中的状态，而不是已经"实现"的结果。但也正是在这言说方式的期求和写作实践中，汉语文学具备了一种开放和"生成"的性质，从而有可能在"历史"与"传统"的延长线上"生成"复杂多姿的"现代"形态。

（二）汉语言文"不相合"

晚清时期较早指出汉语语言和文字存在"离"、"不相合"现象的是诗人黄遵宪。1887年5月，黄遵宪五十万余言巨著《日本国志》书成，在《学术志》卷中的"文学"部分，他从日本、英、法的语言文字的变化而论到中国的语言文字，他认为日本的文字曾经是"天下万国"当中"最不相合"的，但是日本人"穷则变，变则通，假名之作，借汉字以通和训"而使人民识字成为普遍；而英文、法文都是在拉丁文基础上加以改革而言文"相合"，"文学始盛"。他由此感叹："文字者，语言之所从出也。虽然，语言有随地而异者焉，有随时而异者焉；而文字不能因时而增益，画地而施行。言有万变而文止一种，则语言与文字离矣……盖语言与文字离，则通文者少，语言与文字合，则通文者多……泰西论者，谓五部洲中，以中国文字为最古，学中国文字为最难。亦谓语言与文字之不相合也。然中国自虫鱼云鸟，屡变其体，而后为隶书为草书。余乌知夫他日者，不又变一字体，为愈趋于简愈趋于便者乎！自《凡将》、《训纂》逮夫《广韵》、《集韵》，增益之字，积世愈多，则文字出于后人创造者多矣，余又乌知夫他日者，不有孳生之字，为古所未见今所未闻者乎？周、秦以下，文体屡变，逮夫近世，章、疏、移、檄、告、谕、批、判，明白晓畅，务期达意。其文体，绝为古人所无。若小说家言，更有直用方言以笔之于书者。则语言文字，几几乎复合矣！余又乌知夫他日者，不更变一文体，为适用于今通行于俗者乎？嗟乎！欲令天下之农工商贾，妇女幼稚，皆能通文字之用，其不得不于此求一简易之法哉！"[①]

黄遵宪在这里从汉字不随口语变化而变化、汉字的象形特性

---

① 黄遵宪：《日本国志》卷三十三《学术志二》，上海古籍出版社2001年版，第346—347页。

导致字体衍变复杂繁多等特点，指出了汉语"言文不相合"的原因。这一原因也导致民众不能通文字之用。稍后，他还以他的家乡嘉应客家人为例，来说明"语言与文字合"与文明的昌盛，乃至"恢我先绪"、"保我邦族"的息息相关。黄遵宪在这里实际上提出了汉语的一个问题：由于"言"与"文"的脱节，也产生了民众的思想与当下现实的分离，这种分离最可怕的地方是导致了"邦族"的危机，如何解决这一危机呢？黄遵宪指出其出路在于——"语言与文字合"：

> 语言者，文字之所从出也。语言与文字合，则通文者多，语言与文字离，则通文者少……五部洲文字，以中国为最古。上下数千年，纵横数万里，语言或积世而变，或随地而变，而文字则亘古至今，一成而不易。父兄之教子弟，等于进象胥而设重译。盖语言文字，扞格不相入，无怪乎通文字之难也。嘉应一州，占籍者十之九为客人。此客人者，来自河洛，由闽入粤，传世三十，历年七百，而守其语言不少变。有《方言》、《尔雅》之字，训诂家失其意义，而客人犹识古义者；有沈约、刘渊之韵，词章家误其音，而客人犹存古音者。乃至市井诟谇之声，儿女嗫嚅之语，考其由来，无不可笔之于书。余闻之陈兰甫先生，谓客人语言，证之周德清《中原音韵》，无不合。余尝以为客人者，中原之旧族，三代之遗民，盖考之于语言文字，益自信其不诬也。里人张榕轩观察，少读书，喜为诗，钞存先辈诗甚富。近出其稿，托仙根明经广为搜集，重加编订。余受而读之，中如芷湾、绣子两太史，固卓然名家，其他亦雅驯可诵。嘉、道之间，文物最盛，几于人人能为诗。置之吴、越、齐、鲁之间，实无愧色。岂非语言与文字合，易于通文之明效大验乎？自物竞天择，优胜劣败之说行，种族之存亡，关系益大。凡亚细亚洲古所称声明文物之邦，均为他族所逼处，微

特蒙古族、鲜卑族、突厥族,茶然不振,即轰轰然以文化著于亚洲,如吾辈华夏之族,亦叹式微矣!文章小技,于道未尊,是不足以争胜。凡我客人,诚念我祖若宗,悉出于神明之胄,当益骛其远者大者,以恢我先绪,以保我邦族,此则愿与吾党共勉之者也。①

就是在这里,我们发现,黄遵宪虽然敏感于汉语"言文不相合"的问题,但他对汉语的理解和提出的解决方案值得商榷。他认为"语言者,文字之所从出也",这实际上拼音文字的特性,文字从言说、声音出,但这并不是汉语的全部特性。他首先就认为语言都应该是这样,然后以此批评汉语"语言或积世而变,或随地而变,而文字则亘古至今,一成而不易",导致言文分离。而嘉应人的言文相合是如何得来的呢?"……来自河洛,由闽入粤,传世三十,历年七百,而守其语言不少变。有《方言》、《尔雅》之字,训诂家失其意义,而客人犹识古义者;有沈约、刘渊之韵,词章家误其音,而客人犹存古音者。"黄遵宪说嘉应之地"嘉、道之间,文物最盛,几于人人能为诗",其根本原因在于此地历时七百年"语言不少变",人民谨守祖宗文化遗产,深谙中国古典文化,语言"意"与"音"在这里一直被保存、被记忆。也就是说,几百年来嘉应人的言文相合,是因为口音没变;语词的意思训诂家都忘了,他们还记得。从文中我们还看出,这种言文相合的秘方其实就是"守"、"少变"。

从晚清文人为适应现代性的历史变迁和个体经验的变化而寻求言文趋向"合一"的言说方式来看,黄遵宪寻求言文相合的方法其实是非常矛盾的:在西方语言体系的参照下,他敏于汉语的言文分离,提出了言文应相合的问题,但他的解决方案却是要

---

① 黄遵宪:《梅水诗传序》,吴振清、徐勇、王家祥编校整理:《黄遵宪集》,天津人民出版社 2003 年版,第 390—391 页。

在传统的语言系统（语音和语义）当中去寻求、去持守。这一点，和他的诗歌创作也有类似之处，面对新的世界和新的语词，在诗歌的革新上，他的主要精力不是在语言符号系统的表面更新上花功夫（像夏曾佑等"挦扯新名词以自表异"），而是寻找以旧的诗歌形式来接纳"新名词"、"新语句"。这也是黄遵宪和目标直取时代性思想精神的"新意境"的梁启超等"诗界革命"同仁的区别。黄遵宪虽早有"别创诗界"之论，但他在诗歌方面的革新主张与梁启超的"诗界革命"说法始终保持距离，认为诗界"无革命而有维新"。他在意的仍然是"诗法"，是如何细心地在丰厚的传统文化资源中剥离出能够以"手"写"口"的新的诗法，是如何在保留"古人之风格"的情况下写出"新意境"的问题，尽管他这样做生出了"现代"经验、语言与古典诗歌体制的重重矛盾。

　　黄遵宪确实是清末较早意识到汉语"言"、"文"分离的人。1868年，21岁的他写下了"我手写我口，古岂能拘牵。即今流俗语，我若登简编，五千年后人，惊为古斓斑"（《杂感》）这样的诗句。"我手写我口"，在浩荡的古典文化典籍和丰厚的文化记忆面前，如何用诗歌传达出"今日"的"我"的声音？这是黄遵宪表达的"手"（文）与"口"（言）之间的矛盾，这实际上是一个文化传统与当下个体经验言说的问题。怎样解决这个矛盾呢？黄遵宪当时作了一种回答，求之于"流俗语"。并且，黄遵宪的流俗语经常是和他作为客家人的文化背景紧密联系的，并不是普遍的汉语口语中的通俗之语。他的诗歌精彩的篇章通常有山歌体、粤讴之风。从他的诗歌创作看，他羡慕的"明白晓畅、达意"可能只是一种通俗活泼的文风，不是语言本身的问题。

　　更值得注意的是，以通俗流畅、活泼生动的靠近口语的浅显文言来写诗作文，其实这也不是黄遵宪终生要坚持的艺术目标。今人甚至以为，以"我手写我口"的提法来理解黄遵宪一生的诗歌作风甚至是肤浅的。钱仲联在《人境庐诗草笺注发凡》中就说:"黄先生自许其诗,谓自群经三史逮于周秦诸子之书,许郑诸家之注,凡事名、物名切于今者,无不采取而假借之。故其诗奥衍精赡,几可谓无一字无来历。今悉为拈出,知先生杂感诗所谓我手写我口者,实不过少年兴到之语。时流论先生诗,喜标此语,以为先生一生宗旨所在,浅矣!"① 黄遵宪晚年在编辑《人境庐诗草》之时,甚至将自己年轻时所作大量的近乎口语的作品删除,像《诗五大舅之西宁诗以志别》、《到家哭仲叔墨农公》、《为小子覆端寄翁翁》等诗,都只能在《人境庐集外诗辑》中才能见到,可见其在晚年对以流俗语为诗的作风看法已有所改变②。

和黄遵宪努力在"古人之风格"之中写出"新意境"的诗歌作风一致,黄遵宪虽然倡导"我手写我口"、好以流俗语为诗,但这不是他对语言本体层面的关注,他关注的实际上是这一种语言在"内容"的层面上对晚清诗歌的语言意象符号化和形式秩序僵化的冲击。黄遵宪一方面渴求在诗歌中能够写出"今日"之"新意境",另一方面却挣扎在对旧风格的努力调整和新的语言、形式的试验中,在"新语句"和"旧风格"之间,他努力以"风格"的调整来化解诗歌语言更新对旧形式的压力,这是他诗歌写作始终很矛盾的地方。他的流俗语入诗只是暂时性的、策略性的、"内容"层面的语言认识,尚不足以达到冲击既有诗歌言说方式的效果,更不是要提倡"白话"。

综观黄遵宪的一生,他虽然在面对西方世界拼音文字的优越性的参照下看到了汉语言文"不相合"的现象,在诗歌创作里也有"手"与"口"相矛盾的焦虑,但是他缓解这种言文不合

---

① 钱萼孙:《人境庐诗草笺注·发凡》,上海:商务印书馆1936年版。
② 据胡先骕云,晚年黄遵宪对自己在诗歌写作上的标新立异其看法似有改变,"黄之旧学根柢深,才气亦大,故其新体诗之价值,远在谭嗣同、梁启超诸人上。然彼晚年,亦颇自悔,尝语陈三立,'天假以年,必当敛才就范,更有益也'。"胡先骕:《评胡适〈五十年来中国之文学〉》,《学衡》1923年第18期。

的焦虑的办法更多是回到传统当中寻求弥合的资源。在语言文字方面，他甚至有为求"语言与文字合"而建议人们多寻求"古意"、"古音"的意思；在诗歌革新方面，他关注的是如何在"旧风格"当中创出"新意境"。他虽然有过汉语"言"、"文"不相合的焦虑，但他并没有明确地提出改革方案①。他虽然有过诗歌言说方式上的"手"、"口"冲突的矛盾，但后来他似乎并没有从语言本身的角度来寻求解决之道。所以说在晚清以来的白话文运动中，虽然黄遵宪在行文中似乎没有出现"言文一致"的这样的字眼或具体提法，但他可能是最早将这一问题提出来正式讨论的人，并且，在具体怎样"一致"的问题上，他给人们呈现了许多文学实践上的矛盾。

（三）"传世之文"与"觉世之文"

黄遵宪的语言文字观也影响了比他小25岁的梁启超，后者曾多次在论及汉语改革、文学革新时时常引用黄遵宪的言文"离"、"合"的观点。1896年，24岁的梁启超在上海第一次结识黄遵宪。此后，黄遵宪的语言观、文学观（诗歌创作所表现出来的诗学追求）对梁启超影响甚大。同年，在给沈学的速记式汉语拼音方案（以"吴音"为标准语音的双拼制速记符号）《盛世元音》作序（《沈氏音书序》）时，梁启超表示出对这种使汉字拼音化的试验的肯定和支持，他认为："吾乡黄君公度之言曰：'语言与文字离，则通文者少，语言与文字合，则通文者多'……今之文字，沿自数千年以前，未尝一变；而今之语言，则自数千年以来，不啻万百千变，而不可以数计。"古时候言文并不相离，"古者妇女谣诼，编为诗章，士夫问答，著为辞令，

---

① 黄遵宪虽切慕欧美文字的"相合"而欲为汉语"求一简易之法"，甚至曾萌发"造新字"之念（参见本书第四章），但没有具体主张（不过我们可以肯定他不会建议将汉字改为拼音文字）。

后人皆以为极美之文字，而不知皆当时之语言也"；只因为"后之人弃今言不屑用，一宗于古"①，才造成言文相离的恶果。他认为类似于沈氏拼音方案的试验有益于"文与言合"。

同年8月《时务报》创刊，梁启超任主笔，开始发表《变法通议》。在《论幼学》一章中，他主张应以歌谣、俚语等通俗文体教授学童，不要对儿童"未尝识字，而授之以经"，"未尝造句，而即强之为文"，开学不足一月，即授以"大学之道，在明明德"之类。他认为中国古时候的教育状况不是这样，"古人语言与文字合，如《仪礼》、《左传》所载辞令，皆出之口而成文者也"。古人"学言即学文也"。"古人之文字与语言合，今人之文字与语言离，其利弊既屡言之矣。今人出话，皆用今语，而下笔必效古言，故妇孺农氓，靡不以读书为难事，而《水浒》、《三国》、《红楼》之类，读者反多于六经。夫小说一家，《汉志》列于九流，古之士夫，未或轻之。宋贤语录，满纸'恁地'、'这个'，匪直不事修饰，抑亦有微意存焉。……今宜专用俚语，广著群书，上之可以借阐圣教，下之可以杂述史事，近之可以激发国耻，远之可以旁及彝情，乃至宦途丑态，试场恶趣，鸦片顽癖，缠足虐刑，皆可穷极异形，振厉末俗。其为补益，岂有量耶？"②

1902年，梁启超作《新民说》，其时也是诗界革命如火如荼的时候，他意识到汉语"言"、"文"相合也是"新名词"、"新意境"产生的关键。在《论进步》一章中，他说："社会之变迁日繁，其新现象新名词必日出，或从积累而得，或从交换而来，故数千年前一乡一国之文字，必不能举数千年后万流汇沓群族纷挐时代之名物意境而尽载之尽描之。"他认为："言文合，则言增

---

① 梁启超：《沈氏音书序》，《饮冰室文集》第2册，中华书局1936年版，第1页。

② 梁启超：《变法通议》，《饮冰室文集》第1册，第45—47页。

而文与之俱增，一新名物新意境出，而即有一新文字以应之，新新相引而日进焉；言文分，则言日增而文不增，或受其新者而不能解，或解矣而不能达，故虽有方新之机，亦不得不室。"在这里，过去与"古言"对立的"今语"变成了"新文字"，"古言"与"今语"的对立还是汉语内部的问题，而"新文字"似乎已逸出了汉语的问题之外。

同年，在《小说丛话》中，他又从文学进化的角度指出："文学之进化有一大关键，即由古语之文学变为俗语之文学是也。各国文学史之开展，靡不循此轨道。中国先秦之文，殆皆用俗语……故先秦文界之光明，数千年称最焉。寻常论者，多谓宋元以降为中国文学退化时代。余曰不然。夫六朝之文，靡靡不足道矣。即如唐代韩柳诸贤，自谓起八代之衰，要其文能在文学史上有价值者几何？昌黎谓非三代两汉之书不敢观，余以为此即其受病之源也。自宋以后，实为祖国文学之大进化。何以故？俗语文学大发达故。宋后俗语文学有两大派，其一则儒家、禅家之语录，其二则小说也。小说者，决非以古语之文体而能工者也。本朝以来，考据学盛，俗语文体生一顿挫，第一派又中绝矣。苟欲思想之普及，则此体非徒小说家当采用而已，凡百文章，莫不有然。"

"言""文"相合确实是"新名词"、"新意境"、新思想产生的关键，但怎样相合呢？在这个问题上，梁启超没有明确的意识。赞同沈学的拼音方案和《新民说·论进步》中的看法似乎表明他也曾萌生黄遵宪曾经的想法——"造新字"；但在《变法通议·论幼学》中将"古言"与"今语"特别是"俚语"的对立、在《小说丛话》中"古语之文学"与"俗语之文学"的对立，这已经不是语言本身的问题，而是以什么样的"风格"的语言、文体来接近当下现实的问题。尽管梁启超多次引用黄遵宪的"语言与文字离，则通文者少，语言与文字合，则通文者多"，但他和黄遵宪一样，提出了问题之后，解决问题的方法就逸出了语言问题之外,他们往往是在语言之外的语言风格、文体当中寻求。

事实上梁启超尽管多次提出"文与言合"、"言文合"等类似的看法,但他语言问题上并没有很自觉地要"言文一致"的意识。就在1897年,他一方面赞赏沈学的方案,一方面提倡"文字与语言合",但同时他在《湖南时务学堂学约》中却区分了"传世之文"与"觉世之文"。他说:"'言之无文,行而不远。'学者以觉天下为任,则文未能舍弃也。传世之文,或务渊懿古茂,或务沉博绝丽,或务瑰奥诡,无之不可;觉世之文,则辞达而已矣,当以条理细备,词笔锐达为之,不必求工也。温公曰:'一自命为文人,无足观矣。'苟学无心得,而欲以文传,亦足羞也。"[①] 在梁启超看来,以文人的身份自命、以文传世是不足取的,这在那个风云激荡的时代之于梁启超这种血质的人,无可厚非。但是他区分出的两种文体恰恰可以对应于他所要反对的"古言"与所要倡导的"今语"、"俚语"。也就是说,梁启超在作"传世之文"时,他并不追求语言与文字相合;而在作"觉世之文"时,则追求言文一定程度的相合。

梁启超的一生,作的文字多是"觉世之文",他自言"夙不喜桐城古文,幼年为文,学晚汉魏晋,颇尚矜练。至是自解放,务为平易畅达,时杂以俚语、韵语及外国语法,纵笔所至不检束,学者竞效之,号'新文体'。老辈则痛恨,诋为'野狐'。然其文条理清晰,笔锋常带情感,对于读者别有一番魔力焉"[②]。"魔力"固然有,但梁启超的"新文体"并没有达到"言文一致"的效果,其实是一种夹杂着"俚语、韵语及外国语法"的情感充沛的浅显文言。胡适后来就评价说:"议论的文字不是完全走情感的

---

① 梁启超:《湖南时务学堂学约》,《饮冰室文集》第2册,第27页。
② 梁启超:《清代学术概论》,《饮冰室文萃》,天津古籍出版社2003年版,第77页。

一条路的。经过了相当时期的教育发展,这种奔放的情感文字渐渐的被逼迫而走上了理智的辨驳的文字的路。梁启超中年的文章也渐渐从奔放回到细密,全不像他壮年的文章了。……(严复、林纾、梁启超、章炳麟、章士钊——引者加)他们都有革新国家社会的热心,都想把他们的话说给多数人听。可是他们都不懂得为什么多数人不能读他们的书,听他们的话!严复说的最妙:理本奥衍,与不佞文字固无涉也。"①

胡适在严复这十三个字里听到了"古文学的丧钟"("奥衍"之"理"表明古文学已死),我们也可以看见,思想上已有"新境界"的严复、梁启超诸人,他们在更新言说方式上的失败的原因:他们始终没有太在意语言文字本身的问题。对黄遵宪来说,他看到的矛盾是汉语表意符号系统内部"说话"与"书写"、"音响"与"形象"脱节的问题,一度想到参照日文"造新字",但他并没有(不愿意?)这样做,而是将言说的困厄转移至语言的风格、文章的体式上的变化上;而梁启超,虽也有对于汉语"言"、"文"不相合的觉察,但语言的问题没有构成他启蒙话语得以言说的障碍,他将"古(语)言"与"今语"特别是"俚语"、"俗语"对立,实际上是混淆了语言本体状态和语言在实际情境中具体的表现风格。借以"俚语、韵语及外国语法",他的情感充沛、语词铺排的意在传达"觉世"之"新思想新意境"的"新文体"掩盖了汉语"言"、"文"不相合的矛盾。

二 "言文一致"的寻求

(一)与"文言"对立的"白话"

一个值得注意的现象是,至少是在 1902 年之前,梁启超

---

① 胡适:《导言》,《中国新文学大系》第一集《理论建设集》,第 4—5 页。

在论述文界革命、诗界革命、"新文体"等涉及文学、语言的改革时，没有提到"白话（文）"的字眼，类似的意思往往以"今语"、"俚语"和"俗语"表述。如果说黄遵宪写《日本国志》时没有"提倡白话"是因为"白话"这一概念可能当时尚未出现，而梁启超作《新民说》、《小说丛话》时则不会不清楚"白话"这一与"文言""对立"的概念，但为什么他没有使用？近代第一个正式将"白话"和"文言"作为对立的一对语言概念提出来的是裘廷梁，他的《论白话为维新之本》①是于1898年维新运动的高潮中发表的，此文第一次明确地提出了"崇白话而废文言"的口号。是梁启超自觉其"俗语"等与"白话"有区别（"俗语"既可以是"文言"，也可以是"白话"）？还是他并不认同将"白话"与"文言"完全对立、崇白话而废文言的做法？梁启超的心态我们不得而知，但有一个问题我们似乎要追究："白话"与"文言"这一对在今人看来颇为"对立"的语言概念到底出现于何时？是怎么来的？

今人对近代史上第一篇旗帜鲜明地鼓吹白话文、废除文言文的《论白话为维新之本》一文恐怕都很熟悉，认为"裘文全面阐述了维新派的白话文理论，成为这一运动的纲领"②。但这篇纲领性的文字，通篇都在论述文言的危害、白话的好处和效果（其语言启发性和历史意义自不必说），而之于命题本身（何谓"白话"，何谓"文言"），并未作清楚的界定。"文字之始，白话而已矣。"这其实混淆了"白话"与"口语"的分别。至于"文言"，作者只简略地解释了其产生的方式，颇类似于此前黄遵宪的观点，"文字不变而语变也"。

不过我们也不能苛求裘廷梁，"文言"和"白话"历来就

---

① 《中国官音白话报》（《无锡白话报》）第19、20期，1898年8月。
② 夏晓虹：《晚清社会与文化》，湖北教育出版社2001年版，第113页。

没有本质的区分。商务印书馆版的《辞源》对于"文言"的解释是:"一、'易'十翼之一,孔子所作,专释乾坤二卦之义者;二、今人以别于白话者谓之文言。"① 第一条与语言无关,第二条表明"文言"、"白话"的命名是以相互之间的差异而成立的,并无明确的界限。而"白话"一词在《辞源》里则没有条目,在《辞源》较早的版本里,"白话"和"文言"的概念就是以两者之间的区分来定义的,似乎既然"文言"乃"今人以别于白话者谓之",则"白话"乃"今人以别于文言者谓之"②,不言自明。而语言学家吕叔湘的解释是:"周秦以后,中国的文字和语言就脱节,写文章的人要摹仿周秦文,这就是所谓'文言文';通常又称为'古文'。至于现代语写在纸上,那就称为'语体文'或'白话文'。……口语成分较大的通俗文言,也就可以算做语体,最显著的是由和尚们开始而宋明理学家继踪的'语录体',和由唐五代的'变文'开始,后来流为弹词和鼓儿词,以及由宋词元曲开始,后来衍为旧剧的戏词以及小曲的种种语体韵文。这些里面都还搀杂许多文言成分。比较纯粹的语体是宋人的评话,我们可以称之为'平话体'。旧小说一直沿用这个文体,从前所说白话一般也就指的这个。"③ "白话"一词的"白"与"话"似乎还可以追根溯源,"文言"何时成为专用于一种特定的文学或语言的词汇则不得而知④。从一些语言学家和其他学者的著述看,"文言"与"白话"作为一对对立的概念的正式出现,似乎正是在裘廷梁这个时期。近代"文言"和"白话"的明确区分可能不是从语言本体的形态出发的,而是来自历史转型期意识形态对语言运用的

---

① 《辞源》第三册,商务印书馆1981年修订版。
② 《辞源》,商务印书馆1964年版。
③ 吕叔湘:《中国文法要略》,商务印书馆1982年版,第4—5页。
④ 在王力先生的语言学著作中,笔者也未发现对"文言"和"白话"的来源的具体论述。

要求，这只是一种"新"、"旧"意识形态对立的**相对**划分，突出的是"白话"所代表的言说方式和思想内容的"新"，反对的是"文言"所代表的言说方式和思想内容的"旧"①。至于什么才是"白话"，到底怎样的语言文字才不属"文言"，似乎难以在语言的学理上清楚说明。

当然，裘文的价值不在于其在语言上的学理依据，而在于他的结论。裘廷梁对语言改革的呼吁："文言兴而后实学废，白话行而后实学兴，实学不兴，是谓无民。"这是一篇建议如何"维新"的宣言书，指出了语言变革的方向（从提倡白话文入手，"口"与"手"不能差得太远。），但没有出示具体策略，同时也留下了值得人们思考的问题。"文言"和"白话"是否有清晰的界限？裘文呼吁废文言、崇白话，却是用文言写的，他所呼吁的白话"在"哪里、是什么样的白话？"文言"和"白话"本不是很科学地区分语言种类的概念，将两者严格对立也就成为从意识形态的急切需求中产生的革命策略。但自此以后，这一对概念却越来越为人所普遍解释，这也反映出晚清以来中国语言（文学）变革的一个特征：处在一个社会转型的历史关口，语言（文学）的变革往往和社会文化心理、意识形态纠缠不清。言说思想、意义的启蒙心态的急切，使人们往往不能对变革的对象作为细致的学理上的分析，以至于使变革对象处在非常模糊的语言背景当中。

---

① 汉语里对"白话文"、"白话"概念的解释通常是："白话文"——"'五四'新文化运动时，为了反对旧思想、提倡新思想，反对旧文学、提倡新文学，提出反对文言文、提倡白话文的口号。""白话"——"汉语书面语的一种。中国古典文学中，如唐代的变文，宋、元、明、清的话本、小说以及其他通俗文学作品大都采用白话。宋元以后，部分学术著作和官方文书也有用白话写的。其特征是基本上以北方话为基础，与一定时代的口语相接近，容易为当时及以后的广大人民群众所接受和运用。'五四'新文化运动时，一方面肯定了那些文学作品的历史地位；一方面提倡以现代口语为基础的白话，以表现新思想、创作新文学创造了有利条件。"分别见《辞海》，上海辞书出版社1989年版，第4023、4607页。

（二）"白话"对"现实"的分担

裘廷梁之后，1900年，康有为的弟子陈荣衮发表《论报章宜改用浅说》①，他将文言和"祸亡中国"联系在一起，认为文言徒有"美观"，将中国大多数人置于无法参与国事的境地（"不议不论"），由此他质问："惟曰演其文言以为美观，一国中若农、若工、若商、若妇人、若孺子，徒任其废聪塞明，哑口瞠目，遂养成不痛不痒之世界，彼为文言者曾亦静思之否耶？"由此他提倡报刊宜用接近口语的"浅说"。事实上，自1897年11月7日《演义白话报》在上海诞生、1898年5月《无锡白话报》发表《白话为维新之本》以来，白话文运动已经在全国逐渐推广开来，标明为"白话"（或"俗语"或各地方言）的报刊竞相面世。据统计，1897—1911年出版的完全采用白话的报刊，就有130余种②。白话文运动的影响层面也非常复杂，不仅维新派倡导白话，"革命家"（章太炎、刘师培等）甚至古文家（林纾）都曾热忱地提倡白话。不过，正如一位学者所指出的，大家各有企图："改良派视'白话为维新之本'，革命派以白话为政治宣传的载体，守旧派当作保存封建专制残余的一种可资利用的手段。"③

动机不一，但有一点是共通的，那就是大家都看到了白话与文言相比的"及物性"，即白话虽不比文言雅驯，但更容易触及现实。这也是白话"可资利用"的原因。虽然大家提倡白话的目标不尽一致，但态度大体上是一致的，我们注意到黄遵宪的"明白晓畅"之文是为"天下之农工商贾，妇女幼稚"的，陈荣衮的"浅说"也是为"若农、若工、若商、若妇人、若孺子"之人，

---

① 《知新报》第111册，1900年1月。
② 参阅蔡乐苏《清末民初的一百七百余种白话报刊》，《辛亥革命时期期刊介绍》，人民出版社1987年版；史私、姚福申、叶翠娣《中国近代报刊名录》，福建人民出版社1991年版。
③ 夏晓虹：《晚清社会与文化》，第118页。

梁启超还区分"传世之文"与"觉世之文"。至于那些革命家、古文家，更是如此：尽管知道白话的重要性，自己也写写报刊文章为普及教育而介绍新思想，但在作正规的政论文、述学文章及应用文时，仍用谨严、雅驯的文言。周作人20世纪30年代评价五四和晚清白话文运动的区别时就说："现在我们作文的态度是一元的，就是：无论对什么人，作什么事，无论是著书或随便地写一张字条儿，一律都用白话。而以前的态度则是二元的：不是凡文字都用白话写，只是为一般没有学识的平民和工人才写白话的。因为那时候的目的是改造政治，如一切东西都用古文，则一般人对报纸仍看不懂，对政府的命令也仍将不知是怎么一回事，所以只好用白话。但如写正经的文章或著书时，当然还是作古文的，因此我们可以说，在那时候，古文是为'老爷'用的，白话是为'听差'用的。总之，那时候的白话，是出自政治方面的需求，只是戊戌政变的余波之一，和后来的白话文可说是没有多大关系的。"[①] 说五四的白话文和晚清的白话文"没有多大关系"，这样的判断值得商榷，但晚清文人在作白话时的"二元"态度却是事实。

（三）"二元"态度的问题

正如胡适后来所说，从文学的角度，晚清的白话文并非是"有意的主张"："二十多年以来，有提倡白话报的，有提倡白话书的……这些人难道不能称为'有意的主张'吗？这些人可以说是'有意的主张白话'，但不可以说是'有意的主张白话文学'。他们的最大缺点是把社会分作两部分，一边是'他们'，一边是'我们'。一边是应该用白话的'他们'，一边是应该做古文古诗的'我们'。我们不妨仍旧吃肉，但他们下等社会不配吃肉，只好抛块骨头给他们吃去罢。这种态度是不行

---

① 周作人：《中国新文学的源流》，人文书店1934年版，第99—100页。

的。1916年以来的文学革命运动，方才是有意的主张白话文学。……这个运动没有'他们''我们'的区别。白话并不单是'开通民智'的工具，白话乃是创造中国文学的唯一工具。"①

胡适认定只有"白话"才是"创造中国文学的唯一工具"，就是要"有意的"、一心一意地把白话文学抬高到"中国文学之正宗"的地位，可以说是一种"一元"态度；晚清知识分子也提倡白话，但是他们在写"开通民智"的文章时用白话，自己作正式文章时用文言，这是种"二元"态度。胡适为什么一定要这样似乎是凭意志力的一意孤行——以"白话文学"的试验来整体上革新中国文学，他自己恐怕一时也不能说清。维新派或复古派承认"白话"之作用，以"白话"来分担部分"现实"的语言诉求，而对于属于文化传统的部分，还是用古文来表述，这也可以理解。但问题是，在同一种语言内部，能否存在只能用一部分语言来分担一种"现实"，而另一部分语言只能分担另一种"现实"？如果这两种态度可以共存的话，那后来胡适"有意的""以白话**代替**古文"的文学革命也就意义不大；这两种态度对晚清文人寻求新的汉语言说方式到底意味着什么？

20世纪著名的法国思想家罗兰·巴尔特在论及"古典时期"的语言和"现代诗"的语言的区别时，认为"古典时期"的语言存在一种想象中的"统一性"：

> ……语言的统一性则是古典时期的一个信条。人们按照不同的社会情境来分配不同的说话方式，有时是散文或雄辩术，有时是诗或打油诗，它们都是社会中各种**表达**方式，但不论在哪种情况下只有唯一一种语言，它反映着精神的各种

---

① 胡适：《五十年来中国之文学》，《胡适文存二集》，第192—193页。

永恒范畴。①

在"古典时期",由于人与世界的关系是想象的"统一",所以语言也具有相应的"统一性"。以什么样的"说话方式"来说话显得并不重要。所以"古典时期"的语言具有某种稳定性:虽是"唯一一种语言",但却可以"反映着精神的各种永恒范畴"。罗兰·巴尔特说的虽是法语,对于汉语似乎也适用。但问题是,随着晚清时期西方资本主义文化和现代性器物在中国的不断侵入以及中国民众新的个体经验的发生,人与世界的想象的"统一"关系被逐渐打破,所谓"精神的各种永恒范畴"也在不断坍塌,旧有的"说话方式"和"唯一一种语言"已经很难面对这个新的经验不断生成、旧的观念面临难题的世界。随着"现实"的裂变,其语言诉求也不能不发生变化,这大约也是晚清无论是改良派、革命派还是守旧派都要被迫面对以什么语言来"说话"(其深层是汉语"说话方式"面临现代性的境遇的挑战)这一问题的根本原因。

周作人说晚清的白话文运动"是出自政治方面的需求……和后来的白话文可说是没有多大关系的"。但事实上晚清的白话文运动和五四的白话文不可能"没有多大关系",因为它既是对胡适倡导白话文运动的必不可少的背景,其过程中的经验与教训对胡适也构成了宝贵的启示。不过,强调晚清的"白话"与后来胡适等人的"白话"有区别,这是非常值得重视的。胡适似乎是只高举"白话",晚清知识分子是要以"白话"来分担他们感到业已变化的部分"现实",这里看起来是两者对待"文言"和"白话"态度上的区别,或者汉语书面语改革的全面与局部的区别——实质上反映的是双方对语言的认识和目的上存在差

---

① [法]罗兰·巴尔特:《符号学原理——结构主义文学理论文选》,李幼蒸译,生活·读书·新知三联书店1988年版,第85页。

异:晚清的白话文运动是讲求语言的实用性,是与政治意识形态的"启蒙"、"宣传"密切相关的,很少有人像王国维那样将语言认识上升到"言语者,代表国民之思想"的层次(言语行为的差异反映了民族的思维习惯)①;而胡适,虽也是在语言的工具性层面上来提倡白话文运动,但胡适的追求并不是语言的短期行为和速成效果,他是将语言改革看成是一个民族传统的言说方式在现代境遇内必需的革命,他的宏大目标是"文学的国语",他的白话文运动中"以白话替代古文"实际上是实现汉语言说方式转变的一个阶段性策略,在这里,一种语言的存在与转换,其意义不仅是思想的工具,而是与特定民族言说方式联系在一起的,要改变这个民族的言说方式,就必须改革这"工具"本身,

---

① 在晚清知识分子对"新名词"、"新学语"的论争中,很多人批判新的语言词汇与汉语风格的不协调,在行文风格的"雅"、"俗"上辩论。似乎只有王国维看到了这不是用什么语言词汇、造成什么风格的问题,而是不同的语言体现了不同的思维方式、言说方式,新的语言词汇的意义不在于输入了实体性的西方思想精神,而是带来了新的"思想"方式,汉语言说需要新的"思想"方式:"近代文学上有一最著之现象,则新语之输入是已。夫言语者,代表国民之思想者也,思想之精粗广狭,视言语之精粗广狭以为准,观其言语,而其国民之思想可知矣。周秦之言语,至翻译佛典之时代而苦其不足;近世之言语,至翻译西籍时而又苦其不足,是非独两国民之言语间有广狭精粗之异焉而已,国民之性质各有所特长,其思想所造之处各异,故其言语或繁于此而简于彼,或精于甲而疏于乙,此在文化相若之国犹然,况其稍有轩轾者乎!抑我国人之特质,实际的也,通俗的也;西洋人之特质,思辨的,科学的也,长于抽象而精于分类,对世界一切有形无形之事物,无往而不用综括(Generaliazation)及分析(Specification)之二法,故言语之多,自然之理也。吾国人之所长,宁在于实践之方面,而于理论之方面,则以具体的知识为满足,至分类之事,则除迫于实际之需要外,殆不欲穷究之也。夫战国议论之盛,不下于印度六哲学派及希腊诡辩学派之时代。然在印度,则足目出,而从数论声论之辩论中抽象之而作因明学,陈那继之,其学遂定;希腊则有雅里大德勒自哀利亚派诡辩学派之辩论中抽象作之而名学;而在中国则惠师、公孙龙等所谓名家者流,徒骋诡辩耳,其于思想辩论之法则,固彼等之所不论,而亦其所不欲论者也。故我中国有辩论而无名学,有文学而无文法,足以见抽象与分类二者,皆我国人之所不长,而我国学术尚未达自觉(Selfconsciousness)之地位也。况于我国夙无之学,言语之不足用,岂待论哉!……言语者,思想之代表也,故新思想之输入,即新言语之意味也。"参阅王国维《论新学语之输入》,《王国维论学集》,中国社会科学出版社1997年版,第386—387页。

它不是一种相对于思想用完就丢的东西。

晚清知识分子意识到普及教育、开启民智的重要,提倡"白话",但他们对"白话"的认识是停留在一种接近口语的书面语上,注重的是它的实用性。"白话"在他们看来,可以和正式的书面语"文言"相安无事。甚至,由于"白话"分担了开启民智的现实任务,还起到了"保圣教"等存留民族文化精髓的作用。他们追求的"言文一致"只能说是在提倡和使用"白话"时候的"言文一致",而不是追求整体上的汉语符号系统之于"新世界"的言说诉求的"一致"。他们在作正式文章、写信札公文之时,却又沉迷于那"言"、"文"并不"一致"的"以为宇宙古今之至美"的古文。他们没有意识到或不认为汉语言说方式与当下现实的阻隔正与此古文有关。"文言"和"白话",在此仍是一体一用的关系。

尽管胡适的"白话文运动"是从唐宋词、宋元话本、明清小说等传统文化典籍的"白话"特征受到启示,但他的"白话"观念并不就停留在"古白话"、宋元明清的"白话"上,他的"白话"实际上渐渐指向理想状态中的汉语书面语,后来这个观念发展为"国语"。"国语"是汉语书面语的理想形态,它处在一个不断生成的过程当中。所谓"国语的文学,文学的国语",表明"标准"的"国语"唯有通过具体的文学实践才能发生。胡适的提倡"白话",真正目标不是为了废除"文言",而是为了实现"文学的国语",也不是仅仅拿"白话"作为开启民智的实用工具,而是看到了从"白话"出发更新汉语的言说方式的可能。虽然他对待"白话"也是工具性的态度,但他对汉语的认识明显比晚清多数人要深刻:汉语与"现实"之间的紧张关系不是"白话"来分担一部分"现实"就可以缓解,而是要从根本上更新整个汉语的言说方式。而要更新汉语的言说方式,就必须解决汉语书面语的主体——"文言文"的问题。"文言文"作为古代汉语的主要成分,自然有很多优点和作用,"但发展到晚清,它最大的缺陷就是书面语与口语语言的严重脱节,书写语言完全在文人和官方系统内自我循环,不能分得大社会流通言语的活力。反映在诗歌上,只在意象的密集、格律的严格、典故的运用及诗眼的推敲上作文章,诗更根本、更内在的要求反而被忽略了"①。不仅是诗歌上的问题,"文言文"整个陷入与当代经验相隔绝的境况。在汉语与对于"现代"世界的言说诉求之间,"文言文"不得不面临被改革的命运,要么就是"文言"能够成为意义顺畅流通的管道,变得"容易教授",要么就让位于一种新的能够适应"现代"的汉语书面语。

再者,从另一个方面说,晚清的"白话"提倡者,多是深谙文言、熟练文言写作的知识分子,在他们做"白话文"的时候,本身就面临着矛盾。面对"新世界","白话"也存在许多问题,譬如没有适当的词汇、没有合适的表现方法。这时如果没有后来者胡适那样的一心要把"白话文"试验到底的"实验精神"甚至冒险精神的话,很容易就滑入已有的"文言"文本和表达习惯当中,其结果仍然只是形成了一些文言程度稍浅、文白夹杂或不文不白的东西,像梁启超的"新文体"、裘廷梁以"文言"写《论白话为维新之本》等事例就是明证。这样的提倡"白话",之于"言文一致"的语言期求,实在路途尚远。很有意味的是,认为"白话"的一大益处在于很好地"保圣教"②的裘廷梁,当初创办《无锡白话报》极力鼓吹白话之时,其友邓似周就不能同意他的看法,认为"白话兴,文言废,文学必亡",裘廷梁不以为然,认为他倡导白话不过是为普及教育,并非要废除文言,并且认为文言、白话是可以并存于世的。邓似周则曰:"文白必不能共存。"③邓的言语虽是为捍卫文言的正宗地

---

① 王光明:《面向新诗的问题》,学苑出版社 2002 年版,第 170 页。
② 裘廷梁曰:"《学》、《庸》、《论》、《孟》,皆二千年前古书,语简理丰,非卓识高才,未易领悟。译以白话,间附今义,发明精奥,庶人人知圣教大略。"
③ 裘廷梁:《兴庵集序》,《可桴文存》,裘翼经斋 1942 年版,第 57—58 页。

位,但却也言中了文言和白话相安无事、长久并存的两难。

可以说,"二元"态度只会使像黄遵宪等人觉察到的汉语的"言"、"文"相离的状况更加严重,不可能使汉语趋向"言文一致"的言说状态。

(四)"言文一致"的提法

作为一种有具体的语言目标和实施方案的"言文一致"提法,较早正式出现在清末的切音字运动时期的文献中。1900年王照的《〈官话合声字母〉原序(一)》里有:"今夫朝野一体,未易言也。国家与社会之关系,国家与个人之关系,社会与个人之关系,公德与私利之关系,以及人生必需之知识,其理非奥而其绪至繁,主治者欲使人人明共大略,非有自幼渐渍之术,不易收尺寸之效。世界各国之文字,皆本国人人通晓,因其文言一致,拼音简便,虽极钝之童,解语之年,即为能读文之年。以故凡有生之日,皆专于其文字所载之事理,日求精进,即文有浅深,亦随其所研究之事理渐进于深焉耳,无论智愚贫富老幼男女,皆能执编寻绎,车夫贩竖,甫定喘息,即于路旁购报纸而读之。根基如此,故能政教画一,气类相通。"① 王照是维新党人,戊戌变法失败后逃往日本期间,他受日文"假名"启示,拟作"官话合声字母"来使汉语容易为大众认识、掌握。他的拼音体制仍然沿袭中国传统的反切法声韵双拼制,但他不再用字,而是用"字母",这字母实际上是简体汉字或汉字的部首、笔画。王照认为欧美、日本的教育发达与这些民族的语言文字是音标文字大有关系,他从民族国家的团结、振兴出发,倡导"文言一致"的教育方法。在此文中,也出现了"言文为一"的提法,意思与"言文一致"相同。在《〈官话合声字母·原序(二)〉》中,

---

① 王照:《序(一)》,《官话合声字母》,第1页,据1906年北京"拼音官话书报社"翻刻本影印,文字改革出版社1957年版。

他再次强调:"今各国教育大盛,政艺日兴……改变之速,亦各有由,而言文合一,字母简便,实其至要之原。"① 不过我们在这里可以看出王照的"言文一致"是汉字书写符号与口语的一致,他的改革,是以西方音标文字为参照,从汉字的能指系统的相合下手,他的语言改革的目标应该是比黄遵宪等人清楚了一些。

其实使汉字向拼音文字靠拢,普及文化教育、沟通朝野的想法,在王照之前已有人提出。1892年,厦门人卢戆章写成了第一个中国人自己创制的字母式(他的字母是拉丁字母的变体)的拼音文字方案《一目了然初阶(中国切音新字厦腔)》,"言文一致"的意思在卢戆章那里被表述为"字话一律"。他将欧美、日本教育的普及归功于拼音文字的"字话一律":"窃谓国之富强,基于格致,格致之兴,基于男妇老幼皆好学识理,其所以能好学识理者,基于切音为字,则字母与切法习完,凡字无师能自读,基于字话一律,则读于口遂即达于心……欧美文明之国,虽穷乡僻壤之男女,十岁以上,无不读书……何其然也,以其以切音为字,字话一律。"② 他也竭力在中国倡导他的切音之法,努力使中国19省的语言文字皆从一律。卢戆章的方案以"南腔"——南京话为标准,"以南京话为通行之正字,为各省之正音"③。不同的是王照的方案是采用了"官话"(当时的"京话"),所以,时人对其效果评论颇高:"尽是京城声口,尤可使天下语音一律。"(吴汝纶:《上张管学书》)最重要的是,王照的拼音方案特别声明:"此字母专拼白话","若以拼文话则读音有混淆误解之弊,是必不可"。可能也是推行官话字母和专拼白话的原因,在清末切音字运动中,王照最有成绩,据说"各地

---

① 王照:《序(二)》,《官话合声字母》,第1页。
② 卢戆章:《〈中国第一快切音新字〉原序》,《一目了然初阶(中国切音新字厦腔)》1892年版,第3页。
③ 同上书,第6页。

私相传习，一人旬日而通，一家兼旬而遍，用以读书阅报，抒写议论，莫不欢欣鼓舞"①。

　　清末切音字运动中，在王照之后，其他倡导者在行文中有"言文一致"、"文言合一"提法的已很常见②。不过，值得注意的是后来者胡适的评价。胡适在《〈中国新文学大系〉第一集导言》里专门叙述了从卢戆章到民国十七年（1928年）国民政府正式公布"国语罗马字拼音法式"这"三十多年的音标文字运动"，他评价最高，也最为同情的还是王照。他认为"最明白的主张'言文一致'"的人就是王照③。

　　之所以最同情王照，乃是胡适作为后来者，他从自己从白话入手、掀起文学革命并最终成功的经验出发，看到了王照的方案比同时代人独特的地方。那就是王照的方案既涉及汉语的能指系统的分裂问题，又没有要求汉语完全效法西方的拼音文字，他是用简单的字母来拼汉语中的"白话"、"俗话"；他从他的拼音方案的可行性入手，主张拼音要用来拼白话，绝不能用来拼古文："此字母……专拼俗话，肖之即无误矣。今如两人晤谈终日，从未闻有相诘曰：'尔所说之晚为早晚之晚耶？为茶碗之碗耶？尔所说之茶为茶叶之茶耶？为查核之查耶？'可知全句皆适肖白话，即无误会也。若用以拼文词，则使读者有混淆误解之弊。故万不可用此字母拼文词。"④

　　王照的方案主要在语言的层面，还没有触及文学，但他从"白话"入手来改革汉语言文不一的状况的方案，无疑和后来的胡适的语言革新的方案有相似的地方。胡适也并不赞同废除汉

---

① 倪海曙：《清末汉语拼音运动编年史》，上海人民出版社1959年版，第119页。

② 吴汝纶、王用舟、何凤华、朱文熊等人的文章均有这类提法。参阅《清末文字改革文集》，文字改革出版社1958年版。

③ 胡适：《导言》，《中国新文学大系（1917—1927）》第一集《理论建设集》，第7页。

④ 王照：《官话合声字母·凡例》，第十二条。

文，改汉语为拼音文字，从汉语之外寻找国人新的言说方式；但胡适也不赞同"古文"、"文言文"占据汉文的主体地位，他最终的革新办法是从汉语内部，从废除汉语的"文饰"性，以"白话"、俗语、俚语等较容易触及现实的汉语形态为文入手，力图在汉语的"言"与"文"之间寻找一种容易趋向一致的内在理路。胡适从汉语最坚固的"壁垒"——诗歌入手，以白话作诗，改变的不仅是诗歌的语言形态，而是突破了汉语的传统的"文法"（语法）。胡适实际上在汉语的语言符号系统和意义之间，以一种新的语法改变了汉语"言文不一"的状况。他从"白话"入手，赖以爆破"理本奥衍"的文言文，复活"死文字"、"死文学"的手段是"作诗如作文"等新的"文法"。前者是语言文字的更新问题，后者是语法结构的更新问题。

不过王照的语言改革方案与胡适的初衷和目标差别甚大。"此字母虽为贫人及妇女不能读书者而设"，"然若读书人习之以备教人，且与下等人通书信亦甚便也"。在士大夫和"下等人"之间，其语言变革的"二元"态度溢于言表。王照本是维新派，他和其他一些革命派甚至古文大家的态度一样，对文言的危害性缺乏清楚的认识。他的官话字母可以和汉文互为补充。"汉文和俗语互有长短，不特吾国旧书终古不废，以后翻译西书用汉文俗语并存，互为补助，为益更多。"并主张"勿因有捷法而轻视汉文"。胡适后来惋惜地说："王照的字母是要用来拼写白话文的。后来提倡'读音统一'的人，不懂得这个道理，竟把他们制定的字母叫做'注音字母'，用来做'读音统一'之用，那就是根本违背了当年创造官话字母的原意了。"王照的字母是以通过拼白话、俗语达到汉语的日常交流上的"言文一致"，按照这个主张实行下去，若白话早日成为国人普遍的交流语言，那中国的现代性计划的实践、文学的发展恐怕又是另外一种情状。胡适遗憾后来的"读音统一会"（1913年）忽略"白话"而注重字母，简直主次不分。不过，胡适说"王照的字母是要用来拼写白话文的",似乎有王照是有意识地提倡白话文的意思,这恐怕是他作为后来者的同情和猜想,不一定符合历史实际。胡适的提倡白话文其目的是为了通过白话文在文学中的广泛实践建设一种"文学的国语",实现汉语言说方式的根本变革。而王照等清末切音字的提倡者们,其拼音文字、拼白话的主张的目的更多是为开启民智的考虑,而文言文("汉文"),则是当然要保留的。这种对待语言的二元态度,导致的其实是语言文字的分工:以白话文达到现代性实践的实用目的,以文言文来保存国学精粹。

(五)激进的拼音化方案

黄遵宪、梁启超这一类知识分子基本上是从文学变革中寻求汉语言说方式的革新。卢戆章、沈学、王照等清末切音字运动的提倡者是从效法西方音标文字的形态入手力图使汉语像音标文字一样容易掌握,以更新国民说话方式和书写方式来振兴文化教育。切音字运动中像王照这样的知识分子并不提倡废除汉字,而是以字母拼白话,以切音字辅助大家认识汉字,这不算激进。最为激进的恐怕要数1907年在巴黎创刊的《新世纪》杂志,该刊提出废弃中国文字而改用"万国新语"的主张①。这一激进主张直至五四时期仍有人坚持。1908年,该刊第四十号引用署名"前行"的文章说:"中国现有之文字不适于用,迟早必废……既废现有文字,则必用最佳最易之万国新语",就是世界语(Esperauto)②。主张以"万国新语"代替汉语的倡导者不满于

---

① "巴黎留学生相集作《新世纪》,谓中国当废汉文而用万国新语,盖季世学者好尚奇觚,震慑于白人侈大之言,外务名誉。不暇问其中失所在非独万国新语一端而已,其所执守以象形字为未开化人所用,合音字为既开化人所用,且谓汉文纷杂,非有准则不能视形而知其字,故当以万国新语代之。"章太炎:《驳中国用万国新语说》,参阅《太炎文录初编·别录二》第16页,见《太炎文录初编 太炎文录续编》(《民国丛书》第三编·83),上海书店分别据古书流通处1924年版、章氏国学讲习会1938年版影印。

② Esperauto 的具体情况可参阅索绪尔《普通语言学教程》,第114页。

"合声字母",认为"欲以西式字母合支那之音而为字者",不过是"存留语言,革命文字";而只有"直以西文或万国文代中文",才是"语言文字同革命"。此番言论在国内激起强烈反驳,其中,以章炳麟(太炎)1908年在《国粹学报》第四十一、四十二期上发表的《驳中国用万国新语说》最值得关注。

其实对于汉字的改革,章太炎并不保守,他曾不满意当时的各种汉字笔画拼音方案,提出了自己的"取古文留篆径省之形"以代旧谱。1913年,他的方案还成为中国第一个由国家制定的汉语拼音方案("注音字母")的基础。在文字的使用层面,若将世界语作为一种外语来学习,章太炎并不反对,故章太炎和吴稚晖等人的论争的焦点不在"万国新语"本身,而在该不该以此种音标文字来代替汉文的问题。对于吴稚晖等人那种认为中文"野蛮"、音标文字代表的文明优越于象形文字(汉文)的文明、中国人识字率低即因象形的汉字太难的言论,章太炎以为不尽然。他认为:中西语言各有所长、各有所短,文字的区别与文化的优劣、"文明"或"野蛮"无关。音标文字在识字上的便捷不成为其必须代替汉文的理由;汉文确实"深密",但这也不成为其必须被废除的理由。汉文有能够为人容易掌握书写、容易明白意思的辅助方法("辅汉文之深密,使易能易知者则有术矣"),这方法的改进才是国人所要努力去做的。太炎先生认为"国人能遍知文字以否,在强迫教育之有无,不在象形、合音之分也"①。

吴稚晖等人急于以最简便的语言方式和西方思想文化接轨的心态,在现代性境遇下我们可以理解。但章太炎看似"保守"的主张更引人深思。在认为语言是思想文化的"工具"的层面

---

① 章太炎:《驳中国用万国新语说》,《太炎文录初编·别录二》,第16页。章太炎与吴稚晖的论争可参阅罗志田《国家与学术:清季民初关于"国学"的思想论争》(生活·读书·新知三联书店2003年版)一书的第四章《种界与学理:抵制东瀛文体与万国新语之争》。

上，他们的观点有一致的地方，都企望通过改革语言来改革汉语言说方式。但如果语言真的仅仅是"工具"，那更换一种新的"工具"恐怕也就能一劳永逸地更新言说方式了。章太炎的驳论层层剥离那种认为音标文字优越、汉语难以掌握的单线思维，从外在的文化表象进入了语言的内里。他的改革方案其实是从汉语内部来寻求策略：国人欲寻求新的言说方式，关键不是废除汉文以"万国新语"代之，而是要使汉文"易能易知"。几年后，当时正留学美国，也在思考汉文变革的胡适读到章太炎的《驳中国用万国新语说》，认为文中改革"汉文之精密"、"使易能易知"的观点，与自己"不期而合"[①]。

三 语言变迁的自身特性

总的来说，在晚清知识分子复杂而矛盾的"言文一致"追求当中，我们还是能看到一些主要问题。黄遵宪、梁启超这一类诗人、文人主要是从变换文学的语言风格（以口语、流俗语入诗等）、文章的风格（试验"俚语、韵语及外国语法"混杂的"新文体"等）的方式来寻求言说方式的更新。他们觉察到汉语字体"言文分离"的问题，但是在寻求解决之道时主要目标和精力不在语言本身。卢戆章、沈学、王照这一士大夫阶层，着力于汉语拼音化运动，欲以接近音标文字的方式来使汉语实现声音与书写的合一。而主张以"万国新语"代替汉文的主张，无疑是切音字运动意图的极端方面。

音标文字在被拼写出来的同时，"音"、"字"、"义"就同时浮现，确实便于向国民普及教育，有利于迫在眉睫的现代性计划实践。但是，将汉语更新为音标文字，这已经是从一种语

---

① 胡适：《读章太炎〈驳中国用万国新语说〉后》，《胡适留学日记》，第824页。

言系统到另一种语言系统的转变,这一转变若是实现,最大的损失是汉语本身。汉语有"形"、"音"、"义"共同呈现的特点,这与其"象形"、"会意"、"指事"等造字方法有关,其产生的来源使汉字具有丰厚的文化内涵。汉字的"形"(书写的符号)并不是完全依赖声音来表意,其自身呈现意义,这是汉语区别于西方的拼音文字最明显的地方,也是它最有魅力的地方。

汉文不能废,"文言"尤不能废,这里有保存"国粹"的民族心理因素,也有语言自身(语言与文化的不可分割)的原因。所以给汉语辅之以音标文字的切音字运动的倡导者们,他们的语言方案也显得矛盾:独特的字母仅用来拼"白话",但不能拼"文言"。这里固然有文言多为单音字、拼出来意思没法让人准确掌握的原因,另一方面,还有着让"白话"来承担开启民智、让"文言"来存留文化精粹的心理。这种语言上的"分工",其目的在于"文言"能够和"白话"并存。提倡白话文的维新派们,他们在对待"白话"和"文言"时也是这样"二元"的心态。这种"二元"态度如前所述,只会使汉语"言"、"文"相离的状况更加严重,不可能使其汉语言说方式在整体上趋向"言文一致"。

"白话"和"文言"各有不同"分工"、汉语应辅之以音标文字,拼"白话"不能拼"文言"、主张废汉文代之以"万国新语"、章太炎的"驳用万国新语"等主张或言论,都反映出晚清知识分子寻求新的言说方式的复杂性和矛盾性。这里首先有民族、文化的现代性境遇问题,从这一角度看,"白话"和"文言""分工"不同、废汉文以"万国新语"代之都可以理解。保留"文言"和不能"用万国新语"同样也可以理解,譬如士大夫阶层普遍认为:一个民族的文化精粹就在语言(主要指"文言"等书面语)当中,语言当中凝聚着这个民族的美学与思想的精髓,废除语言等于亡国。正如索绪尔所言:"一个民族的风俗习惯常会在它的语言中有所反映,另一方面,在很大程度上,构成民族的也正是语言。"① 在晚清特定的历史境遇中,知识分子的新的言说方式的寻求不仅仅是语言的问题,与之相纠结的还有民族、文化心理等多种原因。

其次是语言本身的问题(尽管这一点在当时尚未为人所自觉),是一个民族的语言系统的更新与文化上的现代性困境相碰撞的问题。按照后者说,文化教育若要跟上西方,就须学习西方的教育方式,而在晚清知识分子眼中,西方传授知识、普及教育之所以极为便捷是与其语言形态(拼音文字)有关。汉语是否也应该具有这样的功能?回答应是肯定的。但是否也要变革为这样的形态则是个问题。按照前者说,语言作为一种表达观念的特殊的符号系统,其改变是否如别的符号系统那样容易实现?索绪尔说:"语言是一个系统,它只知道自己固有的秩序。……我们必须遵守这条规则:一切在任何程度上改变了系统的,都是内部的。"我们能否从"政治"等"外部因素"来改变它?② 从人(使用者?)的角度,一个民族的语言并不是使用者说更换它就能更换它。语言尽管是可以更改的,但这不是使用者的意愿所能决定的。索绪尔说:"时间在保证语言的延续性的同时又对其施以一种全然相反的影响,即语言符号或多或少的变迁。在时间中的延续与时间中的变迁相结合",两者是相互依存的。并且,"在变中旧的本质的不变是主要的,对过去的否定只是相对的"③。索绪尔将语言的演变归结为社会力量在时间中的发展,而不是个人的意愿所能至,而语言、使用者("说话的大众")和时间三者的关系大致是:"语言"在"使用语言的集团"之上,它对使用者有决定权;而"时间"独立于两者之外,但作

---

① [瑞士] 费尔迪南·德·索绪尔:《普通语言学教程》,第43页。
② 同上书,第46页。
③ 原文见麦可·兰编《结构主义导论》(纽约,1976年),转引自郑敏《结构—解构视角:语言·文化·评论》,清华大学出版社1998年版,第112页。

用于两者①。语言的特性应该是"语言大于使用者"。人的使用语言的写作事实上是在语言的结构当中。按照现代哲学家对语言的领悟,人与语言的关系不是"人说语言",而是"语言说人"②。语言系统的革新,采取废弃一种习用已久的符号系统而沿袭新的符号系统,是否为符号语言本身的特性?

综观晚清知识分子的"言文一致"的寻求,其特征主要表现为在民族危亡的现代性焦虑心理支配下的汉语能指系统结构的改革。在语言即思想之工具的观念之下,欲更新言说方式,则须更新语言工具,所以有创造字母来拼汉字、改革汉字甚至极端到废除汉文的方案。这种"言文一致"和后来胡适的"言文一致"是有差别的。晚清知识分子更多的是考虑语言在工具层面(表意符号层面)上的"一致"、说话的声音与文字的书写"一致"。他们的思路更多是在语言文字的符号范畴,一定程度上没有意识到语言作为"形式"与"内容"的关联。语言在特定的社会历史中,并不是孤立的符号系统,其所肩负的表述功能是由表述者、文化语境、接受者、语言本身等多种因素相互对话生成的结果。即使语言作为符号系统自身"一致"了(譬如音标文字或"白话"、口语、俚语之类),还有一个此符号系统与其所要表述的思想是否"一致"的问题。前者是词语本身的问题,后者则是受历史、文化制约的句法、语法("文法")的问题。由于社会现实必得通过语言来理解,语言问题肯定是文化变革的中心,晚清知识分子的"言文一致"的追求是值得肯定的(至少在汉语的语音和字形方面为后来的"统一国语"奠定了基础),为后

---

① [瑞士]费尔迪南·德·索绪尔:《普通语言学教程》,第116页。
② 海德格尔的原话是:"语言自己说话","……[语言]不是人弄成的。相反,人是……出于语言的言说而成的"。海德格尔:《语言》(德文版),第12、27页,参阅陈嘉映《海德格尔哲学概论》,生活·读书·新知三联书店1995年版,第314、316页。也参阅《海德格尔选集》(孙周兴编选,上海三联书店1996年版)下册,第1003—1004页,《语言》:"语言说。/人说,是因为人应合于语言。/……人只是由于他应合于语言才说。/语言说……"

来者提供了许多有价值的经验和思考。但他们的"言文一致"的愿望并没有真正实现。汉语由于自身的独特性，其在历史转型期如何接通现代性的思想、文化，成为现代性的便利通道，知识分子言说方式的现代转型，仍然是一个悬而未决的问题。

第二章

汉语内部的通道

我中国有辩论而无名学,有文学而无文法……

——王国维

夫不讲文法,是谓"不通"。

——胡适

文法的正确至少是"通"的绝对必要的条件。

——赵元任

关于方言的一个有意义的和重要的事实是它们的文法比起书面语的文法要有规律得多……

——赵元任

晚清知识分子"言文一致"的追求并没有多大程度的实现,但它所呈现的问题却是很有价值。如何面对汉语的复杂性,在特定的现代性境遇中来革新传统的言说方式?这不仅是晚清知识分子的问题,也是民国直至五四知识分子的问题。晚清文人在"文言"表意的困厄和"白话"开启民智的便捷之间的矛盾,在拼音文字所代表的文明的优越性和汉语的魅力、母语的情感之间的徘徊,仍是五四文学革命所发生的重要背景。文学是语言的艺术。"新"文学必得先有语言之"新"。五四"文学革命"的发生正是从语言的革命开始的。所以胡适叙述"文学革命的历史背景"之时，不得不花相当的篇幅（"两大段"，两个章节）来叙述晚清文人追求"言文一致"那困难的两幕："一幕是士大夫阶级努力想用古文来应付一个新时代的需要，一幕是士大夫之中的明白人想创造一种新的文字来教育那'芸芸亿兆'的老百姓。这两个潮流始终合不拢来。"① 这自身问题重重、相互之间也充满矛盾的两股潮流，无疑是胡适等人思索汉语言说方式革新的起点。

一 从"文字问题"到"文学问题"

（一）"汉文问题之中心"

在《〈中国新文学大系〉第一集导言》中，胡适自述自己的文学革命的见解正是要回应晚清知识分子在语言追求上的"重重矛盾"——

一个国家的教育工具只可能有一种，不可有两种。如果汉文汉字不配做教育工具，我们就一个下决心去废掉汉文汉字。如果教育工具必须是一种拼音文字，那么，全国上上下下必须一律拼用这种拼音文字。如果拼音文字只能拼读白话文，那么，全国上上下下必须一律采用白话文。

那时候的中国智识分子是被困在重重矛盾之中的：

（1）他们明知汉字汉文太繁难，不配作教育的工具，可是他们总不敢说汉字汉文应该废除。

（2）他们明知白话文可以作"开通民智"的工具，可

---

① 胡适：《导言》，《中国新文学大系（1917—1927）》第一集《理论建设集》，第13页。

是他们自己总瞧不起白话文,总想白话文只可用于无知百姓,而不可用于上流社会。

(3)他们明白音标文字是最有效的教育工具,可是他们总不信这种音标文字是应该用来替代汉字汉文的。

这重重矛盾都由于缺乏一个自觉的文学革命运动。当时缺乏三种自觉的革命见解:

第一,那种所谓"宇宙古今之至美"的古文学是一种僵死了的残骸,不值得我们的迷恋。

第二,那种所谓"引车卖浆之徒"的俗话是有文学价值的活语言,是能够产生有价值有生命的文学的,并且早已产生出无数人人爱读的文学杰作来了。

第三,因为上面的两层理由,我们必须推倒那僵死的古文学,建立那有生命有价值的白话文学。

只有这些革命的见解可以解决上述的重重矛盾。打破那"宇宙古今之至美"的迷梦,汉文的尊严和权威自然倒下来了。承认那"引车卖浆之徒"的文学是中国正宗,白话文自然不会受社会轻视了。有了活的白话文学的作品做底子,如果我们还要进一步提倡音标文字,那个音标文字运动成功的可能性也就大的多多了。

民国五六年起来的中国文学革命运动,正是要供给这个时代所缺乏的几个根本见解。①

从这段文学革命的"根本见解"来看,有几个地方值得我们注意:一、似乎胡适颇挂念、赞成将汉字汉文改为音标文字;二、从(1)、(2)、(3)的"重重矛盾"看,晚清的知识分子一个是对待"白话"和"文言"的"二元"态度问题、一个是

---

① 胡适:《导言》,《中国新文学大系(1917—1927)》第一集《理论建设集》,第14—15页。

当不当以音标文字代替汉文的问题,并且(1)和(3)谈论的都是文字的问题,为什么到了解决的方案都变成了文学的问题?为什么这些语言文字上的矛盾到了胡适这里是由于缺乏一个自觉的"文学"革命运动?这一点胡适并没有出示语言文字的"革命"要在"文学"里得到解决的学理依据。

第一点的问题主要在于,30年代,直至1958年《汉语拼音方案》正式公布,汉语语音("国音")的统一正处在摸索的阶段。"注音字母"、胡适敬重的语言学家赵元任先生提倡的"国语罗马字"、"拉丁化新文字"都仍然在试验,这些"拼音文字"是那个时代的话题,胡适可能要考虑这些因素的存在。但这似乎不是根本原因。可能的原因是从现代性的民族危亡、言说危机出发,汉字汉文应当被拼音文字所代替,从这个角度,胡适似乎能赞成。但他的"根本见解"表明,他事实上不认为汉语的言说方式可以这样得到更新。

胡适对待语言革新的方式其实早就显得与同时代人颇有差别。在另一篇关于"文学革命"的自述里,胡适将这篇叙述"文学革命的开始"的长文命名为"逼上梁山"①。是什么力量逼迫胡适使他要思考中国的文学当"革命"呢?《逼上梁山》的开头讲述了当年胡适在美留学期间一位做清华学生监督处书记的"怪人"的轶事,胡适说"'文学革命'的起因"与此人的一些古怪的行为有关,此人经常散发一些热心的传单,这些传单里最令胡适不

---

① 胡适:《逼上梁山》,原载1934年1月1日《东方杂志》第31卷第1期,后收入1935年10月15日良友图书公司出版《中国新文学大系(1917—1927)》第一集《建设理论集》。文学革命是一种"逼上梁山",还有一种"逼上梁山"是白话诗的发生。胡适的治学观是"大胆的假设,小心的求证",在美留学时,胡适在与朋友、同学的批驳、辩论中放言:"诗的文字不要用土语、俗字,要用白话的文字。"胡适由是也被迫去"历史"中找证据,并最终得到一个结论:"中国旧诗当中好的句子都是白话。"白话诗的提出及白话诗运动的坚持,胡适说他"那时那样做,是被逼上梁山"。胡适:《提倡白话文的意义》,姜义华主编:《胡适学术文集·新文学运动》,中华书局1993年版。

满的就是"废除汉字,取用字母"之类①,竟惹得胡适写信去骂他。胡适责备他"这种不通汉文的人,不配谈改良中国文字的问题。……把汉文弄通了……才有资格谈汉字是不是应该废除"。事后胡适也为自己的激动后悔。这段往事记述似乎是将这么重大的历史事件的缘起归结为偶然事件。其实不然,从晚清开始的知识分子的对汉语"言文相离"的焦虑和对"言文一致"的寻求,直至有废除汉文采用"万国新语"的论争,应该是此"偶然事件"的历史背景。此事件只是激发长久以来关注汉语言说方式革新的各样言论的胡适必须对当前的语言变革作为自己的回应。"汉文"的问题到底在哪里?当如何变革?那些"传单"只是汉文危机的一个象征性显现,它逼迫现代知识分子必须思索汉语该如何"现代"的问题,逼迫胡适在接下来的留学生涯里必须集中精力来思虑"汉文"当如何对待、"文学"当如何"革命"的问题。

胡适在《逼上梁山》里自述1915年他对"汉文"的变革主张的出笼:"那一年恰好东美的中国学生会新成立了一个'文学科学研究部'(Insitute of Arts and Sciences),我是文学股的委员,负有准备年会时分股讨论的责任。我就同赵元任先生商量,把'中国文字的问题'作为本年文学股的论题,由他和我两个人分做两篇论文,讨论这个问题的两个方面:赵君专论'吾国文字能否采用字母制,及其进行方法',我的题目是'如何可使吾国文言易于教授'。赵君后来觉得一篇不够,连做了几篇长文,说吾国文字可以采用音标拼音,并且详述赞成与反对的理由。"② 这几篇被放在一起,即1916年5、6月刊登在美国 The Chinese Students' Monthly(《中国留美学生月报》)上的"The

---

① 胡适:《逼上梁山》,《中国新文学大系(1917—1927)》第一集《建设理论集》,第3页。
② 同上书,第4页。

Problem of the Chinese Language"(《中国语言的问题》)。全文共四部分,题目分别是:I. Scientific Study of Chinese Philology(中国语言的科学研究);Ⅱ. Chinese Phonetics(中国语音学);Ⅲ. The Teaching of Chinese as it is;Ⅳ. Proposed Reform(设想的改革)。其中Ⅰ,Ⅱ,Ⅳ都是赵元任写的[①]。胡适作的即Ⅲ。他这个英文标题的翻译出来大概是"把汉语当作汉语来教学"或"按照汉语本身来教学",其义似乎比中文的文言标题("如何可使吾国文言易于教授")意图明晰。

赵元任作的是"关于中国语言的拼音化问题",胡适作的是"论述中国语言教学本身的论文"。胡适和赵元任作的题目分别关乎文学("国文")和语言("国语")两个方面。胡适在这里没有交代他为什么要"选择"前者。似乎这是一种没有任何主观愿望的"分工"而已。"我是不反对字母拼音的中国文字的,但我的历史训练(也许是一种保守性)使我感觉字母的文字不是容易实行的,而那时还没有想到白话可以完全代替文言,所以我那时想要改良文言的教授方法,使汉文容易教授。"这段话是有点矛盾的,因为他内心并不大赞同实行"字母的文字"。值得注意的是他所谓的"保守性",这种"保守性"使他一直对改革汉语的激进主张保持着距离。促使他选择"国文"方面的题目正是此"保守性"。他显然也注意到汉语出了问题,但他没有打算更换一套新的语言符号系统,在汉语的外部来寻求解决之道。他认为汉文不能作为教育的便捷的工具不是文字的原因,而是言说方式的问题,这个问题有可能靠着"文法"来解决。汉文的"不通",不是文言本身出了问题,而是理解、讲述、教授文言的方法出了问题。

[①] 赵元任:《中国语言的问题》,《赵元任语言学论文集》,商务印书馆2002年版,第668页。

在胡适1915年8月26日所作的《如何可使吾国文言易于教授》①一文中,胡适开宗明义,表明此文乃是直接针对那种"采用字母,以为欲求教育之普及,非有字母不可"的主张的回应。同样是视"汉文"为现代性目标的一种实践工具,胡适的心态没有那么激进,"以为此问题至重大,不当以意气从事,当从容细心研究"。胡适当时还没有强烈意识到白话可以"代替文言",他是从作为现代性计划实施的基础的民族共同语的角度,肯定汉语的书面形式("汉文")的存在的必要:"无论吾国语能否变为字母之语,当此字母制未成之先,今之文言,终不可废,以其为仅有之各省交通之媒介物也,以其为仅有之教育授受之具也。"朱自清先生曾引汉学家高本汉的话,来讲述汉文为什么没有被改成拼音文字,其实实在是汉语"文化比较复杂的缘故":

> 中国人为何不废弃这种表意的文字,而采取音标字母,内中有很大的理由。中国文字,在学童识字的效率方面,虽然不及拼音字母那么简单;可是中国文化的全部基础,都建筑在这种文字之上,而各处散漫的人民,彼此能互相维系,以形成这样一个大国家,也未始不是这种文字的功用哩!②

汉语的变革牵动的是中国文化的根基,这种改革显然不能草率行事。并且,胡适认为:与现代性的语言目标相联系,既然不管是采用拼音文字还是汉文,目标都是为了"教育之普及",那"汉文问题之中心"首先也就不在当不当废、采用字母拼音文字而代之,等等,而"在于'汉文究可为传授教育之利器否'",即汉语如何能成为一种适用于普遍交流的语言,能够传达出新的

---

① 胡适:《如何可使吾国文言易于教授》,《胡适留学日记》,第758—764页。
② 朱自清:《文字改革问题》,《朱自清全集》第8卷,江苏教育出版社1996年版,第426页。

现实经验，也能够为接受者普遍理解。

其实自晚清以来，已经有许多激进的革命者讨论过废除汉字、采用世界语或西方拼音文字的问题。这种讨论一直延续到20世纪30年代。这是晚清以来中国知识分子的建设中国文化、文学现代性的时代冲动在语言上的体现。对于文字改革的倡导者来说，汉字的问题主要在两个方面：一方面是一个文化问题，即汉字本身是传统文化的载体，由于传统文化的问题，汉字显得不能接通现代性的西方思想文化，有"死文字"之谓。另一方面则是汉字的表意功能不如西方语言"明晰"。"废除汉字"，不管这个判断经过历史证明是如何荒唐，对汉字进行改革的愿望显然来自一种"理性化"的要求。不过这种理性显得激进而失之偏颇。胡适的主张实际上也是从"理性"出发，不同的是他顾及了汉字是汉语文化（不仅仅是"传统文化"）的载体，他不主张废除汉字，而要求从口语、"白话"入手进行汉语书面语系统的变革，来解决汉语作为一种言说方式在表意上的"明白晓畅"的问题。所以胡适的主张显得更合理。

胡适的主张还与当时他们在美国留学那一拨人对"科学"精神的推崇有关。现代文学思想与形式的诞生，与"科学"观念在中国知识分子当中的发展分不开。据一位学者的查考，"像横排，西式标点的采用等，都不是文学运动创始的，而是科学运动的结果。一九一五年创刊的《科学》月刊是中国首先采用横排和西式标点的刊物，主要的原因是因为竖排无法书写科学论文，特别是科学的公式。一九一五——一九一六年间，在康乃尔大学与胡适讨论文字问题的大多是科学家"[①]。《新青年》出至第3卷第6号，就有钱玄同建议自第4卷第1号起改用横排的建议。这一建议就是参考美国留学生办的《科学》和国内教育部

[①] 汪晖：《我们如何成为"现代的"？》，汪晖：《旧影与新知》，辽宁教育出版社1996年版，第124页。

办的《观象丛报》的,"横式"不仅看得"便利",而且用"'科学'的符号和句读,全用西式,看下去很明白"①。胡适将汉语的文字问题转向文学问题,作《如何可使吾国文言易于教授》之类的文章,还可以看作是一种"科学"的理性精神的体现。事实上,胡适要在文学中试验的白话文运动就是一个语言的"科学化"运动,就是通过"讲求文法"来改造汉语的语法结构,以口语化的语言来追求表意上的"精密"②。他在文学中试验白话的信心和态度也是一种"科学的精神"所支撑的,"白话未尝不可以入诗……白话之能不能作诗,此一问题,全待吾辈解决。解决之法,不在乞怜古人,谓古之所无之必不可有,而在吾辈实地试验。一次'完全失败',何妨再来?若一次失败,便'期期以为不可',此岂'科学的精神'所许乎?"③ 当然,"科学化"不仅是时代的问题(在大的意义上,"现代"也被认为是"德先生"[民主]和"赛先生"[科学]的时代),也是一个语言形式的问题,更是一个文学文体的问题。

(二)"文学"的解决思路

有论者认为胡适将汉语言说方式的变革问题之中心由"文字"转向"文学"归之于胡适与身边的同学、同乡的论争。其中主要是胡适和梅觐庄的争论,"梅氏绝对不承认中国古文是半死或全死的文字。两位老友从文字到文学,辩论过无数个回合,梅氏越辩越守旧,胡适倒越来越激进,由文字改革过渡到文学革命"④。从现象上看,确实存在这样的情景;从态度上看,双方的观点也越来越明确、尖锐,但胡适从"文字改革过渡到文学

---

① 钱玄同:《致陈独秀》,《新青年》第3卷第6号,1917年8月1日。
② 当然,这种"精密"也隐含着对西方语言的表意方式的某种迷信。本书第六章将有较详细的叙述。
③ 胡适:《一首白话诗引起的风波》,《胡适留学日记》,第989—990页。
④ 沈卫威:《无地自由——胡适传》,上海文艺出版社1994年版,第30页。

革命"绝不是思想激进的结果,他的思路的这一转变,其实是相当"理性"的,是胡适在语言学、文学和文化诸方面素养的长期积累的结果;是在特定历史情境中,由于论争的激发,其长期思虑汉语言说方式当怎样变革的思路的一次豁然开朗。

在《如何可使吾国文言易于教授》一文中,胡适从汉文存在的必要、汉文问题的中心到底在哪里等问题入手,层层推进,引出汉文所以不易普及的原因在于"教法"不对。汉文的教法当从哪些方面入手呢?胡适列出如下四条方案:

(1)汉文乃是半死之文字,不当以教活文字之法教之。(活文字者,日用语言之文字,如英法文是也,如吾国之白话是也。死文字者,如希腊拉丁,非日用之语言,已陈死矣。半死文字者,以其中尚有日用之分子在也。如犬字是已死之字,狗字是活字;乘马是死语,骑马是活语。故曰半死文字也。旧法不明此义,以为徒事朗诵,可得字广义,此其受病之根源也。教死文字之法,与教外国文字略相似,须用翻译之法,译死语为活语,所谓"讲书"者是也。)

(2)汉文乃是视官的文字,非听官的文字。凡象形会意之文,乃视官的文字;而字母谐声之文,皆听官的文字也。……

(3)吾国文本有文法,而古来从未以文法教授国文。今《马氏文通》,出世已近廿载,而文法之学不治如故。夫文法乃教文字语言之捷径。今当提倡文法学,使普及国中;又当列"文法"为必须之学科,自小学至于大学,皆当治之。

(4)吾国向不用文字符号,致文字不易普及;而文法之不讲,亦未始不由于此。今当力求采用一种规定之符号,以求文法之明显易解,及意义之确定不易。[①]

[①] 胡适:《如何可使吾国文言易于教授》,《胡适留学日记》,第759—764页。

胡适从少时在家乡所受的"讲书"式教育出发①，认为不问其义、徒事朗诵的教法，乃汉文"受病之根源"。死文字须"翻译"、讲解，要通过字义来学习文字。字义的了解与第（2）条有关。在第（2）条中，胡适花了最多的篇幅讲述汉字的特征（有"象形、会意、指事之特长"），从幼学启蒙的角度，建议汉文的教法当从明白汉字怎样诞生入手，要明白"六书之法"，"当习字源学"。最值得注意的是第（3）、（4）条，胡适认为若要汉文"易解"、意义"确定"，当从"文法"入手。

"中国文法体系的建立，实际上是在中国文法和西方文法的体系发生了交涉以后。""一般人对于文法的认识是从1898年（清光绪二十四年）马建忠的《马氏文通》出版之后开始的。"马建忠的"文法"概念主要指的是针对文言文的。"文法"这个概念无疑反映了西方语言的语言体系对汉语的介入，马建忠的文法就是"模仿拉丁语法"而作。《马氏文通·例言》里说："此书在泰西名为葛郎玛。葛郎玛者，音原希腊，训曰字式，犹云学文之程式也。各国皆有本国之葛郎玛，大旨相似；所异者音韵与字形耳。……此书系仿葛郎玛而作。"②"文法"，相当于现代汉语的"语法"（"葛郎玛"，即grammar），但只是"相当于"，意义并不完全一样。"文法"这一概念也大于现代汉语意义的"语法"，因为它同时涉及汉语当中的文言文。在一些语言学家看来，"用'文法'来表示语文组织的规律，要比'语法'一词明确、简括得多"。"'文法'一词的修辞功能也比较强，可以作种种的譬喻用法用，'语法'却没有这种能力。""作为语言的组成成分共有三个要素：语音、词汇、文法，用'文法'这个名称

---

① 参阅胡适《四十自述/九年的家乡教育》，《胡适文集》第1卷，北京大学出版社1998年版，第49页。
② 马建忠：《马氏文通》，商务印书馆1998年版，第13页。

和语音、词汇配合,也比用'语法'的名称更为整齐、匀称些。"① 在第(4)条中,胡适认为汉文不用标点符号是"文法"不讲的一个原因。应当采用一种规定的标点符号,来保证汉文从"文法"上看"明显易解"和"意义之确定不易"。这些表明胡适的意思大约是:对汉文的改革也当从"文法"入手,以讲"文法"来保证汉文在意义上的明确、清晰。

胡适对"废除汉字,取其字母"的语言革新方案的不满与思虑并不起始于这次与赵元任的合作。此前胡适在日记中,已多次从"文法"的角度来思忖中国文学的问题。此年 6 月初,胡适论及中国的诗与词:"吾国诗句之长短韵之变化不出数途。又每句必顿住,故甚不能达曲折之意,传宛转顿挫之神。"诗歌受字数和韵律的束缚,词相对就显得自由一些。胡适以稼轩词"落日楼头,断鸿声里,江南游子,把吴钩看了,阑干拍遍,无人会,登临意"为例,表明词正是在"文法"上比诗自由,所以能解诗的表意之弊。稼轩此词"以文法言之,乃是一句,何等自由,何等顿挫抑扬!'江南游子'乃是韵句,而为下文之主格,读之不觉勉强之痕。可见吾国文本可运用自如。今之后生小子,动辄毁谤祖国文字,以为木强,不能指挥如意(Inflexible),徒见其不通文耳"②。在这里,胡适毫不客气地批评了废汉文而求汉语言说方式之变革的主张,他认为汉文若讲求"文法",就可"运用自如",就不会不通、难以明白,那些毁谤汉文的人,是他们自己对汉文"不通"。

稍后,在与杨杏佛、任叔永等关于《老树行》一诗的讨论中,大家认为"既鸟语所不能媚,亦不为风易高致"之语"不当以入诗"③。但是,对于几个月前所作的那首诗,胡适得意的

---

① 吕叔湘:《中国文法要略》,商务印书馆 1982 年版,第 3 页。
② 胡适:《词乃诗之进化》,《胡适留学日记》,第 660 页。
③ 胡适:《杨、任诗句》,《胡适留学日记》,第 670 页。

正是这两句。汉语句子之间的联结关系往往是依靠句义和语境来判断的，王力先生曾说到中国语的这个特征："联结词并不就是连词，它永远只在所联结者的中间，如'和'、'得'（的）、'但'、'况'、'且'、'而且'、'或'、'所以'以及文言里留下的'之'字等。中国语里这种词很少。因为往往只消将两个或两个以上的成分排在一起就见出联结的关系，用不着特别标明。至于'若'、'虽'、'因'一类字，并不像印欧语里常放在语句之首。"① 以虚词入诗，句式上也无对偶、对称可言，用"既"、"亦"这样的联结词将句子的意思表述得非常直白，在汉语里这本是作文之法，以之作诗似乎不妥，但胡适这里竟以此"印欧语"之法自诩"末二语决非今日诗人所敢道也"。杨杏佛和任叔永对胡适的作诗方式均不大赞同，但胡适倒十分认真。任叔永早晨见芙蓉盛开而无人赏之，戏仿"胡适之体"口占曰："既非看花人能媚，亦不因无人不开。"胡适颇认真，曰：不如"既非看花人所能媚兮，亦不因无人而不开"。他认为，之所以加一"所"一"而"之联结词，乃因"文法上决不可少"，而加一"兮"，则是为了诗意上的抑扬顿挫。

在《如何可使吾国文言易于教授》之前，胡适已经作一约一万字的长文《论句读及文字符号》，此文的主旨就在于解决汉文无文字符号带来的三种弊病："（一）意旨不能必答，多误会之虞。（二）教育不能普及。（三）无以表示文法上之关系。"②这些问题的因果关系其实应当是（三）、（一）、（二）。也就是说，在指出"汉文问题之中心"之前，胡适其实已经在思虑从"文法"入手可能正是解决此问题的根本。

细察胡适为"汉文"指出的问题和解决的途径，我们可以

---

① 朱自清：《中国语的特征在哪里——序王力〈中国现代语法〉》，《朱自清全集》第3卷，第61页。

② 此文原载于1916年1月《科学》第2卷第1期，此处参阅姜义华主编《胡适学术文集·语言文字研究》，中华书局1993年版，第334页。

看出胡适对待语言文字改革的审慎辨析的态度。第一条表明胡适对汉语的难学难懂有另外的看法。这一经验来源于他少时"讲书"的学习方式，事实上是在口语的讲述（"译死语为活语"）中明白书面语的大意。在这里他实际肯定了口语、白话的功效。

第二条表现出胡适对汉字特征有自己的思考。在1915年9月1日的日记里，胡适摘录了英人莫利逊论中国文字的一段话，"视觉比听觉灵敏……就其引起之最初联想来看，中国文字所形成之想象画面确实是美丽动人的，印象深刻的……这些正是拼音文字所无法达到的"①。几个月后，胡适读章太炎先生1908年所作的《驳中国用万国新语说》一文时（1916年1月24日日记），虽没有表态他对"万国新语"到底"用"还是"不用"，但他发现自己和太炎先生对待"汉文"的态度和对待"汉文"特征的认识竟是"不期而合"。太炎先生文中语："虽然，辅汉文之深密，使易能易知者则有术矣。（一）欲使速于疏写，则人人当兼知章草。……文字宜分三品：题署碑版，则用小篆；雕刻册籍，则用今隶，至于仓卒应急，取备事情，则直作草书可也。（二）若欲易于察识，则当略知小篆，稍见本原。初识字时，宜教以五百四十部首。……凡儿童初引笔为书，今隶方整，当体则难。小篆诎曲，成书反易。且'日''月''山''水'诸文，宛转悉如其象，非若隶书之局就准绳，与形相失。当其知识初开，一见字形，乃如画成其物，踊跃欢喜，等于熙游，其引导则易矣。"②胡适读此按曰："此说与吾前作《文字教授法改良论》中所持说不期而合。"这里大约指的是胡适在1914年2月9日日记里所记载的"实地试验之国文教授法"："有友人Wm. F. Edgerton思习汉文，余因授之读。其法先以今文示之，下注古篆，如日（☉）月（☽）之类。先授以单简之榦字。榦字者（root），语之根也。先从象形入手，

---

① 胡适：《英人莫利逊论中国字》，《胡适留学日记》，第769页。
② 章太炎：《驳中国用万国新语说》，参阅《太炎文录初编·别录二》，第16页。

次及会意，指事，以至于谐声。此是一种实地试验之国文教授法。若吾能以施诸此君而有效，则他日归国，亦可以施诸吾国初学也。一举而可收识义及寻源之效，不愈于绘图插画乎？"① 太炎先生认为象形文字和拼音文字各有长短，汉字的教育，当从部首、字源入手，"象形之与合音，前者易知其义，难知其音；后者易知其音，难知其义。……故象形与合音者，得失为相庚。特隶书省变之文，部首已多淆乱，故五百四十小篆为初教识字之门矣"②。胡适曰，"此说尤与吾所持论若合符节"。（"每一字，不论其是中文，还是欧洲文字，皆有两个要素：音与义。合音之文字，如英文，易知其发音或声音。然而，汝若要知其义，则纯靠记忆之功夫……但是中国文字，一见其颇有独创性之字型，汝便可立即悟出其象形之义。可是，此象形却不能指示其发音，易之其义，难知其音……"）③

　　正是由于对汉字特征的认识，胡适和前辈太炎先生都有一个共同的特点，那就是没有在急迫的启蒙心态下轻易地主张否定汉字，而是小心翼翼地辨析汉字的特点，从它的特点入手寻找可以使之容易被人掌握的方法。恢复篆体固然保守了一点，但明白汉字的起源是绝对必要的。但是不同的是，章太炎虽驳斥"用万国新语"的激进主义做法，他应对的措施是为汉语重新制定字母拼音。对于汉语的改革还是停留在文字本身。而胡适则不同，在西方语言体系的参照下，加上长期的英文写作经验，使胡适开始思虑汉文是否能从"文法"入手而得以复活。

　　"第三条讲求文法是我崇拜《马氏文通》的结果，也是我学

------

　　① 胡适：《一种实地试验之国文教授法》，《胡适留学日记》，第199页。
　　② 章太炎：《驳中国用万国新语说》，参阅《太炎文录初编·别录二》，第22—23页。
　　③ 胡适：《驳章太炎〈驳中国用万国新语说〉后》，《胡适留学日记》，第825页，括号内引文原文为英语。中译文引自《胡适留学日记》（下），安徽教育出版社1999年版，第251—252页。

习英文的经验和教训。第四条讲标点符号的重要也是学外国文得来的教训。"① 胡适其实做的事情是从"日用语言"、"白话"和以西方语言写作的经验出发来思考汉语的变化能否从内在语法结构的变化开始。古文之所以是半死的文字，主要原因不是汉字的问题，乃是其汉语的语法结构的问题。白话文在表意上的较为流畅、通顺与古文是一个很好的参照，而胡适在美国所使用的英文在文法的明确、细密也与汉文的"文无定法"、句式结构上的灵活、缺乏严格的规则形成了明显的对比。

从晚清以来，知识分子尽管意识到汉语的问题，但是在寻求解决的方案时不是局限在汉语的符号系统本身（为汉语辅之以注音字母等），就是篡越出符号系统之外（废除汉文、用"万国新语"等），从这些历史背景看，胡适提出"汉文问题之中心"在于如何通过讲求"文法"使之意义明白确定的方案，显得非同一般。尽管这里边的语言学原理胡适自己也不能说清，尽管是靠他的文学经验与"感觉"和实验主义的科学作风来"尝试"这些问题的，甚至他只表明这不过是"一种过渡时代的补救办法"，但我们认为，这确实是胡适作为一个既有中国文化素养又熟谙西方文化的现代知识分子过人的地方。如前所述，胡适的方案不是没有注意汉语的符号系统的问题、说话与书写之间的矛盾，但他和章太炎一样没有认为这完全是弊病，而是建议从字源学"返回式"地寻找明白语义的道路。胡适注意到西方语言在语法结构上的规定性和意义的相对明确，但他没有将语言的特性仅仅理解为直接的表意的工具，忽视一种民族的语言其背后积极的表意策略和深密的文化内涵。在开始的时候，他并没有明确地主张以"白话"代替"文言"，但从他以文法来拯救汉文、追求文章的"意义确定"的态度和他对中国文学的阅读经验和审美趋向看，认定"白话"是迟早的事。

---

① 胡适：《逼上梁山》，《中国新文学大系·建设理论集》，第6页。

当然，胡适的方案同样也带来了许多问题，譬如他主要从"文法"来拯救中国文学的方案是将一切文体都包括在内的。一般文体讲求意义的明确是值得嘉许的，作为文学的文本尤其是诗歌，如果也仅仅追求意义上的"通"与"不通"，就容易令人产生疑问。这个问题后面要具体谈。但无论如何，胡适的语言改革方案的意义不可小觑：从晚清开始，知识分子、士大夫阶层在现代性的民族焦虑当中，开始寻求言说方式的更新，以期汉语能够真正进入、吸纳现代性的思想、文化，成为国民素质、精神振兴的有效渠道。但是，在"语言符号系统"和"文学"这两个层面的言说方式上，人们往往不是迷失方向，就是失之偏颇，其根本原因在于他们对于语言这一特殊的表意符号的认识。切音字运动的提倡者和主张"用万国新语"的人们，往往将语言当做孤立的符号系统；黄遵宪、梁启超在文体的变化中寻求对于语言的困厄的反抗，是在将语言当做个人创作的产物，而胡适，他的语言观不仅是语言的问题，而是看到在语言与历史、文化之间那晦暗不清的牵连，尽管这种牵连他自己也不能说清，只能"感觉"，但他以实验主义的态度在语言和历史、文化之间，从汉语的特点和西方语言的启示入手，以意义的明晰为目标，将长久以来人们对言说方式的更新的寻求从汉语本身或外部转移到汉语的内部、从"文字问题"转移到"文学问题"。而"文学"正是检验一个民族的语言其实用性和审美特征的最佳场域。用胡适自己的话说就是"文学是语言文字的最好部分"[①]。胡适其实是在汉语的内部寻找到了一条可能的通道，以"文学"的方式来谈

[①] 胡适在《国语文学史》附录三《〈国语文学史〉大要》中说："我们要问一问白话文学是怎样起来的？文学和文字是没有什么区别的。语言文字是拿来表情达意的，文学也是用来表达情绪的。这两种东西比较起来，却有一个分别，就是文学是语言文字的最好部分。文学的表情达意要看表得好否，达到妙否；之于普通的语言文字，只要能够表情能够达意就好了，用不着再追问表达得美妙与否。"《胡适文集》第 8 卷，第 135 页。

论汉语能不能成为普遍的交流语言的问题，使汉语有可能从此寻找比较有效地接通现代性的思想文化的言说方式。

　　胡适的主张，当然不是从语言学的内在学理出发的，仍然是为了应对现代性的民族焦虑心理，他自己在言及这一重要的"转变"之时也只能含混过关。在《逼上梁山》里，胡适只是匆匆数句记述了这一转变的过程：

> 　　这时候（笔者注：指"1915年夏季"）我已承认白话是活文字，古文是半死的文字。那个夏天，任叔永（鸿隽），梅觐庄（光迪），杨杏佛（铨），唐擘黄（钺）都在绮色佳（Ithaca）过夏，我们常常讨论中国文学的问题。从中国文字问题转到中国文学的问题，这是一个大转变。①

但是，以"文学"的方式在汉语内部打通一条道路趋向急遽变化的现实世界，这无疑是中国文学开始"现代"的起点，接下来关于文学的一切荣耀和痼疾恐怕都要在此追根溯源。1915年9月17日，胡适作《送梅觐庄往哈佛大学诗》，诗中胡适"第一次用'文学革命'"。据《留学日记》的记述，从作《如何可使吾国文言易于教授》至"文学革命"的提出，中间的时间里胡适并无任何从文字问题转向文学问题的过渡思路的记载。似乎在找到"汉文问题之中心"和从"文法"入手的解决之道之后，胡适对于汉文的革新方案在内心就已坚定地转向"文学"领域了。

> ……
> 即如我友宣城梅，
> 自言"但愿作文士。

---

① 胡适：《逼上梁山》，《中国新文学大系（1917—1927）第一集《建设理论集》，第6页。

举世何妨学倍根（Bacon），
我独远慕萧士比（Shakespeare）。
岂敢与俗殊酸咸？
人各有志勿相毁。"
梅君少年好文史，
近更撷拾及欧美。
新来为文颇谐诡，
能令公怒令公喜。
昨作檄讨夫己氏，
倘令见之魄应褫。
又能虚心不自是，
一稿十易犹未已。
梅生梅生毋自鄙。
神州文学久枯馁，
百年未有健起者。
新潮之来不可止，
文学革命其时矣。
吾辈势不容坐视，
且复号召二三子，
革命军前杖马箠，
鞭笞驱除一车鬼，
再拜迎入新世纪。
以此报国未云菲，
缩天戡地差可儗。
梅生梅生毋自鄙。
……①

---

① 胡适：《送梅觐庄往哈佛大学诗》，《胡适留学日记》，第784—785页。

在这首送别梅觐庄的长诗里,胡适第一次使用"文学革命"这一名词。此诗四百二十字,胡适自谓生平作诗此为最长。最值得注意的是,诗中不避俗语俗字,有九个外国人名,一个地名,一个抽象名词("烟士披里纯",Inspiration)。胡适说"此种诗不过是文学史上一种实地试验"。确实有"革命"的意思。这不免又要招致朋友们的嘲笑。任叔永就将诗中的外国名词串起来,作一游戏诗挖苦胡适的"文学革命"狂言。可惜胡适很认真。再作一首很庄重的诗算是给朋友们的答词:"诗国革命何自始?要须作诗如作文。琢镂粉饰伤元气,貌似未必诗之纯……"① "答词"其实反映出胡适这里的诗歌上的"革命"其方案正在于"作诗如作文"。当然这定又会引起新的论争。不过这论争又牵引出后来意义极为重大的白话诗的尝试。

　　诗是写给梅觐庄的,但听众却可以是当时在欧美留学的所有中国知识分子。因为"好文史"、同时又精通西学的梅觐庄在新近作文时的不自信,这是一个处在中西文化交汇、新旧时代更替的历史境遇中中国知识分子在言说方式上的尴尬的问题,这也不是他一个人的问题,也是大多数中国知识分子都要面对的。胡适在此信心十足地劝诫梅生不要自鄙,告诉他文学也可以是"缩天戫地"的事业,以此报国是没什么可怀疑的。胡适在此非常坚定地肯定文学之于社会文化变革的独特价值,宣布中国文学的枯馁和文学革命新潮的不可扼止,一贯崇尚"实地试验"精神的胡适,此时应当是自信得着了革新中国文学的要道。

　　从《留学日记》看,胡适早年第一次提及"言文一致"当在 1916 年 4 月。此时的胡适,已经过与任叔永和梅觐庄的论争,大致形成了"文学革命"的观念及初步方案。特别是"诗国革命"的问题已被牵引出,胡适已决定当从"作诗如作文"、不避

---

① 胡适:《依韵和叔永戏赠诗》,《胡适留学日记》,第 790 页。

"文之文字"① 入手来尝试诗歌的革命。到 4 月 5 日的这则日记，胡适已经是在从中国文学的历史变迁当中开始梳理各文体的发展线索来为自己的文学革命方案寻找合法性。从与"韵文"相对的"文"来看，胡适再次强调，"文法"追求的盛衰，决定此文体的"死"与"活"：

> ……孔子至于秦汉，中国文体始臻完备，议论如墨翟、孟轲、韩非，说理如公孙龙、荀卿、庄周，记事如左氏、司马迁，皆不朽之文也。六朝之文亦有绝妙之作，都有可观者。然其时骈俪之体大盛，文以工巧雕琢见长，文法遂衰。韩退之"文起八代之衰"，其功在于恢复散文，讲求文法，一洗六朝人骈俪纤巧之习。此亦一革命也。

在这里，"文法"是与"骈俪之体"、"工巧雕琢"相对的，大致可以看出讲求"文法"的意思是作文要自然地"议论"、"说理"、"记事"，而不为声律、对仗等纤巧粉饰之习所缚，为了"美"而人为地弄得语义、句义模糊。"唐代文学革命巨子不仅韩氏一人，初唐之小说家，皆革命功臣也（诗中如李杜韩孟，皆革命家也）……'古文'一派至今为散文正宗，然宋人谈哲理者似悟古文之不适于用，于是语录体兴焉。语录体者，以俚语说理记事。……此亦一大革命也。"接下来，胡适引程朱理学著作中的片断和《水浒传》、《西游记》里的对话数则为范例，表明经过宋人的语录体之后，文学以俗语俚语为之，意义清晰，叙述生动，所以中国的文学革命，"至元代而登峰造极"。"其时，词也，曲也，剧本也，小说也，皆第一流之文学，而皆以俚语为之。其时吾国真可谓有一种'活文学'出世。倘此革命潮流（革命潮流即天演进化之迹。自其异者，谓之'革命'。自其循序渐进之迹言之，即谓之

---

① 胡适：《与梅觐庄论文学改良》，《胡适留学日记》，第 844 页。

'进化'可也)。不遭明代八股之劫,不受明初七子诸文人复古之劫,则吾国之文学必已为俚语的文学,而吾国之语言早成为言文一致之语言,可无疑也。但丁(Dante)之创意大利文,却叟(Chaucer)诸人之创英吉利文,马丁路得(Martin Luther)之创德意志文,未足独有千古矣。惜乎五百余年来,半死之古文,半死之诗词,复夺此'活文学'之席,而'半死文学'遂苟延残喘,以至于今日。今日之文学,独我佛山人(吴趼人),南亭亭长(李伯元),洪都百炼生诸士之小说可称'活文学'耳。文学革命何可更缓耶?何可更缓耶?"①

在这里,胡适提到如果不是明代八股文、明七子的复古,中国文学的语言说不定"早成为言文一致之语言"。可以看出胡适的"言文一致"是在"文学革命"的历史背景下提出的。胡适提倡的"言文一致"已经不是语言符号领域的,而是文学领域的,是通过文学的方式在具体情境的写作中来"生成"新的语言。看起来胡适是以一种迂回的方式来革新汉语言说方式。一种语言符号能否有"言文一致"的言说效果,这不单是符号系统的问题,更是这种符号系统的言说机制的问题。语言符号必须在具体的言说语境中才能真正检验其表意的功能,才能接纳、生成新的质素,得到真的更新。这应是胡适的"言文一致"和晚清知识分子的"言文一致"的最大区别。

二 "工具"革命与"形式"追求

(一)"白话":"文学工具的革命"

更为重要的是,在这则正式谈论"吾国历史上的文学革命"的日记里,胡适对待"文言"和"白话"的态度发生了明显的变化。在和赵元任分头讨论"中国语言的问题"时,胡适虽承认

---

① 胡适:《吾国历史上的文学革命》,《胡适留学日记》,第862—867页。

"日用语言"、"白话"为"活文字",但还没有"要以白话完全代替文言"的意思。而在这里,胡适论"活文学"的标准正是与"古文"相对的"语录体"和"俚语的文学",基本上确定了"文学革命"就是要以"白话"为文学的唯一合法语言的革命。胡适认定"白话"为文学革命的"工具",对很多人来说,似乎是自然而然的事。就是胡适自己,也不能明确地解析他之所以这样"认定"的学理依据,将之解释为"感觉"之类的直觉与经验。但我们不能因为当事人在历史上没有留下明确的自我解析也就对此问题含糊过关。主体在选择之后作为认定,一定与主体对被认定的对象的特征和价值的强烈认识有关。作为胡适在提倡文学革命之时认定的"白话",在语言学的深层上(而不是仅仅表面看起来"明白晓畅"、通俗易懂)有什么特征和价值呢?

从如何更新汉语的言说方式的角度来说,胡适在《如何可使吾国文言易于教授》一文前后,所做的工作其实是圈定了、思考了这一问题的范围:那就是中国知识分子言说方式的寻求当不能脱离汉语,应从汉语内部入手,寻找使汉文变得容易明白易懂、容易教授的方法。而靠有规则的语法结构来使言语趋向"意义确定"的讲求"文法"的方式,正是一个重要方案。即使在汉语内部,胡适对待"文言"和"白话"的态度,也不是如晚清和当时许多文人所持的"二元"态度,他对"文言"的弊病看得非常清楚,他从汉文不易教授的角度将文言判为"半死之文字"也不算太苛刻。而将"日用语言"、"白话"视为"活文字"也表明出胡适更倾向于能够清晰表述意义的言说方式,而不是曲折、隐喻的美学效果。他对"文法"的"崇拜"和讲求,也必然使他在接下来的文学实践中选择"日用语言"、"白话"为常用的语言方式。

胡适对"白话"的选择确实有他自身的教育背景、生命经历、阅读经验、个人气质方面的前提。更为重要的是,后来在美国留学生涯的这段"文学实验室"时光中,当胡适的文学实践与周围的中国知识分子的美学趋向相碰撞时,他对"文言"的局限和"白话"的特点的感受越来越强烈、对两者的认识也越来越明确。特别是当他的"作诗如作文"式的诗歌实践与时代的审美趣味相遇时,遇到的争议最大。这也使他意识到诗歌成为维护"死文字"、"死文学"的最大、最坚固的"壁垒",从而萌生必须"新"诗的"尝试"。胡适的目的归根结底不是为了"新"文学或"新"诗歌,而是为了文学的实地试验"尝试"出新的语言、寻找适应现代性目标的新的言说方式。最终,他的主张一步步演进为要以"白话替代文言"的激进策略。这只是为了达到"文学革命",或曰一代人言说方式的革新的一个策略,它可能缺乏语言学或美学上的学理依据,但在一个意义诉求显得急迫而美学韵味又显得过剩的时代,应该值得人们理解。

从第一次提出"文学革命"的名词到将此文学革命的合法性和中国文学的历史联系在一起,胡适是经过了思想意识的变化,他的怎样变革文学、怎样对待语言的意识更加清晰了。他一度"仿佛认识了中国文学问题的性质",那就是"有文而无质",但其实这没有涉及问题的根本。怎样救此毛病呢?他提出宜从三事入手:"第一须言之有物,第二须讲文法,当用'文之文字'(觐庄书来用此语谓 Pross diction 也。)时,不可避之。"① 第一条是更新汉语言说方式的根本意图,第二条是胡适一贯强调的"形式"策略,第三条涉及当用俗语俗字、白话。不避"文之文字",这是在时代的审美趣味面前的小心翼翼。但是任叔永等仍不能理解,批评胡适"以文学革命自命者,乃言之无文,欲行其远,得乎?"认为"吾国文学的不振,其最大原因,乃在文人无学。救之之法,当从绩学入手。徒于文字形式上讨论,无当也"②。这样的答复,当然不能令胡适满意。从"作诗如作文"

---

① 胡适:《与梅觐庄论文学改良》,《胡适留学日记》,第844页。
② 胡适:《叔永答余论改良文学书》,《胡适留学日记》,第846页。

的方案看,他已经意识到文学形式与意义表达的相互生成性。"作文"当如何呢?从 2 月 3 日《与梅觐庄论文学改良》到 4 月 5 日胡适作《吾国历史上的文学革命》,约两个月时间,胡适的《日记》只有十天留下记录,这段时间,胡适似乎真的一心去琢磨文字形式与文学发展的关系去了。也是在这段时间内("从 2 月到 3 月"),胡适在思想上"起了一个根本的新觉悟":

> 一部中国文学史只是一部文学形式(工具)新陈代谢的历史,只是"活文学"随时起来替代了"死文学"的历史。文学的生命全靠能用一个时代的活的工具来表现一个时代的情感与思想。工具僵化了,必须另换新的,活的,**这就是"文学革命"**。……历史上的"文学革命"全是**文学工具的革命**。……欧洲各国的文学革命只是文学工具的革命。中国文学史上几番革命也都是文学工具的革命。这是我的新觉悟。我到此时才把中国文学史看明白了,才认清了中国俗语文学(从宋儒的白话语录到元朝明朝的白话戏曲和白话小说)是中国的正统文学,是代表中国文学革命自然发展的趋势的。我到此才敢正式承认中国今日需要的文学革命是**用白话代替文言**的革命,是用活的工具代替死的工具的革命。①

胡适根据宋元以来的白话文学,说"一部中国文学史只是一部文学形式(工具)新陈代谢的历史",我们也许可以这样理解:文学的发展其动因大约是一个时代随着历史语境的变化其言说方式的变化,毋宁说是这个时代的言说方式变化了,所以显得其语言、形式(胡适说的"工具")有变化。"工具"不是真正的原因,而是表现。而胡适的眼睛和思路正是集中在此"工具"上面,他看到了此"工具"与"内容"不是像任叔永等所认为的

---

① 胡适:《逼上梁山》,《东方杂志》第 31 卷第 1 号,1934 年 1 月。

"文"与"质"的可以二分,而是相互生成,彼此难分。宋元文学的特征表现为白话文学,其语言以方言、口语、俚语为主,显得叙述生动、情境"鲜活"。这透露出"白话"这一语言形态所隐藏的表意特征与"文言"有巨大的差异,胡适此时虽不能对此差异明确解释,但他认定一个是"活的工具"一个是"死的工具",以他所认为的历史上的文学革命的特征来为当下的文学革命奠定起始目标。

胡适对"文言"和"白话"之关系的看法,也随着他在美国的写作实践和文学论争、思考的深入,渐渐有了大变化。作《吾国历史上的文学革命》两个月后,胡适比较了"白话文言之优劣"[①],最值得注意的是,他将进化论的思维带到语言当中,认为"白话并非文言之退化,乃是文言之进化"。虽然这并不符合汉语发展的事实,但从他的所陈述的四个理由当中三个直接与"文法"有关这一情况看,胡适之所以死死盯住"白话",正是"白话"内在的"文法"使语言具有自然、简洁、规则的特征,在言语上有"明白晓畅"的效果,"白话"适合作为现代性的语言建设目标的基础。

"(1)从单音的进而为复音的。"这是文言向白话的"进化"。而在"文法"上,白话和文言相比,"(2)从不自然的文法进而为自然的文法"、"(3)文法由繁趋简"、(4)文言许多句式"不合文法"。如果我们还记得的话,就是在《如何可使吾国文言易于教授》一文当中,胡适说过"活文字者,日用语言之文字,如英法文是也,如吾国之白话是也",在他看来,"白话"具有英法文的特征。作为不同类型的语言符号系统,"白话"在书写形态上与英法文迥异,那么类似的地方就是"白话"的言说方式在语法结构上有与英法文"文法"一样值得关注的地方。

---

① 胡适:《白话文言之优劣比较》,《胡适留学日记》,第939—945页。

从"白话"入手进行文学革命，关于这一点，就连看起来"保守"的梅光迪（觐庄）也表示赞同。在 1916 年 3 月 19 日的信中，梅光迪说："将来能稍输入西洋文学智识，而以新眼光评判固有文学，示将来者以津梁，于愿足矣。……来书论宋元文学，甚启聋聩，文学革命自当从'民间文学'（folklore, popularpoetry, spoken language）入手，此无待言。惟非经过一番大战争不可，骤言俚俗语文学必为旧派文学所讪笑、攻击，但我辈正欢迎其讪笑、攻击。"① 在文学审美上，梅光迪可能不大同意胡适的欣赏品位，但在胡适的文学革命的早期，他实际上是个热忱的参与者。在这里，我们看出，对于文学革命当从白话入手，他的立场与胡适是一致的。胡适写信给他陈述他的"新见解"，指出"宋元的白话文学的重要价值"。对于梅光迪意外的赞同，胡适将原因归之为梅光迪"究竟是研究过西洋文学史的人"。胡适的意思大概是梅光迪也认为欧洲近代文学史的革命也是以"活语言作新工具"。从梅光迪的角度看，他也是从西方文学（史）知识出发，以新眼光来看中国文学的，但在文学革命自当从 folklore（民间文学），popularpoetry（大众化的、通俗化的诗歌、韵文、打油诗、歪诗），spoken language（口语）这些文学形式、语言形式入手的建议中，也看出他对语言形态本身的注意。梅光迪虽没有明确陈明他支持口语、通俗语做文学的原因，但从他的西方语言、文学的素养看，可能他也是看到了"白话"言说方式有和"讲求文法"的西方语言（英文）一样有"明白晓畅"的特点。

（二）"文法"：语言内在结构的"疏通"

其实就在 1915 年和赵元任分头讨论"中国语言的问题"之时，对于"方言的文法"的注意就已在他们的文章中非常突出。

---

① 转引自［美］余英时《重寻胡适历程——胡适生平与思想再认识》，广西师范大学出版社 2004 年版，第 262—263 页。

赵元任开宗明义:"中国语言存在问题,这件事几乎不需要论证。最近一些讨论表明了对于跟这件事有连带关系的问题和重要性的关注。其中比较突出的具体问题是有关方言、书写的字……等问题。"① 在赵元任对"中国语言的科学研究"四个部分当中,依次为"语音学;方言的文法和词语;词源学,包括汉字的研究;书面语的文法和词语"②,"方言的文法和词语"就在赵元任最为看重也最擅长的"语音学"之后。"方言"(主要指的是与"书面语"相对的"口语")为什么在这一代关注语言问题的知识分子眼中如此重要?

我们的学者常有把自己局限于研究语言正统部分的习惯,而且怕去涉及俗语。然而,如果科学的语言学家的职责是去收集、整理和解释语言事实,他就既不该忽视他不同意的语言运用和用法,正如社会学家不能忽视犯罪的事实,只因为它是不好的一样。事实上,在大部分口语文法和口语词语里并没有固定的俗语。此外,口语和书面语并不是独立的,而是有经常的影响,所以对整个语言的全面研究必须考虑它的方方面面以及它们之间的相互关系。

外国人对于方言的文法研究给予了更多的注意。关于方言的一个有意义的和重要的事实是它们的文法比起书面语的文法要有规律得多,原因是为了正确或者所谓的"通",书面语更多地依赖现成的词组。作为第九个词类的语助词如果研究出它们的规则,在方言里学起来比在书面语里学的语助词要容易些。小品词的比较研究一定会是很吸引人的题目。

至于句子的词序和结构,方言间的变化比较小。例如广州话和福州话的"你去哪里?"跟其他地方的"你哪里去?"

---

① 赵元任:《中国语言的问题》,《赵元任语言学论文集》,第 668 页。
② 同上书,第 671 页。

只有很小的差别……①

在赵元任看来，口语和书面语并不是相互独立的，而是经常相互影响，所以对整个语言的全面研究就必须考虑"俗语"、"口语"、"方言"的方方面面以及它们和书面语之间的相互关系。胡适也提到但丁的创意大利文、乔叟诸人的创英吉利文、马丁·路德的创德意志文，都是从方言俗语入手，那西方人为何对方言"给予了更多的注意"呢？其原因在于"方言的文法"值得研究。"方言的一个有意义的和重要的事实是它们的文法比起书面语的文法要有规律得多。"在语言学巨著《中国话的文法》②里，赵元任对"方言"的文法特性有系统的研究，在此他认为："在文法方面，中国各地方言在文法上最有统一性。除去一些小的分歧……其实各方言之间还可以找到相当接近的对应。"③

方言在"文法"上要比书面语有规律，这可能是指和书面语在表意的"正式、正规、准确"，在形式的"美"相比，方言尽管在语音上差异大，但在语法结构上却显得简单、稳定。"句子的词序和结构，方言间的变化比较小。"对于中国古代的书面语，无论是文学之"文"还是应用之"文"，为了追求"雅驯"的效果，为了特定意义上的"正确"和"通"，往往依赖由对仗、对偶等手法形成的特定句式、成语（"现成的词组"），还有

---

① 赵元任：《中国语言的问题》，《赵元任语言学论文集》，第671页。
② 赵元任：《中国话的文法》，原文为英文（Berkeley and Los Angeles, California: University of California Press, 1968），吕叔湘节译本名为《汉语口语语法》（商务印书馆1979年版），也有部分语法章节被编译成《北京口语语法》（开明书店1952年版）。1947年赵元任用英文发表《粤语入门》，1948年改写成《国语入门》，此后在此基础上扩展成《中国话的文法》。参阅刘梦溪主编《中国现代学术经典·赵元任卷》，河北教育出版社1996年版。
赵元任的"中国话的文法"主要指汉语中方言、"口语"的文法，在本书看来，这里也透露出他寻求用"白话"来改变"文言"的说话方式的语言学合法性的意思。
③ 赵元任：《中国话的文法》，《中国现代学术经典·赵元任卷》，第27—28页。

文章在结构上的固定的"章法"。正是这样的追求，使汉语书面语往往显得形式上有一定的美感，但在意义上却需要解释，显得没有方言"通"。朱自清先生曾论及"白话与文言"的一个重要区别在于文言为了形式的雅驯而"不重文法"："中国向来的文言文，多未注意文法，滥用成语之处很多。如张恨水先生哀刘半农先生文中'人生之生命，其翻乎不能支持者有如此者'，又在其他文中有这样的句子：'方今学者，不为不多，非高车驷马相属于仕途，其次亦未免。'这都是为文不重文法之例。又如'前途未有'及'难免不无妨碍'之语，也都是犯了滥用成语的毛病。"①

按《马氏文通》里对汉语词类的划分（词类被分为"名字、代字、动字、静字、状字、介字、连字、助字、叹字"九类），"作为第九个词类的语助词"、"小品词"（"词品"是根据词和词的关系而定的，"依照它们受限或主限的不同，定出若干'品级'"，例如在 extremely hot weather 里，首品当然是 weather，末品就是 extremely②。"小品词"多是一些副词之类的"最没有实际内容的"虚词③）这些在文言文（尤其是古典诗歌）中最没有实际内容、看似无关紧要的虚词，为什么赵元任要特别提起？

黎锦熙曾说："人类的言语，起源于叹词。"④ 从人类学的角度看，人类最初的语言是简单的声音，随着语言的产生，语言中"简单的声音"渐渐被明确的"意义"代替，"因此，叹词对于语言好像是残余的、不关重要的当下，然而它却在语言上永远不会消灭；而且在语言上，它还能够表现出一种强有力的声音，表

---

① 朱自清：《白话与文言》，《朱自清全集》第8卷，第199页。
② 《王力文集》第一卷《中国语法理论》，山东教育出版社1984年版，第29页。
③ 参阅高友工《中国抒情美学》，见《北美中国古典文学研究名家十年文选》，江苏人民出版社1996年版，第38页。
④ 黎锦熙：《新著国语文法》，商务印书馆1980年版，第348页。

达出任何句子所不能够完全表达的情感"。助词也相似，在句子的"结构上虽无重大的关系，但口语中的表情、示态，全靠把助词运用得合式，才可使所表示的情态贴切、丰美、而细腻"①。语助词、小品词这些东西，以至于后来的一些语言学学者认为，"单就'它好像是一种残余的声音'说，它好像是副次的、没落的东西。然而，它在中国文法的整个发展路线上，它却是引导中国的语言向一种崭新的路上走"②。

赵元任、胡适他们为什么关注语助词的规则？因为语助词重要，因为"在方言里学起来比在书面语里学的语助词要容易些"。中国的古文由于书写材料、印刷术等最初的原因，汉语的书写是非常简略的，行文显得非常节俭，一些不重要的"虚词"通常就被节省掉了。汉语特定的书写历史也形成了简洁的文学审美风格，给人们对于语词、形式的想象留下了很大的空间。但对于现代境况下人的复杂情感、细腻的内心，这种简约的语言方式显得表现力不足。而方言之所以具有吸引人的表现力，正是在这里面有许多作为声音形式出现的小品词，这些看似啰唆的"小"词语，却对情境的逼真、情感的细致之处有出人意料的表达。

说语助词等虚词"引导中国的语言向一种崭新的路上走"也许并不夸张，翻阅胡适留学期间的诗歌，他就曾对自己在诗中增添一些古诗中通常隐去的关联词而沾沾自喜。新诗的第一本诗集《尝试集》，胡适在作诗时就不避一些可以节略的副词、助词、叹词之类的虚词，甚至为了情感表现的具体，宁肯诗歌冗长、啰唆，缺乏诗歌起码的"含蓄"的追求，譬如《应该》一诗。其实像"应该"一词作为诗的题目也是值得注意的，似乎胡适在通过具体的叙述将汉语中这一表现一种心理状态的虚词赋

---

① 黎锦熙：《新著国语文法》，商务印书馆1980年版，第228页。
② 廖庶谦：《对于"中国文法革新讨论"的批评》，陈望道等：《中国文法革新论丛》，商务印书馆1987年版，第222页。

予实在的意义。朱湘就很不满意《尝试集》的大量的语助词"了"。他觉得整个《尝试集》只有17首值得谈论，而且这17首诗"有一种特异的现象引起我们的注意，便是胡君'了'字的'韵尾'用得那么多。这17首诗里，竟用了33个'了'字的韵尾（有一处是三个'了'字成一联）。不用说'了'字与另一字合成的组同一个同样的组协韵时是多么刺耳？"朱湘毫不客气地批评《尝试集》"内容粗浅，艺术浅薄"①。周策纵算了一下，三版《尝试集》、《尝试后集》、《后集未收诗稿》新体诗（旧体诗词不算）共68题，有"了"结的诗行至少有101条，平均几乎每题快到两行②。无论是从音韵和诗的含蓄、意境方面来讲，这么多"了"确实显得过分，诗歌显得口语化，没有诗味，但这么多的语助词放在诗中，胡适就是在试验白话的方式能否作诗，他自己解释《尝试集》就是"拿白话尝试来作诗，中国诗"③。朱湘、周策纵从许多角度来批评胡适的诗不像诗，从胡适的诗歌成就本身来说，应该是对的。不过，胡适作《尝试集》，其意图是为了通过解放诗这一传统文学最坚固的"壁垒"而寻求新的言说方式，白话诗是白话文运动的一部分，其目的是为了寻找新的适应现代经验的语言，他是在诗歌写作中试验方言、俗语、白话的言说方式。他的诗虽然不大像"诗"，但他以"白话"作文作诗的试验，确实起到了"引导中国的语言向一种崭新的路上走"的作用。的确，从"中国诗"几千年丰厚的美学传统来说，这些诗多数不忍卒读，但是从自晚清以来中国知识分子在言说方式上的努力寻求角度说，胡适正式通过白话文运

---

① 朱湘：《〈尝试集〉》，陈金淦编：《胡适研究资料》，北京十月文艺出版社1989年版，第484—485页。

② 周策纵：《论胡适的诗——论诗小札之一》，陈金淦编：《胡适研究资料》，第509页。

③ 胡适：《五四运动是青年爱国的运动》，《胡适学术文集·新文学运动》，第304页。

动、白话诗的尝试，初步达到了这一语言上的目标。

　　胡适的现代性目标主要是改革汉语的书面语（通过"国语的文学"的实践切近"文学的国语"），赵元任的目标主要在于改进汉语的符号系统、统一汉语的语音，虽然在语言问题上的方向不一，但在早年两人合作的"中国语言的问题"的讨论中，赵元任对方言（口语）的文法、书面语的文法的研究应该对他是有影响的，至少一定程度上在语言学的学理上解释了胡适除了在个人气质、生命经历之外为什么要认定将从口语而来的"白话"做文学革命的工具、热衷于用"白话"作诗。

　　特定的"方言"当然不能拿来作为"文学革命"的方案，但它是一种重要的启示。"方言"在书面上所表现出来的普遍形式——"白话"，由于内在的"文法"结构，使"白话文"在接受了西方语言习惯和处在现代性的文化焦虑的新一代中国知识分子看来比"文言文"要"通"。注重"方言"、俗语、俚语，实际上是为了在汉语内部多种说话方式中提取相对稳定的词序和句法，是为了产生更多合理的"习俗用法"，促使能适应"现代"的民族共同语的诞生。在五四运动三十九周年纪念大会上的演讲中，胡适举了许多"白话"词语产生的例子，强调"国语"的"发生"，一方面是"传统"的"白话"的延续——"我们老祖宗几千年给我们的，演变下来的。一直演变到现在可以说是最了不得的，最合逻辑的，最简单的一种文法的语言"[①]；另一方面又与"当下"的文学书写密切相关（在"活的文学"的具体写作实践中"写"出来的）。值得注意的是，胡适强调以"白话"为起点来寻求新的汉语言说方式，其原因与"白话"的性质有关。此时（1958年）反复强调五四运动的性质是"中国文艺复兴"的胡适，也强调"国语"与中国文化传统的"历史连续性"。不过，他是一种从西方文明生出的新眼光在打量"白

[①] 胡适：《中国文艺复兴运动》，《胡适学术文集·新文学运动》，第294页。

话",夸其是汉语历史发展中的"最了不得的,最合逻辑的,最简单的一种文法的语言"。

如果说"白话"是汉语在"工具"层面的"革命"的话,讲求"文法"则是汉语内在语法结构的新追求。如何使汉文能够使人懂,其义易于传授?从胡适的这个思路,我们文学革命策略中的"须讲求文法",也许并不是像通常人们所理解的那样只是从外到内的语法、句法"革命",实际上更应看做胡适努力以讲究理想、逻辑的话语秩序的西方文法来"疏通"汉文为语言和形式的符号化所板结的内在结构。胡适的文学"八事"是在谈论诗歌的背景下提出的。这里的"八条件"坚持的是此前"三事"(第一,须言之有物;第二,须讲文法;第三,当用"文之文字"时不可避之)的纲目("第一"与"第二"),在"精神(内容)的方面",最终也是最核心的要求是"言之有物",这是文学革命的目标。而在"形式的方面",最终也是最核心的方法是"讲求文法"。可见"第五"、"第八"条的位置是一种意义"结构":只有讲求"文法"的"形式",汉语言说才能真正"言之有物"。可以说,在胡适的"文学革命"中,"文法"是最重要的"形式"策略[①]。

三 "有意的主张":现代性的文学必需

不过,除了认定"白话"在表意上的"明白晓畅"之外,胡适在"白话"、"文言"之间缺乏必要的学理上的厘清,什么才是真正"白话"?他的解释往往叫人越听越糊涂。1918年1月,他在给钱玄同的一封信中,提到他曾对"白话"的释义:

(一)白话的"白",是戏台上"说白"的白,是俗语

[①] 也请参阅本书第六章第一节。

"土白"的白。故白话即是俗话。

（二）白话的"白"，是"清白"的白，是"明白"的白。白话但须要"明白如话"，不妨夹几个文言的字眼。

（三）白话的"白"，是"黑白"的白。白话便是干干净净没有堆砌涂饰的话，也不妨夹几个明白易晓的文言字眼。①

几个月后，他在《建设的文学革命论》中，将此前多次提到的"八不主义""总括作四条"：

一，要有话说，方才说话。这是"不做言之无物的文字"一条的变相。

二，有什么话，说什么话；话怎么说，就怎么说。这是（三）（四）（五）（六）诸条的变相。

三，要说我自己的话，别说别人的话。这是不"摹仿古文"一条的变相。

四，是什么时代的人，说什么时代的话。这是"不避俗语俗字"的变相。②

后来在作《白话文学史·自序》时他又说：

我把"白话文学"的范围放的很大，故包括旧文学中那些明白清楚近于说话的作品。我从前说过，"白话"有三个意思：一是戏台上说白的"白"，就是说得出，听得懂的话；二是清白的"白"，就是不加粉饰的话；三是明白的"白"，就是明白晓畅的话。③

---

① 胡适：《答钱玄同书》，《新青年》第4卷第1号，1918年1月15日。
② 胡适：《建设的文学革命论》，《新青年》第4卷第1号，1918年4月15日。
③ 胡适：《白话文学史·自序》，《胡适文集》第8卷，第147页。

他说"八不主义"是"单从消极,破坏的一方面着想",而这里的新"四条",是有一半"积极"的意思。既然前面"八不"是"破坏",此"四条"当是"建设"之目标。但无论是三条释义还是四条总括,都让人感到这一亟需"建设"的语言形态显得太模糊。三条释义当中,"说白"、"土白"是语言本体的不同形态,"清白"、"黑白"、"明白如话"、"没有堆砌涂饰"等,说的是语言运用方面的不同效果。四条总括当中,就是"是什么时代的人,说什么时代的话"与语言的本体相关,其他皆是语言的具体运用方面的情况。而在语言的本体方面,胡适的"白话"的"话",在声音上,没有区分口语中的方言和民族共同语("官话"之类);在书写上,"文言"也可以像俗语俗字一样享受"不避"的待遇。

　　无论是在语体和语用的关系,还是在对汉语本体的认识,还是到底在什么立场上认识语言,胡适在理论上和表述上都力不从心,越说让人越糊涂。旧文学中"明白清楚近于说话的作品",这样不是标准的标准使他在《国语文学史》、《白话文学史》中对文言和白话的划分也不能令人满意;"古文学"和"白话文学"的界限非常不明显,有时区别它们的尺度甚至还从语言改变成政治意识形态(有"庙堂文学"特征的便是"古文的文学","白话"的文学往往是"平民的文学"),以至于有论者质疑:"如果只是不赞成庙堂文学,如果《史记》和《汉书》的散文,李白和杜甫的诗歌,以至李后主的词,都已经是白话文学了,胡适和林纾、梅光迪等人之间还有什么可争论的呢?那不是只要少用一些僻字和典故,以比较'明白晓畅'的文言来作诗作文,就全部解决了文学语言的改革问题吗?"[①]

　　以一种本身就不能厘定其特征的语言形态来书写新的文学史

[①] 何其芳:《胡适文学史观点批判》(1955年),参阅《何其芳文集》第5卷,人民文学出版社1984年版,第94页。

格局，此文学史所论述的对象必然会显得游离不定，此格局的建构也显得困难、自身就充满矛盾。胡适建构此文学史的意图是论证"白话文学史是中国文学史的中心部分"。胡适断言文言自汉武帝时就已死，按照他的实证主义方式，他举出来的作家作品使人认为接下来整个中国文学都已经是白话文学或至少已经很"像"白话文学，既然这样（白话文学史真的是"中国文学史的中心部分"），那中国文学史的"文字形式（工具）"还要什么"新陈代谢"呢？（胡适同时认为"一部中国文学史只是一部文字形式（工具）新陈代谢的历史"。）这种文学史的写法明显有类似于康有为"托故改制"的今文经学派治学特征，其意在于为当下的文学革命观寻找历史合法性。胡适自己也坦白地说："老实说罢，我要大家知道白话文学史就是中国文学史的中心部分。"但既然"白话文学既是历史进化的自然趋势，那么，白话文学迟早会成立的"，文学还要"革命"干什么？胡适以进化论来解释："革命不过是人力在那自然演进的缓步徐行的历程上，有意的加了一鞭。……这几年来的'文学革命'，所以当得起'革命'二字，正因为这是一种有意的主张，是人力的促进。"①

其实胡适的意思非常明白，就是在与一种知识分子与现代性语境相应的意志力之下"要大家知道""白话"的重要性，尽管在理论上他们可能破绽百出或不能自圆其说，但仍要这样"有意的"主张。因为这是特定历史语境中时代对知识分子的必然要求：那就是寻求一种"言文一致"的言说方式——因为这是建立现代性民族国家的前提。从晚清到五四，几代知识分子必须作出这样或那样的决断，来建构使汉语言说方式趋向"言文一致"的可能性。所不同的是，以历史的眼光看，胡适的决断更显得合理。胡适认定这种言说方式的寻求，必得依靠一种在语法结构上"通"、在运用上"明白晓畅"的语言形态为起点来

---

① 胡适：《白话文学史·引子》，《胡适文集》第 8 卷，第 151 页。

建立。

"文法的正确至少是'通'的绝对必要的条件。"① 不管是什么形态的语言,胡适他们要求的是语言之于意义诉求的"通",而不是朦胧、晦涩、文法"太多"、缺乏规范、需要"翻译"。胡适在《文学改良刍议》里要求"今之作文作诗",须"讲求文法之结构",正是因为"不讲文法,是谓'不通'"。在急迫的现代性语境内,赵元任、胡适等知识分子基本上认为"中国语言的问题"一个极为重要的解决之道在于"文法"问题,要求的是语言能够抵达现实的"明白晓畅"。不管是"文言"还是"白话",他们仍是在汉语内部来寻求中国语言问题的解决方案。而"白话",不论是其历史性(欧洲近代文学史、中国文学史的变迁都有相应的昭示;也留下了许多经典的通俗文学作品)还是现实性(在词序、句法等方面接近西方语言;接近口语),当然成了胡适一代人的坚定选择,并极力推崇。他们的主旨正是通过广泛提倡"白话"作文作诗,通过对汉语的语法结构的改变,使汉语能够接通西方的思想文化和当下的个体经验,从而改变国人的思维方式、价值观念和言说方式。1918年7月,胡适自己在解释他的"文学的国语"主张时,他明确表示他的语言构想从"白话"到"国语",与白话的"文法"密切相关:

> 我所主张的"文学的国语",即是中国今日比较的最普遍的白话。这种国语的语法文法,全用白话的语法文法。但随时随地不妨采用文言里两音以上的字。②

---

① 赵元任:《赵元任语言学论文集》,第 675—676 页。
② 胡适:《答朱经农》,1918 年 7 月 14 日,《胡适文存》(一),上海亚东图书馆 1921 年版,第 117—118 页。胡适是在否定朱经农的看法——朱认为"文学的国语"应当"并非白话,亦非文言,须吸收文言之精华,弃却白话之糟粕,另成一种雅俗共赏的活文学"。胡适认为,"这是狠含糊的话"。

胡适的语言构想（"文学的国语"）之所以选择"白话"为基础（"工具"），与他们这一代人对"白话"的语言运用效果（"明白晓畅"）和内在语法结构（"文法"）的认识是分不开的。值得注意的是，在给朱经农解释他的"国语"主张的短短几句话里，胡适还提到文言里的双音词、多音词若是必需，就随时随地可以采用，这和他在《建设的文学革命论》里的观点一致："提倡新文学的人……有不得不用文言的，便用文言补助。"这一点和同时期钱玄同"废灭汉文"的主张形成鲜明对比。钱玄同不仅批评过胡适的白话诗"未能脱尽文言的窠臼"①，在给《尝试集》作序时，他也建议"为除旧布新计，非把旧文学的腔套全数删除不可"②。胡适对于钱玄同的诤言，处在尊重和犹疑之间。前面提到的他对"白话"的三条释义，就是答复钱玄同的。对于文言的看法，胡适似乎没有那么绝对，没有判定其为"死文字、死文学"就从此与之断绝关系，从汉语的整体的角度看，合适的文言词在具体的表意状况中仍然可以采用。这再一次可以看出胡适一直是一种在汉语内部以"文学"的方式来寻求汉语言说方式的变革，这是一种研究事实本身的实验主义态度，并不是要与汉语决断、寻求新的语言符号系统的"革命"态度；也不是"白话"该干什么（"开通民智"）、"文言"该干什么（"保圣教"）的对语言本质的认识存在严重问题的"二元"态度。

---

① 钱玄同：《致胡适》，《新青年》第3卷第6号，1917年8月1日。
② 钱玄同：《〈尝试集〉序》，《尝试集》（附《去国集》），上海亚东图书馆1920年版。

第三章

"国语"的"文学生成"

> 大家觉得最紧迫而又最普遍的根本问题还是文字问题……主张"言文一致"和"国语统一"。
>
> ——黎锦熙

> ……文学是语言文字的最好部分。
>
> ——胡适

> 凡标准国语必须是"文学的国语",就是那有文学价值的国语。国语的标准是伟大的文学家定出来的,决不是教育部的公文定得出来的。……所以我主张,不要管标准的有无,先从白话文学下手,先用白话来努力创造有价值有生命的文学。
>
> ——胡适

> 人们是否在一边说话一边写作或一边写作一边说话,人们是否在一边写作一边阅读或一边阅读一边写作?这个习以为常的问题可以追溯到比人们通常猜想的更为隐蔽的历史或史前的深处。最后,如果人们注意到文字的地位……那么,人们就会意识到先验的空间问题的困难所在。
>
> ——[法]雅克·德里达

> 它虽是一次成功的政治运动，在文化上却因拒绝古典文学传统，使白话与古典文学相对抗而自我饥饿、自我贫乏。
>
> ——郑敏

> 胡适始终坚持，五四运动作为一种思想或文化运动，必须被理解为中国的文艺复兴运动。这不仅因为他提倡以白话文作为现代文学的媒介，而且更重要的是出于他对历史连续性有深刻的体认。对他而言，"文艺复兴"暗示着革新，而非破坏中国的传统。
>
> ——［美］余英时

胡适的文学革命是倡导以"白话"来作文作诗，是"白话代替文言的革命"。他自己说：就是"白话作诗"，也"不过是我所主张'新文学'的一部分"，胡适的目标是解决中国传统的语言形式与现代经验相脱节的问题，寻找适应"现代"的汉语言说方式，文学不过是他的"实地试验"的最佳场域，"白话诗"则是检验"试验"到底能取得多大成功的重要尺度。事实上，"白话"只是胡适的文学革命的工具，是他个人"从中国文学演变的历史上"寻得的"中国文学问题的解决方案"，是文学形式的革新的基点，唯有通过文学形式的革新才能使中国语言文学能够接通现代性的思想、经验，"白话"不是胡适倡导文学革命的最终目标，其最终目标乃是通过白话文运动来实现一种合理的民族共同语——"国语"的发生。"我们所提倡的文学革命，只是要替中国创造一种国语的文学。有了国语的文学，方才可有文学的国语。有了文学的国语，我们的国语才可算得真正国语。国语没有文学，便没有生命，便没有价值，便不能成立，便不能发达。"[1]

值得注意的是，胡适追求"国语"这一宏大现代性目标的

---

[1] 胡适：《建设的文学革命论》，《新青年》第4卷第4号，1918年4月15日。

方式与众不同，他是要在"文学"的书写实践中来"生成"出"国语"，他的"国语"和"文学"是互动的关系，新的语言和新的文学是相互生成的，不是先有了新的语言标准就有了新的文学书写，而是先"有了国语的文学，自然有国语"，所以有"国语的文学，文学的国语"的主张。胡适的目标是"国语"，但他强调的是其"文学"的生成方式。现代汉语诗歌的初期形态也是在这一语言和文学的互动的过程中发生。这种"汉语"、"文学"、"诗"等因素相互指涉的过程也显现出许多值得关注的问题，譬如："汉语"言说方式的更新与文学写作到底有什么关系？"诗"的"汉语"形态应当主要靠什么体现？"新文学"之所以发生的因由对于诗歌这一独特的文体是否也普遍适用？

一 "国语"：现代性的语言目标

（一）"国语"概念的来源

作为现代性民族国家建立之必需的民族共同语意义上的"国语"，其第一次出现在中国知识分子的言语中为何时？海外学者周策纵先生说："这一名词是回国的学生在 1906 年使用的。"① 据周策纵先生的考察，当时从日本回国的留学生在 1906 年曾联合所有在上海读书的学生，组织了一个"各省旅沪学生总会"，其目的在于为将来建立"国会"做准备。在"总会"的《第一次简章》第五条"应办条件"里，第一、二条分别是"（一）组织各省杂志及白话报。（二）设国语练习会，以齐一各省之方言，交换会员之智识"②。周策纵先生的线索可能是胡适提供的。胡适在《四十自述》中回忆少时曾参与当时的一个白话报刊——《竞业旬报》，说到该报第一期就有一位署名"大

---

① ［美］周策纵：《五四运动史》，岳麓书社 1999 年版，第 393 页。
② 同上书，第 41 页。

武"的作者撰文"论学官话的好处"："诸位呀，要救中国，先要联合中国的人心。要联合中国的人心，先要统一中国的言语。……但现今中国的语言也不知有多少种，如何叫他们合而为一呢？……除了通用官话，更无别的法子了。但是官话的种类也很不少，有南方官话，有北方官话，有北京官话。现在中国全国通行官话，只须摹仿北京官话，自成一种普通国语哩。"胡适回忆说："这班人都到过日本，又多数是中国公学的学生，所以都感觉'普通国语'的需要。'国语'一个目标，屡见于《竞业旬报》的第一期，可算是提倡最早的了。"①

问题是胡适的回忆也不尽准确，《竞业旬报》根本算不上最早的"国语"提倡者。事实上早在1903年，王照在其《挽吴汝纶文》中，就指出了"以字母传国语为普通教育之要原"，在国内正式提出了"国语"的概念，不过，依王照的论述，他实际上是主张推广以北方话为基础方言、以北京语音为标准音的汉民族共同语②。

从日本回国的留学生在国内创办白话报刊、设国语练习会，这一事实也显示了中国"国语"运动最早受了日本的"国语统一"状况的启发。早在1902年，颇同情王照的合声字母方案的桐城派领袖人物吴汝纶，在其《东游丛录》里，记述了他的"与伊泽修二谈话"。从日人伊泽修二的口里，这位当时的京师大学堂首任总教习就一再地听到了"国语"这一名词。这可能也是中国人第一次在著述里记下"国语"一词③。伊泽氏劝曰："欲养成国民爱国心，须有以统一之。统一维何，语言是也。"

---

① 《竞业旬报》是1906—1909年胡适在上海的中国公学时期参与的一个白话报刊，该报由"竞业学会"创办，最初主编是湖南醴陵傅君剑先生，一共出了41期，"第一期是丙午年（1906年）九月十一日出版的"，胡适从第24期开始任主编，时为1908年8月，年17岁。1909年春胡适与该报脱离关系，不久该报停刊。参阅白吉庵《胡适传》，人民出版社1993年版。

② 王照：《官话合声字母》，第40页。

③ 同上书，第48页。

但吴汝纶的理解是以为要增加一门关于"语言"的课程,"统一语言,诚哉其急,然学堂中科目已嫌其多,复增一科,其如之何?"伊泽氏便从欧罗巴各国的强盛与语言统一之关系角度,强调"国语"之重要性,对吴汝纶说其他的科目都可放弃,唯"国语"当增设("弃他科而增国语")。吴汝纶明白语言统一的重要性,但深感中国人在语言方面的意识的落后(国人"知之者少,尚视为不急之务"、"尤恐习之者大费时日")。伊泽氏答曰两者皆不是难事。语言统一之务,苟使朝廷著为法令,谁不遵从?大费时日一节,也不必虑,建议效法日人设立"普通语研究会"、讲求语言的"学理"等。吴汝纶在日本访问时深受启发,也急迫于中国在语言统一方面的落后(连王照因倡导合声字母,"政府尚以为罪人")。回国后,他上书当时的管学大臣张百熙,建议清廷改革语言:"中国书文渊懿,幼童不能通晓,不似外国言文一致……一国之民,不可使语言参差不通,此为国民团体最要之义。日本学校,必有国语读本,吾若效之,则省笔字不可不仿办矣。"① 吴汝纶认为王照的合声字母(即"省笔字")有类似日文假名之功效,建议朝廷推广,并由此实行"国语"统一。

可以说,"国语"的概念是清末切音字运动中士大夫阶层借鉴日本教育方面的经验最先提出来的。不过,当时的吴汝纶站在同情王照的立场,对"国语"统一的理解大致就是用合声字母拼"官话"。事实上当时中国的"官话"与后来的"国语"概念颇有差别。"官话"仍不能成为较为"统一"的民族共同语,中国的"官话"由于历史原因是一种建立在中国北方地区方言基础上的普遍用语(北方、中原地区是中华民族历史上的文化繁盛、活跃地带),但对于南方方言区,"官话"就成为与当地话不一样的"官腔"、"公家话"、"洋话"。官话虽以北京话语

---

① 王照:《官话合声字母》,第43—44页。

音为标准语音，但是在历史的传播、发展当中，官话在不同的地域，语音也有所不同，除北京官话区外，还有东北、冀鲁、胶辽、中原、兰银、西南、江南等官话区①。其中，除了北京、东北官话在语音标准上比较接近外，其他官话都只能算"官话次方言"。到了清代，汉语的方言大区虽已基本形成，北京官话作为民族共同语的基础方言的地位也已不可动摇，但北京官话、南北方言之间的差距并没有因此缩小，反而增大了。汉语的语言统一仍是个问题。官话的问题在于它在语言的具体方面缺乏必要的规范和明确的标准。像清末《竞业旬报》同仁认为"只须摹仿北京官话，自成一种普通国语"，一是没有看到"官话"与"国语"有别，二是对问题解决的设想未免有些理想化。

由于吴汝纶的"国语"概念出现是在书信中，不是在官方的文件、律令中，所以影响不大。吴汝纶之后"王璞"、"长白老民"、何凤华等人在论及语言统一的理想时，他们要建设或推广的民族共同语不外是"官话"、"京话"、"白话"等。直到1910年，清政府成立资政院，资政院议员江谦明确提出要改"官话"为"国语"。事情的起因是由于1909年清朝学部奏报的《分年筹备立宪事宜清单》所列的"国语教育事项"极为含混："编订官话课本……师范学堂及中小学堂兼学官话……颁布官话课本……京师设立官话传习所……"江谦对学部笼统的以"官话"为"国语"，要颁布、推广的课本也是"编订之法，未闻详细宣布"等状况"不能无疑，加以质问"。江谦对学部关于"国语教育"方案的质问为八条，分别是：一、汉字要不要采用主要以合声字母来拼读的方式？如果不考虑这一点，各省的汉字读音仍会是方言。二、面对官话的南北差异，到底要不要以"京音"为标准音？三、"各国国语，皆有语法"，汉语要不要"规定语法"？四、词汇方面，要不要编订国语辞典？五、师范学

---

① 参见刘照雄《论普通话的确立和推广》，《语言文字应用》1993年第2期。

堂，程度不同，要学习的国语是不是也要不同？六、一切宪政，均须提前赶办，国语教育如此重要，"一切编订颁布传习推广之期，是否亦须提前赶办"？七、国语编辑，开始的工作极为艰巨，是否要仿照日本，"设国语编查委员会"？八、"官话之称，名义无当。话属之官，则农工商兵，非所宜习，非所以示普及之意，正统一之名，将来奏请此项课本时，是否须改为国语课本以定名称？"①

从这些"质问"（特别是前四条）中可以看出，此时的提倡者心目中的"国语"与后来的国语研究会的"国语"基本相近了，那就是，作为一种适应现代性民族国家之必需的民族共同语，应当在文字、语音、语法、词汇等基本方面要有具体的规范化，不然，国语恐怕很难统一，"教育断无普及之望"。这就触及了胡适在提倡"文学的国语"时那个国语的"标准"问题——作为民族共同语应当有什么样的"标准"？江谦的"质问"还是有效的，1911年学部中央教育会议所议决的"统一国语办法案"基本上尊重了江谦的提议，在寻求"标准"上大下功夫。先是"调查"，调查的结果由"国语调查总会"检阅，"雅正通行之语词语法音韵，分别采择，作为标准"。可惜随后辛亥革命爆发，清廷垮台，该方案难以付诸实施，但其内容则被吸收进民国元年7月教育部（蔡元培为教育总长）中央临时会议通过的"采用注音字母案"。12月，教育部又依此决议案制定出"读音统一会章程"，并于1913年2月至5月正式开会议事，开始构想建设民国共同语的基本框架。会议审定汉语读音的基本原则，定出国音的标准。同时议定了拼切国音的字母，即"注音字母"（也称"国音字母"）。"读音统一会"筹备处印发的、吴敬恒起草的《读音统一会进行程序》中也有关于语言统一的

---

① 江谦：《质问学部分年筹办国语教育说帖（清宣统二年）》，《清末文字改革文集》。

看法，认为"国语"当是"异日就国音而发"的"近文之雅语"。"读音统一会"制定的"注音字母"，基本上抛弃了王照的合声字母，采用了新的字母形式。不过在随后几年的袁世凯时期，这个"国音"方案连同注音字母被教育部埋没了六年，后来也没有收到多大功效。"注音字母"的制定虽有利于汉语语音的统一，但汉语在词汇、语法方面的"近文之雅语"还是个问题。于是人们又认识到汉语书面语的"标准"的重要。这就有了1916年8月以蔡元培为首的"中华国语研究会"的成立。黎锦熙在叙述自此开始的"国语运动"时说：

> 民国五年（一九一六），中华民国国语研究会成立于北京。那时正当洪宪皇帝袁世凯驾崩于新华宫，帝制推翻，共和回复之后，教育部里有几个人们，深感于这样的民智实在太赶不上这样的国体，于是想凭藉最高教育行政机关底权力，在教育上谋几项重要的改革，想来想去，大家觉得最紧迫而又最普遍的根本问题还是文字问题，便相约各人做文章，来极力鼓吹文字底改革，主张"言文一致"和"国语统一"；在行政方面，便是请教育长官毅然下令改国文科为国语科。[①]

要推广"国语"[②]，首先就必须改革"国文"教材。中国历代视古文为文章之正宗，语文教育以应付科举制度为目的，清末虽然科举制度已经被废除，但至民初的"国文"教材仍是文言文，既脱离口语，也无视白话文，更不易普及教育的应用目的。

---

① 黎锦熙：《国语运动史纲》卷二"第三期：注音字母与新文学联合运动时期"，商务印书馆1959年版，第66—67页。
② 黎锦熙在其《国语学讲义》中设想："径用白话浅说编成教材，并应将'注音字母'注在字旁，依音识字，音亦正确，使之（指小学）四年中专习正确之国语，以期应用于社会。"转引自吕冀平主编《当前我国语言文字的规范化问题》，上海教育出版社2003年版，第55页。

"改国文科为国语科"在中国的教育上确实是个不小的进步。"言文一致"和"国语统一"的主张当然不是这个时候由几个人才"想来想去"想出来的。但此时由最高教育行政机关来倡导这样目标明确的文字和语言改革,一方面是现实情况的糟糕("民智"堪忧),另一方面也是清末拼音化运动人士的主张的总结与深化。国语研究会的宗旨就是"研究本国语言,选定标准,以供教育界之采用","选定标准语"为五条会务之一。研究会的"暂定章程"还刊登在次年3月的《新青年》第3卷第1号上。

　　清末民初中国知识分子为统一语言费尽心机之时,正是胡适留学美国的大好时光。胡适1910年9月入康乃尔大学农学院,1912年转入康乃尔大学文学院,从他的日记看,对中国文学的关注与思考,至少从1915年年初已经开始。大约是因为与赵元任的分工,胡适对汉语语音的研究比汉"文"方面(文法、训诂、文学史等)的研究要少。但是,从日记中我们仍然可以看出他在汉语音韵方面的造诣和兴趣。1916年1月24日,他在读章太炎文《驳中国用万国新语说》时,除了对章氏的汉文汉字的认识表示与自己不谋而合之外,还对章氏的字母方案发表了自己的看法。他对方案的长短的指出,较为符合后来"注音字母"以章氏方案为基础吸取当时其他各种字母方案之精华而成的实际。此前,胡适已在《送梅觐庄往哈佛大学诗》里提出"文学革命"的大胆构想,其兴趣主要在汉语如何从文学的角度来变"活",对汉语语音的统一并未多加关注。1月31日,他将读音统一会制定的注音字母全数摘录,和读章氏方案时不同,这次他并未作出自己的评价。

　　胡适在日记里经常摘录、剪贴当时他觉得对自己很重要或值得关注的书籍、报刊上的文章,他也素有针对这些摘录的文字发表自己的议论的习惯,即使原文是英文,他通常要将之译为中文,在其选择和翻译当中,我们可以看出他之所以摘录的大致心态。而对这个"读音统一会公制字母",胡适却一言不发,似乎看不出他的态度①。其实,从这则日记的前后语境来看,胡适应当是对当时祖国的知识分子制定语音、语法等语言标准的做法不以为然。此时,胡适不仅已经提出"文学革命",也明确了要从"作诗如作文"的角度来改革中国文学。他认为宋元以来的"白话"才是真正能救活中国文学的语言形态。就在这则日记之前一则,胡适还高举"作诗颇同说话"的作风。胡适并不是反对以字母的方式来拼汉语(像王照的合声字母就很好,既有可能统一汉语读音,又普及了白话),但若不看到汉语书面语的主要形式的"半死"(不易教授)的状况,仅仅从语音上来制定标准,这实不能解决根本问题。他后来批评说,"提倡'读音统一'的人,不懂得这个道理(指王照用字母是来拼白话——引者注),竟把他们制定的字母叫做'注音字母',用来做'读音统一'之用,那就是根本违背当年创造官话字母的原意了"②。事实上他对注音字母的产生是非常遗憾的,"(注音)字母的形式是采用笔画最简而音读与声母韵母最相近的古字,把王照的官话字母完全推翻了。字母的形式更换了,于是前十年流行的拼音白话书报全不适用"③。"从拼官话的字母,退缩到读书注音的字母,这是绝大的退步。"胡适对国内的"统一国语"方案实则颇为不满:"在那六年之中(指注音字母被袁世凯政府搁置的六年——引者注),北京有一班学者组织了一个国语研究会,成立于民国五年。他们注意之点是统一国语的问题,比那'读音统一'似乎进一步了;但他们的学者气味太重,他们不知道国语的统一决不是靠一两部读音字典做到的,所以他们的研究工作偏向于字母的形体,六千多汉字的注音,国音字典的编纂等项,这

---

① 胡适:《读音统一会公制字母》,《胡适留学日记》,第839—842页。

② 胡适:《导言》,《中国新文学大系(1917—1927)》第一集《理论建设集》,第7—8页。

③ 同上书,第9页。

都是音注汉字的工作。他们完全忽略了'国语'是一种活的语言,用它做教育与文学的工具,使全国的人渐渐都能用它说话,读书,作文。他们忽略了那活的语言,所以他们的国语统一工作只是汉字注音的工作,和国语统一无干,和白话教育也无干。"①这当然是胡适后来的偏颇之言,但意思和留学时期的意见大体一致:国语的统一不能脱离"白话",国语的"标准"不是单靠制定就可以形成的。

在回国之前,胡适早年提到"国语"的地方其实并不多。最早是在那个很受"废除汉文"口号刺激的1915年夏天,当时赵元任、胡适等人为应对那些诋毁汉文的言语,决定认真讨论国文如何才能容易教授的问题,大家"建议以'国文'为今年年会讨论问题。而分此题为二分:先论国文,次论国语"。胡适的考虑是"无论吾国语能否变为字母之语,当此字母制未成之先,今之文言,终不可废置……汉文所以不易普及者,其故不在汉文,而在教之之术之不完",所以他选择作"国文"方面的题目。在此,胡适对"国语"的认识是与"国文"相对的,指的是汉语的语音和文字方面。在《吾国历史上之文学革命》中,胡适说"文学革命,至元代而登峰造极",若不遭明代八股之劫、七子复古之劫,"则吾国之文学必已为俚语的文学,而吾国之语言早成为言文一致之语言,可无疑也"。在这里的"吾国之语言"当是指民族共同语意义上的"国语",也可以看出胡适的"国语"是从文学中发生的,以"白话"为基础的,其特征是语言文字与思想情感的一致——以"白话"作文学,"言文一致"了,才谈得上"国语"。在《文学改良刍议》里,他重复欧洲近代文学史重申这一观念:"有活文学而后有言文合一之国语也。"也是因为"国语"这种语言状态是种未实现、正在朝之进发的

---

① 胡适:《导言》,《中国新文学大系(1917—1927)》第一集《理论建设集》,第13页。

状态，胡适在作《建设的文学革命论》之前，行文很少用"国语"一词。除上述文章之外，仅在《白话文言之优劣比较》、《归国记》等文中提到此词。《白话文言之优劣比较》曰："今日所需，乃是一种可读，可听，可歌，可讲，可记的语言……不如此者，非活的言语也，决不能成为吾国之国语也。"意谓无"白话"此"活的言语"，"国语"不能产生。《归国记》曰：

> 国语之首先发生者，为意大利文。意大利者，罗马之旧畿，故其语亦最近拉丁，谓之拉丁之"俗语"。"俗语"之入文学，自但丁始。……从此开"俗语文学"之先，亦从此为意大利造文学的国语，亦从此为欧洲造新文学。
> ……
> 吾国之俗语文学，其发生久矣。自宋代之语录，元代之小说，至于今日，且千年矣。而白话犹未成为国语。岂不以其无人之为明白主张，无人为国语作辩护，故有有价值的著述，不能敌顽固之古文家之潜势力，终不能使白话成为国语也？[①]

值得注意的是，"文学的国语"并不是胡适到了1918年4月作《建设的文学革命论》时才提出，在前一年的归国途中（1917年6月9日至7月10日）胡适就已表明"国语"的"发生"与文学有关，与"俗语"（白话）的文学有关。并且，"吾国的白话发生已久，但并未成为国语，此事还期待吾辈之有意主张，文学上的努力"。从这里我们可以看出，"国语"的概念在胡适这里是与"发生"的状态联系在一起的，它不是一种业已完成的语言形态，也不是一种可以先具备"标准"供大家遵从、学习便成功实现的一劳永逸的语言方案。胡适在美国的"实验

[①] 胡适：《归国记》，《胡适留学日记》，第1152—1154页。

室"里搞"文学的实地试验",以"白话"来作文作诗,在语言的目标上,与国内的知识分子大体一致,都是在寻求建设民族共同语的方案,但胡适的态度是实验式的,尊重"国语之首先发生",是孕育在以"白话"作文作诗的文学书写中。唯有以"白话"做文学,唯有文学上先实现"言文一致",这样的"白话"才可能作为"国语",这样的"国语"同时也是"文学的国语"。胡适的"国语"追求的方案和国内"绅士们"的方案刚好相反,后者的路线正是先要有了"标准的国语",然后才可能有"国语的文学"。

(二)"标准":"选定"还是"建设"?

其实胡适、赵元任他们在讨论汉语问题之初,就思虑语言改革的具体方向。民族共同语的建设,到底是自上而下地由制定"标准"到全民实施、还是在具体的语言实践中自下而上地摸索标准?胡适和赵元任尽管道路不同,但方向一致,那就是国语的"标准"绝不是语言学家在会议室里开会可以讨论出来的,而是需要具体的语言实践。不同的是,胡适认为标准的国语的发生要在"文学"的领域,赵元任则从语音、文字(国语罗马字)方面入手。《中国语言的问题》开头便说:

> 如果我们要使语言跟我们复杂的国民生活同步前进,那么以系统改革的方式作建设性的工作看来也是必要的。有些语言学家坚持认为语言应该自然地发展,因此决不能瞎搞。然而它们究竟怎么发展的呢?它难道不是在个人看法的改变和发展的影响下通过个人不断变化的运用而发展的吗?事实是语言演变所采取的实际途径总是个人偏爱的结果,而决不是学术界或政府的领导部门所能成功地把正字法、文法或者发音的任意的标准强加于人民的。但这并不排除这样的事实,如果明智的和专门的改革家来创导,其他的人可以根据

改革的优缺点更好地作出他们的抉择，而不是根据他们盲目的偏见。所以在系统的改革和自然的发展之间并没有真正的矛盾。①

赵元任从语言学的角度强调汉语的系统的改革应当是个体（"明智的和专门的改革家"）的"创导"在实际中的运用、发展、变化而形成的，文字、文法、语音的"标准"不是单靠学术界、政府强加给人民就可以实现的。在这个意义上，胡适对语言的改革的意见与赵元任大体相似，不同之处是赵注重语言学具体的研究，胡注重一种新的"语言"发生的"文学"方式。正是胡适与国内制定国语标准的诸位对国语的认识不一，胡适在论及民族共同语的语言理想时，基本上以"白话"、"吾国之语言"等词来表达这一意思。最明显的是，他在给陈独秀的信中对《新青年》第3卷第1号刊登的《中华民国国语研究会暂定章程》②的读解颇有意谓："独秀先生足下……读国语研究会会章及征收会员启，知国中明达之士皆知文言当废而白话之不可免，此真足令海外羁人喜极欲为发起诸公起舞者也。"③

国语研究会的宗旨乃是"研究本国语言，选定标准，以备教育界之采用"。其因由首先是："1. 同一领土之语言皆国语也，然有无量数之国语，较之统一之国语孰便？则必曰：统一为便。鄙俗不堪书写之语言较之明白近文字字可写之语言孰便？则必曰：近文可写者为便。然则语言之必须统一，统一必须近文断然无疑矣。"但是以何种语言统一、能否统一、谁服从谁仍是个问题，本国语言（方言、吴越语、京话、苏州白话）也"变化无轨道可循，各变其所变"。于是有"2. 使立定国语之名义，

---

① 赵元任：《赵元任语言学论文集》，第669页。着重号为笔者所加。
② 《新青年》第3卷第1号，1917年3月1日。
③ 《新青年》第3卷第4号，1917年6月1日。

刊行国语之书籍，设一轨道以导之，自然渐趋于统一，不过迟速之别而已。3. 不必虑统一之难，当先虑统一之无其术与具耳，同人等有见于此，思欲达统一国语之目的，先从创造统一之方术与夫统一之器具为入手方法"。

国语研究会的会务便是："（甲）调查各省区方言；（乙）选定标准语；（丙）编辑语言辞典等书；（丁）用标准语编辑国民学校教科书及参考书；（戊）编辑国语杂志"，目的在于立定国语"统一之无其术与具"。这种先立定"标准"的方式可能与胡适的主张有冲突，此姑且不论，最与一贯坚持"字母拼白话"、以俗语、白话作文的胡适相冲突的恐怕是弃"鄙俗不堪书写之语言"取"明白近文字字可写之语言"、"语言之必须统一，统一必须近文断然无疑"之类。什么是"鄙俗不堪书写之语言"？什么是"近文"之文字？这恐怕与国语研究会的知识分子们喜好"近文之雅语"相关。胡适应该对《章程》不以为然，所以虽然整个《章程》谈的是"立定国语"之"标准"的事，胡适不提国语，却表扬他们"皆知文言当废而白话之不可免"之常识，而且还让人高兴得"喜极欲……起舞"，胡适此番言语未必是真言，至多只是信函中的客套。

国语研究会的同仁是先制定"标准"再从事文学实践，胡适的目标是要在文学的书写实践中产生"标准"，这正是"建设"出一种"标准"和"选定"一种"标准"的区别，这也是胡适回国后第一篇正式的理论文章《建设的文学革命论》之大意。有意味的是，这两种文学实践方式所产生的实际效果也大不一样。

据黎锦熙的记述，国语研究会1917年在北京开第一次大会，蔡元培为正会长，会议拟定了《国语研究调查之进行计划书》，"那时教育部这几位先生们虽然主张改国文为国语，做了许多文章从事鼓吹，可是有一件事情很不彻底，现在回想起来，未免有点可笑，就是：自己做的这些文章，都还脱不了绅士架子，总觉得'之乎者也'不能不用，而'得么哪呢'究竟不是我们的，而是他们——高小以下的学生们和粗识文字的平民们——用的，充其量也不过是我们对于他们于必要时用的，而不是我们自己用的。不仅是做文章，就是平常朋友间通信，除开有时援引几句语录，摹仿'讲学'的口吻外，也从来没有用过一句白话。我们朋友间接到的第一封白话信，乃是这年年底胡适从美国寄来请加入本会会员的一个明信片。（这明信片还保存着，算是本会会员来信中的第一个用白话的。）绅士们用白话彼此通信，现在真算是很平常的一件事，在那时却要算天来大的怪事了，仿佛像现在的旧官僚忽然看见中央政府下了一道白话命令，嘴里就不说什么，总觉得'于我心有戚戚焉'；自此有了这一个明信片的暗示，我们才觉得提倡言文一致，非'以身作则'不可；于是在京会员中，五六十岁的老头儿和二三十岁的青年，才立志用功练习作白话文"①。

　　胡适在美的日记、文章多是浅显的文言，尤其是信函，基本上是文言。这封申请加入国语研究会的明信片，却是白话，这里可以看出胡适的用心：既然是向"国语研究会"写申请，总得用"白话"吧？既然是提倡"言文一致"的"国语"，那就要从当下的写作做起，从自己做起。"国语"是在实际的文学写作中"写"出来的，不是等着中央政府制定"标准"、公布实施就可以从此"言文一致"、"国语统一"。没有这样的认识，"绅士们"和晚清提倡白话的人士一样，还是"我们"（"上等社会的人"）做文言，"他们"（"小百姓"）做白话。胡适根恶的正是这种"我们"、"他们"的局面。汉语的书面语还是以文言为主，"言文一致"的语言理想在实践上成为空谈。而在美国的胡适，早已酝酿以白话作文作诗，以一种接近口语的书面语方式来重新

---

① 黎锦熙：《国语运动史纲》卷二"第三期：注音字母与新文学联合运动时期"，第68页。

书写传统的文学体式,在文学写作中"发生"新的语言、新的体式,这些问题的解决自然非朝夕之功,胡适自谓"全待吾辈解决。解决之法,不在乞怜古人,谓古之所无之必不可有,而在吾辈实地试验"。所以胡适的明信片对国语研究会的老少同仁犹如"命令"和"暗示",似乎受到了一种强烈的启发,促使他们从此"立志用功练习白话文"。

"练习白话文"也得有一个合宜的范本来作为练习的基础,黎锦熙说大家当时"从唐宋禅宗和宋明儒家底语录,明清各大家的白话长篇小说,以及近年来各种通俗讲演稿和白话文告之中,搜求好文章"①,这和胡适的趣味差不多。胡适的"国语"范本主要也是"明清各大家的白话长篇小说",但"白话"并不等于"国语"。"白话"不足以表意的地方,就"用文言来补"。看来胡适对于文言的态度经常显得很矛盾,经常判断文言"半死"或"死",但并不绝对地说文言可以弃绝。就是在《建设的文学革命论》里,他也是前面说:"死文言决不能产出活文学",后面又说"有不得不用文言的"还是要用它。在1916年的日记里写到最初形成文学革命"八事"时,他甚至说,"能有这八事的五六,便与'死文学'不同,正不必全用白话"。可以看出胡适的文学革命的目标是"活文学"、"新文学",而没有限定以什么样的语言来作文学。不用文言,这一点不是那么绝对。在对文言的态度上,如判定文言为"半死"、"死"之类都只是他提倡文学革命的策略,并不是实际的具体运用。

胡适对"白话"和"文言"态度的变化可能与他回国之后与"国语"这一民族共同语概念关系日渐密切有关。胡适对"白话"的激赏往往停留在明清小说、宋儒语录、唐宋词等文本上面。若将"白话"仅仅理解为古典文学中的"白话",这样理

---

① 黎锦熙:《国语运动史纲》卷二"第三期:注音字母与新文学联合运动时期",第68—69页。

解"白话"似乎有本质主义倾向,忽视了"白话"自身的发展。并且,古典文学中的"白话"能不能很好地表现当下经验,也是个问题。事实上,不仅"白话"在发展,"文言"也在发展,经过晚清以来的社会文化的巨大变动,作为正式书面语的文言文,与传统的文言文也有所变化,基本上能够适应社会文化的需要。其实就是《新青年》1918年以前的文章,绝大部分都是文言或浅显的文言。而"白话",从晚清以来一直作为对下层人民"开启民智"的工具,很少触及精深的学理方面的文化知识,其内涵也显得贫乏。所以当时刘半农就认为"言文合一"、"废文言而用白话"不是"一蹴可及"的,"吾辈目下应为之事,惟有列文言与白话于对等之地,而同时于两方面力求进行之策"。"于文言一方面,则力求浅显使与白话相近……于白话一方面,除竭力发达其固有之优点外,更当使其吸收文言所具之优点。"从汉语的书面语统一的角度,确立白话为文学之正宗,汲取文言的优点,这对于"国语"的形成,应该是合理的。所以胡适自己也承认,"吾于去年(五年)夏秋初作白话诗之时,实力屏文言,不杂一字。如《朋友》、《他》、《尝试篇》之类皆是。其后忽变易宗旨,以为文言中有许多字尽可输入白话诗中。故今年所作诗词,往往不避文言"。胡适此时对"白话"的重新释义,说也不妨夹杂文言的字眼①。

"文言"和"白话"的划分本来就有人为的因素,严格的区分更是困难,作为汉语书面语的主体部分,"文言"被彻底弃绝,不仅不可能,而且也不理智。问题应当是白话当怎样汲取文言的长处,文言和白话在具体的写作实践当中要怎样操作?"国语"到底要怎样靠"文学"的书写才能实现?这些正是胡适等人要"建设"的工具。

刘半农设想白话应吸收文言一切的长处("至文言之优点尽

---

① 胡适:《答钱玄同书》,《新青年》第4卷第1号,1918年1月15日。

为白话所具，则文言必当归于淘汰")①；激进的钱玄同积极主张《新青年》上的文章尽用白话；但陈独秀却说倘有绝对不能做白话文章的人，也"不必勉强"，"而且既然是取'言文一致'的方针，就要多多夹入稍稍通行的文言字眼，才和纯然白话不同。俗语中常用的文话，更是应当尽量采用。必定要'文求近乎语，语求近乎文'，然后才做得到'文言一致'的地步"②。若有一种语言在实际运用时能够"言文一致"，这就是可以推广的"国语"了，这是胡适、陈独秀等人的共识。但到底怎样"言文一致"，特别是文言和白话之间在具体的写作实践中如何厘清？白话文当怎样做？这个具体的"建设"工作还是胡适的学生傅斯年做得比较出色。

  傅斯年（孟真）本是国学大师黄侃的高足，他和顾颉刚，连胡适自己都认为这两个"学生的学问比他强"。傅斯年从旧学的营垒中来，凭着深厚的旧学功底和从胡适那里接受的新思想，对于汉语书面语的革新提出了非常细致的看法。在胡适作《建设的文学革命论》之前他就拟出一份《文言合一草议》③。傅斯年建议"废文词者，非举文词之用一括而尽之谓也。用白话者，非即以当今市语为已足，不加修饰，率尔用之也"。"与其谓'废文词用白话'，毋宁谓'文言合一'。"他从词法和文法入手，建议汉语书面语若要"文言合一"，应当在哪些地方该用"白话"、哪些地方该用"文言"，使白话文的在具体做法上具备了可操作的规则。"代名词"、"介词位词"、"感叹词"、"助词"全用白话。此前四条。"一切名静动状，以白话达之。""文词所独具，白话所未有，文词能分别，白话所含混者，即不能曲徇白话，不采文言。""白话之不足用，在于名词……不足，期以文

---

① 刘半农：《我之文学改良观》，《新青年》第3卷第3号，1917年5月。
② 陈独秀、钱玄同等：《通信》，《新青年》第3卷第6号，1917年8月。
③ 《新青年》第4卷第2号，1918年2月。

言益之，无待踌躇也。""在白话用一字，而文词用二字者，从文词。在文词用一字，而白话用二字者，从白话。但引用成语，不拘此例。""凡直肖物情之俗语，宜尽量收容。""文繁话简，而量无殊者，即用白话。文词白话文法有殊者，即用白话。"此后六条。最值得注意的是前四条，白话和文言在词汇上最明显的区别就体现在虚词和代词方面。"吾"、"尔"、"汝"、"若"与"你"、"我"、"他"；"呜呼"与"哀呀"；"焉"、"哉"、"乎"、"也"与"拉"、"了"、"么"、"呢"，等等，这些代词和语助词等虚词在文言和白话中的明显区别，是阅读者在经验上判断文言文和白话文的主要依据。感叹词、助词等虚词的广泛采用，还将给汉语的句式带来变化，在语法上将使句子的结构之于表意更加有规则，句子的意思也趋向细密。至于名动形等实词，为丰富汉语词汇，完全可以借鉴文言。在单音字和双音词之间尽量使用双音词既是适应白话的特点，也必将对汉语书面语产生深远的影响。

《新青年》从胡适等以文言写提倡白话文运动的文章，到1917年7月钱玄同建议应用文也当用白话以来①，经过一段时间的讨论和努力，到1918年5月，从第4卷第5号起，《新青年》基本上全部以白话为书写语言。汉语书写语言的从文言到白话的转换在一定范围内得到实现。此时，胡适已回到国内，经由蔡元培先生的介绍，胡适与国语研究会的学者们有所接触。尽管胡适和他们对于"国语"之"标准"的意见不一，但是他也看到了他们的共同之处，那就是他们实现"国语统一"的现代性宏大目标：

在建设的方面，我们主张要把白话建立为一切文学的唯一工具，所以我回国之后，决心把一切枝叶的主张全抛开，

---

① 钱玄同致陈独秀信，《新青年》第3卷第5号，1917年7月。

只认定这一个中心的文学工具革命论是我们作战的"四十二生的大炮",这时候,蔡元培先生介绍北京国语研究会的一班学者和我们几个文学革命论者会谈。他们都是抱着"统一国语"的弘愿的,所以他们主张要先建立一种"标准国语"。我对他们说:标准国语不是靠国音字母或国音字典定出来的。凡标准国语必须是"文学的国语",就是那有文学价值的国语。国语的标准是伟大的文学家定出来的,决不是教育部的公文定得出来的。国语有了文学价值,自然受文人学士的欣赏使用,然后可以用来做教育的工具,然后可以用来做统一全国语言的工具。所以我主张,不要管标准的有无,先从白话文学下手,先用白话来努力创造有价值有生命的文学。

所以我在民国七年四月发表《建设的文学革命论》,把文学革命的目标化零为整,归结到"国语的文学,文学的国语"十个大字。

我们所提的文学革命,只是要替中国创造一种国语的文学。有了国语的文学,方才可以有文学的国语。有了文学的国语,我们的国语才可算得真正国语。国语没有文学,便没有价值,便不能成立,便不能发达。

这是《建设的文学革命论》的大旨。①

这是胡适的"文学革命"的"建设"大纲。胡适说"把文学革命的目标化零为整"是什么意思?"若要造国语,先须造国语的文学。有了国语的文学,自然有国语。这话初听了似乎不通。但是列位仔细想想便可明白了。天下的人谁肯从国语教科书和国语字典里面学习国语?所以国语教科书和国语字典,虽是很要紧,决不是造国语的利器。真正有功效有势力的国语教科书,便是国语的文学;

---

① 胡适:《导言》,《中国新文学大系(1917—1927)》第一集《理论建设集》,第22页。

便是国语的小说，诗文，戏本。国语的小说，诗文，戏本通行之日，便是中国国语成立之时。试问我们今日居然能拿起笔来做几篇白话文章，居然能写得出好几百个白话的字，可是从什么白话教科书上学来的吗？可不是从《红楼梦》、《儒林外史》……等书学来的吗？这些白话文学的势力，比什么字典教科书都还大几百倍。……总而言之，我们今日所用的'标准白话'，都是这几部白话的文学定下来的。我们今日要想重新规定一种'标准国语'，还须先造无数国语的《水浒传》、《西游记》、《儒林外史》、《红楼梦》。所以我以为我们提倡新文学的人，尽可不必问今日中国有无标准国语。我们尽可努力去做白话的文学。我们可尽量采用《水浒》、《西游记》、《儒林外史》、《红楼梦》的白话；有不合今日的用的，便不用他；有不够用的便用今日的白话来补助；有不得不用文言的，便用文言来补助。这样做去，决不愁语言文字不够用，也决不用愁没有标准白话。中国将来的新文学用的白话，就是将来中国的标准国语。造中国将来白话文学的人，就是制定标准国语的人。"[1] "国语的文学，文学的国语"，……——→文学——国语——文学——→……，这新的语言和新的文学，到底谁生谁，是个复杂的问题，也是个复杂的过程。看胡适的解释，大概是他的语言计划本来是准备一步步通过"文学的实地试验"来"尝试"的：先从"白话"入手，"认定这一个中心的文学工具革命论"，造"新文学"，待有了"新文学"，**自然**有"言文一致"的"国语"。现在，既然国内的同仁已经在追求"国语"的"统一"，胡适也就将这些逐步实施的文学革命步骤总结为十个大字。《建设的文学革命论》这篇文章发表后，用黎锦熙的话说："'文学革命'和'国语统一'遂呈双潮合一之观。"[2]

---

[1] 胡适：《建设的文学革命论》，《中国新文学大系（1917—1927）》第一集《理论建设集》，第130—131页。

[2] 黎锦熙：《国语运动史纲》卷二"第三期：注音字母与新文学联合运动时期"，第70页。

虽然所谓"双潮合一",但胡适的"国语"实现方案和国语研究会的方案还是有区别的。这是"选定标准"和"建设标准"的区别。对于民族共同语的发生,胡适的"标准"是蕴藉在文学写作当中的,是未完成的、在"建设"之中的;国语研究会的"标准"是要先"寻找"到("制定")的,是要完成后公布实施的。国语研究会在定"国音"标准、方言调查等方面,自然有着规范汉语词汇、语音的意义,但在"选定标准(语)"方面,胡适的不事先"选定标准(语)"的方案更显得不可忽视。国语研究会的"国语",不仅其起初所定的目标是一种"近文之雅语",而且其"标准"的制定者都是一些尚在"文言"营垒之中、熟谙"文言"写作的文人阶层,还有,此时的"白话"还存在诸如词汇贫乏、不足以接纳当下现实生活经验等许多问题,在这样一种情况下,先制定"国语"的标准是否合理?倪海曙先生曾对此提出异议:

  这种"国语"又是用汉字写的,而且写它的大多是熟悉文言的知识分子;同时白话的词汇还不很够,必须不断从文言输入词汇,有的表现方法还须依靠文言。因此它一产生,就跟文言结了不解之缘,加上汉字又替文言大开方便之门,结果它很自然的发展成为一种不文不白的文体,真正的成了所谓"近文之雅语"。
  这种"近文之雅语"在识字的人看来,的确是全国统一的。但是提倡"国语"的人主张"言文一致",它却不是真正"言文一致"的;提倡"国语"的人一心"谋教育普及",它也未必有利于普及教育的(因为成了"新文言";至于对于"国语之改良"、"文化之进步"等,它都不能起到积极的作用)。①

---

① 倪海曙:《推广普通话的历史发展》,《语文现代化》1980年第2辑。

胡适的目标不是"近文之雅语"。他的方案使汉语处在了一个在文学写作当中不断生成的状态中。在倾向口语、追求表意"明白晓畅"的汉语写作中，由于文学的特性，汉语身上将不断沉聚新的文学质素，并生发出新的词汇、语法和句法。新的词汇、语法和句法也将使文学的想象方式和旧有体式发生改变。傅斯年的《文言合一草议》在词法上对汉语书写的具体规定，这种"建设"性的意见必将使汉语写作发生新的变化；在胡适发表《建设的文学革命论》之后，这年年底，傅斯年又"教"人们"怎样做白话文"[①]："一，留心说话，二，直用西洋词法"；"留心说话"并不是作文要口语化的意思，而是在提倡口语与书面语的双向互动（"留心自己的说话，并且留心别人的说话：一面随时自反，把说话的毛病，想法除去，把文学的手段，组织和趣味，用到说话上来"），写作时心灵的自由（"心里边是开展的，是自由的，触动很富，可以冲口而出……文章本靠着任才使气，本指望兴到神来……"），文学写作与思想情感的"言说"是互动的，不要以为"写作是作白话文，自然会有说话的精神，文章谈话两件事，最容易隔阂"。白话文的写作，必须"直用西洋文的款式，文法，词法，句法，章法，词枝，（Figure of Speech）[②] ……一切修词学上的方法，造成一种超于现在的国语，欧化的国语，因而成就一种欧化国语的文学"。"西洋词法……精密的思想，非这样复杂的文句组织，不能表现。"傅斯年非常清楚语言与思想的关系、文学与国语的关系："我们在这里制造白话文，同时负了长进国语的责任，更负了借思想改造语言，借语言改造思想的责任。我们又晓得思想依靠语言，犹之乎

---

① 傅斯年：《怎样做白话文》，《新潮》第 1 卷第 2 号，1919 年 2 月。
② 这个词有"语言形式"的意思，尤其是指书面语的语言形式，看上下文，应是傅斯年所言"修词学上的方法"。

语言依靠思想，要运用精密深邃的思想，不得不先用精密深邃的语言。"

尽管胡适的"以白话为中国文学的正宗"在实践上并不够彻底；傅斯年强调"直用西洋词法"，认为"西洋词法"就能带来"精密的思想"也有值得商榷的地方，但他们"借思想改造语言，借语言改造思想"，文学写作和"国语"发生互动的建设性方案却是极有意义的：一方面，他们使汉语在一个社会文化转型的历史时期处在了一个开放、接纳的状态，在具体的文学实践中吸纳各种不同的"现代"因子，尤其是西方语言的词法、文法，使"汉语"渐渐走向"现代"。另一方面，以"白话"为工具同时吸纳西方语言文学特点的文学写作又是对汉语革新的具体实践，"现代汉语"的发生和"现代文学"的发生在这里形成一种互动的关系。尤其是以"白话"来攻克中国传统文学最坚固的"壁垒"——诗，此举使中国知识分子传统的言说方式、抒情方式的更新更加彻底。在文学中发生了新的语言，通过新的语言的发生也"建设"出新的文学。无论是"汉语"还是"文学"和"诗"，都在现代性境遇中多方凝聚新的经验、意识，在此共同"建设"过程中都是动态的，都是彼此接纳、相互碰撞的，这种动态的过程也必定使汉语的文学、诗在语言方式、想象方式和文类秩序上面临着大变动。随之而来的也必定有人们对于语言、文学的认识尺度的改变。

"文学革命"从认定"白话"为中心到确立"国语的文学，文学的国语"的目标，是将"新"文学和"新"语言的双重目标有力地联结了起来，客观上是确立了两者相互"生成"的明确的关系，而不是先前倾向于先进行"白话文运动"、"新"了文学再"新"语言的单向革命。对胡适个人来说，是他在美国的"实验室"里个人的"'文学'的实地试验"的结束，以文学的方式真正地融入了国内知识分子急迫的建立民族国家的现代性实践。

二 "文学"的生成方式

(一) 对"白话诗"合法性的质疑

事实上，胡适"以白话代替古文"的文学革命从一开始直到 20 世纪末都在备受质疑。"古文"是否可以被视为"死文字"彻底弃绝？"白话"能否代替"古文"作为汉语正宗的书写语言？甚至，从初期"白话诗"的成就和整个 20 世纪"现代汉语诗歌"的状况看，有人甚至怀疑"白话"能否作诗、"白话诗"是不是对几千年中国古典诗歌传统的拒绝而导致汉语诗歌的诗意上的"自我贫乏"。

还在绮色佳时期，胡适从提出"文学革命"的开始，就与同在美国留学的好友任叔永、梅觐庄等人就这些问题展开过长期的论争。胡适说任叔永《泛湖即事诗》中陈言套语太多，诗中所用之字，多系"死字"（"今日之文言乃是一种半死的文字"、"今日之白话是一种活的语言"[1]），梅觐庄就"拍桌骂胡适"："文字岂有死活？白话俗不可当！"[2] 胡适说"诗界革命何自始，要须作诗如作文"，梅觐庄就说"'文之文字'与'诗之文字'截然两途"[3]；任叔永也说"白话自有白话用处（如作小说、演说等），然却不能用之于诗"[4]。胡适并不是从文字本身来判断其能否进入文学，而是从语言在现代情境中的适应性来判断其表现事物的真实程度，所谓"文字没有古今，却有死活可道"。至于"白话"不能作诗的论断，胡适更是不能同意，他不仅不同意梅觐庄认为"做白话文章"是"村农伧父"、"非洲黑蛮"都可以

---

[1] 胡适：《白话文言之优劣比较》，《胡适留学日记》，第 939—940 页。
[2] 胡适：《答梅觐庄——白话诗》，《胡适留学日记》，第 965 页。
[3] 胡适：《"文之文字"与"诗之文字"》，《胡适留学日记》，第 845 页。
[4] 胡适：《一首白话诗引起的风波》，《胡适留学日记》，第 987 页。

做的容易之事①，"白话文"不是随便的口语、俗语；更不能同意任叔永的"勿徒以白话诗为事"的劝诫，他反问道："白话未尝不可以入诗，但白话诗尚不多见耳，古之所少有，今日岂必不可多作乎？"论争的焦点最终集中在"白话之能不能作诗"② 这个问题上。胡适也从此开始了"不更作文言诗词"、全心尝试"白话诗"的旅程。对于这样的心志，胡适衷心希望任叔永"勿以论战之文字视之，而以言志之文字视之"③。

但梅觐庄他们并没有体会胡适的心志。回国之后，绮色佳的论争转移为《新青年》同仁和"学衡派"之间的文化、文学论争。梅光迪（觐庄）还与胡先骕等成为胡适的主要对手。对于胡适、陈独秀等"新文化运动"的提倡者，梅光迪说他们不过是一帮"工于语言自饰，巧于语言奔走"的"政客诡辩家"、"功名之士"。所谓的"新文化"，也不过是欧西文化之糟粕，尤其是文学、诗，"则袭晚近之堕落派（The Decadent Movement，如印象神秘未来诸主义，皆属此派。所谓白话诗者，纯拾自由诗 Verslibre 及美国近年来形象主义 Imagism 之余唾。而自由诗与形象主义，亦堕落派之两支，乃倡之者数典忘祖，自矜创造，亦太欺国人矣）"④。梅光迪将西方现代派文学艺术的派别、运动称之为"堕落派"，可以看出他不能理解与西方政治、经济、文化上层面的"现代性"相区别的文学艺术上的另一种"现代性"。指出"白话诗"是拾美国自由诗和 Imagism（意象主义）之"余唾"，虽是态度上抵制"白话诗"，但其辨别文学形式来源的眼光倒颇为锐利。虽然看到了来源，但他不能理解中西文学形式之间有可以相互启发、以资利用的关系。胡先骕也讥诮胡、陈的文

---

① 胡适：《梅觐庄致胡适书》，《胡适留学日记》，第978页。
② 胡适：《一首白话诗引起的风波》，《胡适留学日记》，第989页。
③ 同上书，第994页。
④ 梅光迪：《评提倡新文化者》，《中国新文学大系（1917—1927）》第二集《文学论争集》，第132页。

学革命"过于偏激"、"因噎废食",他坚持认为语言文字是语言文字,文学是文学,文学革命绝不能在不同语言文字("文言"和"白话")的更换当中得到解决,这是两回事;从文字来改革文学,简直是不懂文学;汉语书面语"言文分离"的问题不在于语言文字,要想"言文合一",学文字甚易,主要在于教育发达[①]。

"学衡派"死守"文言"阵地,从语言文字的立场来保守汉语文化传统,其心情可以理解,其历史功用也不可一概抹煞。《学衡》杂志在创刊时,吴宓就认为一国之语言是"民族特性与生命之所寄",废弃文言则不能明白李白、杜甫。他认为文言可作"民族复兴之资","吾中国国家社会之危乱,文化精神之消亡,至今以极。……所赖以为民族复兴之资,国中团结之本,唯我中国固有之文字","旧诗之不作,文言之堕废","国家民族全体永久最不幸之事"。在吴宓看来,国家的存亡,民族的振兴,唯有从保存文言、提倡旧诗入手。胡适推崇"白话"是为了建设"新文学"开启民智,宣判"文言"之"半死"、"死"只是一种激进的"革命"策略;"学衡派"激赏"文言"是为了维护汉语文化在步入"现代"的历史转型期不至于与"传统"断裂,自有其合理之处。胡适对于汉语的态度是向前看的,"学衡派"是向后看的。大家其实都是在面对一个汉语文化传统的问题,不同的是,胡适发展出一种以"白话"为基础的亟待"建设"的新的汉语形态与旧的以"文言"为主要书面语的汉语

---

① 胡先骕《中国文学改良论(上)》曰:"文学自文学,文字自文字,文字仅取其达意,文学则必达意之外,有结构,有照应,有点缀。而字句之间,有修饰,有锻炼。凡曾习修辞学作文学者,咸能言之,非谓信笔所之,信口所说,便足称文学也。故文学与文字,迥然有别,今之言文学革命者,徒之趋于便易,乃昧于此理矣。或谓欧西各国,言文合一,故学文字甚易,而教育发达。我国言文分离,故学问之道苦,而教育亦受其障碍,而不能普及,实则近来文学之日衰,教育之日弊,皆司教育之职者之过,而非文学有以致之也。"《中国新文学大系(1917—1927)》第二集《文学论争集》,第103页。

传统的对话,"学衡派"则是以这种以"文言"为主要书面语的汉语文化传统与对当时造成强烈思想冲击的西方文化传统的抵抗、对话。

目标不一,导致对具体问题的看法不一,对于文言的死活问题,我们实不宜纠缠双方具体见解的真确。最触及文学和诗歌写作要害的恐怕还是"学衡派"极力推崇的文言之"美"才是真"美"和"白话"不能作诗的论断。"以俗语白话为向来文学上之不用之字,骤以入文,似觉新奇而美,实即无永久之价值。因其向未经美术家之锻炼,徒诿诸愚夫愚妇无美术观念者之口,历世相传,愈趋愈下,鄙俚不可言。"① 按梅光迪的意思,文言之"美",不是"新奇"之美,而是有"永久之价值"之美。一位署名"易峻"的论者直言:"旧文学在文艺上之优点,即为其能具有简洁雅驯,堂皇富丽,及整齐和谐,微婉蕴蓄之风致。尤以声韵感召心灵,其音乐美感之力至强,而后能使文章能有情韵深美之致也",而白话文,"不能使文章简洁明快,又丧失声律的艺术不能使文章吟诵谐和,不能使文章发生音节的美感。故吾人读白话文,每觉其繁重枯滞,黏滞芜漫,或浮薄粗俗,直率刻露",因而,白话文学是一种"艺术破产之文学"②。这位论者的出发点是可取的,他认为文学的价值不在于能否表情达意的实用功能,而在于能否以艺术的方式表情达意。他从他的"艺术"标准出发,论述了"白话文"作为文学的必然失败。和梅光迪一样,胡先骕也特别强调"文"的语言和"诗"的语言的区别,坚决不能用"文"的语言来作"诗":"夫诗之异于文者,文之意义,重在表现(denote)。诗之意义,重在含蓄(counate)与暗示(suggest)。文之职责,多在合于情理,诗之职责,则在能

---

① 胡适:《梅觐庄致胡适书》,《胡适留学日记》,第978页。
② 易峻:《评文学革命与文学专制》,《学衡》第79期(1933年7月),第9—10页。

动感情。"他对"诗"、"文"的分界颇为合理,可惜始终认为以"文"的语言("白话")写诗,绝不能创作出"佳诗"[1]。

　　胡适以"白话"作文作诗的文学革命,确实找到了更新汉语言说方式的突破口,将一代人的思想、言说与写作带入一个新的语言境地之中。特别是以"白话"作诗,更是对以"诗"为主要形式的传统文化造成了极大的冲击,同时,"白话诗"也面临着一个给自己正名的难题:由于刻意要与古典诗歌的成规(语言、形式、韵律等)区别开来,缺乏古典诗歌长期以来所形成的经典化的语词、意象和富有特定抒情功能的结构特征,以"白话"写出的诗在什么意义上是真正的"诗"?如果"白话诗"就是采用口语、白话的语言系统和语音节奏,那这样的诗和散文到底有何分别?胡适在《文学改良刍议》里所作的只是现代诗歌该怎样与古典诗歌相区别的工作("文学八事"),在《建设的文学革命论》里虽提出了汉语言说方式更新的"化零为整"的方案("国语的文学,文学的国语"),但这个整体性的方案显然不是短时间内可以完成的,所以"白话诗"的理念与实际创作中的语言、形式的发展在一定时期内肯定存在较大的距离。这样的距离肯定给诗歌读者的期待带来影响。相对于传统诗歌,"白话诗"是一种"新"的诗歌,它也面临一个"创造"自己的读者的问题。中国古典诗歌的读者和作者基本都是当时的社会中具有高度文化素养的知识分子,和"新诗"相比,旧诗"拥有着数目极广,而程度极齐的读者。他们对于诗的态度各有不同,而对于怎样解释一首诗的看法大致总是一致的。他们知道什么典故可以入诗,什么典故不可以。他们对于形式上的困难和利弊都是了如指掌的。总而言之,旧诗的读者和作者间的关系是极其密切的。他们互相了解。写诗的人不用时时想别人懂不懂的问题。读诗的人,在另一方面,很容易的设想自己是写诗的,而

---

[1] 胡先骕:《评〈尝试集〉》,《学衡》第1期(1922年1月),第20页。

从诗中得到最大量的愉快。"① 而随着晚清的西学的盛行和白话文运动的展开，传统教育方式和语言方式的改变也影响着人们知识结构和审美趣味的同一性，诗歌的读者与诗歌之间的默契肯定面临着新的问题。在一种语言、形式、韵律等因素与旧有阅读经验不同的"新诗"面前，读者一定会发出疑问：这是不是诗？

的确，作为"新诗"的初期阶段，"白话诗"的功绩是促进了"白话"的普及，而诗歌内在的感受事物、想象世界的方式等内在的质素还未被重视。在积淀了几千年的古典诗歌的丰厚诗意面前，白话诗的美学效果似乎难以言表。虽然如此，由于"白话"（"中国现行白话"）本身还不很成熟，"白话文"的运用也还时间不长，而且，作为一种用新的语言方式写的"诗"，白话诗没有成熟的艺术成规可供遵行和背叛，没有什么经典作品可以作为模范和可供超越，一切亟待"建设"，所以当时诗人俞平伯在分析"社会上对于新诗的各种心理观"、"社会上所以不欢迎新诗的缘故"之后，认为问题仍然不在"白话"能不能作诗，而在于白话能不能作出"好诗"（有"重量"的诗）。俞平伯建议为了改变这种局面，作"新诗"必须"要增加他的重量"，"因为用白话作诗，表面看来非常容易，对仗字面韵脚，统统都可以不要，只要空口说白话……但从实际上讲来并不然……简直相反……白话诗的难处，正在他的自由上面。他是赤裸裸的，没有固定的形式的，前边没有模范的，但是又不能胡诌的……白话诗的难处，不在白话上面，是在诗上面，我们要紧记，做白话的诗，不是专说白话。白话诗和白话的分别，骨子里是有的，表面上却不很显明"②。

正是"新诗"刚刚出发的状态，它的想象方式、美学原则尚

---

① 梁文星：《现在的新诗》，《文学杂志》（台北）第 1 卷第 4 期，第 20 页，1956 年 12 月。

② 俞平伯：《社会上对于新诗的各种心理观》，《新潮》第 2 卷第 1 号，第 169 页，1919 年 10 月。

处在"建设"之中，所以"新诗的前途"既叫人憧憬也叫人感到忧虑、责任重大。40年代，闻一多曾说："在这时代的文学动向中，最值得揣摩的，是新诗的前途……新诗所用的语言更是向小说戏剧跨近了一大步，这是新诗之所以为'新'的第一个也是最主要的理由。其它在态度上，在技巧上的种种进一步的试验，也正在进行着。请放心，历史上常常有人把诗写得不像诗，如阮籍，陈子昂，孟郊，如华茨渥斯（Wordsworth），惠特曼（Whitmen），而转瞬间便是真实的诗了。诗这东西的长处就在它有无限度的弹性，变得出无穷的花样，装得进无限的内容。只有固执和狭隘才是诗的致命伤。"[①] 闻一多对新诗的"新"和"不像诗"是充满信心，当然也有人则对新诗"形"与"质"忧心忡忡。20世纪50年代，"梁文星"（吴兴华）说："我们现在写诗，不是个人娱乐的事，而是将来整个一个传统的奠基石。我们的笔不留神出越了一点轨道，将来整个中国诗的方向或许会因之而有所改变。"[②] 诗人吴兴华出于对效法西方"自由诗"而来的新诗的形式秩序的忧心，强调新诗写作的形式上的自觉意识，也有要"建设"出一个新的属于新诗的传统的意思。台湾的夏济安先生则说："问题恐怕比梁先生说的还要严重。我们现在写诗，是考虑白话文能不能'担负重大的责任'，白话文能不能成为'美'的文字。假如不能，白话文将证明是一种劣等的文字；白话文既是大家写作的工具，那么中国文化的前途也就大可忧虑的了。"[③]

（二）"政治运动"还是"文学革命"？

胡适早年认为，一国无海军、陆军不是耻辱，而以神州之

[①] 闻一多：《文学的历史动向》，《闻一多全集》，上海：开明书店1948年版，第205页。

[②] 梁文星：《现在的新诗》，《文学杂志》（台北）第1卷第4期，第21页，1956年12月。

[③] 夏济安：《白话文与新诗》，《夏济安选集》，辽宁教育出版社1998年版，第73页。

大，无一大学则是莫大耻辱①。文学对于胡适来说，所谓"以此报国未云菲，缩天戬地差可儗"，和晚清的梁启超等人一样，也是"报国"之"工具"，他提倡白话文运动，也是通过"新文学"的方式来更新国人的思想、言说方式。所不同的是，胡适将这"工具"和其要表现的现代性的"内容"联系在一起，看到了两者相互生成的关系，而不是前者是后者的"工具"的"工具"，而是将之作为一种本身也有极为有用的事业来追求。夏济安说"白话文"关乎"中国文化的前途"，这本与胡适的初衷一致。但白话文给中国文化带来的"忧虑"，胡适就不见得考虑得那么周密。关于"白话文"能否独自担当汉语书面语的重任、"白话诗"是不是"诗"的疑问，自胡适倡导"白话文运动"以来，也就一直不绝于耳。直到20世纪90年代，对于"白话文运动"、"白话"、"白话诗"的合法性的质疑仍在继续。

其中，提出这种质疑，并进行最有影响也最有理论深度的论述者，是于上个世纪40年代开始活跃诗坛，至80、90年代仍然进行现代性新异探索、成就卓然的著名诗人、英美文学专家郑敏先生。1920年出生的郑敏先生是"九叶"诗人之一，熟谙中国古典诗歌，又有丰富的现代诗歌创作经验，留学美国的经历使她又精通西方的语言文学，所以她能站在一个传统与现代、中国与西方的交叉点上来反思百年来现代汉语诗歌的演变过程中的得失。但是，郑敏先生对新诗的批评，否定的意见远远多于肯定的意见。忧心于新诗与中国古典诗歌传统的"脱节"，郑敏先生以一个诗人、诗论家的职责，对"新诗"提出了自己的批评和建议。这些批评和建议乃针对"新诗"发展历程中的许多问题而提出，其价值不在于观点本身正确与否，而在于它们叫人不能不重新反思关

---

① 胡适：《给〈甲寅〉编者的信》，姜义华主编：《胡适学术文集·新文学运动》，第1页。

于"汉语"、"诗"、"传统"等基本问题。

郑敏先生一般用"汉诗"、"汉语诗"、"新诗"来指称百年"现代汉诗"。我们不妨称她对中国诗歌的言述为"汉语诗学"。她的"汉语诗学"立足于"汉语",她从索绪尔的结构主义语言学观点出发,提醒我们,在人与语言的关系中,语言不是仅仅被使用的"工具","语言"大于"人";她还多次提及海德格尔的话:"是语言'说'人,不是人'说'语言",强调语言的非工具性和语言在文化中的无意识积淀①。由此,她激烈批判五四一代人,尤其是胡适、陈独秀对中国诗歌传统的割裂态度。

郑敏先生认为:"从理论上看,胡、陈的白话文立论,问题出在对语言本质没有认真的研究,可以说他们的语言观是陈旧而浮浅的。……他们也错误地判断语言与使用者的关系,特别是一个民族与他的母语间的无选择的关系。这涉及语言发展与改革与其自身的传统的关系,如何改革才能符合语言本身的规律,使语言不会在改造过程失去其在历史中积淀下的文化精华而变得苍白贫乏。不幸的是,胡、陈的急躁情绪使得他们背离了创作实践先行、理论来自实践的认识规律。"② 这是从语言学的理论上指责胡、陈对待"母语"(汉语)的错误态度,这是他们的"错误"的开端。郑敏先生还由"胡、陈"论及五四:"'五四'时期胡、陈等的理想是废去传统文学中全部文言文(这是多数的)只取其元以下的白话部分(这是小部分的),更甚者当时已决定否定汉文字语言的本质,即其象形含意等本质,而追求最终将它改为拼音文字。因此'五四'运动的走向是对汉语的母语本质进行绝对的否定。"③

---

① 参见郑敏《诗歌与文化——诗歌·文化·语言(下)》,《诗歌与哲学是近邻——结构—解构诗论》,北京大学出版社1999年版。
② 郑敏:《结构—解构视角:语言·文化·评论》,清华大学出版社1999年版,第100页。
③ 同上书,第112页。

"胡、陈所犯的另一个重要错误是只重视'言语'（Parole）而对'语言'（Language）不曾仔细考虑，只认识到共时性而忽视历时性，只考虑口语忽视文学语，成为口语中心论者。"① 在书面语（"文学语"）和口语之间，郑敏先生认为胡、陈违反了语言的规律，只看到语言的"声音"或"说话"这一方面，没有看到语言的"书写"的特性。

"胡、陈的另一个理论盲点是不理解任何一个所指在另一种组合中都可能成为能指，因此文言文即使被废除作为通用的语言，但古典文学中每一个字词都可能在出现于白话文中时渗透入它的古典所指，而起着对文本的意义、情感外加的影响，也即是所谓的'文本间'的效果。……语言和一个民族的文化丝缕相连，语言就是文化的化身……是整个民族参与的、最广泛使用的交流符号系统。胡、陈主张用纯的白话口语代替整个语言系统，只是一种幼稚的空想。"② 郑敏先生从民族文化的角度，认为胡、陈的白话文运动是割裂文化传统，不仅是可笑的，也是不可能成功的。基于上述等理由，郑敏先生得出这样的结论：

> 这种从零度开始用汉字白话文写诗的论调，为白话文的发展带来了很大的障碍。使它虽是一次成功的政治运动，在文化上却因拒绝古典文学传统，使白话与古典文学相对抗而自我饥饿、自我贫乏。③

将白话文运动说成是与文学无关的"政治运动"，将胡适和陈独秀的文学观合并一概称为"胡、陈"，都值得商榷。众所周知，在对于"文学革命"的态度上，胡适注重的是"文学"，陈独秀

---

① 郑敏：《结构—解构视角：语言·文化·评论》，第 100 页。
② 同上书，第 101 页。
③ 同上书，第 102 页。

更强调彻底的"革命"。他们对"文言"的态度实际上也不是人们所认为的"彻底弃绝",也不能代表五四时期"革命"派对待"文言"的普遍态度。① 即使这些都可以成立,说胡、陈的白话文运动只是"一次成功的政治运动"还是不能叫人信服。"运动"是"成功"了,虽然是变革了人们的思维方式和书写方式,但是其路径却是通过文学来达到的。如前所述,胡适的白话文运动的目标是为了寻找适应"现代"的汉语言说方式,回国后目标进一步归纳为在文学的书写实践中"建设"一种"文学的国语",他的最终目标虽然也可以说是"政治",但在一个社会、文化急遽转型的历史时代,意识形态领域的变革不带有"政治"意味是不可能的,关键是看其如何与"政治"发生关系、改变了什么样的"政治"。胡适的现代性计划的具体目标一直是在文学之内的。所以白话文运动绝不仅仅是一场"政治运动"。

说白话文运动是"用汉字白话文写诗"的"从零度开始"的写作,也是值得商榷的。"零度"是意味着一种新的语言形态

---

① 胡适对于"文言"不是彻底弃绝的态度;称"白话为文学正宗,其是非甚明,必不容反对者有讨论之余地"的陈独秀其实也不是。1917 年 7 月的《新青年》第 3 卷第 5 号,钱玄同第一个站出来讨论文学以外的文字也当用白话文的问题(《论应用文亟宜改良》),钱玄同这封信列了"改革之大纲十三事",第一条即"以国语为之",即提议将白话作为正式、普遍的书写语言,陈独秀的回答只有一句话:"先生所说的应用文改良十三样,弟样样赞成。"钱玄同进一步在第 3 卷第 6 号上谈到要以《新青年》为白话文章的试验场来尝试建设"标准国语",陈独秀基本同意,但也有不同意见:"改用白话一层,似不必勉强一致……而且既然是取'文言一致'的方针,就要多多夹入稍稍通行的文雅字眼,才能和纯然白话不同。俗语中常用的文话,更是应当尽量采用。必定要'文求近于语,语求近于文',然后才做得到'文言一致'的地步。"胡适自言自己"历史瞽太深,故不配作革命的事业",其实他的"革命"是在"文学"的试验场中,关注的是从语言的角度来改变汉语言说方式。而文学革命的"急先锋"陈独秀,他的"三大主义"基本上指的是文学的内容和风格的改变,根本没有触及中国古典文学内在的问题,看问题的方式没有超出像梁启超、梅觐庄、南社诸诗人等人的意见。陈独秀的目标是文学"内容"上的彻底"革命",注意力主要不在语言上面。基于这些原因,笔者认为谈论五四时期的语言上的"革命"不宜将胡适和陈独秀合而为一来谈,两者还是胡适的语言观最有价值,也值得重视。

与"母语"隔绝？还是意味着一种与古典文化传统不相干的"新"的诗？"母语"、"汉语的母语本质"是什么？是一种一成不变的只和"祖国"、"民族"有关的语言吗？白话诗是在与古典诗歌传统"隔绝"、"相对抗"，还是以一种新的方式与古典传统相对话？白话诗可能面临着建立新的想象方式、象征秩序的种种问题，但是否真的刻意"自我饥饿、自我贫乏"？

郑敏先生对"胡、陈"的批判大致可归为他们在三个大问题上的"错误"，一是"胡、陈"对待"母语"的态度的问题；二是他们不明白语言的"声音"和"书写"性质之关系的问题；三是由于语言与文化的牵连（"文本间性"）所带出的新诗与古典诗歌传统的关系的问题。这三个问题其实相互牵涉，也可以说是在语言的深层学理上"胡、陈"不明白"声音"和"书写"的关系才导致他们对待汉语的态度，由于他们的"错误"的行动（"白话文运动"）导致"错误"的结果：新诗与中国古典诗歌传统产生断裂，从而到了"自我饥饿、自我贫乏"的境地。

"时间在保证语言的延续性的同时又对其施以另一种全然相反的影响，即语言符号的或多或少的变迁……在变中旧的本质不变是主要的，对过去的否定只是相对的。"索绪尔将语言的演变归结为社会力量在时间中的发展，而不是人的愿望所能要求，但这一点仍不是绝对的，语言的改变中"对过去的否定只是相对的"。还在美国的时候，胡适、赵元任对于与这种类似索绪尔的语言观其实就有一定的思考："有些语言学家坚持认为语言应该自然地发展，因此决不能瞎搞。然而它们究竟怎么发展的呢？它难道不是在个人看法的改变和发展的影响下通过个人不断变化的运用而发展的吗？事实是语言演变所采取的实际途径总是个人偏爱的结果，而决不是学术界或政府的领导部门所能成功地把正字法、文法或者发音的任意的标准强加于人民的。但这并不排除这样的事实，如果明智的和专门的改革家来创导，其他的人可以根据改革的优缺点更好地作出他们的抉择，而不是根据他们盲目的偏见。所以在系统的改革和自然的发展之间并没有真正的矛盾。"① 在语言"自然的发展"和个体对之"系统的改革"之间可能"并没有真正的矛盾"。仅以胡适来说，我们从语言和它的使用者的关系来看，胡适并没有改变汉语的符号系统和它"本质"的东西，他的改革只是以文学的方式在汉语内部寻找一条通向现代性的通道。他的语言改革与同时代人或更换汉语符号系统或实行"文言"和"白话"二元分工的态度相比，差别甚大。汉语经过白话文运动、欧风美雨的洗礼之后，尽管面临着许多亟待解决的问题，但汉语已经是一种面向"新世界"、现代经验、意识敞开的状态，既在吸纳新的现实经验，也在与传统对话、接纳传统。从这个意义上，郑敏先生的"'五四'运动的走向是对汉语的母语本质进行绝对的否定"这一说法，既是对"母语"认识的"绝对"，也是对五四运动走向认识的"绝对"，"从零度开始"的批评对于"胡、陈"也不大合适。

（三）"说话"与"书写"的相互生成

那么，剩下的问题是，"胡、陈"是不是"只重视'言语'而对'语言'不曾仔细考虑"，是不是"只认识到共时性而忽视历时性，只考虑口语忽视文学语，成为口语中心论者"？从语言学的具体知识上说，胡适当时可能还没有接触索绪尔的语言学，也没有"语言"和"言语"、"共时"和"历时"这些概念的区分，但他的白话文运动、在文学实践中"建设"出一种"国语"的语言方案在客观上是否正是郑敏先生所批评的那种语言实践状态？如果胡适真的"只重视'言语'而对'语言'不曾仔细考虑"，那如何理解胡适在美国时期的反对从文字符号层面改革汉

---

① 赵元任：《赵元任语言学论文集》，第669页。

语，而是从汉语内部寻求使汉语容易教学的思路？如果胡适真的"只认识到共时性而忽视历时性"①，那如何对待他将"国语"理解为一种向理想状态进发、必须在"文学"的历史中才能趋近未完成的语言形态？1921年，胡适在一次关于"国语运动与文学"的演讲中还强调语言变革的"历史"特性："国语统一，谈何容易。我说，一万年也做不到的！无论交通便利了，政治发展了，教育也普及了，像偌大的中国，过了一万年，终是做不到国语统一的。这并不是我武断；用历史的眼光看来，言语不只是人造的，还要根据生理的组织，天然的趋势，以及地理的关系，而有种种差异，谁也不能专凭一己的理想，来划一语言的。"而"我们"可以做的是，就是"能够使文学充分地发达"，唯有这样，才"可以加增国语运动的势力，帮助国语的统一——大致统一"②。在这里，胡适应该说注意到了语言和"言语"的区别，也注意到了语言变革所需要漫长的历史阶段及历史阶段中语言与其他"要素"如文学的关系。

值得分析的是胡适"只考虑口语忽视文学语，成为口语中心论者"的论断。首先，胡适倡导的是"白话"，"白话"是口语的书面形式的一种，接近口语，但不是口语。如果将"文学语"理解为文言，说胡适"忽视"它，也勉强可以成立（实际上是），但如果将"文学语"理解为文学书写的语言，则胡适根本就不是，而是在提倡。胡适是"口语中心论者"吗？

"口语中心"是什么意思？从郑敏先生开出的诊断方案——强调作为语言运动本身的特性——"书写"看，"口语中心"当

---

① 索绪尔的语言学中的"共时"、"历时"大意，前者指"同一个集体意识感觉到的各项同时存在并构成系统的要素间的逻辑关系和心理关系"、"某一现成秩序的简单的表现"（"它所确定的秩序是不牢靠的"），后者指"不是同一个集体意识感觉到的相连续要素间的关系，这些要素一个代替一个，彼此间不构成系统"、"在时间上彼此代替的各项相连续的要素间的关系"（分别见［瑞士］费尔迪南·德·索绪尔《普通语言学教程》，第143、134、143、194页）。

② 胡适：《国语运动与文学》，《晨报副刊》1922年1月9日。

是指"语音中心"。除索绪尔的结构主义语言学之外，郑敏先生对新诗改革者的批判态度的另一理论来源即法国哲学家德里达（Jacques Derrida, 1930— ）的"解构主义"理论中的"文字学"。德里达为颠覆西方文化传统的"逻各斯中心主义"，即"语音中心主义"，还从东方尤其是中国的文字中寻求到了理论上的启示。他认为西方思维、语言的"语音中心"问题在东方的象形文字特别是汉语这里，情况让人意外。在《论文字学》中，德里达讲述了黑格尔、莱布尼兹等人对象形文字的关注。由于象形文字自身负载意义，"汉语是音义结合体，最初的汉字是形义结合体"。黑格尔说："阅读象形文字就自为地成了聋子的阅读和哑巴的书写。可以听到的或时间性的东西，可以看见的或空间性的东西，各有自身的基础，并且它们首先具有同样的价值；但在拼音文字中只有一种基础，并且保持特定的关系，即有形的语言仅仅作为符号与有声的语言相联系。"① 和黑格尔等人赞美拼音文字之于汉语在表意过程中的优越性不同的是，德里达则对汉语异于拼音文字的地方有新的认识："文字本身通过非语音因素所背叛的乃是生命。它同时威胁着呼吸、精神，威胁着作为精神的自我关联的历史……威胁着实体性，威胁着这个在场形而上学的别名。"② 德里达认为，相对于拼音文字中的"声音/文字"二元对立模式，汉字颠倒了这个二元对立的等级秩序。汉语的思维在他看来不是"语音中心"，而是"言说"和"书写"地位平等。

郑敏先生在批判从"白话"出发的新诗与传统的汉语和文化割裂的状况时，她采用的是"结构主义"的语言理论，强调的是语言中的"语言（'结构'）"与"言语（'活动'）"之关系；同时，胡适的提倡"白话"在她看来是只看到语言的"口

---

① ［法］雅克·德里达：《论文字学》，第34页。
② 同上。

语"（言说、语音）部分，而忽略了语言的"书写"特性，所以胡适的白话文运动也有"语音中心主义"的特征。既然白话文运动有"语音中心"的问题，那解构主义的语言学理论自然进入了郑敏先生的视野，与"声音"相对的"书写"概念就成为矫正新诗在语言上的偏颇的有力工具①。

德里达认为言语活动中，"说话"和"写作"是平等的，他强调"说话"（语音方面的因素）和"书写"（写作、文字、书面语等因素）的共生、互动性：

  ……线性的时间概念是言说的唯一方式。这种连续性是从它的铭文的特定空间中向**语音**，意识和前意识的回报。因为言语本质上早被它的空间性包围、吸引、规定、标示

---

① 解构主义大师德里达细心地从索绪尔的语言学出发，从索绪尔自己的言语揭示他矛盾的地方，从而剥离出被"言说"、"声音"压制的"书写"。"索绪尔把语言看作是一个记号系统——只有在人们表达和沟通观念的时候，声音才能被当作语言——因此他所要解决的中心问题，就是要搞清楚语言记号的属性：即是什么为记号提供了同一性（identity）。他认为，记号不仅具有任意性特征，也具有习俗性特征，每个记号并不是由它的本质属性决定的，而是由可以区别于其它记号的差异性决定的。因此，他越是严格地遵循这种观点进行研究，就越会坚持认为，记号纯粹是一种关系单位，'在语言中，只存在差异，不存在绝对项（positive term）'（《普通语言学教程》）。这种说法显然是与在场形而上学和逻各斯中心主义完全不同。……德里达认为，最有意思的是索绪尔在处理书写问题的过程中表露出了这种倾向，因为相对于言说而言，他为书写赋予了一种次要的和派生的地位。索绪尔写道，语言学分析的对象'并非同时包括词语的书写和言说形式：只有言说形式本身才能成为研究对象'（同上书）。书写只是一种再现声音的形式，一种技术手段，一种外在的补充，人们如果想要研究语言，根本不需要去考察书写形式……"（[英]约翰·斯特罗克：《结构主义以来——从列维-斯特劳斯到德里达》，辽宁教育出版社、牛津大学出版社1998年版，第196—197页）德里达在这里看到，"尽管索绪尔认为，书写无须成为语言学考察的对象，但结果它却采用了与言说一样的原则建构起来，并最适于说明语音单位的性质。这里，在索绪尔的文本中，实际上发生了一种'自我解构'的过程。文本本身已经彻底揭示了自我构成的真相。索绪尔建立了一个等级制，在这个等级制中，书写是从言说中派生出来的一种形式。但索绪尔本人的论述表明，这种关系是可以倒置过来的，言说也可以表现为一种书写形式，是书写的运作原则的体现"（《结构主义以来——从列维-斯特劳斯到德里达》，第202页）。

出来。

> ……我们常常提出这样的问题：人们是否在一边说话一边写作或一边写作一边说话，人们是否在一边写作一边阅读或一边阅读一边写作。这个习以为常的问题可以追溯到比人们通常猜想的更为隐蔽的历史或史前的深处。最后，如果人们注意到文字的地位，正如卢梭直觉到的那样，与社会空间的本性联系在一起，与技术的、宗教的、经济的和其它空间的灵敏动力学组织联系在一起，那么，人们就会意识到先验的空间问题的困难所在。一种新的先验美学不仅受到数学理想性的指导，而且受一般铭文的可能性的指导，它并不是突然面对偶然事件的既有空间，而是产生空间的空间性。我们的确谈到了**一般**铭文，以便表明它不只是自我表现的现成言语的符号，而是言语中的铭文以及作为早已确定的**住所**的铭文。①

"言说"的特点是它的在"线性的时间"之中、"语音"等特性，"书写"则具有空间性、物质铭刻性等特征。在德里达看来，人可能往往是"一边说话一边写作或一边写作一边说话"。"言说"受到"书写"的"一般铭文的可能性的指导"。再"偶然"的"言说"，它所面对的都不是"先验"的意义真空，而是面对一种复杂的"产生空间的空间性"。而"书写"的文字符号，并不是"自我表现的现成言语的符号"，它已经是"言语中的铭文"、"作为早已确定的**住所**的铭文"。

另一方面，德里达强调"书写"在语言"结构"中的颠覆性和创造性，"书写"行为关乎人能否自由地表达内心（包括潜意识）。德里达的"书写"概念远远不是与"言说"相对的看得见的有"文迹"的实在动作，更是一种"心灵书写"，

---

① ［法］雅克·德里达：《论文字学》，第421页。

是象征意义上的"书写"——"心灵的内容将由某种本质上不可还原的书写（graphique）文本来**再现**。心灵**装置之结构**则将由某种书写机器来**再现**。"① 这一点郑敏先生也有所阐述，"'书写'（writing）……是一种宏观的创造活动。在语言学方面，它不同于有形的书面写作，而更多的是指无形的、扎根在无意识中的无形心灵书写（psychic writing），也即语言运动本身。这种心灵书写使得'书被关上'，这是新的文本得到诞生"②。

相对于文化传统、意识形态权力、语言结构、"书"等压制心理的因素，"书写"甚至牵涉到潜意识的自由表达，德里达还以弗洛伊德对"梦"的解析来解释"书写"，"毫无疑义地，弗洛伊德将梦的位移构想成一种将词搬演上台却不屈从于词的独特性的书写文字；这里他想到的是一种不能还原为言语的、如象形文字一样具有图画文字、表意文字和表音文字因素的书写模式。但他使心灵书写变成如此原初性的一种生产，以至于人们以为能够在其本义中理解的那种书写，即'在世界中'被编了码的并且是看得见的书写文迹，恐怕不过只是心灵书写的一种隐喻而已"③。能解构"被世界编了码"的那本大"书"的，正是"书写"："我们已觉察出了书写中某种非对称的二分，一方面突显的是书的关闭，另一方面则是文本的开始。一方面是那种神学百科及以其为模式写成的人之书。另一方面则是某种印迹组织，这种印迹组织标识的是被超出了的上帝或被抹去了的人的消失。"④

可以看出，德里达的所谓"文字学"（或"书写语言学"），以"书写"来解构在场的形而上学、逻各斯中心主义（语音中

---

① ［法］雅克·德里达：《书写与差异》（下），第362页。
② 郑敏：《结构—解构视角：语言·文化·评论》，第58页。
③ ［法］雅克·德里达：《书写与差异》（下），第378页。
④ 同上书，第526页。

心主义）对语言和意义的"编码",将被先在的"结构"所"抹去了"的"心灵"、"人的消失"重新标识出来。代替"结构"、"意义"的是"印迹"（"踪迹"）。言语的"表达"活动中,"表达的内在"（"意义"）不是绝对的,它和"表达的内在"从"原初"就是"交错"的:

> ……过程活生生的现在的自我在场的这种纯粹的差异,一开始就又在其中导入人们曾经认为可以从中驱逐出去的全部不纯性。活生生的现在从它与自我的非同一性和滞留的印迹的可能性出发而喷射出来。它永远已经是一种印迹。这种印迹从一种现在的单一性出发是不可思议的,因为这个现在的生命是内在于自我的。活生生的自我在场从一开始就是一种印迹。印迹并不是一种属性——即人们在谈到它时可能说:活生生的现在的自我从一开始就是印迹的一种属性。应该从印迹开始来思考原初的存在,而不是相反。这种原初文字是从意义的起源开始进行活动的。胡塞尔承认,因为意义的起源具有时间性,它就从来不简单地是在场,它总是已经介入到印迹的"运动"之中,即介入到"意义"的范围内。在经历的"表达层次"中,它总是已经脱离了自我。因为印迹是活生生的现在的内在对其外在的关系,是向一般外在、非本性开的"入口"等,**那意义的时间化从一开始就是"距离"**。一旦人们承认同时作为"空白"、差异与向外在开的"入口"的距离,那就不再会有绝对的内在性;"外在"在运动中迂回,非空间的内在,即具有时间名称的东西通过这运动自我显现、自我构成并自我在场。……"自言自语"不是一个对自我关闭的内在,它是在内在中不可还原的"开口",是在言语中的眼睛和世界。**现象学还原是一个舞台**。因此,表达并不作为一个层次补充到一个先表达意义的在场之

中，同样，表述的外在也不要偶然地影响表达的内在。它们的交错是原初的……①

"印迹"通常也译作"踪迹"。德里达在这里实际上是通过"踪迹"将传统意义上的"意义"解构了。没有一般"意义"的绝对"起源"("意义的时间化"从一开始就是"距离"），只有差异性和踪迹的踪迹。在通往"本源"、"意义"的路上，德里达使写作、本文所追求的"意义"、"真理"等"终极"之物迷失在踪迹的无尽分延之中，不再有中心，不再有本源，不再有绝对真理，一切只是差异、不确定性。德里达的语言学自然有西方的"人文科学"历史背景，他的理论明显是一种对传统的反叛。解构一切，写作、本文、语言只剩下"差异性"和"不确定性"——这样的语言实质和思想图景对我们可能不是意味着道德上的消极意义还是积极意义，而是一种对写作、本文、语言的本质的重新认识。强调语言的"游戏"状态、重视写作中的意义表达的不确定性、本文所呈现的"裂缝"、对于"本源"迷失的无边的追踪、对于存在的虚空的语言的无尽替补，无疑是将人的"活生生的现在"及"心灵书写"从"语言"、"结构"的"权势"当中释放出来。简单地理解，"解构"的意思是一种新的语言学和写作学对"结构"的瓦解，是"书写"对"声音"的颠覆，是存在的复杂状况在语言、写作中可能的"真实"呈现。

从"书写"的这个意义上说，郑敏先生对"胡、陈"的语言观的批判就显出了一定的矛盾性。郑敏对同一种语言的分析采用了两种"对立"的西方语言理论，表明她非常理解这两种语言学内在的历史逻辑的实际意义，也承认它们的合理性。确实，

---

① [法]雅克·德里达：《声音与现象》，商务印书馆1999年版，第108—110页。参见 J. Derrida, *La Voix Et Le Phenomene*, Presses Universitaives de France, 1967, pp. 95–96。

从"结构主义"语言学到"解构主义"文字学，在西方的语言学、哲学理论的发展脉络中，是不矛盾的①。但是，我们必须注意到：在结构主义语言学观念中，我们看到的必须珍视的中国古典诗歌的"传统"，正类似于西方"在场的形而上学"、"逻各斯中心主义"那有"权势"的"结构"。这种结构对于诗歌创作已经构成了一种如罗兰·巴尔特所说的"压制性"的"权势"。罗兰·巴尔特认为"知识分子"所要"真正战斗的地方"，不是过去作为"典型的政治现象"的"权势"，而是"一种意识形态的现象"的蕴藉在语言结构之中的"权势"。他说："在人类长存的历史中，权势于其中寄寓的东西就是语言，或者再准确些说，是语言的必不可少的部分：语言结构（la langue）。语言（langage）是一种立法。语法结构则是一种法规（code）。我们见不到存在于语言结构中的权势，因为我们忘记了整个语言结构是一种分类现象，而所有的分类都是压制性的：**秩序**既意味着分配又意味着威胁。雅克布逊曾经指出过，一个习语与其说按照它允许去说的来定义，不如说是按它迫使人说的来定义。"② 这一有"权势"的"结构"，正是"解构主义"语言学观念所要颠覆

---

① "解构主义"本来就是"后-结构主义"。在索绪尔的"能指—所指"关系对应的语言学中，"语音"是语言的本质（在"声音"的差异性中"意义"才能被显明）。在语音（说话）和书写这一对立面上，说话（言说）是语言的本质，"书写"是其衍生物。德里达认为这是一种"逻各斯中心主义"，这是一种认为存在着关于世界的客观真理的观念，这一观念包含着对"中心"的固执，由此形成一系列的对立（真理/谬误、实在/虚construct、本质/表象、意义/语言，等等）。在语言中，当意义统治着言语，而言语统治着文字之时，这就建立了语言的形而上学的等级秩序。这一秩序成功掩饰了意义的非确定性和语言指涉自身、文本互涉等现象，它的确定性乃想象的虚构。但是以这一秩序为基础的哲学、科学却假装直接地理解世界，设定它们关于真理、本源的一切研究的"在场"，都能在日常语言中被把握。这是一种"在场的形而上学"。解构主义的任务就是要颠覆这一秩序，破坏语言的"能指—所指"、"声音—书写"的结构模式。解构主义认为"声音"与"书写"的地位是平等的。"象形文字"（包括汉语）在德里达看来，是一种"具有图画文字、表意文字和表音文字因素的书写模式"，本身就是意义的呈现，不独依赖"声音"。

② ［法］罗兰·巴尔特：《符号学原理——结构主义文学理论文选》，李幼蒸译，第4页。

的。解构主义的"书写"正是要反叛这"传统"的"声音",从而让语言和写作的活力得以释放。为什么同样的情况在汉语里就不能是这样:"胡、陈"的白话文运动就不能是对中国古典文化传统的一次"解构"?是一次释放汉语活力的"书写"活动?

也许民初的胡适并不知道什么是"结构—解构主义",但他的在文学实践中才能产生"国语"的标准,"国语"是一种不可能实现,只能接近的语言理想这些对于文学、语言、写作的认识,其实与德里达对"书写"的阐释有相通的地方。胡适是强调"国语"要在一定历史时期的文学写作中"发生",德里达其实也在强调文学写作对于语言文字的生成的重要性。与"书写"相关的语言文字不是从属于先在的"言说"、"语音",而是"言说"和"书写"之间没有谁是"中心",其关系是相互生成。德里达曾经在谈到"印迹思想"时就认为其一个重要的"意味"就是文字的"文学生成"方式:

> 文字的**文学生成**。这里,尽管有弗洛伊德及其某些追随者的一些尝试,尊重**文学意符之独特性**的文学心理分析学仍未开始,而这也并非出于偶然。到目前为止人们所做的只是文学**意指**的分析,也就是说**非文学的**分析。但是这样一些问题所指向的是文学形式本身的整个历史,以及它们身上一切确实地注定要给这种对意符的蔑视提供借口的东西。①

整个文学形式的历史都有蔑视"意符"的倾向,对于文学的分析往往只是"文学意指"的分析,在德里达看来,这实在是"非文学的分析"。"书写语言学"正是将语言形式从"声音"("意义")的从属地位中解放出来,指出两者的相互生成

---

① [法] 雅克·德里达:《论文字学》,第415页。

性。而胡适在中国近现代文学史上,所做的贡献最大的事情,恰恰就是将中国文学的语言形式当做语言形式本身而不是仅仅作为意义、内容的次属物来变革,其谨慎的在文学场域中"实地试验"出新的言说方式的态度、"国语的文学,文学的国语"的主张恰恰具备一种"书写"语言学的特征。从这个意义上说,怎能仅仅将胡适的语言、文学革新理解为使汉语"口语中心"或"语音中心"化的"政治运动"呢?

三 "汉语"与"诗"的问题

(一)"母语"、"传统"与汉字

从郑敏先生以"母语"这一带有"民族"意味的语言来指称汉语看,表明她对汉语的衷爱。汉语诚然是我们的母语,但不能因为她是"民族"的,就不能变动。中国古典诗歌在几千年的发展当中确实积累了丰厚的"传统",但是这些"传统"到底是衡量后来诗歌的"标准",还是一种可供吸纳、滋养的"资源"?郑敏先生的意思是强调汉语诗歌一定要重视"传统",强调新诗与古典的连接,这对新诗的发展无疑是非常重要的意见。郑敏先生认为:古典诗词在"意象"、"诗歌时空的跳跃"、情感的"强度与浓缩"、心理上的"时空的转变与心灵的飞跃"、"格律的活力"、"用字"、"境界"等方面完全值得"新诗"借鉴、学习[①]。在回答"新诗能向古典诗歌学些什么?"这一问题时,郑敏先生认为,新诗应学习汉诗在风格上的"简而不竭"、"曲而不妄"和技艺上的"歌永言,声依永"、"道、境界、意象"、"对偶"等"传统艺术特点"[②]。郑敏先生的这些建议,确实值

[①] 参见郑敏《中国诗歌的古典与现代》,载郑敏《诗歌与哲学是近邻——结构—解构诗论》。

[②] 郑敏:《试论汉诗的某些传统艺术特点》,载郑敏《诗歌与哲学是近邻——结构—解构诗论》。

得新诗学习，由此我们也可以看出她对于中国诗歌的要求基本是以古典诗歌的审美特征为尺度的，她的古典诗歌"传统"其实是用来衡量一首诗有没有诗意的凝动的"标准"，而没有把"传统"看做一种开放的、与"个人才能"有关的可供创造新质的"资源"。

在"新诗"这一以"白话"为基本语言形态、以"自由诗"为主要艺术形式、在现代境遇中产生的新的、尚在"尝试"和"建设"之中的诗歌体式面前，无论是"新诗"之于汉语，还是"新诗"之于"传统"，郑敏先生似乎都倾向于以"恒定"的后者为"标准"来要求变动的前者。由于挚爱汉语和传统中国诗歌的某些"本质"特征，郑敏先生似乎有些忽视了无论是汉语还是传统中国诗歌，都同样处在现代性的境遇中，本身也是一个不断接纳新的经验意识、生成新质的过程。如果只以传统的汉语和诗歌为凝定的"标准"，看不到或不以为它们也是处在历史的变动之中，只看到至今尚在"建设"甚至某些方面仍在"尝试"之中的新诗在起步之初的稚嫩和百年之间的缺陷，很容易出现批评的错位的现象：为什么同在结构主义语言学和解构主义语言学的视野内，传统的汉语和诗歌没有"语音中心"问题，而努力从文言和古典诗词的"声音"权势下脱离出来的新诗有？从"以白话为中国文学之正宗"起步也并不是崇拜口语、忽视"书写"，白话也是一种书面语，新诗由此出发，恰恰是进入了一种诗歌与语言相互生成、孕育"现代"的汉语的境地。新诗的"写作"，与传统汉语和诗歌的"言说"，正是一种新的对话及在对话中创新的关系，这与解构主义倡导的"心灵书写"并无多大冲突。强调解构主义的"书写"为拯救新诗的"口语中心"的偏方，这种"结构—解构"诗学存在一定的矛盾性。

出于不能接受"现代"的汉语诗歌和几千年古典诗歌相比在想象方式、象征体系和形式秩序上的不成熟和不稳定，认识不到汉语诗歌在"现代汉语"、"现代"经验意识、尚在寻求与建设中的文类秩序等方面的潜质和未来，郑敏先生在诗歌与"现代"的语言、经验、形式秩序等因素的关系之外，还提醒人们注意"汉字"与"诗"之间的关系。她的"汉语诗学"还包括一种"汉字诗学"。

　　在前面提到，德里达对象形文字（也包括汉语）的认识是将其视为一种"有图画文字、表意文字和表音文字因素的书写模式"，认为汉语、日语"在结构上主要是图像的，或代数的。因此我们可视为证明，说明有一种很有力的文化运动发展在逻各斯中心体系外。它们的书写并不曾减弱语音使之化为自己，而是将它吸收在一个系统之中"①。德里达为解构"逻各斯中心主义"，汉语成为他的一个"证明"，认为存在一种拼音语系文化之外的"有力的文化运动"，汉语就是一种区别于拼音文字的、具有"书写"特征（不是本身无意义，从属于语音，而是将语音吸收在一个表意系统之中）的文字。除了德里达对汉语此"优越性"予以赞扬之外，郑敏先生还非常重视另一位西方人对汉语的看法，这也是郑敏先生对新诗的批判态度的第三个理论来源，即美国语言学家范尼洛萨（Ernest Fenollosa，1853—1908年），范尼洛萨在去世前（1908年）所写《汉字作为诗歌的媒体》一文②，比德里达的《论文字学》早半个多世纪，该文专门对汉语和拼音文字作了比较，极为赞赏汉语作为诗歌媒体的优点。此文比德里达的"文字学"更为"充沛、热情"地赞颂了汉语的直接的诗意，为郑敏提倡"新诗"要向传统的汉语诗歌

---

① 郑敏：《结构—解构视角：语言·文化·评论》，第76页。
② E. 范尼洛萨所撰《汉字作为诗歌的媒体》，见 D. 阿伦（D. Allen）与托曼（W. Tallman）编《美国新诗学》（*The Poetics of the New American Poetry*），美国纽约，1979年，第13—15页。参见郑敏《结构—解构视角：语言·文化·评论》，第90页。国内的中文译文题为《作为诗歌手段的中国文字》，作者名被译为"欧内斯特·费诺罗萨"，见［美］伊兹拉·庞德《庞德诗选：比萨诗章》，黄运特译，漓江出版社1998年版，第229—256页。

学习、重视汉语的独特性的建议提供了更为有力的说明。实际上，在这里，郑敏先生的"汉语诗学"倾向于一种关注文字符号本身的诗意的"汉字诗学"。

范尼洛萨此文认为：1. 和西方拼音文字符号的约定俗成相比，汉字的形成很特殊，"汉字的表记却远非任意的符号。它的基础是记录自然运动中的一种生动的速记图画"。2. 汉语的语法无比灵活，是英文语法、句式所不能企及的，"中文动词之美是：它们可任意是及物或不及物的，没有自然而然不及物的动词"。"中文本无语法。" 3. 汉字的隐喻性。就像"明"字的意义与"日"和"月"相关一样，"几乎每一个汉字都是这样一个包容性的字……甚至代词也泄露出动词比喻的奇妙秘密"。由此，范尼洛萨说，"中文以其特殊的材料，从可见的进入不可见，其方式与其他古代民族所用的完全一样。这种过程就是隐喻，用物质的形象暗示非物质的关系"。——中文能从"图画式的书写中建起伟大的智力构造"。立足于"现代语言的贫血症"，面对汉语的形象性和丰富的隐喻功能，范尼洛萨激情洋溢地批判西语而赞美中文："我们的先祖将比喻累积成语言结构和思维体系。今日的语言稀薄而且冰凉，因为我们越来越少把思想往里面放。为了求快求准，我们被迫把每个词的意义锉到最狭小的边缘。大自然看上去越来越不像一个天堂，而是越来越像一个工厂。我们满足于接受今日俗人的误用。衰变后的词被涂上香料在词典里木乃伊化，只有学者和诗人痛苦地沿着词源学意义在摸回去，尽其所能地用已被忘却的片段拼凑我们的词汇。这种现代语言的贫血症，由于我们语言记号的微弱粘着力而日益严重。一个表音词中几乎没有任何东西可以显示其生长的胚胎期。……在此，中文表现出优越性。……一个词，不像在英语中那样越来越贫乏，而且一代一代更加丰富，几乎是自觉的发光"。范尼洛萨赞叹：汉字和中文句子，"这里已经体现了真实的诗"。

郑敏先生也根据此文总结道："汉字充满动感，不像西方文字被语法、词类规则框死"、"汉字的结构保持与生活真实间的暗喻关系"、"汉字排除拼音文字的枯燥的、无生命的逻辑性,而是充满感性的信息,接近生活,接近自然"①。在西方人眼里,象形的汉语如此直接地对应着"诗意"、逼近着"真实",而在中国,却被视为敝屣。郑敏由此批评五四的语言改革,"在政治改革的热情的指使下,忽视了语言本身的特性与客观规律",认为"变革只能是相对的(如简化字形),若想抛弃汉语的根本象形、指事、会意等以视、形为基础的本质,将其强改为以听、声为基础的西方拼音文字,无异是一次对母语的弑母行为"②。

出于对汉字的"所内涵的思与形的美"的推崇,郑敏先生为新诗无法被书法家所"书写"而遗憾③,为拼音文字的冷漠、抽象而汉语更具有动感、直观性而自豪④。在她看来,汉语(汉字)本身离"诗"非常之近,汉语诗与汉字之间,"有一种'潜文本'的朦胧联系和诸多'文本间'的联想。但诗大过这一切,大过有形的文字。使得诗更丰富的是那无形无声而不停来去于诗与字间的踪迹运动,它活跃了诗的生命。汉字的强烈的暗示功能,触发联想,使诸多潜文本的片段溢出字面,这形成读者与文本间的一种场,它之所以不可言传,只能感受和领悟,是因为任何概念化都会将其框限在技术化的文本分析内。中国诗歌,由于其汉字的象形特殊性,这种无形的场与其境界有很强的联系,境界不在字中,而在诗的整体上……"⑤

汉语诗歌的问题能否在汉字的层面上来谈论,我们暂且将这个问题放一放,先来看范尼洛萨等人的观点能否站得住脚。其实对于范尼洛萨的文章,稍加辨别,就能看到其中矛盾重重:汉语

---

① 郑敏:《结构—解构视角:语言·文化·评论》,第76—77页。
② 同上书,第113页。
③ 同上书,第11页。
④ 同上书,第388页。
⑤ 同上书,第79页。

发展到20世纪，汉字早已经不具备直接表现物象的能力了，其实也是索绪尔所说的"武断的符号"。汉字并不多是形象的组合，更多是属类符号和发音符号的组合。就是范尼洛萨自己也觉得他的立足点有问题："的确，许多中国象形字的图画起源已无法追溯，甚至中国的词汇学家也承认许多组合经常只是取其语音。"①

但值得注意的是，如此对汉语的不当的认识，却给20世纪初开始的美国的现代诗运动带来了巨大的影响，范尼洛萨此文在1918年经庞德（Ezra Pound，1885—1972年）整理发表，庞德对其评价甚高，接下来便有了庞德竭力倡导的"意象派"诗歌运动。但问题是，这是否可以认为："20世纪初英美诗歌的现代主义的兴起，竟是从汉字和中国古典诗词找到灵感，提炼成意象派的新诗艺术理论。范尼洛萨和庞德从此奠定的诗歌现代主义的主要美学理论，在整个20世纪前半叶，不断发展成代替浪漫主义理论的现代派诗歌的创作依据"？"意象派的新诗艺术理论"是不是从汉字和中国古典诗词中得到启示而"提炼成"？并由此"奠定"了英美"诗歌现代主义的主要美学理论"？②"西方现代派诗歌"就是"由中国汉字的象形特点与古典诗词的丰富意象启发而诞生"、是一枝"墙外开花的中国后裔"？③

尽管范尼洛萨文章问题很多，但庞德并没有从语言学的角度为其辩护，庞德对范尼洛萨手稿的赞美是："我们面前的这本书不是讨论语言学的，而是一切美学基本原则的研究。"④庞德并不大懂中文，他也不是从语言学去接受范尼洛萨的，而是从范尼洛萨错误的汉语观推演出他所需要的"美学基本原则"。整个"美学基

---

① 转引自［英］赵毅衡《诗神远游——中国如何改变了美国现代诗》，上海译文出版社2003年版，第249页。此著译"Fenollosa"为"费诺罗萨"。
② 郑敏：《结构—解构视角：语言·文化·评论》，第99页。
③ 同上。
④ Ezra Pound, "Preface to The Chinese Written Character as a Medium for Poetry", 1936, p. 7. 转引自［英］赵毅衡《诗神远游——中国如何改变了美国现代诗》，第249页。

本原则"就是意象派的"具体性"的诗学：以具体可感的"意象"来呈现抽象的瞬间感觉的具体性。"庞德所需要的，实际上是为美国新诗运动中既成的事实找辩解理由，为结论找推理，而他的目的就是要建立一种诗学，这种诗学要求语言直接表现物象以及物象本身包含的意蕴。他的另一个目的则是为现代诗的（'科学'的，非逻辑的）组合方式寻找理论支持。虽然英语已无可挽回地变成了符号，不再具有如费诺罗萨（即范尼洛萨——引者注）和庞德心目中'中国象形文字'那样直接表现物象的能力，但通过各种办法，还是能使英语取得美国现代诗要求的效果——'直接处理事物'。"[1]

但是，当庞德以"具体性"的诗学眼光来打量中国古典诗词时，他确实惊讶于中国古典诗词在抒情、表意上的使用"意象"的独特效果。庞德自己在译一些中国诗时，并不是按照诗逻辑上的意思翻译，而是效法中国诗的意象并置式来组织语词，于是形成了英语诗歌里大量的并置句式。庞德翻译的中国诗，已经成为英诗的创作，有些诗作（如《刘彻》一诗，该诗是从汉武帝刘彻思怀已故的李夫人所作《落叶哀蝉曲》而译）还成为了"美国诗歌史上的名篇"[2]。范尼洛萨理论对于庞德诗歌实验最重要的启示在于，"'中国文字式'意象并置直接体现了事物之间的复杂关系"[3]。庞德由之开展他的诗歌实验，最有名的例子便是他的《地铁车站》(In A Station of the Metro)：

> The appearition of these faces in the crowd:
> Petals on a wet, black bough. [4]

---

[1] [英]赵毅衡：《诗神远游——中国如何改变了美国现代诗》，第249页。
[2] 同上书，第86页。
[3] 转引自[英]赵毅衡《诗神远游——中国如何改变了美国现代诗》，第250页。
[4] Ezra Pound, *Selected Poems*, Edited with an Introduction by T. S. Eliot, London: Faber & Faber, 1948, p. 113.

当庞德这首名诗在《诗刊》上首次刊登时，应庞德本人的要求，诗印成词语之间留空的形式，庞德的意思在于标明诗的节奏单元之间的空间，被空间隔开的每个小单元在汉语中可以表现在一个象形字中①。诗最好翻译为"人群中这些面庞的闪现／湿漉漉的黑色枝头上的花瓣。"不宜译为"这些面庞从人群中闪现……"由一个名词性的诗句变成动词性的诗句。因为庞德这首诗的表达方式是要与传统英语诗区别开来。全诗没有一个动词，句子成分之间在语法上没有联系，庞德正是要彰显诗中"意象"的视觉性和独立性，把英文诗像汉诗一样作②。

尽管人们对于《地铁车站》评价甚高，庞德的诗歌实验对英文诗确实有重要的意义，但是我们还是可以看出庞德在英文诗里对汉语诗歌生硬的模仿。汉语诗歌的"意象并置"并不是因为汉字的图像的直接表现物象，而恰恰与汉字的语音有关——古代汉语多是单音字，许多单字具有自足的意义，所以汉语诗歌的句法、文法非常独特（譬如，名词与名词之间可以没有动词、主语消隐等），造成独特的意象并置的效果，事物之间的复杂关系的直接呈现也由此而来。即使是庞德的诗歌试验，仍然不是所谓"汉字诗学"。庞德的诗学原则虽是从范尼洛萨论汉字的文章中推演而来，但是，"在创作实践最重要的还是意象并置组合……并置结构实际上是从中国古典诗的句法中推演出来的，而不是从象形文字构造中推演出来的，换句话说，并置结构来自中

---

① 转引自［英］赵毅衡《诗神远游——中国如何改变了美国现代诗》，第212页。

② 郑敏先生将此诗译为："这些面庞从人群中涌现／湿漉漉的黑树干上的花瓣朵朵。"并且，"从……涌现"、"花瓣朵朵"的彰显事物动态的译法，使这两句本来独立的诗行中间的联结关系变得比较明显："面庞涌现"就像"……花瓣朵朵"，诗歌的想象空间变得不够自由。郑敏：《诗歌与哲学是近邻——结构—解构诗论》，第99页。

国诗的'拆句',而不是中国诗的'拆字'"①。

德里达在《论文字学》里也提到范尼洛萨和庞德。其实无论是德里达还是范尼洛萨和庞德,对汉语的误解都是明显的。德里达对汉字的理解,只能说是一种创造性的误解。汉字从根本上说也是符号,而不是图像,像《周易·系辞上》关于汉语文化"书不尽言,言不尽意"的说法,就存在"意"、"言"、"书"的三个等级次序,这与德里达认为是西方语言特有的逻各斯中心主义,是有类似之处的。但德里达的看法也有其合理之处,汉字确实是一种很独特的表意与表音相统一的文字,它的字形包含着语音和语义两个方面的感知因素,既不单纯是事物的形象,也不单单是言语的记录。汉字确实具备一种诉诸直觉的审美特征。

范尼洛萨从汉字里看到的,其实是汉字作为文字符号的一种以直觉(视觉)感悟的特征,和德里达哲学上的深意相差甚远。但正是这一对汉字存在个人偏爱和误解的语文观契合了当时正在为诗歌寻找出路的诗人庞德,庞德从范尼洛萨的语文观进一步推演出意象派的"具体性"的诗学:以具体可感的"意象"来呈现抽象的瞬间感觉的具体性——"费诺罗萨强调了西方需要象形文字的思考方式。把你的'红'字变成玫瑰、铁锈、樱花,这样你就明白你在谈些什么。我们已经倦于谈什么振荡,谈什么无限。"② 在庞德看来,正如汉字仿佛是从大自然中随意撷取的图画一样,其表意方式具有使人通过字形直接感知意义的特点,诗歌也当有以鲜活的意象来呈现瞬间感觉和复杂、抽象的情思的特性。可以说,是庞德的意象派诗歌实验重新"发现"了中国诗歌"以象写意"的传统、中国诗歌独特的意象并呈及瞬间显示多重空间的美学追求,使人意识到即使在"现代"的艺术时

---

① [英] 赵毅衡:《诗神远游——中国如何改变了美国现代诗》,第251页。
② K. L. Goodwin, *The Influence of Ezra Pound*, New York, 1966, p. 202. 参见陆扬《德里达·解构之维》,华中师范大学出版社1996年版,第37页。

期,"传统"的中国诗词仍有其独特的魅力。而对于西方语言重视分析性、逻辑演绎的特性以及由之产生的文学的知性有余、美感不足、主体言述遮蔽事物自身呈现等缺陷,古代汉语一定的象形特征和古代中国诗歌写作的让事物自己呈现的意象并置法、"以象写意"、"以感代思"自然是一种宝贵的拯救。意象派这种客观性、具体性的追求,在美国现代诗歌史上也是浪漫主义浮泛的抒情倾向的反拨,也是对朦胧、晦涩的象征主义诗风的革新。所以,对于范尼洛萨、庞德和中国文字、中国诗歌之间的"误解"的复杂关系,有论者总结说:"为什么这种出于对中国文字的无知所形成的理论,能够取得如此大的影响呢?应当指出,这是整个美国现代诗发展的总趋势所致,中国古典诗歌的影响和中国文字提供的暗示只是缘此而发挥作用。"①

这样看来,"意象派的新诗艺术理论"乃是从汉字和中国古典诗词中得到启示而"提炼"出"西方现代派诗歌"是"……中国后裔"的说法就显得不那么可靠了。意象派与中国文字和中国古典诗词之间的关系应是比较文学研究当中一个复杂的问题,对于这个问题,许多论者往往看法不一,不过笔者还是赞同一位学者这样的提问及其对问题的澄清:"有些诗人和学者反复强调中国古典诗歌对美国意象派诗歌的影响,以论证中国古典诗歌传统的伟大和传统汉语的光辉,这在感情上是可以理解的,现象上也是存在的。但究竟是庞德受中国古典诗歌暗喻艺术的影响,'开创'了意象派诗歌,还是庞德意象诗歌的实验让他发现了中国古典诗歌以象写意的魅力,从而坚定的丰富了自己的实验?事实的真相是后者而不是前者。"②

(二)"历史连续性"的必要体认

可以说,中国诗歌的诗意并不是靠汉字来体现,即使是美国

---

① [英]赵毅衡:《诗神远游——中国如何改变了美国现代诗》,第254页。
② 王光明:《传统:标准还是资源?》,《湛江师范学院学报》2004年第5期。

的意象派诗歌运动也不能为我们提供有力的佐证。中国诗歌的古典审美体系也不就是变动不居的作为"标准"的"传统",它理应与处在"多元探索时期"现代诗歌是一种"对话"的关系,成为后者可靠而丰厚的"资源"。不过,郑敏先生对新诗的批评仍然是对新诗的发展非常独特和宝贵的意见。郑敏先生谈论问题的两个立足点——"汉语"和中国古典诗词的"传统",也是我们所必须面对的。郑敏先生的见解给了我们许多启发:谈论"现代汉诗",我们必得在"诗"与"汉语"和从"传统"中衍生出的"现代"这几个维度来谈论,来考察"汉语"的"现代"变化、"诗"与"现代"汉语之关系、"诗"与"现代"经验意识之关系。

"新诗"的诞生,之于几千年中国古典诗词,不是单向的逆转式的反叛,更不是短时期内的基因突变,而是在汉语、诗歌自身的文类特征、现代性生存境遇等多重因素的互动情境下的"生成"。一种新的诗歌体式的诞生,站在几千年的"传统"面前,以"诗"自身文类特征的眼光来打量,它肯定有许多问题,我们不能因为这些在探索中形成的问题而放弃探索,转而批判其最初产生的合法性。将"胡、陈"的白话文运动认为是"从零度开始"的对"古典文学传统"的"拒绝",今天,因为新诗在多元探索时期的许多问题从而否定新诗产生的合法性,同样都是一种单向度的逆转式思维。确实,对于白话文运动缺乏省思的普遍叫好确实值得反思,但彻底的否认,认为它连文学运动都不算,只能算政治运动,同样值得人们思忖。

认为白话文运动是"从零度开始"的"拒绝古典文学传统"的"政治运动"、白话诗是"白话与古典文学相对抗",从而在文化资源上"自我饥饿、自我贫乏"的看法,其实一开始就是对胡适的误解,接下来就是建立在对胡适的"文学革命"的误解基础上的反驳,于是对问题的谈论就难免出现偏见。直至今日,学界对于新诗与中国古典诗词的关系,甚至白话文运动与中国传统文化的关系，持前者与后者的关系乃是"断裂"之看法的人多矣。这种看法其实不仅忽视了胡适倡导白话文运动、文学革命的最初动因，也忽视了新诗与中国古典诗词、白话文运动与中国传统文化之间应有的历史连续性。正是因为忽视了此"历史连续性"，人们对于"现代汉诗"从"发生"到"多元探索"时期的许多问题，很容易形成一些缺乏"历史感"的认识。

直至今日，尽管五四运动已经被普遍视为"中国的启蒙运动"，但对五四运动的认识仍然没有结束。一个重要的事实是，在"启蒙"这一性质被认定之前，五四运动在西方是以"中国的文艺复兴"而广为人知的[①]。至于五四运动在中国的意识形态权力话语的阐释中为什么会从"文艺复兴"让位给"启蒙运动"，这里有包括马克思主义的历史发展观、中国的具体的政治革命等因素在内的许多复杂的原因，非本书所能细释。只是，从胡适当时对陈独秀"是一个老革命党"的称谓，我们也可以看出胡适要将自身与"革命党"区别开来的内在意识。而西方人对于五四运动是"中国的文艺复兴"的认识，正是主要来自胡适本人在欧美的宣传。至少在胡适看来，从"以白话代替古文"的文学革命出发的五四运动，其实是一场中国的"文艺复兴"。1933年，在芝加哥大学的一场演说中，胡适清晰地表明这一含义：

《文艺复兴》(*Renaissance*)是1918年一群北京大学学生，为他们新发行的月刊型杂志所取的名称。他们是在我国旧有传统文化中，受过良好熏陶的成熟学生；他们在当时几位教授所领导的新运动里，立即觉察到它与欧洲文艺复兴运

[①] 据美籍学者余英时的考察，最早从"启蒙运动"角度阐释五四运动的，是中国的马克思主义者。所谓的学习、发扬五四运动的革命传统精神的新的"启蒙运动"，是从1936年开始的，其发展者为当时在上海和北京的部分共产党人。参见[美]余英时《重寻胡适历程——胡适生平与思想再认识》，第246页。

动有显著的类似性。下面几个特征特别使他们联想到欧洲的文艺复兴：首先，它是一种有意识的运动，发起以人民日用语书写的新文学，取代旧式的古典文学。其次，它是有意识地反对传统文化中的许多理念与制度的运动，也是有意识地将男女个人，从传统势力的束缚中解放出来的运动。它是理性对抗传统、自由对抗权威，以及颂扬生命和人类价值以对抗其压抑的一种运动。最后，说来也奇怪，倡导这一运动的人了解他们的文化遗产，但试图用现代史学批评和研究的新方法重整这一遗产。在整个意义上，它也是一个人文主义运动。①

"文艺复兴"当时为《新潮》杂志的英文副题，尽管出于自谦，胡适没有提及自己，其实《新潮》从构想与问世都与胡适密切相关。将中国的文学革命比附于欧洲的"文艺复兴"，这一想法其实在1917年胡适回国途中就已发生。当胡适发现他所提倡的"以白话代替古文"的革命策略正类似于欧洲文艺复兴时期在但丁和皮特赖（Petrarch，1304—1374年）等人的写作中"俗语文学"的崛起，胡适应该是振奋的，他也由此想到要在提倡白话的文学写作中生成"国语"②。在五四运动三十九周年纪念大会的演讲中，胡适还特别提到，"那一天，胡适并没有参加。那一天——五四爆发的时候，我个人在上海……完全不知道五四的发生。……说是我领导的五四，是没有根据的"。胡适强调他在"爱国运动"意义上的五四运动当中是缺席的，也无"领导"之"责任"，他始终认为"这个运动就是中国的文艺复兴"。在这篇演讲中，胡适还举了许多"白话"词语产生的例子，再次强调"国语"的发生，一方面既是"传统"的（"我们老祖宗几千年

---

① ［美］余英时：《重寻胡适历程——胡适生平与思想再认识》，第244页。
② 胡适：《归国记》，《胡适留学日记》，第1152—1154页。

给我们的,演变下来的。一直演变到现在可以说是最了不得的,最合逻辑的,最简单的一种文法的语言"),另一方面又是"当下"的(在"活的文学"的具体写作实践中"写"出来的)。并且说,"我们回头来想一想,我们这个文学的革命运动,不算是一个革命运动,实在是一个中国文艺复兴的一个阶段"①。这个意思与他的"标准国语"的唯有在文学写作中发生的思想是

---

① 胡适此文原载1958年5月5日台北的《新生报》,见《胡适学术文集·新文学运动》。胡适在这里总结说,文学革命的名目其实并不重要,重要的是"白话"!而"白话"的产生,其实很简单,就是"汉字写白话"!再次阐述了"汉字"与"白话"、语言与文学之间的"书写"、"生成"之关系:"(我)在打笔墨官司的时候,就感觉到,不要怕没有标准的语言,没有标准的国语,没有标准的文学的国语,没有标准的国语的文学,不要紧。我们就是规定标准文学的人,我们的创作就是规定这个国语文学标准的人,不要怕。没有一个人要把每一个字都要看标准国语字典才能做文学家,大家都有这个经验,所以大家都知道。我们当初就叫它做中国文艺复兴,实在说来是不错的。不是我们创造的,不是我们几个人创造的,是我们老祖宗几千年给我们的,演变下来的。一直演变到现在可以说是最了不得的,最合逻辑的,最简单的一种文法的语言。同时呢,在这个七八百年当中,尤其在这个四五百年当中,有了《水浒传》、《西游记》、《红楼梦》、《儒林外史》、《儿女英雄传》,这一类伟大的小说以后,我们有一个文学的标准国语,文学的标准国语就是标准文字。说这一个的'这'字是怎末写法,那个的'那'字是怎末写法,诸位要想一想,在那个语言还没有标准的时候,这些小说没有通行之前,要看到宋朝的《高僧传》,和少的语录里头用白话,比方说'呢'字——你肯不肯'呢'?现在用尼姑的'尼'字加'口'字就够了,古时间的那个'呢'字怎么写呢?想不到,古时间的'呢'字是用渐渐的'渐'字,那就困难了,在底下加个耳朵的耳字,那个字读起来,你看多么困难!再比方你们我们的'们'字,现在容易了,'门'字旁加个'人'字,这个'们'字,古时间就没有这个东西。当时有的人用'满'字,后来用每一个人的'每'字——'我每','你每','他每',到后来才标准到我们的'们'字。当初不单是我'们'、你'们'、他'们'没有,我面前这样的桌子也是没有的,播音器也是没有的,这样的杯子也没有的。后来,'人'有了,'兄弟'有了,'姐妹'有了,'学生'有了,'朋友'有了,这个都是老百姓创造出来的。回头想来,那个时候造个'们'字,造个数目字的多数,也是很困难,我们不能不感谢他们这个几百年的小说家,就是无意当中找到了这个公式,乱抓汉字,把汉字拿来写白话,写他们的白话的作品,写他们的活的文学。这样说起来,说破了所谓文学革命,是一个钱不值。简单得很,'白话'!就是'汉字写白话'!就是我们几千年我们老祖宗给我们的语言,活的语言。这个几百年无数的无名的作家做的这些'评话'、'儿歌'、'情歌'、'戏曲'、'小说'都是了不得的东西。"见《胡适学术文集·新文学运动》,第294—295页。

一致的，由于"标准国语"只是一个等待实现的理想，中间有许多艰难努力的尝试和建设。所以五四文学革命运动，从寻求适应"现代"的民族共同语的宏伟目标看，实在只是"中国文艺复兴的一个阶段"。

我们可以看出，虽然胡适的白话文运动在策略上看起来是偏执的（诸如"以白话代替古文"），但实际上，他的本意是企望以一种新的对待"传统"的方式来接纳西方文明的新质，以重新塑造汉语的文化，为自身这一代知识分子寻找适应"现代"的言说方式。当然，我们也不能忽视一种新的语言形式中一经被"说"出，就被特定历史情境下的意识形态的权力之手所改写的情况。一种自由而真实的"言说"，往往容易落入被历史的秩序和结构所"劫持"、所"结构"的命运："让我们将之（指"言语"的"被劫持"——引者注）理解为**被**某个可能的评注者所**盗窃**，而这个评注者大概会对之加以承认以便将它安置在某种秩序，即本质真理或某种真实的、心理学的或其他的结构之中……"① 胡适小心翼翼地抛出《文学改良刍议》，不仅是"改良"（不是"革命"），而且是"刍议"（不是"论"），表现出胡适作为一个自由知识分子对文学革新的审慎态度。但是一到了"老革命党"陈独秀手里，文学改良的主张就"是非甚明，必不容反对者有讨论之余地"。这是一个历史事件。也是一个象征性文本。当以陈独秀为代表的政治意识形态（"评注者"）与以胡适为代表的自由主义文学思想（被评注者）结合，接下来的事情对"现代汉诗"意味着某种本质的"被劫持"，同时，诗歌的象征秩序和形式秩序将要被整合在现代性民族国家的话语秩序当中，被这一秩序"结构"。我们不能因此将新诗接下来产生的问题归之于胡适的起点不正确，将接下来的历史中所累积的诗歌病症全怪罪于胡适的文学主张。

---

① [法]德里达：《书写与差异》，第316页，黑体字原文即是。

"倡导这一运动的人了解他们的文化遗产,但试图用现代史学批评和研究的新方法重整这一遗产",这里虽然指的是"整理国故"运动,但这种以新的眼光和方法来对待文化遗产的态度,未尝不适用于白话诗的"尝试"。事实上,

> 从1917年起,胡适始终坚持,五四运动作为一种思想或文化运动,必须被理解为中国的文艺复兴运动。这不仅因为他提倡以白话文作为现代文学的媒介,而且更重要的是出于他对历史连续性有深刻的体认。对他而言,"文艺复兴"暗示着革新,而非破坏中国的传统。尽管胡适经常有强烈的批评,但他对包括儒学在内的中国传统的抗拒,远非全面的。他深信,文艺复兴含有一个中心观念,即有可能把新生命吹进中国的古文明。早在1917年,他清晰地陈述此一问题:"我们如何才能找到一种最好的方式来吸收现代文明,使它与我们自己所创造的文明配合、协调而又连结呢?"他那时提出的解决之道是"端赖新中国思想领导人的先见之明与历史连续感,同时也有赖于机智与技巧,使他们能将世界文明与我们自己的文明最好的事物作成功的连结"。[1]

胡适以白话文运动为出发点,以倡导白话文学作为中国文学接纳现代性的一个媒介,并由此达到更新汉语言说方式的目标,实在是在为中国的文化传统及其当下必需的现代变革试图寻找"一种最好的方式",使两者能在现代的境遇中能够"配合、协调而又连结"。当我们面对"现代汉诗"的百年演变的过程,特别是其"发生"期的复杂状况之时,如果缺乏这种对于"传统"与"现代"之间的"历史连续性"的深刻体认,我们就能难看

---

[1] [美]余英时:《重寻胡适历程——胡适生平与思想再认识》,第250—251页。

到真正的问题，也很容易把问题简单化。

（三）对"新诗"的态度

"现代汉诗"与中国古典诗词，都是以汉语写诗，那么我们就很难脱离"汉语"这一语言范畴来讨论问题。"现代汉语是从历史化、本质化的汉语中寻求其美学形态和表现策略，还是从开放的、发展变化的现实中探寻其诗歌的可能性？如果承认现代汉语本身也是汉语的一种形态，已在古今并包、中西合璧中自成现代体系并保持着开放性，那么，它与中国古典诗歌和西方现代诗歌，在诸多方面就可以相安而不必排斥。"① 我们谈论"现代汉语诗歌"，在"现代诗歌"中契入"汉语"，首先，这个"汉语"不应是本质化的、形态、特征都已经确定的汉语，而是一种在古典与现代、西方与中国之间不断交换、不断丧失、不断更新的新的"汉语"。它在历时性上与古汉语有着牵连，有强烈的"互文性"。在共时性上又是现代历史进程的产物，融合了西方的知性、逻辑性和现代人的理性精神，具备了"现代性"。是既有"历史连续性"又吸纳了"现代"境遇中新的质素的"现代"汉语。

另外，此"汉语"应与现代性语境是不可分的。我们谈论现代诗歌当然不能离开"现代性"话语。我们不可能脱离近现代以来中国特殊的文化语境来谈论语言。既然"语言是存在之家"（海德格尔语），语言与存在是不可分的。语言的形成也必与生存的真实体验密切相关。现代诗人的现代经验和表达与寻求这表达的语言是双向互动的。"经验"寻求"语言"的表达，"语言"也在"经验"的丰富中得到意义的积淀与更新。语言的变迁反映了社会历史的文化地形图，所以，不可能在脱离现代人复杂的生存经验的背景下谈论诗歌的语言变迁和表现策略。这也

---

① 王光明：《现代汉诗的百年演变》，第459页。

是我们的谈论始终不离"现代经验"的原因。

　　再者，无论是"中国诗"、"汉语诗"、"现代汉诗"，还是"古典诗歌"、"白话诗"、"新诗"，我们所谈论的对象始终没变，那就是"诗"。"诗言志"① 没有变，"诗缘情"② 没有变，"赋、比、兴"③ 没有变。无论名目怎么变，谈论的方式怎么变，"诗"的本质仍然在那里。无论是什么形态的诗歌，只要它是"诗"，就有一个它是否具备诗歌自身一定的文类特征的问题。

　　如果我们要在话语中企图更进一步地接近诗歌的"本体"，考察"现代汉诗"的发生机制，我们就必须在上述"现代""汉语"与"诗"层面上来谈论它，重要的是，我们还是要不断地梳理三者之间相互纠结、相互生成的复杂关系，探询问题深处的问题。这也是本书"下篇"所要尝试的工作。本书"下篇"正是通过对"新诗"的初期形态——"白话诗"的具体问题来考察"现代汉诗"发生时期中经验、语言和形式的纠结形态和互动效应。

---

① 《尚书·尧典》："诗言志，歌永言，声依永，律和声。"
② （晋）陆机《文赋》："诗缘情而绮靡，赋体物而浏亮……"
③ 汉代之《毛诗序》云："《诗》有六义焉：一曰风，二曰赋，三曰比，四曰兴，五曰雅，六曰颂。"

下 篇

诗歌作为特殊的言说

第四章

经验、语言与形式（上）：
晚清诗的内在矛盾

  诗界千年靡靡风，兵魂销尽国魂空。

——梁启超

  废君一月官书力，读我连篇新派诗。

——黄遵宪

  古典语言的机制是关系性的，即在其中字词会尽可能地抽象，以有利于关系的表现。

——［法］罗兰·巴尔特

  "归化"强调把一切怪异或非规范因素纳入一个推论性的话语结构，使它们变得自然入眼。

——［美］乔纳森·卡勒

  我们要说的是，把文学能力视为阅读文学文本的一套程式……文学效果取决于这些阅读程式，而文学革命也正是从新的阅读程式取代旧的阅读程式开始的。

——［美］乔纳森·卡勒

胡适的文学革命策略是从语言着手的，尤其是对于中国传统诗歌的变革，更是以一种新的言说方式来"尝试"汉语诗歌的新的实验。胡适的成功我们可以说是因为他的"大胆假设，小心求证"的实验主义精神，在某些人看来，他的文学革命的成功，甚至包含一种"历史的选择"的因素，有幸运的意味。我们还可以说是因为胡适对传统文化和汉语的深刻理解以及对它们在历史中的境遇的同情和敏感。"语言的本质是语法构造和基本词汇"①，其实晚清以来，由于西方的政治、经济、文化制度与思想对中国的入侵和影响，中国文化在深层上也在发生重大的变动，作为文化变动最显著的表征之一——语言，也发生了巨大的变化。仅仅从词汇方面说，晚清以来的汉语，尤其是"从戊戌政变到五四运动"，由于西学东渐，在接纳西方新的思想文化时不得不从外国语言（尤其是日语）中借鉴、吸纳了许多新的词汇，新词语进入汉语比历史上任何一个时期都要多、要快②，汉语的基本词汇的阵容在渐渐松动、变化。文化在表层上表现出词汇的接纳与混合，在深层上则是意识形态的迎拒、纠结，面对这种语言和文化的变动，晚清的知识分子也不能说他们就不敏感，面对汉语所面临的问题，他们同样做出了不同的反应。而对于诗人们，对于对语言最为敏感的文体——诗歌，语言的变化，不可能不影响诗歌的创作。

---

① 王力：《汉语史稿》，中华书局2004年版，第612页。
② 王力在其《汉语史稿》中说："鸦片战争以后，中国社会起了急剧的变化。随着资本主义的萌芽，社会要求语言用工作上需要的新的词和新的语来充实它的词汇。特别是1898年（戊戌）的资产阶级改良主义运动前后，'变法'的中心人物和一些开明人士曾经把西方民主主义的理论和一般西方文化传播进来，于是汉语词汇里更需要增加大量的哲学、政治上、经济上、科学上和文学上的名词术语。现代汉语新词的产生，比任何时期都多得多。佛教词汇的输入中国，在历史上算是一件大事，但是，比起西洋词的输入，那就要差千百倍。从鸦片战争到戊戌政变，新词的产生是有限的。从戊戌政变到五四运动，新词增加得比较快。……现代汉语新词的产生，有两个特点：第一个特点是尽量利用意译，第二个特点是尽量利用日本译名。"王力：《汉语史稿》，第598—599页。

一　语言符号的更新

（一）"新名词"的意义

其实诗歌很早就发出了语言变革的期求。早在 1868 年（同治七年），黄遵宪（1848—1905 年）就在诗中抨击当时"六经字所无，不敢入诗篇"的文风，提出了"我手写我口"这一后来影响深远的主张：

>……
>俗儒好尊古，日日故纸研。
>六经字所无，不敢入诗篇。
>古人弃糟粕，见之口流涎。
>沿袭甘剽盗，妄造丛罪愆。
>黄土同抟人，今古何愚贤？
>即今忽已古，断自何代前？
>明窗敞流离，高炉爇香烟。
>左陈端溪砚，右列薛涛笺。
>我手写我口，古岂能拘牵。
>即今流俗语，我若登简编，
>五千年后人，惊为古斓斑。
>……①

黄遵宪一生游历欧美，历经坎坷，加上他对诗歌变革的自觉意识，他一方面使俗语和民歌进入诗歌，从而使诗的语言能接近"我手写我口"的"言文一致"；另一方面他使中国诗歌

---

① 《人境庐诗草笺注》，第 42—43 页。

的境界变得开阔起来,所谓"吟到中华以外天"①。吴天任先生曾统计黄遵宪诗中所用"今名今事",大约有"汽球(气球)、地球、留学生、监督、学生、几何、握手、十字军、动物植物、喇叭、眼睛、点心月饼、冰糖、影戏、天主堂、赤道、国会、世纪、枪炮、假面具、拥护、欢迎、十字架、领事、赌钱、鼻烟、送葬、烟筒、炮台"等多种②。其中许多新名词在黄遵宪的诗中运用得非常自然、生动。黄遵宪不拘诗歌成规,对"古人未有之物,未辟之境,耳目所历,皆笔而书之",诗歌创作中接纳了许多新的语词和新的事物、新的意象,为中国古典诗歌带来了新的景象。

在黄遵宪已经能很好地将新的语言和新的事物融入古典诗歌体式,写出了《今别离》(四首)这样的具有典范意义的作品之后至少五六年,晚清诗歌革新运动的另一位主角梁启超(1873—1929年)以大量"新名词"入诗的"新学之诗"才开始实践③。1895年(光绪二十一年乙未),二月梁启超入京会试,三月康、梁等人"公车上书",六七月间协助南海先生(康有为)在北京创办《万国公报》(即《中外纪闻》)和强学会,竭力倡导西学。梁启超由此在北京先认识夏曾佑(1863—1924年),然后是谭嗣同(1865—1898年)。夏、谭

---

① 黄遵宪:《奉命为美国三富兰西士果总领事留别日本诸君子》中的诗句:"海外偏留文字缘,新诗脱口每争传。草完明治维新史,吟到中华以外天。"《人境庐诗草笺注》,第340页。

② 吴天任:《黄公度先生传稿》,沈云龙主编:《近代中国史料丛刊续编》第六十八辑,台北:文海出版社有限公司1979年版,第399—401页。

③ 据《人境庐诗草笺注》,《今别离》作于光绪十六年至十七年,即1890—1891年。而从梁启超对"新学之诗"的回忆看,晚清诗歌中"新名词"的盛行,当是在甲午战争稍后的丙申、丁酉年间,即1896—1897年。也有人认为正是受黄遵宪诗歌写作的影响才有夏曾佑等人的"新诗":"穗卿……迨甲午以降,喜读章实斋、刘申受、魏默深、龚定庵之书,又与康南海、黄嘉应、谭浏阳、文萍乡诸君游,浸淫于西汉今文家言,究心微言大义,尝学为新派诗。"叶景葵:《卷庵书跋·〈志庵诗稿〉跋》,转引自张永芳《晚清诗界革命论》,漓江出版社1991年版,第21页。

第四章　经验、语言与形式(上):晚清诗的内在矛盾　171

二人对梁启超的人生、学术均极有影响。三人聚集,厌旧学,喜新学,谈学论道的同时,也诗情洋溢,实践所谓的"新学之诗"、"新诗",即当时那些在古典诗歌体式中镶嵌"新名词"的诗作①。兹举几例比较典型的:

　　而为上首普观察,承佛威神说偈言。
　　一任法田卖人子,独从性海救灵魂。
　　纲伦惨以喀似德,法会盛于巴力门。
　　大地山河今领取,蓭摩罗果掌中论。②

　　大成大辟大雄氏,据乱升平及大平。
　　五始当王讫麟获,三言不识乃鸡鸣。
　　人天帝网光中见,来去云孙脚下行。
　　莫共龙蛙争寸土,从知教主亚洲生。③

---

①　梁启超所言的"新名词",简而言之就是从域外输入汉语的外来词。在晚清,这一名称还有别的说法:有的称作"新字新语"、"新学语"、"新言语"(王国维:《论新学语之输入》);有的称作"新词"(柴萼:《梵天庐丛录》,上海中华书局1926年版);有的称作"日本文体"、"东籍之文"(刘师培:《论近世文学之变迁》,《国粹学报》1906年第26期)。意义相当的还有:"日本新词"(李肖聃:《星庐笔记》,岳麓书社1983年版);"日本文法"(胡蕴玉:《中国文学史序》,《南社丛刻》第8集);"新法语文"(康有为:《中国颠危误在全法欧美而尽弃国粹说》,《不忍》杂志第6—7册);"外国语法"(梁启超:《清代学术概论》第二十五),等等。尽管说法不一,但指的均是从日本或欧美(主要是那些经由日文的转译,即由日本译成日文中的汉文,然后直接输入我国的词汇)等西方国家输入的外来词语,包括自然科学、社会科学以及政治、伦理、文学等方面的名词、术语。"新名词"的"新",主要在两个层面:一是这些词语是汉语当时的词汇系统中所没有的;即使汉语里原有,但新舶来的词语已经不是原来的意思。二是这些词汇是西方近现代文明的产物,其携带的是西方近现代的文化、思想,即"西学"、"新学"。

②　谭嗣同:《金陵听说法》四首之三,《新民丛报》第29号,1903年4月11日。也见梁启超《饮冰室文集之四十五(上)·诗话》,《饮冰室合集》之五,中华书局1989年版,第40—41页。

③　谭嗣同:《赠梁卓如诗》四首之一,载谭嗣同《秋雨年华之馆丛脞书卷之一》,见蔡尚思、方行编《谭嗣同全集》,中华书局1981年版,第224页。谭嗣同的主要诗作可参阅其诗集《莽苍苍斋诗》,《莽苍苍诗》卷一、卷二和补遗均收入《谭嗣同全集》。

> 冰期世界太清凉，洪水茫茫下土方。
> 巴别塔前分种教，人天从此感参商。①

佛教、基督教（前两首涉及《新约》、后一首涉及《旧约》）的典故，印度、西方的政治制度……这样的"新名词"充斥的诗作实在让人一时摸不着头脑。梁启超感叹这样的诗，若不是"非常在一块的人不懂"②、"苟非当时同学者，断无从索解"。他在后来的《诗话》中也给了我们一个粗略的解释："复生自憙其新学之诗……盖当时所谓新诗者，颇喜挦扯新名词以自表异。丙申、丁酉间，吾党数子皆好作此体。提倡之者为夏穗卿，而复生亦綦嗜之。此八篇中尚少见，然'寰海惟倾毕士马'，已其类矣，其《金陵听说法》云：'纲伦惨以喀私德，法会盛于巴力门。'喀私德即 Caste 之译音，盖指印度分人为等级之制也。巴力门即 Parliament 之译音，英国议院之名也。又赠余诗四章中，有'三言不识乃鸡鸣，莫共龙蛙争寸土'等语，苟非当时同学者，断无从索解，盖所用者乃《新约全书》中故实也。其时夏穗卿尤好为此。穗卿赠余诗云：'滔滔孟夏逝如斯，亹亹文王鉴在兹。帝杀黑龙才士隐，书飞赤鸟太平迟。'又云：'有人雄起琉璃海，兽魄蛙魂龙所徙。'此皆无从臆解之语。当时吾辈方沉醉于宗教，视数教主非与我辈同类者，崇拜迷信之极，乃至相约以作诗非经典语不用。所谓经典者，普指佛、孔、耶三教之经。故《新约》字面，络绎笔端焉。夏、谭皆用'龙蛙'语，盖时共读约翰《默示录》，录中语荒诞蔓衍，吾辈附会之，谓其言龙者指孔子，言蛙者指孔子

---

① 《夏曾佑诗·无题》，《清议报》第 18 册，1899 年。夏曾佑诗见《夏曾佑诗集校》（赵慎修校，存录无题诗"七绝"二十六首），刊于《近代文学史料》（中国社会科学院文学所《近代文学史料》编辑组编），中国社会科学出版社 1985 年版。
② 梁启超：《亡友夏穗卿先生》，《晨报副刊》1924 年 4 月 29 日。

教徒云，故以此徽号互相期许。至今思之，诚可发笑，然亦彼时一段因缘也。穗卿有绝句十余章，专以隐语颂教主者。余今不能全记忆，忆其一二云。'冰期世界太清凉，洪水茫茫下土方。巴别塔前分种教，人天从此感参商。'此其第一章也。冰期、洪水，用地质学家言。巴别塔云云，用《旧约》述闪、含、雅弗分辟三洲事也。……其余似此类之诗尚多，今不复能记忆矣。当时在祖国无一哲理、政法之书可读，吾党二三子号称得风气之先，而其思想之程度若此。今过而存之，岂惟吾党之影事，亦可见数年前学界之情状也。"[①] 不过，从梁启超的语气看，"余"和"吾党"还是有分别的，他总是把自己作为似乎与己无关的旁观者来叙述。对于这样的诗，他自己并不满意，"此类之诗，当时沾沾自喜，然必非诗之佳者，无俟言也。吾彼时不能为诗，时从诸君子后学步一二，然今既久厌之"。

从梁启超的不满意，我们也可以看出"新学之诗"对既存的诗歌美学秩序的冲击，这同时也正表明这些接纳"新名词"的诗作不是无意义的。中国古典诗歌，自齐梁时期开始探索汉语诗歌写作的声律，到了唐代，无论是在诗的语言、意象还是形式、格律方面，都发展到美学的极致，达到了一种高度成熟的状态："一方面，五言到七言的变化，大大增强了诗歌对经验与想像的接纳能力，另一方面，恰当的格律及其起承转合结构，又提供了诗的转换机制。然而，律诗成熟之后，一方面是艺术的生产力得到了大解放，另一方面又面临自造樊篱，自我复制的危机。这种危机在创作上的突出表现，是逐渐演化为形式与符号独尊的现象。而在诗的接受方面，是不知不觉中形成了一种与真实经验脱节的'现成的反应'机制，无论什么样的题材，都有现成的

---

① 梁启超：《饮冰室文集之四十五（上）·诗话》，《饮冰室合集》之五，第40—41页。

处理模式，无论如何复杂的情思，都有一定之规加以解难。"①
这种对于诗歌的认识的现成"机制"，其实就是结构主义诗学所认为的被"读者吸收内化了的某种阅读程式系统"②，这种"程式系统"一方面解释着什么才是"好"的诗歌，另一方面也引导着诗歌写作的方向和创造潜能。中国诗歌发展至晚清时期，无论是语言还是形式，都已经因极致的成熟而导致形式的僵化和语言表现力的枯竭。这样，新奇甚至"丑陋"、拗口、"生涩"的"新名词"固然不是雅驯的诗歌语言，未经过美学的修正、提炼，不能说是"诗"的。但是，它们是来自"新"的现实的，联结着新的意识形态现实和物质现实；有的是直接来自现实感受，没有经过诗歌写作程式的转化，充满着语言和经验的现场感，这种"陌生化"的语言可以说乃是真正的"诗"——因为诗歌语言的一个特性就是对陈腐的文学语言、规范化的日常语言的蓄意反叛，刺激人们的意识，向人们出示一个新的意义空间。

　　这些人们还不习惯的日常语言和外来的词汇，不仅是从"内容"上给晚清诗歌带来了物质性的更新③，将晚清诗歌带入一个现代性的历史语境当中，也吸引我们从现代语境来理解它们；更重要的是，从语言符号的意义上说，"理解一个语句意味着理解一种语言。而理解一种语言意味着掌握了一门技艺"④，在结构主义理论家看来，人们对诗歌的审美与鉴赏是因为在接受者的内心已经存在着一个关于诗歌的"程式"，而当一种新的"语言序列被转变为文学结构和文学意义"⑤，这种新的语言序列

---

① 王光明：《现代汉诗的百年演变》，第29—30页。
② ［美］乔纳森·卡勒：《结构主义诗学》，盛宁译，第177页。
③ 有论者认为，夏穗卿和谭嗣同"提倡多用新典……让人们摆脱了传统以为作诗非得用古典不可……从此，诗歌里便出现了外国地名、人名，以及外国的教义和典故，至少扩大了眼界，为接受西方思想开了风气。"姜德明：《鲁迅与夏穗卿》，《文汇增刊》1980年第4期。
④ 维特根斯坦语，转引自［美］乔纳森·卡勒《结构主义诗学》，第173页。
⑤ ［美］乔纳森·卡勒：《结构主义诗学》，第174页。

所建立的"程式"的介入，就会对那个"阅读程式系统"起新的作用，使"它的潜在意义范畴不同"，从而改变人们对诗歌的审美与鉴赏。① 也就是说，由时代的新的言说方式的需求所带来的"新名词"、新的语句构成的"新诗"，蕴涵着更新晚清诗歌符号系统、冲击着旧有的诗歌审美鉴赏"程式"的质素，潜在地改变着晚清诗歌形式僵化、符号资源枯竭、不能真切地与现实经验相触的状况的可能性。梁启超、夏曾佑等人的这种"新诗"的试验，后来被朱自清先生视为近现代以来中国知识分子寻求"中国诗的出路"的第一个阶段②，也许在这个意义上我们更能理解。

（二）政治性的革命方案

不过，我们所说的也只是"可能性"而已。面对中国诗歌几千年来所凝聚层积的符号序列和形式美学，晚清诗歌里出现的新语词只是一个有可能变革中国诗歌语言、形式模式的突破口。一方面是民族、国家的现代性变革需求，一方面是古典诗歌持续稳定的阅读"程式"和形式秩序，晚清的诗人们是站在更新时代思想精神的立场要求诗歌作"内容"层面的"革命"、继续发挥诗歌作为一种特殊的意识形态的社会功能？还是站在个体当下经验的立场上意识到语言符号的更新对现存诗歌美学秩序的意义，并在实际的写作中作出有效的对应策略从而直面中国诗歌的根本问题？这些都是非常复杂的问题，处在一个社会、文化急遽转型的时代，诗人们若

---

① ［美］乔纳森·卡勒：《结构主义诗学》，第177页。
② "近代第一期意识到中国诗该有新的出路的人要算是梁任公夏卿穗等几位先生。他们提倡所谓'诗界革命'；他们一面在诗里装进他们的政治哲学，一面在诗里引用西籍中的典故，创造新的风格。但诗不是哲学的工具，而新典故比旧典故更难懂，这样他们便失败了。"朱自清：《论中国诗的出路》，《朱自清全集》第4卷，第287页。

非与急切需求的政治"革命"有所间离，往往容易将关涉诗歌本体的问题与诗歌外在的社会问题混杂不清。以晚清诗歌革新运动当中最重要的理论家梁启超为例，他在倡导"诗界革命"①的前后，就对"新名词"、"新语句"的意义和价值未能准确地把握，在态度上前后发生了明显的变化：

> 予虽不能诗，然尝好论诗。以为诗之境界，被千余年来鹦鹉名士（余尝戏名词章家为鹦鹉名士，自觉过于尖刻）占尽矣。虽有佳章佳句，一读之似在某集中曾相见者，是最可恨也。故今日不作诗则已，若作诗，必为诗界之哥仑布、玛赛郎然后可。犹欧洲之地力已尽，生产过度，不能不求新于阿美利加及太平洋沿岸也。
>
> 欲为诗界之哥仑布、玛赛郎，不可不备三长。第一要新意境，第二要新语句，而又须以古人之风格入之，然后成其为诗。不然，如移木星、金星之动物以实美洲，瑰伟则瑰伟矣，其如不类何！若三者具备，则可以为二十世纪支那之诗王矣！宋明人善以印度之意境语句入诗，有三长俱备者，如东坡之"溪声便是广长舌，山色岂非清静身。夜来八万四千偈，他日如何举似人"之类，真觉可爱。然此境至今日，又成已旧世界。今欲易之，不可不求之于欧洲。欧洲之意境语句，甚繁富而玮异，得之可以陵车乐千古，涵盖一切，今

---

① "诗界革命"，这一晚清文学变革当中最激动人心的口号，据陈建华的考证，"是由梁启超在己亥（1899年）十一月提出的"（[美]陈建华：《"革命"的现代性——中国革命话语考论》，上海古籍出版社2000年版，第196页），而不是"夏曾佑、谭嗣同或黄遵宪在戊戌变法（1898年）前提出"（《"革命"的现代性——中国革命话语考论》，第202页）。陈建华认为："'诗界革命'的进行过程可以分为两个阶段：从己亥（1899年）十一月至壬寅（1902年）冬季，是它被提出并向上发展的阶段；自此后至己巳（1905年）是它由盛而衰，逐渐销声匿迹的阶段。"（《"革命"的现代性——中国革命话语考论》，第202页）梁启超先后主办的《清议报》和《新民丛报》是进行"诗界革命"的主要阵地。

尚未有其人也。

　　时彦中能为诗人之诗，而锐意欲造新国者，莫如黄公度。其集中有《今别离》四首，及《吴太夫人寿诗》等，皆纯以欧洲意境行之，然新语句尚少，盖由新语句与古风格，常相背驰。公度重风格者，故勉避之。夏穗卿、谭复生，皆善选新语句。其语句则经子生涩语、佛典语、欧洲语杂用，颇错落可喜，然已不备诗家之资格。……复生本甚能诗，然三十以后，鄙其前所作旧学。晚年屡有所为，皆用此新体，甚自喜之，然已渐成七字句之语录，不甚肖诗矣。吾既不能为诗，前年见穗卿复生之作，辄欲效之，更不成字句，记有一首云："尘尘万法吾谁适？生也无涯知有涯。大地混元兆螺蛤，千年道战起龙蛇。秦新杀翳应阳厄，彼保兴亡识轨差。我梦天门受天语，玄黄血海见三蛙。"尝有乞为写之且注之，注至二百余字乃能解，今日观之，可笑实甚也，真有以金星动物入地球之观也。其不以此体为主，而偶一点缀者，常见佳胜。文芸阁有句云："遥夜苦难明，它洲日方午。"余甚赏之。丘仓海《题无惧居士独立图》云："黄人尚昧合群理，诗界差争自主权。"对句可谓三长兼备。邱星洲有"以太同胞关痛痒，自由万物竞生存"之句，其境界大略与夏、谭相等，而遥优于余。郑西乡自言生平未尝作一诗，今见其近作一首云："太息神州不陆浮，浪从星海狎盟鸥。共和风月推君主，代表琴尊唱自由。物我平权皆偶国，天人团体一孤舟。此身归纳知何处？出世无机与化游。"读之不觉拍案叫绝，全首皆用日本译西书之语句，如共和、自由、平权、团体、归纳、无机诸语，皆是也。吾近好以日本语句入文，见者已诧赞其新异；而西乡更以入诗，如天衣无缝。"天人团体一孤舟"，亦几于诗人之诗矣！吾于是乃知西乡之有诗才。

吾论诗宗旨大略如此。然以上所举诸家,皆片鳞只甲,未能确然成一家言,且其所谓欧洲意境语句,多物质上琐碎粗疏者,于思想精神上未有之也。虽然,即以学界论之,欧洲之真精神真思想尚且未输入中国,况于诗界乎?此固不足怪也。吾虽不能诗,惟将竭力输入欧洲之精神思想,以供来者之诗料,可乎?要之,支那非有诗界革命,则诗运殆将绝。虽然,诗运无绝之时也。今日者革命之机成熟,而哥仑布、玛赛郎之出世不远矣。上所举者,皆其革命军月晕础润之征也,夫诗又其小焉者也。[①]

中国古典诗歌,至晚清时,"诗之境界,被千余年来鹦鹉名士占尽",为改变诗歌这种缺乏创造力、诗歌境界因袭、绮靡的局面,也是配合维新派的思想改革运动,梁启超提出"诗界革命"的主张,力改"旧世界",欲造诗之"新国"。受黄遵宪诗歌创作"重风格"的启发,梁启超反思从前实践"新名词"、"新语句"的"新学之诗"其实"不甚肖诗",现今的诗歌创作应当追求所谓的"三长兼备",即"第一要新意境,第二要新语句,而又须以古人之风格入之","若三者具备,则可以为二十世纪支那之诗王矣!"而眼下的"诗界革命","即以学界论之,欧洲之真精神真思想尚且未输入中国,况于诗界乎?"梁启超的意思是,"诗界革命"的成功与否,关键在于"欧洲之真精神真思想"的"输入"。

正是从诗歌主要是表现西方文化思想的角度,梁启超此时在"三长"中颇强调"新语句"。郑西乡一诗,因几乎句句皆有新名词且入诗"如天衣无缝",得到梁启超的高度赞扬。而

---

① 该文在林志钧编《饮冰室合集》中题为《夏威夷游记》(旧题《汗漫录》,又名《半十九录》),为《新大陆游记节录》(《饮冰室专集之二十二》)之附录二。原载《清议报》第36—38册。梁启超:《饮冰室合集》之七,第189—191页。

对于黄遵宪的诗，此时的梁启超似乎因为其"新语句尚少"而有些小小的遗憾，不过，他又自己解释说，黄的创作之所以"新语句尚少"是因为"新语句与古风格，常相背驰"，而公度是个"重风格"的人，"故勉避之"。在这次对近年晚清诗坛状况的谈论中，梁启超认为"二十世纪支那之诗王"、真正得"欧洲之意境语句"者，"今尚未有其人也"。

梁启超提出"诗界革命"口号之后，得到了晚清诗坛尤其是维新派人士的广泛响应。丘逢甲、蒋智由（观云，1865—1929年）等人热烈响应，对梁启超的倡导极力颂扬。《清议报》的诗栏（《清议报》专辟一"诗文辞随录"栏目，主要刊载诗歌，"文"极少），一些如"飞跃"、"自由"、"共和"、"革命"、"民主"之类的"新名词"大量出现。类似"脑筋发达人难阻，法律精神我自由"①、"新理新机辟思想，自由自立富精神"②的诗句也真的体现了维新派所竭力追求的"欧洲之真精神真思想"。壬寅（1902年）正月，《清议报》停刊，《新民丛报》创刊，梁启超继续任主编，"诗界革命"在《新民丛报》上继续进行，原来《清议报》的"诗文辞随录"改称为"诗界潮音集"，"革命"声势更甚。梁启超也为"诗界革命"投入了更多的精力，他在《新民丛报》上连续发表《饮冰室诗话》，从理论上直接指导这一运动。"新名词"、"新语句"的诗作蓬勃发展，它一方面承载着"输入""欧洲之真精神真思想"的意识形态功能，另一方面也使晚清诗歌至少在表面上的语词资源焕然一新。像《新民丛报》第3号的"诗界潮音集"刊载的蒋智由（署名"观云"）的《卢骚》一诗，甚至可以认为足以代表"诗界革命"的"鼎盛阶段"的诗风：

---

① 载《清议报》第89册。
② 载《清议报》第97册。

> 世人皆欲杀，法国一卢骚。
> 民约倡新义，君威扫旧骄。
> 力填平等路，血灌自由苗；
> 文字收功日，全球革命潮！

但也就在次年（癸卯）3月，梁启超在《新民丛报》第29号的《饮冰室诗话》中阐述"诗界革命"之时，对其标准"三长"作出了新的解释：

> 过渡时代，必有革命。然革命者，当革其精神，非革其形式。吾党近好言诗界革命，虽然，若以堆积满纸新名词为革命，是又满洲政府变法维新之类也。能以旧风格含新意境，斯可以举革命之实矣。苟能尔尔，则虽间杂一二新名词，亦不为病。不尔，则徒示人以俭而已。①

既然"诗界革命"的目标在于为配合维新运动传输"欧洲之真精神真思想"，"新名词"、"新语句"自必不可少，而现在梁启超却认为这样的诗歌写作只是"堆积满纸新名词"，算不上"革其精神"，徒"形式"尔，而唯有"能以旧风格含新意境，斯可以举革命之实"，经梁启超这么一解释，原来"三长"中最重要的一条——"新语句"成了极不重要的东西。"三长"只剩下"二长"。

关于这一点，也有学者从梁启超在"革命"问题上政治立场的转变从而导致他对"诗界革命"的理解也发生转向这一角度来解释：

---

① 梁启超：《饮冰室文集之四十五（上）·诗话》，《饮冰室合集》之五，第41—42页。

1912年梁启超在《鄙人对于言论界之过去及将来》中言及他这时期的思想转变时说："辛丑（1901年）之冬，别办《新民丛报》……当时承团匪之后，政府疮痍既复，故态旋萌，耳目所接，皆增愤慨，故报中论调日趋激烈。壬寅秋间，同时复办一《新小说》报，专欲鼓吹革命，鄙人感情之昂，以彼时为最矣。""其后见留学界及内地学校因革命思想传播之故，频闹风潮……又见乎无限制之自由平等说，流弊无穷，惴惴然惧……于是极端之破坏，不敢主张矣。故自癸卯、甲辰以后之《新民丛报》，专言政治革命，不复言种族革命。"1902年秋冬间是梁启超思想又一重要转变时期，不过这次是转向反对革命。在此之前，他在宣扬"暴动"、"破坏"时，也提到"教育"、"建设"，甚至"馨香而祝"、"无血的破坏"。这些论调虽不是他当时思想的主流，但也反映了他对革命的态度具有软弱性。

该年十一月，《新民丛报》刊出梁启超《释革》一文，与"诗界革命"的转向直接有关。文中通过对"改革"、"变革"、"革命"等词的解释，表明他政治立场的转变。他说英语"Revolution"意指"人群中一切有形无形之事物""从根柢处掀翻之的""变革"；日本人译之为"革命"，"非确译也"。因为"革命"一词"始见于中国者"，"皆指王朝易姓而言，是不足当 Revolution 之意也"。梁启超声言他所赞成的"革命"，即"Revolution"，指一般的"变革"，而非"王朝易姓"的"革命"，即所谓"改革""为今日中国独一无二之法门"。并攻击革命派："只能谓数十盗贼之争夺，不能谓之一国国民之变革，昭昭然也。"经过这番解释，凡梁此后言论中出现"革命"一词，在政治上均指"变革"，而否定了先前带有暴力、流血、破坏的成分。这也就是他自己说的"专言政治革命，不复言种族革命"的立场转变的开始。

……于是,当梁启超声明他反对"种族革命"后,他所主张的"政治革命"实质上变成保护清朝统治的政治"改良"。同样,"诗界革命"由于其领导者的立场转向,也丧失了其革命的神魂而成为改良政治的躯壳。

……"三长"只剩下"二长",而且抽掉了最重要的一条——"新语句"。这种变化虽微秒,却意味着方向性的转变。实际上说明梁启超由于政治上的退步,已不再要"诗界革命"表现新思想、新精神了。①

将时代的"革命"观念和诗歌界现象联系起来考察,确实有一定的合理性,因为社会历史、文化的变迁,必然会影响文学、诗歌的变化。梁启超也认为"过渡时代,必有革命",将"诗界革命"放在晚清社会文化的变革背景当中。不过,认为梁启超政治立场的转变是否就直接导致了他对诗歌革新的看法,甚至对"新语句"的态度改变就意味着"不再要'诗界革命'表现新思想、新精神",这里仍有值得辨析的地方。

最为重要的是,即使梁启超政治立场的转变导致了他对诗歌革新的看法,这也不是直接的,不是梁启超要**让**诗歌怎么样就**能**怎么样,因为诗歌作为一种特殊的意识形态、言说方式,固然与社会历史等外在因素相关,但它毕竟不是直接表征社会历史的"镜子"、"工具",它对社会历史的作用是通过自身的文类秩序、语言特性和文体功能来进行的,并不是那么轻易地就为外部力量所左右。即使后来梁启超思想转变,由"暴动"、"破坏"式的"革命"转向"Revolution"意义上的"革命",将"诗界革命"与"满洲政府变法维新"相比照,以自己"革命"观念的转变来推论出诗歌观念的转变,认为"以堆积满纸新名词为革命"

---

① 陈建华:《"革命"的现代性——中国革命话语考论》,第209—211页。

不过是像后者那样"革其形式"而非"革其精神",推论出"诗界革命"也当"以旧风格含新意境"才可以"举革命之实"——那这里首先就有个梁启超对中国古典诗歌无论是语言还是形式("风格")如何认识的问题;还有,梁启超认为黄遵宪的诗歌创作是"诗界革命"真正的典范,这里又有一个梁启超对黄遵宪的理解程度的问题。说到底,是一个人对诗歌的认识程度决定了他如何对待诗歌的方式,而不是他需要诗歌做什么就可以对诗歌作出什么样的认识。没有梁启超对诗歌的认识,也就没有他在晚清诗歌革新运动中的态度和行为。

梁启超对诗歌功能的认识和追求是值得辨析的。"三长"中第一就是"新意境",然而按照梁启超的解释,其实是一种新的"内容"。从梁启超的"宋明人善以印度之意境语句入诗,有三长俱备者……真觉可爱。然此境至今日,又成已旧世界"等观点看,"新意境"其实是一种关乎"新世界"的知识,是新的时代精神,即他反复提及的"欧洲之真精神真思想"。此"意境",并不是我们通常所言的作为诗歌审美内涵之要素的与"意象"密切相关的"境界"。最明显的事实是:《饮冰室诗话》后期("过渡时代,必有革命……"之后),"新意境旧风格"逐渐被"理想风格"代替,多次取代"新意境"的,恰是"理想"二字。这也呼应了《饮冰室诗话》的开头,第四则诗话中梁启超第一次论及黄遵宪时,说的就是"近世诗人能熔铸新理想以入旧风格者,当推黄公度"而不是"近世诗人能熔铸新意境以入旧风格者,当推黄公度"。由之我们可以看出,梁启超对于诗歌的要求基本上是工具性的,他说的不是王国维所说的诗歌艺术标准——"境界"意义上的"意境",要求的是诗歌服务于社会政治方面的改革。他的诗歌革命的目标和方案是社会性的,是希望诗歌直接为社会政治服务。

梁启超所言"古人之风格"、"旧风格",从他对丘逢甲"黄人尚昧合群理,诗界差争自主权"诗句的评价("对句可谓三长兼备")看,他的"风格"指的是与对仗、平仄、韵律有关的古典诗歌的"形式"要素。更为重要的是,在"重风格"的黄遵宪诗作的参照下,梁启超看到以"新名词"、"新语句"为诗的"不甚肖诗"的局面有可能得到纠正的希望。在梁启超看来,黄遵宪的诗歌创作就是很好的例子,"集中有《今别离》四首,及《吴太夫人寿诗》等,皆纯以欧洲意境行之,然新语句尚少,盖由新语句与古风格,常相背驰。公度重风格者,故勉避之"。语言符号系统得到一种更新,但由于一种新的不仅仅是语言,在文学中它更是一种新的言说方式,当这种本身牵涉诸多文化内涵和语法结构、形式美学特征的言说方式与另一种言说方式相遇,必然发生语言、语法和形式的龃龉。矛盾是一定会遇见的。梁启超其实是看到了晚清诗歌在语言符号系统的革新和中国古典诗歌的"风格"间的矛盾,在他自己的诗歌认识当中,他认为黄遵宪的诗歌实践很好地愈合了这种矛盾,他当然会渐渐倾向于"新语句"可以被暂放一边,既有"新意境"又能有"旧风格"的诗歌写作,因为他本来需要的就不是"新名词"、"新语句"之类,他要的是"欧洲之真精神真思想"之"新意境"。在叙述"新学之诗"时,梁启超对夏曾佑和谭嗣同爱好以"新名词"入诗也抱着旁观的态度,甚至有对他们"以表自异"的行为不敢苟同之意。

陈建华先生认为"能以旧风格含新意境,斯可以举革命之实"这则诗话乃是梁启超"由于政治上的倒退"而对"诗界革命"的指导原则所作的新的阐释,"经过这番阐释,原先的'三长'变成'二长',而且抽掉了最重要的一条——'新语句'。这种变化虽微秒,却意味着方向性的转变。实际上说明梁启超由于政治上的退步,已不再要'诗界革命'表现新思想、新精神了"[①]。"以旧风格含新意境"确实是"诗界革命"指导原则的阐释,但是否仅

[①] 陈建华:《"革命"的现代性——中国革命话语考论》,第211页。

仅因为梁启超"政治上的退步"？说梁启超因此"不再要'诗界革命'表现新思想、新精神了"更很难说了①。

　　这种转变还体现在对黄遵宪诗歌创作的评价上。在《汗漫录》里，梁启超没有推许黄为"诗王"，认为他虽具备"新意境"和"古风格"，然而批评他"新语句尚少"。现在既然否定了"新语句"后，善于以"新意境入旧风格"

---

① 晚清的革命派与改良派之间的分歧，是"种族革命"和"政治革命"之间的分歧，这是个复杂的问题。革命派是以"排满"、"革命"为政治目标。1893年，孙中山先生酝酿创立兴中会时，其口号就是"驱除鞑虏，恢复中华"，这是历史上宋濂为朱元璋所写的讨元檄文里"驱除胡虏，恢复中华"的改写（冯自由：《兴中会组织史》三，《革命逸史》第4集，中华书局1981年版）。在孙中山看来，中国积贫积弱的原因在于满清政府的异族统治。在他的叙述中，中国和满洲往往判若两国（《军政府宣言》，《孙中山选集》，中华书局1981年版）。梁启超将这种心态称为"小民族主义"，而在他看来，"吾中国言民族者，当于小民族主义之外，更提倡大民族主义。小民族主义者何？汉族对国内他族是也。大民族主义者何？合国内本部属部诸侯对国外之诸侯是也"（梁启超：《饮冰室合集·文集》之十三，中华书局1989年版）。梁启超的政治目标是"满汉合一"、"君民同体"的西方式君主立宪。客观地说，梁启超从中国的历史事实出发，指出"革命"不应是一代换一代而国民精神依旧的"王朝易姓"、"盗贼之争夺"，而当是思想精神上的"一国国民之变革"。梁启超认为"欲救今日之中国，莫急于以新学说变其思想（欧洲之兴全在此）"，"思想不自由，民智更无进步之望矣"（丁文江、赵丰田：《梁启超年谱长编》，上海人民出版社1983年版，第277—278页）。我们也许可以嘲笑他们企羡西方政体的理想化心态，但若是全然否定他们的观念就显得不够审慎，并且，即使是政治上的"软弱"和"倒退"，也未必就不能正确地倡导诗歌的革新。晚清的南社诸诗人，"革命"态度固然是无边激进，但诗歌的成就却是令人不敢恭维。并且，即使是梁启超的态度是倾向于"Revolution"意义上的"革命"，他也不至于"不再要'诗界革命'表现新思想、新精神"，他的维新式的"变革"，论理更需要"欧洲之真精神真思想"。事实上，直到晚年（1927年），梁启超对以诗歌输入"欧洲文化"的热情仍不减当年："文学是无国界的，研究文学，自然不当限于本国。何况近代以来，欧洲文化，好象万流齐奔，万花齐吐，我们侥幸生在今日，正应该多预备'敬领谢'的帖子，将世界各派的文学，尽量输入。"（《晚清两大家诗钞题辞（未完稿）》）不过，陈建华先生的这段著述还是1987年前后所作，在1993年所作的《晚清"诗界革命"与批评的文化焦虑——梁启超、胡适与"革命"的两种含义》这篇重要的论文中，作者的观点已经没有80年代那么偏激，比较客观地看待梁启超作《释革》一文之后的政治立场，认为梁启超真正所焦虑的是"暴力革命对文化的消极后果"。参见陈建华《"革命"的现代性——中国革命话语考论》，第227页。

的黄遵宪的作品自然能"举革命之实",成为"诗界革命"新原则的体现者。这期间,梁启超在《诗话》中对黄遵宪的评价也越来越高:"近世诗人能熔铸新理想以入旧风格者,当推黄公度。""生平论诗,最倾倒黄公度。"①

和《汗漫录》比,此后梁启超对黄遵宪的评价确实越来越高②,但这里论者有一个疏忽:"近世诗人能熔铸新理想以入旧风格者,当推黄公度"、"生平论诗,最倾倒黄公度"这两处评价分别是《诗话》的第四则和第八则,是《诗话》的开头之作,而"否定了'新语句'"则是次年(癸卯)三月《新民丛报》第 29 号上的一则诗话,时间约在一年之后。也就是说,在"否定了'新语句'"之前,梁启超对黄遵宪的认识就已经发生了巨大的改变,并非因为他"政治上的退步"——→所以不要"新精神新思想"——→所以不要"新语句"——→所以才如此评价黄遵宪。可以说,梁启超对"新语句"否定性的认识,正是他对黄遵宪(诗歌创作)的

---

① 陈建华:《"革命"的现代性——中国革命话语考论》,第 211 页。
② 梁启超对待黄遵宪诗歌创作的态度是在不断发生变化的。在《汗漫录》中,梁启超尽管盛赞黄遵宪的诗,但"二十世纪支那之诗王"的桂冠并没有赠与他。在《饮冰室诗话》中,梁对他的评价越来越高:"近世诗人能熔铸新理想以入旧风格者,当推黄公度"(《饮冰室诗话》第四则),"生平论诗,最倾倒黄公度"(《饮冰室诗话》第八则),"吾重公度诗,谓其意境无一袭昔贤,其风格又无一让贤也"(《饮冰室诗话》第九则),"公度之诗,独辟境界,卓然自立于二十世纪诗界中,群推为大家,公论不容诬也"(《饮冰室诗话》第三十二则)。至此,在梁启超看来,"二十世纪支那之诗王"的桂冠非黄遵宪莫属。但是,将梁启超对黄遵宪的态度完全归结为梁启超在"革命"观念上的转变,从而以转变后的诗学观念来评价黄遵宪确有偏颇之处。梁启超对黄遵宪的评价越来越高,除上述原因外,恐怕还与黄遵宪在梁启超心目中的形象和地位、戊戌之后梁启超与黄遵宪的交往甚密等因素有关。据史料表明,戊戌后六七年间,梁启超和黄遵宪有十万言以上的通信,他受黄遵宪的思想影响极大。在讨论民权、自由、革命、自立和将来政体等许多问题上,黄遵宪的观念与梁启超有许多相近的地方(丁文江、赵丰田:《梁启超年谱长编》第三册,"一九零二年——一九零五年")。梁启超对黄遵宪的诗歌的评价并不能表明他对黄遵宪的诗的内在问题和意义有多了解,除了从黄遵宪的诗歌写作中撷取"诗界革命"所需之物外,这里还不乏梁启超在政治思想方面对黄遵宪的敬重与倾慕向黄遵宪诗歌创作的额外投射。

第四章　经验、语言与形式(上):晚清诗的内在矛盾　187

认识和评价越来越高的结果,而不是原因。并且,我们要注意的是,梁启超在"能以旧风格含新意境,斯可以举革命之实矣",说的是"苟能尔尔,则虽间杂一二新名词,亦不为病。不尔,则徒示人以俭而已",他并没有完全否定"新名词"①。

　　梁启超对待晚清诗歌语言符号系统的更新的态度并不在于他到底需不需要"新精神新思想",作为近代中国思想界的开拓者(近人陈伯严称梁启超为"输入文明第一祖"②)、传播西方文化的先锋,"新精神新思想"对他而言是肯定要的。承载"新精神新思想"的新的语词、语句也是肯定要的。在诗歌运动作为现代性目标之部分,发挥传播"新精神新思想"的功效上,梁启超愿意新的语词、语句进入汉语写作应该是没有问题的,与"诗界革命"同时进行的"文界革命"也在大量实践这些新名词、新语句。问题是,当这些"新语句"与"古风格""常相背驰"之时,它破坏了"风格","诗"便"不甚肖诗"。梁启超的问题是诗的语言符号更新与传统中国诗歌形式相遇的具体的写作实践问题。在梁启超看来,"新语句"进入诗歌写作,就是对诗歌"风格"的破坏,他当然只有去寻求那种既能够有"新意境"又保持了"风格"的写作范式。这里既有他个人对诗歌本体特性的不敏感,仅从社会历史的功用上对待诗歌,从而忽略诗歌语言符号更新的意义的问题,恐怕还有一个重要的深层原因:极度成熟的古典诗歌③在语言系统、形式秩序上的审美"程式"及其对新的语言符号、文本形式的"归化"力量。

---

　　① 而这一点,陈建华先生在引用这则诗话时,似乎是故意忽略了。参见陈建华《"革命"的现代性——中国革命话语考论》,第 210 页。
　　② 黄遵宪:《文集·书函》,吴振清、徐勇、王家祥编校整理:《黄遵宪集》,第 501 页。
　　③ 本书对与现代汉语诗歌相对的"旧诗"、"旧体诗"等概念一般称为"古典诗(歌)",以与学界郑敏先生("古典诗歌"等)、叶维廉先生("古典诗")等师长经常使用的概念相应,并且,本书对旧体诗谈论的重点在从初唐时期开始成熟的"近体诗(格律诗)",谈论较多的是"律诗"。

二 形式秩序的力量

(一)"新语句"与"古风格"

一个值得注意的问题是:梁启超认为"新语句与古风格,常相背驰",这个看法应该是对的,颇适用于语言符号部分更新后的晚清诗歌。"纲伦惨以喀私德,法会盛于巴力门",这样的诗作生涩难解,确实没有传统中国诗歌的风韵,破坏了传统的诗歌美学,也冲击着接受者对诗的阅读"程式"。但是在梁启超自己所引用的诗作中,一些以"新名词"入诗的诗作往往是令他非常满意的,有些诗作在他看来,"新语句与古风格"不仅不"相背驰",甚至两者还融洽得"天衣无缝":

> 太息/神州/不陆浮,浪从/星海/狎盟鸥。[首联]
> 共和/风月/推君主,代表/琴尊/唱自由。[颈联]
> 物我/平权/皆偶国,天人/团体/一孤舟。[颔联]
> 此身/归纳/知何处?出世/无机/与化游。[尾联]

这是郑藻常(西乡)的一首七律——《奉题星洲寓公风月琴尊图》①,梁启超对这首诗曾特别称道,"读之不觉拍案叫绝":"全首皆用日本译西书之语句,如共和、自由、平权、团体、归纳、无机诸语,皆是也。吾近好以日本语句入文,见者已诧赞其新异;而西乡更以入诗,如天衣无缝。'天人团体一孤舟',亦几于诗人之诗矣!"② 还有丘仓海《题无惧居士独立

---

① 《清议报》第33册,1899年12月。
② 梁启超:《夏威夷游记》(旧题《汗漫录》,又名《半十九录》),为《新大陆游记节录》(《饮冰室专集之二十二》)之附录二。原载《清议报》第36—38册。《饮冰室合集》之七,第191页。

图》诗："黄人尚昧合群理，诗界差争自主权"，梁启超也评价曰："对句可谓三长兼备。"从这两首诗来看，梁启超评价它们的尺度一是诗中的"新名词"是否为当时大多数人所能理解，即这种词语为民众接受的普遍性，不至于"非常在一块的人不懂"，诗歌与时代的阅读需求、审美方式是否一致；二是"新名词"在诗歌中与诗的整体意境和形式、韵律是否协调。以郑西乡的这首诗为例，由于梁启超所主张的诗的"意境"是"欧洲之真精神真思想"，这些"新名词"正构成了"欧洲之真精神真思想"之"新意境"，不存在与诗歌整体氛围以及时代氛围不协调的问题。之于形式、韵律，这首诗的平仄、押韵还是比较工整的，四联中颔联和颈联对仗，而首联和尾联则显现出意象与意义的"线性和连续性"的特征，有"流水对"的效果。诗歌整体上也有一种适合吟咏的优美节奏。以此为准，前面所引蒋智由的那首五律——《卢骚》在诗的形式要求上更是相当工整。既然这些诗作皆是"三长兼备"、"天衣无缝"，那为什么说"新语句"与"古风格""常相背驰"呢？如果说"新语句"与"古风格"不"相背驰"，为什么即使像郑西乡的这首诗我们看起来仍觉得"诗"味不足，仅仅是将些许"新名词"比较恰当地安放在诗的格律形式之中？

　　梁启超本不是一个热衷于写诗的人，但1899年年底在从日本东京至檀香山的海上旅途中所作的《汗漫录》似乎是他对诗歌写作发生某种警觉意识的开始。这种警觉来自他对以前和夏曾佑、谭嗣同等在一起实践的"新学之诗"的反思。他的诗作中直接搬用难解的佛教、基督教典故、直译的西洋名词的现象自此逐渐减少。诗中的"新名词"多为反映"欧洲之真精神真思想"的诸如"自由"、"平等"、"民权"、"天演"、"文明"等常见的词汇，宗教词语也多为"佛"、"基督"等大家可以理解的词语。从1899年年底这次"两日内成十余首"至1903年年底（这年三月作"以旧风格含新意境……"这则诗话），他的约四十首

（组）诗中①，除去《二十世纪太平洋歌》、《赠别郑秋蕃，兼谢惠画》、《志未酬》、《举国皆我敌》等少数几首夹杂有长短句的长诗及一首歌体《爱国歌四章》外②，多为形式极为工整的律诗（主要为七律）和极少的绝句③。这些诗中一般都有若干"新名词"（并不是像郑西乡那首诗那样几乎句句皆有），显得意义流畅、清晰，气势慷慨，情感深切、豪壮。可以说，在"新语句"与"古风格"之间，令人感觉特别"相背驰"的诗作并不多。

实际上，从整个"诗界革命"的阵地之一——《清议报》上所刊载的诗歌来看，其实也存在这一有意思的现象：虽然诗人们有人意识到"新语句"与"古风格"之间"相背驰"的问题，但在实际的创作中，表现出来的情景却是："新语句"和"古风格"之间的配合是相当协调的，传统的诗歌体式和审美效果也变化不大。"新语句"与"古风格"之间并没有表现出多么激烈而深刻的"背驰"。

---

① 这段时期，梁启超创作的诗歌依时间顺序如下：《壮别六十首》、《舟中作诗呈别南海先生》、《太平洋遇雨》、《二十世纪太平洋歌》、《纪事二十四首》、《留别梁任南汉挪路卢（四首）》、《东归感怀》、《刘荆州》、《奉酬星洲寓公见怀一首，次原韵》、《书感四首，寄星洲寓公，仍用前韵》、《次韵酬星洲寓公见怀二首，并示遯庵》、《铁血》、《广诗中八贤歌（八首）》、《赠别郑秋蕃，兼谢惠画》、《留别澳洲诸同志六首》、《和吴济川赠行，即用其韵（四首）》、《将去澳洲留别陈寿（二首）》、《澳亚归舟杂兴（四首）》、《澳亚归舟赠小畔四郎》、《志未酬》、《自励二首》、《举国皆我敌》、《闻琉秋故王尚泰卒于日本东京，口占一绝》、《秋夜》、《楚卿至自上海，小集旋别，赋赠（二首）》、《环翠楼观雪二绝句》、《自题影像赠观云》、《自题〈新中国未来记〉（二首）》、《爱国歌四章》、《题〈东欧女豪杰〉，代羽衣女士（二首）》、《癸卯初度》、《车行落机山中口占》、《游波士顿居民抛弃英茶处，口占一绝》、《奔勾山战场怀古》、《游华盛顿纪功碑》、《美国国庆，成诗二章》、《由先丝拿打至纽柯连道中口占》、《游芝加哥华盛顿公园》、《挽谭锦镛二章》、《咏落机山温泉（三首）》、《大同同学录题辞四十韵》。据汪松涛编注《梁启超诗词全注》，广东高等教育出版社1998年版。

② 《二十世纪太平洋歌》、《赠别郑秋蕃，兼谢惠画》、《志未酬》、《举国皆我敌》等少数几首长诗夹杂有长短句，《爱国歌四章》为近代歌词。

③ 独有一首七绝《自题影像赠观云》显得"作诗如说话"，两联皆不对仗："是我相是众生相，无明有爱难名状。施波罗蜜证与君，拈花笑指灵山上。"但这种不大符合"古风格"的诗作在梁启超诗集中极少。汪松涛：《梁启超诗词全注》，第100页。

第四章　经验、语言与形式(上):晚清诗的内在矛盾　191

1898 年 12 月 23 日,《清议报》在横滨正式出版,由因戊戌变法失败而逃亡日本的梁启超任主编,壬寅(1902 年)正月《清议报》停刊,《新民丛报》创刊,仍由梁启超任主编。《清议报》中辟有专栏"诗文辞随录",刊录维新同仁的作品——"文"极少,主要是"诗"。百期《清议报》,"诗文辞随录"共刊载诗歌约 860 首,据统计①,其中约有 140 首诗作中出现了"新名词"。这些"新名词"累计约有百余个,其中常见的,属于社会科学方面的有:"自主权"、"合群"、"自由"、"共和"、"平权"、"代表"、"专制"、"群"、"公义"、"主权"、"民权"、"国权"、"联邦"、"尚武"、"平等"、"独力"、"民主"、"革命"、"党派"、"奴性"、"群力"、"热潮"、"民约"、"男女平权"、"政府"、"冒险"、"自立"、"国防"、"公理"、"团体"、"智种"、"目的"、"精神"、"世纪"、"宗教"、"社会"、"思想"、"文明"、"消息"、"学科"、"脑性"、"野蛮"、"铁血"、"哲学"、"基础"、"智力"、"交通"、"脑筋"、"法律"、"问题"、"过渡"、"哲学家"、"进化"、"归纳"、"学会"、"劣败"、"竞存"、"天演"、"竞争"、"物竞"、"竞争存",等等;属于自然科学方面的有:"以太"、"无机"、"格致"、"思力"、"光力"、"微生物"、"磁铁"、"铂金"、"电火",等等;还有关于外国人名、地名、器物名称方面的有:"拿破仑"、"华盛顿"、"哥仑布"、"释迦牟尼"、"耶稣"、"谟罕默德"、"苏格拉"、

---

①　这里对《清议报》(1898—1901 年)诗歌的考察与统计是根据《清议报全编》(全十册)第六册"卷十六"《文苑·下》之《诗界潮音集》(这里的"诗界潮音集"即《清议报》专栏"诗文辞随录",在出《清议报全编》时改为此名以与《新民丛报》诗歌栏目一致)。该集收有百期《清议报》"诗文辞随录"刊载的全部诗作。参阅沈云龙主编《近代中国史料丛刊三编第十五辑》之"新民社"辑《清议报全编》,台北文海出版公司 1986 年版。《新民丛报》(1902—1907 年),半月刊,共出 96 期,其诗歌专栏"诗界潮音集"共刊发 50 余位作者的 500 余首诗作。《新民丛报》自第 4 号起开辟"饮冰室诗话"专栏,至第 95 号结束,自第 55 号起取消"诗界潮音集"专栏,此专栏累计刊载了 15 辑。本书因所查阅的《新民丛报》资料不全,未能对其所刊诗歌作出大概统计。

"卢骚"、"太平洋"、"亚欧"、"欧美"、"远东"、"北极"、"南极"、"澳大利"、"俄罗斯"、"亚刺"、"埃及"、"波兰"、"欧洲"、"东亚"、"泰西"、"黑海"、"北美洲"、"支那"、"赤道"、"雪梨"、"希腊"、"星球"、"恒星"、"行星"、"半球铁道"、"火车"、"电线"、"汽笛"、"俾士麦克"、"玛志尼"、"圣军"[①]，等等。

  检阅《清议报》刊载的诗歌及诗歌中的"新名词"，我们会发现，随着诗人对诗歌的形式、韵味的自觉意识，诗人们对"新名词"的运用并不像"新学之诗"时期那样，还停留在"喜捋扯新名词以自表异"的阶段。总的来说，《清议报》的诗歌已经形成这样的特点：首先是"新名词"入诗、以诗歌来"输入""欧洲之真精神真思想"的现象当然很突出；但是我们也看到诗人们写诗并非就是为了凸显"新名词"，"新名词"往往是作为对旧世界的批判和对新世界的向往而出现，因此"新名词"在一首诗中的出现不可能太密集。梁启超批判的"新学之诗"那种"堆积满纸新名词"的现象已经很少。即使是郑西乡那首算得上"堆积满纸新名词"的诗作，由于那些新词语的常见和易懂，形式、韵律的协调，也让梁启超觉得十分满意。郑西乡的这首诗作其实是少数，更多的诗没有那么多的"新名词"。有"新名词"、"新语句"的诗作不在于新的词语的多少，而在于这些词语与诗歌情境的结合，偶尔有一些"新名词"、"新语句"的诗作其实也是有郑西乡那首诗的味道的，甚至更符合梁启超的"有古人之风格"的要求，譬如与《奉题星洲寓公风月琴尊图》刊登在同一期《清议报》上的"星洲寓公"（即丘炜菱）的《寄怀梁任公》："周秦以后无新语，独有斯人解重魂。以太同胞关痒痛，自由万物竞争存。江天鸿雁飞犹苦，海国鱼龙道岂尊。

[①] 这里"新名词"的列举参阅了李开军著《梁启超与中国文学的转变》（山东大学博士学位论文，2001年）第四章《文体：创新与歧途》中的相关统计。

夜半钟声观四大,不将棒喝让禅门。"① 尽管梁启超觉得这首诗不及郑西乡那首味道足,"其境界大略与夏、谭相等,而遥优于余",但我们还是能看出他对其的欣赏之意。其实这首诗在个人内心与时代境况的互相对照方面,抒情的深度和诗歌的情境是相当生动的,在意趣上不一定就不及《奉题星洲寓公风月琴尊图》。无论是王照的《次韵赠更生》:"千年士风歇,庸状走碌碌。异俗耀文明,嗤我陷昏灼。"②还是丘逢甲的"慷慨高山泪,纵横大海尘。支那少年在,且晚要维新"③,甚至梁启超自己的"一雨纵横亘二洲,浪淘天地入东流。却余人物淘难尽,又挟风雷作远游"④,等等,我们发现这些表现"新意境"的诗作与"古风格"之间的"冲突"并不是那么明显。

其实,随着维新派人士思想精神的发展,他们对西方近代文明成分的借鉴和吸收也渐渐明朗、明确,"新名词"也变得不再那么偏僻、生涩,纯粹音译、难懂的宗教词汇已经很少。从上面的统计看,"新名词"还是以"自由"、"平等"、"民主"、"进化"、"天演"等关乎政治改革和民族前途的社会科学方面的词汇较多,这也反映了近代知识分子对于民族前景的焦虑和向西方寻求现代文化的重心所在。随着近代中国媒体的发展,报纸、译书的兴盛,"新名词"的传播、由陌生的外来词变成汉语里的新词汇也是正常现象。这些"新名词",大家习惯了,其实也就如使用一个汉语里比较陌生的词汇入诗一样,对旧的写作范式不会有什么根本的触动。

正是在这里,我们要说,梁启超对晚清诗歌语言符号更新的感觉是对的,因为诗的语言符号的更新确实有势必要触动旧

---

① 《清议报》第33册,1899年。
② 王照:《次韵赠更生》,《清议报》第4册,1898年。
③ 仓海君(丘逢甲):《与平山近滕二君及同志诸子饮香江酒楼兼寄大隈伯犬养先生》,《清议报》第40册,1900年。
④ 梁启超:《太平洋遇雨》,汪松涛编注:《梁启超诗词全注》,第39页。

的写作范式的危险，但问题在于：由于梁启超心目中旧的写作范式（"古人之风格"、"旧风格"）是不能变动的，所以他其实只是在表面上看到"新名词"在进入汉语系统时初期的生涩与"古风格"的不协调，并且，由于对"风格"的固定认识，他很自然地将反应的策略集中在（忽视或减免）"新名词"上，从而忽略了对"旧风格"的合理性的重新省思。

（二）古典诗的"程式"与"归化"

为什么一直崇尚"少年中国"之精神、"新精神思想"的梁启超对中国诗歌的"风格"却没有标新立异的意思呢？梁启超对诗歌的革新为什么在这里就显得十分保守？其实，梁启超的"旧风格"并不是"旧"、"古老"的风格的意思，应当是"古人之风格"，是一种诗之所以为诗的东西。这是梁启超对于诗歌这一文学体裁的阅读"程式"的问题，是他坚守的一种"文学惯例"①，用结构主义诗学的观点，这种"程式"或"文学惯例""可以视为读者业已吸收同化、然而自己却并不自觉意识的'语法'或文学能力"②。"文学能力"指的就是一个人"阅读文学文本的一套程式"。

与此"程式"相应的是它的"归化"力量。"所谓一种体裁的程式，或一种书文，其实就是意义的种种可能性，就是将文本归化的各种方法，以及给予文本在我们的文化中所界定的世界中以一定的地位。所谓把某一事物吸收同化，对它进行阐释，其实就是将它纳入由文化造成的结构形态。"③"'归化'强调把一切怪异或非规范因素纳入一个推论性的话语结构，使它们变得自然入眼。"④

也正是由于维新派诗人对于古典诗歌"风格"的"程式"

---

① ［美］乔纳森·卡勒：《结构主义诗学》，第 186 页。
② 同上书，第 185 页。
③ 同上书，第 179 页。
④ 同上书，第 206 页。

化接受,他们即使看到"新名词"与"古风格"之间的龃龉,也无法胜过这种"程式"的"归化"的力量,并在创作上表现出总是想方设法使前者进入后者的体制之中,将前者的破坏性减少至最小甚至无有。在"新名词"与"古风格"的冲突中,往往以后者的优胜告终,古典诗歌强大的形式秩序掩盖了语言符号更新的潜能,虽然诗歌中确有"新名词",但诗歌的意境并没有多么"新",于是,"新名词"与"古风格"之间的冲突,在多数诗人的创作中看起来也就并不怎么明显。

从"新名词"的角度说,由于其自身的不稳定,在汉语诗歌的"程式"面前,它的被"归化"的命运是非常明显的,于是仅从美学的层面说,它对汉语书面语的"风格"很难说构成多大的"破坏"。"新名词"一旦进入汉语语境,就处在不断变化的过程当中,无论是欧美词汇还是日语词汇,都面临着一个被选择、被修改和渐渐适应的过程。戊戌到五四期间,正是外来词在汉语语境中由极不稳定到渐渐稳定的过渡阶段。至少在三个方面这些"新名词"其实被想方设法地为汉语所接纳,一是"音译词极不统一极不固定的现象":英美或日本语词,在汉语里为了不同的需要,可以译成不同的"音"和音节。二是"词的单音、双音、多音未定现象":"汉语词的双音化,在这个时期受到翻译的影响,本来大大加快了,多音化的倾向也十分明显了。但是一方面由于一些词正处在凝定的过程,结构还不十分固定;另一方面由于'文言'的作怪,任何词都可以根据所谓'文气'和句子的排偶等等,被人随意拆减。"为了适应文言文写作的需要,"新名词"是可以变化的,譬如"哲学"也可以译为"哲学家","蒸汽船"可以译为"汽船","火车"可以译为"火轮车",等等。最典型的是"竞争"一词,在不同的诗歌形式要求下,可以变通为"竞存"、"竞争存"、"竞生存"、"竞争以存立"等多种样式。三是"词素次序不固定现象":"这个时期有许多正在凝定过程当中的词,它们的词素已经固定,可是词素的次序还是不固定。它们的词素次序之所以固定得慢，主要原因是这时的文体是文言，一些文人爱拟古，而这些词在古汉语中还是词组，组合的词序是自由的。"① 像前面的"竞争"和"争竞"可以互用，类似的还有"战争"与"争战"、"权利"和"利权"等。"新名词"被汉语书面语——"文言"所吸纳，尽管意义在"旅行"当中可能已经改变不少，但是经过一个被修改的过程进入汉语符号体系之后，在汉语写作范式中运用起来慢慢也就不怎么别扭了。

这些词素、语音和意义都不稳定的"新名词"，待到它成为汉语里一个稳定的语言符号，它就会为汉语书面语所吸收，其实就成为了新的文言词。最明显的例子是，胡适在1919年年底作《国语的进化》时就说，"国语"对于"文言"，"除了一些完全死了的字之外，都可尽量收入"，他尤其提到晚清以来的那些"新名词"，但这些"新名词"并没有进入口语和"白话"，却被"文言"很好地吸收——"国语"要用"文言"，至于"复音的文言字，如法律，国民，方法，科学，教育……等字，自不消说了"②。胡适说的这些"复音的文言字"，也正是时常出现在晚清"诗界革命"和"文界革命"的文本中的"新名词"，但是，对于汉语言说方式的根本变革，这些词语没有克服旧的形式秩序，虽然也给旧的形式秩序带来许多问题，但最终还是没有突破这一秩序，反而被其"归化"。

很明显的是，"新名词"多被汉语书面语"改造"性地吸收，成为又一种大家司空见惯的语言符号，而它所携带的思想意识、西方语言思维的言说方式却并没有多大程度地进入汉语，这与汉语的书面语尤其是诗歌特定的"风格"（形式韵律）的功能是大有关系的。郑西乡的《奉题星洲寓公风月琴尊图》，如此多的

---

① 北京师范学院中文系汉语教研组编著：《五四以来汉语书面语语言的变迁和发展》，商务印书馆1959年版，第89—92页。
② 胡适：《国语的进化》，《新青年》第7卷第3号，1920年2月2日。

"新名词",都与"旧风格""配合"得"天衣无缝",何况那些只有一两个"新名词"点缀其间的诗作了。《清议报》"诗文辞随录"之后,《新民丛报》"诗界潮音集"情况显得相对复杂一些:一方面,由于梁启超已经竭力倡导他从黄遵宪诗作中看到的"以旧风格含新意境",部分诗作其实比"诗文辞随录"上的作品在"新名词"的运用上更加娴熟,"风格"也更加契合古典诗歌的形式秩序。有论者认为,此时维新派诗人"对西方的政治制度和民主思想有了较多了解,且直接针对中国的社会现实抒发感慨,故诗中的新学理、新词语渐与诗意融为一体,不那么突兀生硬了"①。另一方面,由于黄遵宪加入进来,黄遵宪的主要长诗作品,几乎都是在《新民丛报》上发表,但梁启超看中的似乎是长诗的"长"和"新理想"。另外,《新民丛报》的诗歌更注重"革命"的宣传,第二号设"棒喝集"专栏,刊发日本、德国的爱国诗歌,直接以外国的榜样惊醒国人。这种以楚辞体译的歌词,极讲究汉语诗歌的韵律,音节整齐,铿锵有力,充满着一种慷慨激昂的"尚武精神"。《新小说》上的"杂歌谣"专栏上的诗也有这样的特点,包括黄遵宪的《军歌二十四章》,尽管梁启超极力推举、黄遵宪自己对此诗也颇为看重,但总体看来似乎就是一种浪漫主义的爱国情绪、民族情绪借着民歌、语体的流畅、慷慨的宣扬,基本上属于政治上的东西,没有为诗歌增添多少有意义的新质。有论者干脆认为这是"诗界革命""理论上的退步"和"创作实践上的退步"②。在古典诗歌形式秩序的强大力量面前,"新名词"对"旧风格"的顺服是显而易见的。这似乎在客观上歪打正着地体现了梁启超对"诗界革命"的要求:"革命"要的是"精神",不是"形式"。"新名词"带来的就是新的时代精神意义上的"新意境",根本就没有触动中国古典诗歌的形式秩序。

---

① 张永芳:《晚清诗界革命论》,第48页。
② 陈建华:《"革命"的现代性——中国革命话语考论》,第211页。

梁启超的诗学尽管最终放弃"新语句",保全"旧风格",但毕竟还在"新语句"和"旧风格"的龃龉面前犹豫了一下,而"诗界革命"之后,南社诸诗人则高举"旧风格",将他们的"革命"鼓吹得有声有色,将传统诗歌的语言、形式演绎到"淫滥"的地步,进入汉语的新的语词对他们只是"新思想"的符号而已,根本不在意其之于传统诗歌美学的矛盾性。南社诸诗人利用诗歌这种"韵之文"更容易触动人之"脑筋、志愿","刺激力尤深"的特点,将诗歌的社会功能发挥至极致,竭力借助诗歌来宣扬他们的革命目标[①]。"新名词"在南社诸诗人的诗歌中运用得更加普遍、更加自然,它不仅没有和传统诗歌的形式格律相冲突,相反,借助于传统诗歌形式之于读者的"现成的反应"机制,"新名词"所承载的新精神、新思想很容易被读者表面化地接受。诗歌的社会功能被浪漫化到极致[②]。

无论对"诗界革命"还是南社的诗人,这样的"新名词"的写作所带来的"新意境",根本不是诗歌美学上的"意境",只是梁启超一心追求的"欧洲之真精神真思想",只是诗歌社会性的"内容"层面而已。而那些"新名词",其实也只是成为代表"新意境"而镶嵌在旧的形式序列中的"符号",仅仅是"符号"而已。它并没有触动诗歌当中那被晚清诗人"已吸收同化、

[①] 南社诗人高燮曰:"自近八年(1895—1902)中,适当十九世纪之末以至二十世纪之初,其文字变迁之速率,至于不可思议,而影响恒及于政治界。诗也者,其刺激力尤深者也。"(高燮:《漱铁和尚诗序》,《高燮集》第一部分《序·跋·启》)邓实的《风雨鸡声集序》云:"人之所以高于动植物者,贵有其精神也。精神何自见?见之于文字。文字者,英雄志士之精神也。虽然,文字之具有运动力,而能感觉人之脑筋,兴发人之志愿者,唯有韵之文易入焉。然则诗者,亦二十世纪新学界鼓吹新思想之妙音也。呜呼!潇潇风雨,嘐嘐鸡鸣,曙光杲杲,天将开幕,当亦乱世诗人所想望不已乎?"(《政艺通报》癸卯第1号)

[②] 曹聚仁评价南社说:"南社的文学运动,自始至终,不能走出浪漫主义的一步。"参见曹聚仁《纪念南社》,《南社诗集》第1集,中学生书局1936年版。"胡适之博士论南社,以'淫滥'两字概之,南社主力柳亚子对胡适的如此批评更是愤愤不平。参见柳亚子《关于〈纪念南社〉——给曹聚仁先生的公开信》,《南社诗集》第1集。

然而自己却并不自觉意识的'语法'",这种语言符号的更新所带来的新的诗歌"语法"和对新的文本的阅读"程式"的生成并没有发生。相反,新的语言符号还被旧的诗歌"语法"和阅读"程式"所降伏,成为旧的形式序列中的也慢慢陈旧的符号,那些"新名词"看起来是汉语里新的语言符号,但实质上可能在意义上是空洞的或模糊的。从这个意义上说,若不改变中国古典诗歌的内在"语法"和"程式",冲击现成的诗歌形式秩序,仅仅依靠语言层面的意义更换要想获得"诗界"的真正"革命"是不可能的。即使"革命"了,也只是收获了诗歌"内容"层面时代性的更换,而作为一种言说方式的根本的诗歌本体(感觉和想象方式、形式秩序)方面仍是旧的状态。问题是,若是诗歌本体方面的因素没有变革,诗歌所接纳的"内容"也未必是真正"新"的内容,诗歌写作与主体对自我与世界的认识、体验也许仍处在旧的范式所造成的隔膜之中。

也正是从这个意义上说,梁启超对黄遵宪的判断——"皆纯以欧洲意境行之,然新语句尚少,盖由新语句与古风格,常相背驰。公度重风格者,故勉避之"是极需要辨析的。如果说梁启超和黄遵宪都看到了"新语句"和"古风格"之间的冲突,那么在梁启超那里,由于对于"古风格"的"程式"化认识,客观上是将"新语句"削足适履地纳入"古风格",胜利的其实是古典诗歌形式秩序的力量,诗歌的"境界"并没有真正的"新";那么在黄遵宪那里,他看到的不仅仅是"新语句与古风格,常相背驰"这一表面上的现象,而是"新语句"太容易被古典诗歌形式秩序所"归化",而成为又一种体制化的"古风格"的内在的矛盾。于是,在诗歌境界"新"的诉求与既有形式秩序的强大阻力之间,黄遵宪的诗被迫要作出许多艰难的试验和挣扎。黄遵宪的诗歌境界可能也没有真正的"新",但他出示了晚清诗歌在新的语言符号进入汉语之后古典诗歌写作继续以旧形式接纳新语言、新经验的困难。他的诗歌写作可能还是不能令人满意,但它将晚清诗歌带入了一个充满矛盾、冲突的境地,向后来者提供了继续探索问题的有效路径。

可惜,梁启超在这个问题上未能认识到这一点,他将此解释为黄遵宪是因"古风格"而放弃了"新名词",而黄遵宪恰恰是在与旧的"风格"作斗争而让"新名词"不仅仅是作为语言符号而是试图在感觉、经验的层面力求将其融入在诗歌之中。"新名词"在他的诗中不是数量上少了,而是他在"风格"的试验上"胜过"了"新名词",使之能化为真正"新"的言说个体现代经验的审美"意境"。可以看出,梁启超忽视了问题的复杂性和重要性。确实,在晚清的诗界,黄遵宪的诗歌观念和创作其实与"诗界革命"的同仁并不一样(这也是黄遵宪与"诗界革命"运动有意保持一定距离的原因),黄遵宪在诗歌上的追求及对诗歌形式的看法也并不与梁启超一致。黄遵宪对诗歌的"新"的看法和对"风格"的观点其实与梁启超大相径庭。他们不是在同一个层面上与问题相遇。

三 彰显矛盾的写作

(一)有意试验的文本

可以说,在中国古典诗歌几千年来已经发展得高度成熟的阅读"程式"面前,梁启超在"诗界革命"中的一些反应也是因为这种"程式"对其诗学眼光的客观制约。这个诗歌阅读与认识上的固定"程式",关涉到特定社会语境中"诗歌文本"与"读者/作者"的多重关系。"中国传统诗歌的作者和读者基本上是一群具有高度文化素养的精英分子,他们学富五车、好整以暇、倾心于绝妙诗艺的探究。在创作群和诠释群之间——或简言之,诗人和读者之间——存在着一种相当密切的契合。"[1] 特殊

---

[1] [美]奚密(Michelle Yeh):《从边缘出发——现代汉诗的另类传统》,第65页。

的运行机制使古典诗的读者和作者范畴往往趋于同一：诗歌的读者往往也是作者，作者当然更是读者。古典诗歌的读者虽然"他们对于诗的态度各有不同，而对于怎样解释一首诗的看法大致总是一致的。他们对于形式上的困难和利弊都是了如指掌的。总而言之，旧诗的读者和作者之间的关系是极其密切的。他们互相了解"[①]。

作为古典诗歌审美风格的忠实"读者"，梁启超所面对的问题在晚清诗坛应该不是他个人的问题，而是普遍的问题：当特定的"历史"强行进入视野，许多陌生的事物或新异的新的语言符号破坏了或曰冲击着既有的诗歌美学秩序，这时候围绕着诗歌文本的认识、创作与阅读，不仅有一个诗人在现实中被迫主体位移、如何寻找新的语言策略以"重新做一个诗人"的问题，也有一个站在丰厚的诗歌传统面前的欣赏者直面当下现实、调整眼光怀疑旧有"程式"以"重新做一个读者"的问题。由于诗人兼具的"读者/作者"的双重身份，在诗歌阅读和欣赏上的审美定式极大程度地决定着他在创作上的方向。所以在这个意义上，怀疑"古风格"这一基本的阅读"程式"的历史合法性和尝试新的诗歌言说方式、试验新的诗歌美学形态就显得十分重要，如果没有这一点，晚清诗歌恐怕会一直陷在"新意境"与"旧风格"的冲突中，并最终为"旧风格"所胜过而导致诗歌的既有问题（语言、意象的符号化和形式秩序的僵化）越来越严重。

按照结构主义诗学的观念，文学之所以是有意味的、可以认识的，乃是因为主体的内在已经有一套对文学的"约定俗成的惯例的认识"，但同时，"文学之所以能活跃起来"，也是"由于一套又一套的阐释程式的缘故"，文学同时也是因为"程式"的不断受冲击、被更新而具有了无尽的趣味和活力。文学"与关于世界的其他形式的话语相比，有其明显的属性、特质和差异。

[①] 梁文星：《现在的新诗》，《文学杂志》（台北）第1卷第4期，第20页。

这些差异存在于文学符号组成的作品之中：存在于产生意义的不同方法之中"①。文学由丰富的语言、形式符号构成，其特质在于其产生意义的多元的方式，也正是在文学所呈现的丰富的差异性中，人对自我和世界的理解在不断变化；同时，自我与世界的变化，也反映为文学及其语言符号的变化。如果我们把文学作品的语言符号视为"产生意义的不同方法"，我们可能就不会将"意义"作本质化的理解，而漠视或指责语言符号的更新，从而削足适履地使语言或文本的新异要趋同既定"意义"的"归化"。在晚清诗界，当然也有人在对文学"意义"的理解上不同于梁启超，其文本创作往往有着尝试建构新的诗歌美学形态的意图，客观上起到了冲击着旧的诗歌审美"程式"的效果，这样的写作也就在既有的形式秩序中展现出新的文学问题。黄遵宪的诗歌写作在这方面就非常值得我们注意。

如前所言，梁启超的诗歌目标是一种社会历史"内容"方面的功能性的追求，希望诗歌成为新的时代精神的载体，他的"新意境"其实不是诗歌的审美境界。而黄遵宪也追求诗歌的"新"，光绪二十年至二十三年间（1894—1897年），他曾倡导"新派诗"，作诗《酬曾重伯编修（二首）》曰："……废君一月官书力，读我连篇新派诗。风雅不亡由善作，光丰之后益矜奇。文章巨蟹横行日，世变群龙见首时。手擷芙蓉策虬驷，出门惘惘更寻谁？"② 这是诗作的第二首，后刊载于《新民丛报》第3年第4号。"风雅不亡由善作"之"善作"在《新民丛报》及潘飞声《在山泉诗话》里作"善变"。诗友曾重伯曾为黄遵宪诗作序，称其"善变"，能自辟蹊径，不落窠臼。黄遵宪在酬谢时没有刻意谦虚，明确认为若使诗歌自身的传统不至于断裂，就需"善变"。诗之所以要"变"，乃是"世变"的缘故，诗在一个

---

① ［美］乔纳森·卡勒：《结构主义诗学》，第194页。
② 黄遵宪：《人境庐诗草笺注》，第762页。

社会、文化的转型时期若能继续与主体的当下经验相接，就应当有所"变"。就这首诗而言，确实写得不算好，甚至有人分析说："一句一意，前起后承，一线贯穿，但思路较粗，有脱口而出之嫌"，"不能体现黄诗的造诣"[1]，当然，我们若是站在只欣赏黄遵宪那些"密织典实"的近体诗或那些波澜壮阔的长篇叙事诗的立场上，对他这种既注意诗的节奏又似"脱口而出"的作品肯定就会轻易忽视。不过，若是我们只认为黄遵宪那些极符合近体诗规范的作品才是他的"造诣"，我们也就不能真正认识"新派诗"的意义。

"新派诗"的"新"到底是指什么呢？黄遵宪《人境庐诗草自序》（1891年）中说：

> 余年十五六，即学为诗。后以奔走四方，东西南北，驰驱少暇，几几束之高阁。然以笃好深嗜之故，亦每以余事及之，虽一行作吏，未遽废也。士生古人之后，古人之诗号专门名家者，无虑百数十家，欲弃去古人之糟粕，而不为古人所束缚，诚戛戛乎其难。虽然，仆尝以为诗之外有事，诗之中有人；今之世异于古，今之人亦何必与古人同。尝于胸中设一诗境：一曰，复古人比兴之体；一曰，以单行之神，运排偶之体；一曰，取离骚乐府之神理而不袭其貌；一曰，用古文家伸缩离合之法入诗。其取材也，自群经三史，逮于周、秦诸子之书，许、郑诸家之注，凡事名物名切于今者，皆采取而假借之。其述事也，举今日之官书会典方言俗谚，以及古人未有之物，未辟之境，耳目所历，皆笔而书之。其炼格也，自曹、鲍、陶、谢、李、杜、韩、苏迄于晚近小家，不名一格，不专一体，要不失乎为我之诗。诚如是，未必遽跻古人，其亦足以自立矣。然余固有志焉而未能逮也。

---

[1] 马亚中：《中国近代诗歌史》，台北：学生书局1992年版，第479页。

《诗》有之曰:"虽不能至,心向往之。"①

黄遵宪当然明白诗歌的革新不能脱离文化传统,但是,作为个体的"人"所处的历史时间在变,个体的经验也在变,所谓"诗之外有事,诗之中有人;今之世异于古,今之人亦何必与古人同",正因为如此,诗之取材,诗可以不拘历史文化典籍,也应不拘"事名物名切于今者";诗之述事,"举今日之官书会典方言俗谚,以及古人未有之物,未辟之境,耳目所历",都是可书写的对象;正是因为这样,诗之风格,不是宗唐宗宋、学杜学韩的问题,而是能否写出个体"耳目所历"的"古人未有之物,未辟之境"的问题,是能够写出真正的"为我之诗"的问题。所谓"为我之诗",是强调诗与"我"的关系,是强调个体当下经验在历时的文化传统和共时的语言结构中的呈现。在黄遵宪看来,在"事"与"人"、"古"与"今"之间的"诗",最关键的是能否成为处在"今"时代的"我"的言说。诗之所以要"善变",乃是"今"时代业已发生的变化和"我"的经验的变化。

黄遵宪的"新派诗"的"新"不同于梁启超的"新意境"的"新",他要求的是诗在新的历史时期能够在自身的传统内发挥新的功能——言说出"今日"之"我",而梁启超的要求诗歌的"新"注重的是诗歌要转述"新"的时代内容,其实就是"内容"本身("欧洲之真精神真思想")。对于黄遵宪,诗歌不仅仅是"转述"外来的或中国传统的"内容",重要的是试图"言说"出一个新的现代经验中的自我,还注重到了诗歌言说方式的变化。可以说,如果说黄遵宪和梁启超都要求晚清诗歌适应向"现代"转型的社会、历史,成为"新诗"的话〔1882年年初,黄遵宪在《奉命为美国三富兰西士果总领事留别日本诸君子》一诗中写道:"海外偏留文字缘,新诗脱口每争传。草完明

---

① 黄遵宪:《人境庐诗草笺注·自序》。

治维新史,吟到中华以外天。"(《人境庐诗草》,第256页)梁启超在《饮冰室诗话》中说:"当时所谓新诗者,颇喜挦扯新名词以自表异。"(《饮冰室诗话》,第375页)],那么黄遵宪的"新"更多是诗歌作为一种个体的言说的"新",既是诗歌内容上的"新",也有诗歌言说方式上的"新";而梁启超的"新",则是诗歌要表现一个时代所需的思想精神上的"新"。在对诗歌功能的现代性的认识上,黄遵宪显然要比梁启超更注意诗歌自身的特性。但无论是黄遵宪还是梁启超,他们标举的概念都还不是自觉地寻求一种"新"的诗歌文类意义上的"新诗",与胡适后来在《谈新诗》一文里确立的"新诗"概念差别甚大。不过,二人对晚清诗的不同态度和写作上的具体作为对我们理解特定现实语境中的中国诗歌还是大有裨益的。

从《人境庐诗草》看,总体上黄遵宪的诗虽接纳了许多来自域外(西洋及东方的日本、东南亚)的新事物、新名词,但具体在每一首诗作中,新名词、新语句却并不多。可以说,他的诗不是"新"在"新名词"上,也不是"新"在用诗歌转述西方新精神、新思想上,而是在他的诗歌以传统的形式接纳新的事物、个体经验的一种充满"张力"的状态上。梁启超说黄遵宪诗"新语句尚少"是对的,因为黄遵宪诗确实不以"新语句"取胜。梁启超是欣赏黄遵宪诗歌写作的人,而同时代反对黄遵宪诗歌作风的人也觉得黄遵宪诗中并没有什么"新语句"。李渔叔以黄遵宪诗中备受时人推崇的组诗《今别离》为典型批判曰:"今以此篇论之,除末句用'轻气球'三字外,不见有何新事物及字句,更无论新理想矣。"[①] 说《今别离》一诗没有什么"新理想",这个意见已经与梁启超相反。要知道,对于这首诗,梁启超是视之为"诗界革命"运动中诗歌写作的一个范本的。在《汗漫录》里,

---

[①] 李渔叔:《鱼千里斋随笔》卷上,转引自吴天任《黄公度先生传稿》,香港中文大学出版社1972年版,第482页。

梁启超特别指出,《今别离》四首及《吴太夫人寿诗》等诗,皆纯以欧洲意境行之,虽然新语句尚少,但在新语句与古风格之间,却做得比较成功,可谓既写出了新意境,又有古人之风格。在之后的《饮冰室诗话》中,梁启超更是多次盛赞《今别离》。"黄公度集中名篇不少,至其《今别离》四章,度曾读黄集中者,无不首记诵之;陈伯严推为千年绝作,殆公论矣。……亟为流通之于人间,吾以是因缘,以是功德,冀生诗界天国。"① "楚北迷新子者,以《新游仙》八首见寄,理想可比公度之《今别离》"②,"蒋万里以《新游仙》二章见寄,风格理想,几追人境庐之《今别离》,亦杰构也"③。梁启超还一再以《今别离》为标准来评价其他的诗作,可见《今别离》在晚清诗歌变革中的特别意义:它似乎是这场运动的一种指标。梁启超期冀"诗界革命"以此诗为典范,生出一个诗歌的理想国。陈伯严推《今别离》为"千年绝作",陈是晚清诗坛大家,而梁启超则是"诗界革命"的理论引导者,二人如此推许《今别离》,当是此诗确实不同凡响,但这里也有可能只是二人在诗中看到了与自身的诗歌理想相契合的东西,他们的推许并不能表明这首诗的真正价值和意义在哪里,更不能表明诗歌就真的多么杰出,完美无缺,令时人都信服。事实上时人对于《今别离》的意见极为相反。

袁祖光夸奖"黄公度作《今别离》,分咏汽车、汽船、电信及东西半球昼夜相反,古意沉丽"④,吴芳吉则说"黄公度《今别离》气象薄俗,失之时髦"⑤。何藻翔也说"《今别离》四章,以旧格调运新理想,千古绝作,不可有二"⑥。而李渔叔根本不

---

① 梁启超:《饮冰室文集之四十五(上)·诗话》,《饮冰室合集》之五,第18页。
② 同上书,第103页。
③ 同上书,第108页。
④ 袁祖光:《绿天香雪簃诗话》,《人境庐诗草笺注》,第1278页。
⑤ 吴芳吉:《四论吾人眼中之新旧文学观》,《人境庐诗草笺注》,第1303页。
⑥ 何藻翔:《岭南诗存》,《人境庐诗草笺注》,第1301页。

承认陈伯严、何藻翔这种论断,他对《今别离》进行细读,对黄遵宪诗极为遗憾:"今以此篇论之,除末句用'轻气球'三字外,不见有何新事物及字句,更无论新理想矣。'岂无打头风'至'烟波杳悠悠'六句,辞意凡冗,诗境稍深者,即已不肯如此落想。至'今日舟与车'、'去矣一何速'二句下,似应有新意出,以振起全篇,乃亦草草承接,意象皆尽,使人缺望之甚。"① 对一首诗的评价差异如此之大,确实是件有意思的事情。

> 别肠转如轮,一刻既万周。
> 眼见双轮驰,益增心中忧。
> 古亦有山川,古亦有车舟,
> 车舟载别离,行止犹自由。
> 今日舟与车,并力生离愁。
> 明知须臾景,不许稍绸缪,
> 钟声一及时,顷刻不少留。
> 虽有万钧柁,动如绕指柔;
> 岂无打头风,亦不畏石尤。
> 送者未及返,君在天尽头,
> 望影倏不见,烟波杳悠悠。
> 去矣一何速,归定留滞不?
> 所愿君归时,快乘轻气球。
>
> 朝寄平安语,暮寄相思字。
> 驰书迅已极,云是君所寄。
> 既非君手书,又无君默记。
> 虽署花字名,知谁箝缄尾?

---

① 李渔叔:《鱼千里斋随笔》卷上,转引自吴天任《黄公度先生传稿》,第482页。

寻常并坐语，未遽悉心事。
况经三四译，岂能达人意，
只有斑斑墨，颇似临行泪。
门前两行树，离离到天际。
中央亦有丝，有丝两头系。
如何君寄书，断续不时至！
每日百须臾，书到时有几？
一息不相闻，使我容颜悴。
安得如电光，一闪至君旁。

开函喜动色，分明是君容。
自君镜奁来，入妾怀袖中。
临行剪中衣，是妾亲手缝。
肥瘦妾自思，今昔将毋同？
自别思见君，情如春酒浓。
今日见君面，仍觉心忡忡。
揽镜妾自照，颜色桃花红。
开箧持赠君，如与君相逢。
妾有钗插鬓，君有襟当胸。
双悬可怜影，汝我长相从。
虽则长相从，别恨终无穷。
对面不解语，若隔山万重。
自非梦来往，密意何由通。

汝魂将何之？欲与君追随。
飘然渡沧海，不畏风波危。
昨夕入君室，举手搴君帷。
披帷不见人，想君就枕迟。
君魂倘寻我，会面亦难期。

第四章 经验、语言与形式(上):晚清诗的内在矛盾 209

> 恐君魂来日,是妾不寐时。
> 妾睡君或醒,君睡妾岂知?
> 彼此不相闻,安怪常参差。
> 举头望明月,明月方入扉。
> 此时想君身,侵晓刚披衣。
> 君在海之角,妾在天之涯。
> 相去三万里,昼夜相背驰。
> 眠起不同时,魂梦难相依。
> 地长不能缩,翼短不能飞。
> 只有恋君心,海枯终不移。
> 海水深复深,难以量相思。①

钱仲联先生在笺注中曰:此诗"以乐府的形式,描述了行人思妇车站送别,别后寄信、寄照,日夜思念的情景。涉及了轮船、火车、电报、照相、东西半球昼夜相反等近代科技知识,被誉为'以新事而合旧格'的诗界革命的代表之作"②。"以新事而合旧格"乃陈伯严语,陈三立(伯严)曰:"以至思而抒通情,以新事而合旧格,质古渊茂,隐恻缠绵,盖辟古人未曾有之境,为今人不可少之诗,作者神通至此,殆是天授。"③ 陈伯严的评价有此诗来自作者创作灵感突发、偶然天成的意思。但我们仔细考察这首诗的本文结构和文本在历史中的脉络就会发现,此诗绝不是"神通"、"天授"而成,乃是作者一次蓄意试验的产物。

据吴天任先生考证,《今别离》乃黄遵宪供职伦敦驻英使馆参赞时期所作④。和此前的驻日、驻美时期相比,由于语言不

---

① 《人境庐诗草笺注》,第516—521页。
② 黄遵宪著,钱仲联笺注:《人境庐诗草》,中国青年出版社2000年版,第392页。
③ 见《人境庐诗草笺注》,第517页。
④ 据吴天任《黄遵宪先生传稿》第八章第七节"人境庐诗谱"。

通、官为闲职等原因，黄遵宪这段时间实际上是非常孤寂的。也正是在这段时间，黄遵宪开始自辑诗稿，整理40岁以前随手散佚的诗作，与《今别离》时期相近的，是一系列寄怀亲友的诗作。其中最引人注目的是组诗《岁暮怀人》，36首写的是对丘逢甲、王韬、乡里女友等人的追忆，最后一首则是对诗人自身境况的怜惜："悲欢离合无穷事，迢递羁危万里身。与我周旋最怜我，寒更孤独未归人。"① 由此可见诗人当时心情的寥落孤寂。《今别离》正是诗人此种心情下的作品。诗歌的情感动力极有可能就是怀念家乡的妻子。

不过，诗歌的情感动力并不能完全代表诗人写作的真正目的。从诗歌本文的意义结构看，诗作主要以车船、电报、相片、东西半球昼夜相反四种事物（包括"轻气球"，实际上涉及六种）为契机，来写别离之情及别离后的相思情状。并且，诗人是以被思念的对象为叙述者，诗歌的情境是在对对方的想象中完成的。四首诗的情境层层递进，连成一个完整的想象性叙事。诗歌是在明显地接纳"近代科技知识"等"新事"，但"新事"之"新"在诗中并不明显，唯有一处直接的"新名词"，乃是与题旨关系不大的"轻气球"。"车"、"舟"的意象，古典诗歌中也是有的，但诗人以"别肠转如轮，一刻既万周……钟声一及时，顷刻不少留"，"虽有万钧柁，动如绕指柔"的描述使人意识到这不是古典诗歌作为农耕文明时代的意象的"车"、"舟"，而是机器工业时代的"火车"和"轮船"。"今日舟与车，并力生离愁"，诗人提醒我们他写的是"今日"的事物；"今日见君面，仍觉心忡忡"，诗人所要言说的是当下的复杂情感。车船、电报、相片、东西半球昼夜相反等对于大多数中国人都是新鲜事物，诗人以诗歌接纳"新意境"本无可厚非，但一首诗接纳这么多新事物，且不见新名词、新语句，着实有着刻意为之的意思。

---

① 《人境庐诗草笺注》，第563页。

第四章　经验、语言与形式(上)：晚清诗的内在矛盾　211

　　值得注意的是，车船、电报、相片、东西半球昼夜相反等新事物在想象性的叙事中可以连缀在一起，构成完整的意义链条，但在现实生活中鉴于当时的社会情况则不可能有如此经历。有论者指出，当时"黄氏之赴英履任，由家乡出发，到广州后转往香港乘船赴欧。当时其故乡至广州尚未铺设铁路，则何来'眼见双轮驰，益增心中忧'"？还有电报的情况也不符合实际情况，"电报自来极少用以递送一般信件，一则无法保密，一则按字计费，费用太高，那末何来'况经三四译，岂能达人意，只有斑斑墨，颇似临行泪'"？① 由此看来，诗人只是将这些自己所熟悉或知道的现代性器物在想象中聚在一起，完成的是一次想象中的具有现代性意味的别离与相思。诗歌实际上是一次刻意试验的写作。诗人是在考验诗歌接纳新事物、不徒见"新名词"而重在创造"新意境"的能力。诗歌的情感动力虽是思念亲人，但其写作的目标并不就是一次通常的情感的文字释放，而是要有意试验出一种新的诗歌文本。

　　从这个诗歌文本的历史脉络看，作者就是蓄意要在传统的意义序列中来陈述出新的意义。以"别离"为题材、写离别之情的诗作在古典诗歌传统中极为丰盛。诗人既然定意题为"今别离"，其隐在的对称对象应该是"古别离"。中国古典诗歌中的汉乐府民歌除了其音律上的民歌特色之外，最大的特色在于其接纳现实的叙事性（"缘事而发"、人物形象的塑造）和接近口语的诗歌语言及以五言诗为主体的诗歌形式。黄遵宪以乐府的形式写诗，一方面是为了想象性叙事的需要，另一方面也是为了与古典诗歌的形式秩序进行对话，蓄意要在"古风格"中生出"新意境"。钱仲联先生说，《今别离》第一首其用韵与句意俱自唐代诗人孟郊的《车遥遥》而来。"车舟载别离，行止犹自由"本孟郊诗"舟车两无阻，何处不得游"；"并力生离愁"本孟郊诗"无令生远愁"；"送者未及返，君在天尽头"本孟郊诗"此夕梦

---

① 魏仲佑：《晚清诗研究》，台北：文津出版社1995年版，第94页。

君梦,君在百城楼";"望影倏不见,烟波杳悠悠"本孟郊诗"寄泪无因波,寄恨无因輈";"所愿君归时,快乘轻气球"本孟郊诗"愿为驭者手,与郎回马头"①。不过,这样以一二诗句之间的相似性来比附,难以看出两人诗作在意象和整体情境上的差别。况且《今别离》四首诗作意义连贯,当是一个整体,第一首只是全诗的开端,后面三首写分别之后围绕新事物、新经验的想象更是诗的重要部分,似乎不宜分开解析。

"古别离"也是古乐府写相思的一种曲调,《青青河畔草》、《冉冉生孤竹》、《长相思》、《自君之出矣》、《车遥遥》、《古别离》等皆是。郭茂倩《乐府诗集》收《古别离》自梁代诗人江淹以下共19人的作品,句法多为五言,抒情的角度多为家人想念游子(其中多为妻子想念远游的夫君,而作者皆是男子)。我们以唐代诗人沈佺期的一首《拟古别离》来看:

>　　白水东悠悠,中有西行舟。
>　　舟行有返棹,水去无还流。
>　　奈何生别者,戚戚怀远游。
>　　远游谁当惜,所悲会难收。
>　　自君闻芳躅,青阳四五道。
>　　皓月掩兰室,光风虚蕙楼。
>　　相思无明晦,长叹累冬秋。
>　　离居分迟暮,高驾何淹留。②

这首诗很能体现乐府诗《古别离》的特征。五言句式,主题是妻子思念远游的夫君,是"君"写的"妾"在与"君"离别

---

① 《人境庐诗草笺注》,第517页。
② 《全唐诗》卷九五《沈佺期一》,《全唐诗》(第二册),中华书局1999年版,第1017页。

后对"君"的思念。这种将主观情感尽量"客观化"为对自然景物的描述和对思念对象的陈述,可能是为了符合中国诗歌传统的"温柔敦厚"的诗教作风。上半阕写别离时的情景:"白水东悠悠,中有西行舟"起兴,喻游子的生命状态;"舟行有返棹,水去无还流",喻游子归期的不可知。下半阕写别离后的相思情景:"皓月掩兰室,光风虚蕙楼"写想象中"妾"的相思之苦。沈氏设身处地,想象自己的妻子对他的怀念,诗的情思不可谓不真切,但是,《拟古别离》的形式成规在这里却造成了一个问题,那就是诗歌中的"我"的情思的消失,诗中无"我",正如有论者指出的:"诗中全看不出沈氏与其妻的特性,它可以是李白之妻想念李白,也可以是杜甫之妻想念杜甫,或者其他妻子想念夫君。总之,这种作品,不管谁作的,都只写别离相思的共通性,而不表现其个别性。"[1] 其实此"古别离",不仅是作为具有独立的经验、意识的个体"我"的空缺,而且作为与个体经验密切相关的"时间"也是模糊的,诗作所描述的情景其实放在古代历史的任何时段都适用。

　　正是在当下性的"时间"而具有独立的经验、意识的个体"我"上,黄遵宪的《今别离》和"古别离"形成了明显的差异。"古亦有山川,古亦有车舟,车舟载别离,行止犹自由。今日舟与车,并力生离愁",黄遵宪首先突出的是"别离"这一被严重符号化的古典抒情形式的当下性:别离是"今日"的别离。"今日"的特征在哪里呢?在于这是一个已经变化了的时代,别离的情景也已经改变了。古人的别离是"车舟载别离,行止犹自由",行者和送者还可以走走停停,依依惜别,宋代词人柳永的名作《雨霖铃》即描述了这种情景:"正留恋处,兰舟催发,执手相看泪眼,竟无语凝噎。"而今日的离别却情况迥异。现代性的观念与人对时间和空间的认识有关,当人将时间和空间从生

---

[1]　魏仲佑:《晚清诗研究》,第91页。

活实践中分离出来并将之划分为不同的类型、单位并作出不同的解释,现代性的观念就出现了。从前的离别从空间上看,是可以"行止犹自由"的;从时间上看,是可以"欲走还留"、依依惜别的。而"今日"的离别,划分空间的是"一刻既万周"的火车轮,划分时间的是机械的钟表,在时间和空间上,机械化的时代显得比农耕文明时代要无情得多,"钟声一及时,顷刻不少留",根本不给行者和送者任何缠绵悱恻的机会。别离的感受在"今日"应当是非常不一样的。

"门前两行树,离离到天际。中央亦有丝,有丝两头系。如何君寄书,断续不时至!每日百须臾,书到时有几?一息不相阅,使我容颜悴。安得如电光,一闪至君旁",由于是想象对方的思想情感,黄遵宪用传统的自然意象来写"电报"这一新事物,有可能是有意的。对方("妾")由于对"电报"的不了解,以为是通过门前的电线传递信息,所以才有这种女子无知而可爱的想象和嗔问。"安得如电光,一闪至君旁"更是显出相思的真切和情感的大胆流露,作为一个传统女性的口吻,发出这样的声音,依通常的评诗尺度,实在不够"温柔敦厚"。

现代器物使人在时间、空间上的隔离是如此迅速,但也能使人的相逢变得容易,电报、相片使人的言语和容貌能够快速到达对方的眼前,解决暂时的相思之苦。但现代器物也不是万能的,譬如相片,尽管能够在相片上见到对方,但心灵的秘密话语仍然不能相互交通:"今日见君面,仍觉心忡忡……对面不解语,若隔山万重。自非梦来往,密意何由通",实在的器物之于情感,其实不如虚幻的梦境能够给人安慰。"今日"的别离并没有因为新事物就变得欢天喜地,离别双方的信息往来方式不一样,但人的沉痛和感伤仍然存在,不同的是这沉痛和感伤更加具体而深刻。

古人的"别离"之诗,能够缓解叙述者的相思之苦的经常是梦境里的魂魄相见,叙述者期望在一个梦幻的想象之地双方能够重逢。如:"此夕梦君梦,君在百尺楼。"(孟郊《车遥遥》)"天长路远魂飞苦,梦魂不到关山难。"(李白《长相思》)"汝魂将何之? 欲与君追随",这里黄遵宪延续了古意,但却又发出了与古意不同的感叹:由于"相去三万里,昼夜相背驰",双方各处在东西半球,生活作息时间不一致,各自的生活时空的差异太大,恐怕即使是梦里重逢也不大可能——"眠起不同时,魂梦难相依"!

在本文的意义结构上,黄遵宪的《今别离》是蓄意要安排多种新事物进入诗歌,考察古典诗歌形式接纳新事物、呈现新经验的能力;在本文的历史脉络上,黄遵宪的《今别离》是蓄意要与"古别离"对话,试验古典诗歌的形式秩序接纳新事物、创造"新意境"的可能性。所以这首诗绝不是作者一时心血来潮的随机之作,它之所以写得有新意,乃是作者有意的经营,绝不是"神通"、"天授"的结果。诗人从诗歌与当下现实的接通、个体经验的当下性呈现、诗歌形式秩序的当代应变等几个方面来试验一种"新派诗",突出这种诗歌的面向"今日"与呈现独特的经验个体"我"的特性。应当说,之于黄遵宪要写"古人未有之事,未辟之境"的"为我之诗"的理想,这首诗在一定程度上是实现了。我们不仅可以从《今别离》自身的意义结构及其这个文本与中国文学历史中的"潜文本"之关系等角度来考察,我们还可以在共时性上看它与同时代人的同类作品的差别。"别离"的意象、乐府诗的形式一直是中国古典诗歌的一种传统,历代文人沿袭这种传统抒情言志亦在情理之中。这是同时代诗人王闿运(1832—1916年)的一首同题作品:

> 别来五月春水生,桃枝成碧花欲明。
> 开帘望东风,远近伤我情。
> 君肠断,妾身老,绣衣罗裳着春早,
> 愁如细雨连烟草。
> 去年离别莺始啼,今年啼莺别处飞。

>   垂杨复何心，从风飘絮来。
>   天涯浮云皎月意，不尽绝思还空帷。①

王闿运的这首《今别离》虽诗体、句法与黄遵宪的《今别离》有些差异，但是同样处理"别离"这一经验性的题材，我们还是能见出二诗的分别：王闿运诗则虽然风味雅驯，但显得和古典诗歌序列中的许多"怨妇诗"没有多大差别，在诗歌意象意境的营造上见不出作者的独特匠心。和黄遵宪诗突出现实历史的当下性和个体经验的独特性相比，《今别离》之"今"是相当模糊的，作者的个体经验也被掩埋在符号化的虽然优美却很空洞的境象之中。王闿运是清诗流派中"汉魏派"（或称"汉魏六朝派"）的代表。同光体诗人宗宋，汉魏派诗人则反对宋诗，着力以汉魏六朝以下及初唐诗风来反对当时稍前一点的宋诗运动。但无论是宗宋、宗唐还是宗汉魏，其实都是在中国古典诗歌的语言、意趣、诗法上的不断效仿，就如在诗歌写作上自视颇高的王闿运自己所宣称的那样："学诗当遍观古人之诗，唯今人诗可不观，今人诗莫工于余，余诗尤不可观。以不观古人诗，但观余诗，徒得其杂凑模仿，中愈无主也。总之，非积三四十年，不能尽知古人之工拙，以三四十年之工力治经学道，必有成，因道诵诗，诗自工矣。"② 后来的胡适就对王闿运很不满，说他作为"一代诗人"，生在19世纪后半期这样一个"大乱的时代"，但他的诗集，"我们从头读到尾，只看见无数拟鲍明远、拟傅休奕、拟王远长、拟曹子建……但竟寻不出一些真正可以纪念这个惨痛时代的诗"。胡适认为这种现象

---

① 王闿运：《湘绮楼诗集》卷三，第109页，《湘绮楼诗集》（光绪丁未年八月刊于东州讲舍），收入沈云龙主编《近代中国史料丛刊》第六十辑，台湾：文海出版社1970年版。

② 《论诗法（答唐凤廷问）》，《中国历代文论选》第四册，上海古籍出版社1980年版，第104页。

的原因在于他们对于前人的"模仿"①。"模仿"是诗人们的主观表现，其实这里也有客观上中国古典诗歌在审美鉴赏上的"程式"化对诗人写作观念的制约，特定的诗歌观念导致的模式化创作方式已经不能使诗人的个体经验借着语言、形式真正触及现实。

由此我们也看出黄遵宪诗歌写作的独特性，正是他立足于诗歌传统内部的"善变"，在既存的诗歌形式秩序当中有意地试验新语句的融入和"新意境"的创造，以诗歌自身的方式来接纳他所处的"今日"——一个处在历史、文化转型期的特定现实世界，力图呈现出作为个体生存的"我"在"今日"的独特情思。虽然他的试验并不能说多么成功，但正是这种试验有力地冲击着中国诗歌符号化的语言模式和僵化的形式秩序，使晚清诗歌写作的"困难"不得不醒目地暴露出来。

（二）形式上的挣扎与牺牲

黄遵宪力图在传统诗歌形式的延续下通过"善变"来创造出新的意境，但是中国古典诗歌的形式秩序能够提供的更新语言方式、变通诗体的空间其实非常小，在具体的写作中，我们也不难看到传统诗歌的意趣与形式和新事物、新语词、具体化的个体经验的种种矛盾。仅以《今别离》第一首为例，譬如李渔叔说："'岂无打头风'至'烟波杳悠悠'六句，辞意凡冗，诗境稍深者，即已不肯如此落想。""岂无打头风，亦不畏石尤"句上接"虽有万钧柁，动如绕指柔"句，描述的都是"今日舟"的情状，这是一种近代化的机械文明，诗人的意思是虽然它看起来笨重，但动作灵活；船头不是没有逆风的拦阻，但它根本不怕。这里既有诗人细致陈述当下经验的意图，也可看出诗人着意介绍新事物时的勃勃兴致，与题旨无关的"辞意凡冗"和离别时"竟无语凝噎"的忧伤情感的不协调，

---

① 胡适：《五十年来中国之文学》，《胡适文存二集》，第103页。

"诗境"的创造在此显得没有深入。"新意境"的书写在古典诗的"别离"情境中似乎不大合适。

李渔叔抱怨说"至'今日舟与车'、'去矣一何速'二句下，似应有新意出，以振起全篇"，但给人的感觉却是："草草承接，意象皆尽，使人缺望之甚。""今日舟与车"句下还是不错的，按照阅读的期待，既然是"今日舟与车"，对这种新事物的描述应该是新意象、新意境，接下来诗人的陈述确实有"新意"。不过"去矣一何速"句下，给人的感觉确实是"草草承接"，"归定留滞不"的"定"也作"如"，意谓夫君的离别总是那么快速，而归来、居留却不是这样。这句承接可谓"辞意凡冗"、伤意趁韵。而"所愿君归时，快乘轻气球"句，"轻气球"的意象明显是为了介绍新事物而放进诗歌情境来的，不符合诗的"因境造语"的规矩，显得突兀而轻佻。对方作为一个旧式女子，对新事物并不大了解（从第二首她对电报的可爱想象就可以看出），怎么会"现代"到盼望夫君是乘坐"轻气球"与之相会呢？相比之下，后面三首对对方的想象情境就明显合理得多。

看来，即使是《今别离》这样被奉为"千年绝作"的作品，也不是没有问题的。陈伯严称其"以新事而合旧格"，看中这首诗不是"新事"，而是它的与"旧风格"的相"合"。梁启超夸陈伯严"其诗不用新异之语，而境界自与时流异，醲深俊微"[1]，原来他的作诗之法与黄遵宪有一致的地方，都试图"与时流异"，并且在对待"新异之语"的态度上似乎一致，只是黄遵宪并没有"不用新异之语"，而是努力将"新异之语"融入"旧风格"之中。梁启超极力推崇黄遵宪，乃是因为他的诗能够"熔铸新理想以入旧风格"[2]，看到的是黄遵宪诗所接纳的"新理想"的丰富、"新意境"的细致与开阔，他之所以不推崇郑西乡等人

---

[1] 梁启超：《饮冰室文集之四十五（上）·诗话》，第9页。
[2] 同上书，第2页。

的诗为"诗界革命"的一个指标,恐怕还是觉得他们的诗趣味、境界均不及黄遵宪,没有黄遵宪诗"元气淋漓,卓然称大家"①的风范。梁启超看中的是黄遵宪诗中的"新事"及接纳"新事"的方式。在对古典诗歌的"程式"化的接受中,他并没有感受到"旧风格"作为一种形式秩序对诗歌"新事"的阻力,以为是黄遵宪有意避免"新语句",他只看到了黄遵宪诗歌写作的表面效果,没有看到这种效果后面艰难而矛盾的过程。

《今别离》是一次在古典诗歌形式传统的延续中来展现新经验,而更多的时候,面对现象、经验纷繁变化的新世界,诗歌要接纳"新事",就不得不在语言、诗体和审美趣味上寻找新的可能。黄遵宪诗多次被人誉为"诗史"②,就是梁启超的夸奖,也多半因为他的诗多有鸿篇巨制。古诗《孔雀东南飞》一千七百余字,就号称中国诗歌"古今第一长篇",而黄遵宪一首《锡兰岛卧佛》,皇皇两千余言。《人境庐诗草》中百言以上的诗颇为常见,逾千言的诗也不是独有《锡兰岛卧佛》。梁启超对《锡兰岛卧佛》一诗大加赞赏:"吾敢谓有诗以来所未有也。以文名名之,吾欲题为《印度近史》,欲题为《佛教小史》,欲题为《地球宗教论》,欲题为《宗教政治关系说》;然是固诗也,非文也。有诗如此,中国文学界足以豪矣。"③ 从梁启超对《锡兰岛卧佛》的易名来看,我们知道黄遵宪欲在诗中接纳多么庞杂的关于宗教、政治、世界文化等多方面的"新事",之所以有这么长的"诗",乃是传统的诗歌体式根本不能接纳这么多"新事",诗歌是被新语句、新经验所胀破的,已经根本不像"诗",而成了

---

① 梁启超:《清代学术概论》,《饮冰室文萃·清代学术概论 儒家哲学》,第90页。
② 陈柱曰:"黄公度诗……网罗广博,自铸伟词,亦诗亦史。"(黄遵宪:《人境庐诗草》,钱仲联笺注,第1页)后人冯振曰:"有清一代称诗史者,前曰吴梅村,后惟黄公度。"(黄遵宪:《人境庐诗草》,钱仲联笺注,第1页)
③ 梁启超:《饮冰室文集之四十五(上)·诗话》,《饮冰室合集》之五,第3页。

"史",以至梁启超曾如是概括黄遵宪诗——"公度之诗,诗史也"①。

"诗"成为"史"其实反映的是黄遵宪诗在意象、意境、书写方式上的变化,他不是追求以诗来写史,而是要以诗来直接呈现变动的"今日"世界。这也是黄遵宪最受人注目的诗多为纪事诗的原因。陈衍在《石遗室诗话》中说:"公度诗多纪写时事。"② 王庚则说,正是这种"纪写时事"的作风使黄遵宪的诗在晚清诗界成为一种新的"变体":"嘉应黄公度京卿人境庐诗,多纪时事,且引用新名词,在晚清诗格中良为变体。"③ 确实,自《人境庐诗草》开篇之《感怀》叙及太平天国起义,《羊城感赋六首》叙及第一、第二次鸦片战争,到《大狱四首》、《流求歌》、《朝鲜叹》叙及清朝政府在外交上的接连失策,到《罢美国留学生感赋》、《逐客篇》、《番客篇》叙及留学生、华工、华侨在海外的悲惨境遇,到他在太平洋、日本、香港、伦敦、巴黎、新加坡等地的旅行经历,到他在甲午战争期间所作的《悲平壤》、《东沟行》、《哀旅顺》、《哭威海》、《马关纪事》、《降将军歌》、《台湾行》、《度辽将军歌》等一系列感时纪事之作,我们看到黄遵宪诗在接纳现实上的努力,他的诗歌可能因此会没有那些仍以山水田园等自然意象为抒情符号的诗作显得温和、圆润、"气韵生动",相反却显得有些"粗犷瑕累,过欠剪裁"、"谬戾乖张,丑怪已极"④。但正是在这里,我们也觉出了黄遵宪的苦心,这种诗作与他的写"古人未有之物,未辟之境"是不冲突的,他以改变传统诗歌美学的方式将诗歌带出了田园、山林

---

① 梁启超:《饮冰室文集之四十五(上)·诗话》,《饮冰室合集》之五,第51页。
② 陈衍:《石遗室诗话》卷七,《石遗室诗话》(一),辽宁教育出版社1998年版,第89页。
③ 王庚:《今传是楼诗话》,辽宁教育出版社2001年版。
④ 吴天任:《黄公度先生传稿》,第484页。

和庙堂的单一世界，使诗歌能触及当下的纷繁复杂的现实。这是黄遵宪对传统的诗歌功能的一种试验。

当然，从诗歌本身的特质来说，以"史"来评价"诗"固然指明了诗歌追求接纳现实世界的事实，但客观上也反映出这种诗歌的问题。钱锺书就曾指出"诗史"的说法的偏颇："也许史料里把一件事情叙述得比较详细，但是诗歌里经过一番提炼和剪裁，就把它表现得更集中、更具体、更鲜明，产生了又强烈又深永的效果。反过来说，要是诗歌缺乏这种艺术特性，只是枯燥粗糙的平铺直叙，那末，虽然它在内容上有史实的根据，或者竟可以补历史记录的缺漏，它也只是押韵的文件……因此，'诗史'的看法是个一偏之见。"[①] 诗是以感觉、想象的方式说话，具有丰富、生动的表现力，"史"可以作为"诗"的取材对象，但"诗"不能仅仅成为"史"。《锡兰岛卧佛》也试图以想象和感觉说话，但五言体的诗歌终不能接纳这么宏大的主题和庞杂的题材，黄遵宪也就不得不不惜将诗歌的体式一再延伸、扩展，终于成了梁启超夸为"空前之起奇构"的像"诗"像"文"亦像"史"的东西。其实在其他的长诗里，黄遵宪也处在这种困难之中，为了接纳更多的"新事"，他不得不把传统的诗歌体式拉得很长，诗歌篇幅缺乏必要的节制和凝练，使人在阅读中极易丧失耐心。如此宏大的叙事诗，在想象和感觉的方式上也不可能是传统诗歌意趣的温和、隽永，诗的意趣有时显得"谬戾乖张，丑怪已极"也就在所难免。

正是在"新理想"与"旧风格"激烈冲突的地方，对黄遵宪的诗歌的批评呈现出两极分化的现象。以诗歌为启蒙的工具、追求时代精神的革新者，力举黄遵宪诗的非凡气象。坚守古典诗歌的形式规范和审美秩序的人，则力批黄遵宪诗的不合规范，

[①] 钱锺书:《宋诗选注·序》,《宋诗选注》,人民文学出版社1958年版,第4页。

"气象薄俗,失之时髦"。今人最著名的论断则来自国学大家钱锺书先生:"近人诗界维新,必推黄公度。《人境庐诗》奇才大句,自为作手。五古议论纵横,近随园、瓯北;歌行铺比翻腾处似舒铁云;七绝则龚定庵。取径实不甚高,语工而格卑;伧气尚存,每成俗艳。尹师鲁论王胜之文曰:'赡而不流';公度其不免于流者乎。大胆为文处,亦无以过其乡宋芷湾。差能说西洋制度名物,挦摭声光电化诸学,以为点缀,而于西人风雅之妙、性理之微,实少解会。故其诗有新事物,而无新理致。譬如《番客篇》,不过胡稚威《海贾诗》。《以莲菊桃杂供一瓶作歌》,不过《淮南子·俶真训》所谓:'槐榆与橘柚,合而为兄弟;有苗与三危,通而为一家';查初白《菊瓶插梅》诗所谓:'高士累朝多合传,佳人绝代少同时';公度生于海通之世,不曰'有苗三危通一家',而曰'黄白黑种同一国'耳。凡新学而稍知存古,与夫旧学而强欲趋时者,皆好公度。盖若辈之言诗界维新,仅指驱使西故,亦犹参军蛮语作诗,仍是用佛典梵语之结习而已。"①

钱锺书说黄遵宪诗"有新事物,而无新理致",认为黄遵宪不过能说一些"西洋制度名物"、"声光电化诸学"而已,"而于西人风雅之妙、性理之微"则不能领会。《以莲菊桃杂供一瓶作歌》一诗,后人其实评价颇高,杨向时认为:"此诗全以哲理行之,而真气内转,虽长达数百言,使人读之,有不觉忽尽之感,亦新思想之动人也。"② 陈子展则曰:"我们只须读了这首诗,便可以知道前此谭嗣同、夏曾佑一班人所用的新思想新材料比起这位'足遍五洲多异想'的作者来,是如何的贫乏了!"③ 钱锺书则以为不尽然,在他看来,这些"新思想"其实并不新,不过

---

① 钱锺书:《谈艺录》,中华书局1984年版,第23—24页。
② 杨向时:《人境庐诗撼述》,转引自吴天任《黄公度先生传稿》,第414页。
③ 陈子展:《中国近代文学之变迁 最近三十年中国文学史》,上海古籍出版社2000年版,第18页。

以"新名词"安放在古典诗歌的语言格局之中,不过"用佛典梵语之结习而已"。不过,钱锺书的看法也不一定对。西方语词从西方进入汉语语境,乃是一个语义不断变化的"旅行"过程,值得重视的是语词的意义改变的实践过程,而不是意义原封不动地"再现"的幻想①。汉语接纳西方的新名词、新语句原本就不是"再现""西人风雅之妙、性理之微",而是为了凸显中国人在一个历史转型时代的真实经验。黄遵宪诗"有新事物,而无新理致"不见得就是致命的缺陷,"新事物"为什么不能表现出"新理致"?也许不是哪位表现者的问题,而是表现方式本身的问题。正要质疑的不是诗人是否"解会"西人的"风雅"、"性理",而是传统的汉语言说方式是否根本无法传达出"今日"汉语世界的"新理致"。

对新思想、新精神的接纳,往往使黄遵宪的诗不仅处在与传统诗歌体式、意趣的矛盾中,也使他的诗歌在诗行与句法上面临着矛盾。无论是五言还是七言的古典句式,一定的字数和情感、

---

① 在东西方文化、语言的交汇中,晚清诗歌"新名词"、"新语句"的实践中有一个类似"理论旅行"的情况,西方的新名词在这里并不就是西方的意思,经过在东方文化思维中的知识分子的理解与想象,新名词在这里生出了新的意思,为传统的中国诗歌增添了许多异质。后殖民主义文艺理论家赛义德(Edward W. Said, 1935—2003年)在20世纪80年代有一个流传甚广的"理论旅行"(Traveling Theory)的思想,其目的正在于揭示某些外来文化观念如何受到本土文化观念的抵抗、交融以及改造的复杂形态(Edward W. Said, *The World, the Text and the Critic*, Cambridge: Harvard University Press, 1983, pp. 226 – 227,转引自[美]刘禾[Lydia H. Liu]《跨语际实践——文学,民族文化与被译介的现代性(中国,1900—1937)》,生活·读书·新知三联书店2002年版,第28页)。我们在晚清诗歌中可以看到,梁启超、黄遵宪他们在诗歌里所应用的西方语词,已经在"旅行"之后进入了东方知识分子的想象和自己的阐释,已非其本来的"理致"。传统的看法认为,在东西方语词相互碰撞的过程中,语词之间的权力关系是:一、无一例外地化约为统治与抵抗的模式;二、中国语言无一例外地甘拜下风,处在被统治的影响状况当中。但在这里,晚清的诗歌写作似乎告诉我们,情况也许并不是这样。在这里东方的语词和西方的语词之间的关系并不是所谓"抵抗的政治学",它们中间很难说有胜者,只是在词语的"旅行"当中,西方的语词在中国已经获得了新的意义,进入了中国独特的现代性的文化进程和话语谱系。

意义的节奏对于复杂涌动、急促流动的经验表达诉求，往往显得力不从心。于是，黄遵宪的诗中还出现了句法不为五七言所限、可以任意伸缩的现象，完全破坏了古典诗歌的传统句法和固定形式。《以莲菊桃杂供一瓶作歌》一诗，七言、九言至十一言、十五言，句式不一。《赤穗四十七义士歌》一诗，最长的句式达到二十八字，实在已经是现代汉语中普遍的长句式。

不过，黄遵宪的出"格"不是无意的，他在写作中常有试验新诗体的意图。晚年在与梁启超论及《新小说》报①上的"有韵之文"的通信中，他说："报中有韵之文，自不可少。然吾以为不必仿白香山之《新乐府》、尤西堂之《明史乐府》（西堂以前，有李西淮乐府甚伟然，实诗界中之异境，非小说家之支流也）。当斟酌于弹词粤讴之间，或三、或九、或七、或五，或长短句，或壮如陇上陈安，或丽如河中莫愁，或浓至如焦仲卿妻，或古如《成相篇》，或俳如俳枝伎辞（即骆驼无角，奋迅两耳之辞也），易乐府之名而曰杂歌谣，弃史籍而采近事。至其题目，如梁园客之得官，京兆尹之禁报，大宰相之求婚，奄人之纳职，候选道之贡物，皆绝好题目也。此固非仆所能为，公试与能者商之。吾意海内名流，必有迭起而投稿者矣！"②除了一贯的写"今日"之诗的主张外（"弃史籍而采近事"），黄遵宪这里说的主要是诗歌的语言和形式的取法问题，他建议诗歌的形式不必仿古，而要向民间的"弹词粤讴"学习，在诗体和句法上都可以不拘成规。黄遵宪实际上是欲从传统诗歌的内部来改变其基本的说话方式，是要通过变革"诗法"来试图撼动传统诗歌中那"可以视为读者业已吸收同化、然而自己却并不自觉意识的'语法'"。

也正是在具体的诗歌写作中认识到古典诗歌与"现代"经

---

① 《新小说》（1902—1905年），梁启超主持，月刊，不定期出版，共出24期，主要发表小说，也发表通俗的诗歌，创刊号即有"杂歌谣"专栏。
② "李西淮"之"淮"疑当作"涯"。明李东阳号西涯。吴振清、徐勇、王家祥编校整理：《黄遵宪集·文集·书函》，第494页。

验、意趣的言说诉求之间的分裂与冲突,使黄遵宪能够提出一些针对汉语诗歌写作的根本问题。黄遵宪较早地提出了汉语书面语非常严重的"语言与文字离"的现象,强调汉语写作应当"语言与文字合"。汉语言说方式的"言文一致"的期求,也是他的文学写作的目标。在具体的文学实践中,黄遵宪经常取法俗语、民间山歌、粤讴等多种语言形式,而且创作出一系列语言清新、明白,形式活泼的诗作(但晚年的"军歌"是以高超的古典诗艺宣扬极端自尊的民族意识形态,实在是走了以艺术形式发挥诗的社会功能的老路)。如长诗《拜曾祖母李太夫人墓》,钱萼孙(仲联)认为其语言如同说话,真情流露、诚挚感人,实在是"我手写我口"的典范之作:"余最爱其《拜曾祖母李太夫人墓》长篇,曲折详尽,语皆本色,真公度所谓我手写我口者,运用乐府之神理,而全变其面貌,不足与皮相者道也。此诗清空似话,叙事如绘,与送女弟三首同一风格,凡亲情世态,家务凌杂,儿时旧事,以至土俗俚语,邻里烦言,一一活现,末以自伤其母之早逝,不及同来拜见作结,更见哀哀不匮之思,先生自序谓取乐府神理,而不袭其貌者,此诚得之。"[1]

此外,在诗歌的内在结构上,黄遵宪经常似乎是率意而为,突破了传统诗歌的章法。最典型的例子是《赤穗四十七义士歌》、《以莲菊桃杂供一瓶作歌》、《降将军歌》、《度辽将军歌》、《聂将军歌》、《逐客篇》、《番客篇》等长诗,行文极为自由,兹以其中的《聂将军歌》第三部分为例:

> 将军日午战罢归,红尘一骑乘风驰,
> 跪称将军出战时,闾门众多倭罗儿,
> 排墙击案拖旌旗,嘈嘈杂杂纷指挥。

---

[1] 钱仲联:《梦苕盦诗话》,吴天任:《黄遵宪先生传稿》,第408—409页,着重号为笔者所加。

> 将军之母将军妻，芒笼绳缚兼鞭笞，
> 驱迫泥行如犬鸡，此时生死未可知，
> 恐遭毒手不可迟，将军将军宜急追。
> 将军追贼正驰电，道旁一军路横贯，
> 齐声大呼聂军反，火光已射将军面，
> 将军左足方中箭，将军右臂几化弹。
> 是兵是贼纷莫辨，黄尘滚滚酣野战。
> 将军麾军方寸乱，将军部曲已云散。
> 将军仰天泣数行，众狂仇我谓我狂。
> ……①

此部分从"将军日午罢战归"句至"众狂仇我谓我狂"句，6个完整句、24个七言单句中竟有13个"将军"，诗歌在战争的情境描述上，为追求一种将军浴血奋战、战场上风云突变的逼真的现场感，将作为主语、定语和宾语的"将军"多数标明出来，像电影的镜头特写一样将"将军"的形象、动作一再放大、拉近。诗的意义结构一气呵成，情绪结构非常急促，完全不同于古代边塞诗写战场、写战争的那种审美效果上的距离感（如唐代诗人王昌龄句"大漠风尘日色昏，红旗半卷出辕门。前军夜战洮河北，已报生擒吐谷浑"，等等）。钱仲联先生不仅赞曰："连用将军字，此史汉文法，用之于诗，壁垒一新。"②吴天任亦曰："此诚连用词语之奇作，而余意造句长短变化之奇，殆无以过赤穗义士之歌矣。"③ 其实此诗除了这种一反古典诗歌主词消隐的抒写方式，还多次使用"之"、"已"等虚词作为实词之间的联结或突出事物的情况，实是以"文法"在写诗。

---

① 诗见《人境庐诗草笺注》，第1042页。黄遵宪对于"聂将军"的态度与评价是历史、政治领域的问题，本书暂不作讨论。
② 钱仲联：《梦苕盦诗话》，转引自吴天任《黄遵宪先生传稿》，第407页。
③ 吴天任：《黄遵宪先生传稿》，第408页，着重号为笔者所加。

除此诗之外，黄遵宪的诗作中"全诗以文为诗，用古文家伸缩离合之法叙事写人"①的还有很多。不过，黄遵宪虽努力"以单行之神，运排偶之体"，"取离骚乐府之神理而不袭其貌"，"用古文家伸缩离合之法入诗"……但总是在中国古典诗歌的"旧风格"内部左冲右突，恰似"在旧瓶里装进新酒"②，难以攻破古典诗歌形式秩序的禁锢。"虽是驰骋于旧格律之中而不失其为我之诗，可惜仍未能跳去旧格律之外另成新格。"③这种既不是"新格"又破坏了"旧格律"的半成品肯定不会受到沉浸在既存诗歌美学秩序的读者的欢迎。时人对黄遵宪的指责主要包括："有新名词而无新理致，忽略于诗之本体，务外遣内，惟竞末技"，"格卑薄俗，流于冗滥"，"粗犷瑕累，过欠剪裁"，"谬戾乖张，丑怪已极"等④，若将对"诗之本体"的认识就固定在对既存诗歌美学"程式"的反映上，说黄遵宪的诗"有新名词而无新理致"、"格卑薄俗，流于冗滥"都是可以理解的；不过，若能理解黄遵宪诗为了创造真正的"新意境"而在古典形式秩序内部左冲右突的挣扎与牺牲，我们就可以认为"粗犷瑕累，过欠剪裁"、"谬戾乖张，丑怪已极"等特征其实并不是什么缺点，而正是黄遵宪诗值得注意的地方。

（三）汉语言说方式的"维新"

黄遵宪为什么在诗歌写作上要付出这样的挣扎和牺牲？其目的是为了写"古人未有之物，未辟之境"，写"为我之诗"，其动力恐怕在于汉语书面语"语言和文字离"的状况和古典诗

---

① 见《西乡星歌》之《题解》，黄遵宪：《人境庐诗草》，钱仲联笺注，第155页。
② 朱自清：《论中国诗的出路》，《朱自清全集》第4卷，第293页。
③ 陈子展：《中国近代文学之变迁　最近三十年中国文学史》，第160页。
④ 吴天任：《黄公度先生传稿》，第484页。

歌形式秩序对个体"现代"经验的言说诉求的阻碍。黄遵宪诗歌写作的最终目标在哪里？还是钱萼孙先生对黄遵宪诗的解读对我们有所提示，在上述两处钱萼孙先生对黄遵宪诗的赞叹中，一是黄遵宪诗的语言"清空似话"，一是形式上的"史汉文法"，这多少是符合黄遵宪在诗歌的语言和形式上的追求的，前者的目标是"言文一致"，后者实际上是在寻求类似于胡适后来以"讲求文法"为特征的改变汉语句法、语法结构的新的作诗之法。

晚年的黄遵宪其实已经触及胡适后来所追求的"文法"问题。也正是在这个思路上，黄遵宪提出了一个著名的观点：文界"无革命而有维新"。光绪二十八年（1902年），黄遵宪在一封信中与严复论及如何以汉语翻译西方著作。① 黄遵宪其实不满意严复以古意译今著，他说严复的翻译，如《名学》②的翻译，"隽永渊雅，疑出北魏人手，于古人书求其可以比拟者，略如王仲任之《论衡》，而精深博远则远胜之"③。一本20世纪初的译著读起来比东汉的哲学著作还要"隽永渊雅"，很难说这是汉语的胜利。严复译书的问题也是如何以汉语书面语来接纳一个新的世界的问题。对于西方近代文明的学说、思想、新名词，严复为了追求翻译的古雅，坚持"用汉以前字法、句法"，黄遵宪不免生疑："以四千余岁以前创造之古文，所谓六书，又无衍声之变，孳生之法，即以书写中国中古以来之物之事之学，已不能敷

---

① 此事的源头先是梁启超在《新民丛报》上介绍严氏所译亚当·斯密的《原富》一书，赞严复"于中学、西学，皆为我国第一流人物"，但是严氏的文笔"太务渊雅，刻意模仿先秦文体"，由此梁启超叹曰："夫文界之宜革命久矣！"（《新民丛报》第1号，1902年2月8日，第113—115页）严复在答书中坚守古文派家法，回击梁氏曰："文界复何革命之与有？……若徒为近俗之辞，以取便市井乡僻之不学，此于文界，乃所谓凌迟非革命也！"（《与新民丛报论所译原富书》，《新民丛报》第7号，1902年5月8日，109—113）

② 严复翻译的《名学》原书名为《逻辑学体系：演绎和归纳》（伦敦，1896年），作者是英国19世纪的科学家穆勒。

③ 黄遵宪：《与严又陵书》，《黄遵宪集》，第479页。

第四章 经验、语言与形式（上）：晚清诗的内在矛盾　229

用，况泰西各科学乎？"黄遵宪的立足点还是这个经验、意识急遽变化的"今日"世界，之于这样一个"新"的世界，"旧"语言是否能够胜任新的言说诉求？

> 今日已为二十世纪之世界矣，东西文明，两相接合，而译书一事，以通彼我之怀，阐新旧之学，实为要务。……仆不自揣，窃亦有求于公。第一为造新字……次则假借……次则附会……次则谐语……次则还音……又次则两合……第二为变文体。一曰跳行，一曰括弧，一曰最数（一、二、三、四是也），一曰夹注，一曰倒装语，一曰自问自答，一曰附表附图。此皆公之所已知已能也。公以为文界无革命。弟以为无革命而有维新。如《四十二章经》，旧体也，自鸠摩罗什辈出，而内典别成文体，佛教亦盛行矣。本朝之文书，元、明以后之演义，皆旧体所无也，而人人遵用之而乐观之。文字一道，至于人人遵用之乐观之，足矣。①

"造新字"这里不是指重新造出新的汉字，而是指在翻译中可以根据外来语的音、义等具体情况来形成新的汉语词汇。这是在语言上要更新符号系统以接纳"今日"世界的问题，不过黄遵宪的意见不同于提倡"废灭汉文""用万国新语"者，而是强调在汉语内部以汉语词汇的新造来使"东西文明，两相接合"；而"变文体"，黄遵宪其实谈论的是后来胡适所追求的"文法"的问题。"跳行"、"括弧"、"最数"等关涉汉语语句的停顿、汉语句读及文字符号的问题；"括弧"、"最数"、"夹注"、"自问自答"、"附表附图"则是为了汉语书面语在意义上的条分缕析，强调表意的准确性。"倒装语"则是西洋文法。1915年，胡适早已开始关注、研究"文法"的问题，也开始试验在汉语里实行各种"符号"

---

① 黄遵宪：《与严又陵书》，《黄遵宪集》，第479—480页。

(最与黄遵宪的建议相关的有:"住。或．"、"豆［逗］，或、"、"括（）"、"问？（'发问'、'反问'、'示疑'）"等），他认为汉语"无文字符号之害"有三:"（1）意旨不能必达，多误会之虞。（2）教育不能普及。（3）无以表示文法上之关系。"① 胡适开始思虑汉语语义如何从"文法上之关系"的清晰来改变的问题。鸠摩罗什的"文体"其实是汉语里较早的系统的白话文，胡适曾高度评价其对汉语的影响:"在中国文学最浮縻又最不自然的时期，在中国散文与韵文都走到骈偶滥套的路上的时期，佛教的译经起来，维祗难，竺法护，鸠摩罗什诸位大师用朴实平易的白话文体来翻译佛经，但求易晓，不加藻饰，遂造成一种文学新体。"② 元明之后的演义，也是胡适所称道的白话文。

黄遵宪这里的"变文体"其实是变通汉语的言说方式，他虽然没有明确地提出"文法"的概念，也不一定就是要提出"白话"的问题，但在自己的文学实践中所遇到的困难和矛盾使他不得不思考古代汉语、古典诗歌作为一种言说方式的根本问题，这个问题恐怕就是这种言说方式与"现代"经验意识的言说诉求之间的不能接通。胡适认为黄遵宪在诗歌试验上的真正意图就是为了追求表意上的"通":

《赤穗四十七义士歌》……此外如他的《降将军歌》，《度辽将军歌》，《聂将军歌》，《逐客篇》，《番客篇》……都是用做文章的法子来做的，这种诗的长处在于条理清楚，叙述分明。做诗和做文都应该从这一点下手:先做到一个"通"字，然后可希望做到一个"好"字。③

---

① 1915年7月，胡适作《论句读及文字符号》约一万字的长文，8月2日，将其节目记入日记。全文原载1916年1月《科学》第2卷第1期。
② 胡适:《白话文学史》,《胡适文集》第8卷，第252页。
③ 胡适:《五十年来中国之文学》,《胡适文存二集》，第141页。

诗歌的意蕴当然不是"通"可以表达的，但是在特定历史语境中，当中国古典诗歌的言说方式与现代经验的言说诉求之间的已经到了不能接通的地步，当既有的语言资源和形式规则已经使人不能与流动的现实经验相碰触，更新语言符号和诗歌的"语法"来打通两者的隔阂就是必要的。正是在这一点上，黄遵宪较早意识到必须更新语言符号系统，后来在诗歌写作上也试验改变传统诗歌的句法、章法。梁启超将"文界"的"革命"基本定位为新语词的更换、新精神的输入；严复则认为那些新名词、新语句不过"近俗之辞"，"文界复何革命之与有？"坚持以旧的汉语言说方式来呈现新的"世界"，"世界"在他的言说中也就变得"古雅"、"非多读古书之人，殆难索解"①，黄遵宪则在梁启超和严复之间，既不认为文学"内容"上的革命就能言说出新的现实、就能代替言说方式的变革，也不认为既有言说方式能够胜任新现实的言说诉求，认为文界"无革命而有维新"，肯定的是汉语写作作为一种言说方式的必须变革，但要明确的是：这种变革不是在文学的外部发生的，不是"内容"层面的物质性的彻底翻转，而是在自身传统的延续上的变革。这也正是他和梁启超等"维新"人士的区别。

当然，由于古典诗歌形式秩序强大的规约力量，黄遵宪的诗歌写作虽然多方试验，但并未取得多大的成功，诗作也多为时人、后人诟病。人们对黄遵宪诗的批评和不适应，其实反映的是古典诗歌阅读"程式"对读者的影响和人们对古典诗的语言、形式的习惯性反应。黄遵宪诗歌写作的意义也正在这里，正是他在具体诗歌写作实践中的挣扎和牺牲，凸现出古典诗歌体制与现代语言、经验之间的重重矛盾，使人意识到古典诗歌成为一种艺术"成规"之于现代经验言说诉求的难能，使人意识到作为一种相当成熟的阅读与欣赏的"程式"的古典诗歌观念之于新的

---

① 黄遵宪：《黄遵宪集》，第 479 页。

现代经验的言说的阻隔。不过,正如一位理论家所言,"文学效果取决于这些阅读程式,而文学革命也正是从新的阅读程式取代旧的阅读程式开始的"①。于是,寻求一种对待诗歌的新的阅读"程式",更换新的语言与形式,寻求一种新的诗歌言说方式成为汉语诗歌在特定历史语境下的内在要求。可以说,晚清诗人的文本试验乃是后来者探寻汉语诗歌写作如何"现代"的不可忽视的起点。

---

① [美]乔纳森·卡勒:《结构主义诗学》,第195页。

第五章

经验、语言与形式（下）：
白话诗的句法转换

在诗中，意象不仅仅是装饰，而是一种直觉的语言本身。诗是一个步行的人带你在地上走，散文是一辆火车把你送到目的地。

——［英］T. E. 休姆

诗国革命何自始？要须作诗如作文。

——胡适

有什么话，说什么话；话怎么说，就怎么说。这样方才可有真正的白话诗，方才可以表现白话的文学可能性。

——胡适

我们几乎不能再谈论一种诗的写作，因为在于一种语言自足体的爆发性摧毁了一切伦理意义。在这里，口语的姿态企图改变自然，它是一种造物主。

——［法］罗兰·巴尔特

"句法"构成了语法唯一的"创造性"部分。

——［美］诺姆·乔姆斯基

> 转换规则的一个主要功能，乃是把一个表达句子内容的抽象的深层结构变换为一个表示该句子形式的相当具体的表层结构。
>
> ——［美］诺姆·乔姆斯基

晚清诗歌的意义不在于"诗界革命"同仁在文化层面上多大程度地为中国输入了"欧洲之真精神真思想"，也不在于《清议报》、《新民丛报》等报刊上的诗作是否成功地"以旧风格含新意境"，更不在于南社的干将们将古典诗艺发挥至多么娴熟的境界，而在于类似于黄遵宪那种在"旧风格"和"新意境"之间彰显各种内在矛盾的诗歌写作。晚清诗歌面对的是诗人之于新现实的言说诉求，但是在旧有语言符号系统和形式秩序的规约下，这种言说诉求的实现显得极为困难。这是晚清诗歌最大的矛盾，它表现在具体的写作中是"新意境"（现代经验、意识）与"旧风格"（传统诗歌体式）的冲突，是"有新事物"与"无新理致"的不协调，是以流俗语口语为诗和"以文为诗"与古典诗的阅读"程式"、句法、章法之间的矛盾。这些矛盾使晚清诗歌怎么看起来都是"旧瓶装新酒"，不能给人真正的"新"的感觉，与真实的现代经验还是很隔膜。

五四前后的胡适等新一代知识分子，正是站在晚清诗歌的矛盾性的起点上，认定了"用白话替代古文"① 的语言革命目标，认定必须真正地更换诗歌的语言符号系统，由此甚至不惜偏激地将文言定为"死文字"（以胡适等人对于文言文的认识，这当然只是策略性的革命主张）。但是，更新诗歌的语言符号系统，这在晚清时期诗人们也曾努力过，用流俗语、口语、"白话"不一

---

① 胡适：《逼上梁山》，《中国新文学大系（1917—1927）》第一集《建设理论集》，第10页。

定就能写出"新"的诗,因为制约晚清诗歌写作的还有一个内在的古典诗歌艺术成规。这个成规既使梅光迪、任叔永等人坚守什么是诗、什么不是诗的古典诗歌审美"程式",也使胡适看到了更新汉语诗歌言说方式的突破口:那就是胡适从白话诗词中确立了新的诗歌阅读"程式",并立志以"作文"的方式"作诗"①,以讲求"文法"② 等手段从诗歌内部真正更新汉语诗歌的传统规则。由此我们可以说,晚清诗歌由于受到自身审美"程式"和形式成规的制约,虽在局部上接纳了许多新事物、新名词,但只是部分地更新了诗的语言符号系统,没有触及诗歌整体的言说方式;而胡适的以白话为诗、以"作文"的方式为诗,却是触动了汉语诗传统的语法结构。胡适力求以"说话"的方式作诗,虽使汉语诗歌的传统韵味大大丧失,负面意义不可避免,但却建构了一种新的诗歌语言体系和言说方式。由于诗是传统文学中最坚固的"壁垒",诗的言说方式的更新,对于更新汉语的言说方式这一现代性的宏伟目标自然意义重大。

在胡适的论敌看来,"白话文学在小说词曲演说"等方面没有问题,唯独"白话是否可以作诗"尚需试验。诗歌是一种"说话"方式,但不就是"说话",更不是力求接近口语的"说话"。白话作诗肯定面临着许多问题。以白话"征服这个诗国"③,不是一件容易的事。古典诗(特别是在形式规范上高度成熟的、以律诗为代表的"近体诗")在向现代诗的转换过程当中,最直观的变化是句法结构的变化。句法变化的内在原因既是

---

① "诗国革命何自始?要须作诗如作文",胡适:《依韵和叔永戏赠诗》,《胡适留学日记》,第790页。

② 1915年6月6日,胡适在日记里首次以"文法"来谈论中国诗歌(胡适:《词乃诗之进化》,《胡适留学日记》,第660页)。至此,从胡适的文章里可以看出,有无"文法"一直是他对待语言和文学的一种重要尺度。

③ 胡适:《逼上梁山》,《中国新文学大系(1917—1927)》第一集《建设理论集》,第19页。

诗人说话—书写方式的变化,也是主体"观物—传释"① 方式的变化。句法转换与新的语境有关,既影响着诗歌语义的变动,也使诗的韵律面临新的问题,可以说,一种语言形式在语法上的变化、语义的解释、语音的变化都与句法息息相关,"转换—生成"语言学家乔姆斯基还认为,"语法"、"语义解释"和"语音解释"三者之间:"这一关系通过该语法的句法部分加以调节,句法构成了语法唯一的'创造性'部分。"② 在汉语诗歌中,句法是如何决定语义生成的?由形式规整的格律句法到长短不一的自由句法,白话诗的内在机制是什么?这一机制是否具有历史的和诗的合法性?新的句法是如何生成新的言说方式和意义内涵?句法的变化如何影响诗歌的语音?"新诗"应该如何处理这一问题?白话诗在从古典诗词的句法向"新诗"的体式的转换过程当中,呈现出许多问题值得我们探讨。

一 古典诗的美学机制

(一) 汉语诗的"词法"

诗歌由句子一句一句地构成,句子由词语一个一个地组合而成。谈论句法之先也许应该考察一下词法。但汉语里"词法"的意思与印欧语系的"词法"有很大差异。"印欧语的词类,形态和作用是分不开的,所以在语法里占重要的地位。中国语词可以说没有形态的变化,作用又往往随词序而定,词类的分辨有些只有逻辑的兴趣。"③ 所以 20 世纪 30 年代王力先生的《中国语

---

① "传释"一词来自叶维廉先生的《中国诗学》(生活・读书・新知三联书店 1996 年版,第 14 页),意为中国古典诗的一种独特的表述策略,其特点在于"兼及作者的传意方式与读者解释之间互为表里又互为歧异的复杂关系"。
② [美] 诺姆・乔姆斯基:《句法理论的若干问题》,第 134 页。
③ 朱自清:《中国语的特征在那里——序王力〈中国现代语法〉(商务印书馆)》,《朱自清全集》第 3 卷。

法理论》、《中国现代语法》都是从"造句法"开始的,"字和词"只有一小节。而在1920年就有初稿的黎锦熙的《新著国语文法》中,黎先生认为:词类"在词义的性质和复合词的形态上的主要的区别,还须看它在语句中的位次、职务";"词类主要是从句法上做分业的辨认和处理"。黎先生认为,"国语"当中"句法的讲究,比词类繁难得多"①。

由于汉语词汇没有自身的形态变化而产生的功能变化,汉语的"词法"也就不同于印欧语系的"词法",它更多是指词语在句子中的具体作用。由于中国古典诗歌中一个单音节的"字"往往有自足的意义,相当于西语的"词",所以古典诗中的词法其实就是字法,即通常所说的"炼字"、"炼句"。古典诗由于多为五言、七言,句法极为精炼,所以诗人们不得不对每一个字都要求其既想象独特、意义深厚,又符合诗的整体意趣、韵律。为了求得字句的工整与精深,诗人们煞费苦心地炼字炼句。刘勰说:"富有万篇,贫于一字。"(《文心雕龙·炼字》)皮日休说:"百炼为字,千炼成句。"(《诗人玉屑》引)诗坛大家没有一个不是经常修改诗作的,杜甫、欧阳修、黄庭坚都是如此,吕本中说:"老杜云:'新诗改罢自长吟',文字频改,工夫自出。近世欧公作文,先贴于壁,时加窜定,有终篇不留一字者。鲁直长年多改定前作……"(《童蒙诗训》)可以说,对于古典诗的创作,不经过一字一句的长久思忖、锤炼,诗人要有佳作问世几乎不可能。

"炼句,常常也就是炼字。就一般说,诗句中最重要的一个字就是谓语的中心词(称为'谓词')。把这个中心词炼好了,这是所谓一字千金,诗句就变为生动的、形象的了。"古典诗这方面的典范非常多,王力先生就曾围绕"炼字"列举出一些大家熟悉的例子,如:"著名的'推敲'的故事正是说明这个道理的。相传贾岛在驴背上得句:'鸟宿池边树,僧敲月下门。'他

---

① 黎锦熙:《新著国语文法》,第17页。

想用'推'字,又想用'敲'字,犹豫不决,用手作推敲的样子,不知不觉地冲撞了京兆尹韩愈的前导,韩愈问明白了,就替他决定了用'敲'字。这个'敲'字,也正是谓语的中心词。……杜甫《春望》第三四两句:'感时花溅泪,恨别鸟惊心。''溅'和'惊'都是炼字。它们都是使动词:花使泪溅,鸟使心惊。春来了,鸟语花香,本来应该欢笑愉快;现在由于国家遭逢丧乱,一家流离分散,花香鸟语只能使诗人溅泪惊心罢了。……形容词即使不用作动词,有时也有炼字的作用。王维的《观猎》第三四句:'草枯鹰眼疾,雪尽马蹄轻。'这两句话共有四个句子形式,'枯'、'疾'、'尽'、'轻',都是谓语。但是,'枯'与'尽'是平常的谓语,而'疾'与'轻'是炼字。草枯以后,鹰的眼睛看得更清楚了,诗人不说看得清楚,而说'快(疾)','快'比'清楚'更形象。雪尽以后,马蹄走得更快了,诗人不说快,而说'轻','轻'比'快'又更形象。"①

除了"炼"动词之外,古典诗中的形容词、名词当它们作动词用时,也需要刻苦锤炼才可思路独特,恰到好处。《容斋随笔》记有王安石改诗一事,也颇为大家熟悉:"王荆公绝句云:'京口瓜州一水间。钟山只隔数重山。春风又绿江南岸,明月何时照我还。'吴中人士家藏其草(稿),初云'又到江南岸',圈去'到'字,注曰不好,改为'过',复圈去而改为'入',旋改为'满',如许者十字,始定为'绿'。"今人按曰:"王安石此诗,有思归之意。因春风而兴起思归,用'到'字、'过'字、'入'字,从字义上讲,也是通的,但不及'绿'字之生色。又暗合《楚辞》'春草兮萋萋,王孙兮不归'及王维诗'春草年年绿,王孙归不归'的典实,诗意更深一层。"②

近体诗的字词的锤炼当然是有意义的。在有限的篇幅中,词语

---

① 王力:《诗词格律》,中华书局 2000 年版,第 145—148 页。
② 张思绪:《诗法概述》,上海古籍出版社 1988 年版,第 156 页。

既要与诗的节奏、韵律相协调,搞好其与形式规范的"关系",又要与真实的情境尽量吻合。王安石如是改诗所反映的是,古典诗人"炼字"所选择的语词并不是一味追求主体情思的个性化表达,而是在主体经验的言说与多个可以替代的语词、意象意境的潜本文脉络之间寻找趣味微妙的平衡。按照结构主义理论家雅各布森(Roman Jakobson)的"语言学和诗学",语言的诗歌功能就是:"它既吸取选择的方式也吸取组合的方式,以此来发展等值原则:'诗歌功能把等值原则从选择轴弹向组合轴'。"① 近体诗的"炼"出字词有时看起来新异,其实呈现的是语言在其"组合"轴上的较佳"选择",显现的是意象在诗歌潜本文中的"隐喻"之意。词语在句中美学上的恰到好处,乃是主体经验、形式规范、题材和语言的潜本文等因素多重关系之间的均衡。古典诗歌写作讲究炼字炼句,一方面确实可以增进主体对事物的感受力和想象的独特性,但另一方面其弊病也是非常明显的:一首诗整体的意味经常靠一个字词来激活,人们对一首佳作往往靠某个字词和某一两个诗句获取印象,在整体的意义结构中这个字词、诗句多少显得喧宾夺主,诗的审美效果显得不均衡。而随着近体诗(律诗与绝句)的规则确定之后,在写作中往往会出现为了灵感中的一两句诗而凑齐其他几句的现象,使一首诗里经常有一些为了格式的完整而硬装上去的句子。

在传统的诗话里,"诗眼"是个经常被谈论的话题,这个作为"诗眼"的字词通常是一首诗的生命力之所在,是诗歌最闪光的地方,"早期的诗话在谈'诗眼'时,主要是讨论动词:哪个动词更为恰当?一句中动词应处于什么位置?这些诗话的作者也许会同意我们的观点:诗歌语言的精彩主要取决于动词的卓越运用上"②。对于句法,学界通常的理解就是诸如动词、名词、

---

① Terence Hawkes, *Structuralism and Semiotics*, Berkeley and Los Angeles, California: University of California Press, 1977, p. 79.

② [美]高友工、梅祖麟:《唐诗的魅力》,李世耀译,武菲校,上海古籍出版社1989年版,第105页。

形容词等词类的活用。语言学家王力先生认为"近体诗的语法"的首要特征就是"词的变性"①。

传统诗话这种对字词效果的关注似乎给人这样的印象：汉语诗奇妙的诗意仅仅是因为词或"词的变性"而来。最有意思的例子就是美国人范尼洛萨，他相信中国文字最适于作诗的媒介，因为它具有形象的特征——似乎汉语诗的"魅力"跟汉语单独的字词有关！庞德受他的启示，竟然在他庞大的《诗章》中将许多汉字或放大，或拆开，以不同的方式摆弄在其中，所造成的美学效果也不伦不类。汉语诗歌的诗意来源真的是这样吗？

（二）近体诗的句法与意象

范尼洛萨的这种认识当然是误读，其实他真正注意到的是：和英语里的词汇不一样，汉语里最小的语言单位——单音字，竟然也可以构成自足的美妙意象！只是范尼洛萨的解释错了——促使汉语最小语言单位成为意象的不是汉字的形象特征，而是汉语诗歌的独特句法。——的确，看起来汉语诗的单个字可以成为意象，但事实上不是汉字就是诗，而是特定的句法使这一个字或词能够独立成为意象，有诗意。传统诗话这样的认识其实忽略了使字词产生如此效果的真正原因，也就是说，这种关注是表面化的诗歌特征归纳，忽略了诗歌句法的内在结构与功能：不是词法的变化产生了具体的诗歌美学，而是汉语诗歌独特的句法特征使字词能具备上述功能，并且，特定句法产生的美学效果有时必须要求汉语诗歌在语言上追求"动词的卓越运用"等特性。这样，我们在汉语诗歌里还是应该将

---

① 这一特性包括：（一）名词作动词用。（二）名词作形容词用。（三）动词作形容词用。（四）形容词作动词用。（五）不及物动词作及物动词用（使动）。（六）动词作副词用。除了"词的变性"，"近体诗的语法"的特性表现为词类的"倒装法"。参见王力《汉语诗律学》，上海世纪出版集团2002年版，第262—266页。

目光从"词法"转移到"句法"上来。

汉语词汇由于没有时态、数、格以及伴随这些因素变化的词形变化,汉语语句中的词汇的关系因此十分灵活、独立。当汉语书面语被作为近体诗的工具时,为追求语句的精炼和工整,配合诗的格律要求,汉语里绝大多数语法虚词在诗歌里被省略了,原来理应由虚词占据的位置逐渐被实词所取代。这些实词多是名词,它们既没有定冠词,也没有不定冠词,而且没有"数"的区别,词与词之间的关系显得十分自由,所以汉语诗歌(近体诗)的句法是一种"独立句法",它区别于英语在表意过程中的罗列细节和语义连结过程中细密精确的语法关系,英语的句法这也被称为"罗列与连结句法"①。

这种独立的句法通常形成以下几种解释语义的"条件":"当一个名词或名词短语紧接另一个名词或名词短语时,这是**不连续**的情况;当一句诗中并存了两种或更多的语法结构时,这是**歧义**的情况。不连续是由于语法因素太少,而歧义则因为语法因素太多,两者都妨碍了诗中的前趋运动。第三类称之为**错置**——当一句诗中的词序被打乱,或者在本来应是自然流动的诗句中插入一个短语,这些都是错置。我们将看到:这些句法条件可以通过不同的组合方式并存在一句诗中,但它们往往互相交错,界限并不太清楚。"② 以杜甫的《江汉》为例:

> 江汉思归客,乾坤一腐儒。
> 片云天共远,永夜月同孤。
> 落日心犹壮,秋风病欲苏。
> 古来存老马,不必取长途。③

---

① [美] 高友工、梅祖麟:《唐诗的魅力》,第78页。
② 同上书,第45页。
③ 《全唐诗》卷二三〇《杜甫十五》,《全唐诗》(第四册),第2523页。

最简单的"不连续"是一句诗中除了名词外别无其他成分,如这首诗的首联。我们既不能把这一句读成"(在)江汉(的)思归客",也不能读成"(在)江汉(,一个)思归客",因为对诗歌的理解一个起码要求就是要抵制这种散文化的思路。在这里其实是"江汉"和"思归客"同时呈现的,突出的是两条河流的浩瀚无边和一个人飘泊无定的渺小身影之间的尖锐对比。这种名词的并列,使我们在这种语义的冲突获得了两个"简单意象"。类似的"不连续"句比较典型的还有晚唐诗人温庭筠《商山早行》里的"鸡声茅店月,人迹板桥霜"等。

"江汉思归客,乾坤一腐儒"是名词并置句式,有这种"非连续性",而颈联"落日心犹壮,秋风病欲苏"这种相当规范的句式其实也有这种特性,"落日心犹壮"既可以理解为"尽管我的心已如落日,但是它仍然豪壮",也可以理解为"我的心并不像落日,它仍然豪壮",两种意思竟然相反。"落日"既可以是时间条件,又可以是独立的意象。同样,"秋风"也有这样的独立性。

而颔联"片云天共远,永夜月同孤"可以说非连续性、歧义和错置三种情况都同时具备:由于动词和它们的宾语的语序错置(散文语序应是"片云共天远,永夜月同孤"),句子失去了行为的流畅,也产生了歧义。"永夜月同孤"既可以理解为"永夜(里)月同(我一起)孤(独)",也可以理解为"永夜(和)月同(我一起)孤(独)",实际上"永夜"和"月"成为了两个独立的意象。歧义句法最著名的例子也许是杜甫《秋兴》里的"香稻啄余鹦鹉粒/碧梧栖老凤凰枝",一种理解认为此句省略了系动词"是"——"香稻是由鹦鹉吃掉的部分和剩下的部分组成/碧梧是由凤凰栖息的树枝和老掉的树枝组成",另一种理解是"鹦鹉啄余香稻粒/凤凰栖老碧梧枝"。这种句法,使"鹦鹉"、"凤凰"、"香稻"、"碧梧"四个名词都在多重的语义对比中而形成独立的意象。

"在近体诗中,有许多句法条件有助于名词或名词短语的

第五章　经验、语言与形式(下)：白话诗的句法转换　243

独立，其中有些条件是汉语所独具的，例如名词并列和多重倒装。"①由于近体诗句法的这些特性，"当句法条件有利于独立，而独立成分又是具有意象能力的名词或名词短语时，我们就获得了一种简单意象"②。这种通过句法使单个字词都能成为意象的诗学特征对近体诗到底意味着什么呢？

---

① 近体诗的这种句法特征往往是英语思维的读者很难理解的，一本自称其英译版本"堪称经典"的杜甫诗歌英译本，可谓将《江汉》译得惨不忍睹（[新西兰]路易·艾黎：《杜甫诗选》，外文出版社2001年版，第345页）：

    RIVER BANK
  Here sits a man by
  The river bank, who thinks
  To return home; he is an
  Ordinary scholar, drifting
  Like a piece of cloud above;
  At night, I am lonely
  As the moon, but at sunset
  I am still of heart;
  In these autumn winds
  My illness gets better;
  In past times, they were kind
  To old horses, not sending
  Them off on tiring journeys
  After they had served so long.

  很明显，译者是以散文的方式来理解诗的（第一句便被译成"一个在江边的思归客"），这种理解没有大错，但只是诗歌多重语义中的一种，并且，译文根本不能体现近体诗中名词能够独立出来成为简单意象的特征，也无法体现这种简单意象所产生的难以用言语说清的感觉和想象。最令人不能忍受的是，译者将"乾坤一腐儒"和"片云天共远"合并，译为"he is an ordinary scholar, drifting like a piece of cloud above."殊不知，中国旧诗没有跨句（enjampment），每一行的意义都是完整的。近体诗除最后两句外。每一行都是独立的单位，而当两行组成一联时，其独立性就更强了。实在不能将一联拆开以与另一联合并。无论"江汉"是不是具体的两条河流，更不能译为"江边（RIVER BANK）"，它的意思似乎是一个天涯羁旅的思乡人面对两条宽阔河流交叉处的茫茫水面的复杂感受。这个词在英语里要译为什么呢？可能这时我们不得不承认：诗是不可译的。
② [美]高友工、梅祖麟：《唐诗的魅力》，第49—50页。

从汉语的角度说，由于没有时态、数的变化，中国诗中的名词往往不是指一个具体的特定的事物，而只是关于这种事物的"种类"或"类型"，指向的是事物的普遍性。以"片云天共远，永夜月同孤"来说，无论是"云"、"天"、"夜"、"月"，都不是具体的哪一个或哪一种，都是在指向这一事物的"性质"方面的普遍性。即使是限定的形容词也不能使名词变成具体事物，"片云"反映的只是卑微渺小，"永夜"反映的是某种感觉（譬如孤独、凄清）的巨大。这种名词"从消极方面说，由于它不是一个有特殊指称的名词，又不是罗列更多细节的焦点，所以它不具备'现实的'功用；从积极方面说，它处于一个特殊的领域，通过巨大与渺小的对比可以表现出各种性质"①。由于构成意象的名词的特性，近体诗获得了一种特殊的诗意效果：这种效果就是诗歌表达事物的"具体性"的获得，但这种具体性不是事物的概念和属类的"具体"，而是感觉、性质方面的"具体"；不是"现实性"上的"具体"，而是想象世界的"具体"。

（三）形式与经验的矛盾

不过，这种"具体性"使近体诗一方面有特别的"魅力"，另一方面也带来了一些问题。"唐诗中的简单意象有一种趋于性质而非事物的强烈倾向，它具有一种完全不同的具体性，在传达生动性质的意义上，简单意象是具体的；然而，它们并非植根于事物本身——这些事物的各个部分及与其他事物的关系是较为确定的——从这个意义上说，简单意象又是抽象的。"② 唐诗的"魅力"一方面又是非常具体的，一方面又是很"抽象"的，这种矛盾怎么解释呢？这又牵涉到"句法—词语组织—意象生成—语义变化"这一复杂的语义生成链问题。

---

① ［美］高友工、梅祖麟：《唐诗的魅力》，第53页。
② 同上书，第52—53页。

在诗歌表现事物的"具体"与"抽象"之间、对诗歌应如何接触事物之"实体"?"新批评"理论家还区分出一个呈现"实体的标准",维姆萨特(William K. Wimsatt)举例说明,譬如我们说到花园里的一把铲子,我们可以有三种语言方式:"1. 抽象的或弱于特殊实体的形态,例如:工具。2. 最低限度的具体性或特殊实体的形态,例如:铲子。3. 特别具体的,强于特殊实体的形态,例如:生锈的园艺铲……在这里,特殊性和具体性彼此交织。在一般的范围内,我们可以把这种标准看作一条临界线:高于这一标准,相对抽象(不很特殊)很容易适应于绝对抽象(不具体),以致具体性退至次要位置,实体的完整性被抽象为纯粹的性质;相反,低于这一标准,就产生了无数细节的聚积。"① 从这个角度,我们也可以看出独立性的句法及其意象的形成也有着对事物的把握"实体性"相对弱的特点。无论是近体诗中的无修饰的名词还是加修饰的名词,它们所传达的往往不是个别事物,而是事物的特定概括。王维的《鸟鸣涧》("人闲桂花落,夜静春山空。月出惊山鸟,时鸣春涧中。")可译为:Walking at leisure we watch laurel flowers falling, /In the silence of this night the spring mountain is empty. /The moon rises, the birds are startled, /As they sing occasionally near the spring fountain (valley). 英文就不能体现汉诗中名词的类名意义。"人"不一定是春游的"we(我们)","夜"不一定是"this night(今夜)","鸟"更不能是"the birds(一群鸟)"②。近体诗倾心于表现事物的"共相",其主要原因是:"有一种以王维《鸟鸣涧》为代表的风格,其中普遍性的产生是由于类名的使用;其次,大多数名词意象具有强烈的性质趋向,而性质必然是共相。"——"所以,作为一个整体,近体诗充满了维姆萨特所说的那种'模糊

---

① [美]高友工、梅祖麟:《唐诗的魅力》,第59—61页。
② 罗伯特·佩恩(Robet payne)译,参见《唐诗的魅力》,第62—63页。

的抽象性'、'弥漫的朦胧'。"①

在名词和它所要呈现的"实体"之间,古典诗的字词一般不是去直接碰触那个"实体",而是徘徊在"实体"外围各种抽象"性质"组成的多重"关系"面前。或许罗兰·巴尔特在《有没有诗的写作呢?》一文中的看法确实有些道理,他认为古典诗的语言的机制是"关系性的","在古典语言中,正是关系引领着字词前进,并迅即把它带到一种永远被投射出去的意义面前"②。

> 即在其中字词会尽可能地抽象,以有利于关系的表现。在古典语言中,字词不会因其自身之故而有内涵,它几乎不是一件事物的记号,而宁可说是一种进行联系的渠道。字词绝不是投入一种与其外形同质的内在现实中去,而是在刚一发出后即延伸向其它字词。③

和后来的"现代诗"相比,罗兰·巴尔特对古典诗最大的不满是——"在这里,字词并未象后来那样由于某种强烈性和意外性而重新产生一种经验的深度和特性。"④ 当然,我们可以站在人与世界合一的立场,以欣赏的心态来对待古典诗这种充满各类想象性"关系"的"抽象",沉湎于诗中许多单个名词形成的意象所带来的丰富想象;也可以认为这是不同于理性、逻辑认知的对事物的一种在感觉、想象上的把握,具有独特的"魅力"。不过,站在人与世界"分裂"的现代性立场上,从现代知识分子对当下现实的认知、言说的急切诉求出发,近体的美学效果似乎

---

① [美]高友工、梅祖麟:《唐诗的魅力》,第64页。
② [法]罗兰·巴尔特:《符号学原理——结构主义文学理论文选》,李幼蒸译,第88页。
③ 同上书,第86页。
④ 同上书,第87页。

又有了无可避免的缺憾。即便是高举"唐诗的魅力"的高友工、梅祖麟二先生,也在他们的著作中区分出"简单意象"和"复杂意象",并且,他们对唐诗的欣赏一直是以"简单意象"为基础的。必须指出的是,这两个概念不是在等级意义上划分的,而是属于不同的范围和种类。其原因在于不同的语言方式中的句法差异所导致的语义生成差异。

"一个意象,不论是简单的还是复杂的,都有三部分:语言媒介、客观指向、主观意旨。在简单意象中,语言媒介通常是一个名词短语或一句中的某个成份,语言媒介同客观指向、主观意旨的联系是一对一的、媒介所表现的意象同时带有某种情感或情绪。"而"复杂意象"则是"由较大的语言单位构成(一个完整的句子)表现的,媒介的扩大造成这样的可能:不但句子中各种因素间呈现出交叉的联系,而且整个句子的客观与主观意旨间的关系也变得错综复杂"①。中国诗歌发展至近体诗的成熟阶段之后,特殊的形式和灵活的句法所造成的意象生成能力确实是别的语言种类不能匹敌的:句与句之间可以独立,词与词之间也可以独立,最小的语言单位也可以获得独立的诗意,成为充满魅力的意象。但是近体诗呈现出一种关于事物性质的"具体性",其情感思想的抽象性和表现事物的"非现实性"使它也出现了一定的弊端。和形式相对自由、带有虚词的句法的古体诗相比,近体诗的功能更倾向于抒情,而不是描写和叙述,尤其是在处理经验复杂的"叙事"之时,更显得困难:

在早期诗歌中,抒情或表现的方式与叙述、描写的方式并驾齐驱。描写性诗歌至汉赋蔚为大观,叙述性诗歌继续在民间流行。然而,随着五言诗这种新形式的发展,抒情美学取得主导地位。五言诗形式特征的形成对抒情美学优势地位

---

① [美]高友工、梅祖麟:《唐诗的魅力》,第18—19页。

的确定起着至关重要的作用。因为联内强烈的相互依赖性消解了叙事诗的线性和连续性。虚词和句法结构的消失阻碍了叙事内部的相互指涉，使在连续的时空框架内诗句之间的配合变得更为困难。联的二元结构方便了对仗的使用，而且这种二元结构可以进一步扩展到诗的宏观结构上；这一点相对于早期叙事诗的线性序列而言是笨拙的，不自然的。①

句法的高度独立和形式的严格要求使中国诗产生出独特的美学效果，甚至使许多西方诗人、哲学家惊叹汉语的"诗"性，中国本土诗人往往也容易由此产生对汉语诗歌独特性的自豪感，这种心情无可厚非，但若以为汉语诗的句法和形式有百利而无一弊、只有这样的诗才是真正的诗，那就陷入了对汉语、对诗的本质化理解。通常说来，句法指的是一句话使其意义能为受众理解的正常语法结构，但在诗歌中，句法实际上是一种特殊的语言结构，是通过种种方式阻断了意义流畅传递的词语结构，诗的句法可以说是取消了句法的"句法"。在近体诗中，由于汉语的特性，句法实际上被降低至最低限度，成为一种所谓"独立性句法"。这种句法有生成意象的独特魅力，但是在一个经验、意识急遽变化的现代语境内，它也产生出难以接纳某一种现实的弊端。就像有些学者说的那样："重要的是对简单意象和复杂意象作出区别，而区别于汉语中的独立句法和英语中的罗列与连结句法也同样重要"：

> 汉语的独立句法有利于构成简单意象。因为汉语句法的独立性是内在固有的，所以无须为了意象构成而废弃句法；

---

① 参见［美］高友工《中国抒情美学》，文载乐黛云、陈珏编选《北美中国古典文学研究名家十年文选》，江苏人民出版社1997年版，第69页。此书还选了高友工的《律诗美学》，两文合计约9万字。

英语中的罗列句法和连结句法的确妨碍简单意象的构成，但它却有利于创造复杂意象。当英语句法的这个方面被废弃时，我们便可得到意象派的诗，但是为此所付出的代价，则是不得不放弃复杂意象和英语句法所体现的许多其他作用。①

可以看出，对于汉语诗歌句法的看法也不应到唯它独尊的地步，英语句法也有它的合理性。各种语言的诗歌的句法是可以相互借鉴、汲取对方优点的。英语诗歌借鉴汉语诗的句法，收获了意象派诗，这是西方现代诗歌史上的一个极有意味的事实。而汉语是否也可以借鉴英语句法？它将收获什么呢？汉语的独特句法使汉语诗歌是一种"意象语言"，而英语诗歌的句法使它们的语言是一种"推论语言"。有意思的是，尽管没有借鉴英语句法，但我们都注意到：近体诗尽管前面三联都是客观、独立的意象描写，但最后一联往往是一种"推论语言"。这种现象反映的其实是"经验"与"艺术形式"之间的互动、不同的言说诉求对诗歌句法的改变。

《江汉》的尾联"古来存老马，不必取长途"是一个流水对，前句的宾语兼作后句的主语。类似的句式还有"可怜九月初三夜，露似珍珠月似弓"，"回首可怜歌舞地，秦中自古帝王州"，"此情可待成追忆，只是当时已惘然"，"最爱湖东行不足，绿杨荫里白沙堤"，"闻道长安似弈棋，百年世事不胜悲"，等等，和那种语义中断的非连续性句法不同，这种句式是一种统一性句法。在上述尾联诗句里，我们还发现：诗人自己的语气的心态不再如前面的语句那样客观，尾联不再是客观的描述，往往会出现个人对于世事的心声和态度。为什么近体诗常常出现这样的抒写格局？有一种从人类学角度的解释，认为诗歌实际上是一种与人类理性思维有别的"神话思维"：

---

① ［美］高友工、梅祖麟：《唐诗的魅力》，第78页。

"愿意中止怀疑"是对诗的意象部分应该具有的态度。根据这种态度,意象是真实的,而且根本不存在真伪的区别;诗的意象部分只能间接欣赏而无法直接观照,因为它是诗人观察世界的结果。虽然儿童已不得不步入物我对立的关系之中,而这时诗人的自我与其所面对的世界仍停留在原始的同一状态。对于神秘主义者、神经病患者、原始人、儿童及怀有童心的诗人来说,当下此时就是一切时间,它是能被赋予愉快、至福和意象的唯一时刻,而这被赋予的一切则尽可能浓缩和纯粹的形式表现出来。对世界的客观认识需要经验、长期观察以及放弃对当下此时的执着……在诗中,这种态度是以不连续的节奏、并列的意象和独立句法表现出来的。意象语言包含了一种纯真无瑕的声音……但是,万物同一的观念对童真世界的统一并不能持久,世界从自身分离出来,自我从本我分离出来,但诗人那永存的童心却顽强地坚持着这种不断损毁的同一。正如诺曼·雅各布森(Roman Jakobson)所说的那样:诗中充满了对等原则,"诗的作用是把对等原则从选择带入组合之中"。使一切事物对等化,正是企图重建已经倾覆的原始同一的一种努力……于是,节奏与韵律成为音和重音的对等;对称成为语法结构的对等;中国传统诗歌中的词类则是一种意义的对等;隐喻也是一种意义的对等……但是,对等只是诗歌所遵循的原则之一,如果就此止步,诗将只能被视为儿童时代的复归而不配称为生活的镜子——一种被看作是真实的、稳定的生活。差异是不可避免的,重新统一那些差异是句法的作用之一,尤其是那种以推论语言为特征的句法……如果说愉悦原则支配了意象语言,那么,现实原则就支配了推论语言——一种以饱经沧桑的声音说出的语言,这声音则出自一个历尽忧患的成人。[1]

---

[1] [美]高友工、梅祖麟:《唐诗的魅力》,第112—114页。

古典诗语言的"愉悦原则",与诗人对待世界的态度、观物方式有关,句法的变化牵涉到诗人对世界的看法(经验)的改变,罗兰·巴尔特说,"现代诗摧毁了语言的关系,并把话语变成了字词的一些静止的聚集段",是"意味着我们对自然的认识发生了逆转"①,意味着古典诗的"合理性机制的改变",这一合理性机制意味着"自然是充实的,可把握的,无裂隙无阴影的,并整个地受言语圈套支配。古典语言永远可归结为一种有说服力的连续体,它以对话为前提并建立了这样一个世界,在这个世界中人不是孤单的,言语永远没有事物的可怕重负,言语永远是和他人的交遇。古典语言是欣快感拥有者,因为它是具有直接社会性的语言"②。

近体诗的尾联反映的实际上是两种经验之间的冲突:一种经验是神与物游、天人合一式的童真幻想;一种是自我与世界的分裂的心理创伤,这种不同经验的冲突往往使诗人们不得不更换诗歌的句法来更深地陈述出真实的"自我"。"详细说明每一部分并使之相互联系,这需要足够的媒介。正因为如此,推论语言常以流水对的特殊形式出现,从而获得十个或十四个音节的表现空间。连续的节奏部分属于推论语言的副产品,部分算是统一化的手段。自我和世界的分裂是一种需要安慰的创伤,尾联以推论语言促成了统一(如苏轼的那首咏月诗)。结果,诗人们不仅看到了这个世界,也自觉地看到了处于这世界中的自己;与意象部分那种纯粹客观的模式相比,这种以自我为中心的转变,赋予尾联以一种强烈的个人基调。"③

近体诗的这种句法变化也使整个诗歌风格呈现出一种分裂的统一,那就是在尾联和前面几联之间,语句和风格显得颇有差异。前面几联的句法是不连续的,意象是并置式的,尾联的句法

---

① [法]罗兰·巴尔特:《符号学原理——结构主义文学理论文选》,李幼蒸译,第89页。
② 同上。
③ [美]高友工、梅祖麟:《唐诗的魅力》,第115页。

是连续性的，句法趋向统一；前面诗人对事物是感觉的、想象的，尾联是理性的、理解的；前面的叙述视角是消隐的，是客观的说话方式，尾联则是一种个人化的陈述语气，似乎是与一种普遍的听众（非个体的听众）的对话；前面诗歌中的时空是没有限度的，是一种绝对的时空，尾联的时空往往是当下的、现在的时空；前面的言说全是无人称的，尾联往往诗人是主语、显露出诗人的"自我"心态。在经验与艺术形式之间，可以说近体诗的推论性、陈述性的尾联发挥了重要的作用，使诗歌在句法的"独立"、"客观"与个体寻求慰藉的言说诉求之间得到一种充满意趣的平衡。

也从这个意义上，我们还可以看到，古人寻章摘句地作诗不仅仅为了字词的原因。一个字词为什么能够感动世界？其原因也在于近体诗独特的艺术形式：由于名词和意象的并置特征，诗歌给人的感觉与想象往往是"静态"的，一个恰当的动词有时充当动词、名词和形容词能够使整个句子中的语词、意象关系变得异常活跃，给人的想象空间和感受力往往更加丰富。应该说，不是"诗眼"的寻求促进了古典诗的美学效果，而是古典诗的美学机制促发了这一作诗方式。诗的艺术形式的变化往往反映的是主体经验与形式规范之间的互动关系。

古典诗歌美学效果的提升有时不得不集中在"诗眼"的寻求上，或美学效果整体上的不均衡，这些事实多少反映出古典诗在"经验"与"形式"之间的问题。中国古典诗歌经在初唐时期确立了自己的主要体式——"律诗"和"绝句"，经由盛唐时期繁盛的诗歌创作所实践与证明，这些体式的形式要求作为一种相当有效的艺术规律被确立。但随着这些体式的格律的成熟，诗歌的形式美学和语言意象的生成也面临着自造樊篱、自我复制、自我繁衍的危机。从形式上来说，古典诗的语言为了符合格律的要求，必须尽量省略掉附着的虚词、小品词，由多音、双音尽量变为单音，诗歌中一个个隐去语法关系的并置的实词，一方面留给了读者相当大的阐释空间，另一方面其语义其实相当含混、晦涩。从语言的角度来说，古典诗的语言最大的"魅力"是名词的类名性，其不指向具体某一事物的"非现实性"特征一方面使诗歌具有非常宽泛的想象空间，但同时也使诗人的主体心志难以呈现，使诗歌对现实经验的接纳面临问题。由于形式上的原因，有时为了对仗、押韵，古典诗经常会寻找并不恰当的字词来配合，常有伤意趁韵的现象；在意象上，随着文化的层积和书面语有限度的选择，语词的选择和意象的营造很容易给人以陈言套语的感觉。

　　古典诗特定的语法结构生成了其独特的美学效果，但也带来了一定的弊病，作为一种言说方式，在现代境遇下最大的问题还是其难以接纳流动、变化的经验现实的困难。晚清诗歌在以不变动"旧风格"（传统的句法、格律）的前提下积极寻求接纳"新"现实，一些诗人的写作也在语言和句法上做出了不少有意义的尝试，但这些努力在既成的诗歌审美"程式"的规约下收效甚微。在现代境遇下，知识分子最大的精神诉求就是直接把握现代性"现实"，古典诗的意象语言恰恰由于其指示事物的"非现实性"，在胡适等新一代知识分子看来是"言之无物"。而为了纠正这一"文胜质之弊"，胡适的"作诗如作文"、作诗如"说话"实际上就是从诗歌的句法转换入手的，将讲求五言、七言的格律、追求对仗和用典等隐喻效果的诗变成不讲对仗、用典的"自由"的贴近口语的诗，企图通过新的"词"的组织方式来触及现代境遇中纷繁复杂的"物"。

　　句法的转换不仅生成了新的语义，也使诗人同时要站在"诗"的立场上对语音变化也作出解释，这就给白话诗在向"新诗"过渡的过程中提出了新的诗歌问题。白话诗的语言与句法，实际上是倾向于"推论性"的，而不是"意象性"的，这使许多诗歌看起来不过是一种浅薄的"说理"。词语的关系也倾向于一种"分析的关系"，不是"隐喻的关系"，诗歌的意象生成比较简单，美学境界更是有待提升，着实"缺少余香和回味"。在诗的言说特征和现代性意义的言说诉求之间，白话诗呈现出一种"词"与"物"的矛盾：越想以直接的说话方式抓住现实，却发现诗歌中的"现实"越发贫乏；越解释白话诗就是一种"自然的音节"，它作为"诗"的音节的合法性越发露出破绽。

二 白话诗的"说话"方式

（一）"刷洗过的旧诗"

白话诗从古典诗的脱胎，最直观的表现首先是句式的变化（它内在上是诗歌句法的转换），由过去严整的格律体变成了现在长短不一的自由体，其次是打破了旧诗词的节奏和音律，形成了所谓"自然的音节"。这也是胡适在《〈尝试集〉再版自序》里颇为自豪的，他"也正因为这两个理由，所以敢把《尝试集》再版"。不过，无论是句法的转换——古典诗词由过去的严整的格律体变成了现在的"自由成章"[1] 的句式，还是音节上的变化——追求"近于自然的趋势"的"自然的音节"，白话诗都不能算是成功，许多诗作都"还脱不了词曲的气味和声调"，"新诗"的白话诗阶段，只能说是一种汉语诗歌从古典诗词的形式规范中挣脱的"过渡时期"[2]，诗歌无论在情感上还是在形式上都还是一种"过渡"形态。

白话诗还是汉语诗歌进入"现代"时期的初步形态，其相对于古典诗的句法变化自然是极不成熟的。胡适一方面说这种"新体诗是中国诗自然趋势所必至的"，另一方面也承认它与新思潮狂飙突进的五四新文化运动有关，五四给这种"新体诗"的实现"加上了一种有意的鼓吹，使他于短时期内猝然实现"，

---

[1] 康白情：《新诗底我见》，《少年中国》1920年第1卷第9期。
[2] 胡适：《〈尝试集〉再版自序》，《尝试集》（再版），上海亚东图书馆1920年版。

由于是短时期内诗体的猝然由旧至新,"新诗人"的作品,"大都是从旧式诗,词,曲里脱胎而来",在《谈新诗》里,胡适就曾具体指出沈尹默、傅斯年、俞平伯、康白情等人(也包括胡适自己)的诗作"都是从词曲变化出来的"。

叶维廉先生就曾举了一个例子来说明胡适的白话诗试验在"白话"与"诗"之间的两难,胡适这首诗的题目是《寄给北平的一个朋友》,叶维廉先生觉得这是"一首文言诗(也不是最好的文言诗)的略加白话化"。原诗为:

> 藏晖先生(昨夜)作一梦
> (梦见)苦雨庵中吃茶(的老)僧
> (忽然)放下茶钟出门去
> 飘萧一杖天南行
> 天南万里岂不(大辛)苦?
> (只为)智者识得重与轻
> 醒来(我自)披衣开窗坐
> 谁人知我(此时一点)相思情!

若是将诗中加括号的字词去掉,我们便发现这原来是一首并不工整的七言诗。"昨夜"、"忽然"、"此时"等修饰性词语明显是要将古典诗的绝对时间状态更换为"我"的当下时间状态。最后两句相当于近体诗的尾联,但加上去的主词"我"在末行的参照下显得多余。同样多余的还有动词短语"梦见"。诗歌似乎是要用白话来填充格律诗,其中的隐含叙述者的声音在旧诗词律和白话的文法之间犹疑不定,"声音一点都不统一,仿佛一个新时代的人同时说着两个不同时代的话"[①]。

[①] 此段引文及上述诗作分析,参见叶维廉《中国诗学》,生活·读书·新知三联书店1992年版,第227—228页。

叶维廉先生所举的例子已为大家所熟知，其实这样的情况在白话诗初期还有很多。沈尹默的《人力车夫》① 也有类似的情形：

> 日光淡淡，白云悠悠，风吹薄冰，河水不流。
> 出门去，雇人力车。街上行人，往来狠多；车马纷纷，不知干些什么？
> 人力车上人，个个穿棉衣，个个袖手坐，还觉风吹来，身上冷不过。
> 车夫单衣已破，他却汗珠儿颗颗往下堕。

胡适说"稍读古诗的人都能看出这首诗是得力于《孤儿行》一类的古乐府"②，不过古乐府多为形式整齐、文采较盛的五言诗，而这首《人力车夫》则显得在形式上和语言上前后不一。在形式上，前三行是节奏为"二一二"的四言诗，后三行则勉强是节奏为"二一三"的五言诗（最后一句若精简，就是"车夫单衣破，汗珠颗颗堕"）。在语言的修饰上，前三行（尤其是开头的四个四言短语）明显文采盛于后面三行。"日光"、"白云"等词汇的类型性大于后面三行所选择的词汇。可见作者在白话文和文言文之间的字词选择、句法特征上犹豫不决，一首诗中明显见出两种诗体的影响和两种说话方式。

还有，若是我们将此诗前三行的语句选择、合并，去掉无助于诗境、明显是累赘的"不知干些什么？"去掉接下来"人力车上人"这一主词（古体诗经常省略主词），合并两个"个个"，最后两句其实还是延续了古典诗歌其"律诗美学"的一种模式：

---

① 《新青年》第4卷第1号，1918年1月15日。
② 胡适：《谈新诗》，原载1919年10月10日《星期评论》纪念专号，《中国新文学大系（1917—1927）》第一集《建设理论集》，第300页。

前三联是对现实的想象或描写,尾联回到现实,抒发个体的感慨,在律诗"这种新形式中,印象与表现或前三联与后一联之间的区分演化为'呈现'和'反思'这两个诗歌行为阶段之间的区分"①。只是这里作者省略了"可怜"二字(近体诗许多尾联都流露出世事苍凉的"可怜"的态度)。这样看来,这首最早发表于《新青年》上的新诗②,还是一首不严格的七言古诗:

> 日光淡淡白云悠,风吹薄冰水不流。
> 出门去雇人力车,行人往来车马纷。
> 个个穿棉袖手坐,还觉身上冷不过。
> [可怜] 车夫单衣破,汗珠颗颗往下堕。

白话诗要从古典诗的句法和形式秩序中脱离出来,绝非一日之功。白话诗要成为真正"新"的"诗",必须有一个缓慢的渐变的过程。胡适在《〈尝试集〉再版自序》中说:"我做白话诗,比较的可算最早,但是我的诗变化最迟缓。从第一编的《尝试篇》,《赠朱经农》,《中秋》……等诗到第二编的《威权》,《应该》,《关不住了》,《乐观》,《上山》等诗;从那些很接近旧诗的诗变到很自由的新诗,——这一个过渡时期在我的诗里最容易看得出。第一编的诗,除了《蝴蝶》和《他》两首之外,实在不过是一些刷洗过的旧诗。做到后来的《朋友篇》,《文学篇》,检直又可以进《去国集》了!"《蝴蝶》和《他》两首其实都是

---

① 参见[美]高友工《律诗美学》,文载乐黛云、陈珏编选《北美中国古典文学研究名家十年文选》,第89—94页。
② 1918年1月15日《新青年》第4卷第1号刊出白话诗9首,依次为:胡适的《鸽子》、沈尹默的《鸽子》和《人力车夫》、胡适的《人力车夫》、刘半农的《相隔一层纸》、沈尹默的《月夜》、刘半农的《题女儿小蕙周岁生日造象》、胡适的《一念》和《景不徙》,有论者认为,这些诗是"最早发表的新诗","不仅使用了白话,更重要的是注意到了诗体的解放"(刘福春:《新诗纪事·说明》,学苑出版社2004年版)。

五言诗的体式，胡适之所以觉得它们有价值，大概它们确实与旧诗有区别，这种区别不在于形式上，而在于语言的更换。胡适以接近口语的白话来写古体诗，从外观上看不出诗的变化，但在具体诗句的内部，旧诗的节律已经被打破了，诗从表面上看起来是诗，实际上接近于说话。

> 两个／黄蝴蝶，双双／飞上天。
> 不知／为什么，一个／忽飞还。
> 剩下／那一个，孤单／怪可怜；
> 也／无心上天，天上／太孤单。①

《蝴蝶》的最后一句，我们不能根据五言诗常见的"二—二—一"节奏来读，也不能根据前面的"二—三"节奏来读，只能读做"也／无心上天"（或"也／无心／上天"）的"一—四"（或"一—二—二"）节奏，诗的节奏声调就由单音尾（三字节）的吟咏调变成双音尾（二字节）的诵读调，其实是接近了胡适"作诗如说话"的主张。旧体诗五七言一般都是两字一节，五言诗为两节半，七言诗为三节半。像绕口令一样的《他》，体式虽是五言，实际上是一段整齐的"说话"调子："你／心里／爱他，莫说／不爱／他。要／看你／爱他，且／等人／害他。倘／有人／害他，你／如何／对他？倘／有人／爱他，更／如何／待他？"② 我们从这些不像"新"诗也不是旧诗的诗中可以看出，胡适的白话诗的试验其实更大的价值在试验语言，《尝试集》中的诗，更多都处在旧体诗的形式、句法与白话的语言形态相龃龉的状态。

（二）寻求诗体的"解放"

"我初回国时，我的朋友钱玄同说我的诗词'未能脱尽文言

---

① 胡适：《尝试集》（附《去国集》），上海亚东图书馆1920年版，第1页。
② 同上。

窠臼'，又说'嫌太文了！'美洲的朋友嫌'太俗'的诗，北京的朋友嫌'太文'了！这话我初听了狠觉得奇怪。后来平心一想，这话真是不错。我在美洲做的《尝试集》，实在不过是能勉强实行了《文学改良刍议》里面的八个条件；实在不过是洗刷过的旧诗！这些诗的大缺点就是仍旧用五言七言的句法。句法太整齐了，就不合语言的自然，不能不有截长补短的成分，不能不时时牺牲白话的字和白话的文法，来牵就五七言的句法。"① 在古典诗的句法与白话的文法之间，胡适的诗作显出一种矛盾性：对于支持白话诗的钱玄同等人来说，由于句法仍有旧诗词的影子，所以显得"太文"；而对于梅觐庄、任叔永等反对白话诗的人，在旧诗词的格律里装了"俗语白话"，则显得不伦不类，"太俗"。这也使胡适回国之后不得不下更大力气来试验白话诗，这时他认定了"一个主义：若要做真正的白话诗，若要充分采用白话的字，白话的文法，和白话的自然音节，非做长短不一的白话诗不可。这种主张，可叫做'诗体的大解放'"②。

汉语诗歌在现代的"诗体大解放"是从句法的变化开始的，不过，当胡适认定"非做长短不一的白话诗不可"的主义之后，白话诗并没有就一下子变得很"现代"。以1918年《新青年》所刊白话诗为例，虽然句式确实长短不一了，但大部分诗作还是古典诗的意趣，句法并未真正的"转换"。据本书统计，此年《新青年》共刊白话诗约65首③，其中以第一人称"我"为叙述者的共18首，不足总数的三分之一；而基本上属旧体五言诗、七言诗的共12首，约占总数的五分之一。

---

① 胡适：《自序》，《尝试集》（附《去国集》）。
② 同上。
③ 包括胡适译诗《老洛伯》、第4卷第2号刘半农的《游香山纪事诗》实际上是8首四句到十句不等的五言古体的组诗，这里只算一首。为统一起见，组诗凡诗题未注明"……首"便只以一首计。另，本年除了《新青年》刊出新诗之外，12月22日的《每周评论》第1号也刊出了"适"（胡适）的诗《奔丧到家》。

1918年《新青年》第4卷第1号，白话诗正式集体登场亮相。所刊九首白话诗中，胡适的《鸽子》明显看出是词曲的演变，全诗无主词，无系动词，完全是一种主体在诗外的叙述视角，诗作的风格也是古诗常见的外在景物的描写，主体心志难以寻求，无论从形式还是情感思想，都难说"新"。第二首沈尹默的《鸽子》整体上也是叙述者消隐的客观描写，从第二句开始出现了系动词"是"，全诗共出现四次以系动词"是"来表明作者对叙述对象的态度或情感，使诗歌整体上的描写句式倾向于判断句式。第三首就是前面说过的沈尹默的《人力车夫》。第四首是胡适的对话体诗《人力车夫》。第五首是刘半农的《相隔一层纸》。这两首在《分类白话诗》①里被分在"写实类"，因为它们确实就是"客观写实"，描写一次对话、一个场景。第六首是沈尹默的《月夜》。第七首是刘半农的《题女儿小蕙周岁日造象》，在《分类白话诗》里被分在"写意类"。第八首是胡适的《一念》。第九首是胡适的《景不徙》，这是一首旧体五言诗，此处不论。

　　这些诗作大部分在感觉和想象方式、境界和意象的营造和艺术结构上，都未能脱离旧诗词的趣味和写法，并且，九首诗无一例外，末句都尽量追求押韵。不过，值得注意的要数第六首沈尹默的《月夜》和第八首胡适的《一念》，先看《月夜》：

　　　　霜风呼呼的吹着，
　　　　　　月光明明的照着。
　　　　我和一株顶高的树并排立着，
　　　　　　却没有靠着。

---

　　① 许德邻编：《分类白话诗选（一名新诗五百首）》，上海崇文书局1920年版。据笔者统计，实际上该诗选所选白话诗为266首。

废名先生曾称这首诗"很难得"、"不愧为新诗的第一首诗",将这首和《新青年》第4卷第1号上的其他几首一比,"便可以比得出来写新诗是怎样的与写旧诗不同,新诗实在是有新诗的本质了。那几首诗……都只能算是白话韵文……大约可以比较得出来,只有《月夜》算得一首新诗"①。愚庵(康白情)把《月夜》算为"中国新诗史上""第一首散文诗","具备新诗的美德",觉得"其妙处可以意会而不可言传"②。不过,无论是废名还是康白情,他们都没有说明这首诗到底"妙"在哪里。霜风月夜,旷野高树,伊人独立,这样的意象和境界在古诗里颇为常见。作者还是用传统的咏怀诗的方式来借物兴情。最值得注意的应该是诗中的"我",它是第一次以叙述者和被叙述的对象的双重身份出现在白话诗里,既是说话者又是意象。在前面的诗作中,"我"曾出现在第三人称的说话里(胡适的《人力车夫》),在后面的胡适的《一念》里,"我"是叙述者,但"我"并不是被描述的对象。《月夜》的独特性在于:一方面,它延续了古典诗的常见意象、意境,但是另一方面,它没有延续古典诗常见的非个人的视角,它是以个人化的"我"的眼光来打量世界的,诗歌的说话方式由过去的"无人称"变成现在第一人称的独白。并且,颇有意味的是这个"我"与"树"的关系:"和一株顶高的树并排立着,/却没有靠着",作为两个名词意象,在古典诗中它们理当就是"并排立着",而不是逻辑、情态关系上的相互连结、依靠,我们是否可以理解诗人是将古典诗中两个本当并置的意象用罗列和连结的句法将它陈述出来,使它们处在独立与连结之间,既相互独立,又相互凝望,形成意象之间的距离与对比,使诗歌产生出一种简略而含混的美学效果,是否这恐怕才是

---

① 废名:《沈尹默的新诗》,见《论新诗及其他》,辽宁教育出版社1998年版,第35页。

② 北社编:《新年诗选》一书后附《一九一九诗坛略纪》,上海亚东书局1922年版。

它"可以意会而不可言传"的原因。

《月夜》反映的其实是古典诗的句法与意象生成方式在"白话"句法中的一次转换。由于这首诗的短小，所以它在从旧词曲的句法向白话诗的句法的转换中没有暴露出太多问题，显得精致、独到，在"白话"和"诗"之间找到了关键的契合点：如何处理意象之间的关系。在近体诗中，由于意象之间的独立性，使意象相互之间的关系产生丰富的歧义，而这里，诗人说"我"与"树""并排立着"，却不是通常意义上的"靠着"，"我"与"树"作为意象也是独立的，意象的独立性使诗歌的语义变得复杂。有人就此认为这首诗所要表达的意思在诗中展现得不够充分[1]；也有人对它的短、它的凝练大加赞赏[2]；当然，也有人因为它是"白话诗"而看不到它与古典诗共有的品质，简单地把它说得一文不值[3]。

《月夜》的美学效果毕竟有一定的偶然性[4]，它毕竟只有四行，诗不可能都这么短小，《月夜》值得注意的是它以"我"为叙述者的说话方式和连续性的句法结构。白话诗此时还处于在语

---

[1] 譬如朱自清就以为《月夜》要表现的意趣不够充分："'愚庵'评'其妙处可以意会不可言传'；但是我吟味不出来。第三行也许说自己的渺小，第四行就不明白。若是说遗世独立之概，未免不充分——况且只有四行诗，要表现两个主要意思也难。"朱自清：《中国新文学大系·诗集·编选杂记》，上海良友图书公司1935年版，第15—16页。他在编选《中国新文学大系·诗集》时也就没有选这首诗。

[2] "我"与"树"（可以看成"世界"）是有距离的，甚至是分裂的，这个"我"还可能有现代诗的"自我"的雏形：他既是叙述者，又是被叙述者，他不是一个同一的存在。诗歌的功能实际上是从外向里地对"自我"作了一次短暂的关注。可以说，这首诗虽在意境上有古典诗的影响，但却有了古典诗所缺乏的自我经验的深度，它在"内容"上比古典诗有一点新质。"在内容上是诗的"，这可能就是废名所说的这首诗所具有的"新诗的本质"。

[3] 胡先骕认为沈尹默之《月夜》、《鸽子》、《宰羊》等诗，"直毫无诗意存于其间，真可覆瓿矣"。胡先骕：《中国文学改良论（上）》，《中国新文学大系·文学论争集》，第105页。

[4] 沈尹默（1883—1971年）有着深厚的古典文学修养，他的诗歌创作似乎是在参与完成新诗革命的草创任务后又早早转向旧体诗的写作。沈尹默也是现代旧体诗创作方面的高手，有《秋明集》问世。

言当中试验、累积"自我"显现方式的阶段。现代诗的"自我"的性质和内涵,还在具体的诗歌写作当中慢慢凝聚。白话诗怎样从古典诗的抒情模式中脱胎出来仍是个问题,所以一些诗作在句法上的试验还是应该关注的。胡适的《一念》虽从思想、情感、美学效果等角度来评价大概不算很高妙,但从它的抒情方式来看,却有它特别的地方:

> 我笑你绕太阳的地球,一日夜只打得一个回旋;
> 我笑你绕地球的月亮儿,总不会永远团圆;
> 我笑你千千万万大大小小的星球,总跳不出自己的轨道线;
> 我笑你一秒钟走五十万里的无线电,
>   总比不上我区区的心头一念。
> 我这心头一念:
> 才从竹竿巷,忽到竹竿尖;
>   忽在赫贞江上,忽到凯约湖边;
> 我若真个害刻骨的相思,
> 便一分钟绕遍地球三千万转!①

在1917年"十月廿七日"胡适给刘半农的手稿中,此诗有两份,一份为草稿,一份就是后来发表在《新青年》上的样式,不过标题是《唯心论》。在草稿上,原诗题目为《"唯心论"》,最后一句为"便一夜里绕遍地球三千万转!"② 从胡适的修改可以看出,本来他借用哲学上的名词"唯心论",后来他觉得他写的就是一种唯"心"论,不用加上引号,他所要表现的是"心"的自由、思想的不拘时空万物都不能比。而将"一夜里"改为"一分钟",既

---

① 《新青年》第4卷第1号。
② 参见刘半农编《初期白话诗稿》,星云堂书店1932年版,第36—38页。

是突出心头之"念"的快("我"要嘲笑的对象是"地球"、"月亮"、"星球"、"无线电"四种事物,它们都不及"我的一念"快、没有时空限制,潜在意思应该是对现代人的心灵幻想的乐观),也是为了和前面风格统一,尽量使用现代专有名词,使诗歌的名词更倾向于具体。"夜"与"分钟"都是时间,但前者实质上是时间的一种性质,在意趣上很容易滑入古典诗里对"夜"的想象,而"分钟"则明显是现代社会才有的名词,它具有一种事物性,比"夜"要"具体"。胡适在这里使用了许多现代科学上的新名词,并且新名词之前加上许多修饰成分,使诗句变得很长(古典诗歌中只有晚清黄遵宪的诗里出现过比这还长的诗句)。在句法上,胡适实际上沿袭了英语的句法结构:

I laugh at you, the earth, which is revolving around the sun, because you have only a rotation in a day and night(我笑你绕太阳的地球,一日夜只打得一个回旋);

I laugh at you, the moon, which is always revolving around the earth, because your can't be remained forever(我笑你绕地球的月亮儿,总不会永远团圆);

I laugh at you, thousands upon thousands celestial bodies, because you never depart from your track(我笑你千千万万大大小小的星球,总跳不出自己的轨道线);

I laugh at you, radio, which can run at a speed of fifty miles a second, because you are slower than a little idea in my mind(我笑你一秒钟走五十万里的无线电,/总比不上我区区的心头一念).

……

此诗前四个完整句都是英语里的一种主从复合句,其中包含了一个非限制性定语从句和原因状语从句(四句除第三句只有非限制性定语没有非限制性从句有点不同外，结构相似）。以第一句为例，按照汉语，它的意思可以用一个简单句（"我笑一日夜绕太阳只一个回旋的地球"）来表达，但这样在宾语前无限制地加上修饰语容易使主语和宾语之间相隔太远，句意不连贯。胡适这里顺着英文文法的表达式，将名词的修饰语部分置于名词之后（汉语中"缺乏英语中大多数罗列细节的手法，后置的修饰成分极为少见"①，这样句子就显得比较平衡。可以说这里胡适的意思从英文文法到汉语表达，还算成功。"我"是诗歌的叙述者，"我"这个主词，受英语文法［ "I" +（系）动词……或 "I" +动词词组……］影响而来，把守着每一句的开头，在每一个诗句前重复，决定着诗歌情思的定向发展，它突出了主体的自我属性，也制约着读者的阅读和想象。不过，这首诗也不尽是西洋诗的味道，"才从竹竿巷，忽到竹竿尖；忽在赫贞江（上），忽到凯约湖（边）……"就露出了唐诗"忽过新丰市，还归细柳营"的尾巴；"我若真个害刻骨的相思，便一分钟绕遍地球三千万转"句还是忍不住省略了主词（"我这心头一念"）。

《尝试集》第二编、第三编的诗，大部分都有主词，以"我"为叙述者，一些诗作可谓摆脱了旧诗的无人称的客观描述的抒写方式。朱自清先生在 30 年代曾谈到汉语里"主词"的增多，他说这种情况是对"旧白话的结构"（旧白话也习惯于省略主词）的超越，也"相信多用主词是现代化的语言的一个主要的倾向"②。朱自清先生以西方语言为参照，将"多用主词"之作为汉语"现代化"的主要标准，这未免对西语和汉语的复杂情况有所忽视。不过，白话诗一改旧诗的无主词、无人称，句句有主词，有"我"、"你"或"他"，虽比凝练的五言、七言诗啰唆，但却是一种新的说话方式。胡适以"须讲求文法"的语

---

① ［美］高友工、梅祖麟:《唐诗的魅力》，第 72 页。
② 朱自清:《论句子的主词及表句》，《朱自清全集》第 8 卷，第 313—315 页。

法要求和作诗如"说话"的诗学主张，使主词的增多在诗歌写作中合法化。这不仅使白话诗的句法有别于旧诗的句法，也有别于旧白话的句法。在古典诗歌中受到特定美学形式"压制"的"我"逐渐显现出来。虽然这个主词"我"，其身份和内涵还经常被湮没在旧式文人感时忧怀的趣味中，还不容易见出新的时代的经验特质，还只是诗歌抒情言志的一个角度，在具体的事与物面前，这个"我"的个体经验属性还很不清晰，"我"的情感和态度还不能统摄诗中的事与物，但其毕竟在旧语言和旧形式中慢慢挣脱出来。

值得一提的是，这首诗在韵律上也基本上摆脱了旧词曲的影响，它可能也在效法西方自由诗的用韵方式。王力在《汉语诗律学》里提到，"初期的白话诗人并没有承认他们是受了西洋诗的影响，然而分行和分段显然是模仿西洋诗……"其实岂止是"分行"、"分段"，白话诗在初期阶段的音节建设上，也借鉴了西方的自由诗的一些特征。譬如："自由诗不用韵，就往往在句首用相同的字，以为抵偿"，而"在初期白话诗里，这种情形不胜枚举"。王力所举泰戈尔的英文诗《为印度祈祷》，其句首词语基本相同、大部分句式开头相似，与《一念》的句法结构颇为类似①。

写作《一念》等诗的这种旧词曲影响和诗歌新质建构的新旧交替阶段，胡适将之称为"自由变化的词调时期"，在"新诗"的诞生过程中，胡适认为这一时期无疑是非常重要的，胡适说："自此以后，我的诗方才渐渐做到'新诗'的地位。《关不住了》一首是我的'新诗'成立的纪元。《应该》一首，用一个人的'独语'（Monologue）写三个人的境地，是一种创体；古诗中只有《上山采蘼芜》略像这个体裁。以前的《你莫忘记》也是一个人的'独语'，但没有《应该》那样曲折的

---

① 王力：《汉语诗律学》，第855页。

心理情境。自此以后,《威权》,《乐观》,《上山》,《周岁》,《一颗遭劫的星》,都极自由,极自然,可算是我自己的'新诗'进化的最高一步。"①"极自由"大概指的是作诗不再受旧诗词格调的束缚,"极自然"应是指运用"白话"的方面。胡适说的这些诗作,也许自我期许过高,但这些诗的句法变化是非常明显的,在表面上看它们确实努力"采用白话的字,白话的文法,和白话的自然音节","做长短不一的白话诗"。正是这种句法上的变化,使汉语诗歌"诗体的大解放"有了可能,才可以真正释放"白话的文学可能性"②。

(三) 经验对形式的冲决

胡适在《尝试集》初版自序里所提到的几首诗,《关不住了》和《应该》最为他看重,那说明这两首诗的写作当中蕴涵着他"尝试"建构诗歌新质的理想。《关不住了》虽是译诗,竟能作为"'新诗'成立的纪元",其重要性和可阐释性非同一般,本书最后一章还有较详细的阐述。这里我们可以先看看《应该》一诗:

> 他也许爱我,——也许还爱我,——
> 但他总劝我莫再爱他。
> 他常常怪我;
> 这一天,他眼泪汪汪的望着我,
> 说道:"你如何还想着我?
> 想着我,你又如何能对他?
> 你要是当真爱我,
> 你应该把爱我的心爱他,
> 你应该把待我的情待他。"

---

① 胡适:《再版自序》,《尝试集》(再版),上海亚东图书馆1920年版。
② 胡适:《自序》,《尝试集》(附《去国集》)。

>　　他的话句句不错：——
>　　上帝帮我！
>　　我"应该"这样做！①

"用一个人的'独语'写三个人的境地"，胡适的意思是此诗以"我"的内心独白反映了一段复杂的爱情纠结②："我"爱着"他"（女性），但又有一个"他"（女性）爱着"我"，"我"所爱的那位女子不忍伤害那爱"我"的那一位，奉劝"我""应该"以爱她的心来爱那另一位，这可怕的"应该"！——"我"知道她说得对，可是"我"陷入了痛苦与绝望，以至于呼告上帝，最终我不得不臣服于这"应该"二字！在坚硬的伦理道德面前，情爱的心陷入失败的呢喃。胡适在《谈新诗》里曾援引自己的这首诗，他以此来说明"诗体的解放"的必要和旧体诗对现代经验的传达的束缚："因为有了这一层诗体的解放，所以丰富的材料，精密的观察，高深的理想，复杂的情感，方才能跑到诗里去。五七言八句的律诗决不能容丰富的材料，二十八字的绝句绝不能写精密的观察，长短一定的七言五言决不能委婉达出高深的理想与复杂的感情。"

很明显，胡适的自诩是在针对近体诗。近体诗严格的形式规范和"独立"的词语、意象给人以一种凝练、精致、和谐的视觉之美和音乐之美，在阅读感受上给人以自由的想象空间，有一种独特的"魅力"。但是同时，近体诗由于所选择的词语往往具有

---

①　胡适：《尝试集》（附《去国集》），第56—57页。
②　此诗作于1919年3月20日，原有一个"前记"："我的朋友倪曼陀死后，于今五六年了。今年他的姊妹把他的诗文钞了一份寄来，要我替他编订。曼陀的诗本来是我喜欢读的。内中有奈何歌二十首，都是哀情诗。情节很凄惨，我从前竟不曾见过。昨夜细读几遍，觉得曼陀的真情被词藻遮住，不能明白流露。因此我把这里面第十五、十六两首的意思合起来，作成一首白话诗。曼陀少年早死，他的朋友都疼惜他。我当时听说他是吐血而死的，现在读他的未刻诗词，才知道他是为了一种很为难的爱情境地而死的。我这首诗也可以算是表彰哀情的微意了。"见胡适《尝试集》（附《去国集》），第56页。

"性质"、"类型"的"非事物"倾向，这种美学机制所产生的美感很特别——"在传达生动性质的意义上"，"是具体的"；但在指向"事物本身"（"这些事物的各个部分及其与其他事物的关系是较为确定的"），又是非常"抽象"、"朦胧"的。古典诗并非没有"高深的理想，复杂的情感"，而是由于古典诗人的人与世界的想象性关系、作者与读者之间（对"对仗"、"隐喻"、"用典"等方式）的默契，这些复杂的情思借着并置的意象和韵律化的声音在想象中可以"体会"的，而不是靠细致的话语来"言传"的。古典诗的美感的根源至少在于：首先，人与世界之间的关系（"神与物游"、"天人合一"的想象）；其次，它的言说角度（主体消隐、"以物观物"）；最后，语义的生成上，古典诗主观上依靠独立性的意象给人的想象力，客观上很大程度地依靠语词、意象在历史传统中的"互文"关系，"隐喻"、"典故"的作用很重要。还有一个重要的语义生成方式就是雅克布森所说的"对等原则"在语音和词语选择、组合上的普遍运用。

古典诗的美学合法性在这些意义上都是极为重要的，也是不容置疑的。但是在"现代"阶段，随着人与世界的关系的急遽变化和作者、读者群体的分裂，传统的诗歌美学机制也面临着问题。一个最起码的事实是：许多新的经验、意识，其在诗歌中的表达不是既有的语词、典故可以与之"对等"的，诗歌的隐喻轴上没有过多词语可以与新的经验、意识相"对等"，诗人被迫要在转喻轴上寻找可以替代的语词（以避免"失语症"）。在诗歌史上，每一次言说方式的更新，往往是从诗的隐喻轴着手，语词拒绝已经陈腐的隐喻集合，在转喻的语义链条上寻求出路。诗歌的风格和美学效果也由此产生变化。罗兰·巴尔特说"现代诗摧毁了语言的关系"，"意味着我们对自然的认识发生了逆转"。在这种新的人与世界的关系中，言说方式也在发生变化，"在古典语言中，正是关系引领着字词前进"，而"在现代诗中，关系仅仅是字词的一种延伸，字词变成了'家宅'，它象一粒种根似地被植入功能的诗律学中,这些功能可被理解但不实际存在了"。现代诗中,"字词以无限的自由闪烁其光辉,并准备去照亮那些不确定而可能存在的无数关系。一旦消除了固定的关系,字词就仅仅是一种垂直的投射,它象是一个整块、一根柱石,整个地没入一种意义、反射、意义剩余的整体之中:存在的是一个记号。在这里,诗的字词是一种没有直接过去的行为,一种没有四周环境的行为,它只提供了从一切与其有联系的根源处产生的浓密的反射阴影"①。

胡适当然没有这种之于"现代诗"的语言自觉,但他对于古典诗的言说方式的拒绝却是有意的,甚至有意地将之偏执化。《应该》也不是一首感受和想象很丰富的诗作,为了追求对一种矛盾冲突的情感的曲折述说,诗歌连最起码的比喻、意象营造都没有,情感的呈现流于表面化。但值得注意的是,它试图"具体"呈现"曲折的心理情境"的抒情方式,正是在这里,胡适常常判定旧体诗"言之无物"。"这首诗的意思神情都是旧体诗所达不出的。别的不消说,单说'他也许爱我,——也许还爱我'这十个字的几层意思,可是旧诗能表得出的吗?""他也许爱我,——也许还爱我——"虽仅十个字,但结合全诗,它陈述的是一种对恋人的怀疑、绝望与确信,"他"这样劝"我",以至于使"我"怀疑"他"是否真的爱过"我";"他"这样劝"我",也许正表明"他"真的爱"我",现在还在爱"我"。这里尽管缺乏诗歌陈述事物的形象性,但是诗歌所要呈现"我"的"曲折的心理情境"的意图还是达到了,"我"作为一种处在极度矛盾的爱情苦痛中的形象,读者还是能强烈感受到的,可以说,已有一点现代诗"抒情自我"的雏形。

有论者对此提出质疑:"固然这十个字有些心理内涵,如何和'此情可待成追忆,只是当时已惘然'、'妻孥怪我在,惊定还拭

---

① [法]罗兰·巴尔特:《符号学原理——结构主义文学理论文选》,李幼蒸译,第88页。

泪'、'苔深不能扫，落叶秋风早'等信手可以拈来的古典诗句相并列，就觉得古典诗在凝练、强度和层次复杂方面不下于最好的白话诗。而在胡适时代还没有能和《锦瑟》、《羌村》、《长干行》相比的白话诗，主要是白话诗人在完全抛弃了古典诗词的精湛艺术后，一时又还没有发展出自己的独特诗艺。胡适对'白话'的表达能力盲目的夸张令人难以信服。"①确实，单从诗句看，胡适的这十个字哪有李商隐的"此情可待成追忆，只是当时已惘然"精彩。不过，人们往往容易记住《锦瑟》的这个尾联，前面三联均印象不深。这也反映出近体诗的美学效果在单句或某一联上的独立性。但对于现代诗，却不是这种读法，我们必须注意到它的整体，作为现代诗的初期形态，白话诗也不纯粹在局部字词上追求隐喻链条上的语义相似或相反的"对等"，它不是靠单个字词、意象取胜，而是追求一种整体的说话方式，整体的语言组织之于现实的表现力和意义深度。更值得注意的是，如果仍以古典诗的说话方式来要求现代诗，势必会消灭现代诗之于现代时间、空间的真切体味，使主体的经验又回复到古典诗由于时空的绝对性导致主体心志普遍化、难以凝聚成现代新质的状态。即使是《锦瑟》——

> 锦瑟无端五十弦，一弦一柱思华年。
> 庄生晓梦迷蝴蝶，望帝春心托杜鹃。
> 沧海月明珠有泪，蓝田日暖玉生烟。
> 此情可待成追忆，只是当时已惘然。②

由于前面六句没有任何真实时空的指称，诗歌中的情感经验具有一种不确定性、普遍化的特征，到了尾联，诗人也不得不以一个"此"，将当下现实与"当时"分裂出来，从而"把诗从幻觉的

---

① 郑敏：《结构—解构视角：语言·文化·评论》，第114页。
② 《全唐诗》卷五三九《李商隐一》，《全唐诗》（第八册），第6194—6195页。

朦胧自由带到对不可回避的确定现实的自觉"①。近体诗中追求情感经验的当下性的这个"此"的用法其实非常普遍。这个"此"实际上相当于英语里的"the"和"that",就是为了使古典诗的绝对时空（也是缺乏当下性）的境界过渡到主体所深切体味的当下时空中来。这既是句法上由"非连续性"到"统一性"的变化,也是诗歌在客观现实图景与主体情思之间所寻求的美学效果的"统一"。同时也是诗歌写作中具体经验与形式规范的具有互动效应的常见范例。

这样看来,以意象和语言的"凝练、强度和层次复杂"来比较古典诗和白话诗的美学效果显然不是对待诗歌问题的有效方式。汉语诗歌自晚清以来,随着现实世界的巨大变化,诗人一直试图使诗歌成为真正的呈现"今日"经验的"为我之诗"。白话诗的尝试也是在这一背景上产生的,是试图以改变语言符号和说话方式来陈述出一个新的经验"自我"。虽然都是"自我"的"独白",但《应该》的"独白"方式和效果与近体诗是有差别的。

近体诗由于严格的形式规范,在"自我"情感经验的呈现上,也有一定的局限。古体诗作为一种抒情诗,在律诗规范形成之前面临的问题往往是:"当一种形式扩展至无限的长度时,抒情主体会逐渐失去对内容的整体控制;抒情的瞬间被无限拓展,无法使人继续保持那种攫人心魄的幻觉。抒情诗这种拓展,像谢灵运的山水诗一样,助长了为描写而描写的倾向。"律诗的规则成为抒情的一种需要,当律诗规则形成之后,"在一个只有四联的紧凑的诗歌形式中……描写与表现之间的二元区分更经常地暗示着一种二元结构:前者用于前三联,后者用于最后一联。简明的形式和精密的结构使客观外物的内在化和内在情感的形式化二者在新的美学之中得以和谐相处"。"当形式压缩至四联,只有三联描写诗人的感觉印象时,'抒情的声音'重新取得对全诗的控制力,诗歌行

---

① ［美］高友工、梅祖麟：《唐诗的魅力》,第73页。

为因而被赋予了其特有的功能;在这种情况下,诗人的职责就是观察外部世界,通过将外部情景内在化以表达他的内心状态,包括内在化了的外部印象。与'抒情自我'(the lyrical self)的复活一起,'抒情瞬间'(the lyrical moment)同样有力地得以重新回归。"律诗规则确实对抒情诗的"抒情自我"和"抒情瞬间"的凝聚与凸现起到了重要的作用,使中国诗歌达到了情感与形式的一次完美统一。但是,它的局限也是明显的:

> 这种短形式适于对诗人内心做短暂的一瞥;在"抒情自我"内在世界这个新的语境中,物理时间和空间,无论是诗中的还是它所指涉的外部世界的,都完全无关紧要。前三联中作为心灵状态之内容的每一要素,都没有时空的维度,它属于传统的"抒情瞬间"。任何更复杂的东西可能都无法为此形式所接纳。漫长的细致描述,情节的复杂展开,或痛苦的内心自省——所有这些都需要比律诗更长、更充分、结构更松散的形式才能实现。只有在突发的思绪或意象一下子抓住了一个人的注意力而产生的突发的感应或敏锐的洞见中,这种形式才显得自然。[①]

律诗的言说方式采用的是一种"非个人的视角","在这种视角中,诗歌行为变得更加内向。其结果是——最亲密的朋友之间情感交流的送别诗除外——一种'独白'的视角取得主导地位;结尾更多地成为诗人与现实而不是与朋友之间的相互交流。……这种表白基本上面对的是整个听众,而不是某个个人"[②]。律诗里这种"独白"并不是诗人要面向"整个听众",而是诗歌的艺术

---

① [美]高友工:《律诗美学》,《北美中国古典文学研究名家十年文选》,第87—88页。
② 同上书,第86—87页。

形式使个人化的声音失去了个体经验的细致与深刻性，而显得似乎是面对整个听众的普遍言说，这里可以看出经验的真实呈现在特定艺术形式面前的一种困难。而白话诗的尝试正是要改变这种艺术形式，"诗体的大解放"正是从句法着手。无论《应该》多么没有诗味，但它"说"个人的"话"的意图应该说还是达到了。《应该》中的"独白"还是有一定的个人性的，与近体诗的尾联的"独白"还是很有区别。尽管若我们拿它们与古典诗的形式与意蕴比较，《应该》、《关不住了》这些诗确实缺少"余香与回味"，但胡适之所以对这些诗的写成按捺不住兴奋之情，恐怕还是因为在这些诗的写作中蕴涵了他的文学理想，他是在尝试他要看到的"白话的文学可能性"。

　　特别是《关不住了》一诗，胡适之所以把一首译诗当做"'新诗'成立的纪元"，硬把人家一种平静的、悠远的、很有形象感的题目——"屋顶之上（Over the Roofs）"，译出了现在这种主体情思激烈涌动、心脏似乎立刻要爆发出来的感觉，这里的原因恐怕不是胡适多么成功地翻译了原诗，而是胡适在译诗中尝试了以"白话"来传达一种现代情感经验，并且，这一次"白话"的语言、自由诗的形式与现代情感经验的合作，还相当成功。译诗似乎是将一个长期在汉语诗歌传统形式规范中被囚禁的"抒情自我"释放出来，用胡适自己的话说，这个现代"自我"在现代性的境遇下，已经是旧体诗的形式牢笼所"关不住"的了。这首诗不是翻译的成功，而是"白话"转译现代思想情感的成功，更是通过翻译以新的语言、诗体"解放"一直在初期白话诗的旧诗词曲调中不能呈现的新的"自我"的成功。"美国新诗人"（意象派女诗人梯斯黛尔）的原诗和胡适译诗[①]如下：

　　[①] 梯斯黛尔（Sara Teasdale）的诗原发表于美国意象派的《诗刊》（*Poetry*）1916 年第 3 卷第 4 期上，胡适 1919 年（民国"八年二月二十六日"）将其翻译后发表在《新潮》杂志 1919 年 4 月 1 日出版的第 1 卷第 4 号上。

Over the Roofs

I said, "I have shut my heart,
　　As one shuts an open door,
That Love may starve therein,
　　And trouble me no more."

But over the roofs there came
　　The wet new wind of may,
And a tune blew up from the curb
　　Where the street-pianos play.

My room was white with the sun
　　And Love cried out in me,
"I am strong, I will break your heart
　　Unless you set me free."

关不住了!

我说"我把心收起,
　　像人家把门关了,
叫'爱情'生生的饿死,
　　也许不再和我为难了。"

但是五月的湿风,
　　时时从屋顶上吹来;
还有那街心的琴调
　　一阵阵的飞来。

一屋里都是太阳光,
　　这时候"爱情"有点醉了,

他说:"我是关不住的,
    我要把你的心打碎了!"

细细推敲,胡适的翻译不仅是改了人家的题目(还特地以一个"!"加重语气),许多词汇的翻译都失去了原诗的原意。胡适译诗采取的是意译而不是直译的方式,部分传"达"了人家的意思,既不"信",更谈不上"雅"①。胡适的翻译不算好,但总算传达了原诗的感情的那种热烈,而在同一首诗同时代的另一种翻译里,这种自我情感的激烈冲突却明显被传统诗歌形式所捆绑:

爱 情②

美国 Sara Teasdale 原著

摄心如闭门,防我情奔逸。
春风不解事,又送琴声入。
春晖淡荡中,爱情为我说:
不让我自由,便使你心裂。

由于对古典诗歌形式风格的确认,很多中国诗人对外国诗歌的认识往往非常片面,在他们看来,"中国诗和外国诗,在形式

---

① 胡适的翻译似乎是直译,好像把诗歌的意思翻译出来就行了;但又不像直译,他真的"不避俗字俗语","把"、"了"字随处可见。"了"字的目的在于押韵,但不够准确、生动。"叫'爱情'生生的饿死。"这样的翻译将一些优美的想象力,委婉、含混的情感等很好的语句和诗歌的复杂意味丧失了。似乎在他看来,这样做是在实践其《文学改良刍议》中的"文学八事"之四——"不作无病之呻吟"。最明显的是"My room was white with the sun"这句,本来是"我"因渴望爱情而痛苦的心,在这里有一个转折:"我的房屋充满阳光的洁白",这"房屋"隐喻的是我的"心房","阳光"似乎像油漆一样染白了所有(将所有全照亮)——我的心由于被这样的"阳光"点燃,所以才有要强烈寻求释放的冲动。在胡适的翻译中,这个很有意思的词——"white"被忽略了。将"cried"不是译成"哭喊"之类的意识,而是"醉了",其意思差别也很大,为一种情感而"醉"也比为之"哭喊"更加符合中国诗"温柔敦厚"的诗教传统。这有反映出胡适在以口语传达现代情感经验时的古典趣味的余留。

② 胡怀琛:《小诗研究》,上海商务印书馆1924年版,第12页。

上，当然不同……就是在实质上，也是有些不同"。这"不同"便是"中国诗里的感情是温柔敦厚的，是含而不露的"，而"外国的言情诗，便不是这样了。他既有了热烈的感情，而又一直说出来，说得毫无余蕴"①。将中国诗含蓄的抒情传统认为是中国诗的"实质"，并以之来评判外国诗，这确实是中国诗人的偏见。引用这首以五言形式翻译"Over the Roofs"的研究者，就是认为"这首诗里的实质"和当时其他新诗一样，"比较好的新诗，都是渊源于旧诗，其由西洋诗变化而来的，实在不当"②。虽然《爱情》一诗形式整齐，韵律还算优美，但原诗中浪漫主义式的激烈的情爱冲突却在古体诗的形式中变得不温不火，另外，"春晖"之类的陈言套语和"摄心"、"防我"等生硬的自造词组也使那个为爱情挣扎的"我"的个性化特征消失殆尽。

在胡适缺乏古典诗歌语言、形式、境界之美的尝试之作中，感觉和想象方式的蹩脚是明显的，但其接近口语的语言、形式以及情感经验的当下性却是值得我们关注的。正是这种情感经验言说的"曲折"和当下性，诗歌中显露出一个艰难挣扎、试图凝聚新质显现出来的新的"自我"形象，一种新的情感形式也在慢慢凝聚、积淀成形。"白话的文学可能性"、白话的诗歌问题也都是从此开始的。不过白话诗作为"新诗"的初期，整体上这个"自我"的品性还是没有脱离中国诗歌"温柔敦厚"的传统，无论是多么炽烈的情感，诗人们的表现大多还是很节制，往往是对情感的反思大于情感的充分、直接的表现，见不出多少区别于传统诗歌的那个"抒情自我"的新质。

"诗体的大解放"虽然变革了诗歌的句法，但诗歌的句法绝不是由五言七言变成了自由诗、由整齐的句式变成"长短不一"的句式那么简单，它牵涉的是主体经验与艺术形式相互牵制的复

---

① 胡怀琛：《小诗研究》，上海商务印书馆1924年版，第12页。
② 同上书，第29页。

杂问题。初期白话诗面临的问题是，由于诗体的"解放"，但旧的抒情方式没有脱离，新的抒情方式尚未建立，实际上诗歌中的"自我"还是在旧形式的束缚之中。初期白话诗其实处在除操练口语之外诗意难以为继的状态。很多诗作实际上是散文的分行，一些颇有韵味的诗作也往往篇幅短小。虽然诗歌的好坏不是以长短来区分，但诗歌太短小，流于瞬间印象的记录、缺乏复杂经验的形式转化毕竟不是好事。

五四前后，中国诗坛就流行一种"小诗"的诗歌形式，这是一种讲究即兴抒发瞬间感觉、印象、领悟的短小诗体，实际上也是自由诗的一种。胡怀琛的《小诗研究》讲了"小诗"在中国诞生的原因，除了"日本短歌"和"泰戈尔的诗"的外在影响之外，第三个原因似乎更值得我们重视（尽管在他本人这只是并列的原因）："因为从诗体解放以来，一切的束缚都没有了，自由自在做诗，而一刹那间所得的零碎的感触，三五句便说完了，而在新诗里，又不容多说许多无谓的话；所以这三五句写了出来，自然而然成了一首小诗。"① 既然是"新诗"，没有格律束缚，就不应当做一些类似格律诗里为了格式完整而硬凑诗句的事，但是其抒情方式还是属于那种"突发的思绪或意象一下子抓住了一个人的注意力而产生的突发的感应或敏锐的洞见"，这种抒情方式与篇幅、形式限定的律诗形式相结合便显得自然，而在接近口语、以说话的方式作诗的现代诗的写作中，则显得不适应。现代诗里自由的语言、松散的形式可能更适宜于个人化的感觉、想象的抒写，凸显个人对"现实"更细致、更复杂、更敏锐的洞见。它将古体诗对意象、意境的要求转移到诗歌整体境界的营造，并非强调突发、顿悟、一两个精妙的意象或诗句的写作方式，形式上要求的也不是对仗、押韵方面的语音之美，而是自由诗的无韵但又注重情感"节奏"的内在"形式"（情感思想的"节奏"是现代汉语

---

① 胡怀琛：《小诗研究》，第46页。

诗歌的灵魂)。在不能脱离旧诗词作法的影响,又尚未学会适应口语、自由诗的新的写作方式之时,许多诗人自然又退缩到旧的写作方式当中。旧体诗有"寻章摘句"的传统,一首诗常常以一两句为人称道,"到了律诗和绝句的格式规定以后,一首诗中,硬装上去的句子越多。在作者往往只得了绝句的三四句,然不得不凑两句,以便成一首全诗;或只得了律诗的一联,不得不凑六句,以便成一首全诗"①。可以说,"小诗"在"新诗"初期的盛行,反映的是"新诗"写作的内在困窘。难怪梁实秋批评冰心"小诗"集的《繁星》和《春水》时说:"一首长点的诗总是多数单纯诗意联贯而成的。诗的艺术也就时常在这联贯的工作里寻到发展之所。我说像《繁星》《春水》那样的诗最容易作,就是因为那些'零碎的篇儿'只是些'零碎的思想'经过长时间的收集而已……'零碎的篇儿',也不是绝对不可作的,但是我们应该知道,这是一种最易偷懒的诗体,一种最不该流为风尚的诗体。"②

初期白话诗中的叙述者还游离在旧体诗的非个人化视角和现代经验言说诉求之间、旧词曲的格调影响和自由诗的形式解放之间,诗歌感言说的话语据点和形式特征还不明确。初期白话诗主要的成就大概是操练了"白话",以作诗的方式促进了"白话"的普及。但作为"诗",它迫切需要的是突破在取材和趣味、抒情方式上的旧诗词曲调。胡适的译诗《关不住了》,不仅以"白话"译出了原诗中的激越的浪漫主义情感,诗中"自我"的形象与声音也比旧诗中趋于消隐,对所有人说话的那个"我"要鲜明、要暴烈。"白话"的语言,针对的是"中国文字的特长"——"意丰词约";情感激越、内心快要被爱情爆破的"自我"形象也破坏了"中国诗的本色"——"温柔敦厚"③。胡适

---

① 胡怀琛:《小诗研究》,第58页。
② 梁实秋:《〈繁星〉与〈春水〉》,《创造》周报第12号,1923年。
③ 胡怀琛:《小诗研究》,第77页。

所言的"诗体的大解放",其实只是诗歌句法的不整、形式的解放,"新诗"在感觉、想象方式上并未显得多"新",到了《关不住了》时期,胡适以白话写出了一种"新"的时代精神(尽管是借着英文诗的翻译),这时候"新诗"才有真正"新"的迹象。或许正是这个原因,胡适才把这首诗称作他的"'新诗'成立的纪元",并认为"新诗"也从此逐渐迈向"进化"的高处①。而真正促使白话诗的意趣实现由旧诗词的曲调向着"时代的精神"真正更新的还是郭沫若以《女神》为代表的诗作。

闻一多极为赞赏《女神》之"时代精神",认为"若讲新诗,郭沫若君底诗才配称新诗呢,不独艺术上他的作品与旧诗词相去最远,最要紧的是他的精神完全是时代的精神——二十世纪底时代的精神"。闻一多认为20世纪的精神特征便是:这是一个"动的世纪"、"反抗的世纪"、"科学底发达"、在"物质文明"所带来的"绝望与消极"中的"挣扎"、"悲哀与奋兴"②,而这些复杂的精神状态在诗集《女神》中最为明显。《笔立山头展望》便是一个很好的例证——

> 大都会底脉搏呀!
> 生底鼓动呀!
> 打着在,吹着在,叫着在,……
> 喷着在,飞着在,跳着在,……
> 我的心脏呀,快要跳出口来了!
> 哦哦,山岳底波涛,瓦屋底波涛,
> 涌着在,涌着在,涌着在,涌着在呀!
> 万籁共鸣的 symphony,
> 自然与人生底婚礼呀!

---

① 胡适:《再版自序》,《尝试集》(再版)。
② 闻一多:《〈女神〉之时代精神》,《创造》周报第4号,1923年6月3日。

弯弯的海岸好像 Cupid 的弓弩呀!
人生便是箭,正在海上放射呀!
黑沉沉的海湾,停泊着的轮船,进行着的轮船,
　　数不尽的轮船,
一枝枝的烟筒都开着了朵黑色的牡丹呀!
哦,哦,二十世纪的名花!
近代文明的严母呀!

火车、轮船这些新名词、新意象,在晚清诗中早已出现,但诗人们从未像郭沫若这样亢奋、欢喜跳跃,全诗涌现出一种难以遏制的"动"的精神。与古典诗的"静态"的美学效果（一些动词都是"静态动词"）相比,这首诗的时代精神构成了一种新的"动态"美学效果：连平静的海湾都被想象成一只正在紧张蓄势的弓弩,而人生正是那要放射的箭! 在诗人对西方基督教文化背景中所产生的泛神论的接受和对近代工业文明的理想化想象中（工业化的烟囱盛开"黑色的牡丹"……）,人与世界万物、人与自然达到了一种奇妙的合一境界。诗人的抒情自我与世界真的是达到所谓"一"与"一切"相融的境地。正是在这种对西方近代文化、文明的浪漫化理解当中,中国诗歌凸现了一种新鲜的"时代底精神"和《凤凰涅槃》中那种在毁灭中更生的激情与想象,中国诗歌中一直处在形式规范下难以尽情言说自身的"自我"开始凸现出来——"飞! 飞! 飞! 我的'自我'融化在这个磅礴雄浑的 Rhythm 中去了!"① 这个"自我"像那只在火中自焚而后再生的凤凰一样,在"融化"、毁灭中获得了新生。

　　这种以"自我"为抒情原点的抒情方式也成为现代汉语诗歌的一种模式。这个"自我"从古典诗的形式规范中脱离出来,也改变了古典诗的观物方式和表意策略。诗中的"我"或其他主词

---

　　① 闻一多:《〈女神〉之时代精神》,《创造》周报第 4 号,1923 年 6 月 3 日。

往往是抒情的出发点，"自我"对世界说话（抒情、宣泄）成为诗歌言说的唯一方式。在古典诗中由独立性句法形成的意象与意象之间的自由的想象空间和无人称的叙述视角所形成的人与世界想象性的和谐关系也被打破。这个"自我"的挣脱形式束缚的能量也冲击着汉语诗歌的传统句法。"打着在，吹着在，叫着在……"、"涌着在，涌着在……"这种宾语被省略的语句在汉语正式书面语里很少见，缺少宾语本不能成为完整的汉语语句，诗人运用的其实是英语的（现在）分词结构：Pulse of the great city, surge of life, beating, panting, roaring, the whole sky covered with a pall of smoke……诗人在汉语里也直接将谓语动词并列出来，使独立的意义陈述变成了一种修饰性的表状态的短语，这种宾语被省略的一连串急促语音段落，造成了一种新的美学效果：它生动地展现了诗人面向"大同"世界以至没有具体目标或者说目标无处不在的情感宣泄。若是诗中的"……"是代表宾语的话，"两个或两个以上的动词共用一个宾语的结构"也是在五四以后才"普遍应用"的句式①，将西方浪漫主义自由诗里大量的"O"、"Ah"以"啊"、"哦"、"呀"的方式频频搬用在汉语诗里，也是一种一改古典诗"含蓄"之美的新的抒情方式。《立在地球边放号》（"……/啊啊！不断的毁坏，不断的创造，不断的努力哟！/啊啊！力哟！力哟！/力的绘画，力的舞蹈，力的音乐，力的诗歌，力的Rhythm哟！"）、《晨安》、《我是个偶像崇拜者》等诗，完全是一种发高烧式的喊叫或梦呓，已经顾不上诗歌意象、境界的营造，完全是一种"魔颂式的顿呼，完全是情绪的倾出；是属于沉入自然神圣的和谐以后的一种祷告颂赞的语调，假定参与者（读者）已完全信赖这个世界的完全以后所发出的一些充满狂喜的声音"。"完全是诗人的自我陶醉，因为这个世界并未来临。"②

---

① 王力：《汉语史稿》，第545页。
② 叶维廉：《中国诗学》，第213页。

这种"自我"对世界的想象和宣告，改变着传统诗歌的说话方式，如果说古体诗的说话方式往往是"以物观物"、自我消隐、不涉理路、不落言筌，那么这种以"自我"为抒情原点的说话方式则是"我有话对你说"、"我如何如何"，主体意志强行投射外物，不再是物我合一、神与物游，而是主体占据着世界的中心，企图以"自我"的意志力来改变世界。尽管郭沫若认为他的诗是感情的"直写"，他"最厌恶形式"，"我所著的一些东西，只不过尽我一时的冲动，随便他乱跳乱舞罢了"。似乎这样的诗歌只是有了激越的情感就自然而然地"流"了出来。不过，任何现实经验都是借着语言来表征的，事实上若不是借着句法结构在"现代"的"转换"和西方浪漫主义诗歌的自由体式，这种"自我"在传统的汉语诗歌里也无法凸现出来。

三　句法转换与语义生成

（一）白话诗的句法结构

《新青年》在1918年共刊出六十多首白话诗，到1919年五四运动前后，《新潮》、《每周评论》、《星期评论》、《少年中国》、《时事新报·学灯》等杂志或报纸副刊也大量登载"白话诗"，"白话诗"运动颇有声势，"新诗"开始变得颇为"兴旺"[①]。到1920年，白话诗已有三部诗集出版[②]，分别是：《新诗集（第一编）》，新诗社编辑部编，上海新诗社出版部1920年1月初版，同年9月再版；胡适的《尝试集》，上海亚东图书馆1920年3月初版，同年9月再版；许德邻编选的《分类白话诗选（一名新诗五百首）》，上海崇文书局1920年8月出版。1919年10月10日，《星期评论》

[①] 朱自清在《新诗》里说："新文学运动以来，新诗最兴旺的日子，是一九一九至一九二三这四年间。"《朱自清全集》第4卷，第208页。

[②] 据贾植芳、俞元桂主编的《现代文学总目》（福建教育出版社1993年版），此年还有一部"新诗集"——叶伯和的《诗歌集》，1920年初版。

纪念号刊出胡适的诗论《谈新诗》，这篇文章后来被朱自清誉为"诗的创造与批评的金科玉律"①。胡适在此认为，"中国近年的新诗运动可算是一种'诗体的大解放'"。对于辛亥革命以来的政治大事，胡适觉得很"无谓"，倒是"文学革命的目的是要替中国创造一种'国语的文学'——活的文学"，而现在，由于新诗运动的初步成效，可以说，"新诗"的出现与成立，才是真正的"八年来一件大事"。从胡适开始试验白话诗至1920年初的几部白话诗集的出版，我们可以视为"新诗"的初期阶段——"白话诗"时期，这一时期可谓中国古典诗歌体式向现代汉语诗歌的过渡阶段，是现代汉语诗歌"发生"的萌芽。这一时期的诗歌还不是在建设一种新的诗歌美学，尚处在试图建构一种新的言说方式的阶段。这种言说方式在语言上以接近口语（包括方言、民间歌谣等语言资源）的"白话"为主体；在形式上努力打破古典诗的格律、试验新的句法来创造一种新诗体；而在表意效果上，一方面要求的是借鉴西方语言文法、吸收口语特点而得到的"明白晓畅"，另一方面却要求诗歌能接纳"丰富的材料，精密的观察，高深的思想，复杂的感情"②，这种颇有难度的诗学期许实际上不是对语言和诗歌本身的自觉认识，更多的是来自于对现代性目标急切的思想诉求。

"白话诗"与古典诗相比，最为直观的是句式上的长短不一，诗歌艺术形式的"解放"与"自由"，其原因一方面在于白话诗的语言是"白话"，但更重要的还是白话诗在语法结构上力求靠近有"说理"倾向、表意"清晰"的西方文法，从内在上"转换"了古典诗的句法，从而也改变了古典诗的意象生成方式、诗学原则、美学效果，这种"句法转换"也是汉语诗歌在现代性境遇下思想、意义的诉求过于急切的结构，它一方面带来了汉语和诗歌必要的新质，

---

① 朱自清：《导言》《中国新文学大系（1917—1927）》第八集《诗集》，上海良友图书公司1935年版，第2页。
② 胡适：《谈新诗》，原载1919年10月10日《星期评论》纪念专号，《中国新文学大系（1917—1927）》第一集《建设理论集》，第294页。

另一方面也为汉语诗歌作为一种言说方式增添了许多问题。

《女神》第二辑在《凤凰涅槃》之后便是《天狗》，此诗绝对是汉语诗歌一个新鲜的异类。这首诗以及那首《我是个偶像崇拜者》等诗作，恐怕是汉语诗歌中"我"的密度最大的，至少每一行不少于一个"我"，完全是一种"自我"情思的自由迸发，印证着郭沫若说"真诗"、"好诗"是"命泉中流出来的 Strain，心琴上弹出来的 Melody，生底颤动，灵底喊叫"[①] 的说法，其情感的暴烈、思绪的扩展、形式的不羁已是号称"解放"了的胡适的《关不住了》远不能比拟的，对于一向温柔敦厚的汉语诗歌，无疑是一种全新的美学效果：

天　狗

我是一条天狗呀！
我把月来吞了，
我把日来吞了，
我把一切的星球来吞了，
我把全宇宙来吞了。
我便是我了！

我是月底光，
我是日底光，
我是一切星球底光，
我是 X 光线底光，
我是全宇宙底 Energy 底总量！

我飞奔，

[①] 《郭沫若致宗白华信》，田寿昌、宗白华、郭沫若：《三叶集》，上海亚东图书馆1920年版，第6页。

我狂叫,
我燃烧。
我如烈火一样地燃烧!
我如大海一样地狂叫!
我如电气一样地飞跑!
我飞跑,
我飞跑,
我飞跑,
我剥我的皮,
我食我的肉,
我吸我的血,
我啮我的心肝,
我在我神经上飞跑,
我在我脊髓上飞跑,
我在我脑筋上飞跑。

我便是我呀!
我的我要爆了!①

有人认为这首诗完全是一种"自我夸大狂(megalomania)"的情绪分泌:"诗人把自然世界和工业世界都溶化入'自我'爆发的狂暴语态里。这首诗和传统中国诗之不同是很显著的,我们只有和陶潜的'结庐在人境,而无车马喧',王维的'空山不见人',柳宗元的'江雪'一比,便可发现后者代表的平静、安

---

① 1920年2月7日上海《时事新报·学灯》。发表时注明写作时间为"一月三十日"。《天狗》的句法出奇的"简单",选择此诗正是考察初期白话诗句法相对于古典诗的独立性句法的新变化,在向"新诗"的过渡中,白话诗的句法自然也会慢慢变得"复杂"的。并且,本书谈论的"白话诗"指的是1919年、1920年之前"新诗"还处在刚刚更换语言系统时期的形态,是"初期白话诗"。

详、和谐的世界完全被动力的、狂乱的爆炸性的世界所代替,而这个'自我爆发'的世界又是完全被激情所推动,其中甚少语言艺术的考虑。"① 不同的诗歌美学效果与不同的语言方式有关。人的生存经验也蕴藉在语言方式之中。诗人这种动态的、狂乱的经验是中国诗的语言方式所不能表达的,说诗人没有考虑语言方式也不尽然,即使是他不自觉地选择一种语言方式,他选择这种、没选择那种其实已经是对语言艺术的考虑。郭沫若的诗作为一种"浪漫化"的自由诗,内在的语言机制是以西方语言的句法结构冲决了传统汉语诗歌的独立性和统一性句法:在这里,传统诗歌注重名词独立、词与词之间关系非常灵活、意象并置的句法结构被彻底打破,诗歌的句法结构变得非常简单、确定。我们不妨以《天狗》为例,以现代语言学家诺姆·乔姆斯基的转换生成理论来考察一下白话诗的句法结构大致有哪些特征。

(一)从整首诗来看,诗人抒写的是一个似乎整个宇宙都容不下他,以至要吞食一切日月星辰的极度扩张的"自我"形象,"我飞奔、我狂叫、我燃烧、我飞跑……"是一种基本句式。这是表明这个"自我"的状态;

(二)诗人以能吞食日月星辰的"天狗"来想象自身,寻求对自我身份的认同,"我是一只天狗"、"我是全宇宙底 Energy 底总量"、"我如烈火一样地燃烧"、"我在我神经上飞跑"等也是一种基本句式;

(三)整首诗的"喊叫"是欲表明:1."我是谁",其基本句式为"我是 N……";2."我怎样",其基本句式为"我 + V……",而无论是哪一种句式,《天狗》一诗每一句的"基本核心句"("也就是没有复合动词或复合名词组的简单主动语态陈述句"②)都非常明

---

① 叶维廉:《中国诗学》,第 215 页。
② [美]诺姆·乔姆斯基:《句法结构》,邢公畹、庞秉均、黄长著、林书武译,中国社会科学出版社 1979 年版,第 108 页。

显，语义极为清晰。诗人最后的回答是"我便是我"，在自我与自我所想象的另一个"自我他者"（self other）之间，诗人经过一番想象性的陈述，确定地告诉人们：诗人与那个想象性的"我"是同一的。在这里，诗人的自我与他者之间，没有现代主义式的精神分裂，而是达到了自我与"自我他者"的同一，完成了一次自我认识的幻觉性和浪漫化，这也决定了这首诗的情感和想象完全是浪漫主义式的。

在（一）中，"我飞奔……"这一简单句，其实相当于英语里"有限状态语法"所生成的一种语言，这是语言最简单的形式。按照乔姆斯基的举例，"有限状态语法"的基本模式为"the man comes"和"the men come"，这种语法也可以生成无数的句子，譬如："the old man comes, the old old man comes, …, the old men come, the old old men come, …"①

"有限状态语法"是"最小限度的语言理论"，是"一种最简单的语法"，语言只要具备这种"装置"，就可以生成无限数的句子。但是每一个语言平面不可能都是这么结构简单，比这种结构复杂的是"词组结构"。在词组结构中，句子（Sentence）由名词词组（NP）和动词词组（VP）构成。其基本公式表达如下：

Sentence

NP + VP

T + N + VP

T + N + Verb + NP

the + N + Verb + NP

the + （…） + Verb + NP

the + （…） + Verb + T + N

the + （…） + Verb + the + N

---

① ［美］诺姆·乔姆斯基：《句法结构》，第12页。

the ＋ （…） ＋ Verb ＋ the ＋ （…）
……①

汉语里虽然没有定冠词 the 或不定冠词 a、an，但在名词前可以有包括量词在内的许多词类来修饰。按照"词组结构"的推导式，"欧化"的汉语的句式也变得越来越长，名词、动词的属性越来越倾向于细节特征的罗列。（名词前有无尽的形容词，这一句法转换也带来了一定的负面效应：这不仅使汉语的表意既失去简结，也使被形容的名词负担过重，受英语句法影响的中文在一些学者看来实在是"中文之式微"。余光中先生就曾指出汉语的这一句法结构的变化，"中文句法负担不起太多的前饰形容词，古文里多是后饰句，绝少前饰句"，而"早期的新文学作家里，至少有一半陷在冗长繁琐的'前饰句'中，不能自拔"②。）

这样便有了类似（二）中的句式，如："我飞跑"──→"我［在（我）神经上］飞跑"、"我是（月底）光"──→"我是［（全宇宙底）Energy 底］总量"、"你是｛［（贫富、贵贱、美恶、贤愚《一切》）乱根苦谛的］｝大熔炉"（《夜》）、"（一枝枝的）烟筒都开着了［（朵）黑色的］牡丹"、"［（《云霞中》隐约地）一团］白光，恐怕是［（将要）西下的］太阳"（《金字塔》）……

词组结构语法具有明确的形式性，能自动生成语句。但即使是词组结构的规则（也被称为"短语结构规则"）仍然不能说明许多复杂的语言形象，其生成复杂语句的能力也很有限。特别是当面对诗歌语言时，"有限状态语法"和词组结构的规则均不能说明问题，因为诗歌语言的特征在于其多义性，诗歌语言的表面

---

① 此公式参见［美］诺姆·乔姆斯基《句法结构》，第 20—21 页。本文在这里对原公式有小的改动。

② 参见余光中《论朱自清的散文》，黄维樑、江弱水编选《余光中选集》（安徽教育出版社 1999 年版）第四卷《语文及翻译论集》，第 49—50 页，该集与《文学评论集》（第三卷）多篇文章论及汉语受西方文法结构影响的后果，很值得关注。

往往看起来是一种句法结构,但其背后还潜在多种句法结构。这就牵涉到语言的另一种规则——"转换规则"。转换规则与语言的"深层结构"和"表层结构"之间的不吻合性(造成歧义、多义、反义等现象)有关:"句法部分由一个基础和一个转换部分组成,基础生成深层结构,而转换部分则把深层结构转化为表层结构。为了进行语义解释,一个句子的深层结构服从于语义部分,而该句子的表层结构则进入语音部分并接受语音解释。"[1]句子的深层结构指的是包含了解释句子意义所必需的一切信息。在这里,句法特征和语义之间保持着一种张力,因为句法的变动影响着语义的阐释。高友工、梅祖麟在分析唐诗时也曾谈论到句子的"表层结构"和"深层结构",他以杜甫《秋兴》八首第六首的第二联"花萼夹城通御气/芙蓉小苑入边愁"的下联(上联没有歧义)为例,这一联在深层结构上至少有三种解读方式:

1. 芙蓉小苑边愁入
2. 边愁入芙蓉小苑
3. 芙蓉小苑使边愁入

在表层结构上,"芙蓉小苑入边愁"是一个 NP + VP 的短语结构:"这个短语结构大致是这样的:'芙蓉小苑'是名词性主语,'入边愁'是它的动词性谓语,而'入'是动词,后接名词'边愁'。但值得注意的是,即使这种短语结构被固定,仍有产生多种语义的可能,因为通过不同的变化,不同的潜在句子都可以推衍出这种短语结构。比如,如果我们选择了第一种句式,所涉及的变化是动词与紧接其后的名词互换;如果是第二种选择,互换的是动词两边的名

---

[1] [美]诺姆·乔姆斯基:《句法理论的若干问题》,中国社会科学出版社1986年版,第134页。

词；而按照第三种选择，则是删去'使'并把'入'同'边愁'互换。"① 在这里，无论是名词性短语"芙蓉小径"和动词性短语"入边愁"，其相互之间的关系是非常自由的，我们至少可以作出三种理解。在这里我们可以看到，古典诗的句法即使作为一种 NP + VP 的短语结构，其语义解释的空间也是相当丰富的。

不过，古典诗的问题也正是在这里，我们也可以看到现代诗的句法转换的合法性：古典诗这种在深层结构上的语义丰富性，在一定的历史语境下也成为它的弊病，对于急切的现代性思想意义的言说诉求而言，这种丰富性在现代知识分子那里成为"抽象"性、"言之无物"、"文胜质"，于是，现代知识分子在寻求新的说话方式时，某种意义上是符合了现代语法学所说的"转换规则"——"转换规则的一个主要功能，乃是把一个表达句子内容的抽象的深层结构变换为一个表示该句子形式的相当具体的表层结构。"②

古典诗由于独立性的句法，其语句表层结构的词组标记之间，其关系是各自独立的，留给读者的想象空间是非常自由的，但转换语法的"总原则"却是："**转换对语义解释的唯一贡献便是它们（转换）使词组标记相互之间发生联系**（即把已经用某种固定方式加以解释的各词组标记的语义解释结合起来）。"③ 本书之所以以《天狗》一诗为例，是因为这首诗在句法上极为"奇特"（似乎不是"简单"、"明了"就可以概之），仿佛本身就是后来的现代诗许多语句的"基本核心句"的组合范本，也是为了说明问题的方便，让大家看出白话诗在句法上趋于"连续性"、理性化的大致特征。"转换"之后的"白话诗"在意象营造方式和语言性质上已和古典诗有明显的区别，兹列一表以表

---

① ［美］高友工、梅祖麟：《唐诗的魅力》，第14—15页。
② ［美］诺姆·乔姆斯基：《句法理论的若干问题》，第135页。
③ 同上书，第131页。

明两者之间的大致区别①：

	古典诗的一些大致倾向②	初期白话诗的一些大致倾向③
句法	"非连续"性句法，"基本核心句"不明显	"连续性"句法，"基本核心句"明显；句法统一
结构	"深层结构"往往大于"表层结构"	"深层结构"往往与"表层结构"相近④
意象方式	意象并置，关系自由	意象之间关系比较固定、明确
说话语气	多为"客观"描写（律诗的"尾联"除外）	多为陈述与判断
时间空间	绝对的时空，无具体指向的时空	相对的、具体的、当下的时空
叙述角度	主体消隐，无人称	"自我"凸现，主体意志凌驾于事物之上，倾向于对事物的"认知"与"把握"
语言性质	"意象性语言"，容易引起人的感性反应和想象力	"推论性语言"，容易引起人的理性反应和理解力

---

① 此表参考了［美］高友工、梅祖麟《唐诗的魅力》，及高友工《中国抒情美学》、《律诗美学》及［法］弗朗索瓦·于连（Francois Jullien）《迂回与进入》（生活·读书·新知三联书店 1998 年版）等著作对中国古典诗歌尤其是以"绝句"和"律诗"为代表的"近体诗（格律诗）"的有关阐释。

② 必须说明的是，本书所谈论的古典诗主要指形式规范发展极为成熟、已形成一定的阅读程式和写作模式的近体诗（"律诗"和"绝句"）。

③ 本书所谈论的"白话诗"并不是一切以"白话"所写的诗，而是 1919 年、1920 年以前"新诗"的感觉、想象方式亟待建设的"初期白话诗"，本书认为此时汉语诗歌的句法、诗法处在一个过渡阶段，反映的是汉语诗歌由"古典"至"现代"的转型期的问题，并不是说直至 20 世纪末的口语诗（如果将口语也视为"白话"的话）都有这些倾向。

④ 朦胧诗时期的口语化的诗（如梁小斌《中国，我的钥匙丢了》），"新生代"诗人韩东的《有关大雁塔》、伊沙的《车过黄河》等诗作在句法上确实是"深层结构"大于"表层结构"，不过，这是特定的政治、文化意识形态语境（前者与政治语境有关、后者与转型期的文化语境有关）所赋予诗歌的。这是诗的"语义"生成的一个复杂领域。这些诗人虽在当代诗歌史中颇有影响，但从诗的感觉、想象方式角度，他们的诗作不能说多么出色。口语化的诗作除了几首出名的代表作在读者的接受中有"深义"之外，大多数还是泛泛之作，真的有点像"白话"，有"深层结构"小于"表层结构"之嫌。不过，在热衷于反文化、反语言、反……的部分"新生代"诗人看来，似乎追求诗句的"深层结构"就是"表层结构"才是正途。

白话诗某种意义上是古典诗的句法在现代的转换，深层结构上的多重语义丧失了，句子"相当具体的"表层结构和它的深层结构之间大致重合。现代语法的转换特征要求的其实是将语句中的基本核心句在表层结构中能显示出来，以符合通常的理性和逻辑。这也是前面提到的《天狗》一诗的基本句式的简单化的指向：无论是"我是P……"还是"我＋V……"哪一种句式，每一句都是以深层结构上的"基本核心句"（句子中那个主动式肯定态的简单陈述句）呈现的，句子的句法与语音（表层结构）、语义（深层结构）之间基本没有距离，在意义明朗的同时，也缺乏了三者之间作为诗歌的必要张力。

但是在现代性的境遇下，随着人对世界的关系的"合一"想象的破裂，人更多的是企望借着理想和逻辑来"把握"世界、认识世界和改造世界。人们对语言的要求往往是在表意上的"明白晓畅"，就像乔姆斯基认为语法应该是"一种装置（device），这种装置能产生所研究的对象语言的许多句子"。这种"装置"能安放各类"抽象意义"。而研究"句法"的"句法学"，"是研究具体语言中构造句子所根据的原则和方法的学问。研究某一种语言的句法，其目的在于编写一部语法，这部语法可以看成用来产生被分析的这一语言的语句的某种手段（或者说'某种装置'）。更一般地说，语言学家必须关心的问题就是怎样去确定那些成功的语法的基本性质"①。现代语言学要求的是语言中的每一个句子都可以被加以"规则"和"结构"的描写。在这种语境下，中国古典诗歌的独立性句法和极为灵活的语法遭到质疑和"转换"是可以理解的。"转换"改变了"语义"，白话诗新的句法结构也产生了新的语义生成方式和新的诗意生成机制。完全按照古典诗的美学原则来要求、评判白话诗显得不大合适。与此同时，白话诗作为"诗"，其语义的生成自然不能与散文一样，诗自有其句法和

---

① ［美］诺姆·乔姆斯基：《句法结构》，第4页。

"诗法"①,我们也必须看到白话诗新的句法结构所带来的问题,也必须思虑可能的解决途径。

(二) 汉语的"严密化"

白话诗做到《尝试集》第二集,和第一集那些"刷洗过的旧诗"相比,总算大致实现了胡适所说的"诗体大解放"——"就是把从前一切束缚自由的枷锁镣铐,一切打破:有什么话,说什么话;话怎么说,就怎么说。这样方才可有真正的白话诗",这个"束缚自由的枷锁镣铐",就是胡适所说的"五言七言的句法"。"句法太整齐了,就不合语言的自然,不能不有截长补短的毛病,不能不时时牺牲白话的字和白话的文法,来牵就五七言的句法。音节一层,也受到很大的影响:第一,整齐划一的音节没有变化,实在无味;第二,没有自然的音节,不能跟着诗料随时变化。"胡适看到了旧体诗的句法对白话的说话方式("语言")和诗歌音节的影响,以句法为诗体"解放"的起点,根据"白话的文字,白话的文法,和白话的自然音节"的需要,誓要"非做长短不一的白话诗不可"②。

---

① 尽管胡适一再宣称"作诗如作文",作诗就是"说话",但散文和诗歌在句法与意义生成方式上还是大有区别,就像 T. E. 休姆在《浪漫主义与古典主义(1915)》一文中所区别的:"在散文中正像在代数中一样,具体的事物是用符号或号码体现出来,这些符号或号码是按照规律行动的,在过程中具体的事物根本不是被看见的。在散文中某些类型的词的地位和安排会自动地转化成某些特别的安排,就好像代数中的方程式一样。人们只需在过程的终了把 X 和 Y 改回成具体的东西就行了。诗至少有一方面,可以看作是一种避免散文的这种特点的努力。诗不是号码式的语言,而是一种看得见的具体的语言。那是对一种直觉的语言的妥协,直觉会具体地传达出感觉。它总是力图博得你的注意,使你不断地看到一种有形的东西,使你不至于在抽象的过程中流动。它选择新鲜的形容词和新颖的隐喻,并非因为它们是新的,而对旧的我们已厌烦,而是因为旧的已不再能传达一种有形的东西,而已经变成抽象的号码了。……在诗中,意象不仅仅是装饰,而是一种直觉的语言的本质本身。诗是一个步行的人带你在地上走,散文是一辆火车把你送到目的地。"见赵毅衡编选《"新批评"文集》,百花文艺出版社 2001 年版,第 20—21 页。

② 胡适:《自序》,《尝试集》(附《去国集》)。《尝试集》民国六年九月之前的诗为第一集,之后的诗为第二集。

白话诗句式的"长短不一"、句法的内在转换，我们一方面可以从"文法"（现代语法）的角度来解释，但也要避免在其表意的理性化、"明白晓畅"的维度上一味乐观；另一方面，我们也可以以必要的"诗法"转换的眼光来看待，力求避免站在传统诗歌的立场、以古典诗歌的美学原则为"标准"来一味地批评"新诗"，从而忽略"新诗"句法转换之后生成新的诗意的可能性。

从"文法"的角度，其主要原因是现代性境遇下的汉语深受西方语言的影响，其语法结构发生了许多重要的变化。王力先生在其《汉语史稿》里曾谈到汉语在"五四以后"增添了许多"新兴的句法"，其中使句式发生变化的至少有：（一）"新兴的致动"，指的是与近体诗、古文里单音名词、形容词可以作使动用法不一样，汉语的动词逐渐由单音向双音过渡，也很少再用名词作动词；（二）受西方语言名词之前的"冠词"的影响，汉语里也出现了许多诸如"一个"、"一种"之类的"不定冠词"；（三）"新兴的联结法"；（四）"新兴的平行法——共动和共宾"；（五）"新兴的插语法"；等等①。

而最直观的变化，则是汉语句法的"欧化"，它至少表现在三个方面：（一）复音词的创造与增加；（二）主词和系词的增加；（三）句子的延长。句子之所以越来越长，其原因在于汉语仿效西方语言的语法结构，"多用句子形式和谓语形式构成次品或末品"，本来，"依中国语的习惯，次品如果很长，总是放在其所修饰的首品的后面……现在欧化的文章却不然了，不论是否极度形容语，一切的修饰次品都放在其所修饰的首品面前"。汉语仿效西方语言的修饰性的分词短语和从句，在被修饰的首品词前以一个"的"，加上许多句子形式或谓语形式的修饰性成分，"本来，复音词的增加，已经使句子加长了一倍；再多次品句子

---

① 参见王力《汉语史稿》第四十三节、第五十二节。

形式之类，自然更长了"①。汉语也由此出现了一种令人忧虑的"的的不休"的现象②。不过，在王力先生看来，"句子的长短，和思想的综合程度有关"。"中国人作文虽讲究炼句，然其所谓炼句只是着重在造成一个典雅的句子，并非要扩充句子的组织。恰恰相反，中国人喜欢用四个字的短句子，以为这样可以使文章遒劲。由此看来，西洋人做文章要把语言化零为整，中国人做文章几乎可以说使化整为零。"③ 句子的延长意味着"句法的严密化"，这"和逻辑思维的发展是很有密切关系的"。"所谓严密化，是指句子由简单到复杂的发展。"④"五四以后，汉语的句子结构，在严密性这一点上起了很大的变化。基本的要求是主谓分明，脉络清楚，每一个词、每一个仂语、每一个谓语形式、每一个句子形式在句中的职务和作用，都经得起分析。这样，也就要求主语尽可能不要省略，联结词（以及类似联结词的动词和副词）不要省略，等等。古代汉语不是没有逻辑性，只是有些地方的逻辑关系只可意会不可言传，现在要求在语句的结构上严格地表现语言的逻辑性。"⑤"现代汉语的句子结构"基本上是从以下六个方面⑥变得"严密化"的：

（一）"定语"。在"长度"和"应有数量"上，现代汉语的定语大大增加。

（二）"行为名词"。"行为名词的应用，是化零为整的最有效的手段之一。本来，行为用动词表示，动词的一般用途是用作

---

① 参见《王力文集》第二卷《中国现代语法》，山东教育出版社1984年版，第461—478页。
② 不是"喋喋不休"，而是"的的不休"，这是余光中先生自造的一个词，用于批判汉语语法里"的"字承担过多修饰性的功能，导致汉语失去简洁之美。参见黄维樑、江弱水编选《余光中选集》第四卷《语文及翻译论集》中《论的的不休》一文。
③ 参见《王力文集》第一卷《中国语法理论》，第457页。
④ 王力：《汉语史稿》，第548页。
⑤ 同上书，第553页。
⑥ 同上书，第553—558页。

谓语的中心词,这是汉语的语法传统。但是,如果这样做,就往往是一件行为用一个叙述句,语言就不够经济了。"

（三）"范围和程度"。"古人说话,往往不能精密地估计到一个判断所能适用的范围和程度。古人所谓'不以辞害意',就是希望听话人或读者能了解所下的判断也容许有些例外。""在句子里面表示某一判断（某一叙述、某一描写）的范围。"

（四）"时间"。"古代汉语并不是没有时间的表示；但是,现在我们的时间观念,常常考虑到一件事情的时间因素。"

（五）"条件"。"条件的表示,是表示事物的依存关系。"

（六）"特指"。"特指也是语言的一种细致的表现方法。"

但如果以这种普遍化的"现代汉语"的"严密化"来对待诗歌,以一种尽量"严密化"的语义方式来阐释诗歌,势必带来许多问题。王力先生在其《汉语诗律学》中对许多文言诗的阐释,某种意义上就是对这种"现代汉语"的"严密化"的乐观和确信：

"绿垂风折笋,红绽雨肥梅。"王力先生认为,从语法角度看,这是"主语和目的语倒置",其意应为："风折之笋垂绿,雨肥之梅绽红。"[1]

"香稻啄余鹦鹉粒,碧梧栖老凤凰枝。"这是"主语倒置,目的语一部分倒置",其意应为："鹦鹉啄余香稻粒,凤凰栖老碧梧枝。"[2]

"空外一鸷鸟,河间双白鸥。"其意为："空外有一鸷鸟,河间有双白鸥。""有"字被省略[3]。

"春浪棹声急,夕烟花影残。"其意为："春浪方生,棹声遂急,夕烟转淡,花影渐残。"[4] 谓语被省略。类似的情形还有：

---

[1] 王力：《汉语诗律学》,第 265 页。
[2] 同上。
[3] 同上书,第 269 页。
[4] 同上书,第 270 页。

"高鸟长淮水,平芜故郢城。"其意为:"高鸟百寻,群度长淮之水;平芜数里,环绕故郢之城。"①

"丛菊两开他日泪,孤舟一系故园心。"其意为:"丛菊两开,他日之泪未干;孤舟一系,故园之心弥切。"②

"大漠孤烟直","以'大漠'修饰'孤烟'('大漠的孤烟')"③。

"沙明连浦月,帆白满船霜"为"申说式"句法④。

"草枯鹰眼疾,雪尽马蹄轻"为"因果式"句法⑤。

"日落江湖白,潮来天地青"为"因果式"句法⑥。

……

这些对文言诗的理解固然不错,但只是一种,不能涵盖其作为诗歌的丰富语义。以"香稻啄余鹦鹉粒,碧梧栖老凤凰枝"为例,上下联的表层结构各以四个不相连的"词组标记"构成(香稻/啄余/鹦鹉/粒,碧梧/栖老/凤凰/枝),但在深层结构上,其至少能分析出三种语义结构:

1. 香稻啄余鹦鹉粒,碧梧栖老凤凰枝("鹦鹉"、"香稻"为主语,"啄余"和"鹦鹉"共同修饰"粒"……);

2. 香稻鹦鹉啄余粒,碧梧凤凰栖老枝("鹦鹉"、"香稻"为主语,"鹦鹉啄余"作为一个整体来修饰"粒"……);

3. 鹦鹉啄余香稻粒,凤凰栖老碧梧枝("鹦鹉"、"香稻"为主语,其余为动词性谓语)。

诗句本来是借助与"香稻"、"凤凰"等意象来感慨往事的繁华与今朝的寥落,非连续性的句法和节奏暗示记忆的破碎与情

---

① 王力:《汉语诗律学》,第271页。
② 同上。
③ 同上。
④ 同上书,第281页。
⑤ 同上。
⑥ 同上。

感的复杂①。作为现代汉语里的解释,"鹦鹉啄余香稻粒,凤凰栖老碧梧枝"无疑是最令人容易理解的一种,这种"主—谓—宾"的连续句法,使原句中不连续的词组标记之间发生了确定的联系,用固定方式加以解释的各词组标记,现在作为一种常见的语义解释显现起来。显而易见,这种句法上的转换式解读损伤了诗歌丰厚的语义。

王力先生总结出的现代汉语的"严密化"特征,某种意义上就是汉语句法在表意上的趋向"定向(定位)、定时、定义",正是在这里,汉语"现代"的句法特征和古典诗歌的句法产生了很大的冲突,其导致诗歌美学效果的变化也令人难以接受。"中国古典诗里,利用未定位、未定关系、或关系模棱的词法语法,使读者获致一种自由观、感、解读的空间,在物象与物象之间作若即若离的指义活动……在文言的句法里,景物自现,在我们眼前演出,清澈、玲珑、活跃、简洁,合乎真实世界里我们可以进出的空间。白话式的解读里(英译亦多如此),戏剧演出没有了,景物的自主独立性和客观性受到侵扰,因为多了个突出的解说者在那里指点、说明……"② "严密化"的句法使事物(意象)与事物(意象)之间的关系本来"应是读者先'感'而后'思'的,不应先'思'而后'感'",现在的情况是,白话诗句法的"严密化"追求,使许多诗往往以"思"代"感",许多"感"也类似"思",诗歌缺少"余香与回味"是不争的事实。以至有学者对这

---

① 有学者认为这里是以"混乱"的句法来表现作者"混乱"的"精神状态":"该诗的语法也有些混乱:中文诗中主宾倒置,似乎是香稻在啄鹦鹉,又似乎是碧梧栖息在凤凰身上;还有,鹦鹉真的有东西充饥吗,因为诗中说只有些'剩余'(不同版本中的'残'或'余')的米粒供它啄食?凤凰真能在'老'枝上栖息吗?……这些迹象至少暴露了诗人的精神状态,即现在渗入并改变过去。……实际上,杜甫又一次自比鸟类,他觉得自己衰老了('老'),成为多余人了('残'或'余')。"参阅[法]郁白(Nicolas Chapuis)《悲秋:古诗论情》,广西师范大学出版社2004年版,第172页。

② 叶维廉:《中国诗学》,第18—19页。

种对待诗歌的方式质问道:"为什么……把原是'若即若离的、定位与不定位、指义与不指义之间'的自由空间改为单线、限指、定位的活动呢?"并指出,"这可以说是受了西方思想压迫后的一种矫枉过正的现象",而"中国诗的句法"很多"却不是这些(西方语言的)文法架构可以解决的"[①]。

不过,如本书前面一些章节所论述的,中国旧诗、近体诗的美学效果是极有魅力的,其接纳现实经验的局限也是明显的,中国诗的问题固然不是西方语言的"文法结构"可以解决的,"中国诗句西方文法化"确实也是个问题,但在现代性的境遇下,面对汉语的"现代"和个体经验的"现代","文言特有的'若即若离'、'若定向、定时、定义而犹未定向、定时、定义'的高度的语法灵活性"是否仍然可以作为汉语句法变换的唯一参照?古体诗的传释方式倾向于"以感代思",白话诗初期阶段表现为"以思代感",确实值得认真审视。不过,如前所言,白话诗作为"新诗"的初期阶段,其最大的收获是有成效地试验了"白话",实现了汉语言说方式的一次更新。而作为汉语诗歌的新体式的"白话诗",若以诗在感觉方式、想象力、文类特征的自觉寻求等方面的要求来评定它,似乎有点苛刻,"白话诗"在这些美学原则的建构方面还处在初步的探索阶段(这种探索甚至还不能是"自觉地……"),也容易忽略其作为一种新的诗意生成机制所蕴涵的丰富的可能性。

以中国古典诗歌的"高度的语法灵活性"来批评白话诗的句法转换、白话诗的"文法化"的问题,这一批评实践肯定是有意义的。对于纠正白话诗"自我—世界"的单线抒情模式所造成的情绪泛滥、说理倾向,古典诗歌的"以物观物"的叙述立场和语词独立、意象并置的语言策略确实是一种拯救,它使现代汉语诗歌能够恢复所必要的人与世界的对话关系、世界的"自足"呈现、意象性语言等必要的意蕴生成机制。对于纠正

[①] 叶维廉:《中国诗学》,第21页。

"白话诗"的感觉方式和想象力、艺术形式的自觉,古典诗的"语法"是一种极为宝贵的"传统"。

不过,这一"传统"也只是"资源",而不是唯一的评判效果与好坏的"标准"。大约从民国初年就力图在中国文学中寻求一种不同于"文言"的说话方式起①,胡适就开始使用在西方语言特征参照下的作为现代语法的"文法"概念,一直到回国倡导"建设的文学革命论",要建设汉语新的言说方式,"须讲究文法"一直是必要条件。这一"文学八事"的核心条目是胡适、赵元任等现代知识分子在中西语言比较的背景下对汉语在现代境遇下的"转换"的审慎建议,并不仅仅是一种激进的文学革命策略,其深意可能本书无力阐述明白。但从晚清文学中我们可以看到,尽管晚清的文学中也已经出现大量的新名词、新事物,但由于文学形式的不能冲决,文学的"意境"也一直似"新"还"旧"的状态,这个事实反映出仅仅变换语言平面上的符号系统是不足以更新汉语的言说方式的;而胡适开始尝试的以"白话的字"、"白话的文法"来写诗,其意义并不在于更换了汉字的符号系统(文言和白话事实上并不是那么容易区分界限),实际上是从内在上转换了汉语的句法结构,借鉴西方文法,使汉语的句法结构产生出新的形态,也促使汉语在"现代"的境遇中获得了新的语义生成方式,从而使汉语在一个新的历史时期能够作为一种新的说话方式与西方现代性的思想、文化资源相接通。可以说,汉语和汉语诗歌的"须讲求文法"是必要的,是有一定历史意义的。

本书也多次论述,古典诗歌的美学机制与美学效果,也并不是只有无尽的"魅力",没有任何的问题。"'若即若离'、'若定向、定时、定义而犹未定向、定时、定义'的高度的语法灵活性"既是古典诗的优点,也可以说是古典诗的局限。从学界对"律诗美学"、"中国抒情美学"的研究来看,古典诗的这种效果并不完全是由古

---

① 胡适:《文学改良刍议》,《新青年》第 2 卷第 5 号,1917 年。

典诗人的美学（哲学）立场（"以物观物"）所主动形成的，它还与"律诗美学"的形成有关，即中国诗歌特定的艺术形式决定了它有这样的美学效果，它的意义也并不都是积极的。仅以"未定时"一项为例，近体诗所表现的"时空"往往是一种"绝对时空"，这种美学机制在现代性的境遇中使个体独特的时间、空间体验难以真实呈现（"现代性"的诞生与人对时间、空间的意识变化密切相关）。前面我们已经谈到，古典诗的特定形式和个体经验之间，有着一定的矛盾，这种矛盾反映在近体诗的尾联，就是独立性句法和意象性语言往往在这里变成统一性句法和推论性语言。近体诗除了许多为人称道的美学特征之外，也包含了一种极有意味的矛盾，它往往也反映了"个体性"与诗歌艺术形式相遇产生的"意识觉醒与自我认同的危机"①。

---

① 一位汉学家在研究杜甫的《秋兴》八首（《全唐诗》卷二三〇《杜甫十五》，《全唐诗》第四册，第 2509—2510 页）时曾谈及中国文人内心的"个体性"与其表达方式（"诗"是中国古代文人主要的表达方式）之间的"矛盾"，这种"矛盾"也曲折地反映出古典诗高妙的审美机制也隐藏着某种"危机"："这些诗篇（指《秋兴》八首——引者注）所表达的是生存之无能为力。这在很大程度上，可谓充满浪漫激情的十九世纪法国诗人的鼻祖。实际上，他们彼此类似，借用维克多·雨果年轻时代著名诗集（指维克多·雨果诗集《黄昏之歌》——引者注）的标题而言，那时光与影在此交融共存。通过这种痛苦的'觉醒'，杜甫想要消除他无从发泄的焦虑。……但诗人如此着力的个体性遇到了危机。个体性如此脆弱，犹如一缕月光。一缕丝线般的月光，似乎将烦恼池般莫须有的织女的纺机化入虚空。它具化为荒凉天地中的个体，在那里，一切人迹似乎都销声匿迹，惟有秋风在无情扫荡着过去的痕迹。很显然，这种夸张决非偶然的。少年好友的无谓生活（参见其三第 7～8 行），使杜甫及其同时代的诸多'行尸走肉'……为了'存在'于将来和过去，而不是在短暂、混乱的当前中度过一生，杜甫选择远离充斥世间的'旁人'。他只保留下一些敏感元素，来展示构筑了他的独特的、尤其是其历史感和使命感的额外灵魂。但这种解决办法，虽然对他而言是必须的，却将他引进了一个死胡同：他感受到的无尽孤独，注定他要蜷缩潜藏起来逃避真实世界。在人群中，他无法体现他自身的个体性。这首诗中，最言简意赅的诗句，是他用以自况的那句'鱼龙寂寞秋江冷'（参见其四）。诗人宣称要选择沉默，我们乍听起来也许会觉得矛盾。但此处却反映了中国文人的基本线条，他们拒绝与同代人公然决裂（即便他们在心中经常如此），而只能以这种或那种方式克制自我、隐藏其自我认同。"

作者认为这一"矛盾"是中国古典诗歌中个体的"意识的觉醒与自我认同的危机"。参阅 [法] 郁白（Nicolas Chapuis）《悲秋：古诗论情》，第 174—175 页。

应该说，我们不能从古典诗的高度灵活的语法推导出不应"讲求文法"的结论。问题在于，我们应如何认识"文法"？"文法"是否像胡适所预期的那样就能使汉语真的能达到"明白晓畅"的效果？像王力先生认为现代汉语的"欧化"是一种表意的"严密化"，这就值得反思：是否句子越长、结构越复杂、细节的罗列越多，表意的效果就越"严密"？在现代性的语境中，"文法"的意义及其在汉语诗歌中的问题还有待我们审慎辨析。

当"文法"与诗相遇，这就涉及一个更重要的问题。这就是胡适在《谈新诗》里所说的"诗的具体性"问题，什么是"诗的具体性"？"白话诗"以"文法"为诗，诗中充满了解释、说明和事物细节的罗列，这是否就能收获真正的"诗的具体性"？而近体诗的五绝，寥寥二十字，几个名词孤零零地并列，是否就不够"具体"？白话诗以新的语言形态、新的句法结构为诗，其缺乏"诗意"的状况如何解释？白话诗时期作为古典诗的"破坏"阶段，在"破坏"中孕育着怎样的新的诗意生成机制的重建？

第六章

破坏中的期待：白话诗的
诗意生成机制

  诗的作用是把对等原则从选择过程带入组合过程。

——［捷克］罗曼·雅各布森

  "神话"之所以发生作用，在于它借助先前已确立的（"充满"指示行为）符号并且一直"消耗"它，直到它成为"空洞的"能指。

——［法］罗兰·巴尔特

  五七言八句的律诗决不能容丰富的材料，二十八字的绝句决不能写精密的观察，长短一定的七言五言决不能委婉达出高深的理想与复杂的感情。

——胡适

  欧化得来的那一点"精密"的幻觉，能否补偿随之而来的累赘与繁琐，大有问题。

——余光中

  当我们说诗的语言应该是具体的，而且正是意象赋予它以具体性时，我们所指的到底是什么？

——［美］高友工、梅祖麟

声随意转。

——执信

由规整的旧诗形式到白话诗诗体的长短不一，既可以被视为"句法转换"，也可以被视为古典诗的句法、诗法在现代的被"破坏"。为了让汉语的言说能真正触及现实经验，实现"言之有物"的预想，胡适一连喊出六个"不……"和一个"务去……"，这些全是否定性的文学主张，既是笼统的革命预期，也是从内部颠覆古典诗歌诗意生成机制的实际策略，实在是发挥了白话诗作为"新诗"的初期样式在汉语诗歌从古典时期向现代形态转换过程中的"破坏"功能。不过，白话诗对旧的诗歌美学原则的"破坏"虽功不可没，但也呈现出许多"诗"的问题，新的感觉、想象方式还亟待"建设"。

现代汉语诗歌作为一种特殊的言说，若将之视为一个"能指"的话，其"所指"是指向汉语言说方式的理想状态——"国语"的目标。从罗兰·巴尔特的符号学角度，在语言的"内涵"层面，其"能指"是一种复杂的"修辞学"，其"所指"则是更复杂的"意识形态"[1]。"现代汉诗"的"所指"不可能只是单向的现代性的西方思想价值体系，而是多个的、多向度的。既然是诗，它就要指涉诗的本体形式；既是汉语写的，就要指涉汉语的自身特征；更重要的是，"现代汉诗"既诞生在"现代"境遇下（甚至可以说是被迫的、必须的），"民族—国家"的因素的影响就不可避免。这些"与文化、知识、历史密切交融"的"所指"，"正是通过它们，世界才进入符号系统"[2]，汉语诗歌才能接纳更丰富的现实经验。从晚清以来，诗歌中的这个"所指"

---

[1] ［法］罗兰·巴尔特：《符号学原理》，王东亮等译，第87页。
[2] 同上书，第86页。

就在面临着变换与难以变换的矛盾,而白话诗,更换了汉语诗歌的语言系统("用白话替代古文"),能指层面的更新只是诗歌"内涵"生成的初步,而在诗歌写作的"修辞学"与汉语言说方式更新的"意识形态"之间,白话诗面临着汉语诗歌转型期的困难,也孕育着新的诗意生成的期待。

一 必要的"形式"策略

(一)"须讲求文法"

乔姆斯基认为,现代语言规则中的句法是语法中最关键的部分,"语法"、"语义解释"和"语音解释"三者之间的纠结可以通过"句法"部分加以调节,甚至可以说"句法"是"语法唯一的'创造性'部分"。乔姆斯基的语言学虽是从英文出发得出结论,不过,对于汉语,尤其是诗歌,还是有一定的参考价值。对于诗歌而言,"句法"的转换,将引起诗歌语义生成和语音要求方面的变化,故本书选择了汉语语法中"句法"来管窥古典诗到白话诗之间的诗歌"说话方式"的诸多变化。但整体来说,汉语诗歌言说方式的特征还是胡适、赵元任等白话文运动的发起者所关注和倡导的——汉语的说话方式一定要注意"文法",在现代性的思想意义诉求的急切语境下,西方语言注重理性、逻辑、细节说明的说话方式不可避免地作为重要的参照被植入了现代汉语诗歌。汉语诗歌的"句法"转换只是白话诗讲求"文法"的写作策略的一部分。我们最终还是要关注诗歌中"须讲求文法"的问题。

"文法"这一概念,作为西方现代语法"grammar"一词的中译,其意义大于"句法"。虽然胡适确实很早就以"文法"来谈论诗歌,也谈及汉语诗歌从诗到词的句法上的变化,但胡适的"文法"概念可以说不仅仅是具体的写诗作文的语法要求,更是现代性意义上的一种"说话方式"的必然要求。胡适不仅以

"文法"作为一种思维方式来重新理解汉语文学（如他辨析传统中对汉文经典著作《诗经》说法不一的诠释），寻求使汉文易于教授之法；也以"文法"作为一种语法规范来要求汉语书面语的全面改革，甚至亲自设计汉语的标点符号规则。无论是作为思维方式还是具体说话的语言规范，胡适的目的都是在寻求汉语言说的意义的确定性和对现实经验的真正触及，以纠正汉语书面语的"言之无物"、"文胜质"的弊病。可以说，"文法"不仅是来自西方语言体系的对汉语的新的语法要求，更是一种新的"说话"方式。胡适的"须讲求文法"的提法，其更新汉语新的"说话"方式的意义大于在汉语里注重语法规则的讲究的意义。这也是20年代初黎锦熙在讲授"国语文法"时所强调的，"文法"不仅是"读书"、"作文"之法，也是"说话"之法[①]。

  初期白话诗的内在机制是以"白话"的语词、"白话"的说话方式来作诗，改变的是传统的诗歌"说话"方式。这一"说话"方式的改变在现代性的语境中对持汉语言说的现代知识分子而言，是寻求已久的，其意义之重大毋庸赘述。这一"说话"方式由于转换了传统诗的独立性句法，也无视对仗、对偶、押韵等形式规则，靠近的是西方自由诗和汉语口语的句法结构。新的句法产生的是新的语义生成方式，在诗歌里，它破坏了传统的以隐喻、典故、语音等基本的"对等"模式形成诗意的特定诗意生成方式，对于习惯于旧诗阅读方式的人，它不能被接受是可以理解的。但是，由于初期白话诗的成绩在于更换了汉语诗歌的语言，还不是真正的诗歌感觉和想象方式的建立，诗的审美规则的探讨还是接下来的事情，我们也就不能过多地站在初期白话诗不像"诗"的角度，从句法、文法、音韵等方面

[①] 黎锦熙说："国语文法，固然'说话'上也要适用，而在教学'读书'和'作文'时，尤为适用。""并且这个'文法'的名称是从西文 Grammar 翻译的，不可拆用，不可当行文之法讲，因为说话也要合于'文法'的。"黎锦熙：《新著国语文法》，第14页。

去责备它。以汉语口语语法结构和现代西方语言的语法结构为参照而组织语句的白话诗，它丧失了古典诗的某些诗意生成机制，也未必就没有胡适所憧憬的"白话的文学可能性"，没有新的诗意生成机制产生的可能。如前所言，我们不能从白话诗的新兴句法与古典诗"高度的语法灵活性"相比较，得出不应"讲求文法"的结论，导致对"西方的文法架构"①、"西洋诗、早期白话诗"的"句法"② 一味谴责和对古典诗灵活得几乎无"文法"的句法的高度赞美。这样的话，似乎是少了一点对白话诗在特定历史时期所诞生的必要性的理解，更少了一点对其诞生期的必然缺陷的同情。对于语言意象和形式规则高度符号化的古典诗歌的说话方式，白话诗的句法转换、"须讲求文法"，其功能与意义是十分明显的，问题不在于要不要转换"句法"，要不要讲求参照现代西方语言的组织规则（"文法"），而在于在汉语诗歌里，我们该如何认识新兴的"句法"、"文法"。

胡适在《如何使吾国文言易于教授》里提出的四条"古文教授法"，其重要的三四条都是从西方语言得来的经验："第三条讲求文法是我崇拜《马氏文通》的结果，也是我学习英文的经验和教训。第四条讲标点符号的重要也是学外国文得来的教训。"③ 确实，中国人对"文法"的认识是从1898年《马氏文通》的出版开始的④。马建忠的"文法"概念主要指的是针对文言文的。"文法"这个概念无疑反映了西方语言的语法体系对汉语的介入，马建忠的文法就是"模仿拉丁语法"而作。《马氏文通·例言》里说："此书在泰西名为葛郎玛。葛郎玛者，音原希

---

① 叶维廉：《中国诗学》，第21页。
② 同上书，第29页。
③ 胡适：《逼上梁山》，《中国新文学大系（1917—1927）》第一集《建设理论集》，第6页。
④ "中国文法体系的建立，实际上是在中国文法和西方文法的体系发生了交涉以后。""一般人对于文法的认识是从1898年（清光绪二十四年）马建忠的《马氏文通》出版之后开始的。"（陈望道等：《中国文法革新论丛》，第13页）

腊，训曰字式，犹云学文之程式也。各国皆有本国之葛郎玛，大旨相似，所异者音韵与字形耳……此书系仿葛郎玛而作。"① 其目的在于以"西文已有之规矩"为参照，摸索汉语（"华文"）的词法（"字法"）与句法，以使汉语精义更容易为人掌握。这种"中体西用"的治学方式也影响了胡适②。"文法"相当于现代汉语的"语法"（"葛郎玛"，即 grammar）③，"文法就是语句组织的条理"④。可以说，"文法"作为汉语在"现代"向西方语言学习形成的新的思维方式和新的语法要求，其产生是晚清至五四时期中国知识分子应对现代境遇中的汉语言说的困境的一种必然反映。至少在胡适看来，新的"文法"区别于古典文学的高度灵活的"词法"、"句法"，追求的是表意的确定性，以"明白晓畅"、"通"来反对古典文学由于语言和形式高度符号化所造成的"文胜质"、"不通"等弊病。

胡适在《留学日记》里最早以"文法"眼光来看待中国诗是在1915年6月6日，他这样评价稼轩词"落日楼头，断鸿声里，江南游子，把吴钩看了，阑干拍遍，无人会，登临意"："以文法言之，乃是一句，何等自由……"⑤ 此后对待中国诗词，他多次表现出"细心领会其文法之变化"⑥，视文法"通"者为宝贵。在评价任叔永诗句"既非看花人能媚，亦不因无人不开"时，胡适亦

---

① 马建忠：《马氏文通》，第15页。
② 同上书，第13页。
③ 不过，也只是"相当于"，不能说两者意义完全一样。"文法"这一概念要大于现代汉语意义的"语法"，因为它同时涉及汉语当中的文言文。在陈望道、吴文祺等老一辈语言学家看来，"用'文法'来表示语文组织的规律，要比'语法'一词明确、简括得多"。"'文法'一词的修辞功能也比较强，可以作种种的譬喻用法用，'语法'却没有这种能力。""作为语言的组成成分共有三个要素：语音、词汇、文法，用'文法'这个名称和语音、词汇配合，也比用'语法'的名称更为整齐、匀称些。"（陈望道、吴文祺、邓明以：《"文法""语法"名义的演变和我们对文法学科定名的建议》，《文汇报》1960年11月25日。）
④ 吕叔湘：《中国文法要略》，第3页。
⑤ 胡适：《词乃诗之进化》，《胡适留学日记》，第660页。
⑥ 胡适：《读词偶得》，《胡适留学日记》，第721页。

认为此句不如"既非看花人所能媚兮,亦不因无人而不开","此一'所'字一'而'字,文法上决不可少"①。加上这两个虚词,句子的意思似乎更清晰一些。受西方"科学"思潮的影响,胡适还专门研究汉语的标点符号,作万字长文《论句读及文字符号》,其主要目标是解决汉语"无文字符号之害"——"(一)意旨不能必达,多误会之虞。(二)教育不能普及。(三)无以表示文法上之关系。"②到了作《如何使吾国文言易于教授》时,胡适明确指出:"文法乃教文字语言之捷径。今当提倡文法学",语言文字当"求文法之明显易解,及意义之确定不易"③。

不过,以西方文法为参照来评价、寻思"中国话的文法"对于胡适已经是很早的事情了。早在1911年,胡适就写出了一篇研究《诗经》的文章——《〈诗经〉言字解》("辛亥所作")④,有意思的是,胡适的释"经"不是依据现存的经典("毛传郑笺"、"宋儒集传"、《尔雅·释诂》等)从经典释义到文本阅读,而是从文本本身入手,来看"言"字所出现之处的情境,以此来归纳"言"到底作哪几种解释,"以经解经,参考互证"的方式质疑了经典中对"言"字的传统解释。《诗经》中多处出现的"言"不是实词"我"之类的意思,而是相当于连词("而")、副词("乃")、代名词("之")的用法。对前两种解释,胡适特别"自信"。胡适也由此感叹"吾国文典之不讲文法久矣,然吾国佳文,实无不循守一种无形之文法者。……然今日现存之语言,独吾国人不讲文典耳。以近日趋势言之,似吾国文法之学,决不能免……今日吾国青年之通晓欧西文法者,能以西方文法施诸吾国古籍,审思明辨,以成一成文之法,俾后之学子能以文法读书,

---

① 胡适:《杨任诗句》,《胡适留学日记》,第670页。
② 胡适:《论句读及文字符号节目》,《胡适留学日记》,第710页。
③ 胡适:《如何使吾国文言易于教授》,《胡适留学日记》,第763—764页。
④ 该文初刊于1913年《留美学生年报》,亦载于1913年8月《神州丛报》第1卷第1期,后收入《胡适文存》卷二时易名为《诗三百篇言字解》。

以文法作文，则神州之古学庶有昌大之一日"。

胡适以西方语法知识为参照，来重新解释汉语经典文献，使传统文献中许多晦暗不明的地方变得容易解释，这与胡适后来倡导以讲求"文法"来使"文言"易于教授相一致。胡适以西学来重新对待在激进派看来须"废灭"的汉文，自然深得谨守古文的人的心，以至章士钊阅罢胡适此文，十分赞叹，在1915年与胡适的一封信中曰："足下论字学一文，比傅中西，得未曾有。倾慕之意，始于是时。"① 据说，胡适虽然以白话文运动起家，但他立定北京大学的根本，还是他对中国文学、文化的重新阐释，是蔡元培对他"汉学"功底的欣赏。

如何使汉文能够使人懂，其义易于传授？从这个角度我们看到胡适对待中国文学的"讲求文法"，也许并不是像通常人们所理解的那样只是从外到内的"革命"，实际上更应看做胡适努力以讲究理想、逻辑的话语秩序的西方文法来"疏通"汉文为语言和形式的符号化所板结的内在结构。胡适也不是一味以西方文法为语言范本的至尊，和赵元任一样，汉语的口语、方言也成为他认真对待的语言资源。将一部中国文学史写成了一部"白话"的文学史，也可能是胡适在这些有"白话"特征的文学类型中寻求、积累建构汉语新的言说方式的资源，并不完全是胡适对待千年中国文学的偏见。

（二）"文法"与"八事"

在与赵元任等关于"中国语言的问题"的探讨中，与梅觐庄等关于"文学改良"的论争中，胡适对于中国文学的改革方案也在逐步形成，并且几乎每一步都离不开"文法"。从1915年开始，以"文法"来谈论中国文学对胡适来说是常见的事；回国之后，胡适更是为了"国语"这一宏伟目标的切近而专门

---

① 《胡适来往书信选》（上），中华书局1979年版，第1页。

研究"国语的文法",梳理国语的"文法学"①。从胡适文学改良的重要主张——文学"八事"的最终形成看,"文法"对这一主张的形成起着十分重要的作用。

"八事"最初的形式是1916年胡适"与梅觐庄论文学改良"时提出的"三事":

> 第一,须言之有物;第二,须讲文法;第三,当用"文之文字"时不可避之。②

"三者皆以质救文胜之弊",针对的是"今日文学"的"徒有形式而无精神",可以看出在这里"言之有物"是目标,"须讲文法"是策略,而用"文之文字"是一个重要的"备注"。不久后胡适再以反面的形式重新提及这建设性的"三事":

> 吾国文学大病有三:一曰无病呻吟。……二曰摹仿古人。三曰言之无物。③

可以说胡适接下来的文学思想乃是"专攻此三弊",要"言之有物"始终是汉语言说的目的。"用白话作诗"是使汉语言说能够"言之有物"的重要方式。尽管"新"诗也不是最终目的,胡适说:"白话作诗不过是我所主张'新文学'的一部分。"但似乎诗歌的"文胜质"的毛病最严重,但"文学革命"还是应从"白话作诗"入手。在与朱经农的一封信中,在胡适主张

---

① 1919年12月,胡适作《国语的进化》,载1920年2月2日《新青年》第7卷第3号;1920年12月,胡适作《国语文法的研究法》,共四篇:第一篇《导言》,第二、三、四篇分别为《文法的研究法》(上、中、下),分别载1921年7月1日至8月1日《新青年》第9卷第3、4号。1921年《国语的进化》和《国语文法的研究法》二文合并收入《胡适文存》卷三,总题目为《国语文法概论》。
② 胡适:《与梅觐庄论文学改良》,《胡适留学日记》,第844页。
③ 胡适:《吾国文学三大病》,《胡适留学日记》,第893页。

"白话作诗"而"友朋很多反对"的境遇下,胡适提出了"文学革命八条件",这正是后来的文学"八事"的雏形:

> 新文学之要点,约有八事:
> (一)不用典。
> (二)不用陈套语。
> (三)不讲对仗。(文当废骈,诗当废律。)
> (四)不避俗字俗语。(不嫌以白话作诗词。)
> (五)须讲求文法。
> ——以上为形式的方面。
> (六)不作无病之呻吟。
> (七)不模仿古人。
> (八)须言之有物。
> ——以上为精神(内容)的方面。①

可以看出,胡适的文学"八事"是在谈论诗歌的背景下提出的。这里的"八条件"坚持的是"三事"的纲目("第一"与"第二"),在"精神(内容)的方面",最终也是最核心的要求是"言之有物",这是文学革命的目标。而在"形式的方面",最终也是最核心的方法是"讲求文法"。可见(五)、(八)条的位置是一种意义"结构",并不是随机的排列。胡适关于"八事"的信到了陈独秀手里,最令陈独秀不满的就是这(五)、(八)条②,"须言之有物"一条陈独秀认为"不作无病之呻吟"一语足以概之,陈独秀从文学自身有"独立存在之价值","若专求'言之有

---

① 胡适:《文学革命八条件》,《胡适留学日记》,第1002—1003页。
② "承示文学革命八事,除五八二项,其余六事,仆无不合十赞叹,以为今日中国文界之雷音。倘能详其理由,指陈得失,衍为一文,以告当世,某业尤盛。"(胡、陈的通信刊于《新青年》第2卷第2号,民国五年十月一日发行。在"通信"栏,胡适信在前,陈独秀回信在后,省了称呼。)

物'",其流弊会不会"毋同于'文以载道'"?还是有点道理,不过,从陈独秀推崇南社谢无量在胡适看来极为"言之无物"的长诗看,陈的"文学"观也是有问题的。

陈独秀质疑"文法"一条:"第五项所谓文法之结构者,不知足下所谓文法,将何所指?仆意中国文字,非合音无语尾变化,强律以西洋之 Grammar,未免画蛇添足。……若谓为章法语势之结构,汉文亦自有之。此当属诸修辞学,非普通文法。且文学之文,与应用之文不同,上未可律以论理学,下未可律以普通文法。其必不可忽视者,修辞学耳。"陈独秀认为中西语言不同,中文首先不必效法西洋拼音文字之"词法",若说文法是文章语句的组织结构,就更没有必要了,因为汉文自有其"章法语势之结构",这是"修辞学"的范畴,不是普通"文法"可以替代,况且,"文学之文"与"应用之文"不同,怎可律以"文法"?不过,比胡适在文学上似乎更反对古文的钱玄同倒一眼看出:胡适的"文法",正是一种"修辞学"①。胡适正是以西方的语言组织结构为参照,来改革作为一种特别的"修辞学"的古文"章法语势之结构",这是一种从"形式"到"内容"革命策略,此举对于在文学革命上只注意到革新文学的"思想"的陈独秀自然不能理解。胡适与陈独秀的区别在于:"我们**也知道新文学必须要有新思想做里子**","但是我们认定文学革命须有先后的程序:先要做到文字体裁的大解放,方才可以用来做新思想新精神的运输品"②。

"八事"中第一条则是"不用典"。众所周知,在文化、历史传统和经典文本中寻找"典故"以形成诗歌语义中的"对等"

---

① 钱玄同致陈独秀信:"《新青年》胡适之先生文学刍议,极为佩服。其斥骈文不通之句,及主张白话体文学说,最精辟。公前疑其所谓文法之结构为讲求 Grammar,今知其为修辞学"。《新青年》第 2 卷第 6 号,1917 年 2 月 1 日。
② 胡适:《自序》,胡适:《尝试集》,上海亚东图书馆 1920 年 3 月初版。此《自序》原刊于《新青年》第 6 卷第 5 号,原标题为《我为什么要做白话诗》,结尾处胡适所引自己的《尝试篇》二文有些不同。

模式是近体诗诗意生成的一个主要特征。胡适在这里算是击中了旧诗的一个要害。"八事"之中,也是这一条"最受朋友攻击"①。不过后来在著名的《文学改良刍议》中,"文学革命八条件"这种条理清晰、反对立场极为鲜明的结构被调整为:

  一曰,须言之有物。
  二曰,不摹仿古人。
  三曰,须讲求文法。
  四曰,不作无病之呻吟。
  五曰,务去烂调套语。
  六曰,不用典。
  七曰,不讲对仗。
  八曰,不避俗字俗语。②

"八事"当中,"言之有物"和"讲求文法""二事"是肯定性的建设意见,其他均是否定性的写作策略。"言之有物"始终是目标,而作为主要手段的"讲求文法",在这里也和其他六条古典诗的特征相对峙,形成了新旧文学方式之间的矛盾与张力。也可以看出,从最初日记里的"三事"到刊于《新青年》上"八事",对于胡适而言,要实现汉语言说方式的"言之有物"的起码要求,"讲求文法"是一个必要条件。"文法"的重要性对于汉语言说方式的变革,其重要性在这里是很明显的。

  客观地说,调整后的"八事"当中,条目的所指存在交叉、

---

 ① 胡适:《文学改良刍议》,《新青年》第 2 卷第 5 号,1917 年 1 月 1 日。此文作于 1916 年 11 月,胡适抄了两份,一份给《留美学生季报》,一份寄给陈独秀,除刊于《新青年》之外,还载于 1917 年 3 月《留美学生季报》春季第 1 号。后收入 1921 年 12 月亚东图书馆出版的《胡适文存》卷一、1935 年 10 月良友图书印刷公司出版的《中国新文学大系(1917—1927)》第一集《建设理论集》。
 ② 《新青年》第 2 卷第 5 号,1917 年 1 月。

重复的现象。"言之有物"、"不摹仿古人"、"不作无病之呻吟"都是笼统的要求，其他五条才是真正的实用策略。"二"、"四"、"五"、"六"条都有拒绝符号化的古典诗的语言、意象，寻求新的语言、意象的意思。"不避俗语俗字"则是创新的重要的因素。在这五条当中，"不讲对仗"是针对旧诗的形式规范的新要求，与白话诗的诗体解放、"自由诗"的诗体的形成有关。而拒绝"用典"和"陈套语"是针对古典诗的语义生成机制的，这恐怕是对古典诗最致命的打击。不过，白话诗拒绝了这两种重要的诗意生成机制，由于语言和诗体的变化，也使它潜在着新的诗意生成机制的可能。

二 新的意义"对等原则"

（一）"隐喻"与"用典"问题

作为"新文学之要点"的"八事"之中，"不用典"最初作为"文学革命八条件"之首，若是将胡适说的"新文学"理解为"新"文学，也就是要使旧文学更真正变"新"，这是最关键的一步。在《文学改良刍议》里，胡适将这一条排到了第六，但是在关于所有八条的具体解释中，这一条的篇幅最大。其原因在于"八事之中，惟此一条最受朋友攻击"。江亢虎即来信认为："文字最妙之意味，在用字简而涵义多。此断非用典不为功。不用典不特不可作诗，并不可写信，且不可演说。"在江亢虎看来，胡适的"文学改良"简直是胡闹，因为在他看来，"不用典"的话，就不仅不能写诗，甚至包括写信和演讲在内的诸多言说方式都成为问题。——既是"文学改良"，怎可"不用典"？而胡适于民国五年（1916年）10月在给陈独秀的一封信中首次提及"文学革命"的"八事"，主要谈论的就是旧文学的"用典"问题，认为文学若要"革命"，"不用典"乃是胡适蓄意排在首位的"革命"策略。这种针锋相对的看法确实耐人寻味。

在这封信中，胡适先谈及陈独秀所认为的"吾国文艺犹在古典主义理想主义时代，今后当趋向写实主义"，对此胡适深以为是①，不料接下来他笔锋一转，说到《新青年》前身《青年杂志》1卷3号刊登的南社诗人谢无量的一首长诗。此诗题为《寄会稽山人八十四韵》，发稿时主编陈独秀将之推举为"希世之音"，按语曰："子云、相如之后，仅见斯篇；虽工部亦只有此工力，无此佳丽。……吾国人伟大精神，犹未丧失也欤？于此征之。"如此备受推崇的诗作当然吸引了胡适的注意②，但经他一细读，竟发现此诗"至少凡用古典套语一百事"，尽是"陈言套语"，完全的"古典主义"，简直是"厚诬工部而过誉某君"。胡适说，既然"足以论文学已知古典主义之当废，而独啧啧称誉此古典主义之诗"，岂不是"自相矛盾"？

可以说胡适在这里看到了古典诗的问题，这一问题至少在接纳现实经验上显得"摹仿古人"，太过"古典"，与现实还是很"隔"，没有新意。但胡适对此现象的理解却也是成问题的，他认为，"凡人用典或用陈套语，大抵皆因自己无才力，不能自铸新辞，故用古典套语，转一湾子，其避难就易，最可鄙薄！在古大家集中，其最可传之作，皆其最不用典者也。老杜《北征》何等工力！然全篇不用一典。（其'不闻殷周衰，中自诛褒妲'二语乃比拟非用典也。）其《石壕》《羌村》亦然。韩退之诗不用典。白香山《琵琶行》全篇不用一典。《长恨歌》更长矣，仅

---

① 胡适：《寄陈独秀》，《新青年》第2卷第2号，1916年10月1日。
② 有论者推测此诗最初发表在《青年杂志》时胡适并没有注意，促使胡适注意到的是他看到了1916年5月出版的《南社丛刻》第17集。此诗在此以《己酉岁未尽七日自芜湖溯江还蜀入春淹　自峡中观物抒怀辄露鄙音略不论理奉寄会稽山人冀资唱噱》的标题再次刊出，如此超长的诗歌标题加上诗歌文本中的"用典"、刻意押韵的"摹仿古人"之风格，崇尚"写实主义"的陈独秀竟然对之推崇备至，这不得不使胡适将之作为呈现旧诗"问题"的一个范本来细细检阅（"细检某君此时……"）。参阅沈永宝《"文学革命八事"系因南社而立言》，载《复旦学报》（社会科学版）1996年第2期。

用'倾国'、'小玉'、'双成'三典而已。律诗之佳者，亦不用典。堂皇莫如'云移雉尾开宫扇，日映龙鳞识圣颜'。宛转莫如'岂谓尽烦回纥马，翻然远救朔方兵'。纤丽莫如'梦为远别啼难唤，书被催成墨未浓'。悲壮莫如'永夜角声悲自语，中天月色好谁看'！然其好处，岂在用典哉？（又如老杜《闻官军收河南河北》一首，更可玩味。）总之，以用典见长之诗，决无可传之价值。虽工亦不值钱，况其不工，但求押韵者乎？"接下来胡适以南社诗人的诗为目标，大骂南社诗人"规摹古人"，此种诗歌写作可谓导致"今日文学之腐败极矣"。自此胡适也与南社结下文学的"仇怨"。柳亚子嘲讽胡适"自命新人"，白话诗"直是笑话"、"非驴非马之恶剧"①。胡先骕则多次撰文批驳胡适，留下了一串如《中国文学改良论》（上）、《评〈尝试集〉》、《论批评家之责任》、《评五十年来中国之文学》等"名文"。综观当下文学的"堕落"之后，胡适认为其原因可以以"文胜质"一语包之，而拯救之法则是"文学革命"，"须从八事入手"。

  胡适骂南社自有道理，提出"八事"的文学革命策略也是及时的，不过以为"以用典见长之诗，决无可传之价值"倒值得商议。仅以他一再提及的杜甫，恐怕今人谈论最多的还是那些"用典"之作，著名的《秋兴》八首就是明证。今人谈论《秋兴》似乎要比欣赏《北征》多。胡适也多次论及《秋兴》八首，但胡适的"白话"、"文法"的视角却使他看不见此诗的好处，竟说它"全无文学的价值"②，"文法不通，只有一点空架子"③。而晚唐诗人李商隐的一首千古传诵的《锦瑟》，也是"用典"的

---

  ① 柳亚子与杨杏佛书，见胡适《胡适留学日记》，第 1162—1163 页。
  ② 胡适认为"《秋兴》八首传诵后世，其实也都是一些难懂的诗谜。这种诗全无文学的价值，只是一些失败的诗顽艺儿而已"（见胡适《白话文学史》，《胡适文集》第 8 卷，第 331 页）。既然"全无文学的价值"，为何胡适就是在这里又赞扬其中两句很"堂皇"："云移雉尾开宫扇，日映龙鳞识圣颜"，引为例证？
  ③ 胡适：《自序》，《尝试集》（附《去国集》）。

经典范例,胡适的偏见也使他嘲讽此诗真是一番"鬼话"①。看来,"用典"未必就不能写出好诗。不过,胡适将文学革命的首要目标对准"用典"一事,确也提出了一个重要的问题:为什么古典诗人竟认为"不用典"就不能写诗,甚至不能说话?"用典"对于古典诗歌到底意味着什么,"不用典"对于急需在美学上被人认可的白话诗又意味着什么?

这就牵涉到近体诗的诗意生成的问题。据高友工、梅祖麟对唐诗的研究,汉语诗歌的诗意生成正是与"隐喻"和"典故"两种常见的修辞有关。这又牵涉语言的普遍语义的生成问题。罗曼·雅各布森认为,语义生成与语言行为的选择轴和组合轴上的"对等原则"有关,而诗歌特殊的语义生成则是"把对等原则从选择过程带入组合过程":

> 任何一首诗所不可缺少的内在特征是什么呢?要回答这个问题,我们必须回忆一下用于语言行为的两种排列模式:选择和组合。如果一段话的主语是"孩子",说话者会在现有的词汇中选择一个类似的名词,如 child(孩子)、kid(儿童)、youngster(小伙子)、tot(小孩),所有这些词都在某个特定方面相对等;接着,在叙述这个主语时,他可以选择一个同类谓语——如 sleeps(睡觉)、dozes(打瞌睡)、nods(打盹)、naps(小睡)。最后,把所选择的词用一个语链组合起来。选择是在对等的基础上、在相似与相异、同义与反义的基础上产生的;而在组合过程中,语序的建立是以相邻为基础的。诗的作用是把对等原则从选择过程带入组合过程。对等原则成为语序的构成手段。在诗中,一个音节可以和同一语序中任何一个其他音节相对等,重音和重音、非重音和

---

① 胡适说"这首诗一千年来也不知经过多少人的猜想了,但是至今没有人猜出他究竟说的是什么鬼话。"见胡适《国语文学史》,《胡适文集》第 8 卷,第 55 页。

非重音、长音和长音、短音和短音、词界和词界、无词界和无词界、句法停顿和句法停顿、无停顿和无停顿都应对等。音节变成了衡量单位，短音与重音也是如此。①

雅各布森从拼音语言出发，比较注重诗歌里声音模式的对等，汉语近体诗里严格的音韵规范，也是在讲究语音对等的趣味和意义。不过，除了语音上的"对等原则"外，语义上的"对等原则"也十分重要。"隐喻"和"典故"就是两种在语义上寻求"对等"的主要修辞。散文与诗歌的一个重要区别就在于"对等原则"的运用："如果词与词之间的关系得到充分的表现并以语法形式组织起来，这就被称作'分析的关系'；如果词与词是通过对等原则而隐含地联系起来，这就是'隐喻的语言'。"② 诗歌的语言往往是一种"隐喻的语言"，如前引杜甫诗《江汉》中"江汉思归客，乾坤一腐儒"，在这里两个并列的名词，中间没有语法上的分析，形成了"江汉"与"思归客"的"对等"，"乾坤"与"一腐儒"的"对等"，这种"对等"是在相异的效果上产生的：茫茫河流与一个游子的渺小身影之间的对比、天地长久与一个"迂腐"的儒生之间的对比，——"对等原则"使词与词之间相互作用，产生出"隐喻"的效果，使诗歌在字面之外生出新的蕴意。

"隐喻"修辞通过词与词之间的对等关系形成新的诗意，而"典故"则是在词语与词语背后的语境相"对等"，形成更复杂的意蕴，成为更深更大的"隐喻"。以杜诗《秋兴》八首之三为例：

---

① 转引自［美］高友工、梅祖麟《唐诗的魅力》，第121页。着重号为原文所加。
② ［美］高友工、梅祖麟：《唐诗的魅力》，第123页。

千家山郭静朝晖，日日江楼坐翠微。
信宿渔人还泛泛，清秋燕子故飞飞。
匡衡抗疏功名薄，刘向传经心事违。
同学少年多不贱，五陵衣马自轻肥。①

除尾联表达了诗人对昔日同窗、好友高车轻裘的生活的不屑外，其他三联均是"客观"描写。但值得注意的是，在首联和颈联的客观景物描述之后，诗人突然转入对两个历史人物的叙述，诗歌的语气和风格顿时显得不大统一。在这里，"用典"的修辞使诗歌的客观冷静的抒情风格和诗人强烈的主体心志之间取得了平衡，使诗人的内心在面对秋日山河的平静与"与同时代人公然决裂"②的犹豫之间得到了一种微妙的表达：杜甫一生既心地高洁，又欲弘扬儒学传统为"国家"奉献生命，但最终还是一生落魄，穷困失意，和那两位在事业功名、发扬儒学的"成功人士"③相比，杜甫实在是既没有独善其身，又没有兼济天下。借着这个"用典"，诗人曲折地将他内心的悲凉显现出来，也使诗歌产生出一种现实与历史相比照的深度。

（二）"限度"与新的可能

可以说，"隐喻"和"典故"修辞成为古典诗的诗意生成的重要手段。并且，从表达主体更复杂的经验、情思来说，"典故"似乎更重要。词与词之间的"对等"、"隐喻"关系再丰富，但始终存在"无法表现的事物"，它们的表现力始终是有限度的，有什

---

① 《全唐诗》卷二三〇《杜甫十五》，《全唐诗》第四册，第2510页。
② ［法］郁白（Nicolas Chapuis）：《悲秋：古诗论情》，第175页。
③ "文论家匡衡与文士""都是汉代的高官，他们都经历过与杜甫之遭遇同样动荡的时期，但……与自赏其警世文字的匡衡相反，杜甫深受责罚；与因文学天才而得以遍掌古籍的刘向不同，杜甫呈现给皇帝的洋洋长诗从无下文"参阅［法］郁白（Nicolas Chapuis）《悲秋：古诗论情》，第158页。

么限度呢？高友工、梅祖麟举例说，至少有一件，就是"人的道德行为"，主体在近体诗中其心思所产生的环境、行为的具体动机、意图，这些东西通常词与词之间的对等无法表现，必须依赖"典故"来暗示。"人的道德行为"是"一件相当复杂的事。X 死了，Y 是导致 X 死亡的实际原因，我们说 Y 杀了 X；但是，若要从道德的立场适当描述 Y 的行动，我们需要知道的东西就太多了，我们必须知道：Y 和 X 的关系，导致这种杀害的环境，Y 的谋杀动机等"。当然，高友工、梅祖麟在这里只是打个比方，这番话真正的意图在于表明近体诗的艺术形式与表现更丰富的人类主题之间的矛盾——

> 因为近体诗的最大容量也只有七言八句共五十六个字，在这样短的篇幅中，很难把某一行为的动机、环境解释清楚，而一个没有环境和动机的行为，就不能算是道德行为，这样，近体诗作者在表现道德行为时所面临的问题也就更加尖锐。然而，典故的运用使本来不可能的事成为不必要的事：由于环境、动机、人物关系等背景材料都已蕴含于典故之中，详细的解释就被简略的暗示所取代了。当提到某个历史人物或地点时，所有与之相关的意义和事件都会随之俱出；而当典故运用于现实的题材之中时，就为道德行为提供了活动的环境。……简言之，如果诗人想在近体诗中表现某个人的道德行为，他就必须借助于典故，诗人若把自己局限在隐喻的范围内，他将无法表现人类行为的主题。①

由于近体诗的形式（最大容量就是七律，五十六个单音字）的局限，更多的情感经验、更丰富的"人类行为的主题"往往无法在诗中充分言说，借助于有相似情境的"典故"几乎

---

① ［美］高友工、梅祖麟：《唐诗的魅力》，第 162—163 页。

是唯一的办法，也就是说，近体诗赖以生成诗歌意蕴的重要机制——"用典"，也是与其艺术形式有关，甚至有不得已而为之的意思。

确实是"用典"使古典诗"字简而涵义多"，有"文字最妙之意味，反对派的意见激烈是可以理解的，不过，胡适也没有把"不用典"的理由说清，只说"用典"导致"文胜质，有形式而无精神"，只认为这是古人偷懒，其实根本的原因还在于古典诗的艺术形式。将这个问题挑明出来，胡适的"不用典"的真正理由也就会显明出来："自由诗"的体式虽然拒绝了古典诗的语音、语义的"对等原则"，但这并不意味着其诗意生成机制的完全失效，恰恰相反，它也可能蕴涵着新的意义"对等原则"，在新的历史语境下，白话诗作为一种"自由诗"，正如一位学者所论述的，其意义生成处在一种"可能与限度"之间：

> 由于对等原则既存在于声韵中，也存在于语义中，对等连结的方法既可以是相似的，也可以是相反的（如对句中的"反对"），而一首诗不仅是一条语链，也往往与历史传统构成"互文"关系，因而对等原则"在语言的各个层次中都有张力的存在"。注意到这种张力，再进一步考虑诗人运用对等原则的主体立场，自由诗的可能与限度就浮现出来了：第一，由于诗歌的媒介是语言而不是音乐，声韵的地位不是独立的，既受到语言变化的影响（如中国诗歌从四言到五言、七言均可从语言发展中寻找原因），也受着意义的规约，因此不可能有永远不变的诗歌格律，不可能有绝对的诗歌语言与日常语言的界限。第二，对等的功能和意义并不是要服从一个先定的框架，而是对应心灵与感情的内在节奏的，即是说，诗的思维是情绪思维，不是对等原则决定情感的节拍，而是感情律动借助对等原则发出个人的声音。诗歌无法回避的是节奏，而不是格律。第三，由于诗歌的灵魂是

节奏，而语言的表现即使没有严格的韵律也仍然可能获得节奏（比如语句的重复和诗段的对称等），对等原则的运用可以说是相当宽松的。

如果我们认同对等原则是诗歌语言运作的基础，同时又能根据汉语的特点，从听觉、视觉、语义等方面更全面地理解这种原则。那么，打破传统诗歌的格律是必然的，自由诗这一概念也是可以成立的。因为传统的格律是依据古代汉语的特点摸索出来的，现在语言形态发展变化了（虽然象形文字的根基没有变，但词汇、音节、语法发生了很大变化），过去对等的东西，现在难以对等了。[①]

白话诗不仅"打破传统诗歌的格律"，更重要的是由于白话诗以"白话"为语言，汉语的单音字在晚清之后也多变成双音字、多音字，它更换了一种新的言说方式。作为旧的言说方式的语音、语义等严格或习惯的"对等原则"在新的"说话"方式中可能也面临着改变：一、既然"在语言的各个层次中都有张力的存在"，白话诗就可以不必要如近体诗那样实行严格的对偶、对仗规则和一定的五言、七言的语序，只通过词与词之间的对等实现诗的"隐喻"效果；二、白话诗的语言行为不仅可以在词与词之间寻求对等，更重要的是它可以直接与直接的经验现实相对等，而不是遥远的"历史"语境；三、白话诗新的诗意生成机制的可能是与白话诗的"自由"体式分不开的：白话诗拒绝了近体诗的格律规范，追求"诗体的大解放"，尽管胡适乐观地认为诗体一解放，"丰富的材料，精密的观察，高深的思想，复杂的感情""方才能跑到诗里去"，还需要足够的时间探寻、积累经验，但是汉语诗歌"说话"方式的已经改变是一个事实。白话诗有足够的篇幅来陈述"人类行为的主题"、"道德

[①] 参见王光明《自由诗与中国新诗》，《中国社会科学》2004年第4期。

行为"的"环境、动机、人物关系"等复杂的现实经验，其不受对仗、对偶、押韵等形式规范限制的"自由"体式也使白话诗摆脱了古典诗在语音、语义等方面严格的"对等原则"，从而形成新的语义生成机制。

由于"对等原则"是诗歌的基本机制，白话诗不可能完全拒绝"隐喻"修辞，但既然随着语言和体式的改变而带来的新的"对等原则"，旧诗的"最妙之意味"一个主要的生成点——"用典"遭到反对是可以理解的。尤其是晚清到民初，古典诗歌的语言意象和形式规范的符号化达到极致，诗歌境象陈陈相因，由于缺乏现实经验的直接性，"以典代言"成为普遍现象。胡适一代人站在追求"现代"意义言说的立场上，最先反对这一"古典主义"文学最明显的写作习惯，虽然态度偏激，但内在的诗歌美学机制却是可以理解的。

三 诗歌语言的"符号学"

（一）"务去烂调套语"

文学革命"八事"的最初形式——"三事"中，除了在"形式方面""须讲文法"和"精神（内容）方面""须言之有物"之外，就是"当用'文之文字'"。可见胡适对于诗歌语言的革新是非常重视的。"文之文字"和"诗之文字"之争一直是胡适和梅觐庄、任叔永等人的矛盾焦点，胡适还专门作诗反映论争的情状：

……
老梅牢骚发了，老胡呵呵大笑。
"且请平心静气，这是什么论调！
文字没有古今，却有死活可道。
古人叫做'欲'，今人叫做'要'。

古人叫做'至'（古音如'埕'），今人叫做'到'。
古人叫做'溺'，今人叫做'尿'。
本来同是一字，声音少许变了。
并无雅俗可言，何必纷纷胡闹？
至于古人叫'字'，今人叫'号'；
　　古人悬梁，今人上吊：
古名虽未必不佳，今名又何尝不妙？
至于古人乘舆，今人坐轿；
　　古人加冠束帻，今人但知戴帽：
这都是古所没有，而后人所创造。
若必叫帽作巾，叫轿作舆，
何异张冠李戴，认虎作豹？
总之，
'约定俗成谓之宜'，
荀卿的话很可靠。
若事事必须从古人，
那么，古人'茹毛饮血'，
岂不更古于'杂碎'？岂不更古于'番菜'？
请问老梅，为何不好？"
……①

这是胡适的第一首白话诗《答梅觐庄——白话诗》（1916年7月22日），它的起因乃是7月17日梅觐庄致胡适的一封书信。此信的中心议题就是"'文之文字'与'诗之文字'截然为两途"。梅觐庄曰："……文字者，世界上最守旧之物也……一字意义之变迁，必须经数十百年而后成，又须经文学大家承认之，而恒人始用之焉。……总之，吾辈文学革命，须谨慎出之。尤须

---

① 胡适：《答梅觐庄——白话诗》，《胡适留学日记》，第966—968页。

先精究吾国文字,始敢言改革。欲加以新字,须先用美术以锻炼之,非仅以俗语白话代之即可了事也。俗语白话亦可用者,惟必须经美术家之锻炼耳。"① 胡适对梅觐庄的建议不以为然,他作诗回应,在诗中径直以当下的口语来替代文言中文雅的用字,所择字词不仅没有经过"锻炼",还宣称拒绝沿袭古人。这样的诗当然又会引起梅觐庄跳起大呼:"岂有此理!若如足下之言,则村农伧父皆是诗人,而非洲黑蛮亦可称文士!"

梅觐庄的主张当然有他的道理,不过我们可以看出他是在古典诗的语言"关系"中来要求文学改革的,对待现代境遇下诗的字词还是和古人一样,要求在形式、语义、语音的选择链条上多方"锻炼"。最突出的事实是为了弥补古典语言("符号")之于现代经验("思想")的言说的困难,梅觐庄建议"复用古字以增加字数"②,还是在古典诗的语言"关系"中寻求出路。胡适的另一位好友(也是论敌)任叔永也坚持认为"诗词之为物,除有韵之外,必须有和谐之音调,审美之辞句……白话自有白话用处(如作小说演说等),然却不能用之于诗"③。

胡适的诗当然不是好诗,甚至看起来随意、粗俗,但他要的就是"活泼泼的白话",是字词表现现实的当下性、直接性、强烈性。胡适实际上正是通过语言符合系统的更新改变了古典诗的语言和形式"关系",它摧毁的是一种旧诗的伦理学。正是这种"程式"化的诗歌伦理学导致诗歌发展至今的"言之无物",语言意象完全符号化。无论是梅觐庄还是任叔永,其实都是在这种诗的伦理学范畴内谈问题。他们一再忠告胡适要明辨"诗之文字"与"文之文字"、"作诗"与"作文"、"古

---

① 胡适:《梅觐庄寄胡适书》,《胡适留学日记》,第979—980页。
② 胡适:《觐庄之文学革命四大纲》,《胡适留学日记》,第1008页。
③ 胡适:《一首白话诗引起的风波》,《胡适留学日记》,第983页。

人所用之字"与"俗语白话",胡适也一再表明这"完全误解"了他的主张①,其实无论是主张"作诗如作文"还是以"俗语白话"入诗,胡适的真正目标都不是"以文为诗"或文字的具体改革,他要的是"作文"的不"琢镂粉饰"和去除"诗之文字"(语词、意象)的符号化,其目标在于涤除旧文学"文胜质"之弊,使"今日"之文学能接纳变动的现实——"言之有物",实际上是通过将"字词"从古典诗"关系"机制中解救出来从而使汉语具备言说当下现实的可能。

胡适更换诗歌语言系统的主张到了《文学改良刍议》时就成为两条:在建设的意义上就是像这首白话诗那样允许口语、俚语、俗语等"文之文字"入诗,所谓"不避俗语俗字"。而在破坏的意义上,胡适极力抵制旧诗中的符号化的意象、语词——"烂调套语"。此言最初为"陈言套语",发展至"烂调套语",足见其对旧诗语言意象固定套路的厌恶。"陈言套语"的问题本来是胡适批评任叔永诗《泛湖即事诗》提出。诗中有这么一节:"……行行忘远,息楫崖根。忽逢努波,鼍掣鲸奔。岸逼流回,石斜浪翻。偏僻一叶,冯夷所吞。舟则可弃,水则可揭。……"胡适说这里写"覆舟"的情况简直前后矛盾:按照"忽逢努波,鼍掣鲸奔"的描写,此湖简直是"巨洋大海",至少"亦当是鄱阳洞庭",不料下面又是"水则可揭","岂不令人失望?""'岸逼流回,石斜浪翻',岂非好句?可惜为几句大话所误。"叔永答复胡适曰描情状物"用力太过,遂流于'大话'",还十分认真地"拟改'鼍掣鲸奔'为'万螭齐奔','冯夷'为'惊涛'",胡适再回信十分尖锐地指出:"足下自谓'用力太过',实则全无气力",改来改去,"所用字句,皆前人用以写江海大风浪之套语",胡适也毫不客气地说,"借用陈言套语",导致全诗"一无精彩"。叔永

---

① 胡适:《自序》,《尝试集》(附《去国集》)。

自然不服①。

不是"用力太过",而是轻易地就会陷入审美程式化的"陈言套语"当中,这种陈言套语往往使读者的反应与真实的情状相差甚远,根本不能传达真正的现实经验,使诗歌停留在"文胜质"的层面,个体经验被语言的模式化所放逐。这不是任叔永一个人的问题,而是旧体诗写作的一个普遍问题,到了《文学改良刍议》中,胡适认为这是当前问题的普遍现象:"今之学者,胸中记得几个文学的套语,便称诗人。其所为诗人处处是陈言烂调,'蹉跎','身世','寥落','飘零','虫沙','寒窗','斜阳','芳草','春闺','愁魂','归梦','鹃啼','孤影','雁字','玉楼','锦字','残更'……之类,累累不绝,最可憎厌。其流弊所至,遂令国中生出许多似是而非,貌似而实非之诗文。"胡适这一次没有举任叔永诗为例,而是列出另一位朋友也是南社社员的胡先骕的一首词的下半阕。不过,胡先骕似乎没有任叔永那么好批判,如前所言,胡先骕自此也成为白话文、白话诗最主要的敌人,着力攻击胡适和他的《尝试集》。全词如下:

玉楼飞渡天风远,悠扬乍低还住。风拨频挥,鸾丝碎响,无限幽情低诉。愁魂黯停,听急管哀筝,和成凄楚。一曲梁州,天下游子泪如雨。　　荧荧夜灯如豆,映幢幢孤影,凌乱无据。翡翠衾寒,鸳鸯瓦冷,禁得秋霄几度。么弦漫语。早丁字帘前,繁霜飞舞。袅袅余音,片时犹绕柱。②

---

① 胡适:《胡适寄叔永书》,《胡适留学日记》,第975—976页。
② 胡先骕:《齐天乐·听邻室弹曼它林》,载《南社丛刻》第15集,1916年1月。

胡适注曰："此词骤观之，觉字字句句皆词也，其实仅一大堆陈套语耳。'翡翠衾'，'鸳鸯瓦'，用之白香山长恨歌则可，以其所言乃帝王之衾之瓦也。'丁字帘'，'幺弦'，皆套语也。此词在美国所作，其夜灯决不'荧荧如豆'，其居室尤无'柱'可绕也。至于'繁霜飞舞'，则更不成话矣。谁曾见繁霜之'飞舞'耶？"此词写的是作者夜晚听到邻室弹"曼它林（violin，小提琴）"时的感受，一个人留学海外，夜闻小提琴的天籁之音，当思绪万千，人的情感经验最为丰富复杂。诗中作者的孤独、感伤之情是可以理解的，胡适嘲笑的也不是诗的"内容（精神）"，而是诗的写法。整首诗的写作时间大约是1915年、1916年，20世纪初，欧美的工业化就已达到一定程度，巴黎万国博览会的辉煌灯火和纽约的摩天大楼都是"现代"历史的标志性硬件，钢筋水泥的美国楼房绝不是中国古典式的"玉（宇琼）楼"，电气化的夜晚也不会"荧荧夜灯如豆"，留学生宿舍恐怕也不会如中国古代建筑可以"映幢幢孤影，凌乱无据。……袅袅余音，片时犹绕柱"。在这里，胡先骕的写作就呈现出这样的问题：从他的诗词的语言、意象来看，诗中的情感经验没有任何的当下性，他个人化的言说和一千多年前的唐宋诗人所表达的哀怨、孤独没什么区别；但事实上以他当下的经验来说，他的诗歌言说则完全是失败的，这里面没有他的情感经验的"个体性"。

（二）反"神话"语言

问题出在哪里？其根本的原因还是与语言的意指行为有关。现代语言学的创始人索绪尔（Ferdinand De Saussure，1857—1913年）认为：语言是一个系统，是一个庞大的结构。语言是用声音表达思想的符号系统，符号是用以表示者（能指）和被表示者（所指）的结合。能指和所指的结合是随意性的。所指的区分和能指的区别是靠差异性完成的。而结构主义文论家罗兰·巴尔特则是索绪尔语言学的一个有力的诠释者，他指出

第六章　破坏中的期待：白话诗的诗意生成机制　331

"能指和所指的'联想式的整体'构成的只是符号"。他将"'意义'系统的结构"称为"神话"。之所以是"神话"，是因为它隐藏了意义的生成过程①。在他的《符号学原理》中，他认为：所有的意指系统都包括一个表达层面（E）和一个内容层面（C）②，意指行为相当于这两个层面之间的关系，即（R）：ERC。

在"神话"的符号学分析中，至少有这样一个情况，即：从这个 ERC 系统延伸出第二个系统，前者变成了后者的一个要素，即"第一系统 ERC 变成了第二系统的表达层或能指"，可表示为：（ERC）RC。

"神话非同一般，因为他必定作为第二级的符号系统发挥作用。它建立在它之前的符号链上。在第一系统中具有符号地位的东西在第二系统中变成了纯粹的能指。"也就是说，在从

"符号"：ERC
到（ERC）RC
到【（ERC）RC】RC
到…………③

的无尽的符号链条上，前面的一级总是被后面的一级作为"纯粹的能指"（语言的"纯粹"当然只能是相对意义上的，这种"纯粹的能指"是一个"神话"），而前面的一级其本身作为一个意指过程的事实被遮蔽了。

---

① "所谓的'神话'不是指'古典的'神话学，而是指一个社会构造出来以维持和证实自身的存在的各种意象和信仰的复杂系统：即它的'意义'系统的结构。"参阅［英］特伦斯·霍克斯《结构主义和符号学》，上海译文出版社 1997 年版，第 135 页。

② "E"和"C"分别是法语"表达层面"（plan d'expression）和"内容层面"（plan de contenu）的缩写。

③ 参阅［法］罗兰·巴尔特《符号学原理》，王东亮等译，第 83 页。

神话之发生作用,在于它借助先前已确立的("充满"指示行为)符号并且一直"消耗"它,直到它成为"空洞的"能指。①

符号学的功能发生在诗歌的内部,旧体诗的写作,其重要的诗意生成机制,那些被委以重任的"典故"、"诗之文字",本身就是一个需要阐释的意指过程,但是在写作中往往成为"纯粹的能指",发挥了"符号"的遮蔽功能。这些符号一直作为已经确立的符号被消耗,最终成为空洞的能指。并不是"飘零"、"寒窗"、"愁魂"、"残更"等词语就不能入诗,而是这些词语本身就包含着一个需要揭示的意指过程;"翡翠衾寒"、"鸳鸯瓦冷"诸意象并不是一定不能入诗,而是它的意义在一定的现实情境中(如《长恨歌》的历史情境)才能真正有效,这些意象本身都不是一个"纯粹的能指",当这种不是"纯粹的能指"的能指作为能指来用时,词语所表征的情感体验就会离个体的真实感受相差甚大。在一层层看不见的符号链的遮蔽下,意义与存在的真相越来越远,写作的主体越来越处在不能把握"真实"的焦虑之中。这也是我们一再提及的古典诗的语言、意象之于流动、鲜活的个体经验的"符号化"、"物化"。

也只有在这个意义上,我们才能理解罗兰·巴尔特说的"现代诗摧毁了语言的关系,并把话语变成了字词的一些静止的聚集段"②,胡适以接近口语的白话纠正了旧诗的"诗之文字"和"文之文字"截然两途的偏见:"古人叫做'欲',今人叫做'要'。/古人叫做'至',今人叫做'到'。/古人叫做'溺',

―――――――――
① [法]罗兰·巴尔特:《神话学》,第115页,转引自[英]特伦斯·霍克斯《结构主义和符号学》,第136页。
② [法]罗兰·巴尔特:《符号学原理——结构主义文学理论文选》,李幼蒸译,第89页。

今人叫做'尿'。……"看似胡闹的语言游戏，实则是以口语化的俗语俗字中断了古典诗的意蕴生成的链条，它可能不"雅"，但却提供了接纳流动、变化的现实经验的可能。白话诗令秉守旧诗写作的人极力反对也是可以理解的，因为这种新的以口语为语言、以"说话"的方式来"作"的"诗"，使"我们几乎不能再谈论一种诗的写作，因为在于一种语言自足体的爆发性摧毁了一切伦理意义。在这里，口语的姿态企图改变自然，它是一种造物主"①。当然，初期白话诗以"口语"入诗，并不表明"口语"会成为"新诗"的语言追求，它只是一种汉语诗歌言说方式寻求更新的激进策略，接近"口语"的写作方式的意义在于它使人们有效地脱离了旧诗的"伦理"。以某种固定的方式，我们"不能再谈论"的乃是旧诗的写作，白话诗正是摧毁了旧诗的"伦理"而备受攻击。

（三）大于"内容"的诗歌"修辞学"

从符号学的角度，任叔永、胡先骕还有其他一些南社诗人的创作，其实都落入了语言的"神话"模式，其最大弊病是以符号化的语言、意象阻隔了现实经验的传达，这种诗歌写作方式既拦阻了汉语成为接通西方思想的现代性通道，也阻隔了现代个体的情感经验的真切言说。我们正是在这个意义上肯定白话诗的不用典和以俗语俗字、日常语言更换陈言套语的价值。不过，由于语言、文化的自身特性，白话诗要彻底地拒绝陈言套语、古典诗的意象是不可能的，初期白话诗未脱"词曲的气味和声调"② 是一个明显的事实。但是在这里，我们是否能反证出白话诗更换汉语诗歌语言、意象的策略就是失败，甚至像一位论者所说的

---

① ［法］罗兰·巴尔特：《符号学原理——结构主义文学理论文选》，李幼蒸译，第90页。

② 胡适：《再版自序》，《尝试集》（再版）。

"胡陈主张用纯的白话口语代替整个语言系统,是一种幼稚的空想"?[1]

确实,正如这位论者所指出的,在更深远的语境当中,能指与所指之间的关系经常在不同的层面会"转换":"任何一个所指在另一种组合中都可能成为能指,因此文言文即使被废除作为通用的语言,但古典文学的每一个字词都可能在出现于白话文中时渗透入它的古典所指,而起着对文本的意义、情感外加的影响,也即是所谓的'文本间'的效果。譬如杨柳、菊花、梅花、松、雨、杜鹃、镜、烟雾、枕、风、鹤……信手拈来就有成串的'所指'在新的言语结构中成为'能指',暗喻就是建立在这种所指转成能指的符号奇异的转换中。"确实没有"纯粹的能指",也没有"纯粹的所指",这就给白话诗在拒绝陈言套语和用典、不避俗语俗字等"能指"层面上的革命带来了问题:没有绝对的"陈套语",也没有绝对的俗语俗字,古典文学的字词渗入白话诗是不可避免的,但如何既保留"陈套语"的"文本间"效果、它的"暗喻"功能,又能令人满意地传达当下的现实经验?可以说,白话诗在初期并没有解决这个问题,当白话诗在"能指"层面上实行"白话"的转换之后,但由于诗歌的感觉、想象方式还是旧的,所以诗歌在"所指"层面上还有浓厚古典文学的意趣。不论是胡适的《蝴蝶》、《鸽子》,还是沈尹默的《月夜》,在一定程度上都反映了这个问题。而早期新诗诗集《新诗集》和《分类白话诗诗选》对白话诗四种的分类:"写景"、"写情"、"写实"、"写意",更是反映了白话诗作为"新诗"不是诗的感觉和想象方式的"新",而是处理对象的"新"。对于在感觉和想象方式上、形式稍微复杂的一点的作品,时人往往失去判断力。最能说明问题的是周作人的《小河》,这是被称为由此"新诗乃正式成立"的标志的诗作,《分类白话诗诗选》并没有选,《新诗集》选了,

---

[1] 郑敏:《结构—解构视角:语言·文化·评论》,第101页。

第六章　破坏中的期待：白话诗的诗意生成机制　335

却将之视为"写景类"①。

　　南社诗人的好"以典代言"、尽用"烂调套语"，其诗歌的能指本身就隐含着一定的意指过程，导致能指（语言符号）与所指（现实经验）之间的阻隔。而以接近口语的"白话"作诗的初期白话诗，如果我们暂且放下其在"能指"层面上的问题，会发现它的问题更多的出在诗歌的"所指"层面：即诗人们常常陷入以现代的"白话"写有古典诗的特征的"景"、"情"、"实"、"意"的困境。以沈尹默的《月夜》为例，诗的语言基本是白话，但诗的所指——"霜风月夜人独立"却与古典诗的意境有无尽的牵连。在这里，从罗兰·巴尔特的符号学角度，如果说南社诗人是陷入语言的"神话"模式的话，那么初期白话诗的作者们面临的则是诗歌意指活动中的"元语言"问题。

　　"元语言"的意指模式与（R）：ERC ⟶（ERC）RC……的意指模式相反，"是这样一个系统，它的内容层面本身由一个意指系统组成，甚至可以这么讲：它是符号学的符号学"。即（R）：ERC ⟶ ER（ERC）……在诗歌中，也就意味着"所

---

　　① 周作人此诗虽然写得欠缺必要的语言凝练，但在情感经验和形式处理上却比初期白话诗的一般作品复杂一些，据周作人自己说："大抵忧惧的分子在我的诗文里由来已久，最好的例是那篇《小河》，民国八年所作的新诗，可以与二十年后的打油诗做一个对照。这是民国八年的一月廿四日所作，登载在《新青年》上，共有五十七行，当时觉得有点别致，颇引起好些注意。或者在形式上可以说，摆脱了诗词歌赋的规律，完全用语体散文来写，这是一种新表现，夸奖的话只能说到这里为止。至于内容那实在是很旧的，假如说明了的话，这是新诗人所大抵不屑为的，一句话就是古老的忧惧。这本是中国旧诗人的传统，不过不幸他们多是事后的哀伤，我们还算好一点的是将来的忧虑。其次是形式也就不是直接的，而用了比喻……"（周作人：《知堂回想录》之《一三一　小河与新村（中）》）《小河》初刊于1919年2月15日发行的《新青年》第6卷第2号上，诗前有作者的说明："有人问，我这诗是什么体，连自己也回答不出。法国波特来尔提倡起来的散文诗，略略相像，不过他是用散文格式，现在却一行一行的分行了……"此诗可谓用新的语言、形式处理一种人类共通的经验（"古老的忧惧"），作者用的是"产生于现代意识基础上的象征性描写方法"（孙玉石：《中国现代主义诗潮史论》，北京大学出版社1999年版，第16页），可以说在以新的"语言"和"形式"表现出"忧惧"经验的新质方面，有了一点"新诗"的真正样式。无论如何，此诗也不当被归入"写景类"。

指"本身是一个复杂的意指过程,它不是一个纯粹的意义客体可以"讲求文法"、借着"确定"的语言直接到达的。罗兰·巴尔特以一个表格①来表达语言意指过程中的三级系统:

3. 内涵	能指:修辞学	所指:意识形态
2. 外延:元语言	能指	所指
1. 真实系统	能指/所指	

若是第一级系统成为第二级系统的"能指",这就是被隐含了语言符号的意指过程的"神话"特征。而当第一级系统中的符号构成了第二级的"所指",这种情况则是一种"元语言",一种关于语言(意指过程)的"语言"。从诗歌的角度,人类的许多主题是超越时空的,即使是胡适反对的"'蹉跎','身世','寥落','飘零','虫沙','寒窗','斜阳','芳草','春闺','愁魂','归梦','鹃啼','孤影','雁字','玉楼','锦字','残更'……""陈套语",其中一些若是不把它仅仅作为"能指",而是作为诗的主题的话(像"'蹉跎','身世','寥落','飘零','斜阳'"等),即使在古典诗中已写得烂熟,仍然会成为现代诗的"所指",现代诗人同样要写。一旦现代诗人以新的系统"能指"来处理这些"所指",诗的问题似乎就更复杂了:既然人类有许多话题永远是共通的,不会因时代变迁而改变,那"现代"的汉语能否"写"出许多常见主题的"现代"感;"新"诗人如何不落入以"新"语言"写""旧"的情感经验、境象、意趣甚至退回去继续作旧诗的困境?

这就使白话诗在更换初级的语言符号系统之后面临着更复杂的问题:如果说初期白话诗成功地完成了诗歌语言(能指)的转换的话,当它具备了一种新的语言系统,它势必进入一种

---

① [法]罗兰·巴尔特:《符号学原理》,王东亮等译,第87页。

新的境地：在过去的"革命"预想中，"白话"作为新的能指系统是直取预想的"所指"——现代性的思想精神的（就像胡适设想的"新"了语言就可以"新"文学），至于这种现代性的思想精神是不是就是预想中的那么单纯、就是"能指—所指"之间的直接关系，至于在诗歌作为一种能指的"修辞学"与一切话语活动的所指"意识形态"之间的复杂性问题，初期白话诗的写作者们似乎还没有触及。而现在，一旦解决了旧诗的文字符号系统的更新问题，诗人们就面临着一个新的语言是否就能写出（感觉、想象方式意义上的）"新"诗的问题。因为在语言的"文化、知识、历史"多重因素的"互文"中，任何一个"所指"都不是"纯粹"的"新"，可以等"新"的语言去直取。

既然是"诗"，就有许多的"所指"是古今共通的。许多"题目"是共通的。"诗"的好坏之分大概不在于题材的新旧。胡适在《谈新诗》里曾轻易地以为白话诗更换了语词，就等于更换了"诗"的"题目"，就能写出"新诗"，"新诗"的作法似乎就是："有什么题目，做什么诗；诗怎样做，就怎样做。"① 不料后来冯文炳（废名）讥诮说："其实在古人也是'有什么题目，做什么诗；诗怎样做，就怎样做。'""诗"的"题目"并不重要，同样的"题目"古人也要写，关键是"诗"的"内容"②，冯文炳还挑出《梦与诗》一首单独批评，称其"只可谓在诗国里过屠门而大嚼"：

---

① 胡适：《谈新诗》，《中国新文学大系（1917—1927）》第一集《建设理论集》，第 299 页。

② 冯文炳：《新诗应该是自由诗》，冯文炳（废名）：《谈新诗》，人民文学出版社 1984 年版，第 22 页。冯文炳（废名）的《谈新诗》，是 30、40 年代他在北京大学任教时写的讲义。其中前十二章是抗战前的讲稿，曾以《谈新诗》为书名，1944 年由北平新民印书馆印行。抗战胜利后，作者重回北大执教，本书后半部十三章至十六章，就是当时续编的讲义。1984 年人民文学出版社将此前后两部分合并，并加上抗战前写的《新诗问答》一篇，仍用《谈新诗》为书名出版。

都是平常经验,
都是平常影象,
偶然涌到梦中来,
变幻出多少新奇花样!

都是平常情感,
都是平常言语,
偶然碰着个诗人,
变幻出多少新奇诗句!

醉过才知酒浓,
爱过才知情重:——
你不能做我的诗,
正如我不能做你的梦。①

胡适在"自跋"里交代,此诗是他的"'诗的经验主义'(Poetic empiricism)"的表白,是强调做诗一定要写具体、实际的情感、思想和经验,"简单一句话:做梦尚且要经验做底子,何况做诗?现在人的大毛病就在爱做没有经验做底子的诗。北京一位新诗人说'棒子面一根一根的往嘴里送';上海一位诗学大家说'昨日蚕一眠,今日蚕二眠,明日蚕三眠,蚕眠人不眠'!吃面养蚕何尝不是世间最容易的事?但没有这种经验的人,连吃面养蚕都不配说。——何况做诗?"② 若是作诗的方式乃是感觉和想象的话,胡适显然把诗的"经验"简单化了,以为就是他的实证主义哲学的推论——一定要"经历"过的事才能入诗。这种

---

① 胡适:《尝试集》(附《去国集》),第91—93页。
② 同上书,第92—93页。

思想指导下的诗歌写作有将"经验"等同于"写实"的危险，也给讲究"诗的内容"（诗歌复杂的感觉、想象方式）的冯文炳留下了批评的把柄。

冯文炳说古人也是"有什么题目，做什么诗……"，并且，由于"他们的诗发展了中国文字之长，中国文字也适合他们诗的发展，——这自然不能把后来的模仿诗家包括在一起说。然而，这些模仿诗家都可以按谱行事，旁人或者指点他说他的诗做得不行，但总不能说他不是诗，因为他本来是做一首诗或填一首词"。也就是说，因为古人有这"中国文字"（"五七言诗，并长短句词"的文字），即使诗做得"不行"，但还是"诗"。而新诗就不好说了，新诗追求"诗体大解放"，失去了这"诗的文字"，又没有建立新的感觉和想象方式，"做新诗的人"境地颇为尴尬："与旧诗的因缘少了，他们写出来的东西虽不会是'诗余'，也不会是新诗的古乐府，他们不是如胡适之先生所说的缠过脚再来放脚的妇人，然而他们运用文字的工夫又不及那些老手，结果他们做出来的白话新诗，有点像'高跷'下地，看的人颇难以为情"。

为纠正白话诗在诗的感觉、想象方式方面的缺失，冯文炳提出了一个广为人知也备受争论的诗学观念：

> 如果要做新诗，一定要这个诗是诗的内容，而写这个诗的文字要用散文的文字。已往的诗文学，无论是旧诗也好，词也好，乃是散文的内容，而其所用的文字乃是诗的文字。我们只要有了这个诗的内容，我们就可以大胆的写我们的新诗，不受一切的束缚，"不拘格律，不拘平仄，不拘长短；有什么题目，做什么诗；诗该怎样做，就怎样做"。[①]

[①] 废名（冯文炳）：《谈新诗》，第 24—25 页。

冯文炳的意思似乎是"新诗"只要有了这个"内容",就可以为所欲为,就成了无拘无束的"自由诗",并且,"新诗"就"应该"是这个意义上的"自由诗"。这个"诗的内容"是什么呢?从冯文炳的诗论看,实际上是来自注重奇诡想象、好用譬喻的晚唐诗人温庭筠、李商隐一派的写作经验,强调的是诗的感觉、想象方式的必需。从这一点上说,冯文炳是对的,初期白话诗缺的就是这个。在这种观点下,冯文炳评价《尝试集》里的诗作也显得很不一般,他看好《尝试集》里的《蝴蝶》、《四月二十五夜》、《一颗星儿》、《鸽子》等诗,甚至说《一颗遭劫的星》"写得很好","作者非真有一个作诗的情绪不能写出这样的诗来"。其实胡适这些诗和冯文炳所批评的《梦与诗》相比,在节奏的均衡和意趣的自然上,未必就比后者强,冯文炳如是评价,无非是因这些诗有一点"诗的内容",诗人有一点"作诗的情绪"而不是说话的情绪(《梦与诗》似乎有些急于"说"出"诗的经验主义"是什么了)。而《晨星篇(送叔永沙菲到南京)》一诗更是让冯文炳赞不绝口:"'放进月光满地',与'遮着窗儿,推出月光',与'回转头来,只有你在那杨柳高头依旧亮晶晶地'之句,最能说得'胡适之体诗'。"[1] 这些"诗的内容"实际上是一点细腻的感觉与想象(如"放进月光满地"、"推出月光"等等)。

语言"文字"新了,诗反倒变得难做,以至于"有些初期做白话诗的人,后来索性回头做旧诗去了。就是白话诗的元勋胡适之先生,他还是对于旧诗填词有兴趣的"。不过在笔者看来,仅就《梦与诗》而言,胡适可能并不是又要做"填词"式的旧诗。这首诗其实在《尝试集》中还是别有韵味的。笔者虽也认为胡适没有把"梦"与"诗"的传统"题目"处理好,但既然

---

[1] 废名(冯文炳):《〈尝试集〉》、《〈一颗星儿〉》、《新诗应该是自由诗》,载废名(冯文炳)《谈新诗》。

第六章 破坏中的期待：白话诗的诗意生成机制　341

诗歌是一种经验、语言与形式"互动"、"文化、知识、历史""互文"的复杂"修辞学"的话，我们也不能忽视废名对这首诗（或者这种有民间谣曲风味的诗作）的批评所隐藏的危险。

　　实际上，无论是冯文炳的这种"诗的内容"，还是胡适浅显的写实性的"诗的经验主义"，抑或郭沫若无节制的迸发的"自我"情感，其实都是诗通常的"内容"层面[①]。而问题在于：一首诗是不是"诗"，好不好，其所承担的思想、意义诉说并不是衡量其价值的唯一方式。就以胡适这首《梦与诗》来说，虽在处理"梦"与"诗"的"题目"时未有感觉、想象上的深意，缺乏冯文炳所说的"诗的内容"，但是，这不意味着这首诗没有"诗意"、韵味。《梦与诗》有规律的句式和一定的押韵规律，显现了诗人的独具匠心，它反映的是白话诗除了通过"讲求文法"转换古典诗的句法以承载"精密的观察"、"高深的情感"、"复杂的思想"的诗意资源之外，还有一种诗意资源——白话诗一定程度上还在向民间谣曲寻求资源。口语化的语言，清新活泼的语气（甚至一点民间语言的世俗趣味），一定的声音节奏、韵律……在诗歌追求复杂的思想情感的"意义"模式之外写点意蕴不复杂但兼有韵律和情趣的诗对初期白话诗的作者也未尝不可。据笔者所知，这首诗在台湾，也被谱成了曲，成为一首既动听（因为它注意了诗歌的语音、形式规则）又有丰富意趣（在特定历史情境中，它可以脱离胡适的原意，被当成"相爱而不能"的隐喻）的"流行歌曲"。以"内容"为唯一的尺度来衡量诗，这样的话，像被广为传唱的刘半农的《教我如何不想她》、徐志摩的《偶然》都显得"内容"不够，恐怕也是要遭遗弃的。而现代文学史上诸如《再别康桥》（徐志摩）、《雨巷》（戴望舒）都不是以"内容"的复杂取胜的，甚至还有一些旧诗的影子，但我们不能说这样的诗作就不好。同样的道理，《梦与

　　[①]　参见王光明《自由诗与中国新诗》，载《中国社会科学》2004年第4期。

诗》一诗还是有一定的"诗意"的。至少在《尝试集》中，它未必就比其他诗作差，在笔者看来，它其实比其他诗作还显得"有味"。

仅从"内容"来区分出"诗的文字"和"散文的文字"也是不合理的。旧诗都是写"散文的内容"，原来它靠的只是"诗的文字"；而新诗真的是"诗"，却因为它是"散文的文字"——这样的说法不免使人迷糊：那到底什么是"文字"、什么叫"散文的意义（内容）"？以冯文炳自己所举诗句为例，

> "姑苏城外寒山寺，夜半钟声到客船"，其所以成为诗之故，岂不在于文字么？若察其意义，明明是散文的意义。我先前所引的李商隐的"我是梦中传彩笔，欲书花叶寄朝云"，确不是散文的意义而是诗的，但这样的诗的内容用在旧诗便不称，读之反觉其文胜质，他的内容失掉了。这个内容倒是新诗的内容。①

"月落乌啼霜满天，江枫渔火对愁眠。姑苏城外寒山寺，夜半钟声到客船。"这是唐人张继的《枫桥夜泊》。此诗除最后一句外，其他三句都是近体诗常见的"非连续性"、独立性句法，尽管词语之间缺乏奇诡的想象和高妙的譬喻，但并置的意象与意象之间省略了说明与连结，给读者留下了充分的想象空间，完全是"诗"的语言方式，怎么会是通常所说的"散文"的"意义（内容）"呢？而"我是梦中传彩笔，欲书花叶寄朝云"句则来自李商隐一首严整的"七律"——《牡丹》：

> 锦帏初卷卫夫人，绣被犹堆越鄂君。
> 垂手乱翻雕玉佩，折腰争舞郁金裙。

---

① 废名（冯文炳）：《新诗问答》，《谈新诗》，第 231—232 页。

石家蜡烛何曾剪，荀令香炉可待熏？
我是梦中传彩笔，欲书花叶寄朝云。①

这里"卫夫人"、"越鄂君"、"石家"、"荀令"等指的是历史或传说中的人物。"牡丹"为富贵华艳之花，此诗前六句均在咏其色态芳香，均借富贵家艳色比拟，或以富贵家故事作衬。前三联皆是意象并置的独立性句法，多少算"客观"的描述，而最后一联大意是：赏花人"我"面对如此美艳之牡丹，不禁联想及巫山神女，渴望女神能在梦中借"我"彩笔，画此花叶，遥寄"我"对意中也如牡丹花一样的女子的情思。这也是近体诗的一种常见形式："印象与表现或前三联与后一联之间的区分，演化为'呈现'和'反思'这两个诗歌行为阶段之间的区分。"② 从近体诗的句法习惯和此诗的具体情形看，冯文炳所列这一句正是七律的尾联，正是"呈现"之后的"反思"，是用来彰显主体心志的，明显是推论性的语言，"散文"的句法。说它没有"散文的意义（内容）"只是"诗的意义（内容）"是不能叫人信服的。

冯文炳说的旧诗的"文字"，准确地说是近体诗独特句法中的词语方式，他一再强调要以"散文的文字"来作"新诗"，其意正在于废除形成这种"文字"的旧体诗的句法、格律，使"新诗"在"不拘格律，不拘平仄，不拘长短"的"自由"体式上与"旧诗"区别开来。这样的话，不仅"诗的文字"和"散文的文字"的区分叫人糊涂（两者之间是否有严格的区分），"新诗"是否就"应该"是这样绝对的"自由"也让人狐疑。

冯文炳的诗歌观念所带来的弊病是：若是诗只讲"诗的内

---

① 《全唐诗》卷五三九《李商隐一》，《全唐诗》（第四册），第6222页。注解参见刘学锴、余恕诚《李商隐诗歌集解》第四册，中华书局1999年版，第1548—1554页。

② ［美］高友工：《律诗美学》，《北美中国古典文学研究名家十年文选》，第88页。

容"就够了,新诗就"应该"在这个意义上成为"自由诗",——这就将诗的"自由"绝对化了,从而忽略了诗歌语音、形式规则、语境等多种因素生成语义的丰富性和复杂性。废名所崇尚的"温李"诗风,固然可以在一定程度上纠正白话诗的"写实",但若只以这种诗风为至尊,务必形成诗歌片面追求情感、经验、想象的复杂性的极端"现代主义"趋向,从而忽略了诗的意蕴生成乃是经验、语言和形式"互动"的事实。

诗歌写作整体上作为指向一种"意识形态"的特别"能指",其"所指"绝不是只有"诗的内容"("现代"的感觉、想象、思想),而是如罗兰·巴尔特所说的"这些所指与文化、知识、历史密切交融,可以说正是通过它们,世界才进入符号系统",这种"文化、知识、历史"一定包括诗的语音、形式要素。

"元语言"最终还要被"内涵"符号学所把握:诗歌写作在更高一级上成为一种"能指",它最终要作为一种现代性的"意识形态"的"修辞学"发挥其历史的功能。在这个意义上,我们说白话诗更换汉语的语言符号系统,其终极目标不是要"用纯的白话口语代替整个语言系统","白话"作诗只是汉语诗歌意指系统更新的一个起点,其目标是要作为一种特定历史境遇的"修辞学"发挥一定的"意识形态"功能。用胡适的话就是"白话作诗不过是我所主张'新文学'的一部分"。这种"修辞学"就是汉语诗歌真正要在现代性的个体经验、汉语的现代形态和诗歌自身形式特征三方面的互动当中探寻合宜的样式,其意识形态"所指"乃是通过"国语的文学,文学的国语"这一方针所追求的"国语"的实现。白话诗只是汉语诗歌寻求"现代"变革的一个起点,不能依据其初期形态将其简化为"一次成功的政治运动"[①]、一种"用纯的白话口语代替整个语言系统"的"幼稚

[①] 郑敏:《结构—解构视角:语言·文化·评论》,第102页。

的空想";而它作为"诗",也不能像冯文炳那样认为有了"诗的内容"就够了。诗歌是一种关于语言的"语言",是一种关于"文化、知识、历史"的特殊"修辞学",在这个意义上,"白话诗"只是现代汉语诗歌的一个稚嫩的雏形,在经验、语言和形式"互动"的复杂形态之间,从"白话诗"到真正在感觉、想象方式、节奏、形式方面区别于古典诗的"新诗",还需一个艰难的探寻历程。

四 新诗"具体的做法"

从"白话诗"到胡适在《谈新诗》一文里所确立的"新诗",中国诗歌最大的变化一是在于语言的变化(用"白话"替代了"古文"),二是在于诗人们力图以"文法"为诗,试图以此为更新汉语诗歌言说方式的捷径。不过,尽管"文法"是白话诗的诗意生成机制的一个重要的"形式"策略,但另一方面,在诗歌的语言机制中,语法和"诗的意味"的关系是极为复杂的,就像乔姆斯基所说的:"不能把'符合语法'这个概念跟任何语义上的'有意义'或'有意味'这个概念等同起来。"[①] 符合语法的语句,不一定是有"意义"的,更不一定是诗歌里说的"有意味";而不符合语法的语句,不一定就无"意义",它也许恰恰能生成"诗的意味"。作为在西方语法参照下的现代汉语语法意义上的"文法",是否完全适应于现代汉语诗歌的写作,还是值得探讨。

(一)哪一种"具体性"?

在胡适的文学革命策略中,"文法"的重要性是毋庸置疑的。但有意思的是,在"答辩"式的《文学改良刍议》里,其

[①] [美]诺姆·乔姆斯基:《句法结构》,第8页。

他七条均为长篇大论(最详细的是"不用典"),唯一"须讲文法"一条却很简短:"今之作文作诗者,每不讲求文法之结构。其例至繁,不便举之,尤以作骈文律诗者为尤甚。夫不讲文法,是谓'不通'。此理至明,无待详论。"虽然胡适确实很早(至少从"辛亥"始)就开始注意汉文的"文法"问题,也多次撰文思虑汉语诗歌当如何"讲求文法",似乎这个问题甚大,此处没有必要再细说。但其他条目,如"不摹仿古人"("文学进化之理")胡适也曾详细论述,这里仍不吝赘述,为何重要的"文法"一条只有寥寥数语?给人一种难以说清、聊以搪塞之感。

胡适的《谈新诗》①一文是为"近来新诗的发生"从多个方面寻求其历史和美学的合法性的。其中"新诗的方法"则是"总结的收场"(也值得注意的是,这里胡适认为"做新诗的方法是根本上做一切诗的方法",以"新诗"代替"一切诗",此种观点可以看出胡适对古典诗的"方法"的否定态度)。这个根本的方法就是他说的区别与古典诗之"抽象"的"具体性":

> 诗须要用具体的做法,不可用抽象的说法。凡是好诗,都是具体的;越偏向具体的,越有诗意诗味。凡是好诗,都能使我们脑子里发生一种——或许多种——明显逼人的影像。这便是诗的具体性。

其实,"具体"一直是胡适的一个重要的文学审美标准。1918年,他就认为:"文学的美感有一条极重要的规律曰:说得越具体越好,说得越抽象越不好。更进一层说:凡全称名辞都是抽象的;凡个体事物都是具体的。"② 次年6月又云:"凡文学最忌用

---

① 胡适:《谈新诗》,原载 1919 年 10 月 10 日《星期评论》纪念专号,后收入《中国新文学大系(1917—1927)》第一集《建设理论集》。
② 胡适:《追答李潶堂君》,《新青年》第 5 卷第 5 号,1918 年 10 月 15 日。

抽象的字（虚的字），最宜用具体的字（实的字）。例如说'少年'不如'衫青鬓绿'；说'女子'不如说'红巾翠袖'；说'春'不如说'姹紫嫣红'；说'秋'不如说'西风红叶'、'落叶疏林'。"胡适认为"初用时，这种具体的字最能引起一种浓厚实在的印象"（不过，"把这些字眼用得烂熟了，便成了陈陈相因的套语。成了套语，便不能发生引起具体意象的作用了"）[1]。"具体性"是胡适评价诗歌成功与否的标准，他把五四诗坛新诗遭非议的原因归结为"抽象的题目用抽象的写法"，指出"抽象的议论是不会成为好诗的"，即缺乏"具体性"。不过，当我们仔细检索一下胡适在《谈新诗》里用来区分"抽象"和"具体"的例证，会发现他的"具体性"概念有模糊和矛盾的地方：

李义山诗"历览前贤国与家，成由勤俭败由奢"，这不成诗。为什么呢？因为他用的是几个抽象的名词，不能引起什么明了浓丽的影像。

"绿垂红折笋，风绽雨肥梅"是诗。"芹泥垂燕嘴，蕊粉上蜂须"是诗。"四更山吐月，残夜水明楼"是诗。为什么呢？因为他们都能引起鲜明扑人的影像。

"五月榴花照眼明"是何等具体的写法！

"鸡声茅店月，人迹板桥霜"是何等具体的写法！

"枯藤老树昏鸦，小桥流水人家，古道西风瘦马，夕阳西下，——断肠人在天涯！"这首小曲里有十个影像连成一串，并作一片萧瑟的空气，这是何等具体的写法！

以上举的例都是眼睛里起的影像，还有引起听官里的明了感觉的。例如上文引的"呢呢儿女语，灯火夜微明，恩冤尔汝来去，弹指泪和声"，是何等具体的写法！

---

[1] 胡适：《读沈尹默的旧诗词》，《每周评论》第28号，1919年6月29日。

还有能引起读者浑身的感觉的。例如姜白石词，"暝入西山，渐唤我一叶夷犹乘兴"。这里面譬"一叶夷犹"四个合口的双声字，读的时候使我们觉得身在小舟里，在镜子的湖水上荡来荡去。这是何等具体的写法！

再进一步说，凡是抽象的材料，格外应该用具体的写法。看《诗经》的《伐檀》：

坎坎伐檀兮，置之河之干兮，

河水清且涟漪，——

不稼不穑，胡取禾三百廛兮！

不狩不猎，胡瞻尔庭有县貆兮！

社会不平等是一个抽象的题目，你看他却用如此具体的写法。

又如杜甫的《石壕吏》，写一天晚上一个远行客人在一个人家寄宿，偷听得一个捉差的公人同一个老太婆的谈话。寥寥一百二十个字，把那个时代的征兵制度，战祸，民生痛苦，种种抽象的材料，都一齐描写出来了。这是何等具体的写法！

再看白乐天的《新乐府》，那几篇好的——如《折臂翁》、《卖炭翁》、《上阳宫人》——都是具体的写法。那几篇抽象的议论如《七德舞》、《司天台》、《采诗官》——便不成诗了。

旧诗如此，新诗也如此。

现在报上登的许多新体诗，很多不满人意的。我仔细研究起来，那些不满人意的诗犯的都是一个大毛病，——抽象的题目用抽象的写法。

那些我不认得的诗人做的诗，我不便乱批评。我且举一个朋友的诗做例。傅斯年君《新潮》四号里做了一篇散文，叫做《一段疯话》，结尾两行说道：

我们最当敬重的是疯子，最当亲爱的是孩子。疯子是我们的老师，孩子是我们的朋友。我们带着孩子，跟着疯子走，走向光明去。

有一个人在北京《晨报》里投稿，说傅君最后的十六个字是诗不是文。后来《新潮》五号里傅君有一首《前倨后恭》的诗，——一首很长的诗。我看了说，这是文，不是诗。

何以前面的文是诗，后面的诗反是文呢？因为前面那十六个字是具体的写法，后面的长诗是抽象的题目用抽象的写法。我且抄那诗中的一段，就可明白了：

倨不由他，恭也不由他！——
你还赧他。
向你倨，你也不削一块肉；向你恭，你也不长一块肉；
况且终竟他要向你变的，理他呢！

这种抽象的议论是不会成为好诗的。

再举一个例。《新青年》六卷四号里面沈尹默君的两首诗。

一首是《赤裸裸》：

人到世间来，本来是赤裸裸，
本来没污浊，却被衣服重重的裹着，这是为什么？
难道清白的身不好见人吗？那污浊的，裹着衣服，就算免了耻辱吗？

他本想用具体的比喻来攻击那些作伪的礼教，不料结果还是一篇抽象的议论，故不成为好诗。还有一首《生机》：

刮了两日风，又下几阵雪。
山桃虽是开着，却冻坏了夹竹桃的叶。
地上的嫩红芽，更僵了发不出。
人人说天气这般冷，
草木的生机恐怕都被摧折；

> 谁知道那路旁的细柳条,
> 他们暗地里却一齐换了颜色!

这种乐观,是一个很抽象的题目,他却用最具体的写法,故是一首好诗。

我们徽州俗话说人自己称赞自己的是"戏台里喝采"。我这篇谈新诗里常引我自己的诗做例,也不知犯了多少次"戏台里喝采"的毛病。现在且再犯一次,举我的《老鸦》做一个"抽象的题目用具体的写法"的例罢:

> 我大清早起,
> 站在人家屋角上哑哑的啼。
> 人家讨嫌我,
> 说我不吉利:
> 我不能呢呢喃喃讨人家的欢喜!

胡适认为"文学的美感"的一条重要规律是:"凡全称名辞都是抽象的;凡个体事物都是具体的",但事实上,他所举"绿垂红折笋,风绽雨肥梅"、"鸡声茅店月,人迹板桥霜"等诗例,其中的名词如"绿"、"红"、"笋"、"风"、"雨"、"梅"、"鸡声"、"月"、"人迹"、"霜"等,要么是事物的"性质",要么是事物的"类"名,正是一种"全称名辞"。中国古典诗歌由于句式的五七言和句法的独特性,使大量的词语(多是名词)省略了具体细节特征,只能以"类"名和"抽象"的"性质"化的词语入诗。中国诗句中多的是"全称名辞"。但既然"全称名辞都是抽象的",何以胡适又惊叹"鸡声茅店月,人迹板桥霜"是"何等具体的写法!"

诗要用"具体"的词语,因为"具体的字最能引起一种浓厚实在的印象",这确实不错。不过,胡适竟然对"绿垂红折笋,风绽雨肥梅"、"鸡声茅店月,人迹板桥霜"的"具体"竟然和《石壕吏》、《卖炭翁》的"具体"都不作区分,可见问题之大。以"鸡声茅店月,人迹板桥霜"句为例,若此句都是"具体的字",它的"具体性"的获得,也与近体诗的一种"若即若离、若定向、定时、定义而犹未定向、定时、定义的高度的灵活语法"有关,正是这种独特的句法、语法使诗歌阅读产生了独特效果①,"读者在字与字之间保持着一种自由的关系……一种'若即若离'的解读活动,在'指义'与'不指义'的中间地带,而造成一种类似'指义前'物象自现的状态……仿佛是一个开阔的空间里的一些物象,由于事先没有预设的意义与关系的'圈定',我们可以自由地进出其间,可以从不同的角度进出,而每次可以获致不同层次的美感。我们仿佛面对近似水银灯下事物、事物的活跃和演出,在意义的边缘上微颤"②。这种在"在意义的边缘上微颤"并不试图获取事物的(哪怕是象征、隐喻的)思想、意义的"具体性",和《诗经》里的《伐檀》通过"具体"事例来写"社会不平等"的"具体性",和《石壕吏》、《卖炭翁》以具体的写实场景和选择一个叙述视角来反映社会显现和某种政治制度的罪恶的"具体性",其实差别甚大,而对于胡适,似乎并没有分别。

诗歌不能"抽象的议论"是对的,不过胡适所举一首不是"抽象的议论"的"好诗"——《生机》,固然是通过细致的景

---

① 如"无需人称代名词所引起的'虚位',如没有时态变化所提供的'刻刻发生的现在性',如无需连接元素所开出的'自由换位',及词性复用及模棱所保留语字与语字之间的多重暗示性"等,参见叶维廉《言无言:道家知识论》,《中国诗学》,第 58 页。

② 参见叶维廉先生的解读:"在真实世界里,一所茅屋,一个月亮,如果你从远处平地看,月可以在茅屋的旁边;如果你从高山看下去,月可以在茅屋下方;如果从山谷看上去,月可以在茅屋顶上……但在我们进入景物定位观看之前,这些'上'、'下'、'旁边'的空间关系是不存在的;事实上,景物的关系会因着我们的移动而变化。文言文常常可以保留未定位、未定关系的情况,英文不可以;白话文也可以,但倾向于定位与定关系的活动。'鸡声茅店月,人迹板桥霜'就是没有决定'茅店'与'月'的空间关系;'板桥'与'霜'也绝不只是'板桥上的霜'。没有定位,作者仿佛站在一边,任读者直观事物之间,进出和参与完成该一瞬间的印象。"叶维廉:《中国古典诗中的传释活动》,《中国诗学》,第 17 页。

物描写写出了"生机",不过这种写法还是给人感觉像是用多一点的细节来证明"生机"没有消灭,给读者的感觉和想象的丰富性似乎微乎其微。而胡适"自己称赞自己的"一首《老鸦》,问题就更大。此诗初刊于《新青年》时作者还附了说明:"六年十二月十一日,重读伊伯生之《国民公敌》剧本,欲作一诗题之。是夜梦中作一诗,醒时乃并题而忘之。出门,见星空中鸽子,始忆梦中诗为《咏鸦与鸽》然终不能举其词。因为补作成二章。"另外一"章"如下:

> 天寒风紧,无枝可栖,
> 我整日里飞去飞回,整日里挨饥。——
> 我不能替人家带着鞘儿翁翁央央的飞,
> 也不能叫人家系在竹竿头,赚一撮黄小米![1]

"老鸦"是一个"抽象的题目"?胡适的意思大概是要借着"老鸦"的意象表现一个复杂的思想。这个思想是什么呢?即使没有胡适的近百字的说明,人们联想五四时期那种追求"个性解放"的历史情境,也能够明白作者大概是借着乌鸦和鸽子的形象来隐喻"'我'宁可……也一定要争取'个性'自由"的意思。胡适的解释使人们更加明白,原来这首诗的产生与易卜生的戏剧《国民公敌》当时在中国掀起的"个性解放"风潮密切相关[2]。老鸦与鸽子的形象均与《国民公敌》中争取个性自由、不甘做社会、家庭的"傀儡"的女主人公有关。诗歌这种单纯、

---

[1] 胡适:《老鸦》,《新青年》第4卷第2号,1918年2月15日。"……《咏鸦与鸽》"与"然"之间原文即无标点。

[2] 胡适与"易卜生"戏剧关系密切。1918年6月15日,《新青年》第4卷第6号推出"易卜生"专号,刊登了胡适的长篇论文《易卜生主义》,胡适与他的学生罗家伦合译的《玩偶之家》,陶孟和译的《人民公敌》,其中胡适的文章对当时青年人的思想解放的追求影响甚大。胡适是借易卜生来谈中国的社会问题。诗歌不过是这种说"理"方式的形象化。

实际的情感思想与两种动物形象之间形成了直接的对应，这种"具体"的写法怎么能使人产生更丰富的想象呢？

由此可见，胡适的《老鸦》的具体，只是相对于傅斯年的《前倨后恭》、沈尹默的《赤裸裸》的具体。他所谓"诗的具体性"，还只是一种要纠正在诗中"抽象的议论"的具体性，是一种与"写实"手法混淆不清的"具体性"。是在"诗体的解放"的条件下，在诗歌中大量接纳"丰富的材料，精密的观察，高深的思想，复杂的情感"的"具体"。

（二）"'精密'的幻觉"

从古典诗"文胜质"导致诗歌徒有形式而"言之无物"的情况看，胡适的主张是有一定合理性的：他通过在诗中接纳更多的"内容"，以多多地"言之有物"来改变诗歌的"言之无物"局面，是以"内容"的物质性来拯救形式的符号化，意义自然十分重大。胡适在白话文运动中，对文学的改革也是通过"讲求文法"来拯救古文的"文胜质"之弊，通过参照西方语言的文法结构来疏通汉文的表意通道，使汉文能够成为接纳现代性西方思想、文化的工具，以至后来的语言学家总结道："五四以后，汉语的句子结构，在严密性这一点上起了很大的变化。"[①]在诗歌当中，胡适也很乐观地认为"新诗"比旧诗最大的优势在于："五七言八句的律诗决不能容丰富的材料，二十八字的绝句决不能写精密的观察，长短一定的七言五言决不能委婉达出高深的理想与复杂的感情。"

不过，如果从文学的角度，汉语的"严密化"是否就一定能"严格地表现语言的逻辑性"（王力语），实现胡适所追求的意义的确定性、"明白晓畅"的表意效果？除了"逻辑性"并不是文学语言的主要目标之文，一味追求"文法"能否达到汉语

---

① 王力：《汉语史稿》，第553页。

表意"精密"的目标？

  由于对西方语言的逻辑性、理性化的崇尚，五四一代人普遍认为西方语言在表意上是非常"精密"的。傅斯年教导人"怎样做白话文"时便说，要做好"白话"的文章，实现"国语的文学"的目标，就须借鉴西方语言分工细密的"文法，词法，句法，章法，词枝，(Figure of Speech)……"① 前文也提到，朱自清先生也认为"欧化"是汉语"现代化"的必经之路，他还提到鲁迅先生的语文观："他（鲁迅）说中国的文或话实在太不精密。向来作为秘诀的是避去俗字，删掉虚字，以为这样就是好文章。其实不精密。……他（鲁迅）说欧化文法侵入中国白话的大原因不是好奇，乃是必要。要话说得精密，固有的白话不够用，就只得采取些外国的句法。这些句法比较的难懂，不像茶泡饭似的可以一口吞下去，但补偿这缺点的是精密。"②

  看来，大家对汉语的印象就是它不太"精密"，而"欧化"的目的就是使汉语的表意变得"精密"一些。不过，也有人对此深表怀疑。台湾的余光中先生就对英文的句法就一定带来"精密"的表意效果提出异议。他举《史记》中"广出猎，见草中石，以为虎而射之，中石，没镞，视之，石也，因复更射之，终不能复入石矣"一段为例，一位汉学名家将这一段译为英文则是："Li Guang was out hunting one time when he spied a rock in the grass which he mistook for a tiger. He shot an arrow at the rock and hit it with such force that the tip of the arrow embedded itself the rock. Later, when he discovered that it was a rock, he tried shooting at it again, but he was unable to pierce it a second time." 虽就英文论英文，这位汉学家"为了迫摹司马迁朴素而又明快的语

---

  ① 傅斯年：《怎样做白话文》，《中国新文学大系（1917—1927）》第一集《建设理论集》，第223页。

  ② 朱自清：《鲁迅先生的中国语文观》，《朱自清全集》第3卷，174—175页。

调"，"尽量使用音节短少意义单纯的字眼"，其翻译也简洁有力，实属上乘之作。"但是原文十分浓缩，词组短而节奏快，像'中石，没镞，视之，石也'八字四组，逼人而来，颇有苏轼'白战不许持寸铁'的气势，而这是英文无能为力的。"

余光中先生统计了一下："此句原文仅33字，英译却用了70个字。细阅之下，发现多出来的这37个字，大半是中文所谓的虚字。例如原文只有1个介系词'中'、3个代名词'之'，但在英文里却有7个介系词，12个代名词。原文的'因'字可视为连接词，英文里的连接词及关系代词如when、which、that之类却有五个。原文没有冠词，英文里a、an、the之类却平添了十个。"看来，"英文文法的所谓'精密'，恐怕有一大半是这些虚字造成的印象"。这个故事，司马迁仅用33个字，已经将其场景生动地呈现在人们面前，谁也不觉得欠缺了什么以至不"精密"。而英文似乎显得啰唆。看来，"英文的'文法机器'里，链条、齿轮之类的零件是多些，但是功能不一定比中文更高"。中文有中文的习惯。譬如，以"主词"的使用为例，汉语本来不仅诗歌里很少出现（近体诗的尾联除外）"主词"，古白话里也很少出现，汉语习惯于通过情境、上下文来表现主词与其他结构之关系。但在现代汉语中，常常一句话一个"我"或"我们"，显得生硬、多余。所以，"有时候文法上的'精密'可能只是幻觉，有时候恐怕还会碍事"①，"因为'精密'的隔壁就住着'烦琐'"②。从近现代特定的历史语境中，中国知识分子普遍追求汉语的思想意义诉求，要求汉语能成为西方现代性的思想、文化的通道，大家对"汉语"的"精密"的盼望其心情可以理解。不过，西文是否一定就是表

---

① 余光中：《论中文之西化》，《余光中选集》第四卷《语文及翻译论集》，第65—67页。
② 余光中：《从西而不化到西而化之》，《余光中选集》第四卷《语文及翻译论集》，第89页。

意"精密"的？前文也说过，在语言的符号系统"能指/所指"与"现实"之间，表意的效果与其说触及、获取了"现实"，不如说获取了"现实"的"概念"。"现实"永远只能是在语言的"概念"层面被把握的（只是把握的程度不一样）。语言之于"现实"的表达的"严密"、"精密"大概永远只能是想象。西文的"精密"只能是相对的。且不说西文，还有一个重要的问题是：两种语言不同的表意方式固然可以相互借鉴，但是否可以完全效法：就像今天有些"学英语长大"的中国孩子那样——说汉语时往往就是在英语句式里镶嵌汉字？[①] 现代汉语里虽由单音字演变为双音字、多音字，但许多汉字还是可以单字成义，汉语还是可以保留简练、含蓄、会意的传统，从语言信息传达的效率和美感来说，简洁、凝练无疑是一个不当舍弃的要求。古代的白话文就不同于现代汉语，主词往往省略，单句成义，句式简短，简洁有力。就笔者个人的阅读体会而言，笔者屡屡觉得《红楼梦》、《儒林外史》等白话小说和鲁迅的文字要比现在的"白话文"精炼、有趣得多，在表意的丰富上，远远不是"精密"可以形容。尽管白话文破坏了旧诗词的格律，但这并不意味着现代汉语可以只言说"意义"而完全不顾及"声音"。除了简洁、凝练之外，汉语由于其音、形、义结合的特征，应该在要求表意简洁、准确，还能够追求说话"声音"的和谐。古典诗歌本来有严格的押韵要求，什么字归什么韵部，随着古汉语语音的变化，现代汉语的四声（平、上、去、入）代替了古汉语的四声（阴平、阳平、上声、去声），许多"入"声的韵被归入了"去"声，旧诗的押韵规则在普通话里其实变宽松了一些。这里并不是要求普通话重新回复旧诗文的

[①] 本书谈论的"西洋文法"，一般指"英语"语法，这不仅因为"在一切外语里，我国广泛和认真学习得最早的是英语"（钱钟书：《汉译第一首英语诗〈人生颂〉及有关二三事》，见《钱钟书论学文选》第6卷，花城出版社1990年版），也因为胡适一代人从民初到五四其生活的语言环境主要为英语，这一语言环境对"现代汉诗"的发生至关重要。

格律，而是建议适当地注意汉语的字义、句法结构与语音，可以使汉语的表达能令人更舒服一些。

现代汉语由于太追求语言的承载意义的容量，刻意效法西洋文法，忽略了语言的表意过程除了基本的"句法"——"语法"、"语音"之外，其实还有一个重要的因素，那就是与"语境"相关的——"语义"①——的生成。语言的表意过程不仅仅就到字面上那些字词的意思为止，还有一个生成语义的更为广阔的这种语言的历史、传统的场域。从这个意义上说，汉语就不能完全信赖西文的"精密"（借鉴当然是必须的），一味地以西洋文法结构为汉语的文法结构。

（三）感觉与想象的"具体性"

接下来一个问题是，即使汉语借着西方语言的文法结构在语法结构上实现了"大解放"，句式变得"严密化"，实现了表意"精密"的盼望，而在诗的写作当中，"精密"是否是诗歌正当的美学目标？以胡适认为是一首"好诗"的沈尹默的《生机》为例，这首诗通过初春的寒冷仍然不能遏制路边的细柳条却暗地里"一齐换了颜色"等事物的描写，曲折地暗示了春天的"生机"的坚忍，也可能隐喻了在现实社会中人的生命力虽微小但仍坚忍地存在、不能扼杀。作者用了88个字（包括标点），其中5个"了"，4个"的"，5个虚词（"又"、"虽是"、"却"、"更"、"恐怕"等连词与副词），5个偏正词组结构（"夹竹桃的叶"、"地上的嫩红芽"、"草木的生机"、"路旁的细柳条"、"这般冷"），其中名词"芽"和"柳条"均有前置的颜色（或程度）、位置等修饰语，对事物的描述算是很"具体"。古诗里写

---

① 本来语言字面上的意思当用"语意"来表达，不过，由于本书多是在谈论诗歌语言的语意生成，这种"语意"往往大于普通语言的内涵，其生成过程也比普通语言复杂，所以本书多处用了比"语意"一词意思复杂的"语义"一词。

春天那不动声色的"生机"也很多,譬如杜甫的《春夜细雨》:

> 好雨知时节,当春乃发生。
> 随风潜入夜,润物细无声。
> 野径云俱黑,江船火独明。
> 晓看红湿处,花重锦官城。①

此诗40字,约为《生机》的一半。"雨"、"春"、"风"、"夜"都不是"具体"的,但前两联却是一个非常生动的譬喻:将"雨"想象为人,它有性情,知道什么时节"发生"最宝贵;它甚至像夜行人一样,"随风潜入夜,润物细无声"。在显现春天的喜人"生机"之前,用的是欲扬先抑的手法,写旷野的黑暗,写江上渔船的孤独灯火,突然之间,到了尾联,正如日出一般,看见"红湿处,花重锦官城"。一个"重"字,形容词作动词用,写尽了一夜之间"花"在春雨的浇灌下的重重叠叠的旺盛情境。字数虽只有沈尹默的诗作的一半,但此诗在想象力和诗歌的情境上,却比《生机》丰富得多。类似的与春之"生机"有关的诗句还有:

> 渭城朝雨浥轻尘,客舍青青柳色新。(王维《渭城曲》)

> 远芳侵古道,晴翠接荒城。
>
> (白居易《赋得古原草送别》)

这并不是比较沈尹默和杜甫、王维和白居易谁的诗写得好,而是可以看出古典诗和初期白话诗不同的美学追求所造成的艺术效果的差异。大量接纳"丰富的材料,精密的观察,高深的思想,

---

① 《全唐诗》卷二二六《杜甫十一》,《全唐诗》(第四册),第2441页。

复杂的情感"的诗是否就能呈现出事物的"具体性",而以有"类名"倾向的词语入诗的近体诗,是否就不能呈现事物的"具体性"?若以"丰富的材料,精密的观察……"来论近体诗,大多诗作可谓"抽象"至极。柳宗元千古传诵的五绝《江雪》:

> 千山鸟飞绝,万径人踪灭。
> 孤舟蓑笠翁,独钓寒江雪。①

寥寥20字,蕴涵着多少"品性高洁"、"绝世独立"的复杂情感!无论是情感经验还是意象意境,此诗的"具体"都是无可辩驳的。古典诗的词语、意象的"抽象"与意蕴生成的"具体"之间的张力提醒着白话诗,白话诗其实也在追求诗歌意象的营造,无论是沈尹默的《生机》还是胡适的《老鸦》,它们都有许多生动的意象,但是,为什么就是不能造出"丰富"、"具体"的境界呢?这就迫使我们要问一个问题:"当我们说诗的语言应是具体的,而是正是意象赋予它以具体性时,我们所指的到底是什么?从某个特定意义上说,这种所指是众所周知的,感觉比概念更具体的。"② 就像人们迷信英文文法能带来汉语表意的"精密"一样,初期白话诗的作者似乎也有通过"讲求文法"使诗歌接纳更多的观察、情感思想入诗就可以收获"诗的具体性"的想法。不过,正如余光中指出汉语全盘效法收获了表意的"精密"只是一种"幻觉"一样,也有人指出白话诗那种罗列细节的意象、意境营造方式所收获的"具体性"也是一种幻觉:

> 英语诗的语言中有许多句法形式可用以罗列对象的细节或指出诸多对象之间的自然关系。从这样的语言中,我们能

---

① 《全唐诗》卷三五二《柳宗元三》,《全唐诗》(第六册),第3961页。
② [美]高友工、梅祖麟:《唐诗的魅力》,第50页。

获得一种具体性，一种倾向于事物的具体性。当我们把注意力集中在接踵而至的细节时，便会产生一种幻觉：物质对象触手可及，或者整个景象如在眼前。……①

这种"幻觉"其实是"词"与"物"等同的幻觉，是以为词语已经把握了"现实"的幻觉。而真实的"现实"却被放逐了。事实上，我们在阅读看起来是"抽象"的语词构成的近体诗时，其中词语之间的未定关系、主体位置的不确定、时间感的消失等因素往往使我们沉醉在另一种"幻觉"中，这种"幻觉"对于作者，是他的"神与物游"、"观察世界的出神的意识状态"："在这种出神状态中，时间和空间的限制不再存在，诗人因此便能将这一刻自作品其他部分及这一刻之前或之后的直线发展的关系抽离出来，使得这一刻在视象上的明彻性具有旧诗的水银灯效果，在这种出神状态中……诗人具有'另一种听觉，另一种视角，他听到我们寻常听不到的声音。他看到我们寻常所看不见的活动和境界。"② 这种"幻觉"对于读者则是：诗人"利用'非言之言'，使读者与事物之间处于一种'若即若离'的关系，使观物者（作者）把读者带到透露着意义的事物的边缘便立刻隐退，好让读者能直接目睹物象的运作并参与完成这一瞬的美感经验"③。

"这一瞬的美感经验"正是诗歌所要呈现的"具体的经验"。尽管这一瞬间的美感经验作为审美体验，也是一种愉悦精神的"幻觉"，但对于诗歌的写作和阅读，似乎比试图通过语词的"严密"、意义的"精密"、细节的罗列来直接把握"现实"的"幻觉"更合理。叶维廉认为中国古典诗的美学是一种"具体经

---

① ［美］高友工、梅祖麟：《唐诗的魅力》，第52页。
② 叶维廉：《中国现代诗的语言问题》，《中国诗学》，第254页。
③ 叶维廉：《批评理论架构之再思》，《寻求跨中西文化的共同文学规律——叶维廉比较文学论文选》，北京大学出版社1986年版，第44页。

验的美学","具体经验"就是未受"知性"的干扰的经验。叶维廉先生还列出这种"具体的经验"所产生的"具体"方法：

◎超脱分析性、演绎性→事物直接、具体的演出。
◎超脱时间性→空间的玩味，绘画性、雕塑性。
◎语意不限指性或关系不决定性→多重暗示性。
◎连接媒介的减少→还物自由。
◎不作单线（因果式）的追寻→多线发展，全面网取。
◎作者融入事物（忘我）→不隔→读者参与创造。
◎以物观物→物象本样呈现→物象本身自足性→物物共存性→齐物性（即否认此物高于彼物）→是故保存了"多重角度"看事物。
◎连接媒介的减少→水银灯活动的视觉性加强。
◎蒙太奇（意象并发性）→叠加美→含蓄性在意象之"间"。[1]

尽管"物象本样呈现"、"物象本身自足性"等观点带有东方道家哲学的民族本位立场和现代西方现象学的理想化的认知色彩，但这些方法还是可以供在"诗的具体性"追求上有偏颇的白话诗写作参考，以纠正那种"写实"、细节罗列、说理、简单象征的诗风。从认识、把握世界的角度来说，诗歌可能也是一种"知识"。不过这种"知识"比较特殊，它区别于语言中理性化的元素，而是在感觉和想象中"感受"世界；作为一种"认知"方式，它也区别于那种使具体事物抽象化、概念化、失真化的思维程序，而是一种主体"消融"在事物之中，力求在语言和特定形式中呈现语言和事物的多重复杂性的艺术活动。可

---

[1] 叶维廉：《从比较的方法论中国诗的视境》，《叶维廉文集》第一卷，安徽教育出版社2002年版，第72页。

以说，白话诗所追求的"诗的具体性"是汉语诗歌在特定历史时期的必然要求，其内在要求是以对事物的细节的把握、对材料的更多占有和对写作手法更"写实"的方式来更新旧诗词影响下的"烂调套语"和意象意境营造的模式化，胡适提出这一点是有历史意义的。"新诗"确实应该在语言符号系统更新之后寻求"新诗的方法"、"诗的具体性"，建立诗歌在美学上的具体"做"法。

不过，"丰富的材料"、"精密的观察"、"高深的理想"、"复杂的情感"这种看来是在追求写实和细节罗列的"具体性"也只是诗歌"方法"的一种，不能像胡适说的那样是"一切诗的方法"。至于"新诗除了'新体的解放'一项之外，别无他种特别的做法"，这话就更不对了。前文一再论述，要做真正区别于古典诗的"新"诗，仅靠"内容"上的"新"是不够的，诗歌作为一种复杂的"修辞学"，其所指"与文化、历史、知识密切交融"，在与汉语特质、与现代性语境的复杂纠缠中，"新诗"不能只靠"内容"上"丰富的材料"、"精密的观察"、"高深的理想"、"复杂的情感"的"具体性"成为一首"新"的诗。从诗的本体要求来说，"新诗"应该是既能体现个体经验的现代性和汉语的现代性同时又有自觉的形式意识的"好"诗，而不是停留在对五七言诗体、词调曲谱的"破坏"阶段满足于"诗体大解放"，也不能以为有了一种"诗的内容"就可以"不受一切的束缚"的大胆地写了，当然更不能将"诗的具体性"定义在"材料"的丰富和"写实"的手法上。

无论是什么样的"具体性"，其实都是在追求"语义"的丰富性。这个追求是没有错的。但问题是，在语言指向"现实"生成"语义"的过程中，简略的语言未必生成简略的"语义"，复杂的语言未必就能导致诗歌"语义"丰厚。初期白话诗的作者对诗的认识与他们对语言和现实的关系有关。无论是《分类白话诗》的编者要求"白话诗的'原则'"是"纯洁"、是"真实"、是"自然"①,还是胡适说白话诗的优势正在于"丰富的材料"、"精密的观察"、"高深的理想"、"复杂的情感",这些看似矛盾的说法其实都是在于将语言与诗歌"语义"的生成同一起来——以为语言"纯洁"了,白话诗就不是"涂脂抹粉"了;以为语言"真实"了,白话诗就"自然"了;以为语言"自然"了,白话诗就不是"矫揉造作"了……以为语言中多了许多事物的细节描述、多运用"写实"手法接纳更多的"材料",白话诗就"复杂"、"高深"了。问题是,在语言作为符号指向现实的意指过程中,"语义"的生成并不就是语言和现实之间的事,它还牵涉到"语境"和两种相遇的手段(诗歌)、信息的"代码"(意象),参照雅各布森的理论②,诗歌"语义"应当产生在这样一个"过程"当中:

"语境"(现代性的历史时期)
"信息"(转换为不同的"诗的具体性")
"说话者"……………(现实经验)……………"受话者"
"接触"(以诗歌的方式)
"代码"(语词、意象)

在"说话者"与"受话者"之间的现实经验的"具体"语义生成并不是只与此两者有关。按照雅各布森对交流所作的阐述,其核心观点是:"'信息'不提供也不可能提供交流活动的全部'意义',交流的所得,有相当一部分来自语境、代码和接触手段。简言之,'意义'存在于全部交流行为中,由于任何语言都包含一些其本身没有精确意义的语法因素,并由于这些语法因素

---

① 许德邻:《自序》,《分类白话诗选(一名新诗五百首)》。
② Erence Hawkes, *Structuralism and Semiotics*, Berkeley and Los Angeles, California: University of California Press, 1977, p. 82. 原图示仅有标引号的词语(除"诗的具体性")。

而对它们的*语境*十分敏感,这种情况显得非常突出。这就是说,这些语法因素的意义可能有相当大的变化……意义不是一个自由自在地从发送者传递到接受者的稳定不变的实体。正是语言的本质不允许这样做,因为传递过程中的六种因素永远不会处于绝对平衡的状态。它们中的这一个或那一个总是在诸因素中多少居于支配地位。这样,交流活动在一种情境中会倾向于*语境*,在另一种情境中会倾向于*代码*,在其他情境中还会倾向于*接触*。"①

这样的话,若将做"白话诗"当做一个言说现代性"现实"的话语行为,我们就不能仅仅认为什么样的语言就可以表征什么样的现实。我们对"诗的具体性"的追求就不能停留在"信息"行为本身的"内容"的"纯洁"或"复杂"上,而要顾及作为现代诗歌赖以发生的现代性"语境"、言说现实的"代码"(语词和意象)、作为"接触"现实的方式(诗歌自身的文类特征)这一过程的"全部"要素。这就意味着,作为"说话者"的诗人,他要考虑到读者("受话者")的因素,考虑到"信息都必须涉及说话者和受话者都能理解的*语境*",而不是把诗歌情感变成郭沫若式的"自我夸大狂"或个人情感的直白表露,也不至于在写作方式上一再生涩地"因语造境",以个人化的"语境"代替具有一定"形式"的"境界"营造②。既然"说话者"和"受话者"的"接触"方式是"诗",我们就必须思考"诗"作为一种文类有什么特征。"诗"肯定不是废名说的有了"诗的内

---

① Erence Hawkes, *Structuralism and Semiotics*, pp. 83 – 84. 斜体字在原文中亦是斜体。

② 对于中国现代诗的"语言本身的问题",叶维廉先生曾提出一个重要的诗学概念——"因境造语":"诗在造意造语的过程中都需要某种程度的发明,没有发明性的诗语易于驰滞,缺乏鲜明和深度,但这种发明性必须以境和意为依归,即所谓'因境造语','因意造语',一旦诗人过于重视语言,而变成'因语造境',而以'语境'代替'意境',便是语言之妙的走火入魔,但一般来说,中国人重实境,不容易任'语境'升堂。现代诗中的失败作品,便是让'语'控制了意。"(叶维廉:《中国现代诗的语言问题》,《中国诗学》,第 269 页)

容"就够了,这个"内容"其实在其他现代主义文类中也是有的,也不可能像胡适、废名等人说的没有任何的"束缚"、彻底的"不拘……"考虑到诗歌与世界的"接触"方式,我们就不得不注意诗的形式特征,也不至于把"自由诗"的"自由"绝对化。再就是诗歌作为一种传达"信息"的言语活动,其"代码"是"意象"化的语言,无论是什么样的思想、情感、经验的"丰富材料","材料"的"丰富"不能直接等于诗歌意蕴的"丰富",情感、思想、经验的"材料"必须经过"意象"化才能成为诗的"意蕴"。"诗的具体性"只有在意象、意境的营造中才能发生。白话诗也只有在这个意义上才能真正在经验、语言和形式三者互动的向度上建设出自己的美学,真正走向诗歌感觉和想象世界的具体性。

(四)"新体诗的音节"

新诗"具体的做法"当然也涉及诗的"音节"的问题。旧体诗押韵、对仗、对偶,语音上的对等是一个重要的诗意生成方式。白话诗"诗体大解放","音节"的问题如何处理? 1921 年初,《文学旬刊》上一位署名"郑重民"的读者致信西谛,大意说,稍有旧式文学功底的青年,都不十分反对新诗,"但他们有个共通的不满意于新诗的地方,就是旧诗可以上口吟诵而新诗不能"[①]。按照朱自清的说法,此时当是新诗十分"兴旺"的时候(1923 年才是新诗的"中衰"),但这封读者来信可以说是对新诗颇为幽默的打击:有旧式文学根底的人都不十分反对,意思似乎是新诗和旧诗还差别不大;不仅与旧诗差别不大,还少了旧诗之所以受读者喜爱的一个重要因素——可以"吟诵"。但新诗就不行了。旧诗的读者根据其既有的阅读与审美"程式",认为有无音韵、能否"吟诵"才是评价"新诗"的一个重要标准。胡

[①] 载《文学旬刊》1921 年 1 月 1 日。

适的《尝试集》一面世,旧式文人马上就有群起而攻之的。1920年,上海文人胡怀琛在《神州日报》上刊登《读胡适之〈尝试集〉》一文,他一上来就摆出一个讨论诗歌"本体"的架势:"我所讨论的,是诗的好不好问题,并不是文言和白话的问题,也不是新体和旧体的问题。"但事实上胡怀琛讨论的还是"新诗"在读者看来"读的不顺口"这一音韵上的问题。他自恃颇懂诗的"音节",面对《尝试集》,技痒难忍,自作主张地把其中一些诗作改动了一番,有的几乎重写(譬如《小诗》一首),他的理由就是"读起来很不顺口,所以要改"①。胡的文章引起了一场持续时间较长的讨论,参加者还有刘大白、朱执信等人,《时事新报·学灯》、《星期评论》等报刊发表了一系列文章。后来,胡怀琛收集相关文章书信,成《〈尝试集〉批评与讨论》一书,由泰东图书局出版。胡怀琛自认为:"凡是读过《尝试集》的人,应该要看看这本书。"② 不过,在论争的过程中,胡适本人并没有积极回应各种批评,其意似乎在《谈新诗》里已表明,这些"攻击新诗的人",其实他们并不懂得诗,懒得与他们辩论。

胡适在《谈新诗》一文里早已回应那些攻击新诗"没有音节"的人,说他们"自己不懂得'音节'是什么,以为句脚有韵,句里有'平平仄仄''仄仄平平'的调子,就是音节了"。"新诗"的语言和句法已经与旧诗大不相同,其"音节"自然也要有所变化。胡适从"白话"和"文法"的角度,认为"新诗"的"音节"不在"句末的韵脚,句中的平仄",而在"语气自然。用字和谐,就是句末无韵也不要紧"。这大抵是对的。总的说来:"全靠两个重要分子:一是语气的自然节奏,二是每

---

① 胡怀琛:《读胡适之〈尝试集〉》,《神州日报》1920年4月30日。
② 胡怀琛:《〈尝试集〉批评与讨论》"序言",上海泰东图书局1922年5月再版。

句内部所用字的自然和谐。至于句末的韵脚，句中的平仄，都是不重要的事。""新诗大多数的趋势，依我们看来，是朝着一个公共方向走的。那个方向便是'自然的音节'。"但是胡适的想法与他对诗歌音节的具体认识是有矛盾的，譬如，他说到自己在诗中寻求"音节的和谐"之法：

> 吾自己也常用双声叠韵的法子来帮助音节的和谐。例如《一颗星儿》（一首）（《尝试集》二，五八。）
> 　　我喜欢你这颗顶大的星儿，
> 　　可惜我叫不出你的名字。
> 　　平日月明时，
> 　　月光遗尽了满天星，总不能遮住你。
> 　　今天风雨后，闷沉沉的天气，
> 　　我望遍天边，寻不见一点半点光明。
> 　　回转头来，
> 　　只有你在那杨柳高头依旧亮晶晶地。
> 这首诗"气"字一韵以后，隔开三十三个字方才有韵，读的时候全靠"遍，天，边，见，点，半，点。"一组叠韵字（遍，边，半，明，又是双声字）和"有，柳，头，旧，"一组叠韵字夹在中间，故不觉得"气""地"两韵隔开那么远。
>
> 　　这种音节方法，是旧诗音节的精采……能够容纳在新诗里，固然也是好事。但是这是新旧过渡时代的一种有趣味的研究，并不是新诗音节的全部。新诗大多数的趋势，依我们看来，是朝着一个公共方向走的。那个方向便是"自然的音节"。

有论者对此就有所不满："适之先生曾有一篇《谈新诗》，里头第四节专论音节，举出两个重要分子，一个是语气的自然节奏，一个是每句内部用字的自然和谐。但是他所举的'平仄自然'，'自然的轻重高下'到底还是说得太抽象，领会的人恐怕不多。余外所举，尽管是双声韵例，令人家觉得似乎诗的音节就是双声叠韵。"① 首先是胡适自己寻求"音节的和谐"的方法（依靠双声叠韵）就有问题（并且这种方法若能"容纳在新诗里"，是"好事"），不是这种方法对不对的问题，而是新诗的音节似乎不是这样拘泥于"字"的，若是这样，新诗的音节与格律诗还是没有差别。但胡适自己"分两层"解释的"自然的音节"又怎样呢？——

第一，先说"节"——就是诗句里面的顿挫段落。旧体的五七言诗两个字为一"节"。随便举例如下：

风绽—雨肥—梅（两节半）

江间—波浪—兼天—涌（三节半）

王郎—酒酣—拔剑—斫地—歌—莫哀（五节半）

我生—不逢—柏梁—建章—之—宫殿（五节半）

又—不得—身在—荥阳—京索—间（四节外两个破节）

终—不似——朵—钗头—颤袅—向人—敧侧（六节半）

新体诗句子的长短，是无定的；就是句里的节奏，也是依着意义的自然区分与文法的自然区分来分析的。白话里的多音字比文言多得多，并且不止两个字的联合，故往往有两三个字为一节，或四五个字为一节的。例如：

万——这首诗—赶得上—远行人。

门竺—坐着——个—穿破衣裳的—老年人。

双手—抱着头—他—不声—不响。

---

① 执信：《诗的音节》，许德邻编：《分类白话诗选》，第17—18页。

旁边—有一段—低低的—土墙—挡住了个—弹三弦的人。

这一天—他—眼泪汪汪的—望着我—说道—你如何—还想着我了想着我—你又如何—能对他？

第二，再说"音"——就是诗的声调。新诗的声调有两个要件：一是平仄要自然，二是用韵要自然。白话里的平仄，与诗韵里的平仄有许多大不相同的地方。同一个字，单独用来是仄声，若同别的字连用，成为别的字的一部分，就成了很轻的平声了。例如"的"字，"了"字，都是仄声字，在"扫雪的人"和"扫净了东边"里，便不成仄声了。我们简直可以说，白话诗只有轻重高下，没有严格的平仄。例如周作人君的《两个扫雪的人》（《新青年》六，三）的两行：

　　　　我从清早起，在雪地里行走，不得不谢谢你。
"祝福你扫雪的人"上六个字都是仄声，但是读起来自然有个轻重高下，"不得不谢谢你"六个字又都是仄声，但是读起来也有个轻重高下。又如同一首诗里的"一面尽扫，一面尽下"八个字都是仄声，但读起来不但不拗口，并且有一种自然的音调。白话诗的声调不在平仄的调剂得宜，全靠这种自然的轻重高下。

旧体的五七言诗两个字为一"节"，而新诗，由于白话和文法的关系，不必严格遵照两字音组，而是根据意义的自然区分来考虑音节的停顿。按第一层的解释，白话诗的音节就在于意义和文法的自然区分。但什么是"自然"的区分？为什么"穿破衣裳的"就是一个音节而不可以再分成"穿—破衣裳的"（突出衣裳之"破"这一状态）？而"还想着我"，根据诗的意思，似乎分成"还—想着我"更合理，以突出"我"对"他"的眷恋的难以割舍。而"你又如何"未必不能再分成"你又—如何"，以突出"他"对"我"在爱的两难中的关切。事实上，只按意义和文法的"自然区分"得出的只是句子在语法上的最小或较小停顿，其实至多是散文的音节而不是"诗"的音节。

而第二层解释，胡适得出的结论是"白话诗里只有轻重高下，没有严格的平仄"。这样看来，白话诗的音节的建设主要是依据听觉原则。但是汉语不是拼音文字，是否能按照拼音文字的轻重音模式来建设诗的音节？古典诗歌的诗行由于多是单音字组成，一个字能自足成义，所以句法之内的平仄、词语之间的对偶与押韵、句与句之间的对仗就非常重要，因为这可以生成奇妙的语义。而白话诗由于是"白话"，多是单音字，意义多是一"组"一"组"地表达，这种情形下是否还一味追求语音的"轻重高下"、"自然"的平仄？

胡适对于白话诗的音节的解释其实并无多大建设性的意义，说了半天，白话诗的音节的"节"是散文的"节"，几乎是无规律的"节"。而"音"，还是在旧体诗的平仄范畴内，继续着古典诗的声音模式，潜意识里还是为白话诗其实也可以"吟诵"辩护（白话诗有"自然的轻重高下"的语音）。其实胡适对白话诗的音节的解释均是未脱离旧诗的语音模式：既在字的声音（轻重、平仄）上讲究，也在句子内部的"节"（旧诗"二"字为一"节"，新诗则不定，以"意义"区分），均未能触及诗的音节的根本依据——情感的节奏——这一关键问题。这种解释无疑是不能令人满意的。不过，在"新诗"开始"兴旺"的年岁，也确实有人对此提出不同的看法。执信先生就认为，诗的音节要与"境意"联系起来，而不是纠缠于字、句的语音。他既不满胡适对白话诗音节解释的含糊，更不能忍受胡怀琛对《尝试集》的乱改，因为胡怀琛的改法是完全不懂得诗，简直连旧诗的作法都要重修（对这种人，最好"再求将旧诗的内容晓得清楚"）。他说胡怀琛将胡适《蝴蝶》一诗"也无心上天"改为"无心再上天"，实在是不懂什么叫"音节和谐"：

不特在一句里头，在全章里头，有一句是境意忽然变转的，他的音节，也要急变。上头适之先生那首《蝴蝶》诗"也无心上天"一句正是这个例。上头一路"不知为什么一个复飞还，剩下那一个孤单太可怜"四句，都是一路沉下去的，到这句一揭高了，便用"心"字，接连用个"天"字，用"无""上"两个字来跌起他，因为句势先缓后急，所以前头还用"也"字。"也无心"三个字已经高了，"上"字折在中间，比较还是高的促起下头这个"天"字，所以能符这一句的神气。若果改做"无心再上天"，前头两个字觉得声还不够，下头"再上天"着了"再上"两个低音，声音便加长了，成了平宕的句子，完全不能和这一句位置上所要求的音节相符合。所以音节不是一句一句可以讲的，到这句意思转了，调也要转。……这个原则，从前的人象没有提出，然而实在是人人践履的。所以要改"也无心上天"做"无心再上天"的，真是不晓得如何叫做音节和谐。①

和"无心再上天"相比，"也无心上天"恐怕更适宜传达那种因"孤单"、"可怜"而对未来非常倦怠、心情软弱无力的意味。诗的音节不仅是胡适说的句子的"内部组织"，句子的音节还与主体的情感、意绪的变化有关。所谓"音节不是一句一句可以讲的，到这句意思转了，调也要转"。"这个原则"实际上也是后来叶公超等人也延续了的观点，即新诗的音节建设应该与"意义"、情感的节奏联系起来。叶公超认为："诗人择字当然是应该充分利用字音的暗示力量，尤其在抒情诗里，但我们必须牢牢记住，一个字的声音与意义在充分传达的时候，是不能分开的，

---

① 执信：《诗的音节》，许德邻编：《分类白话诗选》，第21—22页。

不能各自独立的，它们似乎有一种彼此象征的关系，但这种关系只能说是限于哪一个字的例子；换句话说，脱离了意义（包括情感、语气、态度和直指的事物等等），除了……状音字之外，字音只能算是空虚的，无本质的。"① 可以说，执信正是在这个意义上强调诗歌音节的一个特性——"一切文章都要使所用字的高下长短，跟着意思的转折来变换。我叫他做'声随意转'"②。

"新体诗"的音节的寻求似乎在这里才踏上了合理的轨道。现代汉语诗歌不一定需要规整的格律，但由于其是"诗"，就必须有一定的形式感，这形式体现在诗行的建设，主要体现在诗歌内在的情感、语调的节奏等因素上，而不是字句的声韵叠韵、轻重高下、平仄。白话诗也必须建立一种合宜的音节。"新诗"是"自由诗"，但这个"自由"不是绝对的。对诗歌音节建设和形式规范的寻求的自觉，不会妨碍诗意的表达，只会使诗意因艺术的克制和调整而显得"美"、有余味。从诗歌本体来讲，一定的形式和韵律，作为艺术作品的结构，它是"有意味的"，它将使作者控制情感与意义的运行速度，使诗的旋律呈现出有规则的变化，对于读者来说，他可以有规律地不断期待和寻觅意义与触动的降临。"节奏"是诗歌的灵魂。"新体诗"的音节只有与"意思"、"境意"等因素联系起来，真正成为情感、思绪的"节奏"，才会寻求到音节建设的正确途径。

---

① 叶公超：《音节与意义》，天津《大公报·文艺》1936年4月17日。
② 执信：《诗的音节》，许德邻编：《分类白话诗选》，第19页。

余 论

关于一种现代诗歌文类的确立

> 新诗的发生是为了种种的逼迫而来的。
>
> ——俍工

> 我们现在写诗,不是个人娱乐的事,而是将来整个一个传统的奠基石。
>
> ——吴兴华

中国诗歌发展到晚清,已经形成一种"权势的结构",无法容纳新的生存经验,晚清诗歌的价值正在于它"醒目地彰显了古典诗歌体制与现代语言经验的矛盾与紧张"①,在现代性的语境中,不断发生的现代经验是"新"的,而诗歌的语言和形式仍是"旧"的,"诗界"无论如何"革命",都是"旧瓶装新酒",诗歌的彻底"革命"不可避免。胡适对中国诗歌的"革命"是必须的,而且其革命策略是切中了汉语文学、历史的要害的。"胡适的革新方案是一个直取要塞的方案"——以"白话"为中国文学之正宗,推广"白话诗",从语言体系入手,通过汉语内在的语法结构的改革来更新汉语诗歌的语义生成方式;从形式结构入手,尽量摆脱旧诗词、旧格律的限制,努力实践

---

① 王光明:《现代汉诗的百年演变》,第61页。

"自由诗",使汉语诗歌开始新的形式秩序的寻求;通过颠覆古典诗歌语言的诗意生成机制,来进入新的诗意生成机制的建立。"从'白话诗'到'新诗'的运动彻底动摇了古典诗歌赖以延续的两个根基,改变了中国诗歌近千年来在封闭的语言形式里自我循环的格局,让诗歌写作重新面向了长期淡忘的口语资源和陌生的西方语言形式资源。"①

但是,"破坏者往往很难成为一个很有成就的建设者",晚清的诗歌未能写出"新意境","旧瓶装新酒",胡适一代人所遗留的问题也是同样严重。第一,由于"白话"作为一种现代的语言体系还不成熟,本身如何发展及如何用"白话"写诗正是一个需要漫长的实践来探索的问题。第二,当时颇受倡导的"作诗如作文"的诗歌作风,确实推动了白话文运动,但是混淆了诗歌与散文的界限。第三,时代精神的强力牵引的"求解放"的现代性心理需求,许多人忽视了中国传统诗歌中诸多可转化、可再生的资源,普遍把目光投向西方,对西方的文化精神及其形式的理解非常简单化、浪漫化。在不断把五四神话的现代性历史语境中,"率真"地表现"自我"和"自由"的诗歌形式成为衡量新诗的两大标准。"新诗"由此形成了"唯'新'情结",很容易进入一种"恶性循环":总是以内容的物质性来替代对诗歌本体意义的缺失的反思;缺乏寻求现代"诗质"和"诗形"的建构诗歌本体形态的自觉意识。

但我们不能因为这些问题而全面否定晚清以来的白话文运动、"白话诗"的历史意义。恰恰相反,我们现在必须要认真对待他们所遗留下来的问题,对这些问题的纠正与探寻,发掘问题后面的问题,才是使"现代汉诗"能够良性发展的关键。

作为一种以"白话"为语言、以相对"自由"的诗形为体式的现代诗歌文类——"现代汉诗"(其"发生"期的基本形态

---

① 王光明:《现代汉诗的百年演变》,第10—11页。

为"晚清诗"、"白话诗"),到底是如何"发生"的?客观地说,本书就没有很好地解答这一问题。本书只是一个谈论有关"问题"的短暂过程。作为"意义"起源的诗歌"发生"我们当然无法探知,但作为一种具体的现代诗歌文类,我们应该能给予一个大致清晰的辨析思路和言说。但本书在这方面是欠缺的。由于偏重于语言和形式的本体方面,本书至少有如下问题本当涉及,但未能谈论:

中国文学史上的诗体衍变与语言经受"散文化洗礼"的关系[①]、这一文学史事实与晚清白话文运动、胡适的白话文写作对白话诗"发生"之间有什么内在的文学奥妙?

作为现代诗体的自由诗在中国的流行和崇拜,其间也经历了一个中国近现代知识分子对西方"自由诗"的复杂的阅读和翻译过程,就以胡适而言,他至少在三种语言方式(文言、英语、白话)中徘徊、寻找一种适应现代性言说需要的语言方式,胡适这一代人是怎样在复杂的语言环境中寻求合宜的汉语文学形式的?

……

好在本书只是在谈论"现代汉诗"的"发生"阶段,并且只是"发生"期的经验、语言和形式之间纠结、互动的方面。本书至此,对于"白话诗"、"新诗"、"现代汉诗"这种现代诗歌文类的确立,只是在语言衍变和艺术形式规则变化的向度上谈了一些问题,远远没有为这种现代诗歌文类何以"确立"提供清晰的答案。事实上,本书到此似乎只是一个不大成功的开端,如此停顿很不能令人满意。对于笔者而言,对这个话题的谈论,是一次学术性言说、学理探究的尝试。对于诗歌研究而言,"现

[①] 参见林庚《中国文学简史》(北京大学出版社 1995 年版)第四章《散文时代》、第五章《诗人屈原》及林庚《新诗格律与语言的诗化》(经济日报出版社 2001 年版)等著作中的有关论述。

代汉诗的发生"这个话题则远远没有结束。本书至此,看来只能算是一种"引论"、"导论"而已。

　　诗歌永远是人类一个重要的精神出口,人的现实经验只能通过一定的语言、艺术形式来表达,语言、艺术形式与现实经验的关系是互动的,而不是工具性的。研究诗歌乃是为了认识自我、现代人的境遇及其对此境遇的表达,是考察现代人的"现代"与"诗"之间的关系。本书虽是较为"纯粹"地谈论一些语言、诗歌理论的问题,几乎不论及人的思想精神层面,但考虑到人的经验的间接性、形式性,本书实际上是在尝试通过语言、形式的研习从而为更细密地关注人的思想精神做一点基础,同时也企望能为当下汉语诗歌的写作和阅读呼唤一种关注诗歌"本体"的艺术自觉。

辰,/爱慕你的美丽,假意或者真心,/只有一个人爱你那朝圣者的灵魂,/爱你衰老了的脸上痛苦的皱纹;/垂下头来,在红光闪耀的炉子旁,/凄然地轻轻诉说那爱情的消逝,/在头顶的山上它缓缓踱着步子,/在一群星星中间隐藏着脸庞。"(袁可嘉译)但赵丽华却欲以另一首《当你老了》来解构它:"当你老了/我也老了/我什么也不能给你/如果我现在还不能给你的话",赵丽华对叶芝诗《当你老了》的评点是:诗歌是"直指人心"的东西,谁今天还(像叶芝)这样写,谁就是虚伪、矫情。

赵的说法颇令人奇怪:今天中国谁像叶芝那样深情地、允诺地写作,谁就是虚伪、矫情?她如此了解这个时代?人们对爱、对生命的思想、经验都如她一样?赵丽华的诗作与言语其实反映出赵丽华这一代人对生命、对爱情的看法:那就是,唯有青春之际我们才能相互给予,爱情与肉体、青春有关。这其实是把爱的超越性局限于情欲(flesh)之爱、把生命的意义局限于肉体(body)的感受。他们这一代人,在某种文化教育的浸润下,不知不觉远离了永生之念,崇尚当下,紧握肉体,并以此为确信的真理。其实对于生命作如是想,这样的人生经验未免也太狭隘了。这样的写作者,叫人们如何指望当代诗歌中得见令人震惊的深度生存经验?

当人们把现代诗的经验定位于日常的、肉体的、在场的经验之时,诗歌的经验之维一定是单向度的,而那些在历史场景中描述个体的复杂经验的诗作和诗人一定会遭到唾弃。最典型的例子是"下半身诗人"对王家新、西川和欧阳江河等人的攻讦。沈浩波等人在谈到《1999中国新诗年鉴》时说:"比如说王家新,名声这么大,但实际上他写的诗是非常糟糕,根本是一种文学青年式的东西,很虚假,他那种情绪完全是刻意做出来的,他写痛苦就是一种'我痛苦啊我痛苦'的姿态,一直在告诉别人。真正的艺术是不会这样做的。再比如说西川,他自己觉得自己还不错,评价徐志摩,说徐志摩是一位三流诗人,但是假如西川的文本和徐志摩的文本的话,那就可以说西川是一位八流诗人了。因为徐志摩的诗和西川的诗,人们所熟知的都是那些很唯美很优雅的东西,而唯美和优雅是靠不住的,如果把这些东西剔除掉,剩下来的诗歌一拼的话,我们会发现,徐志摩的诗在当时是具有时代意义的,放在今天来看,也是有血有肉,而西川的诗没血没肉,没有生气,什么都没有,就只是设置那种玄奥的迷障,完全是一种中世纪修士的声音,没有任何时代感,那你西川,如果严格来说,就是一个四流诗人,甚至干脆就是八流诗人,如果放到当前诗坛上来比的话,西川其实根本不行。"[1] 王家新、西川和欧阳江河等人无疑是贯穿从80年代至90年代至21世纪的当代中国最优秀的诗人,他们的写作呈现出深刻的历史经验和个人痛楚,在时代的历史变动中展现一代知识分子想象现实和批判现实的能力与才华。但那些"单向度的人"却一再以诋毁他们为乐。

五 对"现代汉语"的自觉:语言的尺度

诗歌写作者有责任反映出个体生命在历史变动中的深度生存经验,这是评价当代诗歌的一个重要尺度。在经验的尺度之外,我们还应注意诗的语言维度。诗是语言的艺术实践,海德格尔说语言是存在的家,语言在"原初"的意义上就是诗意的,不是诗人在说话,而是语言在说话。可见,了解我们所使用的语言对诗歌写作是多么重要。但当代诗人对自己所使用的汉语形态普遍缺乏自觉意识。

当我们将"新诗"更名为现代汉语诗歌时,往往能听到诗人对于"汉语诗歌"、"汉诗"的不同声音。一种是极为鄙夷这

---

[1] 沈浩波、侯马、李红旗:《对当代中国新诗一些具体话题的讨论》,2007—8—14,02:36,时代诗歌网,网址:http://chinesepoetry.org/phpbb/viewtopic.php?t=3170。

个说法，认为中国人写诗，能不用"汉语"？把好好的"中国诗"说成是"汉语诗歌"、"汉诗"岂不多此一举？另一种意见是：一些诗人针对中国诗歌在当下呈现出的语言和形式上的混乱与无序，殚精竭虑要作出最纯粹的"汉语诗歌"，他们确实也写出了语言和形式皆非常漂亮的"汉诗"。另外还有一种意见认为汉语是"母语"，是世界上最美、最伟大的语言，写"汉语"诗歌，亦是诗歌意识形态的斗争，是誓与那些"与西方接轨"的"知识分子"们斗争到底。

对于汉语的这些认识其实都存在问题，汉语是汉族的共同语，这是不错的，但以"母语"的称谓来限定它，认为它是不可更改的，彻底拒绝西方语言形式的"侵入"，这既是对汉语认识的本质化，也是对汉语发展的极端保守主义。现代汉语从一开始就不是"纯粹"的，今天仍然不是"纯粹"的，"纯粹"是否是一种语言的目标？现代汉语起源于中国书面语中接近口语的"白话"，是五四一代人为更新言说方式的一种策略，从白话文运动出发，汉语为脱离文言的窠臼，能够成为与现代性思想意识相接的语言通道，不仅吸纳文言中大量合宜的词汇，也在更大程度上接纳了西方语言在文法结构上的特征，今天的"汉语"，本身就是一种不成熟、不"纯粹"的语言形态。但也正是这种不成熟、不"纯粹"的形态赋予了整个文学写作、诗歌写作的崇高使命，需要诗歌写作来产生、检验汉语的纯度和质地。将中国现代诗歌称之为一种"汉语诗歌"，乃是强调诗歌写作的语言意识，语言不是随手可用的写作工具，它本身也是需要在写作中锻打、锤炼、生成的。无论是坚持汉语为"母语"，死死抵挡西方语言，还是信誓旦旦要写出最纯粹的"汉语诗歌"的态度，都是对"汉语"理解的本质化或对这种有悠久历史的古老语言在现代境遇的开放性认识不够。

但更多人还是如是思维："经过近百年的努力，现代汉语已经完全成熟。……作为一个用现代汉语写作的人，他写的不是现代汉语,又会是什么呢?只不过有人写得清楚,就被说成是'口语'。相反,有的人写得不清楚,难道我们就应该说它是'书面语'吗?所以我说,'口语诗'作为一种风格被提出,是一个阴谋。这个阴谋被写得不好的人用来混淆是非。这个阴谋,是'知识分子写作'对纯粹的、现代汉语的写作所立的圈套。"① 事实并不是"口语"和"书面语"对立那么简单。汉语在中国古典文学—中国现当代文学—近现代西方文学,古代汉语—现代汉语—英语文法的多重脉络当中,在语言的层面对汉语的历史性、复杂性和丰富性若有一定的了解的话,会带来诗歌想象力的自由和表现力的丰富。适当的语言选择会带来诗歌文本丰富的互文性、趣味性和审美共鸣。

徐志摩的诗为什么会得到像余光中这样的语文大家的称赞?因为徐志摩很好地在汉语中运用了西文的文法结构,产生出奇妙的诗篇。但今人对徐志摩的认识往往如同80后的韩寒,对汉语诗歌的语言亦近乎无知。韩寒曾讥讽道,"徐志摩那批人,接受了国外的新东西,因为国外的字母没办法,不可能四个字母对着四个字母写,他们就学着国外诗歌写新诗。但我觉得恰恰抛弃了中文最大的优势和魅力。你说《再别康桥》,'轻轻地我走了……'这好么?还可以,但是真的那么好么?你说徐志摩有才华,他真那么有才华么?"② 但事实上徐志摩的《再别康桥》就是有你意想不到的"好"。汉语的说法一般是"我轻轻地走了",但徐志摩将英语 Quitely I went away 借用过来,打破常规,将汉语中的副词也置于句前,出现了"轻轻地我走了……"这种貌不惊人但极有效果(突出了"我走"之时的微妙状态)的汉语诗句。同样的句式还有"沉默是今晚的康桥",也是巧妙地

---

① 杨黎:《关于"口语诗"》,《诗潮》2005年9—10月号。
② 《韩寒质疑徐志摩才华:期待有人好好骂我》,2006—11—02,07:48:03,《重庆时报》,网址:http://news.163.com/06/1102/07/2UTJ4NS900011229.html。

借用了英文的倒装语法。

　　戴望舒名作《雨巷》的备受推崇也不是他在现代语境中重复古典意境以适应上海的小资消费那么简单。这首诗除了美妙的音节之外，其值得称道的地方是精通法文、深谙旧诗的戴望舒把此前崇尚法国象征主义的新诗的语言、意象置于古典—现代的脉络与互文的语境当中。戴望舒的写作表明了现代中国诗人驾驭法国象征主义的成熟，他将"杏花春雨江南"的古典意境与现代青年的历史境遇、个人记忆及城市生活感觉、梦幻结合在一起，从此使在李金发手上令人费解的法国象征主义在汉语语境中变得通达、优美。他以一种"返回"的方式使现代主义在汉语诗歌中呈现出一种新境界。可以说，在语言的维度，了解汉语的历史和当下状态是非常必要的，这将使我们能更好地欣赏"现代汉诗"，而对自己所使用的语言的自觉，也会有益于我们的写作。

六　诗之本体的意识：形式的尺度

　　人的灵魂的挖掘与意识的呈现，情感、经验上的个性化，甚至语言的独特个性，都不是诗歌的本质，都只是诗歌写作的必要前提，因为这些也是其他文学类型的目标与特征。那诗的独特性在哪儿？就在于其他文类可以不分行，诗歌还是要分一下行？用诗来言说的必要性在哪儿？朱光潜曾这样评价新诗："形式可以说就是诗的灵魂，做一首诗实在就是赋予一个形式与情趣，'没有形式的诗'实在是一个自相矛盾的名词。许多新诗人的失败都在不能创造形式，换句话说，不能把握住他所想表现的情趣所应有的声音节奏，这就不啻说他不能做诗。"[①] 谈论"现代汉诗"，我们绝不可遗漏诗歌形式的尺度。

[①]　朱光潜：《给一位写新诗的青年朋友》，朱光潜：《诗论》，安徽教育出版社1997年版，第252页。

尽管今天很多人以为新诗在"形式"上全无形式、真的是绝对的"自由"诗，但事实上，新诗自"新月派"以来，有许多诗歌大家都在作着纠正自由诗缺乏形式感的尝试，他们不愿作为现代汉语诗歌的新诗完全成为西方诗歌之翻译体，欲使新诗在现代的汉语形态中仍有自己的节奏和形式，使新诗不仅"现代"，而且有"汉语"的品质，而且是"诗"。这种寻求新的形式秩序的传统可以说是新诗在自由诗写作传统之外的另一种传统，朱自清曾说这个传统的序列上依次是陆志韦、徐志摩、闻一多、梁宗岱、卞之琳、冯至等人①。"现代汉诗"的形式秩序的建立，其首先任务是找到汉语说话节奏的基本单位（类似于西洋诗的"音步"foot）并建构典型化的诗行，在这个方向上很多诗人都做出了自己的探索，如陆志韦的"拍"、饶孟侃的"拍子"、闻一多的"音尺"、罗念生的"音步"、陈勺水的"逗"、孙大雨的"音组"、梁宗岱的"停顿"、朱光潜到何其芳、卞之琳的"顿"、林庚的"半逗律"等。

但新诗今天的状况是令人堪忧的，当代诗歌不仅普遍缺乏形式的建构，诗人缺乏形式意识的自觉，更可怕的是，对形式的误解（以为新诗的形式秩序的寻求是以一种格律、模型来束缚自由诗）及由之导致的对形式秩序寻求的话语压制愈发严重。2007年年底，有人翻出季羡林先生说新诗是"一个失败"的旧账，很多人根本不顾季老何以发出这番感叹，就纷纷发帖谩骂。"新诗还没有找到自己的形式。既然叫诗，必有自己的形式。虽然目前的新诗在形式方面有无限的自由性，但是诗是带着枷锁的舞蹈，古今中外莫不如此。除掉枷锁，仅凭一点诗意——有时连诗意都没有——怎么能称之为诗呢？汉文是富于含蓄性和模糊性的语言，最适宜于诗歌创作，到了新诗，这些优点就不见了。总之，我认为，五四以后，在各种文体之中，诗歌是最

---

① 参阅朱自清《诗的形式》，《新诗杂话》，作家书屋1947年版。

不成功的。"① 其实，季羡林的意思根本不在剿灭新诗，他对新诗的核心思想一直是：诗要有自己的形式，新诗唯有寻求到合适的形式，才能"重振诗风"：

> "五四"运动前后产生的新诗，现在应总结一下。诗总应该有自己的形式。新中国建立之初，与冯至常在一起，议论过诗与散文的区别。我以为散文要流利，诗总是有停顿的。中国白话诗的形式，有过几次努力，比如闻一多、林庚、卞之琳都为创造新诗的形式努力过。诗的节奏，无非抑扬顿挫，念起来不平板才算诗。白话诗形式的创造，徐志摩、戴望舒也很有成绩，《雨巷》写得好。但是，翻译外国的史诗，我国白话诗没有现成的形式。古代的韵书，现代也不能套用，因为语言本身有了变化。我们要重整诗风。诗不会灭亡，也不应灭亡。不能说诗的读者少，只是白话诗眼下读者少。所以要重振诗风。②

很显然，季羡林对新诗的态度和卞之琳、林庚等大诗人是一路的，从这段话看，他对新诗的认识相对精深。他的话值得当代诗人反省，而不是谩骂。

"现代汉诗"的形式之必要性在哪里？诗，因为它是"诗"，就必须有一定的形式特征，否则它和散文、小说等其他文类区别甚微。这形式体现在字句的斟酌、诗行诗节的建设，体现在诗歌内在的情感、语调的节奏等因素上。从诗歌本体来讲，一定的形式和韵律，作为艺术作品的结构，它是"有意味的"，它将使作者控制情感与意义的运行速度，使诗的旋律呈现出有规则的变

---

① 季羡林：《我对散文的认识》，季羡林研究所编：《季羡林谈写作》，当代中国出版社2007年版，第25—26页，此文作于"2000年10月14日"。
② 《季羡林谈〈季羡林文集〉》，《人民日报》（海外版）1999年4月22日。

化，对于读者来说，他可以有规律地不断期待和寻觅意义与触动的降临。美国诗人詹姆斯·赖特认为，"讲究形式更多是会解放想像力，而不是限制想像力。讲究形式的人，通常在各方面重复自己的机会很少；而不讲究形式的诗人，总是很容易重复自己，因为他的精力已大部分用于'发明'每一首诗的形式"。另一位美国诗人弗洛斯特说，"写自由诗就像打网球没有挂网"①。缺乏形式对想象力的约束，不仅想象力会进入放纵的状态，好诗和坏诗之间的界限也变得模糊。闻一多那番"戴着镣铐跳舞"的话也许在这些意义上理解更为合适。也有学者认为，对于诗歌而言，真正的"美"，"就是对形式的忍耐和忍耐中的反抗，你只有接受束缚并在束缚中反抗、冲破这种束缚，诗的力量才能有效地被传达出来，而这种力量才是诗美的最高体现"②。

"现代汉诗"的"形式"当然不是古典的格律，也不是一劳永逸的某种规范，而是诗歌写作的潜在向度，是对想象之表达的约束与引导，是写作中以语言胜过复杂的情感、经验的一种努力。其实，没有了特定的形式之审美公约，现代诗的写作不是变得容易了，而是困难了——

> 形式仿佛是诗人与读者之间一架公有的桥梁，拆去之后，一切传达的责任就都是作者的了。……旧诗的读者和作者间的关系是极其密切的。他们相互了解。写诗的人不用时时想着别人懂不懂的问题。读诗的人，在另一方面，很容易的设想自己是写诗的，而从诗中得到最大量的愉快。这些利益是新诗所没有的。所以现在写新诗的人应该慎重的考虑一下，为了担负重大的责任自己的能力够不够。我们现在写诗

---

① 两位外国诗人的看法转引自黄灿然《自序：倾向光明，倾向善》，《游泳池畔的冥想》，中国工人出版社 2000 年版，第 3 页。
② 王富仁：《闻一多诗论（代序）》，王富仁主编：《闻一多名作欣赏》，中国和平出版社 1993 年版，第 25 页。

和古人不同了，没有先人费尽脑汁给我们预备好了形式和规律。句法和题材的选择都随你便……可是，想起来也奇怪，越是自由，写作的人越要小心。我们现在写诗并不是个人娱乐的事，而是将来整个一个传统的奠基石。我们的笔不留神出越了一点轨道，将来整个中国诗的方向或许会因之而有所改变……①

若将文学写作视为自我慰藉与心灵交流的交流的话，我们还是要思虑情感的节奏、诗歌的声音问题。特定的形式寻求还是非常重要的。也许我们缺乏将写诗视为"将来整个一个传统的奠基石"这样的责任心，但既然写诗，即使是玩玩，也应该玩得漂亮。当代诗坛一些优秀的诗人如西川、肖开愚、张枣、多多、陈东东、黄灿然、于坚、臧棣等，其实都是形式感很强的诗人，尽管他们对诗歌形式的看法不尽一致。应该说，在诗歌写作中，有无对形式的自觉，有无经验、语言和形式的三方互动、纠缠克服的张力感，所产生出的诗篇是差别甚大、优劣易辨的。

当然，经验、语言和形式的谈论尺度并不是单一的，在写作中，三者是互动、纠缠的，那么在阅读与评价中，我们也必须考察三者之间的关系，看看一首诗在"现代汉诗"的历史脉络当中言说了怎样深刻而动人的经验、锤炼出怎样生动而丰富的语言及呈现出怎样新鲜、合宜又充满意味的形式。

原载《海南师范大学学报（社会科学版）》2008年第21卷第1期

---

① 吴兴华：《现在的新诗》，初刊于北平《燕京文学》第3卷第2期（署名"钦江"，1941年11月10日），见解志熙辑校《吴兴华佚文八篇》，《新诗评论》2007年第1辑，北京大学出版社2007年版，第47—48页。

主要参考文献

一 报刊类

《清议报》，1898—1901年。

《新民丛报》，1902—1907年。

《新小说》，1902—1905年。

《东方杂志》，商务印书馆，1904—1930年。

《警钟日报》，1904年由《俄事警闻》改成，上海出版，蔡元培等编辑。

《神州日报》，1907—1927年，上海出版，于右任等编辑。

《留美学生年报》，1911年7月创刊（共出3期，1914年改为《留美学生季报》），上海出版，留美学生会编辑。

《神州丛报》，1913年8月创刊，上海出版，神州丛报社编辑，神州编译社发行。

《甲寅》，1914年5月—1915年10月，共10期，日本东京出版，秋桐（章士钊）编辑。

《新青年》，新青年社，1915—1922年。

《新潮》，北京大学新潮社，1919—1922年。

《少年中国》，少年中国学会，1919年7月—1924年5月。

《时事新报·学灯》，上海时事新报馆，1918—1926年。

《每周评论》，1918年12月—1919年8月。
《星期评论》，1919—1920年。
《学衡》，吴宓主编，上海中华书局，1922—1923年。
《南社丛刻》1—22集，柳亚子等编，江苏广陵古籍刻印社1996年影印本。
新民社辑：《清议报全编》（全十册），沈云龙主编：《近代中国史料丛刊续编》第十五辑，台北：文海出版社有限公司1986年版。

二　文集、文选类

《诗歌总集丛刊　清诗卷》之《晚清·诗汇》（据1931年天津徐氏退耕堂刊本影印），上海三联书店1989年版。
黄遵宪著，钱仲联笺注：《人境庐诗草笺注》，上海古籍出版社1981年版。
黄遵宪：《人境庐集外诗辑》，中华书局1960年版。
黄遵宪：《日本国志》，上海古籍出版社2001年版。
郑海麟辑录：《黄遵宪遗墨》，《近代中国》第九辑，上海社会科学院出版社1999年版。
吴振清、徐勇、王家祥编校整理：《黄遵宪集》，天津人民出版社2003年版。
梁启超：《饮冰室合集·文集》，中华书局1989年版。
刘梦溪主编：《中国现代学术经典·梁启超卷》，河北教育出版社1996年版。
汪松涛编注：《梁启超诗词全注》，广东高等教育出版社1998年版。
丘逢甲：《柏庄诗草》，中国友谊出版社1986年版。
丘逢甲：《岭云海日楼诗钞》，上海古籍出版社1982年版。
况周颐：《蕙风词话》、王国维：《人间词话》，人民文学出版社

1960 年版。

《王国维论学集》，中国社会科学出版社 1997 年版。

《南社诗集》1—6 册，上海开华书局 1936 年版。

《南社词集》1—2 册，上海开华书局 1936 年版。

王闿运：《湘绮楼诗集》（光绪丁未年八月刊于东州讲舍），收入《近代中国史料丛刊》第六十辑，沈云龙主编，台北：文海出版社 1970 年版。

钱仲联：《梦苕盦清代文学论集》，齐鲁书社 1983 年版。

陈衍：《石遗室诗话》（一、二），辽宁教育出版社 1998 年版。

《胡适文存》（四册四卷，每册一卷），上海亚东图书馆 1921 年版。

《胡适文存二集》（四册四卷，每册一卷），上海亚东图书馆 1924 年版。

《胡适文存三集》（四册九卷，分别为卷一卷二、卷三卷四、卷五卷六、卷七卷八卷九），上海亚东图书馆 1930 年版。

《胡适文集》（1—12 卷），北京大学出版社 1998 年版。

《胡适论学往来书信选》（上、下），河北人民出版社 1998 年版。

《胡适留学日记》，上海商务印书馆 1947 年版。

胡适：《尝试集》（附《去国集》），上海亚东图书馆 1920 年版。

姜义华主编：《胡适学术文集·新文学运动》，中华书局 1993 年版。

姜义华主编：《胡适学术文集·语言文字研究》，中华书局 1993 年版。

胡怀琛：《小诗研究》，上海商务印书馆 1924 年版。

胡怀琛编：《〈尝试集〉批评与评论》，上海泰东图书局 1922 年版。

《中国近代文学论文集（1919—1949）》之《概论·诗文卷》，中国社会科学出版社 1998 年版。

《中国近代文学大系（1840—1919）》之《文学理论集·1》，上海书店1994年版。

《中国新文学大系（1917—1927）》第十集《史料·索引》，上海良友图书公司1935年版。

《中国新文学大系（1917—1927）》第一集《理论建设集》，上海良友图书公司1935年版。

《中国新文学大系（1917—1927）》第二集《文学论争集》，上海良友图书公司1935年版。

《中国新文学大系（1917—1927）》第八集《诗集》，上海良友图书公司1935年版。

许德邻编：《分类白话诗选（一名新诗五百首）》，上海崇文书局1920年版。

北社编：《新年诗选》，上海亚东书局1922年版。

郭沫若：《女神》，上海泰东书局1921年版。

《郭沫若论创作》，上海文艺出版社1983年版。

田寿昌、宗白华、郭沫若：《三叶集》，上海亚东图书馆1920年版。

《太炎文录初编　太炎文录续编》（《民国丛书》第三编·83），上海书店分别据古书流通处1924年版、章氏国学讲习会1938年版影印。

《革故鼎新的哲理——章太炎文选》，上海远东出版社1996年版。

《社会剧变与规范重建——严复文选》，上海远东出版社1996年版。

《蔡元培全集》第一卷（1883—1909），高平叔编，中华书局1984年版。

《钱玄同五四时期言论集》，上海东方出版中心1998年版。

《独秀文存》，安徽人民出版社1987年版。

《德赛二先生与社会主义——陈独秀文选》，上海远东出版社1994年版。

《理性与人道——周作人文选》，上海远东出版社1994年版。
《朱自清全集》（1—12卷），江苏教育出版社1996年版。
孙党伯、袁謇正主编：《闻一多全集》，湖北人民出版社1994年版。
《废名文集》，人民文学出版社2000年版。
《何其芳文集》，人民文学出版社1984年版。
程千帆、莫砺锋、张宏生撰：《被开拓的诗世界》，《程千帆全集》第九卷，河北教育出版社2001年版。
［英］彼得·琼斯：《意象派诗选》，漓江出版社1986年版。
［美］伊兹拉·庞德：《庞德诗选：比萨诗章》，黄运特译，张子清校订，漓江出版社1998年版。
《全唐诗》（增订本，全十五册），中华书局1999年版。

三　年谱、传记、研究资料类

吴天任：《黄公度先生传稿》（一、二），沈云龙主编：《近代中国史料丛刊续编》第六十八辑，台北：文海出版社有限公司1967—1985年版。
丁文江、赵丰田：《梁启超年谱长编》，上海人民出版社1983年版。
陈伟驰编：《自述与印象：梁启超》，上海三联书店。
夏晓虹：《觉世与传世——梁启超的文学道路》，上海人民出版社1991年版。
［美］约瑟夫·阿·勒文森：《梁启超与中国近代思想》，刘伟、刘丽、姜铁军译，四川人民出版社1986年版。
陈金淦编：《胡适研究资料》，北京十月文艺出版社1989年版。
［美］余英时：《重寻胡适历程——胡适生平与思想再认识》，广西师范大学出版社2004年版。
沈卫威：《无地自由——胡适传》，上海文艺出版社1994年版。

袁英光、刘寅生：《王国维年谱长编（1877—1927）》，天津人民出版社1996年版。

吴宓：《吴宓自编年谱（1894—1925）》，生活·读书·新知三联书店1995年版。

王森然：《近代二十家评传》，沈云龙主编：《近代中国史料丛刊续编》第九十辑，台北：文海出版社有限公司1967—1985年版。

中山大学中文系主编：《中国近代文学的特点、性质和分期》，中山大学出版社1986年版。

贾植芳、俞元桂主编：《现代文学总书目》，福建教育出版社1993年版。

四　文学史、近现代史类

阿英：《晚清小说史》，人民文学出版社1980年版。

阿英：《晚清文艺报刊述略》，古典文学出版社1958年版。

中国社会科学院文学所《近代文学史料》编辑组编：《近代文学史料》，中国社会科学出版社1985年版。

汪辟疆：《近代诗派与地域》，上海古籍出版社1998年版。

汪辟疆：《光宣以来诗坛旁记》，辽宁教育出版社1998年版。

周作人：《中国新文学的源流》，人文书店1932年版。

陈子展：《中国近代文学之变迁　最近三十年中国文学史》，上海古籍出版社2000年版。

林庚：《中国文学简史》，北京大学出版社1988年版。

[美] 费正清、刘广京：《剑桥中国晚清史（1800—1911年）》（上、下卷），中国社会科学出版社1985年版。

[美] 费正清（编）：《剑桥中华民国史》（第一部），上海人民出版社1991年版。

[美] 周策纵：《五四运动史》，岳麓书社1999年版。

［美］张灏：《梁启超与中国思想的过渡（1890—1907）》，江苏人民出版社1997年版。

陈万雄：《五四新文化的源流》，生活·读书·新知三联书店1997年版。

刘世南：《清诗流派史》，人民文学出版社2004年版。

马亚中：《中国近代诗歌史》，台北：学生书局1992年版。

郭延礼：《中国近代文学发展史》1—3卷，高等教育出版社2001年版。

郑方泽编：《中国近代文学史事编年》，吉林人民出版社1983年版。

上海书店出版社编：《中国近代文学的历史轨迹》（《中国近代文学大系·导言集》），上海书店出版社1999年版。

钱基博：《现代中国文学史》，载刘梦溪主编《中国现代学术经典·钱基博卷》，河北教育出版社1996年版。

夏志清：《中国现代小说史》，台北：友联出版社有限公司1978年版。

陈平原：《20世纪中国小说史·第1卷（1897—1916）》，北京大学出版社1989年版。

草川未雨：《中国新诗坛的昨日今日与明日》，海音书局1929年版。

［日］吉川幸次郎：《中国诗史》，高桥和已编，蔡靖泉、陈顺智、徐少舟译，隋玉林校，山西人民出版社1989年版。

五　文艺批评、理论著作类

《梁实秋批评文集》，珠海出版社1998年版。

闻一多、梁实秋：《冬夜草儿评论》，清华文学社1922年版。

《叶公超批评文集》，珠海出版社1998年版。

王运熙、顾易生：《中国文学批评史》（下册），上海古籍出版社

1985年版。

黄霖：《中国近代文学批评史》，上海古籍出版社1993年版。

郭绍虞编：《中国历代文论选》（第一、二、三、四册），上海古籍出版社1980年版。

黄维樑、江弱水编选：《余光中选集》第三卷《文学评论集》，安徽教育出版社1999年版。

《现代西方历史哲学译文集》，张文杰编译，上海译文出版社1984年版。

胡经之、王岳川主编：《文艺学美学方法论》，北京大学出版社1994年版。

伍蠡甫、胡经之编：《西方文艺理论名著选编》（上、中、下），北京大学出版社1987年版。

伍蠡甫编：《现代西方文论选》，上海译文出版社1983年版。

胡经之、张首映主编：《西方二十世纪文论选》（一、二、三、四），中国社会科学出版社1989年版。

［美］格里德：《胡适与中国的文艺复兴——中国革命中的自由主义（1917—1937）》，鲁奇译，王友琴校，江苏人民出版社1996年版。

［美］高友工、梅祖麟：《唐诗的魅力》，李世耀译，武菲校，上海古籍出版社1989年版。

［美］高友工：《中国抒情美学》、《律诗美学》，载乐黛云、陈珏编选《北美中国古典文学研究名家十年文选》，江苏人民出版社1996年版。

［美］韦勒克、沃伦：《文学理论》，生活·读书·新知三联书店1984年版。

［美］乔纳森·卡勒：《文学理论》，辽宁教育出版社、牛津大学出版社1998年版。

［美］乔纳森·卡勒：《结构主义诗学》，盛宁译，中国社会科学出版社1991年版。

[美] 约翰·克罗·兰色姆：《新批评》，江苏教育出版社 2006 年版。

[美] 林毓生：《中国意识的危机》，穆善培译，贵州人民出版社 1986 年版。

[美] 刘禾（Lydia H. Liu）：《跨语际实践——文学，民族文化与被译介的现代性（中国，1900—1937）》，生活·读书·新知三联书店 2002 年版。

[美] 王德威：《想像中国的方法——历史·小说·叙事》，生活·读书·新知三联书店 1998 年版。

《叶维廉文集》（第一、二、三卷），安徽教育出版社 2002 年版。

[美] 叶维廉：《中国诗学》，生活·读书·新知三联书店 1996 年版。

《寻求跨中西文化的共同文学规律——叶维廉比较文学论文选》，北京大学出版社 1986 年版。

[美] 张隆溪编：《比较文学译文集》，北京大学出版社 1982 年版。

[美] 李欧梵：《现代性的追求》，生活·读书·新知三联书店 2000 年版。

[美] 奚密（Michelle Yeh）：《从边缘出发——现代汉诗的另类传统》，广东人民出版社 2000 年版。

[美] 陈建华：《"革命"的现代性——中国革命话语考论》，上海古籍出版社 2000 年版。

[美] 弗·詹姆逊：《后现代主义与文化理论》，唐小兵译，陕西师范大学出版社 1987 年版。

[美] 宇文所安（Stephen Owen）：《迷楼——诗与欲望的迷宫》，程章灿译，生活·读书·新知三联书店出版社 2004 年版。

[美] 宇文所安（Stephen Owen）：《初唐诗》，贾晋华译，生活·读书·新知三联书店出版社 2004 年版。

[美] 宇文所安（Stephen Owen）：《盛唐诗》，贾晋华译，生活

·读书·新知三联书店出版社 2004 年版。

［美］苏珊·朗格：《情感与形式》，中国社会科学出版社 1986 年版。

［英］安东尼·吉登斯：《现代性与自我认同》，生活·读书·新知三联书店 1998 年版。

［英］齐格蒙特·鲍曼：《流动的现代性》，上海三联书店 2002 年版。

［英］约翰·斯特罗克：《结构主义以来——从列维-斯特劳斯到德里达》，辽宁教育出版社、牛津大学出版社 1998 年版。

［英］特伦斯·霍克斯：《结构主义和符号学》，上海译文出版社 1997 年版。

［英］特里·伊格尔顿：《文学原理引论》，文化艺术出版社 1987 年版。

［英］雷蒙德·威廉斯：《文化与社会》，北京大学出版社 1991 年版。

［英］T. S. 艾略特：《艾略特诗学文集》，王恩衷编译，国际文化出版公司 1989 年版。

［英］T. S. 艾略特：《艾略特文学论文集》，李赋宁译，百花洲文艺出版社 1994 年版。

［英］T. S. 艾略特：《诗的效用与批评的效用——关于英国诗与批评的研究》，杜国清译，台北纯文学出版公司 1972 年版。

［英］T. S. 艾略特：《艾略特文学评论选集》，杜国清译，台湾田园出版社 1969 年版。

［法］波德莱尔：《波德莱尔美学论文选》，郭宏安译，人民文学出版社 1987 年版。

［法］米歇尔·福柯：《知识考古学》，生活·读书·新知三联书店 1998 年版。

［法］伊夫·瓦岱：《文学与现代性》，北京大学出版社 2001 年版。

［法］雅克·德里达：《论文字学》，上海译文出版社1999年版。
［法］雅克·德里达：《声音与现象》，商务印书馆1999年版。
［法］雅克·德里达：《书写与差异》（上、下），生活·读书·新知三联书店2001年版。
［法］罗兰·巴尔特：《符号学原理——结构主义文学理论文选》，李幼蒸译，生活·读书·新知三联书店1988年版。
［法］罗兰·巴尔特：《符号学原理》，王东亮等译，生活·读书·新知三联书店1999年版。
［法］路易-让·卡尔韦：《结构与符号——罗兰·巴尔特》，北京大学出版社1997年版。
［法］郁白（Nicolas Chapuis）：《悲秋：古诗论情》，广西师范大学出版社2004年版。
［法］弗朗索瓦·于连（Francois Jullien）：《迂回与进入》，生活·读书·新知三联书店1998年版。
［德］本雅明：《发达资本主义时代的抒情诗人——论波德莱尔》，张旭东、魏文生译，生活·读书·新知三联书店1989年版。
［德］海德格尔：《海德格尔选集》（上、下），孙周兴编选，上海三联书店1996年版。
［德］恩斯特·卡西尔：《人论》，甘阳译，上海译文出版社1985年版。
［俄］维·什克洛夫斯基等：《散文理论》，百花洲文艺出版社1997年版。
［俄］M. 巴赫金：《巴赫金集》，上海远东出版社1998年版。
［俄］M. 巴赫金：《巴赫金文论选》，中国社会科学出版社1996年版。
［捷克］罗曼·雅柯布森：《雅柯布森文集》，湖南教育出版社1990年版。
［比］J. M. 布洛克曼：《结构主义：莫斯科—布拉格—巴黎》，商务印书馆1980年版。

［日］柄谷行人：《日本现代文学的起源》，赵京华译，生活·读书·新知三联书店 2003 年版。

赵毅衡编选：《"新批评"文集》，中国社会科学出版社 1988 年版。

赵毅衡：《新批评——一种独特的形式主义文论》，中国社会科学出版社 1986 年版。

赵毅衡：《诗神远游——中国如何改变了美国现代诗》，上海译文出版社 2003 年版。

章太炎：《国学概论》，中华书局 2003 年版。

废名：《谈新诗》，人民文学出版社 1984 年版。

宗白华：《美学散步》，上海人民出版社 1981 年版。

朱光潜：《诗论》，生活·读书·新知三联书店 1984 年版。

钱锺书：《谈艺录》，中华书局 1984 年版。

《钱钟书论学文选》（1—6 卷），广州花城出版社 1990 年版。

钱锺书：《七缀集》（修订本），上海古籍出版社 1994 年版。

梁宗岱：《诗与真·诗与真二集》，外国文学出版社 1984 年版。

夏志清：《人的文学》，辽宁教育出版社 1998 年版。

林语堂：《吾国与吾民》，中国戏剧出版社 1990 年版。

卞之琳：《人与诗：忆旧说新》，生活·读书·新知三联书店 1984 年版。

林庚：《新诗格律与语言的诗化》，经济日报出版社 2001 年版。

郑敏：《结构—解构视角：语言·文化·评论》，清华大学出版社 1998 年版。

郑敏：《诗歌与哲学是近邻——结构—解构诗论》，北京大学出版社 1999 年版。

谭彼岸：《晚清的白话文运动》，湖北人民出版社 1956 年版。

谢冕：《新世纪的太阳——20 世纪中国诗潮》，时代文艺出版社 1993 年版。

《当代学者自选文库·谢冕卷》，安徽教育出版社 1999 年版。

谢冕：《1898 年：百年忧患》，山东教育出版社 1999 年版。

孙绍振：《审美价值结构与情感逻辑》，华中师范大学出版社 2000 年版。

林焕标：《中国现代新诗的流变与建构》，广西师范大学出版社 2000 年版。

龙泉明：《中国新诗流变论》，人民文学出版社 1999 年版。

吴思敬：《心理诗学》，首都师范大学出版社 1996 年版。

吴思敬：《走向哲学的诗》，学苑出版社 2002 年版。

吴思敬：《诗歌基本原理》，汉城（Seoul），新星出版社 2003 年版。

王光明：《艰难的指向——"新诗潮"与 20 世纪中国现代诗》，时代文艺出版社 1993 年版。

王光明：《面向新诗的问题》，学苑出版社 2002 年版。

王光明：《现代汉诗的百年演变》，河北人民出版社 2003 年版。

现代汉诗百年演变课题组编：《现代汉诗：反思与求索》，作家出版社 1998 年版。

刘小枫：《现代性社会理论绪论——现代性与现代中国》，上海三联书店 1998 年版。

《汪晖自选集》，广西师范大学出版社 1997 年版。

朱炳祥：《中国诗歌发生史》，武汉大学出版社 1999 年版。

连燕堂：《从古文到白话——近代文界革命与文体流变》，中央民族大学出版社 2000 年版。

谢冕、吴思敬主编：《字思维与中国现代诗学》，天津社会科学院出版社 2002 年版。

魏仲佑：《晚清诗研究》，台北：文津出版社 1995 年版。

李瑞腾：《晚清文学思想论》，台北：汉光文化事业股份有限公司 1992 年版。

夏晓虹：《晚清社会与文化》，湖北教育出版社 2001 年版。

张永芳：《晚清诗界革命论》，漓江出版社 1991 年版。

孙之梅:《南社研究》,人民文学出版社2003年版。

罗志田:《国家与学术:清季民初关于"国学"的思想论争》,生活·读书·新知三联书店2003年版。

昌切:《清末民初的思想主脉》,东方出版社1999年版。

耿云志:《胡适研究论稿》,四川人民出版社1985年版。

刘福春:《新诗纪事》,学苑出版社2004年版。

张思绪:《诗法概述》,上海古籍出版社1988年版。

蒋寅:《古典诗学的现代诠释》,中华书局2003年版。

江弱水:《卞之琳诗艺研究》,安徽教育出版社2000年版。

杨仲义:《中国古代诗体简论》,中华书局1997年版。

孙玉石:《中国初期象征派诗歌研究》,北京大学出版社1985年版。

孙玉石:《中国现代诗歌艺术》,人民文学出版社1992年版。

孙玉石:《中国现代主义诗潮史论》,北京大学出版社1999年版。

李继凯、史志谨:《中国近代诗歌史论》,吉林教育出版社1999年版。

陆扬:《德里达·解构之维》,华中师范大学出版社1996年版。

王晓明主编:《二十世纪中国文学史论》,上海东方出版中心1997年版。

王晓明主编:《批评空间的开创》,上海东方出版中心1998年版。

郭延礼:《近代西学与中国文学》,百花洲文艺出版社2000年版。

顾长声:《传教士与近代中国》,上海人民出版社1981年版。

马积高:《清代学术思想的变迁与文学》,湖南出版社1996年版。

袁进:《中国文学观念的近代变革》,上海社会科学院出版社1996年版。

杨匡汉、刘福春编:《中国现代诗论》（上编），花城出版社
　　1985年版。

六　语言学、翻译著作类

卢戆章:《一目了然初阶（中国切音新字厦腔）》，1892年。
王照:《官话合声字母》，据1906年北京"拼音官话书报社"翻
　　刻本影印，文字改革出版社1957年版。
陈浚非:《白话文文法纲要》，商务印书馆1920年版。
文字改革出版社编:《清末文字改革文集》，文字改革出版社
　　1958年版。
黎锦熙:《新著国语文法》，商务印书馆1980年版。
黎锦熙:《国语运动史纲》，商务印书馆1959年版。
倪海曙:《中国拼音文字运动史简编》，时代出版社1950年
　　再版。
倪海曙:《清末汉语拼音运动编年史》，上海人民出版社1959
　　年版。
《赵元任语言学论文集》，商务印书馆2002年版。
赵元任:《中国话的文法》，原文为英文（Berkeley and Los An-
　　geles, California: University of California Press, 1968），吕叔湘
　　节译本名为《汉语口语语法》（商务印书馆1979年），载刘梦
　　溪主编《中国现代学术经典·赵元任卷》，河北教育出版社
　　1996年版。
吕叔湘:《中国文法要略》，商务印书馆1982年版。
陈望道等:《中国文法革新论丛》，商务印书馆1987年版。
北京师范学院中文系汉语教研组编著，中国语文杂志社编:《五
　　四以来汉语书面语语言的变迁和发展》，商务印书馆1959
　　年版。
张中行:《文言与白话》，黑龙江人民出版社1997年版。

［瑞士］费尔迪南·德·索绪尔：《普通语言学教程》，商务印书馆1980年版。

［美］爱德华·萨丕尔：《语言论》，商务印书馆1985年版。

［美］格林：《乔姆斯基》，中国社会科学出版社1990年版。

［美］诺姆·乔姆斯基：《句法结构》，刑公畹、庞秉均、黄长著、林书武译，中国社会科学出版社1979年版。

［美］诺姆·乔姆斯基：《句法理论的若干问题》，黄长著、林书武、沈家煊译，中国社会科学出版社1986年版。

［美］冯胜利：《汉语韵律句法学》，上海教育出版社2000年版。

《王力文集》第一卷《中国语法理论》，山东教育出版社1984年版。

《王力文集》第二卷《中国现代语法》，山东教育出版社1985年版。

《王力文集》第三卷《汉语语法纲要》，山东教育出版社1985年版。

王力：《汉语诗律学》，上海世纪出版集团2002年版。

王力：《诗词格律》，中华书局2000年版。

王力：《汉语史稿》，中华书局2004年版。

马建忠：《马氏文通》，商务印书馆1998年版。

陈嘉映：《语言哲学》，北京大学出版社2003年版。

高天如：《中国现代语言计划的理论和实践》，复旦大学出版社1993年版。

李建国：《汉语规范史略》，语文出版社2000年版。

黄维樑、江弱水编选：《余光中选集》第四卷《语文及翻译论集》，安徽教育出版社1999年版。

黄杲炘：《从柔巴依到坎特伯雷——英语诗汉译研究》，湖北教育出版社1999年版。

郭延礼：《中国近代翻译文学概论》，湖北教育出版社1998年版。

[新西兰] 路易·艾黎：《杜甫诗选》，外文出版社 2001 年版。

七　论文类

梁启超：《汗漫录》（一名《夏威夷游记》），载《清议报》1900 年 2 月至 3 月，第 35—38 册。

梁启超：《释革》，载《新民丛报》1902 年 12 月第 22 号。

梁启超：《晚清两大家诗钞题辞》，收入《饮冰室合集·文集》第 15 册，中华书局 1989 年版。

梁启超：《亡友夏穗卿先生》，载《晨报副镌》1924 年 4 月 29 日。

赵元任、胡适：《中国语言的问题》，载《赵元任语言学论文集》，商务印书馆 2002 年版。

梁文星：《现在的新诗》，《文学杂志》（台北）第 1 卷第 4 期。

夏济安：《白话诗与新诗》，载《夏济安选集》，辽宁教育出版社 1998 年版。

夏志清：《文学革命》，载夏志清《文学的前途》，生活·读书·新知三联书店 2002 年版。

谢冕：《诗的成功是悲哀——黄遵宪论》，原载《中国社会科学战线》1998 年第 2 期，收入《当代学者自选文库·谢冕卷》，安徽教育出版社 1999 年版。

孙绍振：《"五四"新诗：胡适与胡先骕》，载《江苏行政学院学报》2002 年第 1 期。

刘纳：《1912—1919：终结与开端》，载《中国现代文学研究丛刊》1998 年第 1 期。

刘纳：《开始于一九〇二、一九〇三年间的文学运动》，载中山大学中文系主编《中国近代文学的特点、性质和分期》，中山大学出版社 1986 年版。

王光明：《中国新诗的本体反思》，载《中国社会科学》1998 年第4期。

王光明：《自由诗与中国新诗》，载《中国社会科学》2004年第4期。

王光明：《传统：标准还是资源？》，《湛江师范学院学报》2004年第5期。

王风：《文学革命与国语运动之关系》，载陈平原、王德威、商伟编《晚明与晚清：历史传承与文化创新》，湖北教育出版社2002年版。

王杏根：《从输入外来"新名词"看近代中国文学"开放型"的特征》，载中山大学中文系主编《中国近代文学的特点、性质和分期》，中山大学出版社1986年版。

汪晖：《我们如何成为"现代的"？》，汪晖：《旧影与新知》，辽宁教育出版社1996年版。

沈永宝：《"文学革命八事"系因南社而立言》，载《复旦学报》（社会科学版）1996年第2期。

黄海章：《黄遵宪的诗歌理论及创造实践》，《学术研究》1979年第2期。

[美]弗里德里克·杰姆逊：《处于跨国资本主义时代的第三世界文学》，张京媛译，《当代电影》1989年第6期。

[美]欧内斯特·费诺罗萨：《作为诗歌手段的中国文字》，赵毅衡译，载[美]伊兹拉·庞德《庞德诗选：比萨诗章》，黄运特译，张子清校订，漓江出版社1998年版。

[美]唐德刚：《论五四后文学转型中新诗的尝试、流变、僵化和再出发》，载欧阳哲生、郝斌主编《五四运动与二十世纪的中国——北京大学纪念五四运动80周年国际学术研讨会论文集》（上），社会科学文献出版社2001年版。

八　英文资料

Cleanth Brooks & Robert Penn Warren, *Understanding Poetry*, 外语教学与研究出版社、汤姆森学习出版集团 2004 年版。

Erence Hawkes, *Structuralism and Semiotics*, Berkeley and Los Angeles, University of California Press, 1977.

Ezra Pound, *Selected Poems*, Edited with an Introduction by T. S. Eliot, London: Faber & Faber, 1948.

Jonathan Culler, *On Deconstruction: Theory and Criticism after Structuralism*, Cornell University, 1982.

John Sturrock, *Structuralism and since: From Levi-strauss to Derrida*, Oxford University Press, 1979.

Roland Barthes, *Writing Degree Zero*, Preface by Susan Sontag, New York, Hill and Wang, 1977.

Rene Wellek and Austin Warren, *Theory of Literature*, Third Edition published in Peregrine Books, 1963.

T. S. Eliot, *Collected Poems*, Lodon, Faber & Faber, 1973.

T. S. Eliot, *The Complete Poems and Plays*, Lodon, Faber & Faber, 1969.

T. S. Eliot, *On Poetry and Poets*, Lodon, Faber & Faber, 1957.

T. S. Eliot, *The Sacred Wood*, Lodon, Methuen, 1960.

T. S. Eliot, *The Three Voices of Poetry*, Cambridge University Press, 1954.

Walt Whitman, *I Sing the Body Electric*, London, Phoenix, 1996.

Walt Whitman,《草叶集》（英文版），海南出版社 2001 年版。

后　　记

　　这是我的博士论文，完成于 2005 年 5 月。它常常让我想起我的女儿荣以林同学，当时因为论文答辩，害得我就是飞，也不能及时出现在她诞生的产房里。如今她已经是一个对我的谆谆教导常常表示轻蔑的三年级小学生了。与此相关的是，因为疼痛的生产没有得到我在场的支撑，我的妻子对我至今仍有埋怨。当然，我珍惜她的埋怨，毫不夸张地说，我的人生的重要转折，看得见的原因都在她那里。所以我说："才德的妇人是丈夫的冠冕。"（《箴言》12：4）谢谢她。

　　感谢首都师范大学文学院文艺学专业我的老师们。感谢他们肯定这个论文并热情资助其出版。首先是我的导师王光明教授，这是一位值得信赖值得效仿的好导师。王老师极大地改变了我对诗歌和文学的认识。在 2002—2005 年读博期间，我深感他做学问的严谨和为人的诚恳、善良，还有，他对生活的许多细致的趣味。和他在一起，总是有收获也有快乐。还有敬爱的吴思敬先生，我很感动他对学生无私的关怀和爱护。我很喜欢听他清晰、亲切的说话声，很享受他对我的关怀和鼓励。

　　特别要感谢北京大学中文系的孙玉石先生，答辩时他是主席，当时因这篇论文曾给了我一些鼓励。六年之后我与先生在一次会上偶遇，交谈当中我只是在某个间隙表达了我的一个愿望，说您能否给我即将出版的论文写几句序文。不想此后约一年之中，他一直惦记这事，中间多次来信，不断告诉我他在读书稿时发现的一些错谬、不妥，并附上如何修改的建议，直至最终一万五千余字的序文完成。感动之余，我想自己竟如此狠心，没有顾惜先生的年纪、健康和事务繁忙。

论文当初的选题确实反映了我那时学术上的雄心，觉得既然做文学研究，就应该触及一些最最基本的问题，比如中国现代文学领域的：新诗是什么？新诗到底是怎么来的？这些问题很难，但它是文学研究的基础。论文完成之后在预答辩和答辩之时，都有一些老师给予了肯定和鼓励。它其实很早就可以出版，之所以现在才见，中间有许多原因。有一个原因是，我越来越感觉它的浅薄和拙劣（其中一些煞有介事的就所谓学术问题的辩驳，更是如此）；时间越久，越怀疑这类文本的存在价值；对靠生产这种文字过活的人生更感虚无……这些不良心态使论文面世的日子曾经显得遥遥无期，其中三校稿在我手上一睡就是两年多。很惭愧，在这里再向所有关心我、关心这本小书的人诚挚致谢。论文当初即近30万字，整体虽略显丰满，但局部却不免粗糙，此次揪出了不少笔误，少数地方作了一点改动，但估计令人不快之处还有不少；有些地方本想大动，但时隔已久，写论文的环境和心境均大大改变，书稿都已校对几次，已不方便操作。所有所有……这里只能乞求各位尊敬的师长、读者谅解。

特别感谢我所在的武汉大学文学院，2008年批准了我申报的武汉大学"211工程"三期重点学科建设项目"新诗的发生、发展与民族精神的现代化"。这极大的鼓励了我在"新诗的发生……"问题的研究上继续前行，《"现代汉诗"的发生：晚清至五四》一书，也是这个项目的成果。

2013年酷暑于武汉大学弘博公寓